Über den Autor:

Matthew Sturges wurde im Oktober 1970 in Rhode Island geboren. Als Autor von Comics und Graphic Novels hat er sich in den USA einen Namen gemacht und war bereits für den begehrtesten Branchenpreis, den Will-Eisner-Award, nominiert. SCHATTENSPÄHER ist die Fortsetzung zum Roman MIDWINTER, der von den Kritikern mit Begeisterung aufgenommen wurde.

Matthew Sturges

SCHATTEN-SPÄHER

Aus dem Amerikanischen von
Christina Deniz

BASTEI LÜBBE TASCHENBUCH
Band 20 006

1. Auflage: September 2011

Vollständige Paperbackausgabe

Bastei Lübbe Taschenbuch in der Bastei Lübbe GmbH & Co. KG

Deutsche Erstausgabe

Für die Originalausgabe:
Copyright © 2010 by Matthew Sturges
Titel der amerikanischen Originalausgabe: »The Office of Shadow«
Für die deutschsprachige Ausgabe:
Copyright © 2011 by Bastei Lübbe GmbH & Co. KG, Köln
Textredaktion: Gerhard Arth
Lektorat: Ruggero Leò
Titelillustration: © McGrath/Agentur Luserke
Umschlaggestaltung: Guter Punkt, München
Satz: Urban Satzkonzept, Düsseldorf
Gesetzt aus der Garamond
Druck und Verarbeitung: CPI – Ebner & Spiegel, Ulm
Printed in Germany
ISBN 978-3-404-20006-1

Sie finden uns im Internet unter
www.luebbe.de
Bitte beachten Sie auch: www.lesejury.de

Der Preis dieses Bandes versteht sich einschließlich
der gesetzlichen Mehrwertsteuer.

Dieses Buch
ist meinen Eltern gewidmet

DANKSAGUNGEN

Ein großes Dankeschön geht wie immer an die Jungs des Clockwork-Storyboook-Autorenkollektivs: Bill Willingham, Chris Roberson, Mark Finn und Bill Williams fürs Mutmachen und für ihr Feedback beim Schreiben dieses Buches.

Wie schon bei *Midwinter* schulde ich darüber hinaus Bill Willingham meinen ausdrücklichen Dank, da er mir großzügigerweise gestattet hat, auf einige seiner Ideen zurückzugreifen, die Eingang fanden in seinen (immer noch!) unvollendeten Roman *Just Another Ranker*. Dies geht auf jene Zeit zurück, da unsere Geschichten noch in ein und demselben Universum angesiedelt waren. Falls er sie jemals zurückhaben will, hätte ich ein Problem.

Danke an Dave Justus, der unermüdlich am Originalmanuskript gearbeitet hat, und an meinen Lektor bei Pyr, Lou Anders, der einfach sensationell ist.

Danke an Margaret und Kevin, die in dieser arbeitsreichen Zeit auf unsere Mädchen aufpassten.

Danke auch an Samantha, Amy, Jenn, Terrie, Lynn, Emma, Jacob, Abby, Patti, Nate, Jeremy, James, Alison und Yvonne, die in diesen Tagen immer wieder meine Batterien aufgeladen haben.

Und ein ganz besonderes Dankeschön an meine Frau Stacy und meine Töchter Millie und Mercy, die mir erlaubt haben, sie während der Arbeit an diesem Buch ganze zwei Monate lang im Stich zu lassen.

Pibil.

1. TEIL

Uvenra schlief unter der Asche in Belekh;
die Tochter von Uvenchaud starb durch die Hand ihres
Vaters Uvenchaud und schlief nun unter der Asche.

Eine Woche und einen Tag weinte der König. Dann
nahm Uvenchaud seinen Streitwagen und fuhr nach
Prythme, wo die Götter wohnen. Um die Götter zur
Rede zu stellen. Am Tor erhob er sein Schwert;
am Tor erhob er seinen Schild. Uvenchaud ließ sein
Schwert auf die Erde niedersausen, und die Erde
erzitterte. Das Tor in seinen mächtigen Angeln öffnete
sich unter Uvenchauds Zorn.

Uvenchaud ging in den Hof von Prythme und rief:
»Ich bin Uvenchaud mit der eisernen Faust. Ich bin
Uvenchaud, der die wilden Fae-Clans vereinigte.
Die Fae haben sich meinem Willen unterworfen.
Und als ihr Führer stehe ich nun hier und verlange
eine Unterredung.«

Eine Woche und einen Tag stand Uvenchaud im Hof.
Und eine weitere Woche und einen Tag blieb er ohne
Antwort. Da ließ Uvenchaud sein Schwert abermals auf
die Erde niedersausen, und einer der Götter erschien.
Es war der bärtige Althoin, der Gott der Weisheit,
dessen Gabe die Innensicht ist. Und er kam, um sich mit
Uvenchaud zu messen.
»Warum bist du hier?«, fragte der weise Althoin.
»Warum kommt Uvenchaud hierher und stört die
Gedanken der Götter?«
»Meine Tochter Uvenra schläft unter der Asche. Sie

starb durch meine Hand, weil sie mich an meinen Feind Achera verriet; an Achera den Drachen, der so viele tötete.«
»Und du kamst, auf dass die Götter dich richten?«
»Nein, ich kam nicht, auf dass mich die Götter richten. Ich kam, um dem Urteil der Götter zu trotzen.«
Althoin sprach. Er sagte: »Du kannst dem Richturteil der Götter nicht entgehen. Wir thronen über dir, um dich zu richten und zu befehligen.«
»Und wer hat euch auf diese Throne gesetzt?«
»Das haben wir selbst getan.«
»Dann werde ich euch entthronen.« Uvenchaud ließ sein Schwert auf die Erde niedersausen, und der Gott lachte.
»Du kannst keinen Gott töten«, sagte Althoin.

Eine Woche und einen Tag hieb Uvenchaud mit seinem Schwert auf Althoin ein. Nach einer weiteren Woche und einem Tag hielt er inne, doch Althoin war unverletzt. »Du kannst keinen Gott töten«, sagte Althoin.

Da kam Ein, der Gott des Krieges, dessen Gabe die Führerschaft ist, um sich mit Uvenchaud zu messen. Eine Woche und einen Tag hieb Uvenchaud mit seinem Schwert auf ihn ein. Eine Woche und einen Tag kämpften sie, doch Ein ward nicht besiegt.
»Du kannst keinen Gott töten«, sagte Ein.
»Was ich nicht töten kann, das kann ich fesseln«, sagte Uvenchaud. Uvenchaud besaß ein Seil, das aus den Fasern der Tulukpflanze gemacht war. Das Seil war mit Drachenblut getränkt. Uvenchaud fesselte Ein mit dem Seil. Ein versuchte sich zu befreien, doch vergebens.

Einer nach dem anderen kamen die Götter, um sich mit Uvenchaud zu messen, und Uvenchaud fesselte sie alle.

Er fesselte Senek. Er fesselte Urul. Er fesselte Penithe und Althoin. Er fesselte Tur und Loket. Auch Obore und Reinul fesselte er. Wie auch Ehreg und Purek. Und Tenul.

So fesselte Uvenchaud jeden der zwölf Götter an Prythme.

Ja, in Prythme liegen die Götter. An Prythme sind sie gebunden. An Prythme sind sie gefesselt durch Tulukfasern und Drachenblut.

Und kein Gott richtete Uvenchaud dafür, dass er Uvenra erschlagen hatte.

– aus *Das Chthonische Buch der Mysterien*, übersetzt von Feven IV. zu Smaragdstadt

1. KAPITEL

Die Sonne in Annwn verweilt auf ewig am Horizont, zieht in gemächlichen Kreisen dahin, sodass sie am Tag gerade einmal drei Stunden in voller Größe zu bewundern ist. Nie ist es in Annwn heller als am Morgen und dunkler als zur Abenddämmerung, weshalb sich diese Welt in einem fortwährenden Stadium des Übergangs befindet – stets eintreffend, aber niemals ankommend.

Vor langer, langer Zeit wurde Annwn von den Fae entdeckt und galt für viele Jahrhunderte als eine Bastion des Elfenvolkes. Später dann wurde das Land von den Leuten aus der Nymaen-Welt, den so genannten Menschen, erobert. Mit der Zeit gingen die beiden Gemeinschaften ineinander auf und wurden zu einem neuen Volk. Weder Fae noch Nymaen sind die Bewohner dieser Welt heute einfach nur die Annwni und vereinigen als solche so manchen Vorzug beider Urvölker auf sich.

In Annwn gibt es viele Dörfer, aber nur eine Stadt, und ihr Name ist Blut von Arawn. Blut von Arawn wurde von ihren Gründern auf sieben riesigen Hügeln aus Erde und Stein inmitten des ansonsten flachen Graslandes dieser Welt errichtet. Die ältesten Gebäude der Stadt – das Kolosseum, die Villa des Penn, die Tempel – bestanden allesamt aus Marmor, doch mit der Zeit verfielen etliche der Bauwerke und wurden durch Backsteingebäude ersetzt. Allein der Obelisk auf dem Großen Markt, der Romwlls Nadel genannt wird, überstand die fünfzehn Jahrhunderte unbeschadet.

Es heißt, dass zwei Thaumaturgen in einem steinernen Raum unter dem Obelisken zu seiner Erhaltung unablässig Bindungszauber sprechen. Denn man glaubt, dass wenn die Nadel fällt, auch Blut von Arawn niedergehen und ganz Annwn zu Staub zerfallen wird.

– Stil-Eret, »Das Licht in Annwn«,
aus *Reisen daheim und unterwegs*

FÜNF JAHRE ZUVOR

Kurz nach Mitternacht blitzten die ersten Hexenlichter am Horizont auf. Und so ging es die ganze Nacht, wobei das Flackern stündlich näher kam.

Paet hastete durch die gescheckte Dunkelheit und scherte sich nicht weiter um den Himmel.

Der Angriff war keine Überraschung gewesen, doch Mabs Armee hatte selbst die Vorhersagen der Pessimisten und Bangemacher noch übertroffen. Und so gipfelte die Rettung und Vernichtung der Dokumente in der Seelie-Botschaft – eine Vorsichtsmaßnahme, die vor drei Tagen noch recht entspannt ihren Anfang genommen hatte – zuletzt in einer überaus hektischen Aktion. Hastig wurden Taschen gepackt, Wertgegenstände in die Säume der Kleidung eingenäht, leere Kerosinfässer mit Akten vollgestopft und in Brand gesteckt.

Nichts davon kümmerte Paet.

Blut von Arawn war eine alte Stadt. Vielleicht nicht so alt wie ihre Seelie-Gegenstücke, doch erschien sie aufgrund einer gewissen, sich durch alle Jahrhunderte ziehenden Unschlüssigkeit hinsichtlich ihrer Erbauung und Instandhaltung deutlich betagter. Das Pflaster in den Straßen war buckelig, teilweise löchrig, und Paet konnte Karren und Fuhrwerke über den holprigen Fahrweg rumpeln hören, der jenseits der dunklen Gasse lag, durch die er gerade lief. Auch hörte er aufgeregte Stimmen und gelegentliche Schreie; ein Teil der Stadtbewohner schien sich des schlechten Rufs der hereinbrechenden Eroberer durchaus bewusst und hatte wohl beschlossen, die Flucht anzutreten. Paet konnte es ihnen nicht verübeln; das Leben unter Unseelie-Herrschaft würde für jene, die geblieben waren, sicherlich kein Zuckerschlecken werden.

Eine Gruppe Chthoniker-Mönche, es mochte etwa ein Dutzend von ihnen sein, kam hinter Paet die Straße hinauf. Ihre Mienen strahlten nichts als Ruhe aus, ihr sprichwörtlicher Gleichmut stand ihnen in dieser Nacht gut zu Gesicht. Die Säume ihrer safrangelben Kutten strichen beim Laufen über das Kopfsteinpflaster, die Glöckchen, die in den Stoff eingenäht waren, bimmelten leise. Als inoffizielle Staatsreligion würde es den Chthonikern erlaubt sein, auch weiterhin ihren Glauben auszuüben, solange sie Mab als Göttin anerkannten, die noch über ihren eigenen Göttern stand. Es war zu vermuten, dass sich die Chthoniker gern auf diesen Handel einlassen würden; man würde Mab öffentlich preisen und sie ansonsten ignorieren. Ihre eigenen Götter waren vor Äonen unterworfen worden und dürften sich über dieses Abkommen wohl kaum beschweren. Wie dem auch sei, Paet für seinen Teil hatte nichts übrig für Religion.

Am Himmel flammte ein Blitz auf. Gleich darauf erbebte der Boden, und Paet geriet ins Straucheln. Er blieb stehen und lauschte dem dumpfen Grollen der reitischen Explosionen, das in der Gasse widerhallte. Die ersten Hitzewellen von der tobenden Schlacht vor den Toren rollten bereits über die Stadtmauern hinweg, noch bevor Paet die Botschaft verlassen hatte. Jetzt war es in der Stadt so stickig wie in einer Tavernenküche, und so roch es auch. Überall stank es nach Schweiß und vergammeltem Essen. Paet spürte, dass auch er unter seinem schweren Leinenwams schwitzte. Er rannte weiter.

Die einzelnen Bezirke der Stadt wurden Kollws genannt. Kollws Vymynal erhob sich auf dem kleinsten der sieben Hügel von Blut von Arawn. Das Osttor befand sich am Fuß des Viertels, womit es der Schlacht jenseits der Stadtmauer am nächsten lag. Hier konnte Paet das Waffengeklirr wie auch das Geschrei der Pferde und Kämpfer vernehmen, das sich mit dem Geräusch donnernder Hufe und reitischer Explosionen vermischte.

Wann hatte er die Botschaft verlassen? Seine innere Uhr sagte ihm, dass es kaum zwanzig Minuten her war. Das gab ihm gerade genug Zeit, Jenien zu retten und sich mit ihr zur Port-Herion-

Plattform durchzuschlagen, bevor die Meister das Ding dichtmachten und sie in Annwn zurückbleiben mussten. Nicht das Ende der Welt, aber nah dran.

Die Straßen in Kollws Vymynal waren verschlungen, führten allzu oft wieder zurück zu ihrem Ausgangspunkt, und die winzig kleine altertümliche Beschriftung der Schilder war kaum zu entziffern. Die Bewohner des Viertels hatten sich entweder in ihren Häusern verschanzt, die Vorhänge geschlossen und die Jalousien heruntergelassen, oder sich den verzweifelten Flüchtlingsströmen angeschlossen. Die meisten von ihnen flohen Richtung Südwesttor, wodurch Paet gezwungen war, sich durch das Gedränge zu kämpfen. Viele der Städter würden um eine Passage in eine andere Welt betteln oder darauf hoffen, in einem der Dörfer in den Ebenen Annwns untertauchen zu können.

Die Uhr am nahegelegenen chthonischen Tempel schlug drei, und Paet fluchte. Das dauerte alles viel zu lange.

Am Ende einer Sackgasse fand Paet endlich den Ort, nach dem er gesucht hatte: ein vierstöckiges Wohnhaus, in dem es nach Bratfett, Paprika und Moder stank. Es war die Adresse, die Jenien in ihr Logbuch geschrieben hatte, bevor sie am Morgen die Botschaft verließ – das war lange vor dem Zeitpunkt gewesen, an dem die Nachricht von Mabs Invasion die Stadt erreichte. Nur die Adresse und einen Namen: Prae Benesile. Jenien hatte ihm lediglich mitgeteilt, dass sie eine »interessante Person« aufsuchen wolle, was so ziemlich alles bedeuten konnte. Bei Einbruch der Nacht, während die Rettungsmaßnahmen in Blut von Arawn auf Hochtouren liefen, war sie immer noch nicht zurück gewesen. Paet hatte auf sie gewartet, bis es fast zu spät war, und sich dann aufgemacht, sie zu suchen.

»Wir können das Portal für Euch nicht ewig offen halten«, hatte ihn Botschafter Traet besorgt wissen lassen. Traet war die Unverbindlichkeit und Unschlüssigkeit in Person; das Amt war ihm nie mehr als ein bequemes Ruhekissen und von jeher Gegenstand des allgemeinen Spotts gewesen. Ja, in glücklicheren Zeiten galt ganz Annwn als Hort der Ruhe und Behaglichkeit. Doch jetzt war Traet mit der Situation heillos überfordert, hatte jedoch immerhin genug Verstand, um dies einzusehen. »Wenn Ihr nicht vor Sonnenaufgang zurück seid«, hatte der Botschafter gesagt, während er hektisch eine Reisetasche mit Dokumenten vollgepackt hatte, »dann seid Ihr auf Euch allein gestellt.«

Paet atmete zehn Mal tief ein und aus. Dann verlangsamte er den Schlag seines Herzens und vertrieb die letzte stechende Hitze aus seinem Blut. Die körperlichen Symptome der Furcht konnten einfach unter Kontrolle gebracht werden, aber für die angsterfüllten Gedanken gab es keine Abhilfe. Allein Taten vermochten sie für eine Weile zu vertreiben.

Am Ende der Straße zertrümmerte jemand die Schaufenster einer Bäckerei und stahl unter den erschreckten Ausrufen der Umstehenden einen Korb mit Brot.

Paet betrat das Wohnhaus und huschte die Stufen hinauf. Kein Fae oder Annwni hätte ihn dabei hören können, doch die waren seine geringste Sorge. Diejenigen, die er am meisten fürchtete, waren weder das eine noch das andere, und sie hatten ausgezeichnete Ohren. Unter anderem.

Der Hausflur war erfüllt von Körperausdünstungen und Essensgerüchen. Als er den dritten Stock erreichte, schlich er vorsichtig vom Treppenabsatz in den engen Flur. Der war leer. Einige der Türen standen offen; ihre Bewohner sahen offensichtlich keinen Sinn darin, sie hinter sich abzuschließen. Viele der älteren, ärmeren Bewohner Annwns hatten vor zwanzig Jahren im Sechswochenkrieg gegen Mabs Armee gekämpft und scheinbar auf alle Zeiten genug von den Unseelie.

Die Wohnung, die Paet suchte, lag am Ende des Gangs. Auch ihre Tür stand offen, wiewohl in ihr noch Licht brannte. Paet zog ein langes Messer mit Sägeklinge unter seinem Umhang hervor und prüfte, einer alten Gewohnheit folgend, die Klinge mit seinem Daumen. Dann drückte er sacht die Tür auf, wartete, lauschte. Seine hart erkämpfte Besonnenheit rang im Geiste mit seiner Ungeduld. Wenn es jemals an der Zeit gewesen war, ein Risiko einzugehen, dann jetzt. Leise fluchend betrat er die Wohnung.

Das Apartment war klein, lediglich ein einziger Raum, der durch ein einsames Hexenlicht erhellt wurde, das in einem Wandleuchter brannte. Der giftgrüne Schein warf harte Schatten auf das Mobiliar, zauberte eingebildete Gegner in jede Ecke. Unter dem Wachspapierfenster stand eine schäbige Pritsche. Ein angeschlagener Nachttopf in der Ecke. Überall lagen Bücher, Papierfetzen und Schriftrollen auf dem Boden, manche waren zu schiefen Türmen entlang der Wand aufgestapelt, andere lagen verstreut auf der Lagerstatt. Doch nirgends ein Zeichen von Jenien.

Denk in Ruhe nach. Entspann dich und ebne die Ränder deines Bewusstseins. Paet nahm ein beliebiges Buch zur Hand und schlug es auf. Es war ein von Prae Benesile persönlich verfasstes philosophisches Werk, in dem es dem Titel nach um die »Thaumaturgische Geschichte der chthonischen Religion« ging. Er legte es zurück und hob ein anderes auf. Ein Thule-Gedichtband. Gebete an die gebundenen Götter, Bittgesänge, Weissagungen über Erlösung und Untergang. Paet stellte fest, dass auch die anderen Bücher im Zimmer in der Hauptsache heilige Texte, religiöser oder philosophischer Natur waren – darunter viele zu den Chthonikern, aber auch arkadische Schriftrollen sowie einige wenige Kodizes zum Annwni-Kaiserkult. Einige von ihnen waren in Sprachen verfasst, die Paet nicht kannte. Nichts in diesem Zimmer deutete darauf hin, dass der hier lebende Prae Benesile etwas anderes war als ein einsiedlerischer Gelehrter.

Paet schnüffelte. Blut. Frisches Blut. In diesem Zimmer war erst kürzlich Blut vergossen worden. Er kniete nieder und untersuchte die staubigen Bodendielen. Zu viele Schatten. Paet sah zum Fenster hinüber, zuckte die Achseln und erschuf ein stärkeres reinweißes Hexenlicht, das den gesamten Raum erfüllte. Das Blut am Boden war klebrig und braun, die Schlieren wie bei einem Kampf verschmiert. Paet vernahm ein stockendes Husten; es kam von unter der Pritsche; die Blutspur führte direkt dorthin. Er umfasste den Griff seines Messers und kanalisierte Bewegung. Kraft seiner Gabe zog er die Lagerstatt ein gutes Stück nach vorn.

Jenien lag zusammengekauert am Boden, die Hände auf den Bauch gepresst; ihr Atem ging stoßweise. Sie sah zu ihm auf, und ihre Augen weiteten sich in ihrem blassen Gesicht.

»Vorsicht«, flüsterte sie. »Es sind Bel Zheret hier.«

Bei der Erwähnung des Namens machte Paets Herz einen Satz. Er wirbelte herum, schwang das Messer, doch da war nichts.

Er wandte sich wieder zu Jenien um und ging vor ihr auf die Knie. »Falls sie noch hier sind, hab ich mich irgendwie an ihnen vorbeischleichen können, oder sie sind schon lange weg.«

»Sie sagten, sie kämen noch mal zurück ... wegen mir«, keuchte Jenien. Sie hatte Probleme zu atmen. Behutsam nahm Paet ihre Hände von ihrem Bauch und hob den zerfetzten Stoff ihrer Bluse an. Jenien war tödlich verwundet; er konnte nichts mehr für sie tun. Das waren Verletzungen, von denen sich nicht einmal ein Schatten erholen konnte.

Paet fand ein Kissen auf der Pritsche und schob es unter Jeniens Kopf. Ihr Haar war nass von Schweiß. Sie griff nach seinem Handgelenk, umfasste es mit schwachem Griff.

»Mab kommt«, sagte sie. »Dachte, wir hätten noch ein paar Tage Zeit.«

»Ja, die Lage in der Botschaft ist, gelinde gesagt, ein wenig unübersichtlich geworden.«

Jenien kicherte leise. »Und Traet rennt rum wie ein Hahn ohne Kopf?«

»Genau.«

»Ist das Messer scharf, Paet?«, fragte sie nach einer kurzen Pause.

»Ich hole dich hier raus«, erwiderte er. »Ruh dich nur noch ein Weilchen aus.«

»Weißt du noch ... in jener Nacht in Sylvan?«, fragte sie. Ihre Worte kamen nun schleppend und undeutlich; ihr Körper zitterte. »Dieses kleine Theater mit dem schrecklich schlechten Stück?«

»Ja, ich erinnere mich«, sagte Paet lächelnd.

»Schätze, wenn wir normal wären, hätten wir uns an diesem Abend ineinander verliebt«, meinte sie seufzend.

Paet spürte, wie sich seine Emotionen verflüchtigten, während sie sprach. Die Welt um ihn herum wurde flach. Jenien war ein Objekt, ein blutendes Etwas ohne Nutzen. Ein Problem, das es zu lösen galt. War diese Gefühlsarmut ihm schon immer eigen gewesen, oder hatte sie sich erst mit der Zeit eingestellt? Er konnte sich nicht mehr daran erinnern. War diese Leere in ihm entstanden, als er zu einem Schatten geworden war, oder hatte ihn ebendiese Leere erst für den Job qualifiziert? Es spielte keine Rolle.

»Das lag am Glühwein«, sagte er, während er ihren Oberkörper aufrichtete. »Der war stark. Wegen des Zimts und der ganzen Nelken hat man's aber nicht geschmeckt.«

Sie stöhnte vor Schmerz auf, als er sich hinter sie bewegte. »Du hast einfach toll ausgesehen. Hast einen dieser roten Umhänge getragen, die damals so in Mode waren.«

»Hatte mich nur optisch angepasst«, meinte er, und dann, nach einem kurzen Moment: »Was war so wichtig an diesem Prae Benesile, Jenien?«

Traurig schüttelte sie den Kopf, hatte Mühe, klar zu sprechen. »Jemand aus der Stadt Mab kam hierher, um sich mit ihm zu treffen. Fünf Mal in den letzten Jahren. Ich war nur neugierig. Die Bel Zheret tauchten auf, als –« Sie keuchte auf vor Schmerz.

Paet hob sein Messer. »Sie haben ihn mitgenommen?«

Jenien nickte. »Er wehrte sich, da haben sie ihn getötet.«

»Aha.«

»Ich will nicht sterben«, sagte sie. Es war kaum mehr als eine Feststellung.

»Wir waren für eine sehr lange Zeit tot«, flüsterte er ihr ins Ohr. Dann zog er ihr in einer schnellen, sicheren Bewegung die Klinge seines Messers über die Kehle und drückte ihren Kopf in den Nacken, um die Blutung zu beschleunigen. Sie zuckte in seinem Arm; ihre Brust hob sich, dann noch ein zweites Mal. Er sah ihr fest in die Augen, um sicherzustellen, dass sie auch wirklich tot war, wartete, bis sämtliches Leben in ihnen erloschen war. Das dauerte seine Zeit. Das Sterben dauerte immer seine Zeit.

Paet holte tief Luft und stemmte sein Knie in Jeniens Rücken. Er legte die gezackte Klinge seine Messers wieder an ihren Hals, wobei er sich am Verlauf des ersten Schnitts orientierte. Seine andere Hand vergrub sich in ihrem Haarschopf, zog ihren Kopf fest in den Nacken. Dann begann er zu sägen.

Sehnen wurden durchschnitten, Metall arbeitete sich durch Muskeln, Sehnen und zuletzt das Rückgrat. Mit einem enervierenden Knirschen brach das letzte Stück des Halswirbels. Lautlos durchtrennte er die Haut im Nacken, dann baumelte Jeniens Kopf in einer fast obszönen Weise in seiner Hand.

Er legte ihn sanft auf den Boden und griff in die Falten seines Umhangs. Unter den wenigen Dingen, die er aus der Botschaft mitgebracht hatte, war auch eine gewachste Leinentasche, die nur diesem einen Zweck diente. Er öffnete die Tasche und legte Jeniens Kopf, von dem noch immer Blut und Schweiß tropften, behutsam hinein.

Das war der Preis, den man als Schatten zu zahlen hatte.

Er hörte sie weniger, als dass er spürte, wie sie in den Raum glitten.

Paet drehte sich um und sah zwei große schlanke Gestalten bei der Tür stehen. Für den Bruchteil einer Sekunde wirkten sie ebenso überrascht wie er, doch im Gegensatz zu Paet erholten sie sich rasch von ihrem Schreck. Die erste hatte schon sein Schwert gezogen, noch bevor Paet überhaupt reagieren konnte.

Paet machte einen Schritt zurück, berührte mit den Füßen die kopflose Leiche hinter sich und bewegte sich rasch hinter sie. Dann ging er in Angriffsstellung, das Messer kampfbereit in seiner Hand.

Der erste Schwertkämpfer trat auf ihn zu, und Paet konnte ihm direkt in die Augen sehen. Augen, so schwarz und leer wie die Unendlichkeit.

Die Bel Zheret.

Paet war ein gefährlicher Mann. Doch es mit zwei Bel Zheret gleichzeitig aufnehmen zu wollen, grenzte an Selbstmord. Er trat zurück, näherte sich dem Fenster aus Wachspapier.

»Ihr seid ein Schatten, oder nicht?«, fragte der erste Schwertkämpfer. »Ich heiße Katze, und es wäre mir eine Freude, einen von euch zu töten.«

»Es wäre mir eine Freude, wenn Ihr es nicht tätet.«

»Eben darum muss ich darauf bestehen. Im Übrigen hab ich nie zuvor einen von euch getötet.«

»Wenn das so ist, werde ich mich erst recht nicht auf einen Kampf mit Euch einlassen«, erwiderte Paet und schob sein Messer zurück ins Futteral.

Der Bel Zheret hielt kurz inne, sein Grinsen erstarb und machte einem Ausdruck aufrichtiger Enttäuschung Platz. »Wieso nicht?«

»Wenn ich sowieso sterben muss, so werde ich Euch weder zu der Genugtuung noch zu gewissen Einsichten verhelfen, die ein Kampf mit mir zur Folge haben würde. Es gilt zu verhindern, dass Ihr Kenntnisse über unsere Taktik, Schnelligkeit und Reflexe besitzt, wenn Ihr das nächste Mal auf einen Schatten trefft. So könnt Ihr durch einen meiner Kameraden einfacher bezwungen werden.«

Katze schien darüber nachzudenken, wobei er Paet jedoch nicht aus den Augen ließ. »Nun«, sagte er und zuckte die Achseln, »wir können Euch immer noch foltern.«

Er winkte den anderen Bel Zheret herbei. »Kümmer dich um ihn, Natter.«

Natter bewegte sich erstaunlich schnell und geschmeidig. Es schien, als ginge er nicht durch das Zimmer, sondern entfaltete sich vielmehr Stück für Stück in ihm; seine Gliedmaßen wirkten bemerkenswert elastisch, als besäßen sie zusätzliche Gelenke. Egal, wie oft Paet Zeuge dieser Fähigkeit wurde, sie verwirrte ihn jedes Mal aufs Neue.

Paet holte tief Luft und zog erneut sein Messer, um eine Vorwärtsattacke gegen Katze auszuführen, die Stofftasche mit Jeniens Kopf behutsam in der anderen Hand wiegend. Katze machte sich bereit, den Angriff abzublocken, aber der Angriff erfolgte nicht. Stattdessen nutzte Paet seinen Schwung, stieß sich mit seinem hinteren Fuß vom Boden ab und sprang rückwärts durch das Fenster ins Freie. Durch das Fenster im dritten Stock.

Den Blick zum Nachthimmel gewandt, stürzte er in die Tiefe und sah den näher kommenden Boden nicht. Er kalkulierte im Geiste seine Überlebenschancen. Der Fall schien eine Ewigkeit zu dauern. Er konzentrierte sich erneut, verlangsamte seinen

Herzschlag, ließ seine Muskeln erschlaffen. Er zwang sogar seine Knochen dazu, weicher und damit biegsamer zu werden, wusste allerdings nicht, ob das eine gute Idee war oder ob es überhaupt funktionieren würde.

Schließlich knallte er mit dem Rücken hart aufs Kopfsteinpflaster, in eben dem Winkel, den er sich ausgerechnet hatte. Gleichzeitig schlug Jeniens Kopf in der Tasche mit einem enervierenden, dumpfen Knall auf dem Boden auf. In der Eile hatte Paet das Messer in seiner linken Hand völlig vergessen. Jetzt spürte er, wie ihm der Griff durch den Aufprall das Handgelenk zertrümmerte. Wie viele Knochen wirklich brachen, konnte er zu diesem Zeitpunkt nicht sagen. Mehr als einer, so viel war klar. Noch verspürte er keinen Schmerz, aber der würde sich in wenigen Sekunden einstellen – auch das war klar.

Im Moment beschäftigte ihn jedoch vor allem der Schmerz entlang seiner Wirbelsäule, zudem die Tatsache, dass er nicht atmen konnte, wie auch der Umstand, dass sein Hinterkopf gerade mit einem hässlichen Geräusch auf den Steinen aufschlug. Möglicherweise war der errechnete Aufprallwinkel doch nicht so optimal gewesen ... Egal, er lebte, und seine Beine konnte er auch noch bewegen, das war alles, was zählte.

Er rappelte sich langsam auf und sah am Haus hinauf. Katze zog gerade seinen Kopf aus dem Fluchtfenster zurück. Das Wachspapier der zerstörten Scheibe trudelte unter dem Windzug, der durch die Gasse blies, in einem verrückten Tanz zu Boden. Schon konnte er Schritte im Treppenhaus hören; einen Moment später trat Natter hinaus auf die Straße. Paet schnappte sich die Tasche mit Jeniens Kopf und rannte los.

Blindlings jagte er aus der Sackgasse und wandte sich dann aus keinem besonderen Grund nach rechts. Er würde sich für seinen Rückzug Richtung Westen halten müssen; das war jedoch weder auf dem schnellsten noch auf dem sichersten Wege möglich. Er musste willkürliche Haken schlagen, wahllos hier und da abbiegen, lästigerweise im Kreis laufen, um die beiden Bel Zheret irgendwie abzuschütteln. Und die würden bei ihrer Verfolgung all diese Finten bereits in Betracht ziehen können, während Paet noch darüber nachdachte. Sie waren in der Überzahl, nicht auf der Flucht, und keiner von ihnen war drei Stockwerke tief aufs Pflaster geknallt. Das waren handfeste Vorteile, von denen Paet beim besten Willen nicht wusste, wie sie seinen Verfolgern doch noch zum Nachteil gereichen konnten. Auf der anderen Seite, und das konnte ihm nutzen, geriet die Nacht, in die er sich flüchtete, von Minute zu Minute chaotischer.

Er lief weiter. Das Klingeln in seinen Ohren, das der Sturz verursacht hatte, wurde abgelöst von schnellen Schritten und Hufschlägen sowie Geschrei. Er roch Rauch; irgendwo in der Nähe brannte ein Gebäude. Auf einigen der Gesichter, die an ihm vorbeizogen, war die Sorge der Panik gewichen. Die Unseelie waren nicht länger unterwegs hierher, sie waren *da*. Und das Leben in Annwn würde sich auf immer ändern.

Paet bog um eine weitere Ecke. Vor ihm lag eine breite Straße, die zurück zum Kollws Kapytlyn führte. Er merkte, dass er immer noch das Messer mit seiner linken Hand umklammerte. Im nächsten Moment stieß er heftig mit dem Handkarren eines Töpfers zusammen, der in die andere Richtung gezogen wurde. Seine Sicht verschwamm, und ihm wurde übel, als der Schmerz des gebrochenen Handgelenks sich seinen Arm hinauffraß und ihm auf den Magen schlug. Er lief weiter und erwog, die Tasche fallen zu lassen. Er konnte sich nicht verteidigen, solange er sie bei sich trug.

Als er sich über die Schulter blickte, sah er, wie Natter ebenfalls auf den Markt einbog. Der Bel Zheret entdeckte ihn ebenfalls und hielt auf ihn zu. Dabei schleuderte er den Karren eines Obsthändlers mit einer Leichtigkeit aus dem Weg, die Paet zusammenzucken ließ. Kaiserin Mabs Schergen wurden immer stärker, schneller und intelligenter. Um welche schwarze Kunst es sich auch handeln mochte, mit deren Hilfe die Bel Zheret in den Eingeweiden ihrer fliegenden Städte herangezüchtet wurden, sie wurden mit jedem Jahr besser.

Gut, der eine war ihm auf den Fersen, aber wo war der andere? War der zweite vorgelaufen, um einen Hinterhalt zu planen, oder hielt er sich gleich hinter seinem Kameraden? Wen hatte er am

Fenster gesehen? Wen im Treppenhaus gehört? Bei alldem Schmerz und der ganzen Hektik konnte Paet es beim besten Willen nicht mehr sagen.

Die Verwirrung des Geistes tötet schneller als Gift. Einer von Meister Jedrons Lieblingssprüchen.

Paet huschte in einen Torweg und gestattete es sich, für einen Moment die Augen zu schließen, um sich zu sammeln, den Schmerz in seinem Handgelenk zu eliminieren, seinen Herzschlag zu beruhigen und die Essenz der Furcht aus seinem Blut zu verbannen. Lieber büßte er einen Teil seines Vorsprungs ein, als dass er aufgrund all des Schmerzes und der Panik den Kopf verlor.

Er rannte weiter, bog in eine andere Gasse ein. Sie war dunkel und kalt und sehr eng. Auch war es hier ruhiger; der Lärm der Stadt wurde zu einem gedämpften Grollen. Andererseits war der Brandgeruch hier stärker; das Feuer näher. Schwitzwasser tropfte von den moosbedeckten Hauswänden. Obwohl Paet Blut von Arawn recht gut kannte – er hatte vor einigen Tagen Stunden damit zugebracht, Stadtpläne zu studieren –, hatte er keine Ahnung, wo genau er sich eigentlich befand. Würde dieser Weg in eine weitere Straße münden, oder rannte er am Ende in eine Sackgasse? Wie dem auch sei, er hatte einen unerwarteten Weg eingeschlagen, und das war im Moment seine einzige Verteidigung.

Die Gasse führte hinaus auf eine große Allee, und Paet rannte geradewegs ins Herz der Stadt hinein, wo sich auf dem höchsten Punkt von Kapytlyn der riesige Obelisk in den nächtlichen Himmel schraubte. Natter war nirgends zu sehen. Hier, im Zentrum, waren deutlich mehr Leute auf den Straßen; die Bürger schienen auf Neuigkeiten oder weitere Anweisungen zu warten. Paet wusste, dass diese Anweisungen erst kommen würden, wenn Mabs Beamte die Kontrolle über die Stadt erlangt hatten. Der rechtmäßige Exarch war längst über alle Berge; er und seine wichtigsten Beamten hatten schon vor vielen Stunden um Asyl im Seelie-Königreich nachgesucht. Alle anderen Regierungsangehörigen hatten sich ins Hinterland geflüchtet.

Paet hielt an, um sich zu orientieren – tatsächlich entfernte er sich immer weiter von der Port-Herion-Plattform, anstatt sich dorthin zu bewegen. Er verfluchte sich im Stillen, wandte sich wieder um und rannte weiter. Die Menge und das Chaos um ihn herum wären ihm normalerweise hinderlich gewesen, doch jetzt war er dankbar dafür. Zu jeder anderen Zeit wäre ein hinkender, schweißüberströmter Fae, der ein blutiges Messer umklammerte, zweifellos aufgefallen. Die erste Regel der Schatten lautete: Ziehe niemals Aufmerksamkeit auf dich! Nicht umsonst bezeichnete man sie als Schatten, wenngleich das nicht ihr wahrer Name war.

Paet holte tief Luft und konzentrierte sich erneut, in der Hoffnung, sein Handgelenk wieder so weit in Ordnung zu bringen, dass er damit kämpfen konnte. Sein *re* war niedrig; er hatte heute ziemlich oft hinausgreifen müssen, und dafür war eine Menge seiner gespeicherten magischen Essenz draufgegangen. Er gab sein Bestes und machte sich dann auf zu einer Seitenstraße, von der er wusste, dass sie direkt zum Kollws Ysglyn führte, hinter dem die Port-Herion-Plattform lag.

Der Bel Zheret namens Katze erwartete ihn schon dort, mit gezogenem Schwert.

Paet ließ die Tasche fallen und stürmte auf ihn zu, hoffend, dass sein Schwung den Gegner umreißen würde, doch der Bel Zheret blieb auf den Beinen. Zwar konnte er sein Schwert nicht mehr einsetzen, rammte Paet aber bei dem Zusammenprall eine Faust in den Magen. Paet spürte, dass aus den Mittelhandknochen seines Widersachers so etwas wie Stacheln gewachsen waren, die sich ihm nun tief in den Leib bohrten. Nicht tief genug, um Paets Umhang mit Blut zu tränken, doch alles in allem ziemlich schmerzhaft.

Paet wich zurück und trat Katze gegen das Knie. Ein guter Tritt, denn der Bel Zheret krümmte sich und taumelte gegen die Wand. Aus eigener Erfahrung wusste Paet, dass ein ausgekugeltes Kniegelenk zu den schmerzhaftesten Erfahrungen gehörte, die man im Kampf machen konnte. Umso überraschter war er, dass Katze noch immer in der Lage war, aufrecht zu stehen und – weitaus beunruhigender – sein Schwert zu schwingen.

Für den Bruchteil einer Sekunde sickerte die nackte Angst in Paets Bewusstsein, und er war sicher, dass er jetzt sterben würde.

Gleich hier in dieser Gasse. Mit dem abgesägten Kopf einer Frau im Gepäck, mit der er mal geschlafen hatte, und all seiner Reue vergossen auf den nasskalten Pflastersteinen. Wo war Meister Jedron mit seinen klugen Sprüchen jetzt? Ob er wohl einen zum Thema »unausweichlicher Tod« in petto hatte? Mit Sicherheit, und mit Sicherheit kamen Worte wie Duldsamkeit und Stärke darin vor. Nun ja, besser in einer dunklen Gasse zu sterben als in einem zwielichtigen Verhörraum der Bel Zheret. Dort würden sie ihn foltern – langsam und effektiv –, und trotz seines Willenstrainings würden sie am Ende alles aus ihm herausholen, was sie wissen wollten. Mit ihren Zähnen.

In der Gasse wurden Schritte laut. Zwei bullige Stadtwachen kamen auf sie zu, die Knüppel gezogen und einsatzbereit. Dennoch wirkten die beiden furchtsam und verkrampft. Man hatte ihnen wohl befohlen, bis zum bittern Ende die Stellung zu halten und für Ruhe in der Stadt zu sorgen. Keiner der beiden wirkte sonderlich erfreut darüber.

Katze wirbelte Paet herum und stieß ihn mit dem Gesicht voran hart gegen die Wand. Im nächsten Moment drang eine Messerklinge in seinen Rücken und durchbohrte etwas in Paets Körper. Eine Niere? Mit einem Ruck wurde das Messer in seinem Leib hochgerissen und traf auf einen harten Widerstand. Ein Rückenwirbel. Aufgrund seiner verbesserten Sinne seinen eigenen Körper betreffend, spürte Paet jedes qualvolle Detail, spürte, wie das Nervengewebe von der Klinge zerfetzt wurde wie Spinnweben. Wieder wurde er von hinten gestoßen und krachte mit der Nase voran in die Ziegelwand.

Paet sackte zu Boden und sah, wie Katze sich daranmachte, die beiden Wachen abzuschlachten. Sie hatten kaum Zeit, erschrocken aufzukreischen, bevor er ihnen höchst methodisch zu Leibe rückte. Einer der wenigen Schwächen der Bel Zheret war, dass sie ein bisschen zu viel Gefallen daran fanden, anderen Schmerz zu bereiten; möglicherweise ein unerwünschter Nebeneffekt bei ihrer Erschaffung, wie immer die auch vonstattengehen mochte. Vielleicht aber auch – und das war weitaus schlimmer – eine durchaus beabsichtigte Eigenschaft.

Mit dem letzten Rest seines *re* versuchte Paet, die zerstörten Nerven in seinem Körper zu reparieren, suchte sich einen Weg hinein zu der verletzten Niere und entsandte seine Heilkräfte in das Organ. Das waren und blieben tödliche Verletzungen, aber vielleicht würden sie ihn nun ein bisschen langsamer töten. Vielleicht hatte er ja noch Zeit, das Portal zu erreichen, bevor er starb. Er griff hinein in Blut von Arawn. Er suchte nach Leben, suchte nach *re*, das er stehlen konnte. Zwei Kinder in einem nahegelegenen Haus, zusammengekauert in ihren Betten. Er zog ihnen nur so viel *re* ab, wie er vermochte, ohne sie zu töten. Sie würden sich ein paar Tage schlecht fühlen, mehr nicht. Und so, wie die Dinge standen, war das noch ihr geringstes Problem. Falls unbedingt nötig, würde er diese Kinder töten, doch es war nicht nötig. Noch nicht.

Während sich der Bel Zheret weiterhin mit den beiden Wachen vergnügte, verließ Paet die Gasse in der anderen Richtung so leise wie möglich. Vorsichtig nahm er die Tasche vom Boden auf, dann rannte er. Unerträgliche Schmerzen wüteten in der Messerwunde in seinem Rücken, ließen das gebrochene Handgelenk dagegen wie einen Kratzer erscheinen. Er spürte, dass sich in seinem Körper Flüssigkeiten miteinander vermischten, die sich nicht vermischen sollten, dass Blut in Bereiche hineinsickerte, in die es nicht gehörte. Trotz aller Bemühungen konnte es sein, dass er es nicht rechtzeitig schaffte.

Wieder erwog er, Jeniens Kopf einfach zurückzulassen. Ein lockerer Pflasterstein könnte das Problem lösen. Mit ihm könnte er ihr Gehirn so zerschmettern, dass es nicht mehr auszulesen war. Aber das konnte er nicht tun. Sie zu töten, war schlimm genug gewesen. Und er wollte die Stofftasche auch nicht einfach in eins der brennenden Gebäude werfen, an denen er auf seiner Flucht vorbeikam.

Die Uhr im Haupttempel schlug zur vollen Stunde, und Paet spürte, wie ihm das bisschen Blut, das noch in ihm war, in die Beine sackte. Die Port-Herion-Plattform würde bald geschlossen. Jeden Moment konnte es so weit sein. Und sie würden nicht auf ihn warten.

Er rannte. Seine Brust hob und senkte sich unter seinem Keuchen. Es war ihm längst schon egal, ob man ihn sah oder welchen Eindruck er auf seine Umwelt machte. Es rechtzeitig zum Tor zu schaffen, durch das Portal zu treten, hinaus auf Seelie-Gebiet, das war alles, was zählte.

Am Fuß des Kollws Kapytlyn gab es eine Straße, dort, wo sich das Südwesttor befand. Paet erreichte sie außer Atem nach einer Zeit, die ihm wie Stunden erschien. Die Straße war leer und verlief entlang eines Kamms, von dem aus man die endlosen Weiten Annwns überblicken konnte. In der Ferne hob ein Hwch Ddu Cwta, eines jener riesigen, tentakelbewehrten Wildschweine, seinen Kopf und blickte ungeachtet des ganzen Tumults in den dunklen Nachthimmel.

Paets Beine fühlten sich an, als wären sie von kaltem Eisen umwickelt, sein Atem ging stoßweise. Blut lief an seinem Rücken herab und gerann an seinen Oberschenkeln. Er taumelte, dann noch einmal. Er hätte diese Kinder töten sollen; am Ende wäre es doch nötig gewesen. Er hatte geschworen, die Kinder des Seelie-Königreichs zu beschützen, nicht die von Annwn.

Er kämpfte sich wieder auf die Beine. Die Schmerzen in seinem Rücken, seiner Brust, seinem Handgelenk – sie alle schienen sich jetzt gegen ihn verschworen zu haben. Ein jeder besaß seine eigene Persönlichkeit, seine eigene Handschrift der Pein.

Das Stadttor war bereits hochgezogen worden; unbewacht lag es da. Dahinter, in der Ferne, konnte Paet schon die Plattform leuchten sehen. Das Portal war noch immer offen!

In diesem Moment griff ihn einer der Bel Zheret von hinten an, rammte ihm seine Schulter in die Messerwunde. Die Tasche mit Jeniens Kopf wurde bei der Attacke ein Stück weit davongeschleudert. Ob es sich bei dem Angreifer um Katze oder Natter handelte, konnte Paet nicht sagen. Nicht dass es noch eine Rolle spielte. Falls es Katze war, dann hatte sich sein Wunsch, einmal einen Schatten zu töten, am Ende doch noch erfüllt.

Aber Jenien würde er nicht kriegen. Mit letzter Kraft kroch Paet auf die Tasche zu und bot dem Bel Zheret damit seinen ungeschützten Rücken. Eine Chance, die sich der Angreifer nicht entgehen ließ. Er trat Paet hart in die Nierengegend.

Paet brach über der Tasche zusammen. Mit bloßen Händen zertrümmerte er Jeniens Kopf. Es war schwieriger als gedacht, doch nun würde Mab nie an ihre Geheimnisse gelangen.

Der Bel Zheret kniete sich über ihn und begann in wohl bedachter Weise und ohne besondere Eile auf Paets Rücken einzustechen. Dann drehte er sein Opfer um und widmete sich dessen Gesicht. Paet fühlte, wie seine Nase zertrümmert wurde, dann brach sein Unterkiefer in zwei Teile. Zähne kullerten ihm auf die Zunge; einen verschluckte er. Er spürte, wie seine Rippen brachen, erst eine, dann zwei weitere. Etwas platzte in seiner Brust, und dann konnte er plötzlich nicht mehr atmen. Auch hörte er nichts mehr, bis auf das dumpfe Rauschen in seinen Ohren. Die Welt geriet ins Trudeln, das Klopfen, das Pochen, all das ebbte ab, um schließlich auf immer zu verstummen.

Wenige Minuten später stolperte Traet, der Seelie-Botschafter im wahrsten Sinne des Wortes, über Paet. Er befand sich in Begleitung einiger Angestellter, die Koffer und Kisten schleppten, allesamt bis zum Platzen gefüllt mit Dokumenten.

»Du liebe Güte!«, rief Traet aus und blickte auf die Leiche hinab. »Wie entsetzlich!«

»Ist er noch am Leben?«, fragte einer der Angestellten und kniete sich neben den leblosen Körper.

»Dafür haben wir jetzt keine Zeit«, brummte Traet und ging weiter. »Mit Verlusten muss nun mal gerechnet werden.«

»Aber, mein Herr! Das ist Paet!«

Mit aufgerissenen Augen wirbelte der Botschafter herum. »Dann hebt ihn auf! Schnell!«

Der kniende Angestellte fühlte Paets Puls. »Er ist tot, mein Herr. Vielleicht sollten wir uns lieber nicht –«

»Seid kein Narr«, erwiderte Traet. »Gebt mir euer Gepäck und nehmt ihn mit. Auf der Stelle!«

Weder die Angestellten noch Traet bemerkten die Stofftasche, die Paet im Todeskampf entglitten war und nun in einem Gebüsch jenseits des Stadttores lag.

Als die Gruppe um Botschafter Traet sicher durch die Schleuse auf die Plattform getreten war, öffnete der Portalmeister eine kleine Tür an der Seite des massiven Konstrukts. Nachdem er den Mechanismus der altertümlichen Maschine eingestellt hatte, mischte sich ein lautes Brummen in die Kakofonie der Kriegsgeräusche aus der umkämpften Stadt. Während ein Sextett aus äußerst entschlossen wirkenden königlichen Seelie-Wachen die Menge zurückdrängte, die als Möchtegernflüchtlinge das Portal umlagerte, schloss der Meister die Tür und nahm sodann ein besonders schwer wirkendes Teil des Mechanismus an sich. Rasch trat er auf die Plattform und signalisierte den Wachen, ihm zu folgen. Die zogen sich zur Sicherheit der anderen Passagiere nur Stück für Stück zurück in das schimmernde Portal. Ihre gezückten Schwerter waren das Letzte, was von ihnen zu sehen war. Als auch der Letzte hindurch war, erlosch das Portal, und statt des Durchgangs blieb nur mehr eine Wand aus poliertem schwarzem Stein zurück. Die aufgebrachte Menge hämmerte mit den Fäusten dagegen, einige weinten und jammerten, anderen schrien vor Wut und Verzweiflung.

Kurz vor Morgengrauen ertönte die Alarmglocke in der Stadt; bald darauf wurde die Unseelie-Flagge auf dem Obelisken gehisst. Dann wurde es totenstill in Blut von Arawn. Die Menge an der Port-Herion-Plattform zog sich widerstrebend vom Portal zurück und ging ihrer eigenen Wege – einige kehrten mit hängenden Köpfen in die Stadt zurück; andere schlugen sich ins Hinterland durch, ohne sich umzuschauen.

2. KAPITEL

Titania ist das Land, und das Land ist Titania.
Sie versteht das Lied der Vögel und spürt die gepflügte
Erde auf ihrer Haut.

– Anonymer Verfasser, »Ode an Titania«

Heute

Regina Titania, Faekönigin der Seelie, Reinstes Blut der Reinsten Elfen, saß auf ihrem steinernen Herrschersitz, das Kinn in die Hand gestützt, und ließ die Füße baumeln. Die Lichter im Thronraum waren gedämpft, und das Klacken ihrer Absätze auf dem Boden hallte in der Dunkelheit wider.

Sie sah zu ihrem Ehemann hinüber. König Auberon, Abas leiblicher Sohn, fläzte sich untätig auf seinem eigenen Thronsessel. Seit Jahrhunderten hatte er nicht mehr gesprochen, nicht mehr, da sie ihn am Tage ihrer Hochzeit seiner Kräfte und seines Geistes beraubte.

»Mein Gatte, ein Wandel vollzieht sich«, sprach sie mit sanfter Stimme. »Vor langer Zeit schon hattest du mich vor diesem Tage gewarnt, doch ich verspottete dich. Nun jedoch kommt die Einsicht.«

Auberons Kopf rollte zur Seite, und er schluchzte lautlos auf.

3. KAPITEL

Alle Gaben kommen von Aba,
dem Gott über allen Göttern.
Für jenen, der da klar sieht,
ist dies keine Frage des Glaubens;
es ist eine Unumstößlichkeit.

– Alpaurle, *Magus*, übersetzt von Feven IV zu Smaragdstadt

Silberdun saß im Vestibül von Abt Estianes Büro und zitterte vor Kälte. Tebrit hatte ihm einfach die Novizenrobe über den Kopf gezerrt, ohne dass sich Silberdun zuvor hatte abtrocknen können. Nun tropfte er auf den Fußboden.

Nach einigen Minuten öffnete Abt Estiane die Tür und geleitete Silberdun in sein Büro, nicht ohne bei seinem Anblick ein Grunzen auszustoßen. Das Büro war beengt, aber warm. Es war dem Abt gestattet worden, eine kleine Kohlenpfanne aufzustellen, da das Rheuma ihn plagte. Zumindest behauptete er das. Silberdun jedoch wusste, dass Estiane die Kälte schlicht und einfach hasste und der Meinung war, er habe sich, um es in des Abts eigenen Worten zu formulieren: »als Klostermönch lange genug grundlos den Arsch abgefroren«.

Einige Minuten lang schwieg Estiane, kramte stattdessen in den zahlreichen Schriftrollen und Büchern herum, die auf seinem Tisch lagen. Schließlich gab er die Suche auf, langte nach unten und brachte eine metallene Flasche zum Vorschein, die er Silberdun reichte.

»Hier«, sagte er. »Ein kleiner Eisbrecher.«

Silberdun nahm einen Schluck und wurde mit dem wohl besten Kognak belohnt, den er je getrunken hatte. »Bei den Titten der Königin, Vater, wo habt Ihr das Zeug bloß aufgetrieben?«

Estiane lächelte. »Wir haben alle unsere kleinen Geheimnisse, Silberdun. Oder glaubt Ihr, ich würde diesem Laden noch vorstehen, wenn ich nicht ein paar Beziehungen hätte?«

Silberdun nickte und nahm einen weiteren Schluck.

»Wie ich hörte, habt Ihr Tebrit wieder mal gegen Euch aufgebracht«, sagte Estiane.

»Was kein Kunststück ist.«

»Ihr habt das Morgengebet verpasst, richtig?«

»Schätze, mein Brummschädel ist dafür verantwortlich, dass ich jetzt hier vor Euch sitze.« Silberdun zuckte die Achseln. »Aber im Vertrauen, ich glaube nicht, dass mich Tebrit besonders ins Herz geschlossen hat.«

Estiane wedelte den Gedanken beiseite. »Unsinn. Tebrit nimmt lediglich seine Aufgaben als Prior ernst, um sicherzustellen, dass Euer Noviziat auch eine Zeit der Läuterung darstellt, auf dass Ihr Euch bestens von allen weltlichen Dingen lossagen könnt.«

Er nahm Silberdun die Flasche ab und trank seinerseits einen Schluck, bevor er sie wieder in seinem Schreibtisch verschwinden ließ. »Ach, wem will ich was vormachen«, fuhr der Abt fort. »Der Mann verabscheut Euch. Und das aus gutem Grund.«

»Aber dass er so viel Freude dabei empfindet, mich zu schikanieren, macht ihn nicht gerade zu einem Heiligen«, meinte Silberdun pikiert.

»So lasst diesem Mann doch seine kleinen Freuden. Er hat einen wirklich schwierigen und undankbaren Job. Aber ob Ihr's glaubt, oder nicht, es gab in diesem Tempel noch weitaus schlimmere Novizen als Euch.«

»Ach, wirklich?«

»Ja, ich war ein richtig übler Bursche. Während meiner Novizenschaft hab ich mal zwei Zwillingsschwestern in die Sakristei geschmuggelt und sie dann mit dem heiligen Wein betrunken gemacht.«

»Nein!« Silberdun schlug auf den Tisch. »Ihr Schuft! Und trotzdem hat man Euch zum Priester geweiht?«

»Es ist nie rausgekommen.«

»Ich wusste gleich, warum ich Euch mag«, sagte Silberdun.

»Nun, ich schätze, Ihr werdet mich bestrafen müssen. Einen Monat Dienst im Aborterker, richtig?«

»Eigentlich zwei Monate. Einen fürs Fernbleiben beim Morgengebet und einen fürs Trinken in Anwesenheit Eures Abtes.« Estiane grinste und lehnte sich in seinem Stuhl zurück. »Ha! Damit habt Ihr wohl nicht gerechnet, was?«

»Ihr alter Lumpenhund. Ich begreife nicht, wie Ihr's zum religiösen Oberhaupt gebracht habt.«

»Ganz einfach.« Estiane beugte sich vor, und sein Lächeln verblasste. »Seht Euch doch um. Seht Ihr hier vielleicht irgendwelche Gläubigen? Irgendeine andere verlorene Seele außer Euch, die gekommen ist, um mich um spirituelle Führung zu bitten? Ich bin Beamter. Würde ich zum mustergültigen Ordensmitglied taugen, wäre ich jetzt da draußen und würde meinen Glauben praktizieren.« Estiane seufzte. »In Wahrheit ist die Beförderung zum Abt keine Belohnung, sondern eine Strafe.«

Silberdun spürte, wie ihm in dem geheizten Büro allmählich wärmer wurde. »Das mag Eure Meinung sein. Doch ich durfte einst Vestar aus dem Aba-Tempel in Sylvan kennen lernen. Nie traf ich einen frommeren Mann als ihn!«

Was von Estianes Lächeln noch übrig war, erstarb in diesem Moment. Er sah zu Boden. »Musstet Ihr jetzt unbedingt diesen alten Mann ins Spiel bringen, Silberdun? Gerade als es mit Euch ein bisschen lustig zu werden versprach...«

Er seufzte. »Manchmal ist auch Unsereins gezwungen, ein frevelhaftes Verhalten an den Tag zu legen, um den Irrungen und Wirrungen in der Welt mit Humor zu begegnen. In den Augen Abas, der alles sieht, ist ein jeder von uns ein Sünder. Doch einige kommen dem Ideal schon sehr, sehr nahe. Einige von uns sind so stark, dass sie keine Robe zwischen sich und dem Wind brauchen. Vestar war ein solcher Mann.«

»Also gebt Ihr zu, ein lausiger Abt zu sein«, feixte Silberdun.

»Dergleichen hab ich nie zugegeben!«, sagte Estiane. »Vestar war ein Heiliger. Es ist einfach so, dass es mehr Kirchen als Heilige gibt, das ist alles. Wir vollbringen das Bestmögliche mit den uns gewährten Gaben. Die meisten von uns waren und sind gezwungen, um unser Seelenheil willen Kompromisse zu schließen. Die Tatsache, dass Vestar dies nie tat, legt einmal mehr Zeugnis ab von seiner einzigartigen Gabe.«

»Seine einzigartige Gabe kostete ihn das Leben«, bemerkte Silberdun. »Er erhob sich gegen Purane-Es, wiewohl er fliehen und sich in Sicherheit bringen konnte.«

»Da habt Ihr's!«, sagte Estiane. »Da habt Ihr's!«

»War das dann alles?«, fragte Silberdun. »Oder sind hier vielleicht noch irgendwelche Pasteten versteckt, von denen ich kosten könnte, bevor ich mich zu meinen Brüdern setze, um meinen morgendlichen Haferschleim herunterzuwürgen?«

»Als ob ich meine Pasteten mit Euch teilen würde«, erwiderte Estiane und zupfte seine Robe in Form.

Silberdun erhob sich zum Gehen, doch der Abt bedeutete ihm, sich wieder hinzusetzen. »Hört zu, Silberdun. Da Ihr schon mal hier seid, würde ich gern etwas mit Euch besprechen.«

»Also, falls Euch wieder mal der Sinn nach hübschen Zwillingsschwestern steht, bräuchte ich dafür schon ein paar Tage ... und natürlich auch den Schlüssel zur Sakristei«, erwiderte Silberdun.

Estiane schwieg; ihm war ganz offenbar nicht mehr zum Scherzen zumute.

Silberdun zog seine Robe enger um sich. »Nun gut, um was geht's denn?«

»Ich war mir unsicher, ob ich die Sache überhaupt zur Sprache bringen soll, aber ich schätze, es wird wohl das Beste sein. Ich hab erfahren, dass Lord Everess Euch zu sprechen wünscht.«

Silberdun richtete sich auf. »Ach, wirklich? Doch woher weiß Everess eigentlich, dass ich hier bin? Unterliegt meine Anwesenheit hier nicht so etwas wie einer heiligen Schweigepflicht?«

»Ruhig Blut, Silberdun. Ihr müsst wissen, dass Lord Everess erfährt, was immer er zu erfahren wünscht. Tatsächlich hab ich ihm erzählt, dass Ihr hier seid.«

Silberdun schaute sein Gegenüber finster an. »Warum habt Ihr das getan, Abt? Ich möchte nicht mehr mit weltlichen Angelegenheiten behelligt werden. Ich möchte einfach meine Ruhe haben. Deswegen kam ich schließlich hierher.«

»Ja, und das ist genau der falsche Grund, um hierherzukommen. Und eben deshalb seid Ihr auch ein so mieser Novize. Wenn Ihr die Einsamkeit sucht, so kenne ich zahllose abgeschiedene Inseln in der Westsee, die sich für ein Einsiedlerleben besser eignen würden.«

»Ich möchte Aba folgen«, sagte Silberdun mit schwacher Stimme.

»Ein Mann kann auch Spaß haben, ohne sich einer Zirkustruppe anzuschließen, Silberdun.«

»Was soll das heißen?«

»Das heißt, dass man kein Mönch werden muss, um Aba zu gefallen. Und das wisst Ihr auch.«

»Genug, genug. Was hat das alles mit Everess zu tun? Was will er denn von mir?«

»Das soll er Euch selbst sagen«, erwiderte Estiane. »Und ich schlage vor, dass Ihr ihm Gelegenheit dazu gebt. Soll ich ihn also wissen lassen, dass Ihr zugestimmt habt, ihn zu treffen, oder nicht?«

Silberdun dachte darüber nach. Der Nebel in seinem Hirn verflüchtigte sich, doch sein Geist wollte die Arbeit noch immer nicht aufnehmen, wollte stattdessen von der Wärme an einen bequemen, ruhigen Ort getragen werden. Ein fast andächtiger Moment, dachte er nicht ohne Ironie, wie er ihn, seit er ins Kloster gekommen war, noch nicht erlebt hatte.

»Also gut, ich treffe ihn«, sagte Silberdun. »Aber ich behalte mir das Recht vor alles zu ignorieren, was er erzählt.«

»Ausgezeichnet«, rief Estiane. »Eure Entscheidung freut mich umso mehr, da ich ihn schon hierher eingeladen habe. Er trifft morgen ein.«

Silberdun starrte den Abt verdrießlich an. »Ihr seid wirklich ein ausgemachter Lumpenhund, wisst Ihr das ...«

Estianes Grinsen kehrte zurück. »Habt Ihr nicht noch ein paar Latrinen zu säubern, Novize? Ich schlage vor, Ihr fangt schleunigst damit an, sonst werdet Ihr das ganze Mittagsgebet hindurch stinken wie eine Jauchegrube.«

Am folgenden Tag war es windig und kalt, und es regnete noch viel stärker. Der Herbst hatte sich über das Kloster gelegt und schien entschlossen, mit aller Macht auf sich aufmerksam zu machen. Trotz allem kommandierte Tebrit Silberdun vergnügt in den hauseigenen Nutzgarten ab, wo dieser nun pflichtbewusst, wenngleich stinksauer, Kohlköpfe aberntete. Nach einer Stunde tat ihm das Kreuz weh; bis zu den Schienbeinen hinauf war er schlammverschmiert, und seine Fingerspitzen fühlten sich taub an. So versuchte Silberdun von Zeit zu Zeit ein bisschen Hexenfeuer für sich zu entfachen, aber der starke Regen machte ihm jedes Mal einen Strich durch die Rechnung. Ja, es schien, als wache Aba selbst über ihn, wie um sicherzustellen, dass er Tebrits Strafe auch bis zum bitteren Ende erduldete.

Der Tempel Aba-Nylae stand auf einem bewaldeten Hügel außerhalb von Smaragdstadt. Insofern war er dem vom Inlandmeer kommenden Seewind ungeschützt ausgeliefert. Erbarmungslos fegte er um diese Jahreszeit über die Anhöhe hinweg und ließ die Erde kalt und feucht zurück, während in der Stadt selbst der schönste Sonnenschein herrschte.

Silberdun kniete im Dreck und zerrte gerade an einer widerspenstigen Wurzel, als eine ihm bekannte Stimme durch den Garten dröhnte.

»Bei Auberons haarigem Arsch! Wenn das nicht Perrin Alt, Lord Silberdun, ist, der sich als unzivilisierter Unfreier verkleidet hat!« Es folgte herzhaftes Gelächter.

Silberdun sah auf und entdeckte Edwin Sural, Lord Everess, der feixend und winkend unter dem Kloster-Portikus stand.

»So kommt doch endlich aus dem Regen, Silberdun«, kicherte Everess. »Ich hab den langen Weg schließlich nicht gemacht, um Euch bei der Landarbeit zuzusehen.«

Silberdun erhob sich schwerfällig und spie ein bisschen Regenwasser aus. Sein Haar war klatschnass und klebte in dicken Strähnen an seinem Nacken, die Novizenrobe war ebenfalls regendurchtränkt; Hände und Füße schlammverkrustet. Für einen Moment schloss er die Augen, bevor er den langen Weg durch den matschigen Gemüsegarten antrat.

»Also um ehrlich zu sein, Perrin Alt ...«, kicherte Everess, als Silberdun nah genug heran war, »... ich glaube nicht, dass das Klosterleben das Richtige für Euch ist.«

Silberdun hatte Everess nie sonderlich leiden können. Für seinen Geschmack fand dieser Mann ein wenig zu sehr Gefallen an Spott und Hohn. »Man gewöhnt sich dran«, erwiderte er lahm. Jede geistreiche oder gar schlagfertige Erwiderung schien, wie schon zuvor seine Hexenlichter, in diesem Garten ersoffen zu sein.

»Bei den Zähnen der Königin, Silberdun! So ist es also wahr, was man sich erzählt – Ihr habt Euch in der Tat verändert!«

Automatisch griff Silberdun an sein Gesicht. Er berührte seine Nase, die einst gerade und edel geformt war und auf der nun ein unschöner Höcker saß. Seine vormals ausgeprägten Wangenknochen waren kaum mehr der Rede wert, und auch sein Kinn war nicht mehr halb so markant wie früher. Er hatte sich die falsche Frau zum Feind gemacht, und die hatte sich bitterlich an ihm beziehungsweise an seinem Antlitz gerächt. Faella, die junge Mestina, die er aus irgendeinem Grunde nicht vergessen konnte. Königin Titania hatte ihm gesagt, dass Faella etwas ganz Besonderes war, da sie die so genannte Dreizehnte Gabe besaß – die Gabe der Verwandlungsmagie. Silberdun hegte den dumpfen Verdacht, dass Titania ihm dies nicht allein um der Information willen mitgeteilt hatte.

»Das ist die gute Landluft«, meinte Silberdun. »Die wirkt Wunder an der Haut.«

»Ach, kommt endlich aus dem Regen und hört auf, Plattitüden von Euch zu geben. Wir haben wichtige geschäftliche Dinge zu besprechen.« Everess winkte Silberdun in Richtung Kalefaktorium, wofür ihm Silberdun insgeheim dankbar war. Die Wärmestube des Klosters war der einzige Raum, in dem Tag und Nacht ein Feuer brennen durfte.

Sie betraten das Kalefaktorium, und Silberduns Robe begann augenblicklich zu dampfen. In einer Ecke des Raums standen Holzzuber mit heißem Wasser. Bevor Silberdun auch nur daran denken konnte, sich mit Everess zu unterhalten, wusch er sich erst einmal das Gesicht, die Hände und die Füße. Er seufzte vor Wonne, als wieder Gefühl in seine Gliedmaßen zurückkehrte, wenngleich in Begleitung von kleinen schmerzhaften Nadelstichen.

Nachdem er den Eindruck hatte, wieder halbwegs vorzeigbar zu sein, setzte sich Silberdun an den langen Tisch beim Feuer, an dem Everess bereits Platz genommen hatte und sorgfältig eine Pfeife stopfte.

»Ich bin erfreut, dass Ihr zugestimmt habt, Euch mit mir zu treffen, Perrin«, sagte Everess herzlich; sämtliche Häme schien von ihm abgefallen zu sein. »Was wir zu bereden haben, ist eine Angelegenheit von größter Wichtigkeit.«

»Verstehe«, entgegnete Silberdun. »Dennoch solltet Ihr wissen, dass ich diesem Treffen eigentlich nicht zugestimmt hatte. Dieser Bastard Estiane hatte sich an meiner Stelle dazu bereit erklärt.«

»Und doch sitzen wir uns hier nun einander gegenüber, nicht wahr?«

»Kein Wunder, hier brennt ja auch das einzige Feuer weit und breit.« Silberdun seufzte. Dieser Schlagabtausch war ermüdend.

Everess hatte sich seit ihrer letzten Begegnung vor fünf Jahren im Oberhaus kaum verändert. Immer noch feist und rotgesichtig, trug er nach wie vor seinen braunen, mittlerweile jedoch grau melierten Backenbart. Er hatte eng stehende Äuglein, die von seinen buschigen Augenbrauen teilweise verdeckt wurden, sodass er den Eindruck erweckte, ständig zu blinzeln. Er zog an seiner Pfeife und stieß eine kleine Rauchwolke aus. Silberdun winkte mit dem Zeigefinger, und der Rauch formte sich zu zwei ineinandergreifenden Ringen, die zur Decke aufstiegen.

»Hört auf mit diesem Unsinn, Silberdun«, sagte Everess. »Wir haben viel zu bereden, und ich wäre gern wieder in der Stadt, bevor der Regen die Straße endgültig fortwäscht.«

»Ihr habt meine ungeteilte Aufmerksamkeit«, erwiderte Silberdun.

»Es ist an der Zeit, dass Ihr wieder aus der Deckung kommt«, begann Everess. »Ich verstehe, dass Ihr Euch eine Weile von allem zurückziehen wolltet, doch nun werdet Ihr anderenorts dringend gebraucht.«

»Das sehe ich anders. Ich bin sehr glücklich hier.«

»Seid kein Narr, Silberdun. Ihr hattet eine Weile Euren Spaß als Mönchlein, aber diese Zeiten sind vorbei, und das wissen wir beide. Ihr gehört nicht hierher. Das habt Ihr niemals und werdet es auch niemals. Die Askese passt nicht zu Euch. Genauso wenig wie ein Leben hinter Mauern.«

»Im Gefängnis von Crere Sulace war ich eine ziemlich lange Zeit zu einem Leben hinter Mauern verdammt. Ich kann mich nicht erinnern, dass Ihr mich auch nur einmal dort aufgesucht hättet.«

»Stimmt, aber als Mauritane Euch die Möglichkeit bot, dort herauszukommen, da habt Ihr sie ergriffen. Und das, obwohl Ihr wusstet, dass sich diese Mission möglicherweise als Todeskommando entpuppen könnte.«

»Mauritane meinte, er würde mich eigenhändig umbringen, wenn ich mich seiner Sache nicht anschließen würde.«

»Ach, hört auf, Euch wie ein Idiot zu benehmen!«, rief Everess verärgert aus. »Der Punkt ist doch, dass Ihr am Ende mitgegangen seid. Ihr habt Crere Sulace als Verbrecher verlassen und seid als Held aus der Schlacht von Sylvan heimgekehrt. Ihr habt bewiesen, dass Ihr die Fähigkeit besitzt, das zu tun, was für das Wohl des Königreichs am besten ist. Und genau das erwarte ich nun von Euch.«

»Lasst es gut sein, ich bin hier sehr zufrieden.«

»Ach ja?«, meinte Everess. »So schaut Euch doch mal um. Für mich sieht's so aus, als hättet Ihr nur die eine Zelle gegen eine andere eingetauscht.«

Darauf fiel Silberdun, der normalerweise nie um eine Antwort verlegen war, nichts mehr ein. Also stand er einfach auf und wandte sich zum Gehen.

»Kommt zurück in die Stadt, Silberdun«, rief ihm Everess nach, »und hört Euch erst mal an, was ich zu sagen habe. Und wenn Euch das wider Erwarten nicht gefällt, könnt Ihr Euch von mir aus wieder hier verkriechen und bis ans Ende Eurer Tage in diesen Mauern verrotten.«

Das saß!

Der Kurier auf der kräftigen Stute beobachtete, wie Lord Everess' Kutsche im Regen verschwand. Er stand auf dem Hügel, von dem aus man den Tempel überblickte. Als er sich davon überzeugt hatte, dass Everess' sichere Rückreise gewährleistet war, führte er sein Pferd den Grasabhang hinab und ritt Richtung Tempel-Ställe.

Er reichte einem vorbeikommenden Mönch seine Zügel und versicherte ihm, er werde bald wieder zurück sein. Tatsächlich kehrte er schon wenige Minuten später erneut aus dem Kloster zurück, saß auf und ritt schweigend davon.

Als Silberdun das Kalefaktorium verließ, war ihm zwar warm, aber auch ein bisschen seltsam zumute. Er und Everess waren nie Freunde gewesen – schön und gut, sie hatten sich ein paarmal im Senat gesehen, und eine Kusine zweiten Grades hatte einen Neffen von Everess geheiratet, doch Silberdun war nicht mal auf der Hochzeit gewesen. Warum also hatte Everess ausgerechnet ihn aufgesucht?

Silberdun schlich leise durchs Refektorium und zurück ins Dormitorium. Die Klausen der Mönche waren um diese Zeit alle leer – die Mittagsruhe war vorüber und die Nachmittagsgebete hatten begonnen. Silberdun kümmerte das alles nicht. Er sank auf seine Pritsche und lehnte sich gegen die Wand; die Kühle der Steine wirkte beruhigend auf seinen Geist.

Auf einem Regalbrett über seiner Schlafstatt lag noch immer der Beutel, in dem sich seine Alltagskleidung befand, die er vor zehn Monaten bei seinem Eintritt ins Kloster getragen hatte. Die Sachen waren gewaschen und gestärkt. Seine Stiefel, gereinigt und poliert, standen einträchtig neben seinem Bündel. Darunter lag das Schwert, das Mauritane ihm auf der Siegesfeier nach der Schlacht von Sylvan übergeben hatte. Auf der Klinge war der Silberdun-Halbmond eingraviert, umrahmt von fünf Sternen – jeder Stern stand für einen seiner Gefährten auf jener schicksalhaften Reise, die ihn aus dem Exil in Crere Sulace ins Leben zurückgeführt hatte.

Zwei seiner Kameraden waren tot: Honigborn hatte sich gleich zu Beginn ihrer Mission für die Gruppe geopfert; Graugänger hatte seine Gefährten hintergangen und seine Verfehlung mit dem Leben bezahlen müssen. Brian Satterly rettete irgendwo in den Faelanden menschliche Babys vor den Wechselbalg-Händlern. Raieve, inzwischen Mauritanes Ehefrau, war nach Avalon zurückgekehrt, um in ihrer Heimat den Frieden zu sichern. Mauritane hatte wohl seinen Posten als Hauptmann der Königlichen Garde aufgegeben und kämpfte zweifellos an ihrer Seite.

Zumindest nahm Silberdun das an. Seit Monaten schon hatte er niemanden aus seinem alten Leben mehr wiedergesehen. Und er vermisste seine Schicksalsgefährten. Ja, er vermisste selbst den törichten Menschen Satterly, was schon irgendwie niederschmetternd war.

Es klopfte an der Tür. Silberdun rechnete schon mit einem weiteren Überfall von Tebrit, doch es war Estiane, der nun in seine Klause trat. Der Abt schloss leise die Tür; auf seinem Gesicht lag ein merkwürdiger Ausdruck. Das Klosteroberhaupt hielt einen Umschlag in der Hand, und Silberdun erkannte das gebrochene Siegel von Marcuse, dem Oberhofmeister der Königin. Estiane setzte sich auf die Kante von Silberduns Pritsche und drehte den Umschlag in seinen Fingern. Es sah aus, als hantiere er mit höchst empfindlichen Trockenblumen oder zerbrechlichem Porzellan.

»Wir wollen ganz aufrichtig miteinander sein, ja?«, begann Estiane. »Kein Geplänkel, keine Machtspielchen, keine Tricksereien. Wir sind beide Gefolgsmänner Abas, die ihr Bestes geben, um ihrem Gott zu dienen, und die bei dem Versuch doch allzu oft kläglich scheitern. Ich denke, Ihr könnt mir bis hierhin zustimmen?«

Silberdun setzte sich auf. Ihm lag eine launige Bemerkung auf der Zunge, doch er schluckte sie herunter. »In Ordnung«, grummelte er.

»Mir ist bekannt, warum Everess Euch heute aufgesucht hat«, sagte Estiane. »Er und ich hatten in den letzten Monaten einige recht ernste Gespräche.«

»Tatsächlich?«, fragte Silberdun. »Ist Everess denn Arkadier. Das hätte ich nun nicht von ihm gedacht.«

»Nein, nein«, sagte Estiane. »Diese Gespräche waren rein politischer Natur. Wir hängen es zwar nicht an die große Glocke, aber die Kirche ist mit der Staatspolitik genauso eng verbunden wie jede andere große Organisation. Wir besitzen Macht und Einfluss und Erfahrung, und all dies muss auch eingesetzt werden.«

Estiane schlug mit dem Umschlag sacht gegen seine Fingerspitzen. »Wie Ihr vielleicht wisst, verfügt die Kirche über ein beachtliches Netzwerk bei den Unseelie. Zwar ist uns nicht exakt bekannt, wie viele Anhänger wir in Mabs Kaiserreich tatsächlich haben, denn die Bel Zheret foltern die Arkadier nur zu gern, um genau solche Dinge zu erfahren, weshalb die Kirche bemüht ist, so wenige Interna wie möglich offenzulegen.

Viel nützliches Wissen, das die Königin über die Unseelie besitzt, kam von uns. Wir haben Anhänger auf fast jeder Regierungsebene und in allen militärischen Rängen. Und bisweilen treibt ihr Gewissen sie dazu, gewisse Dinge zu enthüllen.«

Silberdun lächelte. »Und Ihr tauscht dann dieses Wissen gegen Einfluss im Senat und am Königlichen Hof ein.«

»Selbstverständlich.« Estianes Stimme wurde lauter. »Wir wären doch dumm, wenn wir es nicht täten. Das alles hat wenig mit unserem Dienst an Aba zu tun; die Kirche an sich ist keine heilige Institution. Die Kirche ist eine Organisation, die in Zeit und Raum existiert und tut, was getan werden muss, um zu überleben – und dies erfolgreich. Erinnert Euch: Als Ihr noch ein kleiner Junge wart, war das Arkadiertum praktisch verboten.« Ohne großen Erfolg versuchte Estiane seine Schuldgefühle zu verbergen, die er offenbar empfand. »Und das führt uns zu Euch, Perrin Alt. Lord Silberdun.«

Silberdun seufzte. »Ich hab mich schon gefragt, wann ich ins Spiel kommen würde. Worum geht's also?«

»Da bin ich mir gar nicht wirklich sicher, um ehrlich zu sein«, erwiderte Estiane. »Ich weiß, dass Everess sehr daran gelegen ist, Euch wieder in die Hauptstadt zurückzuholen, ich weiß nur nicht, aus welchem Grund. Ich denke, es hängt irgendwie mit dem Außenministerium zusammen.«

»Also ehrlich, Abt!«, sagte Silberdun. »Was hat das alles noch mit Heiligkeit zu tun?«

»Heiligkeit?«, zischte Estiane. »Heiligkeit ist das Privileg der Seligen wie Tebrit, Eurem Peiniger. Tebrit muss keine Entscheidungen darüber treffen, wie der Einfluss der Kirche in Bezug auf aktuelle Entwicklungen genutzt werden soll, oder ob solche Entwicklungen überhaupt stattfinden dürfen, oder welche grässlichen Folgen sich für die Kirche und ihre Anhänger ergäben, würden diese Entwicklungen einfach ignoriert. Tebrit wird kein Blut an seinen Händen haben, falls es zu einem neuen Krieg kommen sollte, weil er nichts tun konnte, um ebendiesen zu verhindern.

Von mir hingegen wird erwartet, dass ich Entscheidungen fälle. Und ich habe keine Möglichkeit, mir dabei nicht die Hände mit Blut zu beschmutzen. Ich besitze nicht das Privileg der Unbeflecktheit.«

Silberdun lehnte sich zurück und nickte. »Jetzt verstehe ich. Everess braucht Eure Informationen. Und Ihr habt beschlossen, Euch dafür bezahlen zu lassen. Er hat zugestimmt, mich für die Rolle zu besetzen, die ihm für mich vorschwebt, da er weiß, dass ich als Euer Interessenvertreter agieren werde, und im Gegenzug werdet Ihr ihm Informationen liefern.«

»Nicht nur Informationen«, sagte Estiane.

»Auch Geld?« Silberdun war bestürzt.

»Wir wollen doch ehrlich miteinander sein, oder nicht, Silberdun? Ihr lest nun mal nicht die Berichte, die ich zu lesen bekomme. Die Listen mit den Namen der Märtyrer, die tagtäglich auf meinem Schreibtisch landen. Die Unseelie haben ein abartiges Vergnügen daran, Arkadier zu jagen und zu töten. Was glaubt Ihr würde passieren, wenn sie Regina Titania zu Fall brächten? Die Kirche würde aufhören zu existieren. Abas Werk in den Faelanden würde enden!«

Estiane lehnte sich vor, und Silberdun nahm den schwachen Geruch von Weinbrand in seinem Atem wahr. »Und ich werde nicht zulassen, dass das passiert.«

Silberdun erhob sich und nahm sein Schwert vom Regalbrett. Er zog es aus der Scheide und stieß damit ein paarmal frustriert in die Luft. »Und was, wenn ich mich weigere? Was, wenn ich einfach nur ein Mönch bleiben will?«

Auch Estiane stand auf. Er strich sich die Robe glatt. »Ihr wolltet doch nie ein Mönch sein, Perrin. Ihr brauchtet lediglich einen Ort, an den Ihr Euch eine Weile verkriechen konntet. Die Zeit des Rückzugs ist indes vorbei – ich schmeiße Euch raus.«

»Das könnt Ihr nicht tun!«

»Ich bin der Abt. Ich kann tun, was ich will.«

Silberdun ließ das Schwert erneut durch die Luft sausen, erschlug einen imaginären Gegner.

»Also gut«, meinte er. »So werft mich raus. Dann kehre ich eben zurück nach Oarsbridge, friste mein Dasein als exzentrischer Landedelmann und heirate die hübsche, dumme Tochter eines benachbarten Barons, die mich des Nachts wärmt. Wie klingt das?«

Estiane lächelte, dann ging er zur Tür. »So einfach ist das nicht, Perrin. So einfach ist das Leben nicht.«

»Könnte es aber sein.«

»Hier.« Estiane reichte Silberdun den Briefumschlag. »Der wurde abgeliefert, gleich nachdem Everess von hier aufbrach. Es waren zwei Botschaften darin. Eine war an mich gerichtet, die andere an Euch. Meine Botschaft besagte lediglich, dass ich Euch die andere aushändigen solle, bevor ich Euch gestatte, das Kloster zu verlassen.«

Silberdun nahm das Kuvert entgegen. Wieder fiel sein Blick auf das Siegel des Oberhofmeisters. Im Umschlag lag ein einzelner Bogen Papier, beschrieben mit fließenden, schön anzusehenden Zeilen. Es war nicht die Schrift des Oberhofmeisters Marcuse. Doch er erkannte sie sofort, wusste auf Anhieb, wer diese Botschaft verfasst hatte.

Perrin Alt, Lord Silberdun:
Als wir uns zuletzt trafen, sagte ich Euch, dass einst der Tag kommen würde, da ich nach Euch rufen lassen würde. Dieser Tag ist nun da. Prüft mit Bedacht das Ansinnen, das an Euch gestellt wird. Ihr seid jemand, der – ähnlich einem wertvollen Rennpferd – nur dann brilliert, wenn er an der Startlinie steht. So geht nun dorthin, wo ihr zu brillieren vermögt.

Die Nachricht war nicht unterzeichnet, aber das war auch nicht nötig; sie war von der Königin höchstpersönlich verfasst worden.

»Scheiße«, fluchte Silberdun. »Scheiße! Scheiße! Scheiße!«

Er griff in das Regal über seiner Pritsche und schnappte sich seine Stiefel.

4. KAPITEL

*Ein noch ungeklärtes Problem ist folgendes:
Die Standardformel für eine Elementar-Entfesselung
über Entfernung erfordert einen tonalen Auslöser
(zum Beispiel das Entfesselungswort), damit physisch
mit der Bindung interagiert werden kann. Ist die
Entfernung d, die Tongeschwindigkeit r, so kostet der
Effekt des Entfesselungswortes Zeit = t. Es ergibt sich
also die Formel: $t = d/r$. Bei Versuchen unter
kontrollierten Bedingungen hat sich jedoch gezeigt,
dass die Entfesselung zeitgleich mit dem Auslöser
erfolgt. Die Thaumaturgen haben diesen Umstand seit
Jahrhunderten erörtert, jedoch keine zufriedenstellende
Erklärung anbieten können. Nachdem die reitischen
Kräfte über Entfernung exponentiell abnehmen, ist dies
in der Praxis indes kaum ein Problem. In den meisten
Fällen wird dem Student daher empfohlen, auf die
Standard-Entfesselungsbefehlskettenformel
zurückzugreifen.*

– Dynamik, Kapitel 7: »Indirekte Auslösemechanismen
in verteilten Systemen«

Der Morgen dämmerte schon, und Eisenfuß war noch immer wach. In seinem Kopf pochte es, während er über der Landkarte grübelte. Das Ding war so groß, dass ein örtlicher Schreiner eigens einen Tisch für sie hatte anfertigen müssen, damit man sie ganz entrollen konnte. Es war eine topografische Karte, die vor etlichen Jahren von einem hiesigen Gouverneur angefertigt worden war. Der Mann schien eine Schwäche für die Geografie gehabt zu haben; darüber hinaus hatte er sich wohl erhofft, durch die Silberminen zu Wohlstand zu gelangen. Die Karte war dem Gouverneur nie von Nutzen gewesen, außer dass sie sein Selbstwertgefühl gestärkt hatte. Für Eisenfuß hingegen war sie unbezahlbar.

Sämtliche Messwerte, die von der Forschungsstätte hereinkamen, trug Eisenfuß sorgfältig als Datenpunkte in die Karte ein. Mit einem Lineal zog er perfekt gerade Strahlungslinien von einem Punkt zum anderen. Allmählich kristallisierte sich so etwas wie ein Muster heraus, doch es reichte noch nicht aus.

Unbeherrscht schlug er mit der Faust auf den Tisch. Die vielen Jahre als Gelehrter hatten sein Temperament nicht zu zügeln vermocht. Er war sich dessen bewusst, und es ärgerte ihn maßlos.

Er rieb sich die Augen und trank einen großen Schluck Kaffee. Die Tasse beschwerte die untere linke Ecke der Karte, die sich nun wieder ein wenig einrollte. Geistesabwesend strich er sie mit der Hand glatt. Dann griff er mechanisch zum nächsten Papierstreifen, doch da lag keiner mehr.

Eisenfuß stand auf. Sein Rücken und die Schultern schmerzten, die Müdigkeit kroch ihm in jede Faser seines Körpers. Er hätte sich von einem der Sanitäter mit einem Erfrischungszauber stärken lassen können, aber die wirkten nur auf den Körper, nicht auf den Geist. Was er brauchte, war Schlaf. Echten Schlaf.

Er schlug die Zeltklappe beiseite und wurde sogleich vom staubigen Wind empfangen, der Tag und Nacht über die Grabungsstätte hinwegfegte. Der Dreck drang überall ein; in die Kleider, die Stiefel, die Instrumente und Gerätschaften. Ein Teil des Staubes mochte aus den Unseelie-Steppen im Süden zu ihnen herübergeweht sein, doch ein anderer Teil – und darüber wollte Eisenfuß lieber nicht nachdenken – stammte gewiss von den hier eingeäscherten Faemännern, -frauen und -kindern. Den Nachfahren der Gründer dieser einst ältesten elfischen Stadt.

»Armin«, rief er nach seinem Gehilfen, der am Rande des Kraters stand und Wasser aus einem Metallbecher schlürfte. Armin war jung, noch Student, doch er lehrte bereits an der Universität und würde sicherlich zum Ordinarius aufsteigen, wenn sie wieder nach Smaragdstadt zurückkehrten.

»Hier drüben, Meister Falores«, antwortete Armin, wobei er nach wie vor gebannt in den Krater starrte. Eisenfuß ging zu ihm.

»Ich wünschte, Ihr würdet mich einfach Eisenfuß nennen. Wie jeder andere auch.«

»Tut mir leid, aber das würde meine Mutter nicht dulden«, sagte Armin. Er war ein gewissenhafter, pflichtbewusster Schüler. Und wenn er darüber hinaus ein wenig altmodisch sein wollte, so war es Eisenfuß auch recht.

Unter ihnen durchkämmte eine Studentengruppe die Ruinen im Krater, inspizierte jedes Stück Schutt, jeden Knochen, jedes Stück Metall. Jeder Schüler trug einen Intensitätsindikator bei sich, dessen Daten alle paar Minuten abgelesen wurden. Die Ergebnisse wurden sodann auf einem Streifen Papier festgehalten, um zuletzt von Eisenfuß in die Karte eingetragen zu werden. Die Schüler hatten zuerst ein bisschen genörgelt, als man ihnen die Aufgabe übertrug. Niemand von ihnen hatte so recht verstanden, wozu das alles gut sein sollte, doch am Ende hatten sie ihren Widerstand aufgegeben. Für die Aussicht auf freie Verpflegung und selbst den kärglichsten Lohn, würde sich jeder Student mit Freuden von einem beliebigen Körperteil trennen, das wusste Eisenfuß.

»Sollen wir runtergehen?«, fragte Armin. »Nachsehen, ob es neue Erkenntnisse gibt?«

Eisenfuß nickte. »Es wird nicht mehr lange dauern. Vielleicht noch ein, zwei Tage, dann haben wir alles zusammen, was es hier zu holen gibt.«

Armin und Eisenfuß begannen unwillkürlich durch den Mund zu atmen, als sie den Abstieg in den Krater antraten. In den Krater, an dessen Stelle noch vor einem Jahr die Seelie-Stadt Selafae gestanden hatte.

Am Fuße des Trichters herrschte ein absonderlicher Gestank, einer, den niemand so recht in einem Wort zu beschreiben vermochte, obwohl er sich aus Gerüchen zusammensetzte, die allen wohlvertraut waren: ein leichter Hauch von Zimt, der Duft von gebratenem Schinken, fast angenehm, wäre da nicht der beißende Gestank nach verbranntem Teer, der einem ebenfalls in die Nase stieg. Sie waren nun schon sechs Wochen hier, und niemand hatte sich bisher daran gewöhnen können. Einige der Schüler trugen ein Stück Stoff über Mund und Nase, aber auch das schien nicht viel zu nützen. Ein Dozent der Elemente, der sie vor Ort besuchte, hatte angeboten, den Gestank mit Hilfe einer einfachen Transmutation zu beseitigen, doch Eisenfuß hatte es abgelehnt. Er wollte die Forschungsstätte im vorgefundenen Zustand erhalten.

Die Studenten und Ausgräber konnten ein Lied davon singen. Auf Eisenfuß' Anweisung hin durfte nicht der kleinste Atemzug *re* an der Forschungsstätte genommen werden. Auch der Einsatz jedes noch so kleinen Glücksbringers war strengstens verboten. Wie auch das Rezitieren von Cantrips, um den Schmerz aus den Muskeln zu vertreiben.

Während sie durch die Trümmer wanderten, legte sich der Gestank auf all seine Sinne, und Eisenfuß schrak unwillkürlich davor zurück. Etwas an dem Geruch erschien ihm vertraut. Und wichtig. Er konnte nur nicht sagen, was es war. Er weckte eine Erinnerung in ihm, gemahnte an eine Erfahrung, die er vor langer Zeit gemacht hatte; er registrierte ihn stets mit einem komischen Gefühl im Magen, wie man einen charakteristischen Duft registriert, den man vor langer, langer Zeit wahrgenommen hatte. Doch Eisenfuß konnte ihn beim besten Willen nicht zuordnen, und genau das machte ihn fast wahnsinnig.

»Wie läuft's denn so, Beman?«, fragte Armin einen der Studenten, einen großen blassen Jungen. Er sah aus, als hätte er seit dem Beginn seiner Ausbildung nichts Anständiges mehr zu sich genommen und würde erst jetzt, unter Eisenfuß' Fittichen, wieder etwas Fleisch ansetzen.

»Es geht voran, Professor. Ich hoffe, mit meinem Sektor bis zum Mittagessen fertig zu sein.« Beman tätschelte sein Messgerät.

Eisenfuß jedoch blickte finster drein und nahm ihm das Gerät ab. »Ihr macht das nicht richtig«, sagte er und demonstrierte dem

Studenten dann, wie es korrekt war. »Man muss es so weit wie möglich vom Körper entfernt halten, damit das eigene *re* das Ergebnis nicht verfälscht. Seht Ihr, so ...«

Der Intensitätsindikator war ein Gerät, das Eisenfuß während seiner eigenen Lehrzeit selbst entwickelt hatte. Damals hatte er noch unter Meisterelementarist Luane gedient, der fast im Alleingang das Fachgebiet der Induktiven Thaumatologie begründet hatte. Das Instrument bestand aus einer Messingröhre, die Eisenfuß fast bis zur Taille reichte. Sie besaß eine silberne Spitze und an der Außenseite eine Markierungslinie mit Gradeinteilung. In der Röhre befand sich eine silberne Platte und ihr direkt gegenüber eine aus kaltem Eisen. War kein *re* gegenwärtig, so berührten sich die beiden Platten fast, da ihre natürliche Abstoßung in diesem Fall nicht stattfand. Berührte man jedoch mit der silbernen Spitze ein Objekt oder ein Lebewesen, das mit der magischen Essenz erfüllt war, stieß die Silberplatte die Eisenplatte im Verhältnis zur vorhandenen *re*-Stärke ab, wodurch sich die Nadel entlang der Markierungslinie bewegte. Eisenfuß war mehr als nur ein bisschen stolz auf seine Erfindung.

Er gab dem Studenten das Messgerät zurück, der recht erleichtert zu sein schien, als Eisenfuß und Armin ihren Weg durch den Krater fortsetzten. Eisenfuß kniete nieder, um Bemans letzte Aufzeichnungen zu studieren: Jedes Fundstück, vom kleinsten Kiesel bis zum größten Mauerbruchstück, war mit Runen beschriftet, welche die Richtung und Stärke des eingebetteten *re* anzeigten. Neues Futter für die Karte.

Waren erst mal alle Proben gekennzeichnet, sämtliche Daten gegengecheckt und auf Fehler hin analysiert, waren erst mal alle Ergebnisse im Hinblick auf die ineinandergreifenden *re*-Auren, die jede Fae-Stadt durchdrangen, hin korrigiert, dann, und erst dann konnte Eisenfuß in die ernsthafte Phase seiner Forschung eintreten. Zu seinem Glück (hingegen weniger zu dem der Bürger von Selafae) war die Druckwelle, welche die Stadt zerstört hatte, immens gewesen, ihre reitische Schlagkraft so enorm, dass sie nahezu das gesamte Grund-*re* vernichtet hatte, das vor dem Einschlag in der Stadt vorhanden gewesen war.

Eisenfuß war erpicht darauf, seine Untersuchung zu beenden, erpicht darauf, das Problem zu lösen und sich dem nächsten zuzuwenden. Probleme zu lösen, das war Eisenfuß' Job. Um welche Art von Problem es sich dabei handelte, war ihm normalerweise egal, solange die Arbeit interessant war und ihn aus der Stadt herausführte. Doch diese Aufgabe hier war etwas Besonderes. Sie war von größter Bedeutung.

War die Arbeit an der Karte erst einmal abgeschlossen, würde er an die Königinnenbrück-Akademie zu Smaragdstadt zurückkehren und das tun, was seiner Meinung nach die größte Leistung auf dem Gebiet der Investigativen Thaumatologie darstellte: Er würde jene monströse Magie rekonstruieren, welche die Stadt in einem Atemzug ausgelöscht hatte. Ja, er würde »Einszorn« nachbauen, indem er sich allein an den Auswirkungen dieser Waffe orientierte.

Und danach? Was dann? Konnte nach diesem Projekt noch irgendetwas von Bedeutung kommen? Jener Teil von ihm, der die Quelle seiner Wut und Ungeduld war, sprach in letzter Zeit wieder häufiger zu ihm: Es ist an der Zeit weiterzuziehen.

Er und Armin setzten ihren Weg fort, lauschten den Geräuschen, welche die Instrumente verursachten, wenn sie auf die Trümmer trafen, und den leisen Gesprächen der arbeitenden Studenten. Jemand sang einen alten arkadischen Choral:

Gebettet in dem heil'gen Grund,
lass deinen Geiste mich umfangen.
Geleit' mich zur Erneuerung,
und durch Erde, Wind und Woge,
oh, erwecke mich.

Die Melodie war einprägsam, wunderschön, und plötzlich wurde Eisenfuß bewusst, dass dies nicht nur ein weiteres Projekt, eine beliebige Forschungsstätte war. Dieser Ort war ein gigantischer Friedhof, ein Beinhaus nie da gewesenen Ausmaßes. Die weißen Stücke, die überall zwischen den zerbrochenen Steinen verstreut lagen, das waren keine Steinfragmente – es waren Knochenreste.

Er ließ Armin bei einem der Studenten zurück, der eine Frage zu einem abweichenden Messergebnis hatte, und ging weiter, darauf achtend, auf nichts anderes zu treten als auf Schutt.

Eisenfuß war Gelehrter, doch es hatte eine Zeit gegeben, da war er auch Soldat gewesen, und die Echos der Gewalt weckten in ihm Gedanken an Rache. Bilder und Gefühle, von denen er geglaubt hatte, sie wären seinem jüngeren Ich vorbehalten geblieben. Nein, der Wille zum Sieg hatte ihn nie verlassen. Doch *darüber* nachzugrübeln förderte nichts Gutes zutage.

Und so schob er diese Gedanken weit von sich. Er hatte Arbeit zu erledigen und keine Zeit für Reue.

Als Eisenfuß eine Stunde später zu seinem Zelt zurückkehrte, wurde er von einem älteren Edelmann erwartet. Der Besucher hielt sich wegen des Gestanks ein Tuch vors Gesicht.

Armin bereitete bei Eisenfuß' Eintreffen Tee am kleinen Lagerofen vor; er wirkte ein wenig nervös.

»Ein Lord Everess wünscht Euch zu sprechen, Meister Falores«, sagte er.

Everess verbeugte sich leicht in Richtung Eisenfuß. »Welch eine Freude, Euch kennen zu lernen, Falores. Eine aufrichtige Freude.«

Er war nicht der erste Adlige, der zur Forschungsstätte gekommen war, um ein bisschen herumzuschnüffeln. Die meisten wollten von Eisenfuß durch die Trümmer geführt werden und mit ihm ein bisschen über die Technologie zu fachsimpeln, die bei der Zerstörung der Stadt zum Einsatz gekommen war. Einige schienen ernsthaft besorgt wegen der »Einszorn«-Waffe, die überwiegende Mehrheit jedoch wurde nur aufgrund einer morbiden Faszination hierhergetrieben. Eisenfuß wusste nicht zu sagen, von welcher Sorte dieser Everess war.

»Die Freude ist ganz auf meiner Seite, Lord Everess«, erwiderte Eisenfuß mit der gebotenen tiefen Verbeugung. »Wie kann ich Euch zu Diensten sein?«

»Ah«, meinte Everess lächelnd. »Das ist die große Frage, nicht wahr?«

»Vor allem ist es diejenige, die ich Euch gerade stellte«, antwortete Eisenfuß.

»Ein Gelehrter *und* ein Spaßvogel.« Wieder lächelte Everess. Falls ihn Eisenfuß' freche Erwiderung irgendwie brüskiert hatte, so ließ er es sich nicht anmerken. »Ich sehe, Ihr seid ein beschäftigter Mann, so komme ich also direkt zur Sache. Wollen wir nicht ein paar Schritte zusammen gehen?« Er nahm seinen Spazierstock zur Hand und deutete mit ihm durch das Lager.

Eisenfuß geleitete Everess zum Rand des Kraters und bedeutete ihm, weiterzugehen. »An dieser Stelle kann man am besten hinabsteigen«, sagte er.

»Oh, ich muss da nicht runter«, meinte Everess. »Ich war schon mal hier. Eine Woche, nachdem es passiert ist. Und ein Mal hat mir gereicht, das kann ich Euch sagen.«

Eisenfuß war verwirrt. »Entschuldigt, Lord Everess, aber wenn Ihr keine Führung durch den Krater wünscht, warum seid Ihr dann hier?«

»Wegen Euch«, sagte Everess. »Ich kam wegen Euch, Meister Falores.«

»Bitte nennt mich doch Eisenfuß. Wie alle anderen auch.«

»Freilich«, sagte Everess. »Nun, gibt es hier irgendwo einen Platz, an dem es nicht stinkt wie in einer Gerberei und wo wir unter vier Augen reden können?«

»Morgens kommt der Wind von Norden, sodass die Luft unten am Fluss um diese Zeit recht angenehm ist.«

»Führt mich dorthin«, sagte Everess. »Eisenfuß.«

Sie nahmen den Pfad hinab zum Fluss und erreichten die Stelle, an dem das Forschungsteam seine Wäsche wusch. Der Fluss schlängelte sich um die Ruinen der Stadt nach Norden, und Eisenfuß schlug diese Richtung ein.

»Wisst Ihr, Ihr seid ein recht interessanter Bursche«, sagte Everess. »Die Verkörperung der Gegensätze, wie man sagt.«

»Danke sehr, mein Herr«, sagte Eisenfuß. »Ich betrachte mich gern als einzigartig.«

»Der Sohn eines Schäfers aus der Provinz, der es schaffte, für seinen Alleingang im Gnomkrieg mit einer Aufnahme an der Königinnenbrück-Akademie belohnt worden zu sein. Und hier seid Ihr nun, Jahre später, ein respektierter Thaumaturg und Lehrstuhlinhaber an einer der renommiertesten Universitäten in den Faelanden. Das ist mehr als interessant, das ist verdammt beeindruckend.«

»Danke schön«, erwiderte Eisenfuß. »Dennoch hatte auch das Glück seinen Anteil daran.«

»Das Glück ist mit den Tüchtigen«, sagte Everess. »Ihr habt einen exzellenten Verstand und seid ein vortrefflicher Soldat.«

»Ich möchte nicht unhöflich erscheinen, mein Herr, aber ich bin mir sehr wohl darüber im Klaren, wer ich bin und was ich getan habe. Darf ich daher fragen, weshalb Ihr wirklich hier seid?«

Everess lachte, ein bellendes Geräusch, bei dem sich Eisenfuß sehr unbehaglich fühlte. Er lächelte höflich zurück.

Everess' Miene wurde ernst. Er sah hinaus auf den Fluss. Das Licht der aufgehenden Sonne in ihrem Rücken brach sich auf der Wasseroberfläche. »Ich weiß, was Ihr hier tut, welches Ziel Ihr verfolgt.«

»Ist das so?«

»Und ich weiß auch, dass Euer Dekan an der Königinnenbrück-Akademie denkt, dies sei unmöglich. Er erwägt, das Projekt einzustellen.«

»Diese Art von Forschung ist teuer«, sagte Eisenfuß. »Und es besteht in der Tat die Möglichkeit, dass unsere Bestrebungen nicht von Erfolg gekrönt sind.«

»Bei allem Talent, mein Sohn, seid Ihr ein lausiger Politiker.«

»Keine Laufbahn, die ich jemals angestrebt hätte.«

Der Pfad wurde steiler, und Everess schwieg für eine Weile, während er mit seinem Stock die Steigung erklomm. Oben angekommen, hielt er inne und bewunderte die Aussicht. Die zerstörte Stadt lag hinter ihnen, vor ihnen breitete sich das Flusstal aus, an das sich das Ackerland anschloss. Die meisten Felder waren jedoch unbestellt, da die Stadt nun nicht mehr existierte und somit eine Bewirtschaftung sinnlos war.

»Wisst Ihr, welche Position ich innehabe, Eisenfuß?«, fragte Everess.

»Ich fürchte nein. Wie Ihr bereits festgestellt habt, zählt die Politik nicht gerade zu den Themen, bei denen ich mit meinen überragenden Fähigkeiten glänzen könnte.«

»Ich bin der Außenminister, was bedeutet, dass ich große Verantwortung für dieses Land trage. Und um dieser Verantwortung gerecht zu werden, dürfen nun einmal nur die besten und talentiertesten Männer und Frauen für mich arbeiten.«

»Bietet Ihr mir eine Stellung an, mein Herr?«

»Was, wenn ich Euch – für den Fall, dass Ihr für mich arbeitet – jegliche thaumaturgische Forschung Eurer Wahl finanzieren würde, während ich Euch gleichzeitig zu ein wenig körperlicher Betätigung verhelfe.«

»Mein Herr?«

»Ihr wart es doch, der sich über die Grenze in die Umfochtenen Lande gestohlen hat, um die Arbeiten an einer uralten Arami-Ausgrabung zu untersuchen, oder etwa nicht? Eine Unseelie-Expedition, wie ich hinzufügen möchte.«

»Das war durchaus interessant!«

»Ach ja? Wir nahmen lange Zeit an, Ihr wäret ein Spion, bis ich Euch dann überwachen ließ.«

»Ihr habt mich beobachtet? Ich verstehe nicht.«

»Nur die Besten und Talentiertesten«, wiederholte Everess. »Ich biete nicht jedem eine solche Gelegenheit.«

»Wieso glaubt Ihr, ich würde die Universität verlassen wollen?«, fragte Eisenfuß.

»Ich weiß genau, aus welchem Grund Ihr sie verlassen würdet. Und ich weiß auch, dass Ihr Euch längst mit diesem Gedanken tragt.«

»So? Und warum?«

»Weil Ihr Euch langweilt.«

Eisenfuß wusste nichts darauf zu erwidern.

»Ich weiß das Angebot durchaus zu schätzen«, sagte er nach einer Weile, »aber wie Ihr ja wisst, bin ich derzeit mit einer ziemlich wichtigen Sache befasst.«

»Dem stimme ich zu«, sagte Everess. »Und deshalb ist eine der Voraussetzungen für Eure Arbeit im Ministerium, dass Ihr diese Aufgabe zuvor abschließt. Wie Ihr Euch sicherlich denken könnt, sind wir überaus interessiert an den Ergebnissen.«

»Ich weiß.« Eisenfuß drehte sich vom Fluss weg und sah hinüber zum Krater. »Ich bin mir nicht sicher, wie ich zu der Idee stehen soll, die Pläne für etwas, das eine solche Zerstörungskraft hat, an wen auch immer auszuhändigen.«

»Tja, sollte die Waffe jemals wieder zum Einsatz kommen, so ziehe ich es jedenfalls vor, dass sie gegen die Unseelie eingesetzt wird und nicht gegen uns.«

»Ja«, sagte Eisenfuß. »Ich schätze, mir geht's genauso.«

»Also gut. Wenn Ihr zurück in Smaragdstadt seid, werde ich Euch eine Botenfee schicken.«

Schweigend standen sie eine Weile da, schauten hinab auf das, was einst das altehrwürdige Selafae gewesen war, und nahmen dann den Pfad zurück ins Lager.

Vier Tage später war es vorbei. Eisenfuß sammelte die letzten Messergebnisse ein, die er in seinem behaglichen Zimmer in der Akademie in die Karte eintragen würde. Die Zelte waren abgebaut, die Wachsoldaten abgezogen worden. Die arkadischen Priester und Hinterbliebenen, die sich so viele Monate vom zerstörten Selafae hatten fernhalten müssen, strömten wieder hinein in die Ruinen der Stadt – die Priester, um ihre Segen zu sprechen; die Angehörigen, um nach Andenken, Knochenresten oder irgendwelchen Kleinigkeiten zu suchen, die sie an diejenigen erinnerten, die sie verloren hatten. Es war ein sehr bewegender Moment, und Eisenfuß verspürte nicht den Wunsch, sich noch mehr auf das Thema einzulassen, als er es ohnehin schon hatte tun müssen.

Die Rückkehr auf das Universitätsgelände der Königinnenbrück-Akademie war wie nach Hause zu kommen. Nie war ihm aufgefallen, wie frisch die Luft von Smaragdstadt roch, wie sehr die Farben leuchteten. Woche um Woche hatte er seine Tage an einem grauen, staubigen und stinkenden Ort der Verdammnis zugebracht und sich die Nächte, über die verdammte Karte gebeugt, um die Ohren geschlagen. Trotz seines dringenden Wunsches, das Projekt zu beenden, war Eisenfuß doch dankbar dafür, dass die kleinen Verpflichtungen, die sich in seiner Abwesenheit ergeben hatten, ihn von Zeit zu Zeit davon abhielten. Kurz: Er brauchte einfach ein bisschen Abstand von allem.

Auf dem Fensterbrett seines Arbeitszimmers lümmelten schon seit einer Weile einige Botenfeen herum und langweilten sich zu Tode. Jede von ihnen wollte die Erste sein, die ihre Nachricht ablieferte, um endlich wieder von hier zu verschwinden. Er nahm sie sich reihum vor und machte sich dabei Notizen: eine Einladung zum Abendessen von einer verliebten weiblichen Kollegin; die Bitte des Dekans um ein Treffen – das konnte definitiv warten. Und eine kurze Nachricht von Lord Everess.

»Der Lord sagt, er will rüberkommen ins Büro und reden und so weiter und so fort«, richtete ihm Everess' Botenfee aus.

Eisenfuß setzte sich das kleine Wesen auf die Handfläche. »Vielleicht erzählst du ihm einfach, dass ich beschäftigt bin.«

Die Botenfee wirkte einigermaßen pikiert. »Na, das wird ihn aber nicht gerade freuen, das kann ich Euch sagen. Er ist 'n Lord, wisst Ihr. Ziemlich nobel und so. Trägt 'nen Hut, raucht Pfeife. Bei Euch seh ich weder Hut noch Pfeife, also schätze ich, er hat gewonnen. Ha!«

Eisenfuß hatte eine Schwäche für die kleinen Wesen, wenn er auch nicht genau wusste, wieso.

»Meinst du?«, fragte er. »Du glaubst also, ich hätte hier nicht Nirgendwo einen Hut und eine Pfeife rumliegen?«

Die Botenfee schnaufte auf. »Das glaub ich nicht nur, das weiß ich ganz genau! Gestern war mir nämlich langweilig und da hab ich mir all Eure Sachen angesehen.«

»Was für ein schlaues Geschöpf du doch bist.«

»Denkt Ihr das wirklich? Ich meine, so richtig wirklich? Das denkt nämlich niemand über mich, das kann ich Euch versichern. Habt Ihr zufällig Roastbeef?«

»Bitte was?«

»Ich liebe Roastbeef! Ich mag seinen Duft, und ich mag Leute, die Roastbeef mögen. Aber ich darf's nicht essen, weil wir Botenfeen ja Pflanzenfresser sind, und das ist wirklich die schlimmste Tragödie meines Lebens! Ich meine, die schlimmste seit dem Tod meiner Familie damals.«

»Tut mir leid«, meinte Eisenfuß. »Kein Roastbeef.«

»Mist«, sagte die Botenfee.

»Also gut, weiter geht's«, sagte Eisenfuß. »Bring dem Lord meine Antwort. Ich glaube, ich hab hier noch irgendwo ein bisschen Petersilie. Die kannst du haben.«

»Ja, klar! Guter Witz, das mit der Petersilie«, rief die Botenfee und flatterte auf das geöffnete Fenster zu. »Hab ich Euch nicht eben erst gesagt, dass ich all Eure Sachen durchstöbert hab?«

Eisenfuß hatte jede Besorgung getätigt, die ihm eingefallen war, jede Nachricht beantwortet, ja, sogar die Wohnung geputzt und die Papiere im Büro geordnet. Wovor lief er eigentlich davon? Er hatte es kaum abwarten können, in die Stadt zurückzukehren, und nun, da er hier war, zögerte er das Unvermeidliche wieder und wieder hinaus.

Die Karte stand in einer Ecke seines Büros. Aufgerollt und in einer Röhre verstaut, die größer war als er selbst. Das Behältnis war mit seinem persönlichen Universitätssiegel verschlossen. Die Karte schien nach ihm zu rufen, und ein Teil von ihm wollte ihr auch antworten, doch ein anderer Teil hätte sie am liebsten verbrannt.

Wieso? Warum dieses Schuldgefühl? Weil er den Schlüssel zur Rekonstruktion dieser Waffe in Händen hielt? Das bezweifelte er, um ehrlich zu sein. So sehr ihn der Gedanke verstandesmäßig beschäftigte, so wenig rechtfertigte er das mulmige Gefühl in seiner Magengegend. War es das Grauen, das die Karte umgab? Der Gestank des Todes und der fahle Staub, der von ihr aufzusteigen schien, obwohl in Wahrheit nicht der geringste Geruch von ihr ausging? Nein, das war es auch nicht.

Er wusste, was es war, konnte es sich allerdings nicht eingestehen.

Am nächsten Morgen erwachte er früh, stürzte eine starke Tasse Kaffee herunter und zwang sich anschließend dazu, die Karte zur Hand zu nehmen. Er entrollte sie im kleinen Salon seiner Wohnung, wo sie den gesamten Boden bedeckte; er war aus Platzgründen sogar gezwungen, die Polsterbank in die Küche zu schieben. Die Papierstreifen mit den letzten Messergebnissen türmten sich fein säuberlich auf einem Stuhl in der Nähe, auf dem auch seine Kaffeetasse stand. Er nahm Federkiel und Lineal zur Hand und begann mit der Arbeit.

Nachdem alle Daten eingetragen waren, erfolgten die Berechnungen. Diese nahm er auf liniertem Papier vor, das er eigens dafür beim Schreibwarenladen der Universität bestellt hatte. Mit jedem neuen Ergebnis erschien eine weitere Linie auf der Karte. Ein Netz entstand, ein Muster nahm Gestalt an. Das war gut. Und doch wollte ihn dieses Unbehagen nicht verlassen. Das Unbehagen war eng verknüpft mit diesem seltsamen Teergeruch, den er einfach nicht zuordnen konnte, mit dieser Erinnerung, die er nicht zu fassen bekam. Je weiter sich das Muster auf der Karte entfaltete, umso stärker wuchs das Grauen, das er empfand.

Als er das nächste Mal aufschaute, zeigte die Uhr nach Mitternacht. Das Feuer im Kamin war heruntergebrannt, und im Raum wurde es kalt. Er stocherte in der Glut herum, goss sich einen Whiskey ein und machte sich wieder an die Arbeit.

Als der Morgen dämmerte, hatte er die formelbasierten Interpolationen abgeschlossen. Er wusste nicht mehr, wie viele Tassen Kaffee er seit dem Aufstehen getrunken hatte; das ließ sich nur ungefähr an seinem zunehmend sauren Magen und der Frequenz ablesen, in der er austreten musste. Das Netzmuster war fertig, mehr oder weniger. Einige der Messergebnisse fehlten, andere, da war er sich sicher, waren frei erfunden. Besonders ein Bereich auf der Karte erwies sich als totale Pleite, wichen die dortigen Ergebnisse doch völlig von denen der anderen Sektoren ab. Der betreffende Abschnitt war von dem nichtsnutzigen Sprössling eines Lords durchkämmt worden. Der Vater hatte den Sohn zu dieser Arbeit genötigt in der irrigen Annahme, sie würde seinen Charakter festigen. Eisenfuß hätte dem Alten gleich sagen können, dass es da nichts zu festigen gab.

Wie dem auch sei, was er hatte, reichte aus, und nun konnte der ernsthafte Teil seiner Arbeit beginnen. Er kopierte das Netz mit den Messpunkten von der Karte auf ein frisches Blatt linierten Papiers – es war groß, wenngleich nicht ganz so groß wie die Karte selbst. Allein das Streudiagramm war darauf zu sehen, sodass das Spektrum der Invokation nun lebhaft heraustach. Das Netz lag vor ihm und bettelte darum, interpretiert zu werden. Ein Muster, ja, doch was sagte es aus? Als er versuchte, sich den Moment des Ereignisses vorzustellen, war ihm, als müsse ihn die Antwort förmlich anspringen. Die genauen physikalischen Komponenten. Das präzise Verhältnis der Elemente, der Bewegung, des Gleichgewichts und womöglich einer der anderen Gaben, die dabei eine Rolle gespielt haben mochten. Das alles sollte eigentlich dort zu lesen sein, ihm direkt ins Auge springen. Aber das tat es nicht. Das Muster sagte nichts aus. Das Muster bedeutete nichts. Es war nur ein Muster. Es legte gewisse Dinge nahe, ohne Frage, aber eben nur unmögliche Dinge.

Eisenfuß erwachte. Es war später Nachmittag. Irgendwann war er einfach eingeschlafen, noch immer über dem Muster brütend, noch immer frustriert. Er öffnete die Fensterläden und ließ die Sonne herein. Ihre Strahlen fielen auf das Netzmuster. Nichts. Er stellte das Diagramm auf den Kopf. Nichts. Er ging mit dem Schaubild zum Fenster, betrachtete das Netz durch die Rückseite des Papierbogens hindurch. Immer noch nichts.

Das Problem nagte an ihm, wie auch das Gefühl, dass die Lösung des Geheimnisses die ganze Zeit zum Greifen nah war. Die »Einszorn« war explodiert – als Komponente musste also mindestens eines der Elemente eine Rolle dabei gespielt haben. Der Effekt war mit Verzögerung eingetreten, also musste die Gabe der Bindung zum Einsatz gekommen sein. Doch welche Komponenten? Welche Bindungszauber? Niemals war ein Bindungszauber erschaffen worden, der imstande war, eine solche Menge an elementarer Kraft unter Kontrolle zu halten, schon gar nicht, sie aus einer solchen Entfernung zu entfesseln. Was also war es dann?

Die Lösung lag vor seinen Augen, warum zum Donnerwetter konnte er sie dann nicht sehen?

Seine ungute Ahnung war zu einem Fieber geworden. Und das war, was er am meisten fürchtete. Die Quelle seiner Angst, die in ihm gebrodelt hatte, seit er an die Akademie zurückgekehrt war.

Das Muster lag vollständig vor ihm.

Und er wusste es nicht zu deuten!

Er dreht sich zur Wand um und drosch mit der Faust dagegen. Der Schlag hinterließ einen seltsam befriedigenden Riss im Putz, doch der darauffolgende Schmerz war die Sache nicht wert gewesen. Das unbarmherzige Gefühl versagt zu haben, sackte in sein Bewusstsein – wie ein schwerer Stein in den Sumpf.

Das kannst du besser, beschwor ihn die Stimme in seinem Innern.

Das zarte Klopfen an sein Fenster riss ihn aus seinem Elend. Es war eine Botenfee, und sie kam Eisenfuß irgendwie bekannt vor.

»Hey, Ihr hübscher Bursche, macht mal auf!«, rief sie.

Er versuchte das Geschöpf zu ignorieren, doch es hörte nicht auf, am Fensterrahmen zu rütteln – erst rufend, dann schreiend, dann fluchend. Eisenfuß wuchtete sich aus dem Stuhl und schlurfte durch den Raum, trat dabei unbemerkt auch auf die Karte. Er öffnete das Fenster. Die Botenfee schwebte herein und landete auf der Lehne des Stuhls, auf dem Eisenfuß zuletzt gesessen hatte.

»Was willst du?«, fragte er.

»Mann, das hat ja vielleicht gedauert«, beschwerte sich die Botenfee und streckte zur Unterstreichung ihrer Worte die Zunge heraus. »Was ist los mit Euch? Seid Ihr taub oder was? Als ich das letzte Mal hier war, habt Ihr jedenfalls noch ganz gut gehört. Habt Ihr zu nah neben was Lautem gestanden? Weil, dann passiert so was nämlich manchmal und…«

Eisenfuß starrte die Botenfee böse an; all seine Sympathie für die kleinen Geschöpfe schien sich während seiner letzten verzweifelten Stunden verflüchtigt zu haben.

»Ich hab nämlich auch Gefühle, wisst Ihr!«, maunzte die Botenfee weiter und stampfte geräuschlos mit dem winzigen Fuß auf. »Aber natürlich sind meine Gefühle ziemlich oberflächlich, und ich kann leicht besänftigt werden mit einem leckeren Stängel Petersilie oder besser noch mit...« Die Botenfee rieb sich die kleinen Hände. »... Sellerie!«

»Schluss jetzt!«, brüllte Eisenfuß, selbst erstaunt über die Wut in seiner Stimme. Die Botenfee fiel rückwärts von der Lehne, fluchte und flatterte dann wieder ein Stück nach oben. Sichtlich beunruhigt lugte sie über die Stuhlkante.

»Mann, das war vielleicht gemein!«

»Tut mir leid«, erwiderte Eisenfuß so beherrscht wie möglich. »Ich hatte einen harten Tag. Wie lautet also deine Nachricht?«

»Lord Everess antwortet, dass er extratraurig ist, weil Ihr ihn nicht treffen wollt. Außer, dass er's ein bisschen unfreundlicher formuliert hat.«

Die Botenfee dachte einen Moment lang nach, wobei sie sich mit dem Finger an die Stirn tippte. »Da war aber noch was. Was Wichtiges. Hm. Mal überlegen. Lord Everess... extratraurig und so weiter... Sellerie...«

Das winzige Wesen schnippte mit den Fingern. »Ach, ja! Lord Everess will wissen, ob Ihr mit diesem Karten-Dingsbums endlich fertig seid. Er hat wegen dieser Karte ein ziemliches Blabla-Trara gemacht, das kann ich Euch sagen.«

»Verstehe«, erwiderte Eisenfuß. »Danke sehr.«

»Oh, wie schön, Ihr könnt mich wieder leiden!«, rief die Botenfee und grinste wie verrückt. »Sagt, wollt Ihr mein Liebster sein? Mir ist schon klar, dass es da diesen erheblichen Größenunterschied gibt, der ein paar interessante körperliche Herausforderungen mit sich bringen könnte, aber ich bin gewillt, mich dieser Aufgabe zu stellen, wenn Ihr es auch seid.«

Eisenfuß seufzte. Vielleicht war es das, was er an den Botenfeen so mochte: ihr Wahnwitz und ihre Unerschütterlichkeit. Nichts konnte sie jemals wirklich aus der Fassung bringen, weil sie – unter anderem – nun mal keine wirklichen Gefühle hatten.

Das zarte Geschöpf flatterte zu ihm und schlang seine Arme um einen von Eisenfuß' Fingern. »Ich will riesengroße fette Elfenbabys von Euch!«, rief es theatralisch aus.

»Sag Everess, ich werde ihn morgen aufsuchen«, ächzte Eisenfuß.

»Okay! Mann, das ist echt mein Glückstag heute!«, rief die Botenfee und schoss durchs offene Fenster hinaus.

5. KAPITEL

Die Stadt ist alt. Älter als irgendjemand es für möglich halten oder gar mit Sicherheit sagen kann, mit Ausnahme ihrer Herrscherin. Es gibt unzählige Geschichten über die Gründung des Seelie-Königreichs und die Geburt von Smaragdstadt. Manche sind religiöser Natur; manche historischer, zusammengetragen von Gelehrten, aus Steinen und Dokumenten so alt, dass sie zerfielen, setzte man sie dem Licht aus. Wieder andere stammen aus den Schriften der Rückbesinner, wiewohl diese wohl zugeben müssen, dass es sich hierbei eher um eine Kunst, denn um eine Wissenschaft handelt.

Und dann gibt es noch die offizielle Geschichte, diejenige, welche man den Schulkindern erzählt. Die Geschichte, in der Regina Titania der Erde befahl, sich zu ebnen, und den Steinen, sich zu erheben, um die Große Seelie-Feste erstehen zu lassen. Dies alles geschah während des Rauane Envedun-e, *dem Zeitalter Reinsten Silbers. Wie viele Legenden aus dem* Rauane, *wird auch diese oft mit einem Augenzwinkern erzählt, und die offiziellen Biografen der Königin plapperten sie pflichtbewusst nach.*

Der ursprüngliche Name der Stadt lautete Car-na-una, was in der Thule-Fae-Sprache »das erste Wahre« oder vielleicht auch »die Grundlage alles Wahren« bedeutet. Doch was immer man mit diesem Namen ursprünglich auch zum Ausdruck bringen wollte, er verbildlicht das Gefühl, das viele Besucher beim Anblick der Stadt überkommt: ein Eindruck von Gewichtigkeit, Festigkeit und Ewigkeit, das seinen Nachhall findet in jeder Mauer, jedem Stein und in der Art, wie alles errichtet wurde.

Der Poet Wa'on hielt in seinen Tagebüchern *fest, »dass es nicht die Stadt selbst ist, welche dieses Gefühl, diese unwillkürliche Ehrfurcht hervorruft, sondern etwas, das tief darunter liegt. Smaragdstadt ist eine alte Stadt, ja, aber das, was unter ihr liegt, ist noch viel, viel älter. Älter als das Volk der Fae, älter als alle Worte und Erinnerungen. Ein schlafender Riese, über dessen gigantischen Buckel die Stadtbewohner hinwegkrabbeln wie Fliegen auf einem Hundefell, und doch gegenseitig nicht um die Existenz des anderen wissen. Als ich durch die Tore schritt, überfiel mich die plötzliche Furcht, der Leviathan könne erwachen und sich strecken und mich dabei zerschmettern.*
Am nächsten Morgen jedoch war diese Angst verschwunden, und ich hätte mich nicht mehr an sie erinnert, hätte ich meinen Eindruck nicht auf dem Seitenrand eines Buches festgehalten.«

Smaragdstadt gilt als die schönste Stadt des Seelie-Königreichs und vielleicht der gesamten Fae-Welt. Doch selbst ihre glühendsten Verehrer verspüren in ihren Mauern ab und an einen leisen Frosthauch, erahnen die Präsenz von etwas, das außerhalb jeder Wahrnehmung liegt; etwas, das zu groß ist, um wahr zu sein; etwas, das sie alle schon längst gänzlich verschluckt hat.

– Stil-Eret, »Unliebsame Gedanken zur Hauptstadt«, aus *Reisen daheim und unterwegs*

Der Klub Immergrün war der exklusivste in ganz Smaragdstadt. Als Seelie-Lord stand Silberdun die lebenslange Mitgliedschaft zu, und er hatte während seiner allzu kurzen Karriere als sorgloser junger Adliger hier so manche Stunde totgeschlagen.

Ein schweigsamer Diener nahm ihn am Einlass in Empfang und geleitete ihn durch einen Gang mit einer Wandverkleidung aus poliertem Mahagoni, die im perfekt eingestellten Schein der Hexenlichtlampen und silbernen Wandleuchter schimmerte. Sie durchquerten den großen Speisesaal, ein Meer aus weißen Tischdecken, teuren Abendroben und aristokratisch-gelangweilten lächelnden Gesichtern. Als er vorbeiging, ruckten Köpfe herum, doch nur die wenigsten Gäste erkannten ihn wieder. Und diejenigen, die es taten, schauten sogleich wieder desinteressiert weg. Vor seiner Inhaftierung in Crere Sulace, vor seiner langen Reise mit Mauritane, vor seiner Entstellung durch Faella, ja, da hätten sie ihn alle wiedererkannt, insbesondere die Damen. Aber diese Zeiten waren lange vorbei.

Wie immer suchte ihn auch hier die Erinnerung an Faella heim. Trotz allem, was sie seinem Gesicht angetan hatte, konnte er ihr die Tat nicht verübeln, konnte er ihr einfach nicht böse sein. Er hatte diese Strafe verdient. Wenn nicht dafür, dass er ihre kurze Affäre so schnöde beendet hatte, dann für all die anderen, auf ähnlich schändliche Weise beendeten Liebschaften in seiner lebhaften Vergangenheit.

Vor der Tür zu einem privaten Speisezimmer hielt der Diener an. Darin saß Lord Everess zusammen mit einem Mann, den Silberdun als Baron Glennet erkannte. Der Baron bekleidete einen der höchsten Posten im Oberhaus. Mit am Tisch saß eine ältere Frau, die Silberdun nicht kannte. Die erlesene Abendgesellschaft schlürfte gerade eine Blütenbrühe, die einfach herrlich duftete.

Everess und Glennet erhoben sich von ihren Plätzen, als Silberdun eintrat; die Frau nickte ihm nur zu. Ihre Schärpe wies sie als Zunftmeisterin aus.

»Bin ich zu spät?«, fragte Silberdun.

»Überhaupt nicht«, rief Everess jovial und schüttelte Silberdun die Hand. »Gerade rechtzeitig!«

Silberdun verbeugte sich. »Baron Glennets Ruf eilt ihm voraus, aber ich fürchte, die Zunftmeisterin und ich hatten noch nicht das Vergnügen.«

»Gewiss«, sagte Everess. »Perrin Alt, Lord Silberdun, darf ich Euch Zunftmeisterin Heron vorstellen, unsere erlauchte Staatssekretärin des Außenministeriums.«

»So erlaucht bin ich nun auch wieder nicht«, sagte Heron. »Der Außenminister übertreibt mal wieder wie gewöhnlich.« Sie war schon älter, hart an der Grenze zu steinalt, aber ihre Augen leuchteten wach und intelligent. Sie bedachte Everess mit einem leicht missbilligenden Blick, den dieser sehr wohl registrierte. Silberdun mochte sie auf Anhieb.

»Kommt, Silberdun, setzt Euch«, rief Glennet. »Wir haben viel zu besprechen!« Glennet hatte den Ruf eines erfahrenen Schlichters und im Oberhaus schon so manchen Kompromiss herbeigeführt. Wie auch zwischen dem Oberhaus und dem Haus der Zünfte, zweier Parlamentskammern, die sich nicht mal auf die genaue Uhrzeit einigen, geschweige denn in Regierungsangelegenheiten verständigen konnten. Auch Glennet war schon alt, doch seine Überschwänglichkeit verlieh ihm den Anschein von Jugend.

»Ich fürchte, mein Konversationsgeschick hat in den letzten Monaten ein wenig gelitten«, sagte Silberdun, während er Platz nahm. Geräuschlos servierte ihm ein Kellner eine Terrine mit Brühe.

»Ach, ja«, sagte Glennet. »Der Edelmann im Mönchsgewand! Es freut mich, dass es uns gelungen ist, Euch für dieses Abendessen aus dem Hort Eurer inneren Einkehr zu entführen.«

»Wie es scheint, ist das Klosterleben doch nicht das Richtige für mich«, räumte Silberdun ein, wobei er versuchte, sich seine Verlegenheit nicht anmerken zu lassen.

»Nun, Ihr hattet gewiss Eure guten Gründe, einen solch … ungewöhnlichen Pfad zu beschreiten«, sagte Heron. »Doch ich bin der Meinung, dass die breiteren Wege nicht ohne Grund breiter sind, wenn Ihr versteht, was ich meine.«

»Selbstverständlich«, sagte Silberdun. Er verstand sie nur zu gut und mochte sie deshalb gleich ein klitzekleines bisschen weniger.

»Man kann nur froh sein, dass sich Baron Glennet vom Spieltisch losreißen konnte, um sich zu uns zu gesellen«, sagte Heron.

Glennets Lächeln welkte dahin. »Wir haben alle unsere kleinen Laster, Zunftmeisterin.« Die Tatsache, dass er die Frau nicht mit »Staatssekretärin« ansprach, entging niemandem bei Tisch.

Staatssekretärin Heron wollte schon etwas darauf erwidern, als die Suppenterrinen abgeräumt und der Hauptgang serviert wurde: geröstete Wachteln in einer Soße aus Rosinen und Blütenstaub, dazu ein Likör, den Silberdun nicht identifizieren konnte. Er nahm einen Schluck und hoffte, dass ihm endlich jemand erklärte, worum es bei diesem Abendessen eigentlich ging. Mit Sicherheit nicht um ein geselliges Beisammensein, so viel stand fest. Everess und Heron konnten einander ganz offensichtlich nicht ausstehen.

Glennet betupfte sein Kinn, als handele es sich dabei um ein zerbrechliches Kunstobjekt. »Staatssekretärin Heron«, sagte er, »was gibt's denn Neues von Jem-Aleth zu berichten? Hat er zwischenzeitlich wieder so etwas wie ein gesellschaftliches Leben?«

»Nein«, erwiderte Heron steif. »Unser geliebter Mab-Botschafter ist am Unseelie-Hof auch weiterhin nur geduldet; zumeist jedoch wird er ignoriert und niemals zu offiziellen Anlässen eingeladen. Nicht mal zum Tee. Oder zu Kammermusikkonzerten.«

»Er erzählte mir, ein Stadtprätor habe ihn kürzlich zu einer Mestina eingeladen«, sagte Everess. »Aber es soll eine dieser unzüchtigen Veranstaltungen gewesen sein, sodass er nach zehn Minuten wieder gegangen ist.«

»Ja.« Heron verdrehte die Augen. »Aber was Euch Jem-Aleth nicht erzählt hat, ist die Tatsache, dass Prätor Ma-Pikyra ihn eingeladen hatte, weil er ihn mit jemand anderem verwechselte.«

Silberdun verfolgte das Geplänkel nur mäßig interessiert. Vielmehr beschäftigte ihn die Frage, warum *er* eigentlich hier saß. »Ich kenne Jem-Aleth noch aus der Schule«, sagte er schließlich, um die anderen wieder an seine Anwesenheit zu erinnern. »Dort hat ihn auch keiner leiden können. Der Grund, warum ihm die

Unseelie die kalte Schulter zeigen, könnte sowohl politische als auch persönliche Gründe haben.«

»Ganz und gar nicht«, sagte Everess. Er war offenbar nicht gewillt, Silberdun erhellende Informationen zuzugestehen, sofern sie nicht von ihm stammten. »Vor der Schlacht von Sylvan im letzten Jahr waren unsere Beziehungen zu unseren Unseelie-Nachbarn noch stabil und Jem-Aleth in der Stadt Mab wohlgelitten. Ob das nun ein Kompliment für Jem-Aleth oder eine Beleidigung für die Unseelie darstellt, vermag ich nicht zu sagen.« Er kicherte, schaute sich Beifall heischend um, doch niemand lachte mit ihm, sodass er fortfuhr: »Dennoch erhielten wir von ihm ein ganzes Jahr lang nicht die geringste nützliche Botschaft. Er schickt wöchentlich Berichte mit Informationsschnipseln, die er herausgekitzelt hat aus Gastwirten, Zimmermädchen, Möchtegernhöflingen und anderen Speichelleckern. Und selbst wenn in diesen Berichten etwas Verwertbares vergraben sein sollte, hätten wir keine Möglichkeit, auf sie in ... angemessener Weise zu reagieren.«

Everess warf Silberdun einen Blick zu und lächelte ihn an, als wäre er sein Musterschüler. »Und nie hat die Zeit mehr gedrängt als heute, so fürchte ich. Hab ich nicht Recht, Silberdun?«

Alle Augen richteten sich auf Silberdun. Der wusste nichts darauf zu sagen, und so setzte er sein gewinnendstes Lächeln auf, das bei Everess jedoch nicht gut anzukommen schien. Was wollte der Außenminister bloß von ihm?

»Ich war eine Weile indisponiert, Lord Everess«, sagte er, nachdem er einen großen Schluck Wein genommen hatte. »Vielleicht wärt Ihr so gütig, mich kurz ins Bild zu setzen.«

Everess seufzte. »Ihr habt sicherlich mitbekommen, dass das Seelie-Königreich im letzten Jahr fast in einen ausgedehnten Krieg mit Mab verwickelt worden wäre.«

»Ich erinnere mich, ja.«

»Und des Weiteren werdet Ihr euch sicher entsinnen, dass im Zuge dieser Auseinandersetzung die Unseelie eine Waffe zum Einsatz gebracht haben, die so mächtig war, dass sie die gesamte Stadt Selafae auf einen Schlag ausgelöscht hat?«

Silberduns Grinsen verblasste. »Ja, auch daran erinnere ich mich. Einszorn, so nennen die Unseelie sie, richtig?«

»Ja«, erwiderte Heron ungehalten. »Man benannte sie nach Ein, dem chthonischen Kriegsgott. Einfach unerhört.«

Everess ignorierte sie. »Dann wisst Ihr sicherlich auch, Silberdun, dass sich die Dinge geändert haben.«

»Wer sagt's denn«, meinte Heron noch ungehaltener. »Außenminister Everess kommt in seinem Vortrag endlich zum Punkt.«

Nun war es an Silberdun, sie zu ignorieren. »Welche Dinge genau haben sich geändert?«

Everess biss die Zähne zusammen und sah Silberdun an, als hätte er ein begriffsstutziges Kind vor sich. »Alles, Mann! Das gesamte militärische Kräfteverhältnis, die Beziehungen unseres Königreichs zu den anderen Nationen auf dieser und auch auf anderen Welten. Das Wesen der Kriegsführung an sich!«

Everess übertrieb nicht, das wusste Silberdun. Die Auswirkungen einer Waffe, die stark genug war, eine ganze Stadt dem Erdboden gleichzumachen, waren sicherlich enorm. Obwohl ihm bisher noch niemand gesagt hatte, welcher Art diese Auswirkungen genau waren. Etwas, das Everess ihm bestimmt gleich lang und breit darlegen würde.

»Sprecht weiter«, sagte Silberdun.

Everess griff nach seinem Glas mit Branntwein, nahm einen tüchtigen Schluck und setzte das, was Heron seinen »Vortrag« genannt hatte, fort. »Gewiss seht auch Ihr, dass wir am Ende einer Ära angelangt sind, Silberdun. Ein Grundpfeiler unserer Zivilisation wurde vor unseren Augen eingerissen. Euer Pflichtdienst bei der Armee fand zwar lange Jahre nach dem meinen statt, doch die Truppen in Eurem Regiment waren sicherlich ebenso diszipliniert wie zu meiner Zeit: Kavallerie, Kampfmagie, Infanterie fein säuberlich aufgestellt in Reih und Glied und bereit, den Gegner in Stellungskriegen oder im freien Feld aufs Gebührlichste zu bekämpfen. Mann gegen Mann, Einheit gegen Einheit. All die hübschen Taktiken und Kriegslisten, all die brillanten Schlachtpläne, effektiv und jederzeit umsetzbar. Wir griffen auf sie zurück gegen die rebellierenden Emporkömmlinge aus dem Westtal; gegen die

Gnome vor über zehn Jahren und auch gegen die Puktu-Barbaren in Mag Mell tausend Jahre vor meiner Geburt. Doch nun hat dies alles ein Ende gefunden.«

»Ich verstehe, worauf Ihr hinauswollt, Everess«, sagte Silberdun. »Doch was heißt das genau?«

»Wenn Mab eins von diesen Dingern in die Hände bekommen hat, dann kann sie sich mit Sicherheit mehr davon beschaffen. Wir können nur annehmen, dass sie nicht eine ganze fliegende Stadt zum Arsenal umfunktioniert hat, das voll von diesen Bomben ist, denn sonst würden wir heute wohl nicht so nett beisammensitzen. In diesem Falle würden wir jetzt in einem Unseelie-Arbeitslager schuften oder unsere sterblichen Überreste wären längst in alle Winde verweht.«

»Dafür liefert uns dieser Vorfall nicht den geringsten Anhaltspunkt«, wandte Heron ein. »Wofür er uns allerdings einen Anhaltspunkt liefert, ist, dass Mab eben *keine* weiteren Waffen dieser Art besitzt.«

»Uns wurde mit diesem Angriff vor Augen geführt«, fuhr Everess ungerührt fort, »dass die Art der Kriegsführung, für die wir ausgebildet wurden, mit einem Schlag obsolet geworden ist. Mabs neue Waffe bedeutet nämlich, dass man überhaupt keine Armee mehr braucht! Alles, was man benötigt, ist eine Blide und genügend Rückenwind, und man kann alles in Schutt und Asche legen, was einem beliebt – und das aus sicherer Entfernung.«

»Einen Krieg kann nichts und niemand aufhalten«, sagte Heron. »Und ein Krieg mit Mab wird schon bald wieder unausweichlich sein, wie schon zwei Mal zuvor und wie es vor einem Jahr beinahe der Fall gewesen ist.«

»Da bin ich völlig anderer Ansicht«, sagte Everess. »Wir stehen am Rande eines neuen Zeitalters der Kriegsführung. Was jetzt zählt, ist nicht nur die Frage, wo wir unsere Truppen stationieren. Worauf es jetzt ankommt, sind Faktoren wie Informationsbeschaffung und Einfluss. Wir müssen wissen, welches Spiel Mab spielt. Wir müssen wissen, was Mabs Verbündete planen und wo unsere eigenen Verbündeten stehen. Wir müssen wissen, wie viele von diesen verdammten Bomben Mab in der Hinterhand hat, wie viele sie zu bauen plant und wie lange es dauern wird, bis sie gen Süden fliegt, um das Seelie-Königreich zu vernichten.«

Er wandte sich nun direkt an Staatssekretärin Heron. »Mit den richtigen Mitteln *können* wir diesen Krieg durchaus verhindern.«

Everess lächelte Silberdun zu. »Und daher glaube ich, dass Ihr genau der richtige Mann für diese Aufgabe seid.«

»Ich soll spionieren?«

»Mehr noch«, meinte Heron trocken. »Er will, dass Ihr ein Schatten werdet.« Sie verzog melodramatisch das Gesicht.

»Ihr meint, einer von diesen legendären Spionen aus dem Zweiten Unseelie-Krieg?«, fragte Silberdun. »Ich dachte, die gibt's in Wirklichkeit gar nicht.«

»O doch, es gab sie«, sagte Everess, »und es wird sie wieder geben.«

»Das ist doch nichts als romantische Fantasterei«, sagte Staatssekretärin Heron. »Der einzige Weg, um Mab aufzuhalten, ist Diplomatie, und wenn es sich gar nicht mehr vermeiden lässt, Krieg. Eure ganzen Spionagespielchen werden nicht das Geringste daran ändern, Everess.«

Glennet hatte das Gespräch kommentarlos verfolgt. Jetzt mischte er sich ein. »Ich verstehe Eure Einwände, verehrte Staatssekretärin«, sagte er, »doch ich fürchte, dass das Senatskomitee für äußere Angelegenheiten geneigt ist, Lord Everess in dieser Frage sein Vertrauen zu schenken.« Er machte eine Pause und schenkte Heron einen versöhnlichen Blick. »Bis auf Weiteres.«

Dann sah er Silberdun an. »Und wenn man mich fragt, so bin ich ebenfalls der Meinung, dass Lord Silberdun eine exzellente Wahl ist.«

»Also gut«, meinte Heron. »Dann spielt Euer Spiel. Aber ich erwarte lückenlose Berichte über all Eure Aktivitäten.«

»Keine Sorge«, erwiderte Everess. »Ich wäre ein Narr, Euch nicht über unsere Fortschritte auf dem Laufenden zu halten.«

»Wenn ich allerdings dahinterkomme, dass Ihr wertvolle Informationen vor mir zurückhaltet«, sagte Heron, »dann wird das Konsequenzen haben.«

»Sofern alles nach Euren Vorstellungen verläuft, Staatssekretärin«, erwiderte Everess verschnupft, »wird es nichts Wichtiges geben, das zurückgehalten werden müsste.«

Das Gespräch wandte sich anderen Themen zu, doch die Stimmung zwischen Everess und Heron blieb angespannt. Silberdun indes folgte der Konversation nur noch mit halbem Ohr.

»Was zum Henker sollte das?«, fragte Silberdun. Sie saßen in einem Kaffeehaus auf der Promenade, gleich gegenüber des Außenministeriums, das nur wenige Blocks vom Klub Immergrün entfernt lag. Es war Nacht, und die begrünte Prachtstraße war bevölkert von Musikern, Gauklern und Solo-Mestinas. Hexenlichtlaternen brannten in der Dunkelheit, und Nachtvögel sangen in ihren Schlupfwinkeln.

»An einer Sache dürfte doch allmählich kein Zweifel mehr bestehen«, fuhr Silberdun fort, »und zwar, dass ich nicht das geringste Interesse an Politik oder Staatsführung hege. Nachdem ich die Schule verlassen und Anspruch auf meinen Titel erhoben hatte, habe ich genau ein Mal an einer Senatssitzung teilgenommen. Und das war so sterbenslangweilig, dass ich schon nach zehn Minuten nicht mehr zugehört habe. Man ließ mich an sechs Abstimmungen teilnehmen, und ich weiß bis heute nicht, worum es dabei überhaupt ging!«

»Ach, hört auf«, sagte Everess. »Darum habe ich Euch nicht hergebeten.«

»Warum dann? Erst kommt Ihr zu mir in den Tempel und stoßt vage Untergangsdrohungen aus, reißt mich aus meinem beschaulichen Mönchsdasein, und ehe ich mich versehe, bietet Ihr mir einen Job als Spion an...«

Everess nahm sich zwei Gläser Branntwein vom Tablett einer vorbeikommenden Kellnerin, einem zarten Geschöpf mit Blendwerksflügeln.

Everess reichte Silberdun einen der Schnäpse. »Jetzt mal ganz ruhig, mein Junge. Ich möchte, dass Ihr jemanden kennen lernt, bevor wir in die Verhandlungen eintreten.« Er schaute an Silberdun vorbei. »Ah, da kommt er ja auch schon.«

Silberdun wandte sich suchend um. Zunächst sah er niemanden. Zumindest niemanden, auf den sich Everess' Bemerkung beziehen konnte. Sein Blick huschte über einen Jongleur, einen Skalden, einen Mestina, der Tanzbären erschuf. »Wen meint Ihr denn?«

Er hatte die Frage noch nicht ganz gestellt, da bemerkte Silberdun, wie sich ihrem Tisch eine Gestalt näherte, jemand, der ihm vage bekannt vorkam. Die Erscheinung war wie eine optische Täuschung, wo der Betrachter gezwungen wird, den Vordergrund eines Bildes gegen dessen Hintergrund zu vertauschen, um etwas zu erkennen. Sind es zwei Gesichter oder ist es eine Blumenvase? Ist da jemand oder nicht?

Dieser Jemand hatte sie fast erreicht, bevor Silberdun ihn endlich erfasste. Was seltsam war. Nicht nur stach der Neuankömmling durch seine Kleidung und Haltung aus den meist vornehmen Anwesenden auf der Promenade heraus, er besaß auch einen schwerfälligen Gang und zog das linke Bein nach, das durch einen dicken Holzstecken ersetzt worden war.

»Lord Silberdun, darf ich Euch Anführer Paet vorstellen.«

»Tag«, sagte Paet nur. Seine Miene war ausdruckslos, die Augen leicht zusammengekniffen, obwohl es schon dunkel war. Die geflügelte Kellnerin kam wieder zurück, und Paet nahm sich ein Getränk von ihrem Tablett, ohne sie auch nur anzusehen. Dann setzte er sich.

»Ich bin nun wahrlich kein Meister auf dem Gebiet der Etikette«, bemerkte Silberdun trocken, »aber mir ist, als hättet Ihr Euch vor einem Lord des Reichs zu verbeugen und ihm Euren Respekt zu zollen, Paet.«

Paet schaute Silberdun direkt in die Augen und zuckte die Achseln. »Na und? Dann zerrt mich doch vors Anstandsgericht.«

Silberdun sah Hilfe suchend zu Everess, der sich jedoch jeder Bemerkung enthielt. »Nun, ich jedenfalls empfinde ein solch respektloses Benehmen als Schlag ins Gesicht. Ein anmaßender Bursche, dieser Paet.«

»Für Euch immer noch ›Anführer Paet‹, mein Herr«, sagte Paet mit weiterhin ungerührtem Gesichtsausdruck.

Silberdun runzelte die Stirn. »Ich schätze, ich sollte Euch für Eure Unverschämtheiten auf der Stelle töten. Doch ich bin kein Traditionalist, und so werde ich mir zunächst mal anhören, warum Everess mir Eure Anwesenheit zumutet, bevor ich zur Tat schreite.«

Everess lachte laut auf. »Ignoriert Ihn einfach, Paet. Silberdun wird Euch schon nicht töten.«

»Er kann's ja gern mal versuchen«, erwiderte Paet mit einem Schulterzucken.

Everess seufzte. »Aber, aber. So sollte dieses Treffen nun wahrlich nicht verlaufen. Paet, reißt Euch zusammen, und Ihr, Silberdun, haltet für einen Moment den Mund und hört mir zu.«

Paet und Silberdun sahen einander lauernd an. Silberdun missbilligte sein Gegenüber nicht halb sosehr, wie er vorgegeben hatte. Paets Missachtung war nichts im Vergleich zu dem, was ihm in Crere Sulace widerfahren war. Zum Beispiel seitens der Gefängniswachen, die man aufgrund ihres niederen Standes schon dafür hätte hängen können, dass sie einem wie Silberdun auch nur ins Gesicht blickten. Es war wichtig, den Schein zu wahren, damit man am Ende nicht noch für einen dieser lästigen Gesellschaftsreformer gehalten wurde. Dennoch war da etwas Besorgnis erregendes an diesem Paet ...

Everess räusperte sich. »Wie Ihr Euch vielleicht erinnert, Silberdun, sprachen wir vorhin über die Schatten. Diese ›legendären Spione‹, wie Ihr sie genannt hattet.«

Silberdun zeigte auf Paet. »Wollt Ihr damit sagen, dass dieser Bursche hier ein Schatten ist?«

»Nicht *ein* Schatten«, sagte Paet. »*Der* Schatten. Es gibt dieser Tage nur noch einen. Mich.«

»Ist das wahr?«, fragte Silberdun.

»Ja, das stimmt.« Everess nickte. »Als die Organisation nach dem Vertrag von Avenus aufgelöst wurde, beschloss man, einen Schatten auf unbegrenzte Zeit in Diensten zu behalten. Falls man ihre Unterstützung eines Tages noch einmal benötigen sollte.«

»Und dieser Tag ist nun gekommen?«

»Für die Aufgabe, die nun getan werden muss, ist ein ganz besonderer Charakter vonnöten«, sagte Everess. »Und ich weiß, Silberdun, dass Ihr genau der richtige Charakter dafür seid.«

»Ich?«, fragte Silberdun. »Der ›unzivilisierte Unfreie‹, dem der Ruf vorauseilt, der erste Mönch in der Geschichte der Seelie zu sein, den man vor die Tür gesetzt hat?«

Paet lächelte Everess an. Unter den zugekniffenen Augen, die wohl ein typisches Merkmal Paets und keine Attitüde waren, wirkte das Lächeln irgendwie gedrückt. »Er wirbt nicht eben für sich selbst, Everess. Vielleicht ist er ja doch nicht der richtige Mann.«

»Doch, das ist er«, erwiderte Everess, der nun seinerseits die Augen zusammenkniff. Silberdun hatte den dumpfen Verdacht, dass dies kein gutes Zeichen war. »Und trotz seiner endlosen Proteste weiß er das auch. Er muss es nur noch einsehen.«

»Was denn? Wollt Ihr, dass ich ein Schatten werde? Dass ich das Szepter hier und jetzt von Paet übernehme, oder was?«

»Nein«, sagte Everess. »Ihr werdet eine kleine Gruppe Schatten befehligen. Die Organisation wird wieder ins Leben gerufen. Anführer Paet wird die Leitung der Informationsabteilung übernehmen und das Tagesgeschäft koordinieren, und Ihr, Silberdun, werdet zum obersten Schatten gemacht.«

»Ich soll für ... den da arbeiten?«, fragte Silberdun ungläubig und deutete auf Paet.

»Ihr werdet ihn brauchen«, sagte Everess.

»Mehr, als Ihr ahnt«, ergänzte Paet.

Silberdun starrte ihn finster an. »Tut Ihr immer so geheimnisvoll?«

Paet trat fest mit seinem Holzbein auf und erhob sich. »Ihr werdet in Kürze von mir hören«, sagte er.

Silberdun und Everess sahen ihm nach. Silberdun blinzelte, und der bekannte Effekt trat von Neuem ein: der Vordergrund verschwamm zum Hintergrund. Dann war Paet verschwunden.

»Interessanter Bursche, nicht wahr?«, sagte Everess schließlich.

»Kann nicht behaupten, ihn ins Herz geschlossen zu haben.«

Everess kicherte. »Gebt ihm Zeit, Silberdun. Paet ist ein guter

Mann. Seine Vergangenheit hat ihn zu dem gemacht, der er heute ist. Und dies alles für die Liebe zu den Seelie. ›Für das Herz der Seelie.‹ So hat es Mauritane doch einst genannt, nicht wahr?«

»Mauritane zeichnet sich vor allem dadurch aus, dass er andere sehr anschaulich davon zu überzeugen vermag, ihr Leben aufs Spiel zu setzen.« Silberdun seufzte. »Insofern war das jetzt kein besonders gutes Beispiel.«

»Wie dem auch sei«, sagte Everess. »Wir brauchen Euch. Und offen gesagt, Ihr braucht uns auch.«

Silberdun lag eine Bemerkung auf der Zunge, doch er verkniff sie sich. Vielleicht ließ Everess ja endlich locker, wenn er nicht ständig aufbegehrte.

»Sagt mir eins«, begann Silberdun ruhig, »wurde ich für diese Aufgabe aufgrund meiner Stärke ausgewählt, oder weil ich in der vermeintlich glücklichen Lage bin, die Arkadier bespitzeln zu können?«

»Ich tue niemals etwas aus nur einem einzigen Grund«, meinte Everess. »So oder so, es wird Zeit, dass Ihr aufhört, euch zu sträuben wie eine Ziege am Strick und endlich an die Arbeit geht.«

Silberdun wollte protestieren, doch er konnte es nicht.

6. KAPITEL

»Du bist wahnsinnig«, sagte die Ziege zum Bär und sprang auf und ab.
»Das bin ich«, erwiderte der Bär.
»Doch es liegt Stärke im Wahnsinn.«

– aus »Die Ziege und der Bär«, eine Seelie-Fabel

Haus Katzengold stand auf einem Anwesen, das fast eine Tagesreise von Smaragdstadt entfernt lag. Ein wenig abseits der Mechesyl Überlandstraße erhob es sich gleich hinter einer mit Fichten und Tannen bewachsenen Anhöhe. Hier begann das Westtal, auf dessen hohen Berggipfeln der Schnee niemals schmolz und in dem allein immergrüne Pflanzen gediehen. Die Koniferen, die sich hier, an der Grenze zum Westtal, bereits unter die Laubwälder mischten, durchsetzten die Landschaft mit nur wenigen dunklen Farbtupfern inmitten einer Welt aus Farben.

Das Haus war noch verhältnismäßig neu, keine dreihundert Jahre alt. Gestiftet worden war es von der sechzigsten Lady Katzengold nach jenem unglückseligen Ereignis, bei dem ihr Sohn in einem Kaffeehaus die Kontrolle über seine Gabe der Elemente verloren hatte. Dabei waren zwölf Gäste und er selbst zu Sand verwandelt worden. Der Vorfall wurde von der Königlichen Garde totgeschwiegen. Stattdessen wurde ein Feuer gelegt, und der rechtmäßige Erbe des Titels angemessen betrauert. Die am Boden zerstörte Mutter vermachte das Familienanwesen daraufhin der Krone und verfügte, dass es nur dazu genutzt werden dürfe, weitere Tragödien zu verhindern. Nachdem sie ihren Nachlass geregelt hatte, nahm Lady Katzengold Gift und folgte ihrem Sohn in den Tod.

Das Haus selbst war groß und verwinkelt und zu Lebzeiten der Familie mehr als einmal planlos zauberverwandelt worden. Der Großonkel der armen Lady Katzengold war so etwas wie ein Amateurzauberverwandler gewesen und hatte so manche architektonisch fragwürdige Entscheidung hinsichtlich des Aus- und Umbaus getroffen. Nun war das Haus dreimal so groß wie zum Zeitpunkt seiner Erbauung, wenngleich sich darin etliche Zimmer befanden, die für immer und ewig verloren waren. Es heißt, eine unglückliche Nichte der Familie sei unabsichtlich in einem dieser Räume eingeschlossen worden, nachdem man das Haus wieder einmal rücksichtslos umgewandelt hatte, und würde bis auf den heutigen Tag dort herumspuken.

Die stufenartig angelegte Terrasse war Selas Lieblingsort. Von hier aus konnte man das kleine Tal hinterm Haus überblicken. Nichts Künstliches trübte die Aussicht. Nur Bäume, Himmel, Erde und kleine Tiere, die Sela manchmal eigenhändig mit Getreide fütterte. Wenn sie könnte, würde sie an einem Regentag einfach die Steinstufen hinabsteigen und barfuß durchs Gras laufen, während ihr das regennasse Haar ins Gesicht klatschte, und auf Nimmerwiedersehen in den Wäldern verschwinden.

Ein Wunschtraum, nicht mehr. Denn die Terrasse war umgeben von einem Zaun aus reinster Bewegung, der sie auf sehr unerfreuliche Weise von Exkursionen ins umliegende Grundstück abhalten würde. Dass die kleinen Tiere diese Barriere durchschreiten konnten und sie nicht, war Sela ein kleiner Trost. So war zumindest ein Teil von ihr frei, nämlich jener Teil, den diese Geschöpfe verkörperten. Das war etwas, das sie rein verstandesmäßig wusste, nicht aber zu fühlen imstande war. Nicht an diesem Ort. Nicht mit diesem verfluchten Objekt an ihrem Arm.

Das Verfluchte Objekt war ein fingerdicker Reif aus kaltem Eisen, der sich eng um ihren Oberarm schlang und wohlig an ihr Fleisch schmiegte. Der Ring war mit reinstem Platin überzogen, damit er ihre Haut nicht verbrannte, doch sein Vorhandensein stört ihr *re* so sehr, dass sie kaum denken, geschweige denn ihre einzigartigen Gaben einsetzen konnte.

So mancher in Haus Katzengold hatte schon versucht, von hier zu fliehen. Zum Beispiel Horeg der Glorreiche, ein ehemals berühmter Mestina. Horeg hatte sich den Arm am Schultergelenk abgetrennt, doch seine Bewacher hatten ihn halb verblutet auf der Straße entdeckt und wieder zurück ins Haus geschleift. Den ganzen Weg über hatte Horeg geschimpft, er sei einst im Prinzipal Theater aufgetreten, und das könne man doch bitte schön nicht ignorieren. Nachdem es vorbei war, hatten sich die Aufpasser in Selas Hörweite zugeraunt, dass das Prinzipal Theater schon seit über sechshundert Jahren geschlossen und Horeg der Glorreiche so glorreich nun auch wieder nicht gewesen sei. Er war erst fünfundvierzig.

Panner-La, ein ehemaliger Heerführer, hatte es geschafft, unter dem Haus einen zwölf Meter langen Tunnel zu graben, bevor er geschnappt wurde. Er hatte gerade so viel von seinem Verfluchten Objekt abgehobelt, dass er mit Hilfe der Elemente Erde in Luft verwandeln konnte. Auf diese Weise hatte er sich im Verlauf von zwanzig Jahren einen oder zwei Zentimeter täglich durch den Untergrund gewühlt.

Viele Fluchtversuche waren unternommen worden, doch Sela konnte sich nicht daran erinnern, dass auch nur einer von Erfolg gekrönt gewesen war.

Das kalte Eisen hielt die meisten von ihnen in Schach, doch die Gaben einiger hier waren so stark, dass man sie nie ganz unter Kontrolle halten konnte. Etwa Brinoni, die Tochter eines Vasallen an Titanias Hof, deren Gabe der Vorhersehung so mächtig war, dass sie ihr gesamtes Dasein in der Zukunft zubrachte, stets mehrere Stunden der Gegenwart voraus. Während sie versuchte, sich in ihrer Zeit zu bewegen, zuckte und bebte ihr Körper unablässig. Ihre Sprache war größtenteils unverständlich, da sie ständig auf Dinge reagierte, die noch gar nicht getan oder gesagt worden waren, was wiederum ihre eigenen Visionen empfindlich störte. Brinoni weilte in einer Zukunft, die niemand außer ihr erleben würde – eine Zukunft, die nur dann in dieser Form eintreten würde, wenn sie eben *nicht* ihr Zeuge gewesen wäre.

Die Gaben einiger Patienten waren so stark und gefährlich, dass man sie ununterbrochen ruhigstellen musste. Prin, ein ehemaliger

Portalmeister, zum Beispiel war einmal zwischen den Welten stecken geblieben und hatte darüber den Verstand verloren. Würde man ihn in wachem Zustand belassen, könnte er das ganze Haus und einen guten Teil des Landes drum herum in eine gänzlich andere Welt befördern oder an einen jener dunklen Orte ... Sela fand Prins Schicksal unsagbar tragisch, und sie hätte ihn nur zu gern von seinem Elend erlöst, wenn es ihr ungesehen möglich gewesen wäre. Selbst mit dem Eisenreifen um ihren Arm und trotz all der Drogen, die man ihm verabreichte, konnte sie Prins Pein fühlen. Seine Qualen waren so immens, dass es ihr einmal fast gelungen wäre, eine Gedankenverbindung zu ihm herzustellen. Aber eben nur fast. Gedankenverbindungen hatte es hier schon seit Ewigkeiten nicht mehr gegeben.

In Selas Fall war der Armreif hochwirksam. Ihr Talent erforderte Konzentration, und das Verfluchte Objekt brachte ihren Geist gerade so sehr aus dem Lot, dass sie in dieser Hinsicht völlig hilflos blieb. Unter allen Patienten in Haus Katzengold war sie die Einzige, die nicht verrückt war. Auch war sie keine Gefahr für sich selbst. Der einzige Grund, warum Sela in Haus Katzengold blieb, war der Umstand, dass niemand wusste, was man sonst mit ihr anstellen sollte.

Sela verstand, dass man sie nicht einfach freilassen konnte. Zumindest verstand sie, warum ihre Aufpasser dies dachten. Sela wusste – zumindest erinnerte sie sich daran, dies zu wissen, da ihr Gedächtnis eines der vielen Dinge war, die der Reif empfindlich störte –, dass sie in Freiheit durchaus einen Weg finden konnte, keine Gefahr für ihre Umwelt darzustellen. Doch angesichts ihrer Geschichte war es schwer, jemanden davon zu überzeugen.

Wann immer sie über ihre Vergangenheit nachdachte, wanderten ihre Gedanken unwillkürlich zu Milla. Und dann überwältigte sie die Erinnerung an Milla so sehr, dass sie zusammenbrach. Der heutige Tag bildete da keine Ausnahme. Während der Regen jenseits der Terrassenüberdachung aufs Grundstück niederprasselte, erlebte Sela die Qualen Millas aufs Neue. Ein Schmerz, unvermindert stark wie am ersten Tag, egal, wie viele Verfluchte Objekte man ihr um den Arm schmiedete, egal, wie viele Flaschen

»Vergessen« man sie zwang, zu schlucken. Milla war real gewesen, und Milla war tot, und das war allein ihre Schuld. Es war die Wahrheit; eine grässliche Wahrheit. Und etwas, das niemand mehr ungeschehen machen konnte.

Oh, Milla ...

Ein Wärter, der Sela auf der Terrasse weinen sah, eilte herbei und reichte ihr ein Taschentuch, ein kühles Getränk und ein Gurkensandwich. Alles, um sie zu erfreuen, auf dass sie sich nur beruhigte. Man gefiel sich in der Vorstellung, die Patienten in Haus Katzengold als Gäste auf einem Landsitz zu betrachten. Und das Personal verhielt sich dementsprechend zuvorkommend. Viele der Insassen glaubten es sogar selbst, und jene, die es – wie Sela – nicht taten, spielten mit. Es war angenehm, wie eine noble Dame behandelt zu werden, selbst wenn die noble Dame das Anwesen nicht verlassen durfte. Und allemal angenehmer als ihr früheres Leben sowieso.

Das Herrenhaus ist sehr groß, größer als alles, was Sela jemals gesehen hat, und größer als alles, wovon sie je zu träumen wagte.

Mutter hatte gesagt, dass sie ein beneidenswertes Mädchen sei und alles tun müsse, was Lord Tanen und seine Dienerschaft von ihr verlangen. Sela ist von nun an Lord Tanens Mündel, doch sie weiß nicht, was das Wort bedeutet. Mutter hatte gesagt, sie käme schon recht bald zu Besuch, doch später dann hatte Sela Mutter und Vater im Bett miteinander flüstern gehört. Vater hatte gesagt: »Warum hast du sie angelogen? Wir werden sie nie wiedersehen.« Und Mutter hatte nur geweint und erwidert: »Was hätte ich denn tun sollen?«

Im Herrenhaus hat man ein wunderschönes Zimmer für sie hergerichtet. So schön, so entzückend, dass sie Mutter und Vater und ihre Freunde im Dorf zunächst ganz vergaß.

In der Nacht jedoch, da weint sie vor Sehnsucht nach ihrer Familie.

Lord Tanen nennt die drei alten Frauen »Vetteln«. Und er sagt, sie muss alles tun, was die Vetteln ihr auftragen. Er sagt auch, dass er zurückkommt und sie bestraft, wenn sie nicht gehorcht.

»Wo seid Ihr denn?«, fragt Sela.

»Ich weile in der Stadt«, sagt er. »Aber ich komme gelegentlich zu Besuch.«

Lord Tanen ist ein Greis, und seine Haut ist so verwittert wie Vaters alter Sattel. Sein Atem stinkt sauer. Sela mag ihn nicht, daher ist sie froh, dass er wieder abfährt.

»Willst du nicht wissen, warum ich dich herbringen ließ?«, fragt er sie.

Darüber hat sie noch gar nicht nachgedacht. Sie weiß nicht, was ein Mündel ist, aber sie ist ein gutes Mädchen und tut alles, was man ihr sagt.

»Warum?«, fragt sie daher, denn er scheint es von ihr zu erwarten.

»Weil ich sehr, sehr lange und überall nach einem so besonderen Mädchen wie dir gesucht habe«, sagt er. »Wusstest du denn nicht, dass du was ganz Besonderes bist?«

»Nein.«

»Und willst du wissen, was dich zu etwas ganz Besonderem macht?«

»Ja.«

»Es könnte in dir eine ganz besondere Gabe schlummern. Weißt du, was Gaben sind?«

»Magie«, sagt Sela. Das weiß doch jeder. »Es gibt zwölf Gaben. Aber Kinder besitzen keine Gaben und das Landvolk auch nicht.«

»Das trifft im Wesentlichen zu«, sagt Lord Tanen. »Kinder können ihre Gaben nicht nutzen; sie manifestieren sich erst im Laufe der Pubertät. Doch man kann dergleichen schon früh erkennen. Und obwohl es stimmt, dass die Gaben unter den niederen Ständen weit seltener verbreitet sind, gibt es auch dort Ausnahmen.«

Sela versteht nicht, worauf Tanen hinauswill und fängt an, sich zu langweilen. Sie schaut sich in ihrem Schlafzimmer nach einem Spielzeug um.

»Darf ich die Puppe da haben?«, fragt sie.

»Du wirst keine Zeit haben, um mit Puppen zu spielen«, sagt Tanen.

Sela saß still im Teesalon, als Lord Everess in den Raum trat und sich den Regen aus dem Haar schüttelte. Er war ein auf den ersten Blick heiter wirkender Mann, doch bei näherer Betrachtung war er alles andere als das. Selbst mit dem Verfluchten Objekt, das sie stets im Griff hatte, konnte Sela dies spüren.

»Sela«, sagte Everess mit einer knappen, wenngleich der annehmbarsten Verbeugung, die ein Adliger einer Frau ohne jeden sozialen Status entgegenbringen konnte. Normalerweise wäre es einem Mann wie Everess unmöglich, sie überhaupt anzusprechen, insofern existierte zwischen ihren Ständen keine wie auch immer angemessene Begrüßung.

»Lord Everess.« Sela erhob sich und vollführte einen artigen Knicks, wie man es sie seit frühester Kindheit gelehrt hatte. Stets gefällig, stets fügsam.

Nein. Das hier war nicht Lord Tanen. Nicht alle Lords waren gleich. Das hatte Everess ihr gesagt.

Sie sah ihm direkt ins Gesicht. »Wie darf ich Euch zu Diensten sein, Lord?«

Everess lächelte. Dann zog er eine riesige Pfeife aus seinem weiten Mantel und zündete sie an. Schweigend paffte er eine Weile, bevor er sprach.

»Lass mich dir eine Frage stellen, kleines Fräulein. Wie gefällt es dir hier?«

Falls Everess eine höfliche Antwort erwartete, würde Sela ihn enttäuschen müssen. »Ich hasse es hier«, sagte sie nur.

Everess lachte laut auf. Für ihn war sie so etwas wie ein tollendes Hündchen, nicht mehr. »Schonungslos ehrlich, wie immer, ja. Dieser Ort vermochte dir dies nicht abzugewöhnen.«

»Ich bin, was ich bin«, sagte Sela.

Everess sah sie an, schmauchte seine Pfeife und schwieg, bis die Stille zwischen ihnen mit Händen zu greifen war.

Schließlich fragte er: »Und was wünschst du dir?«

»Wie bitte?«

»Für dich selbst. Was wünschst du dir für dich selbst?«

»So was hat mich noch nie jemand gefragt.« Sela versuchte sich zu erinnern. Ja, es stimmte. Nie im Leben hatte irgendjemand von ihr wissen wollen, was sie wollte. Nicht das und auch nichts anderes von Wichtigkeit.

»Nun, eine so schwierige Frage ist das nicht, wenngleich für dich wohl neu«, erwiderte Everess ein wenig ungehalten. »Wenn du Haus Katzengold so sehr hasst, wie du sagst, wo würdest du denn stattdessen lieber sein?«

Sela starrte ihn an. »Ihr solltet doch am besten wissen, dass ich diese Frage nicht beantworten kann.«

Everess lächelte. Natürlich wusste er das. Aber er wollte sichergehen, dass sie wusste, was sie ihm schuldig war, bevor er sein Ansinnen vorbrachte.

Sela entschied, die Frage dennoch zu beantworten. »Ich möchte von Nutzen sein«, sagte sie. Sie setzte sich wieder und faltete die Hände über dem Schoß. Der Musselinstoff ihres Rocks raschelte leicht. »Ich möchte... gut sein. Gutes tun.«

»Aha«, meinte Everess. »Und was heißt das genau?«

»Ich möchte, dass mein Leben ... eine Bedeutung hat. Ich spüre, wie die Stunden, Tage, Jahre verstreichen, und nichts von dem, was ich tue, hat für irgendjemanden auch nur die geringste Bedeutung. Es ist, als ob ich gar nicht existiere. Und manchmal wünsche ich mir sogar, es wäre so.«

Everess zog sich einen Stuhl neben das Zweiersofa, auf dem Sela saß, nahm darauf Platz und lehnte sich zu ihr vor. Dann nahm er ihre kalten Hände in die seinen, die warm und fleischig waren. Sein Atem roch nach Tabak und Schnaps.

»Sela«, sagte er. »Was wäre, wenn ich dir eine Möglichkeit eröffnete, nützlich und gut zu sein? Nützlicher als du dir vermutlich vorstellen kannst?«

Was für ein Spiel spielte dieser Everess mit ihr? Was für eine Laune trieb ihn dazu? Seit Sela in Haus Katzengold war, hatte Everess sie von Zeit zu Zeit besucht. Sie hatten Dame gespielt. Er hatte sich höflich nach ihrem Befinden erkundigt und dafür gesorgt, dass man sie anständig behandelte. Doch sie hatte nie den Eindruck gewonnen, dass er sie gern hatte oder sich gar um sie sorgte. Sie war ihm eine Verpflichtung, und obwohl sie nie verstanden hatte, was für eine Verpflichtung, kannte sie doch den

Grund. Es war dies jedoch nicht derselbe Grund, aus dem Lord Tanen sie erzogen und so viel in ihre Ausbildung investiert hatte. Doch es hatte irgendwie damit zu tun, das spürte sie.

»Ihr habt mich missverstanden, Lord Everess«, erwiderte Sela steif. »Ich sagte nicht, ich wolle benutzt werden, sondern dass ich mir wünsche, nützlich zu sein.«

Wieder dieses Lächeln. Nichts, das sie jemals zu ihm gesagt hatte, vermochte dieses Lächeln zum Verblassen zu bringen. Irgendwann, dachte sie, würde es ihr schon noch gelingen.

»Ich entschuldige mich in aller Form, kleines Fräulein.« Everess ließ ihre Hände los und lehnte sich in seinem Stuhl zurück. »Ich wollte nichts dergleichen andeuten.«

»Dann sollten wir aufhören, um den heißen Brei herumzureden«, sagte Sela. »Was wollt Ihr von mir?«

Everess erhob sich und begann im Zimmer herumzulaufen, betrachtete den Kaminvorbau, schnüffelte an der Wandverkleidung. »Wie lange bist du nun schon in Haus Katzengold, Sela?«

Noch mehr heißer Brei, nun gut. »Zehn Jahre.« Sie hätte ihm sogar die genaue Zahl der Tage sagen können.

»Weißt du, warum ich dich hierhergebracht habe?«

»Ich hab da so eine Vermutung«, sagte Sela. »Zunächst nahm ich an, Ihr wäret einfach nur freundlich. Damals wusste ich noch nicht viel über Freundlichkeit. Später dann kam ich zu der Überzeugung, dass Ihr schlichtweg nichts mit mir anzufangen wusstet. Doch heute kenne ich den wahren Grund.«

»Und der wäre?«

»Ihr dachtet, Eure Investition in mich würde irgendwann mal Früchte tragen. Und nun ist dieser Tag gekommen.«

»Nun«, sagte Everess gedehnt. »Alle drei Annahmen treffen mehr oder weniger zu. Ich war und bin dir sehr zugetan, Sela. Und es gab Zeiten, da wusste ich in der Tat nicht, was aus dir werden sollte. Du gehörst eigentlich nicht hierher, und doch konnte ich nicht sagen, wohin du wirklich gehörst. Und was die Investition betrifft, Sela…«

Er schien nach den rechten Worten zu suchen, gab es dann aber auf. »Ja, das ist natürlich auch zutreffend. Man gelangt nicht dorthin, wo ich heute stehe, wenn man die Natur der Leute nicht begreift und erkennt, was zu tun ist, damit sie, ähm, einem zweckdienlich sind.«

»Wie edelmütig.«

Everess ignorierte ihre Bemerkung. »Doch du musst mir glauben, Sela, dass mir wirklich etwas an dir liegt. Mehr als du denkst. Und ich möchte, dass du glücklich bist.«

Konnte das wahr sein? Möglicherweise glaubte er das wirklich.

»Wie dem auch sei, ich hab einen Ort für dich gefunden. Einen Ort, an dem du deine Talente nutzen und auch von Nutzen für mich sein kannst. Ein Ort, an dem du wirklich gebraucht wirst. Na, würde dich das interessieren?«

Sela verzog spöttisch das Gesicht. »Was spielt das für eine Rolle? Ich hab doch ohnehin nicht zu bestimmen, wo man mich hinschickt.«

»Ja, das stimmt. Du bist ein Mündel der Krone. Und ich bin von Rechts wegen dein Vormund und Erzieher. Das ist eine Angelegenheit, die sich meines Einflusses gänzlich entzieht und an der ich auch nichts ändern würde, selbst wenn ich's könnte. Dennoch hast du im Hinblick auf mein Angebot die freie Entscheidung.«

»Warum?«, rief Sela aufgebracht. »Warum das alles? Was wollt Ihr denn bloß von mir?«

Wieder lächelte Everess. »Ich möchte, dass du die Welt rettest, mein Liebes. Meinst du nicht auch, dass du dich *damit* sehr nützlich machen würdest?«

Nach dem Gespräch mit Everess hatte Sela das Gefühl, dass sie nun weniger wusste als zuvor. Als sie auf ihr Zimmer zurückkehrte, packten einige Angestellte gerade ihre Sachen in nagelneue Koffer. Besser gesagt, in einen neuen Koffer, denn sie besaß nicht genug, um auch die anderen zu füllen. Vier Kleider, ein Hut, ein Gedichtband, ein Handspiegel, ein bisschen Unterwäsche. Das war's. Mehr hatte sie bisher nicht ihr Eigen nennen dürfen. Wortlos schloss einer der Bediensteten den Koffer und trug ihn aus dem Zimmer. Der andere bedeutete ihr, ihm zu folgen.

Draußen hatte sich der Wolkenbruch zu einem Nieselregen abgeschwächt. Everess stand bei seiner Kutsche, ein edles Gefährt und gerade passend für einen Adligen seines Formats. Er winkte Sela zu sich.

Das war typisch Everess. Während er noch von Möglichkeiten und absoluter Entscheidungsfreiheit faselte, ließ er nebenan schon die Koffer packen.

Die Kutschfahrt war eine holprige und unerfreuliche Angelegenheit. Das neue Kleid, das Everess ihr gekauft hatte, war steif und kratzte an Hals und Handgelenken, obwohl sie die Glimmer-Mohnblüten liebte, die von einer unsichtbaren Brise vorangetrieben über den Rock wehten. Die Schuhe waren auch so eine Sache. Abscheuliche, bösartige Dinger, die ihr die Zehen zusammenpressten und sie in die Fersen bissen. In Haus Katzengold hatte sie beständig Pantoffeln getragen und darüber ganz vergessen, dass es so was Niederträchtiges wie Ausgehschuhe überhaupt gab. Einmal hatte sie sich schlimme Blasen an den Füßen geholt, als sie Schuhe getragen hatte, die sogar noch mondäner waren als diese hier. Aber das war schon sehr lange her.

Nach fast einer ganzen Tagesreise ging die Mechesyl Überlandstraße in eine breite Trasse mit mehreren Fahrspuren über. Hier war eine Menge los. Die meisten Gefährten waren stadtauswärts unterwegs. Es waren vor allem Hausierer und Händler mit ihren Eseln und Karren, die mit allem Möglichen beladen waren. Sela entdeckte Töpferwaren, Pfannen, Käseräder, Würste, Zauberamulette mit verschlungenen Mustern, Tränke, Stiefel, Gürtel, winzige Singvögel, Mäuse, Holzspielzeug. Sie alle kehrten vom Großen Markt zurück, der gleich vor den Toren Smaragdstadts lag. Sela sah auch Soldaten zu Pferde, die mit schlafwandlerischer Sicherheit in Formation ritten – die blau-grauen Uniformen der Seelie-Armee, die dunkelroten der Königlichen Garde. Ab und an kamen ihnen auch einige ebenfalls sehr elegante Zweispänner entgegen, die auf dem Rückweg in die umliegenden Dörfer waren. In den meisten Kutschen waren die Vorhänge geschlossen. Gezogen wurden sie von nahezu identisch aussehenden schneeweißen Stuten (etwas, das laut Everess momentan der letzte Schrei war, wobei er stolz auf sein eigenes edles Gespann deutete). Sela sah auch einzelne Reiter und ganze Gruppen von rauen Gesellen, die mit Schwertern und Messern bewaffnet waren. Und Bauern mit ihren Handkarren, die ihre Feldfrüchte heimbrachten, die heute nicht verkauft worden waren.

Und dann kam Smaragdstadt. Die Kutsche bog auf einer Anhöhe um die Ecke, und Sela erhaschte, während sie zu Tal fuhren, einen ersten Blick auf das Stadtpanorama. Der Schein der untergehenden Sonne brach sich auf der Oberfläche eines riesigen Sees und tauchte die Große Seelie-Feste in goldenes Licht. Die Bastion befand sich genau im Zentrum der Stadt, errichtet auf einem Hügel, den Regina Titania der Legende nach buchstäblich im Handumdrehen aus dem Erdboden hatte erstehen lassen. Rund um die Anlage lag der Lustgarten der Königin, ein riesiges Areal, Seelie-Hain genannt, der allein der Regentin und ihren Eunuchen-Gärtnern vorbehalten war. Von dieser grünen Mitte aus strebten die Straßen der Stadt strahlenförmig in alle Richtungen. Die Spitzen der Tempel und Kathedralen ragten in den Himmel; in ihren Fenstern spiegelte sich tausendfach das Sonnenlicht, als die Kutsche die Anhöhe hinunterfuhr. Sela entdeckte auch zu gläsernen Spiralen geformte Türme, die jeglicher Gravitation zu trotzen schienen und deren Zweck allein der Königin bekannt war. Gebäude jeder Form, Größe und jedes Alters; einige vor tausenden von Jahren erschaffen, andere erst kürzlich errichtet.

Das sich stetig verändernde Smaragdstadt, alterslos und ewig. Sela hatte viel über die Seelie-Metropole gelesen, doch nun sah sie das architektonische Wunder zum ersten Mal mit eigenen Augen.

Umgeben wie von einem Schutzwall wurde die Große Seelie-Feste von der mächtigen Mauer. Wenngleich nicht höher als an die sechs Meter, war es doch schier unmöglich, sie zu erklimmen. Jeder, der es dennoch versuchte, würde feststellen, dass er die

Wehrtürme niemals zu erreichen vermochte. Das zumindest hatte man Sela erzählt. Keinen Ort im gesamten Faereich umgaben mehr Mythen und Legenden als Smaragdstadt, und die Wahrheit, wie auch immer diese lauten mochte, schien so tief verschüttet zu sein, dass man sie nicht mehr von den Sagen unterscheiden konnte. Sela nahm an, dass Königin Titania persönlich dafür sorgte, dass dies auch so blieb. Wer könnte so töricht sein, diese Stadt einnehmen zu wollen? Eine irrelevante Frage, da dies keiner fremden Streitmacht jemals gestattet worden war.

Fast eine Stunde brauchte die Kutsche auf ihrem Weg talwärts, und mit jeder Meile, die sie zurücklegten, wuchs die Stadt vor Selas Augen, wurde größer und größer. Und immer wenn sie dachte, der Ort könne kaum mehr pompöser werden, rollte ihr Gefährt durch eine Baumgruppe, hinter der sich Smaragdstadt sodann noch prächtiger entfaltete – und zu doppelter Größe angewachsen war als noch vor einigen Minuten. Nie zuvor hatte sie etwas so Gigantisches erblickt, doch andererseits hatte sie bisher auch nur wenig von der Welt gesehen. Alles, was sie kannte, waren Lord Tanens Anwesen und Haus Katzengold, und keines der Gebäude spiegelte auch nur ansatzweise die Pracht des Seelie-Königreichs wider.

Endlich erreichten sie das Nordtor und wurden kommentarlos von den hier stationierten Wachen durchgewunken. Der Durchlass war nicht besonders hoch, doch recht breit, sodass mehrere Fahrspuren nebeneinander Platz hatten. Einen Moment lang lag Selas Welt im Dunkeln, als die Kutsche durch das Tor in der Stadtmauer rollte und sie fröstelte, was nicht allein daran lag, dass es hier etwas kühler war als in der Sonne. Dann waren sie auf der anderen Seite, und das legendäre Smaragdstadt breitete sich vor ihnen aus.

In den Straßen nahe dem Stadttor standen die neuesten Gebäude. In ihnen waren Läden, Schenken und Ställe zu finden. Ein süßer, fast angenehmer Duft drang ins Innere der Kutsche – eine Mischung aus Bier, Sägemehl und Pferdemist. Der Geruch nach gebratenem Spanferkel stieg Sela in die Nase und machte ihr den Mund wässrig. Erst jetzt fiel ihr ein, dass sie seit ihrer Abreise aus

Haus Katzengold nichts mehr gegessen hatte. Everess' Nasenspitze zuckte angesichts all der Gerüche missbilligend auf und ab. Er schloss die Vorhänge auf seiner Seite und entzündete eine Duftkerze in einem der Kerzenhalter.

»Ob wir wohl bald was zu Essen bekommen?«, sagte Sela und unterbrach so das Schweigen, das fast die gesamte Fahrt über zwischen ihnen geherrscht hatte.

»Was?«, fragte Everess irritiert. »Aber ja. Ich muss mich entschuldigen. Ich selbst nehme nur eine Mahlzeit täglich zu mir – ich halte die Nahrungsaufnahme für reine Zeitverschwendung, die ich so oft wie möglich zu vermeiden suche.«

Sela starrte auf Everess' feisten Wanst und kam zu dem Schluss, dass diese »eine Mahlzeit täglich« eine recht gehaltvolle Sache sein müsse.

»Wir erreichen in Kürze meine Stadtvilla. Dort werde ich dem Koch auftragen, uns eine Kleinigkeit zuzubereiten.«

Die »Kleinigkeit« entpuppte sich als ein wahres Festmahl, wie Sela es noch nie gesehen hatte. Es gab geröstete Birkhühner, Räucherschinken und gegrillte Hochrippen, dazu Steckrüben, Kürbisse, Kartoffeln und Rote Beete. Sela hielt sich beim Essen lieber ans Gemüse; Fleisch schmeckte ihr nicht halb so gut.

Everess' Stadtvilla war mindestens ebenso groß wie Haus Katzengold und lag im Herzen Smaragdstadts. Genauer gesagt stand sie an der Laurwelana Allee, die, wie Everess mehrmals betonte, die exklusivste Straße der Metropole war. Das alles kümmerte Sela wenig, sie fühlte sich wohl in diesem Haus.

Die Straße draußen war laut, das Treiben auf ihr verwirrend und hektisch. Überall waren Fremde. Sie würde sich alsbald an diese Fremden gewöhnen müssen, das wusste sie. In Haus Katzengold hatte sie jede Person gekannt und einzuordnen vermocht. Selbst wenn ab und zu ein neuer Bewohner oder Angestellter eintraf, hatte sie sofort gewusst, warum er oder sie ins Haus gekommen war. Doch hier in der Stadt hatte man fortwährend neue Begegnungen. Die Leute kamen und gingen. Kaum hatte sie einen

Passanten erspürt, da war dieser auch schon vorbeigegangen und wurde durch einen neuen ersetzt. Das alles bereitete ihr Kopfschmerzen.

»Geht's dir gut?«, fragte Everess, der auf einem Stück Schinken kaute.

»Ja.« Sela berührte ihre Stirn. Sie fühlte sich klamm an. »Ich würde mich jetzt bitte gern auf mein Zimmer zurückziehen.«

Die Wände ihres Schlafgemachs waren mit dunklem Damast bespannt, das Bettzeug besaß einen warmen Burgunderton. Wenigstens hatte Everess sich daran erinnert, welche Umgebung sie bevorzugte. Die Koffer waren bereits ausgepackt, die Kleidung verstaut. Ihre wenigen persönlichen Dinge standen auf dem Nachttisch.

Sela legte sich voll bekleidet aufs Bett und berührte das Verfluchte Objekt an ihrem Oberarm. Sie fragte sich, ob man es ihr wohl abnehmen würde? Die Vorstellung ängstigte und freute sie zugleich.

Wenngleich die Angst überwog.

7. KAPITEL

Die Promenade erstreckt sich von der südlichen (und stets heruntergelassenen) Zugbrücke der Großen Seelie-Feste bis zum Senatsgebäude, wo die Lords und Gildenvertreter miteinander debattieren und streiten und, von Zeit zu Zeit, auch das eine oder andere Gesetz der Seelie-Regierung verabschieden. Wenngleich Titania eine absolute Regentin ist, überlässt sie doch die vielfältigen Tagesgeschäfte jenen, die davon unmittelbarer betroffen sind als sie selbst. Die Seelie-Königin führt daher in erster Linie den Vorsitz über die Staatsgeschäfte und erst in zweiter Linie über die sozialen Aspekte des Lebens. Letztere wiederum sind den Fae von jeher nicht minder wichtig als staatstragende Angelegenheiten, wenn nicht sogar wichtiger.

Die Zugbrücke spannt sich über den Großen Burggraben, der mehr für seine Schönheit denn für seine Verteidigungsqualitäten gerühmt wird. Insbesondere deshalb, weil die Große Seelie-Feste seit dem Beginn der Aufzeichnung noch nie das Ziel eines Angriffs gewesen ist. Der Graben beherbergt hunderte Fischarten und Frösche, aber auch andere Geschöpfe, die man nicht sieht, deren Lied jedoch in aller Bescheidenheit den Wassern entsteigt – ein lieblicher Bittgesang, der die Poeten zu Tränen rührt.

An der Promenade steht so manches Amtsgebäude der Seelie-Regierung. Das Außenministerium und das Büro des Staatssekretärs residieren in einem imposanten, wenngleich glanzlosen Steinhaufen zur linken Seite.

Die Kaserne, in der die Oberbefehlshaber der Seelie-Armee untergebracht sind, liegt gleich gegenüber. Die Tatsache, dass diese beiden Bauten einander lauernd ins Auge blicken, darf auch als Sinnbild für die innenpolitische Lage gewertet werden; ein steingewordenes Zeugnis dafür, dass Regierung und Armee nicht selten gegeneinander statt Seite an Seite kämpfen.

Die Kaserne ist neueren Datums, kaum ein Jahrhundert alt. Viele Jahrtausende lang waren die Streitkräfte in der Großen Seelie-Feste untergebracht, doch ihr oftmals feindseliges Verhältnis zur Königlichen Garde, die sich auch (und immer noch) in den herrschaftlichen Mauern befindet, führte letztlich dazu, dass das Militär in sicherer Entfernung stationiert wurde.

– Stil-Eret, »Smaragdstadt«, aus Reisen daheim und unterwegs

Silberdun, der wieder Gefallen an hoffähiger Kleidung gefunden hatte, wenn nicht gar an deren Wirkung, wurde am Morgen nach dem Abendessen mit Everess, Heron und Glennet in der Kaserne vorstellig. Ein mürrischer Korporal nahm seine Visitenkarte entgegen und wies ihn an zu warten. Kurz darauf bedeutete er Silberdun, ihm zu folgen, wobei der Soldat ein solches Tempo an den Tag legte, dass Silberdun ihm beinahe hinterherjagen musste. Der Korporal geleitete den Besucher zu einem kleinen Besprechungszimmer, bedeutete ihm einzutreten und schloss dann hinter ihm die Tür. Silberdun war allein im Raum. Er setzte sich und trommelte mit den Fingern auf die Tischplatte, schaute aus dem Fenster hinaus auf die Promenade. Auf der breiten Prachtstraße flanierten die Seelie scheinbar sorglos und ohne erkennbares Ziel, dafür lachend und schwatzend unter der Mittagssonne dahin.

Die Tür öffnete sich, und Mauritane trat in den Raum. Er trug eine Uniform, die Silberdun noch nie an ihm gesehen hatte: den Waffenrock eines Generals der Seelie-Armee.

»Schön dich wiederzusehen, alter Freund«, sagte Mauritane und ergriff Silberduns Hand. Sie hatten sich nun ein Jahr lang nicht mehr getroffen, aber Mauritane schien um fünf Jahre gealtert zu sein. Doch trotz der vereinzelten grauen Strähnen in seinen langen Zöpfen wirkte er zufrieden, wenn nicht glücklich. Silberdun konnte sich nicht erinnern, Mauritane in all der Zeit, die sie sich nun kannten, zufrieden erlebt zu haben.

»Das Eheleben und die militärische Verantwortung scheinen dir gut zu bekommen«, sagte Silberdun. »Wie geht es Raieve?«

»Sie ist noch in Avalon.« Ein Teil von Mauritanes Zufriedenheit schien sich zu verflüchtigen. »Wir sehen einander nicht so häufig, aber wir kommen zurecht.«

»Dann seid ihr also noch verliebt?«

»Sehr sogar.« Es war seltsam; Mauritane sprach in derselben Art über die Liebe, wie er übers Töten sprach. Silberdun erinnerte sich, dass der Freund über ein eher begrenztes Repertoire an gefühlsbetonten Äußerungen verfügte.

»Und du?«, fragte Mauritane. »Ich bin doch recht erstaunt, dich hier zu sehen. Das Letzte, was ich von dir hörte, war, dass du dein Leben Aba gewidmet hast und im Tempel nun die Weihrauchfässer schwingst.« Lag da ein spöttischer Unterton in seiner Stimme?

Silberdun rutschte unbehaglich auf seinem Stuhl hin und her. »Das klappte nicht ganz so wie geplant«, sagte er. »Offensichtlich ist das religiöse Leben doch nichts für mich. Jedenfalls glaubt das jeder, den ich treffe.«

Mauritane kicherte. »Das hätte ich dir auch vorher sagen können«, meinte er. »Obwohl ich immer gewillt bin, deine Absichten vorurteilsfrei zu bewerten.« Er machte eine Pause, dann fuhr er fort: »Wenn Männer Seite an Seite miteinander gekämpft haben, lernen sie einander auf eine ganz besondere Weise kennen. Du mimst gern den desillusionierten Einzelgänger, doch du besitzt eine Tiefgründigkeit, die du nicht immer verstecken kannst.«

Mauritanes Einschätzung war knapp und präzise wie immer.
»Ich nehme das als Kompliment und bleibe der, der ich bin.«
Endlich setzte sich Mauritane. »Es war durchaus als Kompliment gemeint.«

Er klopfte Silberdun auf die Schulter. Eine Geste, die nicht ganz die gewünschte Wirkung erzielte, doch aufgrund von Mauritanes Gabe der Führerschaft war es schwierig, nicht von ihr berührt zu werden. »Und nun sprich, was führt dich zu mir?«, fragte er Silberdun. »Willst du in unsere Reihen eintreten? Wir sind stets auf der Suche nach guten Infanteristen, obwohl sich sicherlich auch ein Plätzchen als Militärgeistlicher für dich finden ließe.«

Ein Scherz?! Wer war dieser Mann, der dem alten Mauritane so ähnlich war und der sich doch so ... umgänglich gab?

»So nehme ich also an«, sagte Silberdun, »dass Lord Everess dir noch nicht von dem Plan berichtet hat, die Schatten wieder ins Leben zu rufen?«

Mauritanes Lächeln erstarb. »Wovon redest du?«

»Nun, gestern Abend hatte ich das unverhoffte Vergnügen, mit Everess und einigen anderen Honoratioren zu dinieren. Man sprach über Krieg, und es folgte eine flammende Ansprache von Everess darüber, wie sich das Wesen der Kriegsführung verändert hat. Dann versuchte er mich für eine fidele Truppe von Spionen zu gewinnen – die Schatten sollen wiederauferstehen. Sehr interessant, das Ganze.«

»Verstehe.« Mauritane klopfte mit dem Finger einen perfekten Rhythmus auf die Tischplatte. »Und was hast du ihm geantwortet?«

»Ich sagte ihm, ich würde darüber nachdenken. Doch es gibt da eine Sache. Nach unserer triumphalen Rückkehr nach Smaragdstadt im letzten Jahr ließ mich unsere Königin wissen, dass sie eines Tages meiner Dienste bedürfe.« Silberdun kratzte sich an der Nase. »Und wie es scheint, ist dieser Tag nun gekommen.«

Für eine Weile schwieg Mauritane und starrte aus dem Fenster. Dann: »Hat Everess dich vielleicht jemand ... Besonderen vorgestellt?«

»Du meinst diesem Paet? Dem Schatten aller Schatten?«

»Ah, dann ist das also doch keines seiner Spielchen. Hat Everess es am Ende doch tatsächlich geschafft, die Sache auf den Weg zu bringen.«

»Du scheinst mir nicht sehr erfreut darüber zu sein.«

»Erfreut?«, fuhr Mauritane auf. »Wie kann es mich freuen, wenn dem Außenminister seine kleine Privatarmee zugestanden wird, die irgendwelchen Hirngespinsten nachjagt und dabei womöglich einen Krieg heraufbeschwört?«

»Soweit ich's verstanden habe, ist der Sinn und Zweck dieses Unternehmens eigentlich der, einen Krieg zu verhindern. Des Weiteren hat Everess mir unmissverständlich zu verstehen gegeben, dass die Seelie-Armee Mab derzeit nicht viel entgegenzusetzen hat.«

Mauritane starrte sein Gegenüber finster an. Da war er endlich, der Mauritane, den Silberdun kannte.

»Lass dir gesagt sein, Silberdun, dass ich bis zu einem gewissen Grad mit Everess' Ansichten übereinstimme. Es ist richtig, dass wir der Unseelie-Armee derzeit unterlegen sind. Mab hat ihre eigenen Truppen, und darüber hinaus ist es ihr gelungen, Streitkräfte aus Annwn und einigen anderen Kolonien ihres ›Imperiums‹ zusammenzuziehen.«

»Und dann wäre da noch die Einszorn«, ergänzte Silberdun.

»Ja, das auch.«

»Daraus schließe ich, dass wir über keine ebenbürtige Waffe verfügen?«, sagte Silberdun.

»Wir haben nicht mal etwas ansatzweise Ebenbürtiges. Doch Mab hat das Ding erst zwei Mal zum Einsatz gebracht. Zunächst gegen ihre eigenen Leute in Gefi, und dann gegen die Stadt Selafae. Die große Frage ist also –«

»– warum sie die Einszorn-Bombe seitdem nicht wieder benutzt oder uns wenigstens mit ihr gedroht hat?«

»Genau«, sagte Mauritane. »Wir haben da natürlich unsere eigenen Theorien, doch es scheint inzwischen ein Konsens darüber zu bestehen, dass Mab einfach Zeit gewinnen will, bis sie die große Invasion und sichere Eroberung des *gesamten* Seelie-Königreichs vorbereitet hat.«

Silberdun schnappte buchstäblich nach Luft. »Ist denn so was überhaupt möglich?«

»Gemäß unserer Einschätzung und nach dem, was wir über ihre Truppenbewegungen und die Positionierung ihrer fliegenden Städte in Erfahrung gebracht haben, könnten wir binnen eines Jahres von den Unseelie hoffnungslos überrannt werden.«

Silberdun legte die Stirn in Falten. »Damit bist du nun der gleichen Auffassung wie Everess. Es muss demnach etwas unternommen werden. Mab muss mit allen Mitteln aufgehalten werden. Warum also nicht die Schatten?«

Mauritane schnaubte verächtlich auf. »Everess ist einzig und allein an der Festigung seiner Position interessiert. Dass er die Schattenliga wieder zum Leben erweckt, stellt für ihn nur eine Möglichkeit dar, seine Macht zu stärken. Ihm ist jedes Mittel recht, um dies zu erreichen. Vertrau ihm nicht.«

»Das hatte ich auch nicht vor«, sagte Silberdun. »Vertrauen ist in Adelskreisen seltener zu finden als ein harter Arbeitstag.«

Mauritane grinste.

»Dann bist du also der Ansicht, ich sollte mich irgendwie aus der Sache rauswinden? Ich muss nämlich zugeben, ich hab kaum mehr Zutrauen in Everess als du.«

»Nein!«, rief Mauritane aus. »Du musst das Angebot unbedingt annehmen. Du musst um jeden Preis an der Sache teilhaben. Wenn Everess das Ganze mit Zustimmung des Senats und Billigung der Königin aufziehen will, dann wird es auch geschehen, egal, was ich tue. Meine Hoffnung ruht auf jemandem in ihren Reihen, der ein Auge auf Everess und seinesgleichen haben wird. Auf jemandem, der sicherstellt, dass die Belange des Königreichs nicht hinter Everess' persönlichen Ambitionen zurückstehen.«

»Und auf jemandem, der direkt an dich berichtet.«

»Ja.«

Die ganze Sache wurde allmählich heikel. Doch Silberdun konnte Mauritane ansehen, dass ein Krieg nicht mehr nur eine hypothetische Möglichkeit war. Er war unausweichlich. Ein Krieg, der nicht gewonnen werden konnte.

»Glaubst du, die Schatten können irgendwas bewirken?«

»Das hoffe ich sehr«, sagte Mauritane. »Sofern du das Richtige tust. Doch mich fröstelt bei dem Gedanken, was das wohl sein könnte.« Er sah auf seine Hände. »Und indem ich diese Sache laufen lasse und nicht dagegen vorgehe, lade ich ebenso viel Schuld auf mich wie du und deine Mitstreiter.«

»Wir tun, was getan werden muss«, sagte Silberdun.

»Dann soll es so sein, mein Freund.« Mauritane sah ihm fest in die Augen. »Aber stelle sicher, dass das Ergebnis die Mittel rechtfertigt.« Das war keine Bitte. Es war ein Befehl, in dem das gesamte Gewicht von Mauritanes Führerschaftsgabe lag. Unter normalen Umständen wäre Silberdun wegen dieses Manipulationsversuchs beleidigt gewesen, doch in diesem Fall war es wohl verzeihlich.

»Keine Sorge, Mauritane. Ich werde meine Gräueltaten für mich behalten.«

»Keineswegs«, sagte Mauritane. »Du wirst mir detailliert Bericht erstatten. Ich möchte schließlich wissen, was mir alles verziehen werden muss.«

»Und was denkst du über diesen Paet?«

»Unsere Wege haben sich im vergangenen Jahr ein- oder zweimal gekreuzt. Ich schätze, er ist ein guter Mann, wenngleich ein bisschen sonderbar. Wie dem auch sei, ich würde ihm ebenfalls nicht über den Weg trauen.«

Silberdun verließ die Kaserne mit sehr gemischten Gefühlen. Die hübschen Faefrauen von Smaragdstadt flanierten mit ihren Sonnenschirmchen müßig über die Promenade. Welch ein Luxus.

Er hatte sich nie als vollwertiges Mitglied der Fae-Gesellschaft gefühlt, hatte vielmehr stets an ihrem Rand gelebt. Sicher, er war in der Position, mit den Edelsten unter ihnen zu plaudern, zu scherzen und umherzustolzieren, doch das ganze Getue war ihm immer hohl und unbedeutend vorgekommen. In ihm gähnte eine Leere, die nie ausgefüllt worden war.

Und jetzt stand er im Begriff, sich einer Organisation anzuschließen, die ihn nur noch weiter von diesen Leuten entfernen würde. Doch war diese Aufgabe dazu angetan, das Loch in seinem

Innern zu schließen oder würde sie es nur noch weiter aufreißen? Silberdun wusste es nicht zu sagen.

Er straffte sich, trat hinaus ins Sonnenlicht und tauchte perfekt unter im munteren Treiben der sorglosen Seelie-Bürger.

Everess wollte ihn für seine eigenen Zwecke missbrauchen. Die Arkadier wünschten ihn für ihre Sache zu benutzen. Wie auch Mauritane. Ja, selbst die Königin verfolgte ureigene Interessen, was seine Rolle in diesem Spiel betraf.

Für einen gescheiterten Mönch kam sich Silberdun plötzlich äußerst gefragt vor.

8. KAPITEL

Die Seeleute nennen das Inlandmeer auch die Einzig Wahre Königin. Wann immer ein neuer Mann zu einer Schiffsbesatzung stößt, muss er an einer geheimen Zeremonie teilnehmen, in welcher er der Verbundenheit mit seinem Heimatland abschwört und allein den Wellen ewige Treue gelobt.
Es heißt, der Matrose, der sich weigert, diesen Eid zu leisten, werde in den Abgrund stürzen, um hinabgezogen zu werden in die Ewigkeit.

– Stil-Eret, »Unter Segeln auf dem Inlandmeer«, aus *Reisen daheim und unterwegs*

Das kleine Schiff kämpfte sich über das aufgewühlte Inlandmeer und nahm Kurs auf die Insel Weißenberg. Am Himmel trieben formlose Massen spätherbstlicher Wolkengebilde in beeindruckenden Prozessionen dahin, die immer wieder die Sonne verdeckten.

Silberdun stand am Bug und umklammerte die Reling, krampfhaft bemüht, sich auf den Beinen zu halten. Er versuchte sich an den kleinen Cantrip gegen Übelkeit zu erinnern, den er im Gefängnis gelernt hatte. Damals eine nützliche Sache, wenn man das Essen hinter Gittern bedachte. Doch die Silben kamen nur stockend über seine Lippen, und so erschien es ihm sinnvoller, den Zauber nicht zu sprechen als ihn am Ende noch zu verhunzen und sein Elend zweifellos zu verschlimmern.

Das Schiff hieß *Treibholz*. Ein befremdlicher Name. Wie überhaupt alle Schiffe, die auf dem Inlandmeer fuhren, überaus groteske Namen trugen. Das hatte ihm der Kapitän erzählt und dabei herzlich gelacht. Im Hafen hatte Silberdun einen Dreimaster liegen sehen, der *Nasses Grab* hieß. Galgenhumor, wie er annahm. Ein wahrer Schenkelklopfer ...

Die Besatzung des Schiffs bestand aus fünf Mann, den Kapitän nicht eingerechnet. Schweigsam erfüllten die Matrosen ihre Pflichten und ignorierten Silberdun dabei geflissentlich. Wurde der Seegang stärker und warf das Schiff bedrohlich zur Seite, schien das die stummen Seeleute in keinster Weise aus der Fassung zu bringen.

Silberdun umschloss das Schiffsgeländer fester.

Die Reling bestand aus weichem poliertem Holz, das in der Sonne schimmerte und von glänzenden Messingstützen gehalten wurde. Silberdun umklammerte die Griffstange, als wäre sie das einzig beständige Ding im ganzen Universum. Doch je stärker er sich festhielt, umso stärker empfand er auch das Rollen des Schiffs unter den Planken. Und wenn er auch nur einen Moment zu lange nach unten blickte, kam ihm wieder die Galle hoch. Also folgte er dem Rat, den man ihm gegeben hatte, und heftete seinen Blick fest auf die Insel, der sie entgegensegelten. Das half. Ein bisschen.

»Wie ich sehe, genießt Ihr Eure Reise in vollen Zügen«, bemerkte eine sanfte Stimme in seinem Rücken. Kapitän Ilian kam auf Silberdun zu, wobei ihm das schwankende Deck nicht die geringsten Probleme bereitete. Er war ein Mann mittleren Alters, wenngleich es schwerfiel, sein Alter überhaupt zu schätzen. Irgendwo zwischen vierzig und sechzig, vermutete Silberdun. Ein adretter, breitschultriger Zeitgenosse mit klaren grünen Augen, die an die Farbe des aufgewühlten Meeres erinnerten.

»Fürwahr ein großer Spaß«, erwiderte Silberdun bissig.

Ilian klopfte ihm auf die Schulter. »Das nenn ich die richtige Einstellung«, sagte er und sah dann hinauf in den Himmel. »Ist 'n langer Weg bis nach Weißenberg, aber keine schlechte Überfahrt. Werden wohl vor Anbruch der Nacht dort vor Anker gehen.«

»Bei dem vielen Wind hatte ich eigentlich gehofft, wir wären schon viel früher dort«, meinte Silberdun.

»Viel Wind, ja, aber leider aus der falschen Richtung.«

Einer der Seeleute strich an Silberdun vorbei, zog ruckartig an einem der Fallen und zurrte es dann wieder fest. Das Zusammenspiel von Takelage und Tauwerk war für Silberdun fast schon eine Zauberkunst für sich, und ganz gewiss eine, die er niemals erlernen würde.

»Mal angenommen«, sagte Silberdun, »ich könnte den Wind dazu bewegen, aus der anderen Richtung zu blasen? Würde uns das schneller voranbringen?«

»Aye«, sagte der Kapitän mit einem sonderbaren Grinsen auf dem Gesicht. »Das will ich meinen.«

Silberdun trat zum Heck und sah zu den Segeln hinauf. Davon gab es genau zwei, groß und aufgebläht und gen Steuerbord ausgerichtet, um das Schiff gegen den Wind zu segeln.

Trotz seiner Übelkeit war Silberdun ausgeruht und von Energie und Essenz erfüllt. Auch wäre es schön, sich endlich mal wieder nützlich zu machen. Viel zu lange, so wurde ihm klar, hatte er das Leben einfach nur so hingenommen. Nach dem langen Jahr seines Militärdienstes war er glücklich gewesen, sich endlich am Hofe der Königin dem Müßiggang hingeben zu können, um jeden Rock herumzuscharwenzeln, der seinen Weg kreuzte, und seine Pflichten im Senat aufs Schändlichste zu vernachlässigen. Ja, damals hatte er nicht mehr vom Leben gewollt, als das, was das Leben ihm bereit gewesen war zu geben.

Dummerweise hatte Silberduns Onkel, der während der Abwesenheit seines Neffen die Güter Friedbrück und Connach verwaltete, beschlossen, selbst Lord sein zu wollen und Silberdun kurzerhand ins Gefängnis von Crere Sulace werfen lassen.

Dort war er dann vom großen Mauritane angeworben worden und hatte sich dessen streng geheimer, königlicher Mission angeschlossen, ohne recht zu wissen, worauf er sich da einließ. Kurz darauf hatte sich die Gruppe bei Sylvan unversehens inmitten einer Unseelie-Invasion wiedergefunden, nachdem Mab weiter nördlich die Einszorn-Waffe gegen Selafae eingesetzt hatte. Mauritane hatte ihn und die anderen Gefährten in die Schlacht geführt, und Silberdun war zum Kriegshelden der Seelie geworden.

Doch wieder war es nicht aufgrund seiner eigenen Entscheidung dazu gekommen; Mauritane hatte ihn praktisch unter Androhung von Gewalt aus Crere Sulace herausgeholt. Und Silberdun hatte es dem Hauptmann gestattet, ihn durch die halben Faelande mitzuschleifen, so wie er es seinem Onkel gestattet hatte, sich sein Erbe unter den Nagel zu reißen.

Und nach dem Abenteuer mit Mauritane? Da hatte er mit dem höfischen Leben nichts mehr zu tun haben wollen. Die Inhaftierung und die nervenaufreibende Mission hatten ihm den Hang zum süßen Leben gänzlich ausgetrieben. Nicht die geringste Lust hatte er mehr verspürt, auf das Anwesen seiner Familie zurückzukehren und sich das, was ihm zustand, wiederzuholen, nicht das geringste Interesse daran, seinen angeschlagenen Ruf bei Hofe wiederherzustellen.

Während seiner Reise mit Mauritane hatte er Abt Vestar vom Aba-E-Tempel in Sylvan kennen gelernt. Vestar war ohne Frage ein heiliger Mann, der seinen spirituellen Frieden jenseits allen Wissens gefunden hatte. Ihm und seinen Mönchen zu begegnen hatte Silberduns Sehnsucht nach Höherem wiederbelebt. Eine einst von seiner Mutter geweckte Sehnsucht, die ihn ein ganzes Leben lang umgetrieben hatte. Er hatte immer an Aba glauben wollen, wie es seiner Mutter so problemlos möglich gewesen war, doch es war ihm nie wirklich gelungen, so sehr er sich auch bemühte.

Und so hatte er sich vom Tempel Aba-Nylae als Novize aufnehmen lassen in der Hoffnung, dass ein asketisches Leben bestehend aus Beten und Dienen den alles entscheidenden Funken in seiner Seele schlagen würde. Doch schon bald wurde offensichtlich, dass diese Seele in keinster Weise Feuer fangen würde. Das war jedem klar, auch Silberdun, wenngleich er es sich nur zögerlich eingestanden hatte. Und Prior Tebrit war nichts weiter als ein arroganter Schwachkopf, Punkt, aus. Wenn sonst nichts, so konnte sich Silberdun zumindest daran ergötzen, Tebrits selbstgefällige Fratze nie wiedersehen zu müssen.

Und da war er nun, wieder mal einen Plan verfolgend, den jemand anders für ihn ausgeheckt hatte. Und wie schon zuvor, hatte er auch jetzt nicht den blassesten Dunst, worauf er sich da eingelassen hatte.

Silberdun lehnte sich hinaus in den Wind auf dem Inlandmeer

und versuchte ihn mittels seiner schwachen Gabe der Bewegung zu packen. Das *re* einzusetzen tat gut. Es erfüllte ihn mit einer Art Wärme. Nicht körperlich, eher spirituell. Er hatte einst versucht, dieses Gefühl dem Menschen Satterly zu vermitteln, doch das war, als wollte man einem Blinden die Farben erklären. Das *re* war einfach *re*. Es ließ sich nicht beschreiben.

Mit der Gabe der Bewegung erlangte er in recht unfachmännischer Weise Kontrolle über den Wind, packte ihn fest mit seinem Geist und stieß ihn an. Es gab keine Bindung, keinen Spruch, nichts Formales bei diesem Akt; er unterwarf die Naturgewalt allein mit Hilfe seines Willens, trieb den Wind in die Segel hinein und wartete darauf, dass das Schiff nun merklich schneller Richtung Insel voransegelte.

Doch nichts dergleichen geschah.

Er versuchte es noch einmal, konzentrierte sich mit allem, was ihm zur Verfügung stand, auf diese Aufgabe. In einer ungeheuren Kraftanstrengung warf er das, was ihm wie der gesamte Luftvorrat dieser Welt erschien, in die Segel.

Das Schiff vollführte einen kaum merklichen Vorwärtsruck, doch womöglich bildete er sich das auch nur ein.

Silberdun runzelte die Stirn und blickte hinunter aufs Deck. Dort stand der Kapitän, der ihn schmunzelnd beobachtete.

»Na, wie läuft's denn so?« Jetzt lachte Ilian.

»Ihr verdammter Hurensohn!«, brüllte Silberdun zurück. »Schätze, der Wind will nicht so wie ich!«

Ilian kam zu ihm, sein schadenfrohes Gelächter wich einem freundlichen Grinsen. »Ihr Burschen von der Universität seid doch alle gleich.« Er deutete schmunzelnd hinauf in die Takelage. »Ihr seht das Segel, groß und weiß, und denkt, ihr müsstet nur ein bisschen den Wind hin und her schubsen und das war's dann.«

»Und ich nehme an, das war irgendwie der falsche Weg, hab ich Recht?«, fragte Silberdun.

»Na ja, es war der naheliegendste Weg«, sagte Ilian. »Aber im Ernst: Man kann nicht einfach mit dem Wind fingerhakeln, mein Sohn. Der Wind steht mit vielem anderen in Verbindung: mit den Wellen, der Sonne, dem Mond. An Land könnt Ihr mit einem

Schnippen vielleicht ein laues Lüftchen erzeugen, aber hier auf hoher See ist das pure Zeitverschwendung.«

»Und was soll ich Eurer Meinung nach stattdessen tun?«

»Setzt Euch einfach auf Euren Arsch und wartet und lasst den Wind seine Arbeit tun.« Kichernd ging Ilian davon.

Die Sonne küsste den Horizont; ihr goldenes Licht ergoss sich ins Meer und breitete sich aus über die Wellen, als die *Treibholz* am leeren Holzsteg der Insel Weißenberg anlegte. Die Insel war kaum mehr als ein großer buckeliger Granitfladen, der sich aus dem Meer erhob. Hier und da standen ein paar mickrige Pinien, die törichterweise beschlossen hatten, hier auszuharren. Auf dem höchsten Punkt des Eilands schob sich ein wenig kunstvoll errichteter Steinhaufen in den Himmel, der aus der Ferne eine gewisse Ähnlichkeit mit einer Burg aufwies. Die in den Stein gehauenen Stufen eines steilen Pfades führten an der felsigen Hangseite bis hinauf zu Kastell Weißenberg.

Ilian sprang auf den Anlegesteg und fing das Schiffstau auf, das ihm einer der schweigsamen Bootsmänner zuwarf. Mit geübter Hand befestigte er das dicke Seil an einem Poller; dann ging er zum Heck und verfuhr dort auf die gleiche Weise. Bald lag die *Treibholz* fest vertäut und nur noch sanft schwankend ans Dock geschmiegt da. »Wir sind da!«, rief Ilian. »Kommt an Land!«

Hinter Silberdun wurden seltsam knirschende Geräusche laut; sie kamen aus unterschiedlichen Richtungen. Er drehte sich um und sah, wie die Besatzung, und zwar alle fünf Männer, mit einem Schlag auf der Stelle verharrte – ihre Gliedmaßen erschlafften, und ihre Oberkörper erstarrten in einer leicht nach vorn gebeugten Haltung. Die Luft flimmerte, als gleichzeitig verschiedene Blendwerkseffekte verblassten, bis anstelle der Seeleute schließlich fünf reglose Automaten dastanden; sie waren aus Silber und Messing und in menschlicher Gestalt gefertigt worden. Silberdun war beeindruckt.

Vorsichtig ging er von Bord und nickte Ilian zu. »Interessante Crew, die Ihr da habt.«

»Ihr mögt die Jungs, hab ich Recht?«, sagte Ilian. »Meister Jedron wünscht keine wie auch immer gearteten Besucher auf der Insel. Nur seine Studenten werden hier gerade so geduldet, und natürlich ich, den er von ganzem Herzen liebt.«

»Soll ich jetzt einfach dort hochspazieren und bei ihm vorstellig werden?« Silberdun deutete Richtung Kastell Weißenberg.

»Aber nein, ich begleite euch. Immerhin bin ich Meister Jedrons Diener. Das gehört zu meinen Aufgaben.«

Silberdun runzelte die Stirn. »Ich dachte, Ihr wäret nur der Kapitän.«

Ilian trat einen Schritt näher, schnippte mit den Fingern, und seine Augen weiteten sich, als er spöttisch sagte: »Nichts ist, wie es scheint!«

Der Marsch hinauf zur Burg war beschwerlich und trostlos. Die ganze Zeit über zerrte ein strenger, nasskalter Wind an ihnen, während sie sich die Serpentinen auf der Bergseite hinaufkämpften. Als sie die Burg endlich erreicht hatten, war Silberdun erschöpft und seine Kleidung klamm. Es war dunkel geworden, und der Wind pfiff ihnen hier auf der Spitze nur noch heftiger um die Ohren.

Wenn man direkt davorstand, wirkte Kastell Weißenberg nicht halb so verfallen wie aus der Ferne. Die Anlage bestand aus einem einzelnen Turm, dem ein quadratischer Hof vorgelagert war. Zwar war die steinerne Außenmauer zusammengefallen, doch der Burghof dahinter war blitzblank. Die äußeren Wände der Burg wirkten stabil und gerade und alles in allem gut in Schuss; die Fensterscheiben waren klar und unzerbrochen. Der Vorplatz war verwaist. Falls Meister Jedron außer Ilian noch andere Bedienstete hatte, so waren sie jedenfalls nirgends zu sehen. Silberdun konnte es ihnen nicht verübeln; er wäre in dieser ungemütlichen Nacht auch in der Burg geblieben.

»Kommt schon.« Ilian winkte Silberdun zu sich. Dann stieß er die schwere Holzeingangstür auf und betrat ohne ein weiteres Wort das Kastell.

In der Burg war es trocken und kühl. Die Haupthalle war spärlich und auf eine Weise dekoriert, die schon seit Dekaden aus der Mode war – ganz offensichtlich wirkte auf Kastell Weißenberg keine weibliche Hand. Ilian schritt zügig durch die große Halle und auf eine breite Wendeltreppe zu, die den Turm hinaufführte. Silberdun folgte ihm. Die Stufen zogen sich über verschiedene Stockwerke bis ganz nach oben – der gesamte Aufgang wurde durch Hexenlichtfackeln erleuchtet. Sie verströmten ein orangefarbenes Licht, das zwar warm wirkte, jedoch keine Wärme ausstrahlte.

Oben angekommen, endete der Aufstieg vor einer stabilen Holztür. Ilian klopfte, dann herrschte einen Moment lang absolute Stille. Schließlich rief von drinnen eine raue Stimme: »Herein!«

Meister Jedrons Studierzimmer nahm das gesamte oberste Stockwerk ein. Es war gemütlich, ohne luxuriös zu sein: an den Wänden hingen Tapeten; Leuchter mit brennenden Wachskerzen waren überall im Raum verteilt. Gegenüber der Tür brannte ein gut geschürtes Kaminfeuer. Mitten im Zimmer saß Meister Jedron vor einem großen Tisch aus Ebenholz; er hatte die gestiefelten Füße auf die Platte gelegt. Das schulterlange grau melierte Haar war sorgsam gescheitelt; das tief zerfurchte Gesicht ließ ihn unsagbar alt erscheinen, und doch umgab den Mann nicht der geringste Hauch von Gebrechlichkeit. Er hielt einen gläsernen Briefbeschwerer in der Hand, den er geistesabwesend hochwarf und wieder auffing, als Silberdun und Ilian eintraten.

Aus zusammengekniffenen Augen starrte Jedron den Neuankömmling einen Moment lang an. »Wer zum Henker seid Ihr?«, knurrte er schließlich.

Silberdun sah sich Hilfe suchend zu Ilian um. Der zog sich neben die Tür zurück und bedeutete Silberdun mit einem Kopfnicken einzutreten.

»Seid Ihr schwachsinnig, oder was?«, sagte Jedron. »Ich hab Euch eine Frage gestellt. Wer seid Ihr, verdammt noch mal?«

Silberdun räusperte sich. Was ging hier vor? »Ich bin Perrin

Alt, Lord Silberdun. Und ich kam, um mich Euch für meine Ausbildung zu empfehlen.«

Einen Moment lang wirkte Jedron verblüfft. Dann brach er in schallendes Gelächter aus, als hätte Silberdun ihm soeben den lustigsten Witz aller Zeiten erzählt.

»Was? Ihr?« Jedron zeigte auf Silberdun und krümmte sich vor Lachen. »Der war gut. Echt gut. Wer hat Euch bloß dazu angestiftet?«

Silberduns Ohrspitzen begannen zu glühen. »Ich kann Euch versichern, Sir, dass dies kein Scherz ist. Lord Everess persönlich hat mich zu Euch geschickt.«

»Ach, hat er das?« Jedrons Gelächter wurde zu einem unterdrückten Glucksen. »Ihr werdet meine Belustigung sicherlich verstehen.«

»Ich fürchte nein«, erwiderte Silberdun steif. Dafür würde er Everess eigenhändig töten, so viel war sicher.

»Also wirklich, seht Euch doch nur mal an. Ihr seid so herausgeputzt und verweichlicht, dass Ihr praktisch von einer Frau nicht zu unterscheiden seid!« Jedron nahm die Füße vom Tisch und lehnte sich auf seinem Stuhl vor. »Nicht, dass ich keine Frauen ausgebildet hätte«, fügte er hinzu, »das wollte ich nicht damit sagen. Doch ich muss leider gestehen, die meisten Frauen, die ich geschult habe, waren bei weitem männlicher als Ihr.«

Der Alte schüttelte den Kopf und erhob sich. »Und ich dachte schon, der andere Neuzugang wäre eine Zumutung.«

Silberdun verdrehte die Augen. »Verstehe. Das ist so eine Art Prüfung, um herauszufinden, ob ich in Extremsituationen mein Temperament zu zügeln imstande bin, stimmt's?«

Rasend schnell holte Jedron aus und schleuderte den gläsernen Briefbeschwerer durch den Raum. Das Ding traf Silberdun mit unglaublicher Härte an der Schläfe. Er stolperte rückwärts; der Schmerz war schier unerträglich. Er wollte sich irgendwo festhalten, da ihm plötzlich schwindelig wurde, doch da war nichts. Rote und blaue Flecken tanzten vor seinen Augen, dann wurden ihm die Knie weich. Hart landete er auf seinem Hinterteil.

In Silberduns Kopf hämmerte es; sein ganzer Schädel drohte zu platzen. Wenn er aufblickte, war die Sicht verschwommen und er sah alles doppelt. Jedron stand jetzt über ihm und sah abschätzig auf ihn herab.

»Nun, Ihr hattet in einem Punkt Recht, Junge. Dies war Eure erste Prüfung, und Ihr habt kläglich versagt, so leid es mir tut.«

»Oh«, murmelte Silberdun. »Wie hieß die Prüfung?«

Jedron sah Silberdun an, als hätte er den dümmsten Mann aller Zeiten vor sich. »Wie man fliegenden Briefbeschwerern ausweicht«, sagte er nur.

Silberdun erwachte in einem fremden Bett. Er war mit Ausnahme der Stiefel vollständig angezogen, und in seinem Schädel pochte es wie verrückt. Er griff sich an die Schläfe und verzog das Gesicht, als er die dicke Beule ertastete, die sich dort über Nacht gebildet hatte.

Vorsichtig setzte er sich auf und ächzte. Nach und nach fielen ihm die Ereignisse des vergangenen Abends wieder ein. Die unerquickliche Überfahrt, der beschwerliche Marsch hinauf zu Kastell Weißenberg, der alte Bastard mit seinem Briefbeschwerer. Danach wurde seine Erinnerung ein wenig verschwommen.

Das Bett war bequem, die Matratze daunengepolstert, das Kissen groß und weich. Als er seine Füße auf den Boden stellte, spürte er einen flauschigen Bettvorleger und keinen kalten Stein unter seinen Sohlen. Er kam umständlich auf die Beine; der Schmerz, der dabei durch seinen Schädel zuckte, war schlimmer als erwartet.

Als sich seine Sicht wieder klärte, sah er sich im Zimmer um. Es war klein, doch nicht beengt. Das Mobiliar solide, doch nicht extravagant. Über einem Stuhl lag eine frische Garnitur Kleidung, seine Stiefel standen gleich daneben – gesäubert und auf Hochglanz poliert. Von einem Haken an der Wand baumelte sein Schwert.

Er zog sich langsam an und betrachtete sich in dem Spiegel aus perfektem Glas. Trotz der lilafarbenen Beule an der Schläfe war er immer noch auf eine verwegene Weise anziehend. Sicher, er hatte einst viel besser ausgesehen, aber ... In diesem Moment entdeckte er ein Bändel, das am Spiegelrahmen hing, mit dem er sich nun das lange Haar zusammenschnürte.

Erst jetzt bemerkte er, dass er kurz vor dem Verhungern war. Seitdem er gestern Morgen vor dem Ablegen eine Schüssel mit Fischsuppe am Dock heruntergewürgt hatte, hatte er nichts mehr gegessen.

Als er sich die Stiefel schnürte, hatte das Pochen in seinem Kopf schon etwas nachgelassen.

»Dann mal auf zum Training«, sagte er. »Auf dass ich endlich zu einem richtigen Spion werde ...«

Die Tür seines Zimmers war verriegelt. Er rüttelte und zerrte an der Klinke, doch die Tür war schwer, das Schloss solide. Sie bewegte sich kein Stück im Rahmen.

Er klopfte und rief. »Ilian? Würde es Euch was ausmachen, den neuen Lehrling rauszulassen und ihn angemessen zu verköstigen?« Keine Antwort. Er beugte sich hinab und schaute durchs Schlüsselloch nach draußen. Es war lediglich die raue Steinoberfläche der gegenüberliegenden Wand zu erkennen.

Er klopfte lauter gegen die Tür. »Jedron? Ist das schon wieder eine Prüfung? ›Wie man ohne Frühstück überlebt‹?« Sein lautes Geschrei tat seinem Kopf weh.

Das Fenster im Raum war klein. Zu klein, um hinauszusteigen, doch es ließ sich mittels des winzigen Messinghebels wenigstens öffnen. Silberdun steckte den Kopf hinaus. Die salzige Meeresbrise war belebend.

Er sah nach unten und erkannte, dass dieses Turmzimmer genau auf die Rückseite des Burghofs hinausschaute. Die Außenwände wurden praktisch von der aufgewühlten Brandung umspült.

»Bei Auberons Eiern!«, entfuhr es Silberdun. Er setzte sich hart auf die Matratze. Das hier war nichts weiter als eine andere Zelle.

Wenigstens stand in dieser zur Abwechslung mal ein bequemes Bett.

Perrin liegt zusammengerollt da, sein Kopf ruht auf dem Schoß seiner Mutter; ihre Umarmung schützt ihn vor der plötzlich einsetzenden Abendkälte. Sie sitzen auf der Veranda, von der man die grüne Südseite des Anwesens überblickt. Hinter der Allee mit den Pfirsichbäumen steht eine Gruppe Dörfler, welche gerade die niedrige Mauer ausbessert, die das Anwesen umgibt. Perrin mag es, auf der Krone der Mauer zu laufen; man kann auf ihr in voller Länge entlangspazieren, und einmal hatte er es sogar geschafft, das gigantische Viereck zurückzulegen, ohne herunterzufallen.

Mutter lehnt sich zu ihm herunter, küsst ihn auf den Scheitel und atmet tief ein. »Dein Haar riecht wie Sonnenschein«, sagt sie.

Iana tritt herbei, um mit Mutter zu sprechen. Iana ist eine der Dienerinnen und immer nett zu Perrin. »Lady«, sagt sie mit einer Verbeugung. »Auf einen Moment, wenn ich Euch bitten darf.« Sie nickt bedeutungsvoll in Richtung Perrin.

»Das ist schon in Ordnung«, sagt Mutter. »Sprich nur.«

Iana scheint anderer Meinung zu sein, doch sie fährt trotzdem fort, und plötzlich benimmt sie sich gar nicht mehr wie eine Dienerin. »Ich habe beschlossen, dass Ihr morgen Früh die Gebete sprechen werdet, also macht Euch bereit.«

»Oh«, sagt Mutter. Perrin dreht sich in ihrem Arm herum und schaut sie an. Iana hat gerade auf eine Weise mit Mutter gesprochen, als wäre sie die Herrin und Mutter die Dienerin. Aber Mutter lächelt. »Ich fühle mich geehrt, Mutter.«

Warum nennt Mutter Iana Mutter? Perrin ist verwirrt.

»Ich vertraue auf Euer Urteil, Tochter«, sagt Iana. »Wenn Ihr glaubt, der Junge sei schon bereit...«

»Ja, das glaube ich.«

»Er wird vor seinem zehnten Geburtstag aber nicht teilnehmen dürfen.«

»Bis dahin sind es ja nur noch zwei Jahre.«

Iana lächelt. »Es ist gut für ihn, im Lichte Abas erzogen zu werden. Aber wir müssen sehr vorsichtig sein.«

»Ja, Mutter.«

Iana verbeugt sich abermals, und dann ist sie wieder ganz die Dienerin.

Als sie fort ist, fragt Perrin: »Ist Iana wirklich deine Mutter?«

»Nein, du kleines Dummchen. Deine Großmutter ist meine Mutter. Iana ist meine Mentorin in der Kirche.«

»Aba«, sagt Perrin. Er weiß ein wenig über Aba. »Aba ist ein Gott.«

»Aba ist der Gott der Götter«, sagt Mutter. »Der erste König der Könige.«

Wieder ist Perrin verdutzt. »Ich dachte, Uvenchaud war der erste König.«

Mutter lacht. »Uvenchaud war der erste Faekönig, ja«, sagt sie, »aber er war kein Gott.«

»Wir stammen von Uvenchaud ab.«

»Ja, das betont dein Vater gern. Aber das liegt schon tausende von Jahren zurück. Und ich denke, dieser Tage stammt wohl die Mehrheit der Fae von Uvenchaud ab.«

Perrin denkt darüber nach. Dann deutet er hinunter zu den Dorfbewohnern, welche die Mauer reparieren. »Mutter, sind denn diese Männer auch Nachfahren von Uvenchaud?«

»Wie viele Fragen du doch stellen kannst.« Mutter lächelt.

»Und? Sind sie?«

Mutter macht ein seltsames Gesicht. »Das wird wohl so sein.«

»Aber sind sie dann nicht auch Edelleute so wie wir?«

Wieder lacht Mutter, lauter diesmal. Er liebt den Klang ihres Lachens. »Ja, das nehme ich an.«

»Und warum leben sie dann nicht in einem Herrenhaus so wie wir?«

Mutters Lächeln verblasst. Sie schaut Silberdun ernst an. »Nicht jeder, der in einem Herrenhaus wohnt, ist edel, Perrin. Das ist allein die Ansicht unserer Welt und ganz gewiss nicht die höhere Wahrheit.«

»Bist du Arkadierin, Mutter?«

»Ja, das bin ich.«

»Werde ich auch Arkadier sein?«

»Wenn du ein bisschen älter bist, wirst du in der Stadt zur Schule gehen und dort viele Dinge lernen. Und dann wirst allein du entscheiden müssen, was für ein Mann du werden willst.«

Perrin versteht nicht so recht, was Mutter damit sagen will.
»Kann ich mitgehen zu den Andachten? Ich möchte hören, wie du die Gebete liest. Bitte?«

Jetzt wird Mutter sehr, sehr ernst. »Nein, das kannst du nicht, und du darfst auch nie wieder danach fragen. Und Perrin«, fügt sie fast flüsternd hinzu, »du darfst auch nie von Aba sprechen. Oder über mein Gespräch mit Iana. Oder über die Andachten. Zu niemandem, verstehst du?«

»Auch nicht zu Vater?«

»Vor allem nicht zu Vater.«

»Aber warum denn?«

»Dein Vater und ich sind uns in den meisten Dingen einig«, sagt Mutter. »Aber in einem sehr wichtigen Punkt sind wir unterschiedlicher Ansicht.« Sie sieht so traurig aus, als sie dies sagt, und Perrin drückt sie fest an sich.

»Könnt ihr keinen Kompromiss finden?«, fragt er. »Du sagst doch immer, wenn ich mich mit jemandem streite, soll ich versuchen, einen Kompromiss zu finden.«

»In manchen Dingen kann es keine Kompromisse geben.«

Perrin spürt einen Klumpen in seinem Magen. »Willst du zusehen, wie ich auf der Mauer einmal um das ganze Anwesen laufe?«

»Aber natürlich«, sagt Mutter, und das Lächeln kehrt wieder in ihr Gesicht zurück. Sie stellt ihn auf die Füße und geht mit ihren Fingern durch sein Haar. »Du wächst so schnell.«

»Aber du musst auch wirklich zuschauen«, sagt Perrin.

»Komm her.« Mutter drückt ihn fest an sich, legt ihre Wange sacht auf seinen Kopf. »Mein Sonnenlicht.«

Er dreht sich um und will schon davonstürmen, doch Mutter hält ihn am Kragen fest. »Vergiss nicht, was ich dir gesagt habe. Es ist sehr, sehr wichtig, und ich muss wissen, dass ich dir vertrauen kann.«

»Ich verspreche es«, sagt er.

Als er über den Südhang davonläuft, ruft Mutter ihm nach. »Und störe die Edelleute nicht bei der Arbeit an der Mauer!«

»Das werde ich nicht!«, ruft er zurück.

Er schafft es diesmal fast ums ganze Grundstück herum, doch beim Tor an der Rückseite stürzt er von der Mauerkrone und schlägt sich die Knie auf. Er weint, und Mutter kommt und hebt ihn auf und trägt ihn zum Haus. Dort erwartet ihn ein warmes Nachtmahl und Musik und Spiel und zuletzt die Sanftheit des Schlafs.

Silberdun setzte sich auf. Irgendwann musste er wieder eingeschlafen sein, doch diesmal hatte ihn der Hunger geweckt. Die Tür war immer noch verschlossen, und als er dagegenhämmerte, war von Ilian oder Meister Jedron nach wie vor nichts zu sehen.
　Das war lächerlich. Was sollte das werden? Das mentale Gegenstück zu der Briefbeschwererattacke gegen seinen Kopf? Und wozu? Um ihn zu zermürben? Seine Geduld auf die Probe zu stellen? Wütend zu machen? Falls ja, dann war diese Taktik bewundernswert erfolgreich.
　Ganz offensichtlich hatte Jedron nicht die Absicht, ihn aus diesem Zimmer herauszulassen, also musste Silberdun sich selbst um einen Ausweg kümmern. Ganz gewiss hatten Everess und dieser komische, verschlossene Paet diese ganze Sache nicht in die Wege geleitet, damit Silberdun am Ende in einem Turmzimmer verhungerte wie eine verwünschte Märchenprinzessin.
　Er begann mit der Tür. Die Bänder und das Schloss bestanden aus mit Silber überzogenem Eisen. Silberduns Versuche, der Tür mit Hilfe der Elemente- oder Bewegungsmagie beizukommen, scheiterten kläglich und bereiteten ihm nur noch mehr Kopfschmerzen. Einige schmerzhafte Versuche, sie mit der Schulter aufzubrechen, waren ebenfalls nicht von Erfolg gekrönt, und so versuchte er schließlich, das Schloss mit der Spitze seines Rapiers zu knacken. Mit einem Stück Draht hätte die Sache bestimmt anders ausgesehen, obgleich er keine Ahnung hatte, wie man es, Draht hin oder her, überhaupt anstellen sollte.
　»Verflucht seist du, Jedron!«, brüllte er außer sich und donnerte gegen die Tür, was er auf der Stelle bereute.
　Durchatmen. Nachdenken. Ruhig Blut. Wenn ihm der Kragen

platzte, wäre damit überhaupt nichts gewonnen. Und falls Jedron ihn durch ein verstecktes Guckloch oder mittels Klarsicht beobachtete, würde seine Wut den alten Mann bestimmt amüsieren. Keine Frage: Niemand hatte die Absicht, ihm zu helfen. Er konnte der Tür nicht beikommen. Das Fenster erwies sich als nutzlos für seine Zwecke. Und er konnte sich auch nicht mittels Magie durch die Wände oder die Decke nach draußen befördern.

Es musste also irgendwas im Zimmer sein, das ihm helfen konnte. Am Ende vielleicht doch jenes Stückchen Draht, mit dem er sich im Schlösserknacken üben konnte. Er sah unters Bett. Nichts. Er öffnete die Schubladen des kleinen Sekretärs und tastete sie von innen ab, zog dann jede Lade heraus und schaute unter die Böden. Nichts. Er zog den Sekretär ein Stück von der Wand ab und untersuchte die Rückseite. Nichts. Er nahm den Spiegel von der Wand und stellte tatsächlich fest, dass der mit einem Stück Draht am Wandhaken aufgehängt worden war. Doch bei genauerer Betrachtung wurde klar, dass der Draht viel zu dünn war, um damit ein Schloss zu öffnen. Der Bettrahmen bestand aus Holzbrettern, die mittels ebenfalls hölzernen Zapfen zusammengehalten wurden.

Nach einigen Minuten hatte Silberdun jeden festen Gegenstand im Raum untersucht und nichts gefunden, das ihm weiterhelfen konnte. Blieben nur noch das Kopfkissen und die Matratze. Ärgerlich bohrte Silberdun die Spitze seines Schwerts in das Kissen; Gänsedaunen stoben durchs Zimmer. Der Anblick der ziellos zu Boden schwebenden Federn erzürnte Silberdun in einer Weise, die er sich selbst nicht erklären konnte. Außer sich vor Wut hackte er mit der Klinge auf die Matratze ein, und das Daunengestöber wurde stärker. Wieder und wieder schlug er auf das Unterbett ein, den Schmerz in seinem Kopf ignorierend.

Er hatte die Matratze fast gänzlich in Stücke gehauen, als er sowohl spürte wie auch hörte, dass die Klinge auf Metall traf. Da, in der Mitte der ruinierten Matratze, lag ein silberner Schlüssel! Was für ein Versteck! Silberdun schnappte ihn sich und schob ihn in das Schloss. Er passte perfekt.

Meister Jedron und Ilian lungerten im Gang vor seinem Zimmer herum.

Jedron grinste. »Das hat aber gedauert«, bemerkte er nur.

»Und was war das nun wieder für eine Prüfung?«, grunzte Silberdun. »›Wie man ein Bett entwaffnet‹?«

»Nein«, sagte Jedron. »Die Prüfung sollte Euch lehren, nicht herumzustehen und darauf zu warten, dass andere Euch sagen, was zu tun ist. Diese Lektion sollte Euch beibringen, zur Abwechslung mal Euren eigenen Kopf zu gebrauchen.«

Jedron wagte einen Blick in Silberduns Zimmer. Der ganze Boden war von einer dicken Federschicht bedeckt. »Ich hoffe, es macht Euch nichts aus, auf dem Lattenrost zu schlafen«, sagte er lächelnd. »Das ist, oder vielmehr war nämlich die einzige Matratze, die Ihr bekommt.«

9. KAPITEL

Der Himmel über der Geheimen Stadt ist reinster Irrsinn.
Es ist dies Mabs Welt. Und es ist dies Mabs Himmel.
In der Geheimen Stadt rinnt die Vergangenheit durch die Abflussgräben und verschwindet in der Kanalisation.
Es ist dies Mabs Vergangenheit. Und es ist dies Mabs Kanalisation.
Die Bürger der Geheimen Stadt sind längst fort.
Sie machten Platz den Geheimnissen, die sie einst kannten.
Es sind dies Mabs Leute. Und es sind dies Mabs Geheimnisse.

– Ma Tula, »Die Geheime Stadt«

Frierend erwachte Timha in seiner winzigen Kammer. In seinen Eingeweiden rumorte noch dasselbe Unbehagen wie vor Wochen. Trotz der Kälte waren seine Brust und Arme nass von Schweiß. Jeden Tag, den er die Augen aufschlug, war es das Gleiche: die Kälte, die Beklommenheit, der Schweiß. Timha kleidete sich rasch an, warf sich seine Robe über und wickelte sich in einen langen Umhang, der ihn ein wenig wärmer halten würde. Doch die Robe darunter hinderte den Schweiß am Verdunsten, wodurch sich seine Haut immer ein wenig klamm anfühlte.

In der Stadt war es immer kalt. Immer kalt und immer grau. Egal, wohin Timha auch ging, der Wind schien stets einen Weg zu ihm zu finden. Dann kroch er wieder unter seine Roben und ließ ihn frösteln. Zahllose Male am Tag. Selbst die Feuer in den Gemeinschaftsräumen schienen weniger heiß zu brennen als sie sollten und besaßen einen kränklichen blauen Schein. Timha konnte sich nicht erinnern, wann er sich zum letzten Mal behaglich und warm gefühlt hatte.

Er verließ seine Kammer, ohne einen Blick aus dem Fenster zu werfen, an dem er auf seinem Weg durch den Gang vorbeikam. Er ging zur Treppe, hielt die Augen fest auf den Boden gerichtet und konzentrierte sich auf das uralte Fliesenmuster zu seinen Füßen. Verblasst und zersprungen war es, doch immer noch klar erkennbar; ein Zeuge der Vergangenheit. Man hatte Timha und seine Kollegen glauben lassen wollen, dass die Stadt noch vor dem *Rauane Envedun-e*, dem Zeitalter Reinsten Silbers, erbaut worden war. In jener Epoche also, da die Welt noch so von Magie durchdrungen gewesen war wie Sonnenlicht. Nun gut, die Stadt war also alt. Doch *so* alt musste sie nun auch wieder nicht sein, um Timha zu beeindrucken.

Timha erreichte die Treppe, ohne auch nur einmal den Kopf in Richtung der Fenster gedreht zu haben. Seltsam, wie sie doch den Blick auf sich zogen, auch wenn das, was dahinter lag, in höchstem Maße unerfreulich war. Es ging um den Himmel. Und den musste Timha heute nun wirklich nicht sehen. Schon gar nicht heute, wo seine Furcht so groß war, dass er meinte, seine Innereien müssten sich verflüssigen.

Nacht für Nacht vollführte »das Projekt« in seinen Träumen seinen diffizilen Reigen. Er konnte ihm nicht entkommen; sowohl in jedem Detail als auch in seiner ganzen Komplexität beanspruchte das Projekt jede wache Stunde wie auch seinen Schlaf. Nicht dass er dieser Tage viel schlief, geschweige denn gut.

Timha hatte alle Arbeitsschritte vor Augen, als er den Speisesaal betrat. Düster blickte er zu den anderen Reisenden und ihren Gehilfen hinüber. Sie wirkten entspannt, ausgeruht, ja sogar zufrieden, wie sie über ihr Frühstück gebeugt dasaßen, neben den Öfen, die nie genug Wärme abzustrahlen schienen. Und warum sollten sie auch nicht zufrieden sein? Jeder oder jede von ihnen trug einen kleinen Teil zur Gesamtheit des Projekts bei. Eine herausfordernde, lohnende Arbeit. Sie wussten, ihre Anwesenheit hier bedeutete, dass sie zu den besten und respektiertesten Thaumaturgen des Kaiserreichs zählten, möge es lang segeln. Sie wussten, sie konnten nach Abschluss ihrer Arbeit aus dem Dienst ausscheiden – wohlhabend und geachtet – und sich in einer Villa an den vorderen Liegeplätzen auf einer der feinsten Städte niederlassen, vielleicht sogar in der neuen Stadt Mab selbst.

Was sie nicht wussten, war das, was Timha jede Nacht den Angstschweiß auf die Stirn trieb, ihn jede Minute seines Tages schwindlig werden ließ. Man hatte den anderen dieses Wissen vorenthalten, weil es so besser für sie war.

»Morgen, Timha«, sagte Giaco, einer der Experten für Elemente und Leiter der Gruppe, die mit der Verbesserung der Außenschale befasst war. »Wie läuft's denn so im Herzen der Bestie?« Giaco und seine Leute standen sich sehr nahe, einige hatten an der gleichen Universität in einer der Flaggstädte gelehrt. Nun arbeiteten sie am Projekt ihres Lebens, hatten Zugang zu den besten Apparaturen und Gerätschaften, verfügten über grenzenlose Mittel und zahllose Helfer, die glücklich waren, ihnen zur Hand gehen zu dürfen.

Doch vor allem taten sie dies in Mabs Geheimer Stadt, dem geheiligsten Ort des gesamten Kaiserreichs. Die Geheime Stadt war Mabs Festung. Hier hatte sie ihre Kinder geboren und den Verlust ihres Mannes betrauert. Und hier hatte Beozho seine Werke verfasst.

Ja, Giaco und seine Freunde wähnten sich im Paradies.

Und Timha hasste sie dafür.

»Danke, wir machen gute Fortschritte«, sagte Timha nur. Er setzte sich an den Tisch, nahm ohne aufzusehen von einem Handlanger einen Tee entgegen und versuchte den Tanz zu ignorieren, der durch seinen Geist wirbelte. Wie schon so oft wurde ihm auch jetzt die grausame Ironie seiner Position schmerzhaft bewusst. Nicht, weil er ein armer Arbeiter oder seinen Kollegen intellektuell unterlegen wäre, sondern weil er in jeder Beziehung über ihnen stand. Meister Valmin persönlich hatte ihn unter seine Fittiche genommen und in die Kernmannschaft gebracht, hatte mit ihm die eher geheimen und tabuisierten Aspekte des Projekts erörtert.

Ja, am Anfang, da waren sie alle begeistert gewesen, vor allem Timha. Es war die Stellung seines Lebens. Und obwohl er durchaus Vorbehalte hatte gegen den Einsatz von Schwarzer Kunst, hatte Valmin ihm versichert, dass dies alles einem höheren Zweck diene – dass das Böse durchaus für das Gute eingesetzt werden könne.

»Zum Wohle des Kaiserreichs«, hatte Valmin gesagt und dabei ein zuversichtliches Lächeln aufgesetzt. »Denkt nur an all die Soldaten, die ihre Feinde im Feld dahinschlachten, an all die Generäle, die ihre Truppen ins Gefecht schicken, wohl wissend, dass nicht alle von ihnen wieder zurückkehren werden. Alle großen Unternehmungen«, so hatte Valmin hinzugefügt, »beherbergen tief in ihrem Innern etwas unsagbar Finsteres. Insofern ist es doch besser, das Ding beim Namen zu nennen und unter Kontrolle zu bringen, damit es nur jenen schadet, denen es schaden soll.«

Was Valmin ihm nicht erzählt oder was womöglich selbst er nicht gewusst hatte, war, dass die Beschäftigung mit Schwarzer Kunst alles andere als ein Zuckerschlecken war. Sie war ein mächtiges Instrument, doch sie zehrte auch an einem, sowohl geistig als auch körperlich und emotional, und das Gefühl von ... Timha konnte es nur als *Sündhaftigkeit* beschreiben, verließ einen nie. Und das, obwohl er weder an Aba noch an die chthonische Lehre oder an irgendetwas dieser Art glaubte. Die Schwarze Kunst wühlte sich in einen hinein, fraß sich tief in jeden Knochen und jede Faser des Körpers. Sicher, man erzielte mit ihrer Hilfe beeindruckende Ergebnisse, doch jeden Tag hatte Timha aufs Neue das Gefühl, als würde dabei auch ein Stück seiner Seele aufgezehrt.

Und das war der Stand der Dinge, noch bevor der ganze Ärger angefangen hatte.

Das Dilemma begann mit einer Entdeckung, die Timha gemacht hatte, als er eine außerordentlich komplizierte Passage in den Notizen von Hy Pezho studierte, welcher der Urheber des Projekts war. Er hatte den Absatz wieder und wieder gelesen, versucht, seine wahre Bedeutung zu verstehen und es nicht vermocht. Schließlich legte er die betreffende Textstelle Valmin vor, der sich damit für ein paar Tage in sein Quartier zurückzog. Als

Valmin wieder auftauchte, sah er alles andere als glücklich aus. Ja, ihre Aufgabe würde weitaus schwieriger werden, als es zunächst den Anschein hatte.

Valmin hatte den ehrenvollsten Teil des Projekts übernommen und sich die Arbeit daran mit Timha und einer kleinen Schar Auserwählter geteilt, weil sie als die Besten der Besten auf ihrem Gebiet galten. Und nun waren sie es, denen die Bel Zheret die Kehlen aufschlitzen würden, wenn sie versagten. Alle anderen würden einfach nach Hause geschickt werden, womöglich unehrenhaft entlassen, doch höchstwahrscheinlich nicht einmal das. Valmin, Timha und die anderen jedoch würden ausgenommen werden wie tote Fische und dann tief unten in den stinkenden Eingeweiden der Geheimen Stadt entsorgt. Gleich dort, wo sich auch das Rohmaterial für die Schwarze Kunst fand.

Timha erschauderte bei dem Gedanken. Das, was unter der Geheimen Stadt lag, beunruhigte ihn noch mehr als der verrückte Himmel darüber.

Nichts war wie es sein sollte.

Timha hielt sich nur allzu gern mit seinem Frühstück auf, doch irgendwann war er auch damit fertig. Durch einen verschlungenen Korridor machte er sich auf den Weg zu Meister Valmins Kammern. Der Eingang wurde von zwei bewaffneten Männern bewacht, die Timha hineinließen, nachdem sie mit einem Lügenstab über seinem Kopf herumgewedelt hatten, um etwaiges Blendwerk aufzuheben. Der Griff um ihre Waffen entspannte sich erst, als sie zu dem Schluss kamen, dass Timha auch wirklich Timha war.

In Valmins Arbeitszimmer roch es nach verbranntem Tee, Kreide und bitteren Kräutern. Valmin selbst stand schon an seinem Studiertisch, als Timha eintrat. Im Raum türmten sich die Bücherstapel; sie enthielten zumeist Literatur, die dem gemeinen Volk nicht zugänglich war. Manche Bücher waren gar von Mab selbst verboten worden und ihre Lektüre selbst Meister Valmin strengstens untersagt. Die Tatsache, dass ebenjene Bücher nun aufgeschlagen auf seinem Tisch lagen, war ein untrügliches Zeichen dafür, dass sie in großen Schwierigkeiten steckten.

Sämtliche Wände wie auch der Boden des großen Raums waren mit Schieferplatten verkleidet. Sie waren seinerzeit von den Elementaristen-Reisenden angebracht worden, die ohne Zweifel dabei geflucht haben mussten, nichtsdestotrotz aber hervorragende Arbeit geleistet hatten. Fast jeder freie Fleck an den Wänden war bedeckt von arkanen Siegeln, mathematischen Gleichungen, apothekarischen Symbolen und Diagrammen, die den Tanz im Herzen des Projekts beschrieben, allesamt niedergeschrieben mit weißer Kreide.

Timha stellte fest, dass Valmin über Nacht einige der Gleichungen, die sich auf die gespeicherten Energiebindungen bezogen, fortgewischt hatte. Für einen Moment schöpfte er Hoffnung, doch dann sah er, dass Valmin lediglich die gestrigen, sich als untauglich erwiesenen Formeln durch die vom Vortag ersetzt hatte. Es war zum Verzweifeln. Jedes Mal, wenn ein wenig Licht auf einen Aspekt des Projekts fiel, wurde gleichzeitig ein anderer in tiefe Dunkelheit getaucht.

»Guten Morgen, Reisender«, sagte Valmin, ohne von seiner Lektüre aufzusehen. Er las im Roten Buch, das nach der Farbe seines Einbands benannt worden war; Bücher zur Schwarzen Kunst mussten ohne Titel bleiben. In letzter Zeit hatte Valmin fast ausschließlich dieses Werk studiert. War er womöglich einer Sache auf der Spur?

»Was Neues entdeckt, Meister?« Timhas Stimme klang dünn und näselnd, fast krächzend.

Valmin sah kurz von seinem Folianten auf. »Vertraut mir, Timha. Hätte ich mitten in der Nacht eine Erleuchtung gehabt, hätte ich Euch eigenhändig aus dem Bett gezerrt.«

Plötzlich fühlte sich Timha den Tränen nah. Wie schmachvoll es doch wäre, hier vor Meister Valmin zu weinen wie ein Kind. Allein der Gedanke an diese Schande erstickte den Wunsch, seinen Gefühlen freien Lauf zu lassen, im Keim. Aber es war nicht fair. Es war einfach nicht fair!

Längst schon hätte das Projekt ihnen all seine Geheimnisse

offenbaren müssen. Nach der ganzen Arbeit, die sie darauf verwandt und all den Stunden, die sie über den Plänen gegrübelt hatten, wie auch über den detaillierten Anweisungen und philosophischen Anmerkungen, die Hy Pezho hinterließ. Jeder einzelne Aspekt für sich betrachtet ergab durchaus einen Sinn, sei er nun esoterischer oder eher abstrakter Natur. Doch fügte man alles gemäß den Plänen zusammen, geriet das Zusammenspiel von Alchemie, Bindungen und der Essenz des Rohmaterials so komplex, dass niemand auch nur zu hoffen wagte, es jemals zu begreifen. Kurz: Es war für einen Faeverstand schlicht und einfach unmöglich, all diese Dinge gleichzeitig zusammenzuhalten.

Valmin und Timha mussten sich eingestehen, dass Hy Pezho ein Genie gewesen war, der vielleicht größte Thaumaturg seiner Zeit, sofern man seinen Plänen Glauben schenken konnte. Doch in Hy Pezhos Biografie fand sich nichts, was darauf hindeutete, wie er zu diesem Wissen gelangt war. Der Sohn des großen Schwarzkünstlers Pezho hatte seine frühen Jahre damit zugebracht, von Stadt zu Stadt zu ziehen, das bescheidene Vermögen seines Vaters zu verprassen und der Welt nicht die geringste Veranlassung zu geben, ihn über Gebühr zu beachten. Dann war er einige Jahre in der Versenkung verschwunden und plötzlich in Mabs Dunstkreis wieder aufgetaucht. Danach musste etwas Ungewöhnliches geschehen sein, denn das Nächste, was man wusste, war, dass es bei Hofe auf einmal verboten war, seinen Namen auszusprechen. Hy Pezhos einziges Vermächtnis, war, soweit Timha wusste, das Projekt. Der Einszorn-Stadtzerstörer. Und was für ein Vermächtnis das war! Ein Objekt nie da gewesener Eleganz und Stärke, der Inbegriff von Macht.

Wenn nur Hy Pezho hier wäre, um es ihnen zu erklären.

»Was soll ich tun?«, fragte Timha, gleichzeitig die Antwort fürchtend.

Müde sah Valmin von seinen Studien auf und deutete auf einen Bücherstapel, der ihm gegenüber auf dem Tisch lag. »Die Antwort steht irgendwo da drinnen«, seufzte er. »Findet sie.«

Draußen vor der Stadt schimmerte das Portal und spuckte alsdann zwei große hagere Gestalten in blauen Roben aus. Die Portalwachen zuckten ob ihres plötzlichen Erscheinens zusammen und griffen nach ihren Schwertern, ließen dann aber die Hände sinken, als sie die Roben erkannten.

Das Portalgewölbe stand auf einer einsamen felsigen Landzunge, die durch eine schmale lange Kalksteinbrücke mit der Geheimen Stadt verbunden war. Die Wachen, die hier Dienst taten, waren handverlesen und mussten vor allem die Disziplin aufbringen, nicht gen Himmel zu schauen.

Einer der Robenträger besaß eine Haut so blass wie Mondlicht. Der andere war so dunkel, dass seine Augen im leeren Raum zu glühen schienen. Die Wachen schauten beiseite. Es war nicht erlaubt, mit den Bel Zheret zu sprechen, es sei denn, sie richteten zuerst das Wort an einen. Davon abgesehen hatte keiner der Männer auch nur das geringste Bedürfnis nach einem Plausch mit ihnen.

Der blasse Bel Zheret hieß Hund. Sein Partner hörte auf den Namen Natter. Hund und Natter gingen Arm in Arm auf die Brücke zu. Sie waren guter Dinge. Sie liebten einander.

Am Eingang zur Stadt senkten die dortigen Wachen ebenfalls ihren Blick wie ihre Waffen und ließen Hund und Natter passieren. Die Bel Zheret glitten durch die Pforte, und die Säume ihre Roben liebkosten dabei aufs Anmutigste das Straßenpflaster.

Sobald das Paar hinter dem Schilderhäuschen verschwunden war, holte der hier wachhabende Feldwebel eine Botenfee aus ihrem Futteral, gab ihr einige eindringliche Instruktionen und ließ sie frei. Das kleine Geschöpf flog davon, in für ihre Art ungewöhnlicher Eile.

Hoch oben, am Eingang zum Forschungsbereich, nahm der dort wachhabende Soldat die Botenfee in Empfang. Als er die Nachricht vernahm, weiteten sich seine Augen vor Schreck. Er gab seiner Kollegin ein Zeichen, die sich daraufhin rasend schnell in Bewegung setzte.

Die Bel Zheret waren unterwegs!

Bedächtig nahmen Hund und Natter die Treppe zum umgebauten Palast hinauf, wo die Forscher an dem Projekt arbeiteten. Sie gingen gemessenen Schrittes, beinahe kunstvoll. Das ganze Leben war ihnen Kunst; die Bel Zheret erfassten es nahezu instinktiv. *Ästhetik ist die höchste Stufe der Erkenntnis.*

Die Stadt war kalt und trocken. Ihre engen zugigen Gassen wirkten wie ausgestorben, wie schon seit Jahrhunderten. Ein makelloser Ort. Dies bemerkte Hund auch Natter gegenüber, und Natter fand ebenfalls, dass die Stadt ein erfreulicher Anblick sei. Erfreulich und befriedigend.

Oben auf dem Treppenabsatz erhob sich der Palast in den Himmel. Hund und Natter fanden den Himmel nicht ausnehmend erfreulich, andererseits tat das bekanntermaßen niemand. Bis auf Mab vielleicht? Ja, so musste es sein, andernfalls hätte sie ihn nicht in diesem Zustand zurückgelassen. Die Wachleute vor dem Palastzugang standen steif und reglos da, starrten unverwandt geradeaus. Sie waren zweifelsohne über das Eintreffen der Bel Zheret informiert worden. Auch das erfreute Hund und Natter. Auch Furcht war etwas Zufriedenstellendes.

Im Innern des Palasts hielten Hund und Natter unvermittelt inne. Dieser Gestank nach Essen, Faeschweiß, Müll und Fleischabfällen. Unerfreulich. Und alles andere als zufriedenstellend.

Hund drehte sich zu einer der Wachen um. »In diesen Mauern herrscht ein unguter Geruch. Kümmere dich darum.« Die Wache wirbelte auf dem Absatz herum und rannte, was das Zeug hielt.

Das Paar glitt in den Gemeinschaftsraum, in dem schlaffe, verschwitzte und behaarte Forschungsthaumaturgen und deren Gehilfen so taten, als hätten sie in den letzten fünf Minuten nicht wie verrückt sauber gemacht oder Dinge fortgeräumt oder sogar zerstört, auf dass Hund und Natter sie nicht zu Gesicht bekamen. Auch dies ein zufriedenstellendes Verhalten. Nur zu bereitwillig spielten die beiden mit bei dieser Farce – ein weiterer instinktiver Wesenszug. *Gefürchtet zu werden ist ein Privileg. Missbrauche es nicht.*

Hund drehte sich zu dem Mann um, der am feigsten von allen

stank. »Wo ist Meister Valmin zu finden?«, fragte er. Hunds Stimme war sanft, die Wortwahl präzise.

Der Feigling zitterte, aber seine Stimme klang fest. »Da durch«, sagte er und deutete in einen der Gänge, »und dann die letzte Tür rechts.«

Hund und Natter trafen Valmin in Gesellschaft seines Reisenden Timha an. Auch diese beiden Männer gaben vor, überaus eifrig am Projekt zu arbeiten.

»Willkommen«, sagte Valmin, verzichtete jedoch darauf, seinen Gästen irgendetwas anzubieten. Er hatte mit den Bel Zheret bereits seine Erfahrungen gemacht.

»Erstattet Bericht«, kam Natter gleich zur Sache. Es war ökonomischer so, und Valmin wusste ja bereits, warum die beiden hier waren. Ökonomie war wichtig. *Erziele das Optimum mit dem Minimum.*

»Ja«, sagte Valmin. Er räusperte sich und hielt ihnen ein ledergebundenes Dokument hin. »Hier ist der vollständige Rapport.« Natter nahm den Bericht an sich, ohne ihn eines Blickes zu würdigen, und ließ ihn zwischen den Falten seiner Robe verschwinden.

»Eine Zusammenfassung, wenn's recht ist?«, forderte Hund.

»Wir haben erhebliche Fortschritte mit dem Gehäusesystem und den Sicherheitsfeldern gemacht. Und wir sind kurz davor, eine Hypothese über den zugrunde liegenden Mechanismus aufzustellen.«

»Kurz davor?« Hunds Stimme war noch immer seidenweich. »Eine Hypothese?«

Natter mischte sich ein. »Mit anderen Worten: Ihr habt einen hübschen Kasten gebaut, wisst aber immer noch nicht, was in ihm vor sich geht. Jedoch habt ihr mittlerweile fast so etwas wie eine Ahnung, was eine seiner möglichen Funktionsweisen betrifft.«

Valmin schwieg.

Hund glitt lautlos neben Valmin und packte ihn am Handgelenk. Für Valmin kam diese Aktion völlig überraschend; ein Bel

Zheret erlebte die Zeit gänzlich anders als ein Fae. Hund verdrehte ihm langsam das Handgelenk, zwang Valmin damit zu Boden. In dieser Position hätte Hund ihm den Ellbogen zurückbiegen und den Arm brechen, ihm seine ausgefahrenen Klauen ins Kreuz schlagen können, oder was auch immer. Doch Valmin körperliche Pein zu bereiten war derzeit untersagt. Ein verletzter Thaumaturg war ein unproduktiver Thaumaturg.

»Wir kommen in sechs Monaten wieder«, sagte Hund. »Wenn ihr bis dahin keine funktionierende Einszorn zusammengebaut habt, werdet ihr beide sterben.«

»Aber ... niemand kann einen Forschungsprozess beschleunigen. Es dauert nun mal so lange, wie es dauert!«

»Wir verstehen«, sagte Natter. »Und wenn ebendieser Forschungsprozess länger als sechs Monate dauert, werdet ihr sterben, und wir werden eure Positionen anderweitig besetzen. Ich erinnere euch lediglich an den euch zur Verfügung stehenden Zeitrahmen.«

Hund ließ Valmin wieder los, und der alte Meister sank zu Boden, wobei er sich seinen schmerzenden Arm hielt. Dieser Fae war widerwärtig. Hund widerstand dem Impuls, sich die Hände an der Robe abzuwischen.

»Auf Wiedersehen«, sagte Natter. Ohne ein weiteres Wort drehten sich die Bel Zheret um und verließen den Raum.

Die beiden glitten zurück durch den Gemeinschaftsraum und hinaus aus dem Palast. Wieder draußen angekommen, schnüffelte Hund in die Luft. Dann wandte er sich zu dem Wachmann um, den er kurz zuvor auf den Gestank angesprochen hatte.

»Es riecht noch immer schlecht hier«, sagte er. »Riechst du das denn nicht?«

Hund studierte das Gesicht des Mannes sehr genau. Er wusste, was sein Gegenüber dachte. *Soll ich zugeben, dass ich nicht riechen kann, was ein Bel Zheret zu riechen vermag, oder soll ich ihm zu Gefallen einfach zustimmen?*

Hund wartete die Antwort nicht ab. Er hielt zwei seiner Finger in die Höhe. »Deine Nase bedarf offenbar einer Reinigung.« Er packte die Wache am Nacken und rammte ihr die beiden Finger in die Nasenlöcher, stieß mit den langen Fingernägeln tief hinein ins weiche Gewebe.

»Vielleicht befinden sich ja irgendwelche Verkrustungen darin?«, sagte Hund, während er in der Nase herumstocherte. Blut tropfte aus den Löchern. Der Wachmann begann zu schreien. Musik in den Ohren seines Peinigers.

»Vielleicht wird sich dein Geruchssinn ja nun verbessern«, sagte Hund. »Schreib mir doch, ob es sich so verhält, ja?«

Hund lächelte, als er sich den Wachmann beim Verfassen des Briefs vorstellte. Er konnte es kaum erwarten, ihn zu lesen.

Der Mann fiel zu Boden, presste die Hände vors Gesicht. Blut quoll zwischen seinen Fingern hervor.

»Nun«, sagte Hund, »dann noch einen schönen Tag.«

Als die beiden über die enge Brücke auf das Portal zugingen, hakten sie sich wieder unter. »Das war lustig«, sagte Natter.

Hund konnte dem nur zustimmen.

10. KAPITEL

*... nach heftigen Beschwerden seitens der
Zunftvertreter wurde ich gebeten, eine offizielle
Erklärung zu der Sache abzugeben. Darin wurde zum
Ausdruck gebracht, dass es »die so genannten Schatten
nicht gibt und nie gegeben hat. Die Vorstellung, es
könne eine geheime Organisation von Spitzeln und
anderen gesellschaftlich inakzeptablen, mit
schwarzkünstlerischen Gaben ausgestatteten Subjekten
geben, widerstrebt Eurer Majestät zutiefst.
Ein Gerücht, das von aufwieglerischen Elementen in
ebenjenen Kreisen gestreut wird, die befürworten, dass
besagte Schatten auszulöschen seien.«*

*Diese Erklärung war natürlich eine glatte Lüge.
Die Schatten existierten damals, und sie existieren auch
noch heute. Ein kleiner Teil dieser Verlautbarung
jedoch entspricht den Tatsachen: Allein die Erwähnung
der Schatten widerstrebt der Königin zutiefst.
Ein Umstand, der sie jedoch nicht davon abhält,
sich ihrer zu bedienen.*

– Cereyn Ethal, *Mein Leben* (unzensiert)

Die Ausbildung bei Meister Jedron bewegte sich auf einem schmalen Grat zwischen militärischem Drill und Folter, wobei die Methoden beider Disziplinen in gleicher Weise zum Einsatz kamen. Jedrons Vorstellung hinsichtlich einer typischen Übungsstunde war beispielsweise, dass er Silberdun eine Weile mit der Armbrust trainieren ließ, um ihm dann plötzlich und ohne Vorwarnung ein halbes Dutzend Jagdhunde auf den Hals zu hetzen, derer sich der Schüler erwehren musste. In einer anderen Übung wurden Silberduns Arme und Beine mit Stricken gefesselt, woraufhin Ilian ihn von einer Klippe auf der Nordseite der Insel ins Meer stieß. Danach warf Ilian ab und zu Messer ins Wasser, bis Silberdun es schaffte, eines davon zu schnappen, um sich zu befreien.

»Wozu soll das gut sein?«, hatte Silberdun getobt, als er endlich aus dem Wasser dem rettenden Land entgegenstolperte. Was schwierig genug war, denn die Brandung schlug heftig gegen die schwarzen, scharfkantigen Felsen, an denen sich Silberdun mehr als einmal verletzt hatte.

Es war ein grauer Tag. Fast zwei Wochen war er nun schon in Ausbildung. Der niedrige bleierne Himmel hing über der aufgewühlten See. Die Sonne stand an ihrem höchsten Punkt, doch es herrschte eine Stimmung wie zur Abenddämmerung. Silberduns nasse Kleidung klebte an ihm, und da, wo sie nicht an ihm klebte, klatschte sie im steifen Wind unangenehm gegen seine Haut. Er strich sich das tropfende Haar aus den Augen.

Jedron und Ilian waren aus dem Turm zum Ufer gekommen, um ihn in Empfang zu nehmen. Jedron warf Silberdun ein Handtuch zu. »Man muss den Sinn einer Übung nicht verstehen, um sie zu erlernen«, sagte er nur.

»Es geht mir nicht um die Übung«, sagte Silberdun wütend. »Sondern um die damit verbundene Grausamkeit. Ich dachte, ich würde hier für eine anstehende Aufgabe ausgebildet und nicht für meine Sünden bestraft.«

»Beides«, sagte Jedron.

»Wo ist der andere Rekrut, den Ihr am ersten Tag erwähntet?«, fragte Silberdun. »Behandelt Ihr den auch so schäbig wie mich?«

Jedron schien darüber nachzudenken. »Nein«, sagte er dann, »denn der stellt sich nicht halb so blöde an wie Ihr.«

»Nun gut, wo steckt er also?«

»Er ist hier«, sagte Jedron, »aber ich will nicht, dass er sich ein schlechtes Beispiel an Euch nimmt.«

Später, nachdem Silberdun wieder trocken war, kam Jedron auf sein Zimmer. »Kommt mit«, sagte er nur.

Draußen hatte es zu regnen begonnen, und schon bald waren Silberduns frische Kleider so nass wie die vorigen. Jedron führte Silberdun und Ilian runter zum Dock, wo die *Treibholz* vor Anker lag. Ein Sturm, der sich irgendwo auf hoher See zusammenbraute, schickte sich an, hier eine ziemliche Verwüstung anzurichten. Jedron ging an Bord und bedeutete Silberdun, ihm zu folgen.

Die metallenen Automaten an Deck waren mit leinenen Planen zugedeckt, die an den Fußknöcheln zusammengebunden waren. Jedron befreite einen der mechanischen Matrosen von seinem Schutz und winkte Silberdun herbei, damit er sich die Sache einmal genauer ansehe.

Silberdun kam näher und stieß einen bewundernden Pfiff aus. Die Struktur der Automaten kam der Körperform eines Fae unglaublich nah, nur die Haut fehlte. Silberne Muskeln, Sehnen aus Messing, Augen aus poliertem Marmor.

»Das ist saturiertes Silber, nicht wahr?«, fragte Silberdun. Magiegeformtes Silber konnte einfach mittels elementarer Fangsequenzen erzeugt werden. Allerdings hatte Silberdun noch nie so viel Material auf einmal gesehen. Es war unglaublich teuer.

Jedron zuckte die Achseln. »Nicht mein Fachgebiet«, sagte er, »und auch nicht das, worum es hier geht.«

Ilian zückte ein kleines Messer und zog es blitzschnell über die Innenseite von Silberduns linker Hand, wodurch sich dort ein weiterer Schnitt zu den schon vorhandenen anderen Blessuren gesellte.

»Aua!«, rief Silberdun aus. Ilian und Jedron warfen sich einen raschen Blick zu. *Was für ein Jammerlappen!*

Ilian zog dem Automaten den Mund auf, wodurch dessen Zunge, ein Klumpen saturierten Silbers, zum Vorschein kam. Er wischte die blutverschmierte Klinge an der Zunge sauber und schloss dann wieder den Mund des mechanischen Matrosen.

»Warum glaubt Ihr, habe ich diese magiegeformten Seeleute, wo doch lebende Besatzungsmitglieder viel billiger und einfacher zu befehligen sind?«, fragte Jedron.

»Ilian meinte, Ihr mögt keine Besucher.«

»Richtig«, sagte Jedron. »Aber das ist nicht der wichtigste Grund. Es ist, weil ich in einer anderen Welt lebe als Ihr.«

Er starrte hinaus auf die See. »Die Faelande sind ein viel gefährlicherer Ort, als die meisten vermuten. Und gleichzeitig sind die Faelande die wahrscheinlich zivilisierteste Welt aller Welten. Die wahren Gefahren gehen nicht von Goblins oder Soldaten aus. Solche Gefahren kann man kommen sehen und man kann ihnen ins Auge blicken.«

Jedron wandte den Blick zu Silberdun um. Ein durchbohrender Blick und auch irgendwie abschreckend. Fast animalisch. Und noch etwas anderes, das Silberdun nicht in Worte fassen konnte.

»Die wahre Gefahr geht von Leuten aus, bei denen man erst zu spät erkennt, dass man ihnen nicht trauen konnte. Vertrauen ist die womöglich tödlichste Waffe, die man gegen Euch einsetzen kann. Ich habe kein Vertrauen. Und Ihr dürft auch keines haben.

Daher werde ich niemals Euer Freund sein. Ich möchte nicht, dass Ihr mich mögt. Vielmehr möchte ich, dass Ihr selbst mir nicht vertraut.«

Silberdun starrte auf den Automaten, dessen Gesicht sich zu umwölken begann, als betrachte man ihn durch einen blinden Spiegel. »Ihr nehmt mich nicht gerade für Euch ein. Everess sagte –«

Jedron lachte laut auf. »Everess! Dieser aufgeblasene Furz. Der würde doch seine Mutter verkaufen, um einen Rang aufzusteigen. Glaubt Ihr wirklich, er schart seine persönliche Truppe von Spionen um sich aus Liebe zum Herz der Seelie?«

»Wollt Ihr damit sagen, ich soll lieber nicht für ihn arbeiten?«

»Keineswegs. Ich sage nur, Ihr sollt ihm nicht vertrauen.«

»Na ja, das ist etwas, was Ihr mich gewiss nicht lehren müsst. Ich hab ihm niemals über den Weg getraut.«

»Und doch habt Ihr den langen Weg hierher unternommen, nur weil er es Euch sagte.«

»Ich tue das hier nicht für ihn.«

Jedron kicherte wieder. »Schön gesagt.«

Der Nebel vor dem Gesicht des Automaten verflüchtigte sich

allmählich, entblößte Haut, die sich zu einem Gesicht formte. Dunkles Haar spross aus dem kahlen Kopf.

Silberdun zeigte auf Ilian. »Was ist mit Ilian? Dem vertraut Ihr doch sicherlich, oder?«

Jedron verdrehte die Augen. »Den könnte ich binnen eines Herzschlags töten.«

Ilian zog sein Messer und hielt es schon in der nächsten Sekunde Jedron an die Kehle. Mühelos und ebenso schnell schlug Jedron ihm das Messer aus der Hand und schleuderte ihn über Bord ins aufgewühlte Wasser.

»Seht her«, sagte Jedron und zeigte mit seinem Messer auf den Automaten. Silberdun tat es und erschauderte. Der Automat sah nun aus wie er selbst, ein fast identisches Duplikat. Es sah Silberdun argwöhnisch an.

»Das ist der Einzige auf dieser Welt, dem Ihr vertrauen könnt, Silberdun«, sagte Jedron.

Silberdun starrte auf seinen mechanischen Doppelgänger. Ohne Frage war dies eine von Jedrons weniger subtilen Lehrstücken und ohne Frage einem Mann seines Formats nicht würdig.

Als Silberdun näher trat, machte der Automat einen fast furchtsamen Schritt zurück. Silberdun sah ihm in die Augen, und eine Welle des Abscheus erfasste ihn: Es waren Jedrons Augen.

»Nun, er ist nicht wirklich eine Kopie meiner selbst, nicht wahr?«, sagte Silberdun. »Etwas an ihm hat ganz und gar nichts mit mir zu tun. Ich meine die Art, wie er mich anschaut.«

»Nein, und deshalb ist er auch nicht Ihr. Ich sagte ja auch nicht, dass Ihr selbst der Einzige seid, dem Ihr vertrauen könnt. Ihr seid schwach und verwirrt.«

»Nun gut«, sagte Silberdun. »Wer ist er also?«

»Derjenige, der Ihr sein werdet, wenn Ihr diese Insel verlasst. Derjenige, der Ihr sein werdet, wenn Ihr Eure Ausbildung abgeschlossen habt.«

Silberdun runzelte die Stirn.

»Ihr mögt ihn nicht, hab ich Recht?«, fragte Jedron grimmig.

»Nein, wenn ich ehrlich sein soll.«

»Glaubt mir, Ihr werdet es noch viel weniger mögen, er zu

137

sein«, sagte Jedron. Er murmelte eine Silbe, und das Blendwerk des Automaten verschwand, zurück blieb lediglich eine tote Maschine. Jedron bedeckte sie wieder mit der Plane. Silberdun konnte sich nicht helfen, aber für ihn sah das Ding aus wie ein Leichentuch.

»Ihr habt ja keine Ahnung, worauf Ihr Euch eingelassen habt, Junge«, sagte Jedron lächelnd.

Wieder auf dem Dock stehend, sahen sie, wie Ilian gerade an Land stapfte. Er schüttelte sich das Wasser aus dem Haar.

Jedron ging auf Silberdun zu und packte ihn an der Schulter. »Wartet einen Moment«, flüsterte er, »und hört mir gut zu.«

Er nickte in Richtung Ilian und fuhr fort: »Ilian ist ein Verräter. Wir müssen etwas wegen ihm unternehmen.«

Drei Wochen vergingen, in denen Silberduns Ausbildung nur allmählich dem näherkam, was er sich anfänglich vorgestellt hatte. Er lernte, sich geräuschlos zu bewegen, obwohl die Umstände, unter denen er dies tun sollte, ihm schier unmöglich erschienen. Erspüre die Bodendielen mit deinem Geist, bevor du sie betrittst? Das wäre selbst schwierig für jemanden, der über die Gabe der Innensicht verfügte. Silberdun besaß diese Gabe, hatte sie jedoch nie eingehend studiert.

Das umschrieb im Großen und Ganzen Silberduns Dilemma. Innensicht war eine Gabe des Geistes, und Blendwerk eine des Herzens. In seinen Jugendjahren hatte er all seine Bemühungen aufs Blendwerk gerichtet, weil er so gern ein Künstler geworden wäre. Innensicht, das war die Materie der forschenden Thaumaturgen und Alchemisten. Männer, die am Schreibtisch saßen und grübelten. Silberduns Vater hatte ihn für das Studium der Innensicht begeistern wollen, da es sich bei ihr um eine vornehme und ehrenwerte Tätigkeit handele. Silberdun wusste, er hätte es in Sachen Innensicht weit bringen können, doch so, wie die Dinge standen, war aus ihm nur ein mittelmäßiger Anwender von Blendwerk geworden. Doch zumindest hatte er in dieser Hinsicht erreicht, was er wollte.

In den Morgenstunden fand der tägliche Drill mit Jedron statt.

Er übte sich im Umgang mit Messern und der kleinen Arbalest, einer leichten Armbrust. Silberdun lernte das lautlose Töten, das schmerzvolle Töten und das Entwaffnen eines Gegners, ohne diesen zu töten. Dies alles mit einer kalkulierten Präzision, die ihm jeden Tag, der verging, mehr Skrupel bereitete.

Silberdun nahm seine Mahlzeiten mit Ilian ein, der wenig sprach, ihn aber nicht aus den Augen zu lassen schien. Ilian war stets in der Nähe, immer bereit, Silberdun bei den Übungen zu helfen, hier und da etwas zu richten oder Jedron sein Essen zu bringen. Jedron und Ilian hatten eine Beziehung zueinander, deren Wesen sich Silberdun nicht erschloss. Fast nie wechselten die beiden ein Wort miteinander.

Hin und wieder fragte er nach dem anderen Schüler, den der Meister erwähnte hatte, und Jedron versicherte ihm, er wäre auf der Insel und dass Silberdun ihn erst dann treffen würde, wenn er bereit sei.

Alle paar Tage lud Jedron Silberdun für einen Nachttrunk in sein Studierzimmer ein. Doch diese Abende entwickelten sich jedes Mal zu stundenlangen Lehrveranstaltungen. Darüber hinaus konnte Jedron es offenbar nicht lassen, Silberdun unerwartet stumpfe Gegenstände an den Kopf zu werfen.

Silberdun hatte das, was von seinem Bett noch übrig war, in eine notdürftige Pritsche umgewandelt. Weit besser als das unbequemste Lager, auf dem er je gelegen hatte (im bitterkalten Midwinter nach einem Tagesritt unter freiem Himmel zu nächtigen hatte in diesem Punkt natürlich den Vogel abgeschossen), aber immer noch meilenweit entfernt von paradiesischen Zuständen. Zumeist war er am Ende des Tages allerdings so müde, dass er sich am nächsten Morgen kaum mehr daran erinnern konnte, wann sein Kopf am Vorabend das Kissen berührt hatte. Auch träumte er in dieser Zeit so gut wie nie.

»Wir haben überhaupt noch nicht über Schwerter gesprochen«, sagte Silberdun nach einer langen Übungsstunde im unbewaffneten Kampf gegen Jedron. Silberdun schwitzte und schnaufte, doch Jedron war nicht mal außer Atem. Erstaunlich für einen Mann seines Alters.

»Nein«, erwiderte Jedron, »und das werden wir auch nicht.«
»Warum?«
»Das Schwert ist bei unserer Arbeit wirklich das letzte Mittel. Wenn Ihr Euch gezwungen seht, es zu ziehen, habt Ihr mit Sicherheit einen schweren Fehler gemacht.«
»Und was, wenn jemand eines gegen mich zieht?«
»Schleudert ihm ein Messer ins Genick und rennt«, sagte Jedron nur.
»Das scheint mir kaum im Sinne der Ehrenhaftigkeit«, sagte Silberdun.
»Die Ehrenhaftigkeit ist nur ein Mühlstein um Euren Hals, Junge. Je früher Ihr Euch damit abfindet, umso besser.«
»Aber...«, begann Silberdun, seine Worte wohl abwägend. Hatte er eben richtig gehört? Genauso gut hätte ihm Jedron sagen können, er möge sich darauf einstellen, künftig nach Hundewelpen zu treten oder Milchmädchen die Kehle aufzuschlitzen. »Wenn es doch unser Ziel ist, die Welt der Seelie zu retten, wie können wir das erreichen, wenn wir all jene Dinge gering achten, welche die Seelie ausmachen?«
»Hebt Euch Eure teure Ehrenhaftigkeit für diejenigen auf, die auf der Insel der Glückseligen leben. Wir erhalten ihnen den Luxus persönlicher Ehrenhaftigkeit, indem wir auf ebenjene Ehrenhaftigkeit verzichten.«
»Das verstehe ich nicht.«
Jedron zeigte übers Meer nach Osten, wo Smaragdstadt lag. »All die hübschen Fae, all die zivilisierten Fae dort drüben leben in einem riesigen Kokon, gesponnen aus Ignoranz und Ahnungslosigkeit.«
Das war das Poetischste, das Jedron bisher über die Lippen gekommen war, und das sagte ihm Silberdun auch.
»Fahrt zur Hölle, Silberdun. Ich meine es ernst. Es ist schon eine feine Sache, wenn man sich in Sicherheit wähnen kann. All die großen Errungenschaften der Zivilisation wurden von jenen gemacht, die frei von Furcht leben konnten. Ihr Irrglaube besteht darin – und wir sollen dafür sorgen, dass ihnen dieser Irrglaube nie vor Augen geführt werden möge – zu denken, dass die Zivili-

sation allein dadurch erhalten wird, indem man sich zivilisiert benimmt. Der Grund, warum die Schattenliga so lange existieren konnte – und das trotz des ganzen öffentlichen Geschreis ob ihrer angeblichen Existenz –, ist, dass die Machtelite beständig auf diesen Irrglauben aufmerksam gemacht wird, und zwar immer dann, wenn er ihnen wieder mal seine dreckige Faust ins Gesicht rammt.«

»Wenn Euch Dinge wie Ehre und Zivilisation so einerlei sind«, schnappte Silberdun, »warum dies alles dann überhaupt schützen? Weshalb riskiert Ihr Euer Leben für etwas, das Euch so wenig wert zu sein scheint?«

»Einer muss es doch tun. Doch wer außer mir würde es tun? Wir sind umgeben von Ignoranz und Grausamkeit, Silberdun. Die bestialischen Gnome im Süden. Und dann Mabs Legion von verblendeten, ergebenen ›Bürgern‹, die man genauso gut Sklaven nennen könnte. Andererseits weiß ein guter Sklavenhalter wenigstens den Wert seiner Investition zu schätzen. Wie dem auch sei, ich mag vielleicht wenig übrig haben für die so genannten schönen Dinge des Lebens, aber ich verabscheue die Alternative aus tiefstem Herzen. Darüber hinaus«, und hier lächelte Jedron boshaft, »liebe ich meine Arbeit.«

Eine Woche später zitierte Jedron seinen Schüler in das Studierzimmer, auf dass Silberdun die Kunst des Kartenstudiums erlerne. Es waren in der Hauptsache Karten des Faereichs: Stadtpläne; Schaubilder, welche die Bewegungsmuster der Unseelie darstellten; topografische Karten. Andere zeigten Mag Mell – die Welt der tausend Inseln; Annwn, das größtenteils entvölkert war, bis auf eine Stadt namens Blut von Arawn; die Welt von Nymaen, die hauptsächlich aus Wasser bestand und erstaunlich genau kartografiert worden war. Natürlich erwartete Jedron von ihm, dass er sich jedes noch so kleine Detail auf jeder Karte einprägte und fragte ihn den ganzen Abend über ab. Und wann immer Silberdun die falsche Antwort gab, warf Jedron mit Briefbeschwerern und Büchern nach ihm. Überhaupt schien der Meister heute ziemlich übler Laune zu sein. Auch Ilian wirkte bedrückt, was eigentlich untypisch für ihn war.

Schließlich durfte Silberdun die Karten beiseitelegen. Jedron goss ihnen beiden einen Weinbrand aus dem Dekanter ein, und dann tranken sie in aller Stille. Als Silberdun sein Glas geleert hatte, erschien Ilian aus den Schatten und geleitete ihn zurück in sein Schlafgemach.

Zurück auf seinem Zimmer, beschlich Silberdun ein schummriges Gefühl. Ein Gefühl, das ihm nicht unbekannt war. Damals an der Universität hatte er sich für einen Kurs zum Thema Gifte eingeschrieben, diesen aber nach nur einer Woche nicht mehr besucht, weshalb ihm das Fach auch nicht angerechnet worden war. Der Grund, warum er nicht mehr zum Unterricht gegangen war, war folgender: Er hatte dort versehentlich einen Trank namens Iglithbi zu sich genommen. Kein Gift im eigentlichen Sinne – die Mixtur sollte eigentlich der Entspannung dienen, wirkte jedoch in hoher Dosis tödlich. Geruchs- und geschmackslos, wurde Iglithbi vorzugsweise von Dieben und Vergewaltigern eingesetzt. Und wenn er, Silberdun, dumm genug gewesen war, dieses Zeug versehentlich zu trinken, dann war er auch dumm genug, sich damit umzubringen.

Und jetzt, allein in seinem Zimmer, hatte er nicht den geringsten Zweifel, dass man ihn mit Iglithbi betäubt hatte. Die Symptome waren unverwechselbar. Doch wie hoch war die ihm verabreichte Dosis gewesen?

Silberduns Fähigkeiten drohten ihn zu verlassen. Verzweifelt versuchte er sich an die Ingredienzien von Iglithbi zu entsinnen, an seine organischen Bestandteile wie auch an die reitischen Bindungen. Und plötzlich erinnerte er sich wieder an die Rezeptur, eines der denkbar wenigen Dinge, die ihm aus Universitätszeiten im Gedächtnis geblieben waren. Er griff hinaus mit seiner Gabe der Elemente und suchte nach einer Bindung namens *Elesh-elen-tereth*. Sie war leicht aufzuspüren und noch leichter zu entfesseln. Er konnte fühlen, wie die besondere Farbe ihres *re* durch seinen Körper strömte. Mit seiner Gabe versetzte er ihr einen Stoß und verwandelte die *Elesh-elen-tereth* in Wasser und *spiritus sylvestris*.

Leider hatte ein Gutteil des Tranks bereits seinen Weg in Silberduns Geist gefunden. Er war noch immer wach – immerhin etwas –, aber seine Sinne waren benebelt. Der Raum um ihn herum schien zu atmen, die Wände zu erzittern.

War Ilian wirklich ein Verräter? Hatte er ihm das angetan? Andererseits hatte Jedron aus der gleichen Schnapsflasche getrunken. Allerdings war es möglich, dass er ebenfalls über die Gabe der Elemente verfügte. Silberdun wollte sich nur noch hinlegen und schlafen. Sein Bett, oder was davon übrig war, erschien ihm plötzlich als der schönste Platz in den ganzen Faelanden.

Doch er würde sich diese Freude entsagen müssen. Jedrons Demonstration auf der *Treibholz* hatte Silberdun stärker beeindruckt als gedacht. Wenn Ilian den Schnaps tatsächlich mit Iglithbi versetzt hatte und Jedron nicht über die Gabe der Elemente verfügte, dann starb der Meister in diesem Moment womöglich in seinem Bett. Und Ilian hätte sein schändliches Ziel erreicht, was immer es auch war.

Andererseits lockte das Bett...

In diesem Augenblick hörte Silberdun einen Schrei von draußen. Zumindest glaubte er das. Zeit und Raum schienen mittlerweile ein unkontrolliertes Eigenleben zu führen. Er stolperte zum Fenster und sah hinaus in die Nacht. Alles war verschwommen. Unten am Boden waren flackernde Lichter zu erkennen. Fackeln. Glühwürmchen. Hexenlichter. Glühende Kohlestücke.

Er rannte zur Tür, verfehlte sie und knallte ungebremst gegen die Wand. Er korrigierte seine Richtung und stand schließlich in dem Gang vor seinem Zimmer. Wenige Minuten später hatte er das Hauptor erreicht und starrte in die wolkenverhangene Nacht. Er war sich nicht sicher, wie er es ins Erdgeschoss der Burg geschafft hatte. Er wusste, er hatte es irgendwie vollbracht, konnte sich aber nicht mehr daran erinnern.

Da ertönte abermals ein Schrei. Silberdun taumelte in die Dunkelheit hinein. Hinaus auf den Vorplatz. Den Pfad hinab zu den Klippen. Stufen, die er noch nie zuvor gesehen hatte. Er nahm sie und stieg hinab zum Wasser. Am Fuß der Treppe befand sich ein großer steinerner Absatz, ein Kreis aus Fackeln, eine Grube.

Feuer. Ein gefesselter Mann auf einem Tisch. Er schrie. Er sah Silberdun an. Ein Fremder. Seine von Furcht erfüllten Züge brannten sich in Silberduns Gedächtnis ein. Außerhalb des Feuerrings ein weiteres Gesicht. Ilian. Ein ziemlich verärgerter Ilian. Ein Wort der Bindung. Stille. Schwärze.

Als Silberdun wieder erwachte, lag er mit dem Gesicht nach unten auf den kalten, taunassen Stufen. Es dämmerte bereits, und es war frisch. Er versuchte den Kopf zu heben, und ein dumpfer Schmerz ging durch seinen Körper. Unten auf der steinernen Lichtung holte Ilian gerade ein geschwärztes Bündel aus der Grube. Verkohlte Äste? Nein.

Knochen.

Silberdun wollte Ilian etwas zurufen, doch seine Zunge fühlte sich irgendwie geschwollen an. Er bekam keinen Ton heraus, doch Ilian sah ihn trotzdem.

Er legte das Bündel aus Ästen (Knochen) vorsichtig auf dem Boden ab. Dann kam er langsam auf Silberdun zu.

»In Euren Unterlagen stand nichts darüber, dass Ihr etwas von Alchemie versteht«, sagte Ilian. »Das macht die Dinge ein bisschen komplizierter, fürchte ich.«

Silberdun beschwörte *re*, kanalisierte es mittels seiner Gabe der Elemente, doch das funktionierte nicht. Die dazu erforderliche Konzentration überstieg sein Fassungsvermögen. Ilian hob den Fuß, trat mit seinem Stiefel zu. Silberduns Kopf knallte gegen die steinernen Stufen, und er verlor erneut das Bewusstsein.

Das Frühjahr hat eben erst begonnen, und schon steckt Perrin bis zu den Ohren in Schulaufgaben. Er war in den Fächern Elemente und Blendwerk geprüft worden und hatte beide Examen mit Leichtigkeit bestanden. Wie wütend Vater wohl wäre, wenn er beschloss, Blendwerk an der Universität zu studieren! Doch bis dahin waren es noch zwei Jahre, und es erschien ihm wie eine Ewigkeit.

Perrin schlendert durch den alten Schulgarten, der zwischen der Bibliothek und dem hinteren Schlafsaal lag, und stellt sich das Leben als berühmter Blendwerker vor. Er würde in einer einfachen Stadthütte leben, Zigaretten rauchen und tagsüber in einem Blendwerkatelier arbeiten. Des Abends würde er dann Wein trinken und mit gefährlichen Frauen schlafen. Er würde seine adlige Herkunft verschweigen wie einst Rimaire und erst auf dem Sterbebett verraten, dass er ein Lord ist.

Perrin setzt sich auf eine Steinbank und schaut sich um. Der Garten ist verwaist. Er hat vom Schulkoch Zigaretten gekauft und versucht nun, sie so zu rauchen wie die Männer in der Stadt. Mit durchgestrecktem Handgelenk, wobei man die Asche lässig mit dem Daumen wegschnippen muss ...

Von jenseits des Gartentores ist ein Schrei zu hören, und Silberdun wirft rasch die Zigarette in einen Kamelienstrauch.

Das Gartentor fliegt auf und knallt gegen die Mauer. Das Geräusch hallt übermäßig laut in dem geschlossenen Areal wider. Ein Junge kommt in den Garten gerannt. Er wird von vier anderen Jungs verfolgt.

Der Gejagte läuft auf Perrin zu, stolpert und landet direkt vor Silberduns Füßen. Es ist Bir, der Sohn eines Mitglieds der Teehändlergilde aus dem Westtal. Seine Eltern sollen der Schule ein Vermögen gespendet haben, damit ihr Sohn hier aufgenommen werden konnte, so hatte man es Perrin erzählt.

»Hilfe« fleht der Junge, und dann sind die anderen auch schon bei ihm. Es sind allesamt Fünftklässler, kräftige Burschen, und Perrin hat nicht die Absicht, sich mit ihnen anzulegen.

Ihr Anführer heißt Tremoin und ist ein Baron aus dem Hause Dequasy. Darüber hinaus ist er ein aufgeblasener Arsch und, wie Perrin mit Befriedigung festgestellt hat, ein totaler Versager in Sachen Blendwerk. Tremoin zerrt Bir auf den Rücken, setzt sich auf ihn, erhebt drohend die Faust.

»Los jetzt, sag's schon!«, ruft Tremoin. »Sag es und ich lasse dich in Ruhe.«

»Nein«, sagt Bir.

Tremoin hebt den Kopf, scheint Perrin erst jetzt zu bemerken.

»Oh, Perrin, wie schön, dich zu sehen. Wusstest du schon, dass Bir nicht nur ein Bürgerlicher, sondern auch ein Arkadier ist?«

Ein Anflug von Furcht ergreift von Silberdun Besitz. »Nein, das wusste ich nicht.«

Bir versucht sich zu befreien, doch Tremoin ist viel stärker als er.

»Gewissermaßen als Versuch am lebenden Objekt«, fährt Tremoin fort, »hatte ich ihn aufgefordert, seinen Gott öffentlich zu verleugnen, um zu sehen, ob ihn zur Strafe der Blitz trifft und gleichzeitig herauszufinden, ob Aba ein zorniger oder milder Gott ist.«

»Ich nehme an, er hat das abgelehnt«, sagt Perrin so ruhig wie möglich.

»Die Naturphilosophie scheint ihn nicht sonderlich zu interessieren«, meint Tremoin.

Perrin hofft, dass Bir sich klug verhält und sich von Aba lossagt, doch Bir hat beschlossen, den Märtyrer zu spielen. Er ruft: »Ich werde Aba niemals verleugnen, weder für euch noch für die Königin höchstpersönlich!« Seine Worte hallen in dem kleinen Garten wider.

»Ein Mann von Prinzipien«, sagt Tremoin. Er scheint äußerst zufrieden. »Jungs, lasst uns Perrin doch mal zeigen, was wir mit einem Mann von Prinzipien machen.«

Nachdem das Ganze vorbei ist, geht Perrin in die Bibliothek und türmt wie üblich seine Schulbücher um sich herum auf. Dann nimmt er Stift und Papier aus der Tasche und beginnt seinen wöchentlichen Brief nach Hause.

Liebe Mutter, schreibt er. *Ich habe heute gesehen, wie ein Junge im Schulgarten zusammengeschlagen wurde, weil er deinen Gott nicht verleugnen wollte. Aber ich schätze, es wird alles gut, weil Aba zweifellos dem Jungen vergeben wird, der die Prügel angeordnet hat, und Bir (das ist Junge, der geschlagen wurde) seine Belohnung dafür gewiss in Arkadien erhält, wenn ›Sie, Die Da Wird Kommen‹ erscheint in einer Rüstung aus Alabaster oder einer seidenen Robe oder was immer sie tragen wird, sobald sie erscheint.*

Und so schön das auch alles sein mag, es wird Dir, der jetzt halbtot im Spital liegt, wohl wenig trösten. Und ich muss gestehen, dass es mir schwerfällt einen Gott zu verstehen, der vor Liebe angeblich überfließt und doch nichts dagegen unternimmt, wenn einem seiner Anhänger für seinen Glauben an ihn das Gesicht eingeschlagen wird.

Bitte grüße Vater von mir, wenn du ihn siehst, und auch Iana. Du nimmst vermutlich immer noch Befehle von deiner Dienstmagd entgegen, also behandle sie mit Respekt, wenn du ihr meine Grüße ausrichtest.

Dein dir ergebener Sohn.

Er unterschreibt den Brief und stopft ihn rasch in einen Umschlag, ohne ihn noch einmal zu lesen. Er packt seine Bücher wieder zusammen, geht zum Schulgebäude, wirft auf dem Weg den Brief in den Postkasten.

Und bereut es augenblicklich.

Die ganze Woche über wird er von Schuld getrieben, wenn er sich vorstellt, wie seine Mutter den Brief öffnet, ihn liest. Was wird sie tun? Wird sie sich aus Kummer und Enttäuschung über ihn das Leben nehmen? Wird sie in die Schule kommen und ihn vor seinen Freunden tadeln? Oder wird sie einfach nie wieder ein Wort mit ihm sprechen?

Doch sie tut nichts dergleichen. Als ihr Antwortschreiben ihn endlich erreicht, nimmt Perrin es mit in den Schulgarten und öffnet den Brief mit zitternden Händen. Dann liest er:

Lieber Perrin,

vielleicht denkst du, dass ich dir wegen deines letzten Schreibens böse bin, aber das bin ich nicht. Ich habe dir eine schwere Bürde auferlegt, und dafür möchte ich mich bei dir entschuldigen.

Vielleicht wäre ich besser so verfahren wie viele andere Elternteile und hätte es mir bei deiner Erziehung einfach machen sollen, indem ich dir kommentarlos jene Werte vermittelte, die in unseren

Kreisen hochgehalten werden und dich das werden lassen, was immer die Gesellschaft von dir erwartet. Doch hätte ich das getan, hätte ich dir einen Bärendienst erwiesen. Insofern nehme ich meine Entschuldigung vielleicht wieder zurück.

Du hast in deinem Brief dein Unverständnis in Bezug auf Aba zum Ausdruck gebracht, da er zuließ, dass dieser törichte junge Arkadier zu Schaden kam. Hier ist meine Antwort an dich: Aba hat einen wunderschönen freundlichen Jungen namens Perrin geschaffen und ihm Stärke verliehen wie auch die Gabe zu sehen, was richtig und was falsch ist. Und Er hat diesen Jungen genau dort zur Stelle sein lassen, wo es nötig war, um dem kleinen Arkadier zu helfen. Ich weiß nicht, was Er hätte noch tun sollen.

Und nun sage du mir, wer stand einfach nur daneben und hat nichts unternommen?

Perrins Gesicht ist rot, und seine Augen brennen. Unter Aufbietung aller Kraft produziert er eine kleine Flamme Hexenlicht – sein erstes und bis dahin einziges Meistern eines Elements – und verbrennt den Brief.

Am nächsten Tag erfährt Perrin, dass Bir der Akademie verwiesen wurde. Perrin wird ins Büro des Schulleiters bestellt. Dort fordert man ihn auf, eine Erklärung zu unterschreiben, die besagt, dass Bir ein schwer gestörter Junge ist, der Tremoin ohne Grund angegriffen hat. Es sei das Beste für alle Beteiligten, erklärt ihm der Schulleiter, wenn Perrin sich dieser Sichtweise anschlösse. Perrin unterzeichnet die Erklärung gern. Zu wissen, dass Bir nicht mehr hier ist, erfüllt ihn mit großer Erleichterung.

Silberdun erwachte in den Überresten seines Bettes. Er trug noch immer seine feuchten Kleider, doch die Stiefel hatte man ihm ausgezogen. In seinem Schädel hämmerte es; der schlimmste Kater aller Zeiten, wenngleich ohne die angenehmen Erinnerungen, die gemeinhin damit einhergingen.

Die Ereignisse der letzten Nacht lagen im Dunkeln. Etwas war geschehen. Etwas Schlimmes. Aber was?
Dunkelheit. Fackeln. Stufen. Knochen. Ilians Schiff.
Ilian!
Was hatte Ilian noch alles verbrochen, während Silberdun geschlafen hatte? Er hatte auf dem steinernen Plateau einen Unbekannten ermordet. War das der ominöse andere Schüler gewesen? Hatte man ihn ebenfalls betäubt? Hatte Ilian am Ende auch Jedron umgebracht? Immerhin hatte Jedron aus derselben Flasche getrunken wie Silberdun.

Silberdun schwang sich aus dem Bett und bedauerte es schon im nächsten Moment. Ihm wurde übel, doch glücklicherweise hatte Silberdun, der erprobte Zecher, seinen rebellierenden Magen besser im Griff als manch anderer. Er tauchte den Kopf in die Waschschüssel auf dem Tisch und fühlte sich gleich ein bisschen wacher.

Leise, wie Jedron es ihn gelehrt hatte, ging er zur verschlossenen Tür. Ebenfalls geräuschlos holte er die kleine Ahle aus seinem Stiefel. Bis zu seinem Aufenthalt in Kastell Weißenberg war Silberdun keine wirkliche Gefahr für irgendjemanden gewesen, doch das sechswöchige Studium mit Jedron hatte Früchte getragen.

Der Gang vor seinem Zimmer war leer, die Hexenlichtwandleuchter heruntergedimmt. Allein ein wenig Tageslicht fiel durch die kleinen Fenster in der Wand. Und die Wand war so dick, dass der Korridor mithin kaum erhellt wurde.

Aus Richtung der Wendeltreppe waren Schritte zu vernehmen. Wer immer da heraufkam, kümmerte sich einen Dreck darum, ob man ihn hörte oder nicht. Silberdun umfasste den Griff seines Messers stärker und drückte sich dicht an die Wand, so wie Jedron es ihm beigebracht hatte.

Auf dem Treppenabsatz erschien eine Gestalt. Silberdun sah, wie ihr undeutlicher Schatten um die gerundete Ecke bog. Die Gestalt hielt etwas in der Hand. Eine Waffe? Silberdun wartete, bis die Person fast auf seiner Höhe war, dann machte er einen Satz in der Absicht, seinen Gegner in die Knie zu zwingen und ihm das Messer an die Kehle zu halten.

Stattdessen musste er feststellen, dass man ihn zu Boden gerissen und ihm den Arm schmerzhaft auf den Rücken gedreht hatte. Und er musste erkennen, dass der geheimnisvolle Angreifer niemand anders als Jedron war. Als er auf dem Boden lag, drosch ihm Jedron – aus gutem Grund, wie Silberdun annahm – mit einem Silbertablett auf den Kopf. Alles, was darauf gestanden hatte, flog in hohem Bogen durch die Luft: Brot, Schinken, Kaffee ...

Im nächsten Moment stand Jedron über ihm und zischte: »Tut das nie wieder!«

»Aber ... ich dachte ...«, stotterte Silberdun. Er war verwirrt, und sein Kopf schmerzte schlimmer als je zuvor.

»Ich weiß, was Ihr dachtet«, sagte Jedron. »Aber keine Sorge, ich habe mich des Ilian-Problems bis auf Weiteres angenommen. Er ist im Keller.«

»Was hat er letzte Nacht bloß getrieben?«, fragte Silberdun. »Da war dieser Mann ... Ilian hat einen Mann getötet.«

»Das geht Euch nichts an«, sagte Jedron. Er deutete auf die verstreuten Essensreste auf dem Boden. »Euer Frühstück.« Dann drehte er sich um und ging davon.

11. KAPITEL

Man gebe acht auf zu viel Macht.

– Fae-Sprichwort

Sela erwachte voller Vorfreude und Ungeduld. Heute würde sie zum ersten Mal unten frühstücken. Und Everess dort treffen, der ihr von den wundervollen Dingen berichten würde, die sie fortan tun musste. Das Verfluchte Objekt schmiegte sich nach wie vor um ihren Arm und fühlte sich mehr denn je wie eine Fessel an. Sie wollte es los sein, hatte aber gleichzeitig Angst davor, es zu verlieren. Angst davor, nicht zu wissen, was sie ohne das Ding alles anstellen könnte.

Plötzlich war sie so frustriert, dass sie etwas kaputt machen wollte. Aber das wäre unhöflich gewesen. Man hatte ihr viele Anstandsregeln eingeschärft: nicht die Suppe schlürfen; nicht mit vollem Mund reden; nicht aus lauter Ungeduld Dinge zerstören. Sie wartete.

Ein paar Stunden später erschien Everess in Begleitung eines ältlichen Arztes. Der Doktor trug eine abgenutzte Ledertasche, die irgendwie vertraut roch. Wie der Krankenhaustrakt in Haus Katzengold. Es amüsierte sie. Der Arzt hingegen war kein angenehmer Zeitgenosse. Selbst mit dem Verfluchten Objekt an ihrem Körper konnte sie dies spüren.

Der Doktor betrachtete sie eine Weile mit abschätzendem Blick. »Erstaunlich«, sagte er schließlich. Er hob eine Hand und berührte zögernd Selas Gesicht. Sie wollte zurückweichen, tat es aber nicht.

»Sie wirkt so zahm«, sagte er. »So normal.«

»Ja, sie ist ein ganz seltenes Exemplar«, pflichtete Everess ihm bei.

»Und sie ist mit Euch in diesem Raum«, sagte Sela, »und wüsste es sehr zu schätzen, wenn man in ihrer Gegenwart nicht *über*, sondern *mit ihr* sprechen würde.«

Der Doktor sah Everess aus weit aufgerissenen Augen an, schien nicht zu wissen, ob es ratsam war, in Selas Gegenwart zu lachen. Everess schenkte Sela ein warmherziges Lächeln, und der Doktor kicherte leise.

»Also wirklich«, sagte der Arzt. »Einfach erstaunlich. Betrachtet meine Sorge als unbegründet, Lord Everess.«

Sela riss sich zusammen, doch innerlich kochte sie vor Wut. Genau das hatte man auch gesagt, als man sie nach dem Desaster mit Lord Tanen und Milla ins Haus Katzengold gebracht hatte. Nach den Toten, dem Chaos, dem letzten Blick von Lord Tanen.

Everess blickt auf die Tasche des Arztes. »Dann seid Ihr also auch der Meinung, dass keine Gefahr besteht?«

Der Doktor beugte sich hinab und öffnete seine Tasche. »Oh, das kann ich nun nicht garantieren, Mylord. Aber ich tue, was nötig ist, das kann ich Euch versichern. Wer immer sie zu dem gemacht hat, das sie ist, hat ganze Arbeit geleistet.«

»Ich bin hier«, sagte Sela mit zusammengebissenen Zähnen. »Ich bin kein Ding, und ich wurde auch nicht ›gemacht‹.«

Wieder schaute der Doktor Hilfe suchend zu Everess. Der Adlige lächelte zuversichtlich und legte ihm einen Arm um die Schulter. »Vielleicht solltet Ihr einen Moment draußen warten«, sagte er. Der Arzt verließ das Zimmer, ließ Sela und Everess allein.

»Es schickt sich nicht, dass Ihr und ich allein in einem Raum seid, Lord Everess.«

Everess winkte ungeduldig ab. »Schicklichkeit! Das hat mir gerade noch gefehlt...«

Er bedeutete ihr, sich auf die Bettkante zu setzen. »Und jetzt hör mal gut zu, Sela. Ich verstehe, dass du es nicht magst, wenn man dich betastet und begutachtet wie ein Rennpferd. Aber du musst auch verstehen, dass du etwas ganz Besonderes und Seltenes bist.«

»Ich bin kein Etwas, kein Ding. Ich bin eine Fae. Nicht mehr, aber auch nicht weniger.«

Everess sah sie einen Moment lang schweigend an. Selbst mit dem Verfluchten Objekt konnte sie spüren, dass eine Welle von Traurigkeit ihn erfasste. »Ja, du bist eine Fae. Aber das ist nicht alles, was du bist.« Er setzte sich neben sie.

Dann nahm er ihr Gesicht in seine Hände. Es war nichts Zärtliches an dieser Geste. »Diese Untersuchung ist irgendwie nicht so gelaufen wie geplant. Der gute Doktor ist nämlich gekommen, um eine schwere Last von deinen Schultern zu nehmen, um dir ein Geschenk zu machen. Doch du musst versprechen, verantwortungsvoll damit umzugehen.«

Selas Augen weiteten sich. Ein Geschenk? Sie hatte in ihrem Leben so gut wie nie Geschenke bekommen.

»Lassen wir den Doktor wieder hereinkommen und seine Arbeit tun? Einverstanden?«

Sela nickte, und Everess bat den Arzt zurück ins Zimmer. Der schaute ihr mit einem Vergrößerungsglas in die Augen, blies ihr eine Art Puder ins Ohr, stach ihr schließlich in den Finger und fing den Blutstropfen in einer Phiole auf. Dann holte er ein kleines Kästchen hervor und schob die Phiole hinein. Das Kästchen ratterte eine Weile vor sich hin und produzierte dann eine Reihe melodischer Töne, die den Arzt offenbar zufriedenstellten.

»Sie ist in allerbestem Zustand«, sagte er zu Everess. »Jedenfalls körperlich.«

»Dann sollten wir es tun«, meinte Everess.

Wieder griff der Doktor in seine Tasche und holte etwas daraus hervor, das in Musselin eingeschlagen war. Langsam klappte er den Stoff auseinander und zeigte Sela dessen Inhalt. »Na, was sagst du dazu?« Es war das erste Mal, dass er sie direkt ansprach.

Sela schaute hin. In der Hand des Arztes lag ein weiteres Verfluchtes Objekt. Am liebsten hätte sie geweint. Doch dieser Reif hier war viel schmaler, und seinen Silberüberzug zierte ein filigranes Muster, ganz im Gegensatz zu dem schmucklosen schweren Ring, den sie noch trug.

»Was ist das?«, fragte sie.

»Weder der Doktor noch ich sind der Meinung, dass man das Ding derzeit schon ganz entfernen kann«, sagte Everess und deutete auf ihren Armreif. »Wir wissen einfach nicht, wie mächtig deine Gabe ohne es wirklich ist, und ich bin mir auch nicht sicher, ob ich es herausfinden möchte.«

Er machte eine kleine Pause, nahm dem Arzt den neuen Reif ab und wirkte plötzlich ungemein ernst. »Dieses Geschenk hier bedeutet Macht, Mädchen. Macht und Freiheit, von der ich glaube, dass du mit ihr umzugehen imstande bist.« Er hielt ihr das neue Verfluchte Objekt vors Gesicht, packte dann fest ihren Arm. »Solltest du diese Freiheit allerdings auch nur für einen Moment missbrauchen«, sagte er, »werde ich dich niederstrecken wie einen wild gewordenen Goblin.«

Sela wusste, Drohungen waren etwas Verletzendes, und sie hatte erlebt, wie andere unter Drohungen eingeschüchtert worden waren. Und sie nahm an, dass ihr dieser Teil aus dem Herzen herausgerissen worden war. Es waren Momente wie dieser, wo sie sich fürchtete und so etwas wie eine Ahnung davon bekam, dass sie eben nicht wie alle anderen war. Natürlich wusste sie, dass sie anders war, aber das machte es nicht besser.

Als Nächstes überlegte sie, auf welche Arten sie Everess an Ort und Stelle töten könnte. Nicht dass sie dies vorgehabt hätte. Eigentlich mochte sie den Mann; er würde sie lehren, sich nützlich zu machen. Doch der Gedanke, ihn umzubringen, hob ihre Laune.

»Wir sollten sie dazu hinlegen«, sagte der Doktor und deutete auf das Bett. »Es könnte sein, dass sie um sich schlägt.«

»Sollte man sie nicht irgendwie betäuben?«, fragte Everess.

Der Doktor zuckte nur die Achseln. Er entfernte den Stopfen aus einer kleinen Flasche, roch daran und schien zufrieden. »Leg dich hin«, sagte er zu Sela.

Sela tat es. Freiheit? Macht?

Der Doktor hielt den neuen Reif in beiden Händen, dreht ihn im Lichtschein hin und her. »Was für eine schöne Handwerksarbeit.« Er reichte Everess die kleine Flasche. »Auf mein Kommando schiebt Ihr den neuen Reif über den alten.«

»Was ist das?«, fragte Everess mit Blick auf die Flasche; dann roch er ebenfalls daran.

»Damit wird das Eisen aufgelöst; der alte Reif wird dann einfach abfallen.«

Das Verfluchte Objekt? Einfach abfallen? Das konnte nicht richtig sein. Das Verfluchte Objekt sollte doch niemals entfernt werden. Nie, nie, nie!

»Nein!« Sela setzte sich ruckartig auf dem Bett auf, entwand sich Everess' Griff. Everess schwankte, der Inhalt der Flasche schwappte auf Selas Schulter. Die Flüssigkeit rann ihren Arm herab, während sie vor Everess und dem Arzt zurückwich. Sie schrie, hielt sich beide Ohren zu.

Als die Flüssigkeit das Verfluchte Objekt erreichte, begann der Reif zu zischen. Sela sah, wie beißender Rauch von dem Metall aufstieg. Dann vernahm sie ein knirschendes Geräusch. Gleichzeitig fühlte sie sich plötzlich äußerst seltsam. Ihr Magen sackte eine Etage tiefer, ihre Sicht vernebelte sich.

Das Verfluchte Objekt fiel von ihrem Arm.

Einen Moment lang fühlte sie sich nackt, unangenehm entblößt, doch nicht lange. Sie berührte ihren Arm. Die Reste der ätzenden Substanz verbrannten ihr die Finger, doch es kümmerte sie nicht. Sie spürte die Einkerbung, den der eng anliegende Reif in ihrem Fleisch hinterlassen hatte.

»Haltet sie fest!«, brüllte der Doktor und blickte wild um sich. Dann versuchte er sie zu ergreifen und ihr den neuen Reif überzustreifen. Er beugte sich näher zu ihr. Er wollte ihr wehtun. Und alles war klar, und alles war hell, und das Etwas in ihr bäumte sich auf, grinste förmlich von einem Ohr zum anderen, weil da kein Verfluchtes Objekt mehr war. Es war frei, frei, frei! Solchermaßen entfesselt griff es hinaus ...

Der Doktor war fort. Der einzige Hinweis auf seine Existenz war ein Luftzug, der nun seinen Platz einnahm. Diese Luftströme waren einfach herrlich. Sie konnte sie fühlen. Konnte alles fühlen. Oh, wie wunderbar das war. Sie lehnte sich gegen das Kopfende des Bettes, labte sich an der Perfektion, an der Verbindung von allem zu einfach allem!

Und dann wurde sie aus ihren Träumen gerissen. Ehe Sela sich versah, packte Everess sie grob am Handgelenk und schob ihr den neuen Reif über den Arm. Das neue Verfluchte Objekt überwältigte sie, brachte sie zu Fall, ließ sie dann wieder die Kontrolle über sich erlangen.

Schwankend stand sie auf. Everess stützte sie einen Moment. »Ich hab Euren Doktor verschwinden lassen«, sagte sie. »Es tut mir sehr leid.«

»Er war selbst schuld«, sagte Everess. »Er hätte es besser wissen sollen.«

»Werdet Ihr mich nun nach Haus Katzengold zurückschicken?«, fragte sie besorgt.

»Nein«, sagte Everess. »Aber du musst versprechen, so was nie wieder zu tun.«

Sela betrachtete das neue Objekt und schluckte hart. Der Reif war hübsch, fühlte sich angenehm an auf ihrer Haut. Er saß auch nicht so stramm wie das alte Verfluchte Objekt. Sie konnte denken. Sie konnte empfinden. Sie sah Everess an, und ein Gedankengang sprang aus ihm heraus. Und sie konnte auch ihn erspüren. Und zum ersten Mal fühlte sie, dass er sich nicht nur vor ihr fürchtete, sondern regelrecht von ihr abgestoßen war.

»Ich glaube, ich hätte jetzt gern einen Tee«, sagte sie kalt.

»Gut, dann komm mit«, sagte Everess. Er führte sie ins Erdgeschoss und ließ ihr das Gewünschte bringen. Als sie wieder zurück auf ihrem Zimmer war, waren sämtliche Spuren des Doktors und den alten Verfluchten Objekts verschwunden.

Die Vetteln sind nicht nett. Wenn Lord Tanen sich im Herrenhaus aufhält, was nicht allzu oft der Fall ist, dann zollen sie ihm den gebotenen Respekt und erzählen ihm, wie gut sie Sela behandeln. Doch sobald er fort ist, sind sie wieder kalt und grausam. Es gibt keine Spielgefährten hier. Niemanden, mit dem sie singen kann oder der ihr Geschichten erzählt. Die Vetteln sind ständig um sie herum, doch die starren Sela nur an, zerren an ihr, stoßen sie von hier nach da. Sie reden auch komisches Zeug und malen Bilder auf

Selas Körper. Sie beobachten sie und warten. Sela weiß, sie warten darauf, dass sich ihre Gabe manifestiert, und die seltsamen Worte und Bilder dienen nur dazu, den Prozess zu beschleunigen und zu verstarken. Sela möchte, dass sich ihre Gabe manifestiert, denn sie will den Frauen zu Gefallen sein. Doch schon bald gelangt sie zu der Erkenntnis, dass nichts, was sie sagt oder tut, die Vetteln jemals zufrieden stellen wird.

Sie erlernt das Nähen und Stricken, das Lesen und Schreiben in Gemeinsprache und in Fae, sie wird geschult in Dichtung und Gesang. Sie lernt, wie man ein Messer hält und Katzen tötet. Sie lernt, wie man sich geräuschlos bewegt. Sie erfährt, wie man einen Mann außer Gefecht setzt, indem man ihn gegen eine bestimmte Stelle tritt. Man kann auf diese Weise auch eine Frau verletzen, doch bei weitem nicht so erfolgreich. Die Vetteln lehren sie all dies, und wenn sie einen Fehler macht, dann schlagen sie nach ihr.

Der Einzige, der nett zu Sela ist, ist ein großer schwerer Mann namens Oca. Er überragt die Vetteln bei weitem. Er bewegt sich langsam und hat eine hohe Stimme. Oca ist der Einzige, dem es erlaubt ist, mit Sela allein zu sein, und das macht ihn zu etwas ganz Besonderem. Er bringt ihr die Mahlzeiten, wacht bei Tisch über sie und tadelt sie, wenn sie den Teller nicht leert. Er ist nett zu ihr, aber nur, wenn die Vetteln nicht in der Nähe sind. Wenn sie mitkriegen, dass Oca nett zu Sela ist, wird er bestraft. Oca sagt, es ist Schande, was man ihr antut, aber Sela weiß nicht, was er damit meint.

Lord Tanen kommt nicht oft, doch wenn er sich ankündigt, dann herrscht plötzlich Betriebsamkeit im Herrenhaus. Die Hausmädchen legen sich besonders ins Zeug; ein Koch von außerhalb tut Dienst in der Küche. Lord Tanen gehört alles. Das Haus, das Land, selbst das Dorf am Ende der Straße, das so ähnlich aussieht wie das Dorf, aus dem Sela kommt. Wie gern würde sie dem kleinen Ort einen Besuch abstatten, doch das ist ihr nicht erlaubt. Sela begreift, dass Lord Tanen auch sie besitzt, doch wenn sie dies Oca gegenüber erwähnt, wird Oca traurig. Sela möchte nicht, dass Oca traurig wird.

Alle haben Angst vor Lord Tanen, und die Vetteln kneifen Sela und schärfen ihr ein, sich von ihrer besten Seite zu zeigen, wenn er zu Besuch kommt.

Heute kommt Lord Tanen. Oca hat es ihr erzählt. Die Vetteln nehmen ihn in Empfang, und der Diener bringt ihm etwas zu trinken. Im großen Speisezimmer, das ansonsten immer abgeschlossen ist, wurde ein Festmahl aufgetischt. Die Dienerschaft war den ganzen Tag mit seiner Vorbereitung beschäftigt, doch Sela hat nie gehört, dass Lord Tanen ihnen jemals für die Mühe gedankt hätte. Oca hat sie gelehrt, dass es immer höflich ist, »Danke schön« zu sagen, wenn jemand etwas für einen tut. Aber Lord Tanen ist der Besitzer, und der Besitzer muss niemandem danken, wenn er es nicht will.

Nachdem Lord Tanen sein Abendessen eingenommen hat, verlangt er Sela zu sehen. Oca und die Vetteln haben Sela in ein steifes weißes Kleid gesteckt und ihr Blumen ins Haar geflochten. Sela gefällt diese Aufmerksamkeit wie auch das Kleid und die Blumen, doch es gefällt ihr nicht, wie man sie Lord Tanen vorführt. Sie muss einen Knicks vor ihm machen und dann stocksteif dastehen. Sie darf nicht sprechen, sich nicht rühren, bis sie wieder entlassen ist. Bei diesen Audienzen pflegt Lord Tanen sie eine Weile schweigend anzustarren und zu nicken. Dann bedeutet er ihr näher zu kommen, greift ihr unters Kinn und sieht ihr tief in die Augen. Seine Hand fühlt sich an wie Papier. Er ist weder freundlich noch unfreundlich. Wie die Vetteln wartet auch er darauf, dass sich ihre Gabe zeigt. Und bis dahin bleibt nichts weiter zu tun als zu warten.

Am nächsten Morgen erwachte Sela in ihrem neuen Zimmer und hoffte, dass Everess sie abholte und irgendwohin mitnahm. Irgendwohin, wo sie nicht nur Tee trinken und herumsitzen, sondern etwas tun würde. Allmählich hatte sie das Gefühl, als wäre sie immer noch in Haus Katzengold. Als hätte sich rein gar nichts geändert.

Es klopfte leise an ihre Tür, und das Zimmermädchen trat ein. Es trug eine Waschschüssel und ein Gewand über dem Arm.

»Guten Morgen, Fräulein Sela«, sagte die Bedienstete. Sie sprach mit einem Sela völlig unbekannten Akzent. Sela sah ihr in die Augen. Augen, die im Morgenlicht schimmerten, das durch die transparenten Vorhänge ins Zimmer fiel. Das Zimmermädchen war nicht besonders hübsch, und etwas Trauriges, Gebrochenes umgab es. Kein fremder Anblick für Sela – in Haus Katzengold war sie vielen traurigen, gebrochenen Gestalten begegnet –, doch sie hatte angenommen, dass die Leute in Freiheit alle so waren wie Everess: selbstsicher, geradeheraus, unerschütterlich.

»Ist etwas nicht in Ordnung?«, fragte das Zimmermädchen. Es hieß Ecara, wie Sela erstaunt feststellte. Sie berührte das neue Objekt an ihrem Arm. Es fühlte sich kühl an. Und gar nicht mehr verflucht.

»Nein, Ecara«, sagte Sela lächelnd. Es war ein gewinnendes, vertrauenerweckendes Lächeln, das wusste sie. Ecara fühlte sich die meiste Zeit über wie unsichtbar. Sela konnte keinerlei Fäden ausmachen, die von dem Mädchen ausgingen. Es war traurig; Ecara war genau wie Sela.

Als Sela sah, dass das Mädchen sie irritiert anblickte, setzte sie hinzu: »Ich hab mich gestern Abend bei Lord Everess nach den Namen der Zimmermädchen erkundigt. Ich weiß immer gern, mit wem ich es zu tun habe.«

Ecara machte einen Knicks, offenbar wusste sie nichts darauf zu erwidern. »Wir müssen nicht so förmlich miteinander sein«, sagte Sela. »Wir sind doch beide bloß Mädchen, die eine Aufgabe zu erledigen haben.«

Etwas in Selas Geist glitt an seinen Platz, und dann sah sie, wie sich zwischen ihr und Ecara ein dünner blauer Faden entspann. Das Zimmermädchen vermochte ihn nicht zu sehen, natürlich nicht. Dergleichen war mit bloßem Auge nicht wahrzunehmen. Blau fühlte sich an wie Vertrauen und Freundschaft.

Ecara war ziemlich willensschwach. Ohne viel Mühe hätte Sela sie davon überzeugen können, sich in sie zu verlieben, für sie zu sterben, für sie zu töten. Ein Kinderspiel. Sela hoffte dennoch, dass niemand sie um dergleichen bitten würde, denn Ecara war ein wirklich nettes Ding.

»Ich denke, wir werden gute Freundinnen werden«, sagte Sela. Der blaue Faden vibrierte; offensichtlich hatte sie etwas Falsches gesagt. Aber was?

Wellen des Unbehagens entströmten Ecara. Sie empfand sich als Sela nicht gleichgestellt, insofern war eine Freundschaft zwischen ihnen unmöglich.

Sela wollte ihren Fehler korrigieren und sagte: »Nun, dann werde ich mich mal waschen und ankleiden. Ich bin sicher, Lord Everess hat wichtige Dinge für mich zu tun.«

Das funktionierte. Auch wenn sie sich nicht in Ecara hineinversetzen konnte, war ihr die Erleichterung doch deutlich anzusehen. Sela war die gütige Herrin; Ecara die begünstigte Dienerin. Alles war wieder in bester Ordnung. Der blaue Faden wurde wieder straff und stärker als je zuvor. Das war die vielleicht traurigste Wahrheit, die Sela über die anderen gelernt hatte: Versetzte man jemanden in Angst, liebte er einen oftmals umso mehr.

Sie gestattete Ecara, sie wortlos anzukleiden. Es war ein aufwendig gearbeitetes Gewand mit einem Mieder aus Fischbein, vielen Unterröcken und Spitzen und Schnüren.

Sela konnte spüren, dass Ecara sie schön fand. Ihre Augen wanderten über Selas weiche makellose Haut, ihr üppiges Haar, ihre weiblichen Rundungen. Doch es war nichts Begehrliches daran, nicht die lüsternen Blicke, die Sela bisweilen von gewissen Frauen erntete, sondern es lag etwas viel Unschuldigeres darin. Eine Art Bewunderung, dann und wann versetzt mit einem Tropfen Eifersucht, wenn auch nicht in diesem Moment. Süße Anbetung.

Ja, Ecara würde für sie sterben, wenn nötig. Ach, wie Sela doch hoffte, dass dergleichen niemals nötig wurde!

»Dann ist also heute der Tag der Tage, oder?«

»Wie meinen, Fräulein?«

»Na ja, der Tag, an dem man mich endlich das tun lässt, wozu man mich hergebracht hat.«

»Davon weiß ich nichts«, sagte Ecara stirnrunzelnd. »Ich bin nur hier, um mich um Euer Aussehen zu kümmern.«

»Ach ja?«

»Ja, Seine Lordschaft möchte, dass Ihr gut ausseht für die Burschen.«

Etwas Kaltes durchbohrte Selas Gedanken. »So, tut er das?«

Der blaue Faden vibrierte und verfärbte sich zu Tiefviolett. Sie hatte Ecara Angst eingejagt.

»Ich bin sicher, er hat das nicht so gemeint, Fräulein.« Das Mädchen zitterte.

»Sind wir dann endlich fertig?«, fragte Sela so überheblich wie möglich und strapazierte damit den violetten Faden bis an die Grenzen seiner Belastbarkeit. Aber nicht darüber hinaus.

»Ja, Fräulein.«

Ecara nickte und verließ dann ohne ein weiteres Wort das Zimmer. Sela wollte ihr hinterherrufen, sich bei ihr entschuldigen, doch irgendwie wusste sie, dass man nun nichts mehr daran ändern konnte. Also setzte sie sich wieder hin.

Und wartete.

12. KAPITEL

Alpaurle: Wer also ist ein rechtschaffener Mann?
Hoher Priester: Nun, einer, dem man vertrauen kann, natürlich.
Alpaurle: Aber wie wissen wir, ob man ihm vertrauen kann?
Hoher Priester: Ein solcher Mann beteiligt sich nicht an Täuschung und Betrug.
Alpaurle: Und woher sollen wir das wissen?
Hoher Priester: Weil er in allem, was er tut, aufrichtig ist.
Alpaurle: Doch was, wenn man keine Kenntnis erlangt über das schändliche Tun dieses Mannes? Würde er uns nicht nach wie vor vertrauenswürdig erscheinen?
Wie also erkennen wir einen rechtschaffenen Mann?
Hoher Priester: Und wieder einmal versucht Ihr mich zu verwirren.
Alpaurle: Keineswegs! Ich versuche nur, meine eigene Verwirrung aufzuklären. Allein darum fragte ich Euch.

– Alpaurle, aus *Gespräche mit dem Hohen Priester von Ulet*, Gespräch VI, herausgegeben von Feven IV zu Smaragdstadt

Nach der Sache mit Ilian wurde Jedron mürrischer und streitlustiger denn je. Silberdun wusste nicht, ob der Meister einfach nur wütend auf sich selbst war, weil Ilian ihn hinters Licht geführt hatte, oder ob er seinem einzigen Gefährten nachtrauerte. Was auch immer der Grund war, er ließ seine schlechte Laune an Silberdun aus. Nicht nur fanden die praktischen Übungen jetzt noch öfter statt und gerieten immer schweißtreibender, Jedron übertrug ihm zu allem Überfluss auch einen Teil von Ilians Pflichten. Und so musste Silberdun neben dem kräftezehrenden Training auch noch das Essen kochen und die Böden schrubben. Gerade der rechte Zeitvertreib für den ehrenwerten Faelord von Friedbrück und Connach. Nicht dass er in der Vergangenheit seiner Stellung gerecht geworden wäre. Silberdun musste zugeben, dass der Titel nur für zwei Dinge zu gebrauchen war: um alle möglichen Frauen ins Bett zu kriegen und ihn mit gerade so viel Geld zu versorgen, dass er nicht in der Gosse landete. Dass die Leute sich vor einem verneigten, war schön und gut, doch er hatte mit den Jahren festgestellt, dass die Gesellschaft der einfachen Leute weitaus amüsanter war als die seiner Standesgenossen.

»Reicht nicht!«, brüllte Jedron eines Morgens, als es Silberdun nicht gelang, den Turm innerhalb der Zeit zu erklimmen, die der Meister festgesetzt hatte. »Ihr besitzt die Gabe der Elemente, Schüler! Wenn Ihr also keine Haltegriffe vorfindet, dann erschafft Euch gefälligst welche! Macht sie aber so, dass niemand sie bemerkt.«

Ein paar Tage später, während ihres abendlichen Kartenstudiums, schlug Jedron Silberdun aus heiterem Himmel mit einer zusammengerollten Stoffkarte. Sie traf Silberdun am Auge, sodass er einen ganzen Tag lang halbblind durch die Gegend stolperte.

Zudem weigerte sich Jedron, über Ilian zu sprechen, wie auch über den Umstand, dass dieser einen Mann getötet hatte (oder die Frage zu beantworten, ob das Opfer der zweite Rekrut gewesen war). Ja, er erwähnte nicht einmal Ilians Namen. Am Tag nach dem Vorfall wurde Silberdun angewiesen, Ilian künftig das Essen zu bringen, während Jedron darüber befinden wollte, was mit seinem ehemaligen Vertrauten zu geschehen hatte.

Der Keller war klein. In einer Ecke befand sich eine Zelle. Darin lag Ilian, zusammengeschlagen und blutüberströmt, nur mit einem Leinentuch bekleidet.

Die Zellengitter bestanden aus nacktem kaltem Eisen. Als Silberdun noch ein junger Bursche gewesen war, hatte er gedacht, kaltes Eisen sei tatsächlich eiskalt. Doch man hatte ihn eines Besseren belehrt, als er im Internat eine Eisenstange berührt hatte. Das Fleisch an seinem Finger platzte unter der Berührung auf und zog sich zurück, wie um den Kontakt mit dem Metall zu vermeiden. Der belustigte Physiklehrer hatte sodann ausgeführt, dass das *re*, die magische Essenz, eine tiefe Abneigung gegen kaltes Eisen hege und unmittelbar von ihm abgestoßen würde. Silberdun trug bei diesem anschaulichen Experiment eine dicke Blase am Finger davon und war eine Woche lang nicht imstande, *re* zu benutzen.

In der ersten Zeit nahm Ilian die Mahlzeiten, die hauptsächlich aus Brot und Wasser bestanden, schweigend von Silberdun entgegen und reichte ihm im Gegenzug seinen Aborteimer. Dabei schaute er Silberdun fragend in die Augen, sagte aber nie etwas.

Dann, eines Morgens, als Silberdun ihm das Frühstück brachte, sprach Ilian.

»Wie geht es ihm?«, fragte er, als er den kleinen trockenen Brotlaib durch die Gitter entgegennahm.

»Was?« Silberdun war verwirrt.

»Wie geht's Jedron? Was ist mit seinen Launen? Ist er immer noch so schwierig? Betrinkt er sich bis zum Umfallen oder ähnliches?«

»Was kümmert es Euch? Wenn ich mich recht erinnere, habt Ihr uns noch vor wenigen Wochen umbringen wollen. Eure Fürsorge erscheint mir etwas fehl am Platze.«

»Ich fühle mich Jedron zutiefst verbunden. Er ist mein ältester und treuester Freund. Doch Ihr müsst verstehen, dass er nicht mehr der ist, der er einst war. Er reagiert bisweilen irrational, paranoid. Als Mentor und ehemaliger Schatten ist er nach wie vor unerreicht, doch sein fortschreitendes Alter, die Isolation und die Schuldgefühle über das, was er getan hat, fordern ihren Tribut.«

Silberdun dachte einen Moment über das Gehörte nach. Sprach Ilian die Wahrheit? Das Herz wurde ihm schwer. Wenn Jedron tatsächlich verrückt war…

»Ich sah, wie Ihr einen Mann getötet habt«, sagte Silberdun. »Und Ihr habt versucht, mich zu vergiften.«

»Seid Ihr Euch dessen wirklich sicher?«, fragte Ilian. »Habt Ihr tatsächlich mit eigenen Augen gesehen, wie ich Eisenfuß tötete?«

Eisenfuß. Der andere Rekrut. Silberdun versuchte sich zu erinnern. Er hatte Fackeln gesehen. Schreie vernommen. Die qualmende Grube, die Knochen. »Ich habe genug gesehen.«

»Und woher wisst Ihr, dass ich das Iglithbi in Euren Schnaps getan habe? Kam Euch jemals in den Sinn, dass es Jedron selbst gewesen sein könnte? Als eine seiner kleinen Prüfungen?«

Silberdun musste zugeben, dass Ilian sehr überzeugend klang. Doch erwartete man dergleichen nicht von einem durchtriebenen Lügner?

»Und was ist mit diesem Eisenfuß dann tatsächlich geschehen? Ich meine, denjenigen, den ich sah. Derjenige, dessen Knochen Ihr aus der Grube gefischt habt.«

»Warum fragt Ihr nicht Jedron danach?«, gab Ilian zurück. »Wenn Euch das nicht von seinem Wahnsinn zu überzeugen vermag, dann weiß ich's auch nicht.«

Das Gespräch begann Silberdun auf die Nerven zu gehen. Er wusste immer gern, woran er war.

Er sah an sich herab und stellte fest, dass er immer noch den Humpen mit Ilians Wasser in Händen hielt. »Ihr seid ein ziemlich guter Lügner«, sagte er. »Doch ich habe mich lang genug unter Adligen bewegt, um selbst den besten Lügner zu durchschauen.«

»Den besten wohl kaum«, sagte Ilian. »Denn diesen Titel nimmt Jedron für sich in Anspruch.«

Er lehnte sich näher an das Gitter heran. »Schon bald wird sich sein Verfolgungswahn gegen Euch richten, Silberdun. Und wenn der arme Irre erst versucht, Euch im Schlaf zu ermorden, sagt nicht, ich hätte Euch nicht gewarnt, Ihr Narr.«

Ohne groß nachzudenken, stieß Silberdun den schweren Tonhumpen durch die Gitter und traf sein Gegenüber damit hart an der Schläfe. Ilian verlor das Gleichgewicht und stürzte zu Boden.

Silberdun stürmte aus dem Keller und die Treppen hinauf in den Turm, wo er Jedron reglos an seinem Tisch sitzend vorfand. Er hielt ein Glas Schnaps in der Hand.

»Verdammt, Jedron«, bellte Silberdun ihm entgegen. »Ich will jetzt endlich wissen, was hier eigentlich vorgeht!«

Jedron gab keine Antwort. Er war an seinem Arbeitstisch eingenickt. In all der Zeit, die er nun in Kastell Weißenberg war, hatte Silberdun den Meister nie schlafend gesehen.

»Jedron!«, brüllte Silberdun durch den Raum. Der alte Mann zuckte zusammen, straffte sich und warf Silberdun einen bitterbösen Blick zu.

»Raus hier«, sagte der Meister. Als Silberdun protestieren wollte, schleuderte Jedron das Schnapsglas nach ihm. Dieses Mal jedoch konnte Silberdun dem Geschoss ausweichen.

Silberdun verließ das Studierzimmer und auch den Turm, schlug den Weg zu den Steinstufen am Meer ein, wo Ilian ihn überrascht und zusammengeschlagen hatte. Es war sonnig und windig draußen, und bei Licht betrachtet wirkten die Stufen weit weniger unheimlich auf ihn. Es gab keinen Handlauf, und Silberdun wunderte sich, wie er es in jener Nacht hinuntergeschafft hatte, ohne sich den Hals zu brechen.

Am Fuß der steilen Treppe angekommen, donnerte die Brandung laut gegen die Felsen. Der Steintisch stand noch immer auf dem kleinen Plateau, auch die Grube war noch da. Silberdun wagte einen Blick in das breite Loch. Es war etwas über einen Meter tief und leer, bis auf eine Lage zusammengebackener Asche. Der Grund der Grube und die Innenseiten waren verkohlt.

Silberdun sprang in das Loch hinein; seine Stiefel sanken ein in die feuchte Asche. Er kniete nieder und nahm etwas davon zur Hand. Die Schlacke war klebrig, fühlte sich fast an wie Ton. Im Innern der Grube roch es dunstig und irgendwie unangenehm streng. Ein scharfer, bösartiger Gestank.

Etwas Weißes glitzerte in der Sonne. Vorsichtig ging Silberdun darauf zu. Halb vergraben in der durchweichten Asche lag ein winziges weißes Objekt. Er hob es auf und hielt es ins Licht. Es war ein Knochen, ein kleiner Knochen. Ein skelettierter Zeh vielleicht, oder ein Finger. Offensichtlich hatte Silberdun an jenem Abend genau das beobachtet, was auch tatsächlich geschehen war.

Silberdun wischte die Asche von dem Knochen und steckte ihn ein. Der letzte Beweis von Eisenfuß' Existenz. Wer immer dieser Eisenfuß auch war. Etwas ging hier vor. Etwas, das weder Ilian noch Jedron zugeben wollten, doch Silberdun würde die Wahrheit ans Licht bringen.

Zurück im Turm fand Silberdun den Meister im Gemeinschaftsraum vor, wo er die Armbrüste ölte. Als Silberdun eintrat, hängte Jedron die Waffe, die er gerade gereinigt hatte, wieder an ihren Platz und brüllte: »Beim heiligen Loch der Königin, wo habt Ihr gesteckt?«

»Ich hab nach Antworten gesucht«, sagte Silberdun. »Und davor hatte ich ein sehr interessantes Gespräch mit Ilian.«

»So, hattet Ihr das?« Es war mehr eine Feststellung denn eine Frage. »Und was bitte schön hatte mein ehemaliger Gehilfe zu seiner Verteidigung vorzubringen?«

»Er sagte, ich solle Euch fragen, was in der Nacht, in der man mich betäubte, wirklich geschah. Die Nacht, in der ich sah, wie Eisenfuß getötet wurde.«

Jedron lachte. »Eisenfuß getötet, was? Ilian versucht Euch durcheinanderzubringen, begreift Ihr das denn nicht? Das ist nun wirklich der älteste Trick aller Zeiten: Entzweie deine Feinde und lass sie für dich einander bekämpfen.«

»Dann erklärt mir endlich, was in jener Nacht wirklich geschah.« Silberdun hielt den kleinen Knochen in die Höhe. »Erklärt mir, warum ich dies in der Grube bei den Klippen fand.«

Jedron schlug Silberdun den Knochen aus der Hand. »Das geht Euch nichts an!« Er drückte seinen Schüler hart gegen die Wand. »Es ist eine Verschwörung im Gange, Junge. In den Faelanden sind dunkle Mächte am Werk. Mabs Einszorn ist nur ein Vorzeichen.«

Der Alte begann schwer zu atmen. »Das sind alles religiöse

Fanatiker: die Arkadier und die Chthoniker. Die Rebellen im Westtal. Es sind bestimmte Maßnahmen vonnöten, die vielleicht erschreckend anmuten. Akte der Reinigung.«

»Wovon redet Ihr eigentlich?«, sagte Silberdun.

»Wenn Ihr bereit seid, werdet Ihr verstehen«, erwiderte Jedron. »Aber wagt es nicht noch einmal, mich in meinen eigenen vier Wänden zu verhören oder in Frage zu stellen. Haben wir uns verstanden?«

Er wartete Silberduns Antwort nicht ab, sondern stürmte stattdessen die Treppen hinauf in sein Studierzimmer und verließ es den ganzen Nachmittag über nicht mehr.

Nach Einbruch der Dunkelheit brachte Silberdun das Abendessen ins Verlies. Ilian stand an die Wand seiner Zelle gelehnt und verfolgte Silberduns Tun mit einem seltsamen Blick, den er nicht zu deuten wusste.

»Da habt Ihr mir ja ganz schön eins verpasst«, sagte er schließlich. Er schob sich das Haar aus der Stirn und zeigte Silberdun den halbmondförmigen Abdruck, den der Humpen an seinem Kopf hinterlassen hatte. »Hab den Schlag gar nicht kommen sehen.«

»Euer Meister hat mich so einiges gelehrt«, sagte Silberdun nur.

Da lächelte Ilian. »Und Ihr seid ein williger Schüler.«

Silberdun langte durch die Gitterstäbe und stellte das frische Brot und Wasser auf den Boden der Zelle. Ilian stand noch immer an der Wand. »Esst«, sagte er zu dem Gefangenen.

Ilian aß, wobei er Silberdun keinen Moment lang aus den Augen ließ.

»Soll ich Euch jetzt den Pisspott geben?«, fragte er anschließend mit ausgesuchter Höflichkeit.

»Nein, ich möchte Euch etwas zeigen.« Silberdun holte den kleinen Knochen aus der Tasche und hielt ihn ins dämmrige Licht der Hexenlichter, die im Keller brannten. »Was sagt Ihr dazu?«

Ilians verstörendes Lächeln kehrte zurück. »Schätze, man könnte einen hübschen Anhänger daraus machen. Oder eine kleine Pfeife.«

Silberdun ging nicht auf seine Witzeleien ein. »Den hab ich in der Grube gefunden, von der Ihr behauptet, dass darin niemand ermordet wurde. Und doch ist dies ein Knochen, oder nicht?«

Ilians Grinsen erstarb. »Lasst mal sehen«, sagte er.

»Sagt mir, was es ist.«

»Gebt es mir, und ich sage Euch, was es ist.«

Silberdun seufzte und reichte Ilian langsam den Knochen durch das Gitter, versuchte dabei, jeden Kontakt mit dem Metall zu vermeiden. Ilian griff danach. Zumindest sah es so aus, denn stattdessen packte er Silberduns Handgelenk und zog heftig daran. Silberdun hatte keine Möglichkeit, sich irgendwo festzuhalten, und wurde mit dem Gesicht voran an die Eisenstäbe gepresst.

Der Schmerz war unbeschreiblich und ihm wohlbekannt. Als ströme eine Armee aus Ameisen in Lichtgeschwindigkeit durch seinen Körper und fort, fort vom kalten Eisen. Dieses Mal jedoch hörte es nicht auf. Die Ameisen rasten seine Arme hinab und strömten aus seinen Handgelenken in Ilians Faust hinein. An dieser Stelle empfand Silberdun auch noch eine andere Art Schmerz – den Schmerz der Auszehrung. Als würde etwas aus seinem Körper herausgezogen.

Es war sein *re*. Ilian stahl sein *re* mit Hilfe der kalten Eisenstangen, welche die magische Essenz aus ihm herauszogen.

Silberdun fühlte sich, als hätte er die Macht der Gaben in zu kurzer Zeit gebraucht – körperlich ausgezehrt, jedoch auch emotional und geistig erschöpft.

Bevor er auch nur einen klaren Gedanken fassen konnte, hatte Ilian sich so viel *re* abgezogen, wie er brauchte und benutzte es. Die Welt um Silberdun schwankte auf übelerregende Weise, kippte seitwärts, vor und zurück. Dann ließ Ilian seine Hand los, und Silberdun taumelte rückwärts. Auf einmal überkam ihn das widerwärtige Gefühl von Höhenangst. Er sah sich um, erkannte, dass er sich jetzt in der Zelle befand und nicht mehr davor. Ilian hatte *re* benutzt, um dies zu vollbringen. Ilian besaß die Gabe des Raumfaltens!

Silberduns Atem ging stoßweise. Ilian war mehr als nur ein einfacher Diener, so viel war sicher.

Silberdun entfernte sich von den Eisenstäben, bis er mit dem Rücken an die kalte Steinwand der Zelle stieß. Er hatte sich schon einmal in einem Gefängnis aus kalten Eisenstangen befunden. Damals, in den Umfochtenen Landen, mit Mauritane und seiner unerschrockenen Narrentruppe, da waren sie ausgerechnet von *Menschen* eingekerkert worden. Wenn er sich nur weit genug vom Eisen aufhielt, konnte er vielleicht genug *re* einsaugen, um sich aus dieser misslichen Lage zu befreien.

Doch es war hoffnungslos. Die Zellengitter waren zu nahe, und an *re* war hier auch nicht ranzukommen.

»Verdammt!«, schrie Silberdun und hämmerte mit den Fäusten gegen die Wand hinter sich. Ilian lief frei im Turm herum, und vielleicht würde Jedron diesmal nicht imstande sein, ihn zu überwältigen. Und wenn er sich erst ausmalte, wie Jedron reagieren würde, wenn er feststellte, dass Silberdun den Gefangenen hatte fliehen lassen ... Vielleicht war es unter diesen Umständen sogar besser, wenn der Meister das Zusammentreffen nicht überlebte.

Hör auf damit, Silberdun.

Er starrte die Eisenstäbe düster an, konnte fast spüren, wie sie ihn abstießen, selbst aus der Entfernung. Es war seltsam, wie das gedämpfte Licht im Verlies sich auf Brusthöhe in dem Metall widerspiegelte. Die Stäbe sahen aus, als betrachte man sie durch ein Prisma oder durch ein Wasserglas. Auch schienen sie sich leicht nach rechts zu biegen, um gleich darüber wieder kerzengerade zu verlaufen. Als habe der Stress ihm ordentlich zugesetzt, fand sich Silberdun auf diese optische Täuschung starrend wieder, anstatt das Problem praktisch anzugehen. Eine List seines Geistes vielleicht, damit ihn nicht die Verzweiflung übermannte.

Silberdun machte ein paar Schritte, um die Lichttäuschung aus der Nähe zu betrachten. Seine Neugier überwog dabei sein Unbehagen. Als er sich die Sache jedoch genauer anschaute, lächelte er.

Das war keine optische Täuschung. Tatsächlich hatten sich die Stäbe aufgrund von Ilians Raumfaltung in ihrer Position verschoben! Während Ilian seinen Platz mit Silberdun tauschte, hatte er den sie umgebenden Raum um einen halben Kreis gedreht. Doch die Zellenstäbe hatten dabei nicht ganz ihre vorgesehene Stellung eingenommen.

Silberduns Gesicht und Schultern brannten noch immer von dem unfreiwilligen Kontakt mit den Eisenstangen. Mit Grausen rannte er auf die Stelle zu, an der die Gitterstäbe sich leicht verschoben hatten, und trat mit Wucht dagegen. Der Schmerz war unsäglich, dasselbe stechende Kribbeln wie zuvor durchlief nun sein Bein und malträtierte zur Krönung seine Hoden. Die Stäbe verbogen sich und knirschten, doch sie brachen nicht.

Er nahm Anlauf für einen weiteren Tritt. Bei den Titten der Königin, er wollte das nicht tun, aber er tat es trotzdem.

Unter seinem zweiten Ansturm brach ein ordentliches Stück aus der Zellentür heraus, das mit einem hässlichen metallischen Scheppern über den Boden des Verlieses flog. Leider zog Silberdun den Fuß zu schnell zurück, sodass er sich die Wade an einem der abgebrochenen Stäbe verletzte. Das kalte Eisen drang in sein Fleisch und verursachte einen bisher nie da gewesenen Schmerz, wie Splitter aus Eis, die sich durch die Blutbahn frästen. Silberdun taumelte zurück, fiel zu Boden, schrie.

Dann war plötzlich ein Knirschen zu vernehmen. Silberdun sah auf. Das Schloss der Zellentür befand sich genau in dem Stück Eisen, das Silberdun herausgetreten hatte und jetzt am Boden lag. Das Knirschen war das Geräusch der Tür, die nun an rostigen Angeln aufschwang.

Er erhob sich bebend, schob sich mit äußerster Vorsicht durch die Öffnung und eilte die Treppen hinauf. Mit zitternder Hand zog er das Messer aus seinem Stiefelschaft.

Silberdun hastete die Stufen hinauf ins Erdgeschoss und hielt inne. Stille. Er schob das Messer wieder in den Stiefel zurück und nahm sich eine kleine Arbalest von der Wand im großen Saal. Er spannte sie so leise wie möglich und vergewisserte sich noch einmal, dass der Bolzen richtig saß, so wie Jedron es ihn gelehrt hatte.

Wohin mochte Ilian gegangen sein? Ganz nach oben? Oder würde er versuchen, die Insel mit der *Treibholz* zu verlassen? Silberdun wandte sich wieder der Treppe zu und beschloss, hinaufzugehen. Nicht zuletzt, weil die Wunde in seiner Wade noch immer schmerzte und der Gedanke, den ganzen Weg zum Pier laufen zu müssen, ihn abschreckte. Dennoch war jeder Schritt auf dem Weg zu Jedrons Studierzimmer eine Höllenqual, und die Treppe schien mehr Stufen denn je zu besitzen.

Als er in der Etage ankam, auf der sich sein eigenes Zimmer befand, hörte Silberdun über sich ein lautes Krachen und einen unterdrückten Schrei. Er kämpfte sich weiter nach oben vor, wiewohl sein Körper unter jedem Schritt aufs Heftigste protestierte.

Gerade als er dachte, er könne unmöglich noch eine Stufe nehmen, erreichte er das Obergeschoss und die Holztür zu Jedrons Studierzimmer. Er drückte sie auf.

Im Zimmer waren Jedron und Ilian und starrten einander schweigend an. Sie hatten offenbar miteinander gekämpft. Der Schreibtisch war umgestoßen worden und zerbrochen. Überall auf dem Boden lagen Bücher und Karten. Jedron und Ilian umkreisten einander. Sie waren beide unbewaffnet. Ilians Gesicht war rot angelaufen, und er schwitzte stark. Auch Jedron wirkte erregt, doch es zeigte sich kein einziger Schweißtropfen auf seiner Stirn. Keiner der beiden Männer wandte sich zu ihm um, als Silberdun eintrat.

»Schön, dass Ihr hier seid, Silberdun«, sagte Jedron. »Möchtet Ihr nicht mitmachen und ein paar Eurer Lektionen ausprobieren, die ich Euch eingeprügelt habe?«

Ilian starrte sein Gegenüber finster an. »Ihr wisst doch, dass der Alte verrückt ist, Silberdun. Wenn Ihr mir nicht glaubt, dann fragt ihn doch, was in jener Nacht geschah, als man Euch betäubte. Nur zu, fragt ihn!«

»Er versucht nur, Euch zu verwirren, Junge. Er weiß ganz genau, dass Ihr das alles nicht verstehen würdet.«

»Den Mann, den Ihr gesehen habt«, sagte Ilian, »der auf dem Tisch... Ja, sein Name war tatsächlich Eisenfuß, und ja, er war der andere Rekrut. Jedron hat –«

Jedron griff Ilian an, packte ihn und stieß ihn zurück. Der Meister war stark, das wusste Silberdun, doch Ilian schien es in dieser Hinsicht durchaus mit ihm aufnehmen zu können.

Silberdun hob die Armbrust und zielte auf die beiden Männer. Dies war ohne Frage eine brenzlige und zugleich äußerst lächerliche Situation. Am liebsten hätte er beide über den Haufen geschossen, um sodann mit dem Boot zum Festland zu segeln. Wo er anschließend Everess auf eine der zahlreichen Weisen vom Leben zum Tode befördern würde, die Jedron ihm beigebracht hatte. Andererseits enthielt die Armbrust nur einen Bolzen, und er bezweifelte, dass er einen von beiden im Nahkampf erledigen konnte. Das wäre schon ein schwieriges Unterfangen, wenn er, Silberdun, nicht von Schmerz halb ohnmächtig gewesen wäre. Also musste er sich für einen von beiden entscheiden. Aber für wen?

Ilian hob einen Fuß und trat zu. Jedron strauchelte und krachte rückwärts in ein Regal. Bücher und Schriftrollen flogen durch den Raum. Rasch hatte der Meister sich wieder gefangen und starrte Silberdun durchdringend an. »Genau, wie ich's Euch am Dock gesagt habe, Junge, was? Nichts ist wie es scheint!«

»Hört, hört.« Silberdun zielte mit der Armbrust auf Jedrons Kopf und betätigte den Abzug.

Der Bolzen in der Waffe war mit einer guten Portion Bewegung gebunden und auf seine Flugbahn ausgerichtet worden. Wurde der Abzug betätigt, löste sich diese Bindung, und der Bolzen flog mit erstaunlicher Geschwindigkeit seinem Ziel entgegen. Sodann kam eine Bindung der Elemente ins Spiel, und der Bolzenkopf explodierte.

All dies geschah so schnell, dass es Silberdun vorkam, als bestünde zwischen dem Schuss und Jedrons explodierendem Kopf keine direkte Verbindung. Doch nicht etwa Hirn und Knochensplitter flogen umher, sondern Stücke aus Bronze, Gold und Silber.

Jedron war kein Wesen aus Fleisch und Blut – er war einer seiner eigenen Automaten. Sein kopfloser Körper schwankte und sank dann zu Boden. Das Blendwerk löste sich auf und ließ keinen Zweifel mehr an dem, was hier geschehen war.

Ilian klopfte sich den Staub von seinem Hemd und den Hosen. »Guter Schuss«, bemerkte er. »Wenngleich Euch hoffentlich klar ist, dass die Kosten für die Ersatzteile von Eurem Sold bezahlt werden.«

»Ihr seid gar nicht Ilian«, stellte Silberdun fest.

»Nein«, erwiderte der bloß.

»Ihr seid Jedron.«

Der andere Mann klatschte, lächelte. »Sehr gut, Silberdun. Da kommt so schnell nicht jeder drauf.«

Der echte Jedron zog zwei Stühle heran und bedeutete Silberdun, Platz zu nehmen. »Und wann habt Ihr's herausgefunden?«, fragte er.

Silberdun setzte sich und legte die Armbrust – wenn auch nicht gern – auf seinem Schoß ab. »Ich war mir nicht völlig sicher, bis Ilian eben diese Bemerkung erwähnte, die er am Dock gemacht haben wollte. Aber nicht Ilian hatte damals zu mir gesprochen, sondern Ihr. Ilian war zu diesem Zeitpunkt nicht mal in der Nähe.« Silberdun seufzte. »Aber geahnt hatte ich's ehrlich gesagt schon früher.«

»Gut, gut. Dieser vermeintliche Lapsus war nämlich mein letzter Versuch, Euch daran zu hindern, mich zu erschießen. Doch sagt, wann habt Ihr zum ersten Mal Verdacht geschöpft?«

»Nachdem ich Euch in der Zelle überwältigte und dann nach oben ging. Ich fand Jedron schlafend vor. Doch er schlief nicht wirklich, er war nur inaktiv, so wie diese Automaten auf der *Treibholz*.«

Der wahre Jedron nickte lächelnd. »Hm. Nun, ich gebe es nicht gern zu, aber Ihr habt mich wirklich einiges an Nerven gekostet.

In der Nacht, in der Eisenfuß eingeweiht wurde, da hättet Ihr eigentlich gar nicht aufwachen sollen. Da waren meine Kreativität und mein Improvisationsgeschick gefragt, das kann ich Euch versichern.«

»Dann gehörte das also gar nicht zu meiner Prüfung?«, fragte Silberdun. »Oder wie immer Ihr es nennt.«

»Nein, Ihr solltet Jedron über einen längeren Zeitraum misstrauen. Das Ganze sollte dann in einer alles entscheidenden Zerreißprobe gipfeln, in der Ihr Euren Meister tötet, um Euch selbst zu retten. Den Lehrer zu töten ist ein sehr wichtiger Teil der Ausbildung.«

»Warum das?«, fragte Silberdun. Der Schmerz in seinem Bein ging allmählich zurück. Endlich.

»Wie ich Euch schon sagte – und mit ›ich‹ meine ich den Burschen dort am Boden –, ist es wichtig zu lernen, dass man niemandem vertrauen darf. Niemandem. Niemals wieder. Es mag abgedroschen klingen, doch man muss es am eigenen Leibe erfahren, damit man es begreift. Und da ist's doch am besten, wenn Ihr diesen Grundsatz hier verinnerlicht. Hier, wo Euch falsches Vertrauen nicht das Leben kosten kann.«

»Und wenn ich Euch getötet hätte und nicht … ihn?«, fragte Silberdun.

Jedron winkte nur ab. »Es braucht mehr als ein kleines Scharmützel, um mich außer Gefecht zu setzen. Das werdet Ihr schon sehr bald feststellen.«

»Was soll das heißen?«

»Ihr wollt wissen, was in jener Nacht wirklich geschah? Als, wie Ihr glaubtet, dieser Mann getötet wurde?«

»Ja, das wäre meine nächste Frage gewesen.«

»Dann will ich's Euch zeigen. Ich glaube, Ihr seid bereit.«

Jedron stand auf und forderte Silberdun auf, ihm zu folgen. Die Gedanken in Silberduns Kopf überschlugen sich. Und einmal mehr fragte er sich: Worauf um alles in der Welt hab ich mich da bloß eingelassen?

Am Fuß der Steinstufen brannten bereits die Fackeln. Jedron führte Silberdun die Treppe hinab und auf die Felsenplattform. Vor der Grube stand ein Mann. Er trug eine schwarze Robe und hielt eine weitere schwarze Robe in Händen.

Silberdun begann zu schwitzen. Der Schmerz in seinem Körper wurde durch unsagbare Furcht abgelöst. Was ging hier vor?

Der Mann in der Robe drehte sich um, und Silberdun erkannte das Gesicht sofort wieder. Es war der Mann, den Ilian in jener Nacht ermordet hatte.

»Hallo«, sagte der Fremde. »Ich heiße Styg Falores. Aber Ihr könnt mich Eisenfuß nennen.«

»Ich weiß nicht, wie man sich bei solcher Gelegenheit angemessen begrüßt, daher sage ich Euch ebenfalls Hallo«, erwiderte Silberdun, der sich allmählich wieder fasste.

»Zieht Euch aus und legt dies an.« Eisenfuß reichte Silberdun die dunkle Robe. Silberdun sah Jedron an, und Jedron nickte.

Warum nicht? Was konnte nach diesem Tag noch groß passieren? Doch was auch immer jetzt passierte, dieser Eisenfuß schien das alles schon durchgemacht zu haben. Eine Art Initiationsritual vielleicht? Silberdun musste an das Knöchelchen und die feuchte Asche denken.

Er warf einen Blick in die Grube, konnte aber nur bodenlose Dunkelheit erkennen.

Zögernd streifte er sich seine Kleider ab und warf sich die Robe über. Sie war aus schwarzer Seide. Sofort fühlte sich Silberdun, als verschmelze er in ihr mit der Nacht.

»Geht zum Rand der Grube«, sagte Jedron. Silberdun gehorchte. Er kniff die Augen zusammen, konnte in dem finsteren Loch aber noch immer nichts erkennen.

»Blickt hinab und sagt uns, was Ihr seht«, forderte Jedron ihn auf. Dabei betonte er jedes Wort in einer Art Singsang, als wären sie Teil eines Rituals.

Silberdun starrte in die Grube. Zunächst sah er nach wie vor nichts, doch dann bemerkte er, dass sich an ihrem Grund etwas bewegte. Es war kaum auszumachen im schwachen Schein der

Fackeln. Schwarz auf Schwarz. Vielleicht hatte er sich aber auch getäuscht.

»Perrin Alt«, sagte Jedron. »Was seht Ihr?«

»Nichts«, antwortete Silberdun.

Ohne Vorankündigung stießen ihn Jedron und Eisenfuß in die Grube.

Und dort unten war etwas.

Es wartete auf ihn. Es bemächtigte sich seiner. Hüllte ihn ein.

Und gegen den Schmerz, der nun folgte, erschien ihm der Kontakt mit kaltem Eisen wie die Berührung einer zärtlichen Geliebten.

2. TEIL

Komprimiert man reitische Energie zu einer geschlossenen Bindung, ist die Formel stets gleich, egal, welche physische Gabe beteiligt ist, sei es nun die Gabe der Bewegung, der Elemente oder auch die des Raumfaltens. Es gibt ein faktisches Limit für die Energiemenge, die man in einem beliebigen Behältnis komprimieren kann, da sich die benötigte Bindungsenergie exponentiell mit dem Volumen des Behälters erhöht. Für jedwedes Volumen v ergibt sich daher für die benötigte Bindungsenergie $½ ev^2$ – unabhängig von der gebundenen Form. Dennoch wird empfohlen, bei der Gestaltung des Behältnisses genügend Platz vorzusehen, falls große Energiebindungen benötigt werden.

Da es oft unmöglich ist, die Energien mehrerer Gaben in einer einzigen Bindung in Schach zu halten, kommt es häufig zu Problemen, wenn die Wirkungsweisen mehrerer Gaben noch vor der eigentlichen Entfesselung eines geschlossenen Systems verknüpft werden sollen. Viele Schüler versuchen daher, die Wirkungsweisen während der Entfesselung zu rekanalisieren, um Schwierigkeiten bei geschachtelten Bindungen zu vermeiden. Ein Unterfangen, das niemals von Erfolg gekrönt sein kann.

Um zu verstehen, warum es unmöglich ist, eine Gabe mittels einer anderen zu kanalisieren, muss man sich die Formel ansehen, die für die Kanalisierung einer Gabe mittels eines Mediums steht. Die Standardformel für diese Energie lautet zu jedem Zeitpunkt der Transition:

c = 2/(e – m)r, wobei c für die benötigte Kanalisierungsenergie steht, e für die Energie, die kanalisiert werden soll, m für die Gesamtenergie des Kanalisierungsmediums und r für den induktiven Widerstandsfaktor des Kanalisierungsmediums. Wenn indes sowohl e als auch m eine reitische Energie ist, entsteht das Problem, dass während des Kanalisierungsprozesses e am Quellpunkt der Kanalisierung unweigerlich abnimmt, während m unausweichlich zunimmt, sodass sich zu einem bestimmten Zeitpunkt im Kanalisierungsprozess folgende Situation ergibt: (e – m) = 0. An diesem Punkt scheitert die Gleichung, da der Grundterm nicht mehr bestimmbar ist.

Nun könnte man auf die Idee verfallen, dieses Problem dadurch zu vermeiden, indem man stets größere Energiemengen durch e kanalisiert. Unabhängig vom Wert m gerät der dabei benötigte Wert e unweigerlich unendlich, noch bevor der Quellpunkt die Transition abgeschlossen hat.

– *Dynamik*, Kapitel 8: »Kanalisierungsmethoden in geschlossenen Bindungen«

13. KAPITEL

*Einmal wandte sich ein Ladenbesitzer aus einem
meiner Dörfer mit folgendem Problem an mich:
Er hatte eine freie Stelle zu vergeben, doch gemeldet
hatten sich nur zwei Bewerber:
ein armer Landstreicher und ein Mestina im Ruhestand.*

*Ich empfahl ihm, den Landstreicher anzustellen,
da dieser Mann fraglos im ehrenwerteren Metier tätig
gewesen war.*

– Lord Grau, *Erinnerungen*

Die erste Probe nach einer Tournee war immer die schlimmste. Die Requisiten waren nach dem Ende der Gastspielreise halbherzig verstaut, die Kostüme einfach in die Koffer gestopft worden, ohne dass man sie vorher gewaschen hätte. Das ganze Ensemble hatte die Nase gestrichen voll gehabt und niemand verspürte große Lust, wieder an die Arbeit zu gehen.

Die Bittersüßen Erstaunlichen Mestina hatten ihre Rundreise durch die Städte im Süden beendet und waren nach vier Wochen auf der Straße endlich wieder nach Estacana zurückgekehrt. Dort hatten sie sich eine wohlverdiente Woche Pause gegönnt und von den Strapazen erholt. Doch die Zeit des Müßiggangs war nun vorbei, erneut rief die Pflicht.

Faella betrat das Theater zu früher Stunde und stieg hinauf auf die Bühne. Allein. Das Theater trug den Namen Die Schneeflocke und war der Lebenstraum Nafaeels, ihres Vaters. Allerdings hatte Vater das Etablissement nie zu Gesicht bekommen.

Und ironischerweise erschien es aus heutiger Sicht, als hätte ausgerechnet Vater ihnen die ganzen Jahre über im Weg gestanden. Als er die Bittersüßen Erstaunlichen Mestina geleitet hatte, war die Truppe nur wenig profitabel gewesen. Sie hatten zwar meistens genug verdient, um sich satt zu essen und eine bequeme Unterkunft zu mieten. Doch es kam auch vor, dass sie vor den Toren der Stadt in ihren Wagen übernachten mussten, zusammengepfercht auf behelfsmäßigen Unterlagen aus Kostümen und Vorhängen.

Erst nach Vaters Tod und nachdem Faella die Firma übernommen hatte, hatte sich herausgestellt, was für ein schlechter Geschäftsmann er wirklich gewesen war. Stets ganz der Schauspieler und Organisator, hatte Nafaeel der Truppe zwar zu Auftritten im ganzen Königreich verholfen, doch mit Geld nie umgehen können. Und so hatte er sich von skrupellosen Theaterbesitzern übervorteilen lassen und ein kleines Vermögen für allen möglichen Schnickschnack ausgegeben: überflüssige Requisiten, Verstärkerschränke und Kostüme aus Samt und Seide, wo solche aus Filz es auch getan hätten.

Nein, Vater war ein gänzlich unpraktischer Mann gewesen. Faella hatte ihn geliebt und sehr getrauert, als er kurz nach Midwinter gestorben war, doch inzwischen dachte sie nur noch selten an ihn. Und heute, kaum ein Jahr später, stand Die Schneeflocke hier. Sie hatte die Anzahlung für das Theater aus dem Gold bestritten, das sie selbst sich durch harte Arbeit zusammengespart hatte.

Leider war das nicht annähernd genug.

Nun stand sie auf der Bühne und verbeugte sich tief vor den leeren Rängen. Die nicht vorhandenen Zuschauer applaudierten ihr frenetisch. Sie straffte sich, sang ein paar Töne.

Seit frühester Kindheit galt Faella als brillante Mestina, das wusste jeder. Sie war der Star der Bittersüßen, seit sie sprechen konnte. Und alle im Ensemble erkannten dies mehr oder weniger neidlos an.

Jedoch war es Vater nie in den Sinn gekommen, dass Faella diesen Weg vielleicht gar nicht hatte beschreiten wollen. Er hatte es einfach angenommen, weil sie so begabt war und so viel Freude bei Arbeit an den Tag legte.

Allein Faella hatte immer gewusst, dass sie zu Höherem bestimmt war. Ja, sie *wusste* es einfach. Und sie hatte gehofft, dass das Theater und die Leitung der Truppe ihr dabei helfen konnten. Doch das Gegenteil dessen war eingetreten: Sie fühlte sich heute mehr denn je eingeengt und in einer Sackgasse angekommen.

Es musste doch mehr geben als das. Es war, als steckte tief in ihr etwas Lebendiges, das sich nach Größe sehnte, etwas, das eingeschlossen war in ihrem Herzen und sie anflehte, aus dem stumpfen Einerlei ausbrechen zu dürfen.

Gedanken dieser Art führten sie stets zu Perrin Alt, Lord Silberdun. Sie hatte ihn gegen Ende des letzten Midwinters auf dem Weg nach Estacana getroffen und sich auf den ersten Blick in ihn verliebt. Und dumm, wie sie damals gewesen war, hatte sie geglaubt, ihre Gefühle würden erwidert, weil der Mann zweifellos von ihr angezogen worden war.

Ja, Silberdun war alles gewesen, wovon sie immer geträumt hatte: überaus attraktiv, begabt, humorvoll, intelligent. Und wichtig.

Silberdun war ein Lord. Ein Edelmann. Er hätte ihr den gesellschaftlichen Aufstieg ermöglichen können, indem er sie zu einer Lady gemacht hätte. Und in dem unbändigen Wunsch, mehr aus ihrem Leben zu machen, hatte sie sich ihm an den Hals geworfen, sich an ihn verschenkt und zum Narren gemacht. Und als er mit ihr getan hatte, was jeder Mann getan hätte, da hatte er sie verlassen, und sie war wütend geworden. Mehr als wütend. Ach, hätte sie damals nur gewusst, wie viel niederträchtiger andere Männer sein konnten, wäre sie mit Silberdun vielleicht nicht so hart ins Gericht gegangen.

Doch dann war etwas Seltsames geschehen. Das Ding in ihr, das wusste, dass sie zu Höherem berufen war, war *herausgesprungen* und hatte Silberdun etwas angetan. Es hatte ihn hässlich gemacht, irgendwie sein Gesicht verändert. Nicht dass da wirklich ein Ding in ihr schlummerte. Sie allein war dafür verantwortlich, beziehungsweise der Teil von ihr, den sie schon ihr ganzes Leben lang in Schach hielt.

Zunächst hatte sie angenommen, ihr wäre nur ein besonders

eindrucksvolles Blendwerk geglückt, obwohl sie im Grunde wusste, dass dies nicht der Fall war. Sie hatte Silberdun eine bitterböse Nachricht auf dem Spiegel hinterlassen: »Sei von außen so garstig wie von innen.« Ja, dem hatte sie es gezeigt!

Und dann war er gegangen, und sie hatte sich gewünscht, ihm nicht ganz so übel mitgespielt zu haben. Im Geiste durchlebte sie wieder und wieder jede Minute ihres Beisammenseins und musste erkennen, dass sie sich die ganze Zeit über wie ein verzweifeltes Frauenzimmer aufgeführt hatte, hoffnungslos kleingeistig und idiotisch. Er hatte sie gemocht, und sie hatte ihn durch die Finger schlüpfen lassen, und seine letzte Erinnerung an sie würde auf ewig dieses dumme Blendwerk sein. Und ja, es war einfach nur ein dummes Blendwerk gewesen, nichts weiter. Was auch sonst?

Ja, er war weitergezogen, um diese überaus geheime Mission zu erfüllen. Zusammen mit diesem Flegel Mauritane, dieser unheimlichen Frau, diesem komischen Menschen und dem mürrischen Fettwanst. Weit, weit fort in die Umfochtenen Lande hatte ihn sein Weg geführt, und sie hatte ihn nie wiedergesehen.

Einige Monate später dann hatte sie wie gewöhnlich die Hofgazette durchgeblättert und den neuesten Klatsch und Tratsch über die Leute wie ein Schwamm aufgesogen, die sie verehrte, wiewohl sie sich für diese Schwärmerei gleichzeitig hasste. Dabei war sie auf ein Bild von Silberdun gestoßen. Der inzwischen als Held des Königreichs gefeiert wurde. Als wahrer Kriegsheld in der Schlacht von Sylvan.

Das war mal wieder typisch. Nicht nur hatte sie sich einen Edelmann durch die Lappen gehen lassen, sondern zu allem Überfluss auch noch einen Kriegshelden!

Und dann war ihr etwas aufgefallen, das noch viel seltsamer war. Etwas, über das sie ihr Selbstmitleid fast vergaß.

Silberduns Antlitz war immer noch verändert. Zwar war es nicht mehr das abscheuliche Gesicht, das sie ihm in ihrer Wut verpasst hatte, aber es war auch nicht das Gesicht, das er besessen hatte, als sie sich zum ersten Mal trafen. Seine neuen Züge lagen nun irgendwo dazwischen. Und seltsamerweise gefiel ihr der Mann jetzt sogar noch besser als bei ihrer ersten Begegnung.

Doch wenn sein Gesicht noch immer verwandelt war, dann konnte es kein Blendwerk gewesen sein. Dieses Ding – nein, nicht Ding, sondern sie selbst – hatte etwas bewirkt, und Faella wusste nicht zu sagen, ob dergleichen irgendjemandem überhaupt möglich war. Schon gar nicht einem ungebildeten Mädchen, das als Mitglied einer zweitklassigen Mestina-Truppe durch die Lande tingelte.

Und doch war es geschehen.

Faella streckte die Hände aus und begann das neue Mestina zu wirken, an dem sie gerade arbeitete. Das Blendwerk nannte sich »Windung«. Sie erschuf zwei Bänder aus reinster Farbe: ein rotes und ein goldenes. Die beiden Bänder rankten sich im dunklen Theater um sie und tauchten ihr Gesicht in einen farbigen Glanz. Sie vollführte mit dem Handgelenk kreisförmige Bewegungen, und die Lichtschlangen wirbelten schneller, umkreisten einander.

Einmal zu der Überzeugung gelangt, dass sie Silberdun tatsächlich etwas Außergewöhnliches angetan haben musste, schien es, als wäre damit etwas in ihr ausgelöst worden. Es fing ganz harmlos an. Kleinere Vorkommnisse. So befanden sich auf einmal benötigte Gegenstände unversehens in Reichweite, ohne dass sie lange danach suchen musste. Oder ein Kleid, das sie sich sehnlichst gewünscht hatte, wurde überraschend im Preis heruntergesetzt. Solche Dinge eben.

Doch bald darauf geschahen unerklärliche Dinge. An einem Abend zum Beispiel, als wieder mal die Monatsmiete für das Theater bezahlt werden musste, da hatte sie in der Geldkassette genau den Betrag vorgefunden, der fällig war. Das Bemerkenswerte daran war allerdings, dass sich in der Schatulle das Doppelte dessen befand, was sie an diesem Abend eingenommen hatten.

Niemals etwas Wundersames. Und niemals mehr, als sie für den Moment benötigte.

Die roten und goldenen Lichtbänder umkreisten einander noch immer, tänzelten aufeinander zu, wirbelten herum, züngelten vor und zurück wie Flammen, umarmten sich, lösten sich wieder, schickten sich an, sich zu einem perfekt geflochtenen Strang zu vereinigen und –

– verwickelten sich ineinander, verknoteten sich über Faellas Kopf zu einem unentwirrbaren Knäuel. Sie brach die Übung ab. Der traurige Knoten aus rotem und goldenem Licht fiel zu Boden, bevor er verschwand.

Eigentlich hätten die anderen längst im Theater sein müssen. Mestinas waren nicht gerade für ihre Pünktlichkeit bekannt, doch selten kamen sie so spät.

»Fräulein Faella!«

Faella sah auf und entdeckte Bend, einen der Bühnenarbeiter, der gerade in den Zuschauerraum rannte.

»Bend?«, fragte sie scharf. »Wo sind die anderen?«

»Ihr müsst entschuldigen, Fräulein. Hab Euch erst zu Hause aufgesucht, aber Ihr wart schon fort.«

»Warum? Was ist denn los?«

»Es geht um Rieger«, sagte Bend. »Er ist schwer verletzt. Wurde niedergestochen.«

»Grundgütiger Himmel!« Sie und Bend rannten aus dem Theater. Rieger war Faellas Gelegenheitsliebhaber, doch vor allem war er einer ihrer besten Mestinas.

Estacana war eine ungewöhnliche Stadt. Einst für Riesen erbaut, waren ihre Straßen zu breit, die Fenster der Häuser zu groß und die Treppenstufen zu hoch. Doch Faella gefiel das. Sie mochte Dinge, die größer als das Leben selbst waren. Allerdings nahm die Stadt sie heute nicht gefangen. Sie folgte Bend durch die Straßen bis zur Mansarde im vierten Stock, in der Rieger wohnte.

Der Raum war voller Schauspieler und sonstigem Personal der Bittersüßen, die allesamt sehr besorgt dreinschauten. Typisch Mestinas – stets gleichermaßen melodramatisch wie nutzlos, wenn es mal ernst wurde.

»Alles raus hier!«, bellte Faella. »Geht ins Theater und macht euch nützlich.« Schon schob sie die Ersten zur Tür hinaus.

Als der Raum endlich leer war, trat sie an Riegers Bett und sah auf ihn hinab. Die Heilerin, eine ältere Frau in einem gestärkten schwarzen Kleid, versorgte Riegers verletzten Leib mit Kräutern und Rauch, blies den weißen heilenden Qualm behutsam in die Stichwunde. Riegers Schwester Ada saß neben dem Bett und hielt seine Hand.

Die Heilerin sah auf; ihr Blick fiel auf Faella. »Wer seid Ihr?«, fragte sie.

»Ich bin Faella, seine Arbeitgeberin.«

»Werdet Ihr mich für meine Dienste bezahlen?«, fragte die Heilerin.

»Ja. Lasst ihm jede Hilfe zukommen, die Ihr zu geben vermögt.«

Die Heilerin nickte, griff nach ihrer Tasche und wühlte darin herum.

Faella kniete nieder und strich Rieger durchs Haar. Er war nicht bei Bewusstsein; sein Atem ging stoßweise.

»Was ist denn passiert?«, fragte sie Ada leise.

»Ach, Ihr kennt ihn doch«, erwiderte Ada. »Er war im Wirtshaus und hat dort bis zum Morgengrauen getrunken. Er und ein anderer Gast ließen sich auf ein Wetttrinken ein, doch dann geriet das Ganze irgendwie zu einer Schlägerei. Rieger hat mit seinen Fäusten gekämpft, doch der andere hatte ein Messer.«

»Weiß man, wer das war?«

»Sicher«, sagte Ada. »Er heißt Malik Em. Aber er ist bei den Wölfen, und deshalb wird ihm nichts geschehen.«

Die Wölfe waren eine Diebesbande, die schlau genug war, einen Teil ihrer Einkünfte an die Stadtwachen abzutreten. Unantastbar.

»Verstehe«, sagte Faella. Sie sah wieder zu Rieger, und Mitleid ergriff von ihr Besitz. Sie liebte ihn nicht, und er liebte sie ganz gewiss auch nicht. Aber sie hatte ihn gern. Er war ein zärtlicher und geistreicher Mann, und er brachte sie zum Lachen.

Ihr Blick fiel auf die Stichverletzung. Die Heilerin hatte das getrocknete Blut fortgewaschen, sodass die gezackte, klaffende Wunde nun umso deutlicher aus dem Fleisch herausstach.

Faella nahm die Heilerin beiseite. »Was meint Ihr?«, fragte sie.

Die Heilerin sah Rieger an und dachte nach. »Es gibt noch einiges, was ich versuchen könnte, aber ich will ehrlich zu Euch sein:

Es sieht nicht gut aus. Er wird wahrscheinlich sterben, egal, was ich noch unternehme. Der Schnitt ging sehr tief und hat viel Schaden angerichtet.«

»Verstehe«, sagte Faella wieder.

Sie kniete sich erneut ans Bett und nahm die Verletzung in Augenschein. Sie konnte den Blick nicht davon abwenden. Ein kleiner Schnitt, nicht länger als ein Finger. Mehr brauchte es nicht, um einen Mann zu töten.

Es erschien ihr absurd. Lächerlich. Wie konnte etwas so Kleines so zerstörerisch sein?

Sie wollte die Wunde berühren, wusste nicht einmal, warum. Ada stand am Ende des Raums und sprach mit der Heilerin, die der Schwester zeigte, wie man den Verband erneuerte. Faella hatte ein schlechtes Gewissen, als sie mit dem Finger die gezackte rote Wunde berührte.

Zerschnittene Dinge konnte wieder zusammengenäht werden. Faellas Mutter vermochte Kleidung so geschickt zusammenzuflicken, dass man den Riss nicht mehr entdecken konnte. Alles eine Frage der Konzentration, hatte sie immer gesagt.

Faella konzentrierte sich auf Rieger, und ihr Geist glitt in eine Art Tagtraum hinüber, in dem sie sich vorstellte, was alles unter der Haut eines Mannes lag. Blut und Knochen, Fleisch und Muskeln. Sie hatte dergleichen noch nie gesehen, vermutete aber, dass Rieger inwendig wie eine rohe Rinderhälfte aussehen musste.

Der Heilungsprozess war schon eine seltsame Sache. Der Körper flickte sich praktisch von innen her wieder zusammen, so als würde sich ein zerrissener Saum von selbst wieder zusammennähen. Seltsam und wunderbar zugleich war das. Eine Art von Magie und so gänzlich anders als die Kunst der Gaben. Die geheime Magie der Natur, die sich immer wieder aufs Neue regenerierte. Und konnte man sich dieses Wunder nicht zunutze machen? Faella hatte keine Ahnung davon, wie ein Körper sich wiederherstellte, aber sie besaß eine unbändige Willenskraft.

»Nehmt Eure Hände von der Wunde weg, Fräulein«, rief die Heilerin. Faella öffnete die Augen und sah auf; die Heilerin stand neben ihr und starrte wütend auf sie herab. Faella wandte den

Kopf; ihre Handflächen waren auf Riegers Bauch gepresst; massierten sanft die verletzte Stelle.

»Ihr bringt ihn noch um!«, kreischte Ada und riss Faellas Hand fort.

Die Wunde war nicht mehr da, und Faella überraschte dies kein bisschen.

Die Heilerin beugte sich hinab und blickte abwechselnd auf ihren Patienten und dann zu Faella. Riegers Atmung ging bereits ruhiger.

»Ich weiß nicht, was für einen Mestina-Trick Ihr hier angewendet habt, aber ich lasse mich nicht zum Narren halten«, zischte die Heilerin. »Veranstaltet Euren Blendwerkshokuspokus gefälligst woanders!« Mit diesen Worten stürmte die Heilerin aus dem Raum und knallte die Tür hinter sich zu.

Nach etwa einer Stunde erlangte Rieger das Bewusstsein wieder und fragte Faella, was geschehen war. Weder sie noch Ada hatten darauf eine Antwort.

Eine Woche später bummelte Faella über den Basar und entdeckte Malik Em, der mit seinen Spießgesellen durch die Marktreihen strich. Ungeniert stibitzte er hier eine Frucht, dort einen silbernen Ring, zwinkerte den Verkäufern dabei frech zu und lachte. Nicht nur bezahlte er für nichts, er dankte zynischerweise den Händlern auch überschwänglich für deren Großzügigkeit.

Faella hatte gelernt, dass der Körper den Wunsch hatte zu heilen. Doch was, wenn nicht? Wenn dieser Prozess beschleunigt werden konnte, war es dann auch möglich, ihn zu verlangsamen? Vielleicht sogar ganz aufzuhalten?

Gedankenverloren sah sie Malik Em nach. Als sie ein paar Tage später erfuhr, dass der Bandit an einem einfachen Fieber gestorben war, zuckte sie nur die Achseln. Wenngleich mit einem grimmigen Lächeln.

Wahrscheinlich nur ein Zufall.

Nein, vermutlich nicht.

Ja, sie besaß eine unbändige Willenskraft. Und egal, wie sehr sie das Leben als Direktorin der Bittersüßen Erstaunlichen Mestina zu genießen versuchte, wusste sie doch insgeheim, dass ihr das niemals genügen würde.

Dort draußen wartete mehr auf sie. Ob sie nun wollte oder nicht.

Und eines Tages, da war sie sich sicher, würde Silberdun zu ihr zurückkehren. Allerdings wusste sie nicht, inwieweit *sie* dabei ihre Finger im Spiel haben würde.

Eine gute Frage, über die sich nachzudenken lohnte. Doch bis dahin gab es noch viel Arbeit zu erledigen.

14. KAPITEL

Im Krieg und in der Liebe läuft selten etwas wie erwartet.

– Lord Grau, *Erinnerungen*

Paet erwartete sie schon am Dock, als die *Treibholz* einlief. Jedron, nun wieder in seiner Rolle als Kapitän Ilian, hatte das Schiff auch heute souverän wie immer über das Inlandmeer gebracht. Silberdun sah, dass Paet einen Tornister über der Schulter trug, den er fest an sich drückte. Er blickte zu Eisenfuß hinüber. Niemand von ihnen hatte während der Überfahrt zum Festland auch nur ein Wort gesprochen. Silberdun hatte es vorgezogen, seinen Gedanken nachzuhängen, und Eisenfuß offenbar auch. »Kapitän Ilian« hatte sich ebenfalls in Schweigen gehüllt; er schien zu wissen, wann seine beiden Schüler in Ruhe gelassen werden wollten.

Das Schiff legte mit einem dumpfen Rumpeln am Pier an, und einer der Automatenmatrosen warf Paet eine Leine zu. Nachdem Paet die *Treibholz* vertäut hatte, sprang Jedron von Bord. Er und Paet sahen einander schweigend an.

»Kommt schon!« Jedron winkte Silberdun und Eisenfuß an Land. »Wir haben nicht den ganzen Tag Zeit.«

An Deck erhob sich Silberdun; er machte einen unsicheren Schritt und stolperte. Seit der Nacht, da man ihn in die finstere Grube gestoßen hatte – eine Nacht, an die er sich lieber nicht erinnern wollte –, fühlte er sich nicht mehr wohl in seiner Haut. Paradoxerweise hatte er sich gleichzeitig nie besser gefühlt. In was auch immer er an diesem Abend eingetaucht war, es schien ihm irgendwie gutgetan zu haben, und doch … es war schwer zu beschreiben. Jedron meinte, dass das seltsame Gefühl schon bald vorbeigehen würde. »Das gehört einfach dazu«, sagte er. Doch mehr sagte Jedron nicht, und Eisenfuß behauptete auf Nachfrage, er wisse darüber ebenfalls nichts Genaues.

Silberdun folgte Eisenfuß an Land und sah sich blinzelnd im Hafen um. Unvermittelt stürmten die Seegeräusche auf ihn ein: die Rufe der Fischer, die im Wind flatternden Segel, das Möwengeschrei. Weiter oben am Pier spielte ein Mann ohne Beine auf einer Okarina für die Leute.

»Ich hoffe, alles lief gut?«, fragte Paet den Meister.

»So gut, wie man's eben erwarten durfte«, erwiderte Jedron. »Der hier«, er rempelte Silberdun leicht an, »war allerdings ein etwas härterer Brocken. Da hat wohl jemand vergessen zu erwähnen, dass sich der junge Perrin Alt an der Nyelcu als Giftmischer betätigt hat.«

Paets Ausdruck blieb unverändert. »Das hat er nicht.«

»Ich hab das Ganze nach einer Woche wieder hingeschmissen«, beeilte sich Silberdun zu erklären. »Das war einfach nichts für mich.«

Jedron warf Paet einen Blick zu, doch der zuckte nur die Achseln. »Nun denn, waren die Schüler also erfolgreich, oder waren sie's nicht?«

»Sie waren«, meinte Jedron, doch sein Gesichtsausdruck schien zu sagen: *Aber stellt mich bloß nicht auf die Probe.*

»Gut, dann sind wir hier fertig. Ihre Majestät dankt Euch für Eure Dienste.«

Für einen Moment herrschte zwischen den beiden eine fast mit Händen zu greifende Spannung. Dann lachte Jedron. »Du kleiner Scheißer.« Er machte die Leinen los und sprang mit erstaunlicher Behändigkeit wieder an Bord der *Treibholz*.

Eine Weile stand Paet einfach da und beobachtete, wie die Crew aus mechanischen Seeleuten das Schiff wieder aufs offene Meer hinaussegelte. Silberdun und Eisenfuß warteten neben ihm. Keiner sprach ein Wort.

Nachdem die *Treibholz* hinter dem Horizont verschwunden war, wandte sich Paet zu Silberdun um und sagte: »Ihr denkt, Ihr hasst diesen Mann, hab ich Recht? Wartet, bis Ihr ihn erst mal so lange kennt wie ich.«

»Und jetzt?«, fragte Silberdun.

»Jetzt geht Ihr nach Hause und ruht Euch aus«, sagte Paet. »Wenn Eure Ausbildung nur halb so anstrengend war wie meine, dürftet Ihr ziemlich erledigt sein.«

»Das will ich meinen«, sagte Eisenfuß. »Ich kann mich nicht erinnern, jemals so müde gewesen zu sein.«

Paet öffnete seinen Ranzen und reichte Silberdun und Eisenfuß einen kleinen Stapel Dokumente. »Jedem von Euch wird ein neuer Hausdiener zur Seite gestellt«, sagte er.

Silberdun warf einen Blick auf die Papiere. Zuoberst lag das gildenzertifizierte Porträt eines Mannes namens Olou, dem das Außenministerium den Titel »Offizier für Sonderaufgaben« verliehen hatte.

»Olou ist ein guter Mann«, sagte Paet und deutete auf das Porträt.

»Und was ist seine Aufgabe?«, fragte Silberdun.

»Er tut alles, was ein gewöhnlicher Ehrenmann auch tun würde, und darüber hinaus das ein oder andere, was er nicht tun würde. Er ist Euch bei der Wahl der angemessenen Kleidung für einen Einsatz behilflich, er wird Eure Waffen reinigen und pflegen, solche Dinge eben. Darüber hinaus werden ihm auch das Zimmermädchen und der Koch unterstellt werden. Er wird sich also um Euch kümmern, wenn Ihr daheim seid.«

»Das sind ja schöne Aussichten«, meinte Eisenfuß.

»Sobald Ihr zu Hause eingetroffen seid, übermittelt ihm die Losung: ›Der Meister ist zurück.‹ Er sollte Euch sodann antworten: ›Und es könnte keinen schöneren Tag dafür geben.‹«

»Ist das nicht ein bisschen paranoid?«, fragte Silberdun. »Denkt Ihr wirklich, ein falscher Diener könnte mich im Schlaf ermorden?«

»Es sind schon die merkwürdigsten Dinge geschehen«, sagte Paet. »Ihr seid nun eine wichtige Investition für das Ministerium. Und wir pflegen unsere Investitionen zu schützen.«

»Ich verstehe.«

»Ach ja«, fügte Paet hinzu. »Olou sagte mir, dass Eure Räumlichkeiten einem Saustall gleichen und dass er mehr Ordnung und Sauberkeit von Euch erwartet, solange er in Euren Diensten steht.«

»Das ist nicht meine Schuld«, erklärte Silberdun. »Ich hatte eine Hausgehilfin, aber die hat gekündigt, weil es Streit gab wegen ihres Lohns.«

»So?«, fragte Paet. »Olou weiß aber aus sicherer Quelle, dass Ihr das Mädchen verführt habt und dass ihr Ehemann dahinterkam.«

»Ja, das stimmt«, räumte Silberdun ein. »Aber deswegen hat sie nicht gekündigt.«

»Also ich brauch eigentlich keinen persönlichen Diener«, meldete sich nun Eisenfuß zu Wort. »Ich bin lange genug Junggeselle, um gut für mich allein sorgen zu können.«

»Es geht hier aber nicht darum, was Ihr braucht oder nicht«, stellte Paet klar. »Wenn Ihr Euch allerdings in der Früh lieber persönlich ankleiden wollt, steht Euch das natürlich frei.«

Paet zog einen weiteren Zettel aus dem Papierstapel in Silberduns Hand. Darauf stand eine Adresse: Haus Schwarzenstein, Sevetal-Gasse 1.

»Findet Euch morgen bei Sonnenuntergang in diesem Haus ein«, sagte er. »Dort werdet Ihr arbeiten. Seid pünktlich.«

Mit diesen Worten wandte sie Paet um und ging davon. Silberdun und Paet machten sich auf den Weg nach Hause.

Haus Schwarzenstein stand inmitten eines von Mauern umgebenen Gartens voller Nesseln, wilder Rosen und moosbedeckter Weiden. Die Sevetal-Gasse befand sich unweit der nördlichen Stadtmauer in einem Viertel, in dem die Leute sehr auf ihre Privatsphäre bedacht waren und es sich leisten konnten, diese auch gewahrt zu wissen. Insofern wirkte das Mysteriöse an Haus Schwarzenstein in dieser Gegend weit weniger mysteriös als in anderen Stadtteilen. Das bronzene Tor in der Mauer offenbarte nur einen unbefriedigenden Blick auf eine Reihe vertrocknetes Gesträuch, das in der Vergangenheit durchaus eine gepflegte Hecke hatte sein können.

Erst das zweite Stockwerk erhob sich über den verwilderten Garten – eine raue Fassade aus dunklem, verwittertem und weinberanktem Stein. Sämtliche Fensterläden waren geschlossen.

Als die Mietkutsche ihn kurz vor Sonnenuntergang vor dem Haus absetzte, war sich Silberdun sicher, dass dies alles ein großes Missverständnis sein musste. Er überprüfte noch einmal die Adresse und befragte den Kutscher, der jedoch nur die Achseln zuckte und unter Peitschenknallen davonfuhr.

Das konnte doch nicht sein. Das Hauptquartier der allmächtigen Schatten in einem verlassenen Spukhaus? Wahrscheinlich hatte sich Paet auf seine Kosten einen Witz erlaubt.

Es war kühl draußen, doch Silberduns neuer Umhang, herbeigeschafft von seinem ebenfalls neuen Diener Olou, schützte ihn ausgezeichnet gegen die Kälte. Olou hatte sich als junger Bursche herausgestellt, vermutlich frisch aus der Armee entlassen, der in seiner Laufbahn irgendwie vom vorgeschriebenen Wege abgekommen war. Doch egal, wie und warum er hier gelandet war, Olou kam seinen Verpflichtungen vorbildlich nach. Und Silberdun hatte nie besser ausgesehen.

Silberdun trat an das Tor, doch bevor er einen Blick hindurchwerfen konnte, hielt an der Straße eine weitere Kutsche, der kurz darauf Eisenfuß entstieg. Sein zukünftiger Kollege betrachtete das Haus mit demselben verhaltenen Optimismus wie Silberdun.

»Komische Gegend für ein Regierungsgebäude«, meinte Eisenfuß. »Was genau verbirgt sich wohl hinter diesen Mauern?«

»Vielleicht das Grusel-Ministerium«, schlug Silberdun vor.

Eisenfuß grinste. »Und jetzt? Sollen wir reingehen und uns ein paar rachsüchtigen Geistern stellen, während Paet sich irgendwo darüber totlacht, wie wir uns in die Hosen machen?«

»So was in der Art ging mir auch durch den Kopf.«

»Während meiner Armeezeit wurden junge Rekruten in Säcke gesteckt und mitten in den Gnomlanden die Hügel runtergerollt«, sagte Eisenfuß. »Große, hohe Hügel waren das. Die haben dort regelrechte Rennen mit uns veranstaltet.«

»Und wie habt Ihr abgeschnitten?«

»Hab vier von fünf Rennen gewonnen«, sagte Eisenfuß. »Alles eine Frage der Einstellung.«

»Ja, das trifft wohl auf vieles zu. In meinen ersten Tagen im Senat hat man mir ein vierhundert Seiten starkes Werk mit Gesetzesvorlagen in die Hand gedrückt, über die ich in den nächsten Tagen abzustimmen hatte. Man riet mir, die gefälligst auch zu lesen.«

»Und? Wie weit seid Ihr gekommen?«

»Hab nicht mal reingesehen«, sagte Silberdun. Als er Eisenfuß' zweiflerischen Blick bemerkte, fügte er hinzu: »Ich war nie ein vorbildlicher Abgeordneter.«

»Denkt Ihr manchmal nicht auch, dass wir womöglich einen schrecklichen Fehler gemacht haben?«

»Ja, jeden Tag. Andererseits hatte ich schon immer das Talent, mich stets der falschen Seite anzuschließen«, sagte Silberdun. »Man gewöhnt sich dran.«

»Das macht Mut«, murmelte Eisenfuß verdrießlich.

»Ah, die Herren sind pünktlich, wie ich sehe!«, ertönte in ihrem Rücken auf einmal Paets Stimme.

Silberdun fuhr herum. Paet stand mitten auf der Straße und stützte sich auf seinen Gehstock. Es war weit und breit keine Kutsche zu sehen.

»Wo seid Ihr so plötzlich hergekommen?«, fragte Silberdun.

»Ich bitte Euch, ich bin ein Schatten«, sagte Paet. »So was gehört zum Job. Wollen wir reingehen?«

Paet trat ans Tor und legte seine Handfläche auf das Gitter. Dann sprach er ein Wort der Entfesselung, und die Pforte schwang auf.

Paet ging auf dem schmalen Weg voran. Auf dem Grundstück war es dunkler als auf der Straße. Die moosbedeckten Weiden schienen auch das letzte Tageslicht zu schlucken. Es roch nach wilden Rosen und Lehm.

Die Vordertür des Hauses war schwarz gestrichen; der Lack blätterte jedoch teilweise schon ab.

»Mir scheint, die Dienerschaft dieses Hauses glänzt bereits seit Längerem durch Abwesenheit«, stellte Silberdun fest.

»Ihr könnt Euch gern einen Pinsel schnappen und die Tür neu streichen.« Paet zog einen Schlüsselbund aus der Tasche und öffnete die Tür.

Das Erste, was Silberdun und Eisenfuß sahen, war ein gänzlich leerer Raum. Auf den Fensterbänken und dem Boden lag Staub. An einem der Wände gab es einen rußgeschwärzten Kamin. Durch die geschlossenen Fensterläden drang nur wenig Licht herein. Paet holte eine winzige Hexenlichtfackel aus der Tasche und leuchtete ihnen den Weg zur Treppe.

»Kommt schon«, sagte er. Während sie gingen, fiel Silberdun auf, dass sie zwar Staub aufwirbelten, auf dem schmutzigen Boden jedoch keine Fußspuren hinterließen.

Sie stiegen die Stufen in den zweiten Stock hinauf, der genauso verstaubt und leer war wie das Erdgeschoss. Ihre Tritte verursachten hohle Echos im Haus. Paet führte die beiden in ein leeres Schlafzimmer.

»Hier durch.« Paet zeigte auf eine geschlossene Schranktür. Er öffnete sie, trat hinein und bedeutete Silberdun und Eisenfuß, ihm zu folgen. Kurz darauf stand Silberdun in dem düsteren Schrank, eng an Paet und Eisenfuß gedrängt, und kam sich wie ein Idiot vor. Paet grinste breit. Er schloss hinter ihnen die Tür, und Paet suchte mit Hilfe seines Hexenlichts nach einem weiteren Schlüssel. Er steckte den Schlüssel von innen in ein Schloss in der Schranktür und drehte ihn. Der Schrank schien sich einmal zu überschlagen, und Silberduns Magen machte einen Satz. Eisenfuß neben ihm würgte.

Silberdun sah nach unten und bemerkte, dass nun Licht unter der Schranktür ins Innere fiel. Paet öffnete die Tür; dann traten sie hinaus in ein kleines Empfangszimmer. Eine ziemlich junge Faefrau erwartete sie dort bereits.

»Guten Abend, Anführer Paet«, sagte sie.

Desorientiert schaute sich Silberdun in dem Raum um, bevor er begriff, was hier passierte. Das ganze Haus war auf ziemlich fachmännische Weise zauberverwandelt worden. Sie standen schlicht und ergreifend in der veränderten Version des Schlafzimmers, in dem sie eben noch in den Schrank getreten waren.

»Guten Abend, Brei.« Paet reichte der jungen Frau seinen Umhang. »Darf ich Euch Eisenfuß und Silberdun vorstellen, unsere neuesten Schatten.«

»Es ist mir eine Freude, meine Herren«, sagte Brei und nahm auch die Umhänge der Neuankömmlinge entgegen. Sie lächelte Silberdun zu. »Ich habe für Euch beide Schlüssel hier. Und auch Tee oder Kaffee, falls Ihr welchen wünscht.«

Silberdun und Eisenfuß sahen sich an. Vielleicht war das alles hier ja doch nicht so schlecht. »Tee, wenn es keine Umstände macht«, sagte Silberdun.

Paet geleitete die beiden aus dem Empfangsbüro in etwas, das eigentlich der Korridor des Hauses hätte sein sollen. Allerdings waren hier sämtliche Innenwände zu den angrenzenden Zimmern entfernt worden, sodass ein einziger großer Raum entstanden war, in dem viele Schreibtische standen.

»Willkommen in der Schattenliga«, sagte Paet. »Eurem neuen Zuhause.«

Paet durchquerte mit den beiden das große Büro und stellte sie dabei ihren anderen Kollegen vor: zwei Kopisten, ein Übersetzer, eine Hand voll Analysten, deren Aufgabe es war, sämtliche Geheimdienstdokumente auszuwerten und neue Anweisungen herauszugeben. In einem Regal standen zahlreiche Futterale mit Botenfeen, die andere Wand war mit Karten und Plänen übersät. Überall türmten sich Papierstapel: auf den Schreibtischen, in Körben und Kisten, auf einem extrabreiten Regalbrett gleich unter den Botenfeen. Unter den Analysten war auch eine junge Frau mit einem starken Ostakzent. Silberdun hatte mit der typischen Sprachmelodie der Leute aus dem Osten im Gefängnis von Crere Sulace Bekanntschaft geschlossen und stellte nun fest, dass er ihren Klang vermisst hatte. Als Eisenfuß der jungen Frau vorgestellt wurde, lächelte sie. »Ich freue mich, Euch kennen zu lernen«, sagte sie. »Ich hab all Eure Bücher über forensische Thaumaturgie gelesen.«

»Nun, es wäre mir eine Freude, das Thema bei Gelegenheit mit Euch zu erörtern«, sagte Eisenfuß.

»Kommt weiter«, meinte Paet. »Ihr könnt ein andermal mit der Belegschaft schäkern.«

Eisenfuß nahm es gelassen. »Wir reden später«, sagte er zu der Analystin, die ihn angrinste.

Paet zeigte auf die Treppe. »Mein Büro ist unten, wie auch der Einsatzraum und der Schattenbau, in dem Ihr Euch größtenteils aufhalten werdet.«

Sie gingen nach unten. Hier hatte man den Grundriss des Hauses nicht verändert. Der große Raum mit dem Kamin war da, doch nun standen auch einige Tische und Stühle darin, und auf allen Oberflächen lagen Karten und Schriftrollen. An einer der Wände hing ein Regalbrett mit Atlanten, Jahrbüchern und Zahlenwerken.

»Der Einsatzraum«, erklärte Paet. »Hier werdet Ihr zu Euren jeweiligen Missionen unterwiesen.«

Durch eine der Türen gelangte man in ein großes Büro, das Anführer Paet gehörte. Eine andere Tür führte in ein kleineres Büro, in dem drei leere Schreibtische standen. Es roch ein wenig modrig in dem Raum. Paet entzündete die Hexenlichter an der Wand, und das Zimmer wurde in einen warmen gelben Lichtschein getaucht.

»Das ist der Schattenbau«, sagte Paet. »Euer zukünftiger Arbeitsplatz.«

Silberdun fuhr mit dem Finger über die Schreibtischplatte und hinterließ eine dicke Spur in der Staubschicht. »Hier hat wohl länger niemand gesessen, was?«

»Ja, ist schon einige Zeit her, dass hier jemand gearbeitet hat«, sagte Paet. »Höchste Zeit, dass sich das ändert.«

»Wohin führt eigentlich die Vordertür?«, wollte Eisenfuß wissen?

»Zu sich selbst zurück«, sagte Paet. »Sehr praktisch, wenn man einen Würgereiz auslösen möchte.«

»Drei Schreibtische«, stellte Silberdun fest.

»Was?«, fragte Paet.

»Im Schattenbau stehen drei Arbeitstische, aber wir sind doch nur zu zweit.«

Paet lächelte. »Dachte, Everess hätte es Euch schon erzählt. Ihr bekommt noch eine Kollegin. Everess wird sie in Kürze herbringen.«

Eisenfuß und Silberdun wechselten einen Blick. *Eine Kollegin?*

»Doch bis dahin hab ich noch einiges zu erledigen. Macht Euch derweil mit allem vertraut. Lasst Euch von Brei zeigen, wo Ihr Stifte, Tinte, Papier und so weiter findet. Sobald Everess hier eintrifft, kommen wir wieder zusammen.«

»Entschuldigt bitte, Paet?«, sagte Eisenfuß.

»Ja?«

»Wo ist mein Laboratorium?«

»Bitte was?«

»Mein Labor. Everess versprach mir ein Labor. Für meine Forschungen.«

»Ach, tat er das?« Paet lächelte.

»Allerdings.«

»Hm.« Paet ging in sein Büro und schloss die Tür hinter sich.

»Interessant«, bemerkte Eisenfuß.

»Stifte...«, murmelte Silberdun.

»In der Tat.«

»Ich hatte mir irgendwie mehr Abenteuer erwartet, und Ihr?«

»Ich hatte ein Laboratorium erwartet.«

»Wie's scheint, ist nichts so, wie wir es erwartet haben.«

Eisenfuß grinste. »Man wird sehen. Doch wenn Ihr mich jetzt entschuldigen würdet. Ich denke, ich werde mich bei Brei nach unseren, ähm, Stiften erkundigen.« Er ging zur Treppe.

»Das könnte Euch so passen!« Silberdun setzte ihm nach. »Ich hab sie zuerst gesehen. Außerdem habt Ihr Euch doch schon diese Analystin aus dem Osten an Land gezogen.«

Auf der Treppe wurden Schritte laut. Silberdun sah auf und entdeckte Everess auf dem Absatz. Er war in Begleitung einer Erscheinung in einem weißen Kleid – es war die wohl schönste Frau, die Silberdun je gesehen hatte. Ihre Blicke trafen sich, und Silberdun verschlug es fast den Atem.

Als Everess ihr sagte, dass sie mit zwei Männern zusammenarbeiten würde, hatte sich Sela nicht viel dabei gedacht. Irgendwie hatte sie angenommen, dass die beiden Herren so sein würden wie Everess: fett, alt, beflissen und aufdringlich. Als sie nun auf dem Treppenabsatz stand, wurde ihr klar, dass sie sich zutiefst getäuscht hatte. Der Mann am Fuß der Stufen hatte nichts mit Everess gemein. Sein Haar war lang und dunkel, und es floss wie schwarze Seide, während er seinen Kopf nach ihr umdrehte. Als er ihr in die Augen sah, wurde ihr fast schwindelig. Diese Augen.

War das die Liebe? Geschah es denn wirklich so schnell?

Neben dem Fremden stand noch ein anderer Mann, doch Sela nahm ihn kaum wahr. Sie starrte den Fremden an, bis der seinen Blick von ihr losriss, doch bevor er das tat, entspann sich zwischen ihnen ein Faden in Rot, Orange und Gold. Als die Verbindung hergestellt war, hatte sie das Gefühl, als zerre der Faden an ihr, als zöge es sie förmlich zu ihm. Was natürlich töricht war; diese Fäden existierten doch nur in ihrer Vorstellung. Nie vermochte sie einen wirklich zu spüren oder gar zu sehen. Und doch...

Sie bemerkte, dass Everess sie seltsam ansah. »Hast du Silberdun schon kennen gelernt?«, fragte er.

Silberdun. Der Fremde hieß Silberdun.

»Daran würde ich mich gewiss erinnern«, sagte Silberdun und trat auf Sela und Everess zu. Der andere Mann verdrehte aus einem ihr unerfindlichen Grund die Augen. Egal, wie tief sie ins Gefühlsleben anderer auch einzutauchen vermochte, es gab immer wieder Reaktionen, die sie verblüfften.

»Nun, in diesem Fall hat wohl niemand was dagegen, wenn wir die offizielle Vorstellung mit einem Schnäpschen verbinden«, meinte Everess. »Wo zum Teufel ist dieser Totengräber Paet?«

»Hier.« Paet trat aus seinem Büro. Er mochte Everess nicht, das wurde Sela in der gleichen Sekunde klar. Dazu musste sie nicht einmal irgendeinen Faden zwischen den beiden auslesen. Und als sich schließlich einen Faden zwischen den zwei Männern manifestierte, da war er von grüner und brauner Farbe mit einem Hauch Violett, der von Everess ausging. Everess hatte Angst vor Paet, ein bisschen, doch Sela wusste, er würde es sich niemals anmerken lassen.

Sie beobachtete, wie sich die Verbindungen aller anwesenden Männer zueinander formten. Es war ein faszinierendes Netz, das da entstand, aber Sela hatte keine Zeit, es zu analysieren, weil Everess nun jeden mit jedem bekannt machte. Der traurige, zornige Mann mit dem Gehstock war Paet. Der zuversichtliche, intelligente hieß Styg Falores, aber er wollte, dass man ihn Eisenfuß rief. Und der atemberaubende war Perrin Alt, Lord Silberdun. Ein Lord!

»Lassen wir das mit dem Lord«, meinte Silberdun, als Everess seinen Titel bekannt gab. »Bitte nennt mich einfach Silberdun.«

Sela musste sich ein dümmliches Grinsen verkneifen. Sie würde ihn nennen, wie immer er wünschte.

In diesem Moment ergriff Furcht von ihr Besitz. Ganz gewiss war es nicht angemessen, dass sie derartige Gefühle für jemanden in Silberduns Position hegte. Wenngleich sie nicht mal wusste, in welcher Position sie eigentlich war.

»Nehmt doch im Einsatzraum Platz«, sagte Paet. »Nun, da alle beisammen sind, ist's wohl an der Zeit, zu besprechen, worum es hier überhaupt geht.«

»Wohl denn«, sagte Everess. »So mögt Ihr beginnen, Anführer Paet.« Es war dem Alten offenbar ein Anliegen, Paet einmal mehr zu verstehen zu geben, wer hier das Sagen hatte. Paet tat so, als hätte er den Wink nicht bemerkt, doch Sela wusste es besser.

Sela ließ sich so weit wie möglich von Silberdun entfernt auf einem der Stühle nieder. Der Edelmann schien sie ostentativ zu ignorieren. Der Faden zwischen ihnen war so stark, dass sie fast seine Gedanken erspüren konnte. Sie trieb haltlos dahin wie auf offener See, versuchte sich auf etwas anderes als ihn zu konzentrieren und scheiterte kläglich.

Plötzlich sah er sie an und hob eine Augenbraue. Er lächelte ein schwaches, fast unmerkliches Lächeln und schüttelte dann fast ebenso unmerklich den Kopf. *Nein.* Er hob die Hand in einer schnellen Bewegung, und der Faden zwischen ihnen verblasste. Dann war er fort, war Silberdun fort. Sie hätte fast auf ihrem Stuhl geschwankt angesichts dieses plötzlichen Verlusts. Sie senkte den Blick, und als sie ihn wieder ansah, lag ein seltsamer Ausdruck auf seinem Gesicht. Sie konnte nicht sagen, was es war. Trauer? Verwirrung? Neugier?

Niemand hatte ihr jemals so etwas angetan. Es war entwaffnend und enervierend zugleich. Immerhin konnte sie sich nun auf das konzentrieren, was Anführer Paet ihnen zu sagen hatte. Dieser wandte sich nun in seiner Rede an alle Anwesenden.

Paet saß auf der Kante eines Schreibtischs und sah abwechselnd Silberdun, Eisenfuß und Sela an. »Ich kann Euch gar nicht sagen, wie froh ich bin, dass Ihr drei heute vor mir sitzt«, begann er. Was seltsam war, denn Sela konnte mit Leichtigkeit spüren, dass er alles andere als glücklich war. Vielmehr entsprach sein Gefühl einer grimmigen Befriedigung. Andererseits hatte Sela erfahren müssen, dass die Leute nur selten das aussprachen, was sie wirklich fühlten.

»Fünf Jahre ist es nun her, dass sich außer mir auch noch ein anderer Schatten in diesem Gebäude aufhielt. Fünf Jahre sind vergangen, seit ich mich aufgrund meiner ... Verletzungen aus dem aktiven Dienst zurückziehen musste. Und die meiste Zeit über stand zu befürchten, dass die Schatten nie wieder in Aktion treten würden.«

Paet stieß mit der Spitze seines Stock gegen die Tischkante. »Die Ereignisse des letzten Jahres jedoch haben der Krone gezeigt, von welcher Wichtigkeit unsere Arbeit ist. Und trotz der Einwände gewisser Mitglieder im Senat, die das, was wir tun, bestenfalls als widerwärtig und schlechtestenfalls als moralisch verwerflich bezeichnen, hat Lord Everess die Königin davon überzeugen können, dass unsere Arbeit fortgesetzt werden muss.«

Everess strahlte. Es hatte mal eine Zeit gegeben, da hatte Sela den Außenminister für naiv gehalten, weil man ihm so leicht schmeicheln konnte, doch inzwischen wusste sie, dass Everess nichts ohne Berechnung sagte oder tat. Er war ein faszinierender Mann.

»Ich weiß«, fuhr Paet fort, »dass man Euch über die Ziele und Wege der Schatten größtenteils im Dunkeln gelassen hat. Dafür gibt es zwei Gründe. Der erste besteht in unseren strengen Regeln, die Verschwiegenheit und Geheimhaltung betreffend. Insofern sprechen wir außerhalb dieses Gebäudes niemals über unsere Missionen oder Strategien. Von dieser Regel gibt es keine Ausnahme. Daher konnten wir Euch gegenüber auch nur Andeutungen über das machen, auf das Ihr Euch eingelassen habt.

Der andere Grund ist«, sagte Paet ohne zu lächeln, »dass Ihr Euch uns vermutlich nie angeschlossen hättet, wenn wir Euch gleich zu Beginn reinen Wein eingeschenkt hätten.«

Silberdun und Eisenfuß feixten. Everess fiel in das Gekicher mit ein. Sela hingegen lachte nicht.

»Das war kein Witz«, sagte Paet. Die allgemeine Belustigung verstummte abrupt.

»Ich will Euch ohne Umschweife sagen, worum es geht«, sagte der Anführer. »Ihr werdet lügen müssen. Und betrügen. Ihr müsst stehlen. Und auch töten, wenn nötig. Ihr werdet an die gefährlichsten Orte der bekannten Welten entsendet. Wenn man Euch schnappt, werden wir in den meisten Fällen leugnen, Euch überhaupt zu kennen. Und gelegentlich wird man Euch Dinge abverlangen, die selbst dem hartgesottensten Faesoldaten unmöglich erscheinen werden. Als Gegenleistung dafür werdet Ihr nur ein wenig Geld erhalten, jedoch nichts im Sinne von Ruhm und Ehre. Ganz im Gegenteil, Ihr werdet mit der Zeit sogar das verlieren, was jeder von Euch unter Ehrgefühl verstehen mag.«

»Zumindest Silberdun dürfte damit wohl kaum ein Problem haben«, ließ sich Everess vernehmen.

Silberdun machte eine unflätige Geste in Richtung Everess. »Bitte fahrt fort«, sagte er zu Paet.

»Um es kurz zu machen«, sagte Paet, offenbar ungehalten über die Unterbrechung, »man hat Euch für die wohl schwierigste Laufbahn rekrutiert, die ein Fae einschlagen kann.«

Eisenfuß räusperte sich. »Und wenn wir nach allem, was wir jetzt gehört haben, zu dem Schluss kommen, dass eine solche ... Laufbahn nun doch nichts für uns ist?«

»Aussteigen ist nicht mehr möglich«, sagte Paet.

»Soll das ein Witz sein?«, fragte Eisenfuß.

»Nein, ich mache keine Witze, und ich würde Euch nicht raten, es drauf ankommen zu lassen. Eine Konsequenz Eurer ... Ausbildung auf Schwarzenstein ist die, dass es für Euch fortan kein Leben außerhalb der Schatten mehr geben kann.«

»Das ist Wahnsinn!«, entfuhr es Silberdun.

»Ich hörte, Ihr habt eine Weile in Crere Sulace zugebracht, Silberdun«, sagte Paet. »Wenn Ihr also meint, ein Leben als Schatten entspräche nun doch nicht Euren Vorstellungen, wie wäre es, wenn Ihr dort ein paar alte Bekanntschaften erneuert? Ich bin mir darüber hinaus ziemlich sicher, dass Everess Euch bei seiner Anwerbung mitgeteilt hat, dass es kein Zurück mehr gibt, wenn Ihr Euch uns erst angeschlossen habt? Oder etwa nicht?«

Everess lächelte kalt. »Ihr wolltet die Besten«, sagte er zu Paet. »Und die Besten hab ich Euch gebracht. Man kommt nicht umhin, sich im Zuge von Rekrutierungen einen gewissen Spielraum vorzubehalten.«

Eine Weile war es totenstill im Raum. Sela konnte Paets Wut spüren. Und Eisenfuß' Bestürzung. Everess verstand es, seine Empfindungen zu verbergen, und so drang nur wenig davon in den außergewöhnlich dünnen Faden zwischen ihm und Sela. Silberdun war gefühlsmäßig nicht zu ergründen. Sein Zorn hingegen war unübersehbar.

»Hurensohn«, zischte er. »Hier läuft doch gerade die gleiche Scheiße ab wie damals mit Mauritane.«

»Wie wäre es« schlug Sela fort, »wenn wir Anführer Paet erst mal fortfahren ließen. Was immer die Zukunft auch bringt, wir sind nun mal hier, und es gibt Arbeit zu erledigen, nicht wahr, Anführer Paet?« Während sie sprach, konzentrierte sie sich fest auf die dünnen Bänder, die sie mit Paet und Eisenfuß verbanden. Sie kannte die beiden kaum, hatte demzufolge wenig, mit dem sie arbeiten konnte, wob aber so viel Vertrauen und Akzeptanz wie möglich in die Fäden ein. Es schien zu helfen. Eisenfuß beruhigte sich merklich, und auch Paet schien sich wieder zu entspannen. Silberdun indes starrte sie nur an. Ahnte er womöglich, was sie da machte?

Wohl kaum. Soweit sie wusste, gab es in den ganzen Faelanden niemanden, der zu tun vermochte, was sie tat. Empathie funktionierte gemeinhin nur in eine Richtung, und zwar in Richtung des Empfängers. Und Lord Tanen hatte ihr versichert, dass sie auch in diesem Punkt einzigartig war.

»Wir befinden uns«, sagte Lord Everess in dem Versuch, die Lage wieder in den Griff zu kriegen, »an einem Wendepunkt in der Seelie-Geschichte, der über Wohl und Wehe der gesamten Faelande, wenn nicht der ganzen Welt entscheiden wird.

Nun ist die Zeit gekommen für Stärke und entschlossenes Handeln«, fuhr er fort. »Hier geht's nicht um einen philosophischen Exkurs. Es geht um die Zukunft unseres Landes. Wir haben uns hier versammelt, um uns den Vernichtern unseres Lebensstils in den Weg zu stellen. Und es spricht viel dafür, dass lediglich wir, die wir hier in diesem Raum sitzen, imstande sein werden, diese Vernichtung zu verhindern.«

Everess wandte sich an Eisenfuß. »Sagt ihnen, was Ihr in Selafae gesehen habt, Meister Falores.«

»Eisenfuß reicht völlig, danke«, erwiderte Eisenfuß. »Und ja, Everess hat nicht ganz Unrecht. Ich war im finstren Herzen dessen, was einmal die Stadt Selafae gewesen ist. Wenn es uns gelingen sollte, einen neuerlichen Angriff wie diesen zu verhindern, so ist das wahrlich unser aller Leben wert.«

»Es fällt ein bisschen schwer, in diesem behaglichen Haus zu sitzen und über das Schicksal der Welt zu parlieren«, sagte Silberdun. »Und es ist in keinster Weise tröstlich.«

»Ja, schwer ist es in der Tat«, sagte Paet. »Da habt Ihr verdammt Recht, Silberdun. Und auch Trost ist derzeit keiner zu erwarten. Doch das wird sich ändern.«

Paet sah Silberdun nun direkt in die Augen. »Ja, unsere Aufgabe ist schwierig. Und schmerzvoll. Und tödlich. Aber sie gibt uns die Kraft und die Gelegenheit, das zu tun, was ein einzelner Fae für das Weiterbestehen dieser Welt zu tun vermag. Für mich ist das die Sache wert.«

Paet erhob sich und stützte sich auf seinen Gehstock. »Und so bitte ich Euch, nein, ich flehe Euch an, schließt Euch uns an für diese große Aufgabe.«

Wieder legte sich Stille über den Raum. »Ach, warum eigentlich nicht?«, rief Silberdun plötzlich aus. »Was hab ich denn schon groß zu tun?« Everess lachte laut auf, und Sela fiel mit ein. Eisenfuß warf Sela einen Blick zu, der besagte: Worauf um alles in der Welt haben wir uns da bloß eingelassen?

Das hätte Sela auch gern gewusst.

»Es gibt noch etwas, was wir heute Abend erledigen müssen«, sagte Paet. »Der letzte Schritt zu Eurer endgültigen Aufnahme. Danach werde ich mich persönlich um die Beendigung Eurer Ausbildung kümmern und darüber befinden, wann man Euch zu Eurem ersten Einsatz entsenden kann.«

»Was ist das für ein letzter Schritt?«, wollte Everess wissen.

»Das ist allein eine Angelegenheit zwischen mir und den Schatten«, sagte Paet. »Ich muss Euch daher bitten, nun zu gehen, Lord Everess.«

Everess schien drauf und dran, Paet etwas Unfreundliches an den Kopf zu werfen, doch er riss sich zusammen. »Schätze, diese kleinen Rituale können der Sache nur dienlich sein«, murmelte er.

Er ging zur Treppe und salutierte Sela, Eisenfuß und Silberdun. »Ich entbiete Euch meinen Gruß, Schatten. Dient Eurem Königreich gut.«

Dann nickte er Sela zu. »Paet soll dir eine Kutsche rufen lassen, wenn ihr hier fertig seid, mein Kind. Er wird für die Kosten aufkommen.« Er stieg die Stufen hinauf, und schon bald waren seine Schritte verklungen.

»Kommt bitte alle mit in mein Büro«, sagte Paet.

Nachdem sich die Gruppe dort versammelt hatte, schloss Paet die Tür. Dann holte er ein kleines Holzkästchen aus seiner Schreibtischschublade und öffnete es. Darin lag auf einem Samtkissen ein schlichter Metallring.

»Weiß jemand, was das ist?«, fragte er in die Runde.

Alle schüttelten den Kopf.

»Und was ist es nun?«, wollte Sela wissen.

»Niemand außerhalb dieses Zimmers weiß von seiner Existenz«, sagte Paet. »Mit Ausnahme von Regina Titania vielleicht. Die Gerüchte über ihre Allwissenheit sind meiner Meinung nach nicht unbegründet. Dieser Ring ist Teil dessen, was uns von allen anderen unterscheidet, und er ist Teil unserer Stärke.«

Er hob das Kästchen in die Höhe, damit jeder das Schmuckstück sehen konnte. Der Ring an sich war nichts Besonderes; nicht mehr als ein Band aus Eisen.

»Das«, sagte Paet, »ist ein Ring der Verbindung.«

Sela hatte keine Ahnung, wovon er sprach, ganz im Gegensatz zu Eisenfuß, dessen Augen sich nun überrascht weiteten. »Erstaunlich«, sagte er. »Ich las darüber, hätte aber nie gedacht, dass es so was tatsächlich gibt.«

»Dinge, die's angeblich gar nicht gibt, sind unser täglich Brot, werter Eisenfuß.«

»Und was macht dieser Ring?«, fragte Sela.

»Das, was sein Name besagt«, erwiderte Paet. »Er bindet uns aneinander, macht es uns unmöglich, einander zu hintergehen.«

»Aber er ist doch aus Eisen«, wandte Eisenfuß ein. »Soll etwa jeder von uns ständig so ein Ding tragen?«

»Nein, Ihr werdet ihn nur einmal anlegen und das Gelöbnis ablegen.«

»Wird es wehtun?«, fragte Sela.

»O ja«, sagte Paet. »Das wird es.«

»Also...« Silberdun räusperte sich. »Jetzt haben wir's so weit geschafft, da kommt's auf einen Irrsinn mehr oder weniger auch nicht mehr an.«

Paet nahm eine bronzene Zange aus dem Schreibtisch und hob damit den Ring aus dem Kästchen. Unter dem Samtkissen lag ein kleines Pergament, auf dem das elfische Gelöbnis in Gemeinsprache niedergeschrieben worden war. Silberdun las die Zeilen, prägte sie sich ein und hielt dann den Zeigefinger seiner linken Hand in die Höhe.

»Dann mal los«, sagte er.

Mit Hilfe der Zange hob Paet den Ring hoch und ließ ihn auf Silberduns ausgestreckten Finger gleiten. Der Ring rutschte an seinen Platz, und Silberdun brüllte auf. Er taumelte rückwärts, krachte gegen die Wand und rieb sich die schmerzende Hand.

»Sprecht das Gelöbnis!«, forderte Paet ihn auf.

Silberdun stieß die Worte hervor, und als er damit fertig war, zuckte sein Körper abermals unter der unsäglichen Pein. Die Hexenlichter im Raum wurden schwächer; hastig schüttelte er sich den Ring vom Finger; er landete klimpernd auf dem Boden.

»Das war ... außerordentlich unerfreulich«, keuchte er, als er wieder sprechen konnte.

Eisenfuß hatte es mit seinem Gelöbnis offenbar nicht ganz so eilig, doch ein rascher Blick in Richtung Sela überzeugte ihn, sich galanterweise als Nächster zu melden. Mit der Zange hob Paet den Ring vom Boden auf und streifte ihn über Eisenfuß' Finger. Instinktiv kappte Sela den Faden zwischen sich und dem Gelehrten.

Eisenfuß schrie nicht, stieß vielmehr ein dumpfes, fast tierisches Knurren aus. Mit hochrotem Kopf presste er die Worte zwischen zusammengebissenen Zähnen hervor. Wieder verdunkelte sich das Licht im Zimmer, bevor Eisenfuß den Ring durchs Büro schleuderte. Paet konnte dem kleinen Geschoss gerade noch ausweichen.

Silberdun klopfte Eisenfuß auf den Rücken. »Feine Sache, was?«

Eisenfuß verzog das Gesicht. »Richtig schmerzvoll wird's erst, wenn er damit rausrückt, dass das verfluchte Ding eigentlich gar nichts bewirkt, das kann ich Euch versichern.«

»Jetzt bin ich dran«, sagte Sela. Paet sah sie eindringlich an, schien zu zögern. Doch dann bot er auch ihr den Ring an. Angesichts dessen, was ihre beiden Kollegen gerade durchgemacht hatten, war die Anspannung kaum mehr zu ertragen, und sie wollte es einfach nur noch hinter sich bringen.

Sie streckte ihren Finger aus, und Paet ließ den Ring los.

Es tat weh. Sehr weh. Doch sie tat, was man von ihr erwartete und schleuderte das Ding dann weit von sich.

»Alles in Ordnung mit Euch?«, fragte Silberdun. Nur zu gern hätte sie ihm gesagt, dass ganz und gar nichts in Ordnung sei, auf dass er bitte schön seinen Arm um sie lege, doch ...

»Danke, mir geht's gut«, sagte sie.

Paet legte den Ring zurück ins Kästchen und verstaute es dann wieder in seinem Schreibtisch. Zufrieden sah er seine Truppe an.

»Vergesst, was Everess gesagt hat. Erst jetzt seid Ihr wahre Schatten. Mit dieser Stunde wurden wir zu Brüdern und Schwestern. Unsere Gemeinschaft verbindet ein einzigartiges Band. Nun kann die Arbeit beginnen.«

»Was ist mit Euch?«, fragte Silberdun. »Müsst Ihr nicht ebenfalls das Gelöbnis sprechen?«

»Ich sprach es bereits vor langer Zeit.«

Sela hatte gehofft, nach dem Treffen noch mit Silberdun reden zu können, doch der schien ganz seinen Gedanken nachzuhängen. Und als sie endlich den Mut fand, ihn anzusprechen, stellte sie fest, dass er schon nach Hause gegangen war.

Wie versprochen rief Paet ihr eine Kutsche, in der sie schließlich heimfuhr. All die Emotionen klebten an ihr wie eines dieser förmlichen Kleider, die Everess so gern an ihr sah: unbequem, schlecht sitzend, einschnürend.

Everess war in seinem Studierzimmer, als sie in der Laurwelana eintraf.

»Was für ein Abend, nicht wahr?«, bemerkte er und sah von seiner Arbeit auf.

»Das kann mal wohl sagen«, erwiderte sie.

»So geh zu Bett«, sagte er. »Es ist schon spät, und ich bin mir sicher, Paet hat morgen viel für dich zu tun.«

»Natürlich, Lord Everess.«

Nach einer Weile sah er wieder von seinem Schreibtisch auf und stellte fest, dass Sela immer noch dastand. »Ja?«, fragte er leicht ungehalten. »Was ist denn noch?«

»Ihr habt uns nicht die ganze Wahrheit gesagt.«

Everess lehnte sich in seinem Stuhl zurück. »Du hast Recht«, sagte er. »Das hab ich nicht. Und es tut mir leid.«

»Entschuldigung angenommen«, sagte Sela.

Sie ging hinauf und legte sich in ihren Kleidern aufs Bett. Ecara kam, um ihr beim Ausziehen zu helfen, doch Sela schickte sie wieder fort. Sie wälzte sich auf ihrem Lager hin und her, doch sie konnte einfach nicht einschlafen.

Etwa eine Stunde später hörte sie ein lautes Klopfen an der Eingangstür im Erdgeschoss. Nach einigen Sekunden wiederholte es sich. Kurz darauf vernahm Sela Schritte, dann hörte sie, wie die Tür geöffnet wurde. Gedämpfte Stimmen, die immer lauter wurden.

Sela schlich sich aus ihrem Zimmer und hinaus in den Flur. Auf dem Treppenabsatz stehend lugte sie über das Geländer, konnte von hier aus einen Blick in Everess' Salon werfen. Paet stand darin und ging rastlos auf und ab, während der Hausherr in einem Lehnsessel saß und ein Glas Wein in der Hand hielt.

»Wütend?«, entfuhr es Paet. »Ich bin außer mir!«

»So beruhigt Euch doch«, erwiderte Everess, »und nehmt erst mal Platz. Ich würde Euch ja gern etwas zu trinken anbieten, aber mir scheint, Ihr hattet schon das Vergnügen.«

»Ihr hattet mich um Empfehlungen ersucht«, sagte Paet. »Ich gab Euch eine Liste mit fünfundzwanzig Namen. Ausgezeichnete Kandidaten, die sich aus dem Ministerium, der Armee und der Königlichen Garde rekrutieren. Jeder von ihnen wäre eine perfekte Wahl gewesen. Doch hab ich auch nur einen von denen gekriegt?«

»Also, ich –«

»Natürlich nicht!«, unterbrach ihn Paet. »Stattdessen schickt Ihr mir einen Universitätsprofessor, einen sarkastischen Mönch und dieses *Ding*, das Ihr da oben einsperrt!

Ich soll meine Arbeit machen, ja, wahre Wunder wirken, und doch scheint es, dass Ihr mir bei jeder sich bietenden Gelegenheit Steine in den Weg legt!«

»Wenn ich auch mal was sagen dürfte«, entgegnete Everess ruhig.

Paet ignorierte ihn. »Und als ob das alles noch nicht schlimm genug wäre, lügt Ihr die drei auch noch schamlos an. Es ist gerade ihr erster Tag, und ich bin mir jetzt schon sicher, dass diese ›brillanten neuen Schatten‹, die Ihr für mich ausgesucht habt, schon morgen die Sache hinschmeißen werden.«

Er hielt inne, öffnete den Dekanter auf der Anrichte und goss sich selbst einen Whiskey ein.

»Und wisst Ihr was? Ich wünschte, ich könnte es ihnen gestatten!«

Er setzte sich Everess gegenüber auf einen Stuhl und trank.

Everess räusperte sich. »Tja, wo soll ich anfangen?« Er beugte sich vor. »Zunächst die wohl wichtigste Frage: Kehrten Silberdun und Eisenfuß erfolgreich von Kastell Weißenberg zurück oder nicht?«

»Ja, das taten sie.«

»Gut, wenigstens gebt Ihr es zu. Des Weiteren ging der Universitätsprofessor als Held aus dem Gnomkrieg hervor. Er kämpfte mit großer Tapferkeit und Würde und erhielt vier Auszeichnungen für seine überragenden Leistungen im Kampf. Meister Falores ist mehr als nur ein Gelehrter, und das wissen wir beide.

Nun zu Silberdun. Ihr wisst, dass Silberdun sich mit Mauritane auf diese geheime Mission begab, zu der Titania sie entsendet hatte. Der Mann kämpfte in der Schlacht von Sylvan. Er ist ein ziemlich kluger Bursche und auch alles andere als ein Stümper in Sachen Gaben.

Und was dieses *Ding* betrifft, wie Ihr sie galanterweise genannt habt, so habe ich Euch nicht nur mehr als einmal wissen lassen, wie wertvoll sie für uns *ist*, sondern auch, wie wertvoll sie einst für uns werden *könnte*. Vorausgesetzt, sie erhält die entsprechende Ausbildung. Von Euch.«

Sela begriff, dass gerade von ihr die Rede war. Sie war dieses *Ding*. Spätestens seit sie von Lord Tanen ins Haus Katzengold gebracht worden war, wusste sie, dass sie irgendwie anders war. Vielleicht sogar etwas Besonderes. Und ihr war auch klar geworden, dass sie wertvoll war. Sie besaß spezielle Gaben: Sie konnte andere Personen ergründen; sie konnte töten. Dinge, die Tanen zum Vorschein gebracht hatte und die sie in Haus Katzengold mit aller Macht zu vergessen suchte. Dinge, die nun ihren Wert bestimmten.

Und dabei hatte sie heute Abend gar nichts Besonderes sein wollen, hatte sein wollen, wie jeder andere auch. Ein hübsches blondes Mädchen, in das sich Silberdun vielleicht verlieben konnte.

Alles, nur kein *Ding*.

»Aber«, fuhr Everess fort, »da ist noch etwas, das Ihr vielleicht nicht wisst. Eine Information, die ich mir bis zu diesem Moment aufgespart habe.«

»Und was?«, fragte Paet mit unterdrückter Wut. Sela brauchte keinen Faden auszulesen, um zu wissen, was der Anführer dachte. Das war Everess' Lieblingsspiel: eine wichtige Information zurückhaltend wie eine Keule, um sie dem Gegenüber im rechten Moment über den Schädel zu ziehen.

»Tatsächlich war nicht ich derjenige, der Silberdun, Eisenfuß oder Sela ausgesucht hat.«

»Nein? Und wer dann? Abas leitende Hand? Regina Titania persönlich?«

Everess lächelte. »Die Letztgenannte, in der Tat.«

Paets Augen weiteten sich. »Ihr wollt mir tatsächlich weismachen, dass sich die Seelie-Königin Eures Personalproblems angenommen und persönlich diese drei Personen für die Schatten ausgewählt haben soll?«

»Ich kann Euch nur sagen, was sie mir sagte. Ich sprach mit ihr über die Wiederbelebung der Schattenliga. Wir redeten nur kurz miteinander, vielleicht fünf Minuten. Zum Ende der Audienz schrieb sie dann drei Namen auf ein Stück Papier und reichte es mir.«

»Und das sagt Ihr mir erst jetzt?«, entfuhr es Paet. »Warum?«

»Es galt zu verhindern, dass Ihr den anderen davon erzählt.«

Paet kochte.

»Zum Abschluss noch dieses«, sagte Everess und schüttete sich ein weiteres Glas Rotwein ein. »Ihr habt mich beschuldigt, die Rekruten angelogen zu haben. Doch habt Ihr nicht heute Abend erst zugegeben, genau das Gleiche getan zu haben? Es fällt mir schwer, einen Unterschied zwischen Eurem und meinem Verhalten in Bezug auf das angeblich begangene Unrecht zu erkennen.«

»Was ich tat«, sagte Paet, »und immer tun werde, ist, eine vertrauliche Information auch vertraulich zu behandeln. Das ist nicht ganz dasselbe wie lügen, es sei denn, wir wollen uns für den

Rest des Abends in Semantik ergehen. Was Ihr getan habt, nennt man schlicht und einfach vorsätzliche Irreführung.

Natürlich vermögt Ihr den Unterschied nicht zu erkennen. Dazu seid Ihr viel zu sehr an Dinge wie Täuschung, Lug und Trug gewöhnt.«

Everess' Gesicht hatte sich während Paets kleinem Vortrag rot gefärbt. »Überspannt den Bogen nicht, Anführer Paet. Ich gestatte es Euch, dem Gemeinen, freimütig zu mir, dem Edelmann, zu sprechen. Aber ich gestatte es Euch nicht, mir gegenüber ausfallend zu werden.«

»Dann lasst mich nur noch eines hinzufügen, *Lord* Everess«, sagte Paet. »Solltet Ihr mich je wieder über so etwas Wichtiges wie die Rekrutierung meiner Offiziere im Dunkeln lassen, werdet Ihr teuer dafür bezahlen.«

»Ich denke darüber nach«, erwiderte Everess. »Sind wir dann fertig?«

Paet erhob sich. »Ja, bis auf Weiteres. Bis Ihr mir das nächste Mal ein Dorn im Auge sein werdet. Und bevor Ihr Euch erneut über mich ereifert, seid versichert, dass ich zu Euch spreche, wie es mir verdammt noch mal passt!«

Mit diesen Worten verschwand Paet aus Selas Blickfeld. Ihr schlug das Herz bis zum Hals. Sie schlich zurück in ihr Zimmer und musste sich erst einmal beruhigen.

Sie hatte gewusst, dass Paet und Everess nicht die dicksten Freunde waren, doch nun schien es, als hassten sie einander. Sie hatte Everess nie über den Weg getraut. Doch konnte sie deshalb Paet vertrauen? Er war schwierig zu ergründen, erschien ihr fast verschlossen.

Das erinnerte sie an Silberduns Trick während der Besprechung. Wie hatte er es nur geschafft, sie so leicht auszuschließen? Niemand hatte dergleichen bisher mit ihr gemacht. Und was hatte er sich dabei gedacht?

So viele Fragen, so viele Rätsel. Immer wenn sie glaubte, die Seele der Fae begriffen zu haben, musste sie feststellen, dass sie rein gar nichts darüber wusste.

Es dauerte lange, bis sie endlich einschlief in dieser Nacht.

Silberduns Körper wollte schlafen, doch sein Geist gestattete es ihm nicht. Er lag im Bett, warf sich von einer Seite auf die andere, spielte in Gedanken das Treffen mit Paet wieder und wieder durch.

Worauf hatte er sich da bloß eingelassen? Konnte man Everess und Paet trauen? Würden sie ihn wirklich wieder nach Crere Sulace verfrachten, wenn er versuchte, sich aus der Affäre zu ziehen? Als Mauritane seine Gruppe zusammengestellt hatte, die sich auf Geheiß der Königin in geheimer Mission quer durch die Faelande schlagen sollte, hatte man ihm mehr oder weniger dasselbe zu verstehen gegeben: Folge mir oder stirb. Wie viele seiner großen Lebensentscheidungen waren angesichts eines gezückten Messers zustande gekommen?

Und Sela. Sie war wunderschön. Und verlockend. Etwas fast Mystisches umgab dieses Mädchen, etwas Geheimnisvolles, Ursprüngliches. Doch etwas an ihr war auch entsetzlich falsch. Von ihr ging etwas Dunkles aus, etwas, das davon zeugte, dass sie Dinge gesehen hatte, die niemand sehen sollte. Und dann dieser Ausdruck in ihren Augen. Leidenschaftlich und verloren zugleich. Als käme sie aus einer gänzlich anderen Welt.

Irgendwie hatte sie es in seinen Kopf hineingeschafft. Mittels der Gabe der Empathie. Silberdun hatte Erfahrung mit Empathie. Die Mentoren an der Nyelcu verfügten mehr oder weniger alle über diese Gabe. Aber das, was Sela getan hatte, war anders. Nicht nur hatte sie seine Gedanken gelesen; sie war ... eins mit ihnen geworden. Als sie in ihn hineingegriffen hatte, war noch etwas anderes von ihr mit dabei gewesen, und das war irgendwie mit ihm verschmolzen. Und was er in diesem Moment gespürt hatte, war tief und dunkel gewesen. Wie das Inlandmeer bei Nacht. Ein bodenloser Abgrund. Ihr Wasser war klar und rein, doch das, was unter seiner Oberfläche dahintrieb, das machte ihm Angst.

Eines der Dinge, die Mauritane ihn während ihrer langen Reise durch das Königreich gelehrt hatte, war, wie man sich vor Empathie schützte. Eine typische Mauritane-Fertigkeit, wie Silberdun jetzt erkannte.

Und doch, Sela *war* wunderschön. Er wurde von ihr angezogen. Er wollte sie.

Er dämmerte hinüber in den Schlaf, stellte sich vor, sie zu küssen, doch je mehr er in den Traum versank, umso mehr wurde Selas Gesicht zu dem von Faella. Und es war ihr Name, den er flüsterte, bevor er das Bewusstsein verlor.

15. KAPITEL

Das Problem mit idiotischen Unternehmungen ist, dass sie zumeist von Idioten in Angriff genommen werden.

– Meister Jedron

Der erste Morgen im Monat des Falken war sonnig und klar. Doch trotz des heiteren Wetters wirkte Haus Schwarzenstein nicht minder bedrückend als bei ihrem ersten Besuch. Das Innere des Gebäudes erschien sogar noch kahler als früher; das erste Sonnenlicht, das durch die schweren geschlossenen Läden fiel, legte sich wie ein Leichentuch über die leeren Räume. Silberdun stieg die Treppe hinauf und trat in den Schrank im hinteren Schlafzimmer. Als er seinen Schlüssel ins Schloss schob, zögerte er einen Moment, bevor er ihn drehte. Nie würde er sich an die damit verbundene Desorientierung gewöhnen können.

Als Silberdun wieder aus dem Schrank trat, schien das Haus auf einen Schlag zum Leben zu erwachen. Von überall drangen Geräusche an sein Ohr. Kopisten und Stenografen, mit Schriftrollen und gebundenen Papierstapeln beladen, hasteten durch die Büros. In einer Ecke stritten sich zwei Botenfeen wegen eines pinkfarbenen Seidenfetzens. Im Hauptbüro war jeder Schreibtisch besetzt; die Nachrichtenoffiziere bereiteten Einsatzbesprechungen vor, übersetzten abgefangene Nachrichten oder was auch immer. Ein paar Köpfe drehten sich nach ihm um, als Silberdun eintrat, ihre Besitzer wandten sich dann aber sogleich wieder ihren jeweiligen Tätigkeiten zu. Seltsam beschwingt ging Silberdun nach unten.

Eisenfuß und Paet warteten schon in Paets Büro. Schweigend schlürften sie ihren Tee. Paet warf einen vorwurfsvollen Blick

Richtung Uhr auf seinem Schreibtisch. Silberdun war zehn Minuten zu spät, doch es kümmerte ihn nicht.

»Ist Sela heute Morgen nicht hier?«, fragte er stattdessen so beiläufig wie möglich.

»Sie hat andere Verpflichtungen«, erwiderte Paet mit ausdrucksloser Miene.

»Und ich schätze, die gehen mich nichts an?«

»Im Moment noch nicht, ja.«

Seufzend nahm Silberdun Platz. So war das nun mal. Informationen waren wertvoll. Bei Hof, in der Politik, ja, überall waren sie die wohl derzeit kostbarste Ware.

»Ich werde Euch beide nach Annwn entsenden.« Paet reichte Silberdun und Eisenfuß je eine unerfreulich dicke Dokumentenmappe. Eisenfuß griff beflissen danach, doch Silberdun zögerte. Einmal mehr irritierte es ihn, Anweisungen von jemandem entgegennehmen zu müssen, dessen soziale Stellung so weit unter der seinen rangierte. Das ging zurück auf seine Inhaftierung in Crere Sulace, und er hatte sich nie daran gewöhnen können. Gäbe es eine Medaille für den am gering geachtetsten Edelmann in den Faelanden, er hätte sie mit Sicherheit erhalten. Doch vielleicht hatte das Ganze ja auch sein Gutes. »Bescheidenheit ist Balsam für die Seele«, hatte Estiane ihm einmal gesagt. Dieser selbstgefällige Arsch.

Silberdun nahm die Mappe und öffnete sie. Sie enthielt Dossiers über eine Reihe von Regierungsmitgliedern, eine Einführung in die politischen Verhältnisse, Namen und Adressen von Kontaktpersonen unter der dortigen Bevölkerung sowie eine kurze Missionsbeschreibung. Sie war in Paets sorgfältiger Handschrift verfasst und von einem Kopisten abgeschrieben worden, der entweder in Eile oder völlig unfähig gewesen war.

»Verständlicherweise könnt Ihr nicht den direkten Weg dorthin nehmen, werdet also über Mag Mell reisen müssen. Der Botschafter auf der Insel Cureid wird Euch mit den Informationen versorgen, die nötig sind, um nach Annwn zu gelangen.« Die Port-Auvris-Schleuse, das Portal, welches das Seelie-Königreich mit Annwn verband, war während der Unseelie-Invasion vor fünf Jahren geschlossen worden.

»Euer oberstes Ziel ist es, in Blut von Arawn Verbindung zu verschiedenen Kommunalbehörden aufzunehmen, die sich, wie wir glauben, besonders ignorant gegenüber der derzeitigen politischen Lage zeigen. Seit Mab Annwn vor fünf Jahren erobert hat, ist das Volk dort zusehends unzufriedener geworden. Es gab seither vier Separatistenaufstände, die von den Unseelie-Truppen vor Ort niedergeschlagen wurden. Es waren zwar nur kleinere Ausschreitungen, aber sie zeigen eine gewisse Tendenz.«

»Wonach suchen wir genau?«, fragte Silberdun. »Annwn ist nicht gerade der Nabel der Welt.«

»Das stimmt«, sagte Paet, »und dennoch findet sich dort eine erhebliche Menge an Tributzahlungen in Form von Gold sowie eine stattliche Anzahl Soldaten, die gegen das Seelie-Königreich mobilgemacht werden könnten, so es denn Mab gefällt.«

»Gibt es geheimdienstliche Hinweise, die darauf hindeuten?«

Paet nickte. »Wir haben Berichte, die belegen, dass sich ihre Bodentruppen bereits vorbereiten. Einer unserer Aufklärer hat in der Nähe von Wamarnest zwei Kavallerieeinheiten aus Annwni entdeckt, die auf der anderen Seite der Grenze Übungen durchführten.«

Eisenfuß runzelte die Stirn. »Warum so nah der Grenze? Wäre es nicht klüger, eine Mobilmachung im Geheimen durchzuführen?«

»Vielleicht wollten sie ja gesehen werden«, sagte Paet achselzuckend. »Zur Abschreckung.«

»Davon abgesehen ist dies der einzige Ort weit und breit, an dem man eine Reiterarmee ausbilden kann«, sagte Silberdun. »Weiter nördlich ist das Gelände schon viel zu unwegsam für Pferde. Die bauen ihre Städte ja nicht ohne Grund in den Himmel.«

»Wie auch immer«, sagte Paet, »wenn wir einen Weg finden könnten, die Unseelie in Annwn zu unterwandern, wären wir dem Sieg einen entscheidenden Schritt näher.«

»Ihr wollt, dass wir beide einen bewaffneten Aufstand anzetteln? Nichts einfacher als das! Wir drücken den Leuten ein paar angespitzte Stecken sowie einige Kampfschriften in die Hand, und der Krieg ist so gut wie gewonnen...«

Paet seufzte. Diese Sticheleien waren kindisch, aber offenbar auch befriedigend.

»Es gibt andere, weitaus effektivere Wege«, sagte er, ohne sich aus der Ruhe bringen zu lassen. »Wie Ihr wisst, ist Annwns politisches System dem unsrigen sehr ähnlich. Natürlich wurde diese Welt von den Unseelie unterworfen, doch Mab wirft normalerweise die herrschenden Strukturen eines besetzten Territoriums nicht über den Haufen, wenn es nicht sein muss. Und in Annwn musste es offenbar nicht sein.«

»Und was für ›herrschende Strukturen‹ sind das genau?«, fragte Eisenfuß.

»Die Stadt Blut von Arawn wie auch die Welt im Ganzen wird von gewählten Magistraten regiert, die ihrerseits sieben aus ihren Reihen in einen Hohen Rat hineinwählen.«

»Wer wählt diese Magistraten?«, fragte Silberdun. »Das Volk?«

»Ja«, erwiderte Paet. »In der Hauptsache die Grundbesitzer.«

»Sehr fortschrittlich«, meinte Silberdun.

»Wie auch immer, dieses Wahlverfahren ist anfällig für Korruption, sodass man sich das passende Ergebnis einfach erkaufen kann. Ein paar Säcke Gold an die Adresse der richtigen Leute –«

»– und schon sitzen genau die Personen im Amt, die man will«, beendete Silberdun den Satz.

»So ist es«, sagte Paet. »Wie Everess schon sagte: Unsere Schlachten werden nicht im Feld geschlagen. Unsere Angriffe erfolgen ein wenig ... subtiler.«

»Ich stelle es mir ein wenig kostspielig vor, sich Annwns gesamte Führungsriege mit Gold erkaufen zu wollen«, wandte Silberdun ein. »Oder verfügt Ihr womöglich über Mittel, von denen wir nichts wissen?«

»Jeden Stein, den wir ihnen in den Weg legen können, selbst wenn das heißt, ihre Truppenbewegungen für eine Weile zu stören, könnte uns einen wertvollen Vorteil verschaffen«, sagte Paet. »Und wenn wir helfen können, eine Rebellion anzuzetteln, indem wir ihnen die Waffenhilfe der Seelie in Aussicht stellen, dann ...« Paet ließ den Satz unvollendet.

»Aber diese Waffenhilfe wird niemals kommen, oder?«, fragte Eisenfuß.

»Nicht, wenn wir nicht unsererseits den Krieg beginnen wollen. Dennoch kann es nicht schaden, die dortigen Rebellen genau dies glauben zu machen.«

Silberdun grinste. »Ich sehe, Everess' Charakter hat ein wenig auf Euch abgefärbt: Für den Sieg ist jedes Mittel recht?«

»Ja«, sagte Paet mit fester Stimme. »Für diesen Sieg, ja.« Er lehnte sich vor. »Für diesen Sieg würde ich lügen und betrügen, stehlen und töten, wenn es sein muss. Wenn ich die Wahl habe zwischen einem einzelnen Leben und unserer *Lebensart*, dann fällt die Entscheidung nicht schwer.«

Er funkelte Silberdun an. »Lebt erst mal eine Weile in Annwn unter Unseelie-Herrschaft, bevor Ihr Euch ein Urteil erlaubt.«

Paet hatte wahrlich ein Talent, selbst für die skrupellosesten Taten eine überzeugende Erklärung abzuliefern. Kein Wunder, dass Everess ihn für sich arbeiten ließ.

Paet machte eine Kunstpause und fügte dann hinzu: »Aber da ist noch etwas, um das Ihr Euch kümmern sollt, während Ihr in Annwn seid.«

»Und das wäre?«, fragte Eisenfuß.

»Als ich mich vor fünf Jahren dort aufhielt, arbeitete ich mit Eurer direkten Vorgängerin zusammen, einer jungen Frau namens Jenien. Sie wurde im Haus eines Mannes namens Prae Benesile getötet. In der Nacht von Mabs Invasion.«

»Die Spur, die zu ihrem Mörder führt, dürfte nach all den Jahren nicht mehr ganz heiß sein«, bemerkte Silberdun.

»Ich *weiß*, wer sie tötete«, sagte Paet ein bisschen gereizter, als selbst für ihn typisch war. »Ich möchte, dass Ihr Erkundigungen über diesen Prae Benesile einholt. Ich möchte wissen, warum sie ihm auf der Spur war und warum sie deshalb von den Bel Zheret getötet wurde.«

Eisenfuß' Miene war wie versteinert, doch Silberdun konnte die Worte »Bel Zheret« förmlich auf seinen Lippen liegen sehen.

»Und was ist, wenn wir bei unseren Ermittlungen ebenfalls auf Bel Zheret treffen?«, fragte Silberdun.

Paet lachte auf. Ein kurzes bellendes Lachen, das im Raum widerhallte. Er erhob sich langsam, stützte sich dabei auf seinen Gehstock. Er drehte sich um, sah mit dem Gesicht zur Wand und hob dann sein Hemd an. Eine lange purpurfarbene Narbe zog sich fast kunstvoll über den gesamten Rücken.

Er ließ das Hemd wieder los und sah seine beiden Schatten an. »Ihr?«, fragte er. »Ihr würdet ohne Zweifel sterben.«

Er schwieg einen Moment, dann: »Da fällt mir noch was ein.«

Silberdun war sich nicht sicher, ob er das auch noch hören wollte.

»Wenn Ihr auf diese Mission geht, werdet Ihr Euch vermutlich schon bald in einer ziemlich aufreibenden Situation wiederfinden«, sagte Paet.

»Ach was?« Silberdun grinste. »Ich dachte, darum geht es?«

Paet lächelte sein dünnes Lächeln. »Ja, durchaus. Wie dem auch sei, wenn das geschieht, werdet Ihr bei Euch... bestimmte Reaktionen feststellen, die Ihr bisher noch nicht gekannt habt.«

»Was bedeutet das?«, fragte Silberdun.

»Das kann ich nicht sagen«, erwiderte Paet. »Seid einfach auf gewisse Nebenwirkungen vorbereitet. Wenn Ihr also feststellt, dass Ihr plötzlich... leistungsfähiger seid als gewöhnlich, dann ist das sowohl erwartet als auch erwünscht. Es ist allerdings nicht möglich genau vorherzusagen, wann oder wie dieser Effekt eintritt.«

»Und wie könnt Ihr Euch sicher sein, dass er überhaupt eintritt?«

»Weil er bei frischgebackenen Schatten immer eintritt. So ist das nun mal.«

»Davon hat Jedron aber nie was gesagt«, sagte Eisenfuß.

»Ich gehe davon aus, dass die Hälfte dessen, was Jedron Euch erzählt hat, glatt gelogen, wohingegen die andere Hälfte schlicht irreführend war.«

Das glaubte Silberdun ihm nur zu gern.

»Seid einfach auf der Hut«, sagte Paet. »Mehr ist dazu nicht zu sagen.«

»Paet«, sagte Eisenfuß. »Als wir auf dieser Insel waren ... ist etwas sehr Seltsames passiert. Da war eine Grube, und es war schwarz –«

»Ich weiß, was Ihr sagen wollt«, unterbrach Paet ihn. »Und ich fürchte, ich kann das Thema nicht weiter mit Euch erörtern. Was auf der Insel geschah, darf ich Euch nicht sagen. Es ist dies nicht der rechte Zeitpunkt.«

»Und wann ist der rechte Zeitpunkt?«, hakte Eisenfuß nach.

»Wenn es nötig ist.«

Paet stand auf und bedeutete den beiden damit, dass die Unterredung zu Ende war. »Nun geht in die Schattenhöhle und wartet. Ich komme in Kürze mit den Missionsspezialisten zu Euch, und dann besprechen wir im Detail, was ich von Euch erwarte.«

16. KAPITEL

Mag Mell ist ein Ort der Kreise und Spiegel. Eine Welt aus ringförmig angeordneten Inseln und runden Vulkanarchipelen. Außerhalb der Inselgruppe tobt die aufgewühlte See, innerhalb des Atolls sind die Gewässer friedlich. Keine Welle kräuselt sich auf dem Wasser, und weil der Meeresboden tiefschwarz ist, spiegelt sich auf der Oberfläche der Himmel perfekt wider.
In Mag Mell sind Spiegel heilig; zerbricht man einen, zerstört man damit die Symmetrie des Lebens selbst.

Mag Mell ist eine Welt der Trennung. Die Männer der Inseln wohnen in Holzhäusern an Land, während die Frauen unter der Wasseroberfläche leben, in Siedlungen aus Felsgestein und Tang. Allein im Zuge der Umwerbung und Empfängnis kommen Mann und Frau zusammen, verbringen ansonsten ihr Leben strikt voneinander getrennt.

Die Kinder von Mag Mell kommen als zwittrige, amphibische Wesen zur Welt. Sie können sowohl im als auch außerhalb des Wasser leben, doch wenn sie die Pubertät erreichen, müssen sie sich auf ein Geschlecht festlegen. Dies geschieht im Rahmen einer besonderen Zeremonie, in der das Kind sich für männlich oder weiblich erklärt. Beschließt es, ein Mann zu werden, verbleibt es an Land. Nach einigen Monaten dann haben sich seine Kiemen zurückentwickelt, wohingegen der Körper alle männlichen Attribute ausgebildet hat. Entscheidet sich das Kind für ein Leben als Frau, wird es fortan im Wasser leben, während sich seine Lungen allmählich zurückbilden. Es heißt, dass, wenn ein

*eingeborener Mann in die Wasser von Mag Mell schaut,
er die Frau erblickt, die er hätte werden können.
Er kann ihr Fragen stellen, und sie wird ihm antworten.
Mit all der Weisheit der Frau, die er nicht geworden ist.*

– Stil-Eret, »Mag Mell: Welt der Spiegel«,
aus *Reisen daheim und unterwegs*

Als Silberdun noch ein junger Bursche gewesen war, hatte er die Welt Mag Mell einmal besucht. Jetzt, wo er darüber nachdachte, war er sich ziemlich sicher, dass ihm das Haus auf der Insel Dureicht, in dem sie gewohnt hatten, gehörte. Oder zumindest gehören sollte.

Silberdun hatte Mag Mell als warmen, hellen Ort in Erinnerung, doch als sie aus der Port-Herion-Schleuse traten, wurde er von gedämpftem Licht und einer kühlen Brise empfangen. Dann fiel ihm ein, dass das Portal auf Seiten von Mag Mell unterirdisch angelegt worden war. Als der Schleier der Portalreise sich allmählich auflöste, erkannte er eine lange Steinrampe, die zu einem stabilen Metalltor hinaufführte, das ebenfalls im Zwielicht lag. Von der Decke hingen Lüster, in denen starke Hexenlichter brannten, doch sie vermochten die düstere Atmosphäre, die hier herrschte, kaum zu vertreiben.

Doch vielleicht lag es ja auch an ihm. Die Abordnung der Juwelier-Innung, die gleich nach ihnen durch das Portal trat, war jedenfalls in Hochstimmung. Lachend und schwatzend und über die Maßen geduldig hatten sie die Passkontrollen auf Faeseite über sich ergehen lassen – eine Prozedur, die eine Ewigkeit gedauert zu haben schien. Einer von ihnen redete sogar immer noch auf Silberdun ein und erzählte ihm vom Ziel seiner Geschäftsreise: Er hatte auf einer der südlichen Inseln mit einem Bergbaukonsortium über Schürfrechte zu verhandeln. Silberdun und Eisenfuß trugen die Gewänder niederer Beamter, und Silberdun nahm an, dass diese Leute dergleichen täglich über sich ergehen lassen mussten.

Als sie die Rampe hinaufgingen, sah sich Eisenfuß begeistert um, sog alles förmlich in sich auf. Silberdun fand, er hätte es, was diese Mission anging, schlimmer antreffen können. Zwar kannte er Eisenfuß noch nicht allzu lange, doch ihm war, als arbeiteten sie schon ihr ganzes Leben miteinander. Lag es vielleicht an diesem Ring der Verbindung? Schon möglich, und wenn es so war, dann war dieses Ritual eine gute Sache gewesen, denn er mochte diesen Eisenfuß ausgesprochen gern.

Hatte er jemals einen wahren Freund aus seinen Kreisen gehabt? Am Ende war dieses ganze Adligen-Buhei womöglich gar nicht seine Sache.

Oben auf der Rampe wurden sie von Mag Mells Zöllnern in Empfang genommen, die ihre Arbeit traurigerweise erheblich gewissenhafter und freundlicher erledigten als ihre Kollegen in den Faelanden. Die Leute von Mag Mell sahen mehr oder weniger aus wie Fae, wenngleich ihre Haut von dunklerer Farbe war. Zudem besaßen sie so runde Ohren wie das Volk der Nymaen, dem Silberduns alter Weggefährte Brian Satterly angehörte. Gründlich überprüften die Zöllner Silberduns und Eisenfuß' Papiere, die sie als Mitarbeiter des Außenministeriums auswiesen, und winkten die beiden dann ohne Nachfrage durch.

Hinter dem Eisentor oben auf der Rampe bogen sie um eine Ecke und traten hinaus in einen leichten Nieselregen. Die Tropfen sprenkelten das Meer, das die gesamte kleine Insel umgab, auf der das Portal stand. Am Ufer wartete bereits eine Fähre, die sie zur Insel Cureid bringen sollte.

»Lord Silberdun«, ertönte plötzlich eine Stimme.

Silberdun drehte sich um. Baron Glennet – der Mann, den er vor einigen Monaten im Klub Immergrün kennen gelernt hatte – trat aus dem Portal und eilte auf sie zu. In seinem Kielwasser befand sich ein kleines Gefolge aus Beratern und Bediensteten.

»Baron«, sagte Silberdun. Er wusste, dass Everess den Mann schätzte, wenngleich er sich fragte, ob das Glennet nun vertrauenswürdiger machte oder nicht.

»Ich sah Euch auf meinem Weg zum Portal, schaffte es aber nicht mehr in Eure Gruppe. Schön, dass ich Euch eingeholt habe.«

Er wandte sich an Eisenfuß. »Ihr müsst Meister Falores von der Königinnenbrück-Akademie sein. Ich habe viel von Euch gehört.«

»Es ist mir ein Vergnügen«, erwiderte Eisenfuß.

Glennet beugte sich ein wenig vor und raunte. »Ich wollte Euch nur viel Glück auf Eurer Mission in Annwn wünschen.«

Silberdun lächelte. »Wir versuchen unser Bestes«, sagte er. »Was führt Euch nach Mag Mell?«

»Die Arbeit, wie immer«, seufzte Glennet. »Ich versuche im Auftrag der Schmiedezunft bei einem Minenbetreiber einen besseren Preis für Silbererz auszuhandeln.«

»Klingt nach einem großen Spaß«, sagte Silberdun.

»Zumindest ist es weniger gefährlich als Eure Aufgabe.« Glennet lächelte verschwörerisch.

Als sie die Fähre erreichten, wurden sie schon von einer gewichtigen Frau namens Glinn erwartet. Sie war die stellvertretende Seelie-Botschafterin. Die Vertreter der Juwelier-Innung hatten ihren Kontaktmann schon gefunden und betranken sich bereits frohgemut an Bord des Fährschiffes.

Glinn war freundlich, wenngleich ein wenig zurückhaltend, und so tauschte man auf See nur Höflichkeiten aus. Als sie an den Docks der Insel Cureid anlegten, wartete bereits eine Droschke auf Silberdun, Eisenfuß und Glinn. Glennet hatte sich um seine eigene Fahrgelegenheit gekümmert, sodass sich nun ihre Wege trennten, nachdem man sich alles Gute gewünscht hatte.

Silberdun, Eisenfuß und Glinn quetschten sich in die Kutsche, nicht undankbar für den Schutz und die Wärme, die sie bot, und los ging die Fahrt. Die Insel Cureid war trotz des Regens ein erfreulicher Anblick. Die Wohnhäuser und öffentlichen Gebäude waren allesamt aus Holz erbaut und in freundlichen Farben gestrichen worden. Die Straßen bestanden aus Vulkangestein und schimmerten silbern im Regen. Alles wirkte neu und sauber. Andererseits war es schon befremdlich, in den Straßen keine einzige einheimische Frau zu erblicken. Insofern war Silberdun froh, dass ihr Aufenthalt hier nicht allzu lange andauerte.

Die Seelie-Botschaft lag in einer ruhigen Seitenstraße. Sie war aus importiertem Faemarmor erbaut worden und wirkte irgendwie verdrießlich und deplatziert im fröhlichen Mag Mell. Immerhin passte der Regen zu dem bedrückenden Gebäude. Als sie sich aus der Kutsche schälten, stieg Silberdun der Duft von Tagesblüten und Capelglöckchen in die Nase – Blumen aus den Faelanden, die im Vorgarten der Botschaft wuchsen –, der sich mit dem Geruch von Regenwürmern und Pferdemist vermischte.

Der Seelie-Botschafter war ein Fae namens Aranquet, der in das farbenfrohe Leinenzeug der Leute von Mag Mell gekleidet war. Seine Militärabzeichen hingen direkt am Aufschlag seiner rosafarbenen Jacke. Lächelnd empfing er seine Besucher im Vorraum. Glienn reichte ihnen gehaltvolle Getränke, die nach Minze rochen und in Bechern aus Schilfrohr serviert wurden.

»Willkommen in Mag Mell, meine Herren!«, rief Aranquet überschwänglich und schüttelte ihnen die Hände. »Kommt nur, kommt herein!«

Er führte sie in sein Büro; ein großer, luftiger Raum, der mit Möbeln angefüllt war, die ebenfalls aus Schilfrohr hergestellt worden waren. Auf dem Boden lagen pfirsichfarbene und zitronengelbe Seidensitzkissen. Auf einer Sitzstange in der Ecke hockte ein außerordentlich bunter Vogel, den Kopf im Gefieder versteckt. Glienn ließ sie allein und schloss hinter sich die Tür.

Als die drei Männer unter sich waren, verhärteten sich Aranquets Züge. Er stürzte sein Getränk herunter und stellte seinen Becher ab, ohne den Blick von seinen beiden Besuchern abzuwenden.

»So«, stellt er fest, »Ihr sollt also Paet ersetzen, was?«

»Ihr kennt ihn?«, fragte Silberdun. »Sagt, war er schon immer so liebenswürdig wie dieser Tage?«

Aranquet lachte. »Ich sehe, wir werden uns glänzend verstehen.« Er griff nach seinem Becher, stellte fest, dass er leer war, und knurrte. »Na ja, Paet war nie für seinen Charme oder Humor berühmt. Andererseits hat er für die Seelie auch Dinge getan, die … nun, er hat zu seiner Zeit ein paar erstaunliche Sachen zuwege gebracht und keine Anerkennung dafür erhalten. Zumindest nicht öffentlich. Aber er hat sie auch nie eingefordert.«

Aranquet stellte seinen Becher auf dem Schreibtisch ab. »Nichtsdestotrotz ist er auch ein knallharter Typ.«

»Es hieß, Ihr hättet Unterlagen für uns«, sagte Eisenfuß.

Der Botschafter drehte seinen Kopf in Richtung Eisenfuß. »Mir scheint, Ihr seid der Diplomat von Euch beiden?«

»Nein«, sagte Eisenfuß. »Ich fürchte Paet nur ein wenig mehr als mein Begleiter.«

Aranquet holte zwei Dokumentensätze aus seiner Schublade und reichte sie den beiden Männern. Es waren Pässe und Reiseunterlagen.

Silberdun nahm den Pass in Augenschein; eine perfekte Fälschung, soweit er es beurteilen konnte. Das aufgedruckte Blendwerkbild sah ihm zum Verwechseln ähnlich, allerdings lautete der zugehörige Name Hy Wezel, und als Wohnort war Blut von Arawn eingetragen.

»Ihr beide könnt ja schlecht als Maggos oder Annwni umherreisen«, erklärte Aranquet mit Blick auf die Pässe. »Also seid Ihr als Unseelie-Fae unterwegs. Das ist zwar ein bisschen riskant, aber die Dokumente sind wirklich ausgezeichnete Arbeit. Die halten jeder flüchtigen Betrachtung stand. Allerdings würde ich mich mit den Papieren nicht festnehmen lassen, das würde Euch fraglos den Kopf kosten.«

Silberdun betrachtete die Reisedokumente und lachte auf. »Wir reisen als Aalhändler?«

»Zwischen den Welten geht eine Menge Aal hin und her«, erklärte Aranquet. »Die Annwni können einfach nicht genug davon kriegen. Von der Maggo-Variante, versteht sich. Über anständigem Faeaal rümpfen sie nur die Nase.«

»Ich war schon mal Aalhändler«, sagte Silberdun. Er erinnerte sich an die geheime Gruppenmission durch die Faelande. Damals, im Midwinter, hatte Mauritane erfolglos versucht, einem Mann namens Nafaeel und seinen Gauklern, den Bittersüßen Erstaunlichen Mestina, weiszumachen, sie wären reisende Aalhändler. Und der Stern der fahrenden Truppe war Nafaeels Tochter Faella gewesen.

Doch jetzt war keine Zeit für Gedanken an Faella. Sie war nicht gut gewesen für ihn. Sie hatte ihm das Gesicht ruiniert. Außerdem war etwas Seltsames an ihr. Sie hatte eine Gabe zur Anwendung gebracht, die Königin Titania als »Magie der Verwandlung« bezeichnet hatte, die Dreizehnte Gabe. Silberdun hielt sich eigentlich für einen welterfahrenen Burschen, aber davon hatte er bis zu jenem Tage noch nie gehört. Leider hatte er sich nicht getraut, seine Herrscherin zu dem Thema zu befragen.

Faella... Die Gedanken an sie überkamen ihn in den merkwürdigsten Augenblicken. Wenn immer ihr Gesicht vor seinem geistigen Auge erschien, versetzte ihm das einen kleinen Stich, und er verspürte sonderbarerweise auch so etwas wie Verlust.

Aranquet schniefte. »Ich schätze, es ist nicht gut, Euch nach Eurer Mission in Annwn zu fragen? Wenn Ihr mir dennoch einen kleinen Hinweis geben könntet, wäre ich womöglich in der Lage, Euch ... irgendwie zu helfen.« Er sah Silberdun eindringlich an.

»Tut mir leid«, sagte Eisenfuß, »aber dies ist allein eine Angelegenheit Ihrer Majestät.« Silberdun zuckte die Achseln. Informationen schienen hier genauso begehrt zu sein wie zu Hause.

»Nun denn«, sagte Aranquet. »Wenn sonst nichts mehr ist, werde ich mich jetzt von Euch verabschieden. Ich erwarte heute Abend Baron Glennet in meinem Haus, und meine Frau wünscht, dass ich unseren Köchen gehörig einheize.«

Falls Annwn jemals ein schöner Ort gewesen war, musste das lange vor Mabs Invasion gewesen sein. Jenseits des Zentrums des Kollws Kapytlyn waren die Straßen in Blut von Arawn von faulendem Abfall und Pferdemist übersät. Bettler säumten die Gassen. Einige spielten auf kleinen Harfen und sangen dazu in einer näselnden, wehklagenden Weise. Andere saßen einfach nur da und schüttelten ihre Sammelbüchsen. Die meisten Wohnhäuser hier waren in einem beklagenswerten Zustand.

»Ich war ja schon an einigen unerträglichen Orten«, bemerkte Silberdun zu Eisenfuß, als sie auf der Hauptstraße des Kollws Vymynal entlangliefen, »aber dieser Gestank hier raubt einem wirklich die Sinne. Als hätte man Verzweiflung gemischt mit … verfaultem Fisch.«

»In den Dörfern an der Grenze zu den Gnomlanden riecht's noch viel schlimmer«, sagte Eisenfuß. »Nach Schweißfüßen. Und keiner weiß, warum.«

»War nie dort«, sagte Silberdun. »Hab auch noch nie einen Gnom zu Gesicht bekommen. Obwohl mir eine junge Dame an der Universität mal sagte, dass das in Wahrheit ziemlich noble Zeitgenossen sind, die einfach nur entsetzlich missverstanden wurden.«

»Schätze, dann war sie noch nie länger als zehn Minuten mit einem von denen in einem Zimmer. In diesem Fall würde sie nämlich anders darüber denken.«

Die Straße, auf der sie gingen, stieg stetig an, da auch dieses Viertel auf einem Hügel erbaut worden war. Während sie liefen, ging eine leichte Brise und vertrieb ein wenig von dem Gestank, und hinter einer Wolke kam die Sonne zum Vorschein. Silberdun sah sich über die Schulter. Von ihrem Punkt aus konnte man fast die ganze Stadt überblicken. Hier und da wehte die Flagge der Unseelie, außerhalb der Mauern war eine Zeltstadt zu sehen, die vom Staub der Ebenen eingehüllt war. Am Ende einer Sackgasse fanden sie das Haus, nach dem sie suchten: ein einfaches vierstöckiges Gebäude, das schon bessere Tage gesehen hatte. Sie sahen sich um, konnten nichts Verdächtiges entdecken und betraten das Wohnhaus. Während sie im Treppenhaus nach oben stiegen, holte Silberdun ein kleines ledergebundenes Notizbuch aus seiner Jackentasche.

Sie erreichten die dritte Etage und klopften. Die Tür wurde von einer zierlichen Frau in einem verschossenen Leinenkleid geöffnet. »Ja?«, fragte sie mit leiser Stimme.

»Wir würden gern mit Prae Benesile sprechen, bitte«, sagte Silberdun in seinem besten Unseelie-Akzent, wobei er so wichtigtuerisch wie möglich tat. Er und Eisenfuß hatten beschlossen, als Beamte der Unseelie-Steuerbehörde aufzutreten. Damit würden sie sich nicht gerade beliebt machen, aber die Annwni würden es auch nicht wagen, ihnen die Auskunft zu verweigern.

»Prae Benesile? Der ist schon seit Jahren tot«, sagte die Frau.

»Ah«, erwiderte Silberdun. »Nun, es gibt da eine Steuerangelegenheit, die wir mit einem seiner nächsten Angehörigen besprechen müssten. Wisst Ihr zufällig, wer das sein könnte?«

Ein Mann kam an die Tür. Er war klein, aber muskulös und trug nur ein Paar Kniehosen. Sein Bart war kurz gehalten, aber dennoch struppig. »Worum geht's denn?«, wollte er wissen.

»Die sind wegen deines Vaters hier«, sagte die Frau. »Eine Steuerangelegenheit.«

»Tote können keine Steuern zahlen«, schimpfte der Mann. »Oder wollt Ihr Unseelie-Bastarde ihn wieder ausbuddeln und seine Taschen durchsuchen?«

»Tye!«, zischte die Frau und riss die Augen auf. »Bitte.«

Tye Benesile starrte Eisenfuß und Silberdun eine Weile an. »Kommt herein«, sagte er schließlich. Als Silberdun die Wohnung betrat, konnte er den Schnaps im Atem des Mannes riechen.

Der Raum war klein, und die Luft war schlecht. Tye Benesiles Frau stand unschlüssig da; Misstrauen lag auf ihrem Gesicht. Benesile selbst nahm auf einem Stuhl aus gepresster Pappe Platz und bot seinen beiden Besuchern das zerschlissene Sofa an. »Falls Ihr Steuern eintreiben wollt, seid Ihr hier an der falschen Stelle«, sagte er. »Ich hab keine Arbeit. Und eigentlich sollte das auch in Eurem schlauen Büchlein stehen.« Er deutete auf Silberduns Notizheft.

»Wir sind auf der Suche nach Informationen«, sagte Silberdun. »Nicht nach Geld.« Er nahm einen Füllfederhalter aus der Tasche und zog die Kappe ab. »Wir wüssten gern, was Euer Vater gemacht hat, bevor er starb.«

»Mein Vater?«, sagte Tye. »Mein Vater war Gelehrter. Er hat an einer berühmten Universität studiert. Und auch das sollte eigentlich in Eurem Buch stehen...«

Silberdun und Eisenfuß wechselten einen kurzen Blick. Silberdun versuchte es erneut. »Wisst Ihr zufällig, ob Euer Vater vor seinem Tod an etwas Bestimmtem gearbeitet hat?«

Tye Benesiles Augen weiteten sich. »Es heißt, er wurde in der Nacht von Plünderern getötet, als Ihr die Stadt überfallen habt. Aber ich wusste immer, dass es Mord gewesen ist. Ich hab's ihnen gesagt, als sie kamen … hab ihnen gesagt, dass es hier nichts gibt, was sich zu plündern lohnt. Das war mal seine Wohnung, wisst Ihr. Er hat nicht mehr besessen als Bücher, und die waren keinen Kupferling wert.«

»Habt Ihr eine Ahnung, warum jemand Euren Vater hätte ermorden wollen?«, fragte Eisenfuß.

»Ich geh einkaufen«, sagte Tyes Frau. Sie trug einen Korb über dem Arm. »Hab gehört, es gibt heute vielleicht Eier auf dem Markt.«

»Dann geh«, sagte Tye ungehalten über die Unterbrechung. Sie stampfte mit dem Fuß auf und schloss mit einem Knall die Tür hinter sich.

Tye Benesile zeigte mit dem Finger auf sich. »Mein Vater wollte, dass auch ich auf die Universität geh. Meinte, wenn ich nur hart genug arbeite, könnte ich's schaffen. Aber das wollte ich nicht. Ich war jung; hatte keine Lust, etwas zu meinem Besten zu tun. Nun ist's zu spät, oder? Vater meinte immer, der Schnaps würde mein Hirn aufweichen, und das hab ich dann als persönliche Herausforderung verstanden.«

Silberdun seufzte, verdrehte die Augen. Das hier war ein fruchtloses Unterfangen. Doch Eisenfuß hob eine Hand. »Redet weiter«, forderte er Tye auf. Eisenfuß schien zu wachsen, als er die Worte sprach. Ach ja, die Gabe der Führerschaft, dachte Silberdun. Interessanter Bursche, dieser Eisenfuß.

Tye wandte sich sogleich Eisenfuß zu, schien Silberduns Anwesenheit im gleichen Moment völlig vergessen zu haben. »Wie ich schon sagte, alles was er hinterließ, waren die Bücher. Und ich weiß, dass die nicht viel wert sind, weil ich versucht hab, sie nach seinem Tod zu verkaufen. Hab nicht mal einen gefunden, der sie sich auch nur ansehen wollte. Manche sind sogar in anderen Sprachen geschrieben. Vater konnte auch Thule Fae lesen. Man stelle sich das nur vor! Gibt, soweit ich weiß, nur zehn oder elf Personen heutzutage, die Thule Fae lesen können. Und er war einer von ihnen. Er hatte sich zur Ruhe gesetzt, wie Ihr sicher wisst. Hat seine letzten Tage ganz mit Lesen und Schreiben zugebracht.«

»Hat er jemals mit einem anderen über seine Arbeit gesprochen?«, fragte Eisenfuß. »Bekam er vielleicht ab und zu Besuch?«

»Nur ein Mal. Von einem Mann«, sagte Tye Benesile. »Es war wohl ein anderer Gelehrter. Ein Unseelie. Das war natürlich vor dem Krieg und der Invasion und so. Na ja, mein Vater hat sich aber nicht auf diesen Gelehrten eingelassen. Er war von der falschen Sorte, wenn Ihr versteht, was ich meine.«

Silberduns Interesse war schlagartig geweckt. »Nein, ich fürchte, ich verstehe nicht«, sagte er. »Von welcher Sorte?«

»Schwarze Kunst«, flüsterte Benesile. »Das jedenfalls hat Vater gesagt. Ich hab den Mann nie gesehen. Aber wenn Vater Dinge wusste, die für einen Schwarzkünstler interessant sein könnten, dann schreibt das ruhig in Euer schwarzes Büchlein.«

»Wie war der Name dieses Mannes?«, fragte Silberdun. Er hielt es durchaus für möglich, dass unter den Unseelie Schwarze Kunst praktiziert wurde, wenngleich der junge Benesile nicht gerade der zuverlässigste Gewährsmann dafür war.

Tye dachte einen Moment lang nach. »Den Namen hat Vater nie erwähnt. Hätte er, würde ich mich auch an ihn erinnern. Hatte nämlich schon immer ein gutes Gedächtnis, selbst heute noch. Ihr könnt Euch nicht vorstellen, wie gut es mal war. Aber er war ein Schwarzkünstler, auch wenn Ihr mir nicht glaubt.«

»Wann war das?«, fragte Eisenfuß. »Ich meine, wie lange ist das her?«

»Das war vorher, wie ich schon sagte. Vor ... all dem ...« Er warf die Hände in die Luft. Silberdun nahm an, das mit »all dem« die Invasion der Unseelie gemeint war.

»Wie lange vorher?«

»Damals hab ich noch in der Mühle gearbeitet«, sagte Tye Benesile. »Daran erinnere ich mich. Natürlich. Das war drei Monate vor ... vor dem Tag.«

»Und hat der Schwarzkünstler Euren Vater auch weiterhin aufgesucht?«

»Nein, sie hatten einen Streit. Es ging um etwas, das Vater hatte und das dieser Mann wollte. Der Kerl hat versucht, es ihm abzukaufen, aber Vater wollte nicht. Irgend so ein komisches Ding mit

Lichtern in einem Kasten. Also schlug er Vater und nahm es sich einfach.«

»Ihr habt nicht zufällig noch ein paar Bücher aus dem Nachlass Eures Vaters?«, fragte Silberdun.

»Na ja, ich hab sie ja nicht verkauft bekommen. Also hab ich ein paar weggeworfen und ein paar verbrannt. Einige hab ich aber behalten. Die richtig teuer aussehenden vor allem. Dachte, vielleicht ist ein Buchhändler in Mag Mell an ihnen interessiert, falls ich mal die Zeit finde, mich auf die Reise zu machen.«

Tye führte die beiden in ein ebenfalls winziges Schlafzimmer. Auf dem Boden lag eine durchgelegene Matratze, daneben diente eine Holzkiste als Nachttisch. An einer Wand stand ein alter Kleiderschrank. Jemand hatte einen Nagel ins Holz geschlagen und eine Wäscheleine zwischen Schrank und gegenüberliegender Wand gespannt. Tye nickte in Richtung Kleiderschrank, dann riss er die Augen auf.

»Wie blöd! Wie blöd von mir! Jetzt nehmt Ihr sie mir weg, oder nicht? Hätt ich doch bloß nichts gesagt!«

»Keine Sorge«, sagte Eisenfuß und legte die Gabe der Führerschaft in seine Stimme. »Wir nehmen Euch nichts weg.«

Das schien Tye zu beruhigen. Schwer setzte er sich aufs Bett und sah zu, wie Silberdun den Schrank öffnete.

Er war von oben bis unten voller Bücher. Silberdun nahm eines zur Hand und las den Titel: *Philosophische und Theologische Forschungen*. Er entdeckte auch ein Werk von Prae Benesile selbst: *Thaumaturgische Geschichte der chthonischen Religion*. Ein anderes Buch war in Hochfae verfasst, und Silberdun hatte Schwierigkeiten, den Titel zu entziffern, sinngemäß lautete er wohl: »Eine Lehrmeinung zu den Göttern der Erde und ihren Ursprüngen«. Die nächsten Bücher waren in Sprachen verfasst worden, die er nicht beherrschte. Eines schien in der Menschensprache geschrieben zu sein, ein anderes in Thule Fae. So wie die Inschriften auf den Tuminee-Grabhügeln, die nördlich des Flusses bei Friedbrück lagen, wo Silberdun groß geworden war. Eisenfuß, der Gelehrte, schien weniger Probleme bei der Entzifferung der Titel zu haben, doch auch er wirkte einigermaßen ratlos.

»Ich schätze, Ihr seid des Thule Fae nicht mächtig?«, fragte Silberdun seinen Kollegen.

Eisenfuß sah von dem Buch auf, durch das er gerade blätterte. »Doch, bin ich«, sagte er. »Aber ich kann mir beim besten Willen nicht vorstellen, was ein Schwarzkünstler von jemandem wollen könnte, der sich dem Studium solcher Dinge gewidmet hat.«

Silberdun überflog ein paar Zeilen aus dem Buch *Tage und Werke* des Dichters Prinzha-La. In der Geschichte ging es um eine der Töchter des Gottes Senek, die sich in einen sterblichen Fae verliebt hatte. Senek hatte den Angebeteten in einen Widder verwandelt. Ja, dachte Silberdun, man sollte sich hüten, mit der Tochter eines mächtigen Mannes anzubandeln. Das galt damals wie heute.

»Schätze«, ließ Tye vom Bett vernehmen, »Ihr wollt wohl nicht ein paar dieser Bücher *kaufen*? Ich würde Euch einen guten Preis machen. Immerhin sind die Herren ja Regierungsangestellte.« Was war aus dem zornigen Mann geworden, der sie an der Haustür angefunkelt hatte? Hatte Eisenfuß' Gabe der Führerschaft diese erstaunliche Verwandlung herbeigeführt?

»Das wird nicht nötig sein«, sagte Silberdun. Er durchwühlte seine Taschen nach ein paar Münzen und legte sie Tye in die Hand. »Für Eure Mühen.«

Tye sah zu Eisenfuß hinüber, wie um sich zu versichern, dass der Handel auch in Ordnung ging. Das war er.

»Ich glaube nicht, dass wir hier noch irgendwas Brauchbares erfahren«, flüsterte Eisenfuß Silberdun zu.

Sie dankten Tye für seine Zeit, und der Mann verbeugte sich vor Eisenfuß tiefer als nötig. Allmählich wurde es lästig.

»Wenn ich irgendwas für Euch tun kann, mein Herr, bin ich jederzeit Euer Mann«, sagte er mit fast bettelnder Stimme. »Lasst es mich einfach wissen.«

Eisenfuß wirkte ein bisschen irritiert, dankte dem Mann aber dennoch für das Angebot.

Wieder zurück im Treppenhaus, bemerkte Silberdun: »Da habt Ihr aber eine feine Gabe, das muss Euch der Neid lassen. Mit so viel Führerschaft wundert es mich, dass Ihr in Eurer Militärzeit kein ganzes Regiment befehligt habt.«

Eisenfuß hielt auf dem Treppenabsatz inne und sah Silberdun stirnrunzelnd an: »Ich besaß sie schon immer, diese Gabe«, sagte er. »Ein bisschen jedenfalls. An meinen besten Tagen hätte ich mit ein bisschen Anstrengung jedoch allenfalls einen guten Freund davon überzeugen können, auf einen Vorschlag einzugehen, von dem er ohnehin angetan war. Doch so was wie heute ist mir noch nie passiert.«

»Was glaubt Ihr ist der Grund dafür?«, fragte Silberdun.

»Kastell Weißenberg«, erwiderte Eisenfuß. »Spürt Ihr es denn nicht auch?«

»Jeden Tag«, sagte Silberdun. »Ich schlafe kaum, fühle mich seltsam, ein bisschen unausgeglichen bisweilen.«

»Ich auch«, sagte Eisenfuß. »Ich dachte, das ist die Anspannung, die ein neuer Job so mit sich bringt, wisst Ihr? Dieses ganze Getrickse von Jedron, und dann gleich weiter zu Paet und seiner Mission, aber...«

»Ihr denkt, es steckt mehr dahinter?«

»Ich weiß es nicht. Als wir eben in Tye Benesiles Wohnung waren, wurde ich nervös. Ich hatte Angst, wir könnten schon an unserer ersten Aufgabe scheitern. Die Gabe wuchs an in mir wie eine aufsteigende Panik. Habt Ihr es nicht bemerkt?«

»Nein.«

»Ich hab versucht, mir nichts anmerken zu lassen. Und dann ist etwas... passiert. In meinem Kopf. Es war, als besäße ich weit mehr *re*-Fassungsvermögen als je zuvor, und es stieg alles in mir auf. Und als es geschah, da stieß ich meine Gabe an, und es war wie ein Dammbruch. Ich schätze, ich bin nun Tye Benesiles uneingeschränktes Objekt der Verehrung.«

»Er ist in Euch verliebt, wenn Ihr mich fragt.«

Silberdun wollte Eisenfuß nach der Nacht in Weißenberg fragen. Nach dem Feuer, der Grube, der Schwärze. Aber etwas in ihm sperrte sich dagegen. Er beschloss, es trotzdem zu tun.

»Eisenfuß«, begann er.

In diesem Moment war von unten ein Krachen zu hören. Dann wurden auf der Treppe Stiefelschritte laut.

»Tyes Frau«, knurrte Silberdun. »Sie muss uns verpfiffen haben.«

»Wir können entweder wieder hoch- oder aber runtergehen«, sagte Eisenfuß. »Was ist Euch lieber?«

Silberdun lauschte. Auf der Treppe waren mindestens vier Paar Stiefel unterwegs. »Wir sollten unter allen Umständen vermeiden, Aufsehen zu erregen«, sagte er. »Wir gehen wieder rauf.«

So schnell wie möglich huschten sie die Stufen wieder nach oben, ließen Tye Benesiles Etage hinter sich und erreichten das vierte Stockwerk. Hier erwartete sie ein enger, niedriger Dachboden, der sich über die ganze Länge des Gebäudes erstreckte. Es war heiß und stickig hier. Es roch nach Staub und Mäusedreck. Der ganze Speicher war vollgestopft mit Trödel, kaputten Möbeln und dergleichen mehr.

Von unten waren Stimmen zu vernehmen, aber Silberdun konnte kein Wort verstehen. Vorausgesetzt, dass die Männer es auf sie abgesehen hatten, müssten sie jetzt eigentlich vor Tyes Wohnungstür stehen. Tye würde mit Sicherheit alles tun, um Eisenfuß zu schützen, andererseits war er angetrunken und nicht der hellste. Ihre Verfolger würden nicht lange brauchen, um herauszufinden, wohin Silberdun und Eisenfuß sich geflüchtet hatten.

»Und jetzt?«, fragte Silberdun. Die Gabe der Führerschaft war ja schön und gut, aber das Führen selbst etwas ganz anderes. Nicht dass Silberdun in seinen besten Tagen nennenswerte Führungsqualitäten besessen hätte. Warum genau hatte man sie noch mal für diese Aufgabe ausgewählt?

»Wir sollten versuchen, das Gebäude ungesehen zu verlassen«, flüsterte Silberdun und schloss hinter ihnen die Tür zum Dachboden.

Am hinteren Ende des Speichers war ein kleines Fenster. Ein schwacher Lichtstrahl fiel hindurch und tropfte auf den Fußboden. »Mal sehen.«

Von unten war ein weiteres Krachen, dann ein Schmerzensschrei zu hören. Tye Benesile?

Vorsichtig durchquerten Silberdun und Eisenfuß den vollgepackten Dachboden. In den offenen Dachsparren schliefen fledermausähnliche Kreaturen. Sie wanden und schlängelten sich, als

Silberdun sich an ihnen vorbeidrückte. In dem Versuch, sich möglichst geräuschlos zu bewegen, kamen sie nur entsetzlich langsam voran.

Im Treppenhaus unter ihnen wurde es noch lauter. Sie hörten, wie gegen verschiedene Türen gehämmert wurde. Silberdun und Eisenfuß hatten das Fenster fast erreicht.

In diesem Moment flog die Tür zum Dachboden auf. Zwei Annwni-Wachen spähten in den Raum. Die Männer trugen Kurzschwerter, dunkelblaue Uniformen zu schwarzen Lederhelmen und Lederstiefeln. Silberdun und Eisenfuß duckten sich hin, doch an dieser Stelle gab es nichts, um sich dahinter zu verstecken.

»Da!«, rief einer der Männer. Er preschte auf die beiden zu, stieß dabei einen kaputten Stuhl beiseite.

Silberdun hetzte zum Fenster, rüttelte daran. Es war verschlossen, doch es ließ sich mit Gewalt öffnen. Er warf einen Blick hinaus. Unter ihnen lag die Sackgasse – in etwa zwölf Metern Tiefe. Und es war nichts in Sicht, das ihren Fall bremsen konnte. Zu allem Überfluss standen auf der Straße fünf weitere Wachen direkt vor dem Eingang.

»Schätze, hier kein Aufsehen zu erregen, könnte sich nun ein wenig schwierig gestalten«, sagte er und drehte sich wieder um.

Eisenfuß hatte schon sein Messer gezückt. Ohne zu zögern warf er es nach der ersten Wache. Die Klinge bohrte sich in die Kehle des Mannes, und der Angreifer ging an Ort und Stelle zu Boden. Silberdun zog sein eigenes Messer aus dem Stiefelschaft und schleuderte es in Richtung der anderen Wache. Reflexartig hob der Mann einen Arm, und die Klinge wühlte sich durch seinen Handballen. Er schrie. Ein Schrei voller Wut und Schmerz. Dann rannte er auf die beiden zu.

Doch auch Eisenfuß hatte sich schon in Bewegung gesetzt und erreichte nun die Wache, die am Boden lag. Anstatt über den leblosen Körper zu springen, beugte er sich nieder, zog dem Mann das Messer wieder aus der Kehle und zielte damit auf den zweiten Angreifer, in dessen Hand noch immer Silberduns Messer steckte. Eisenfuß vollführte eine blitzschnelle Drehung und schleuderte den heranstürmenden Mann über die Schulter durch den Raum. Er krachte hart gegen die Wand.

Dies alles geschah in den wenigen Sekunden, die Silberdun brauchte, um zu Eisenfuß aufzuschließen. Als er neben seinem Kollegen stand, waren die beiden Männer bereits mausetot. Der Gelehrte wischte sein Messer am Hosenbein der einen Leiche sauber und reichte Silberdun dann dessen eigene Waffe, auf der noch das Blut klebte.

»Ich denke, die anderen werden uns gehört haben«, sagte Silberdun. Er sah hinunter auf die beiden toten Wachleute. »Zum Henker mit Jedron und seinen guten Ratschlägen zum Messerkampf«, sagte er, als er das Schwert des einen Wachmannes an sich nahm. Es war leicht und nicht ausbalanciert, aber scharf. Das sollte genügen. Sehr viel Kampffinesse war in den nächsten Minuten wohl kaum vonnöten.

»Wie es Euch beliebt«, sagte Eisenfuß. Er schien sich lieber an sein Messer halten zu wollen.

Im Treppenhaus wurde es wieder laut. Silberdun führte sie hinaus aus dem Dachboden; das Herz schlug ihm bis zum Hals. Es war lange her, dass er jemanden getötet hatte. Bei der Schlacht von Sylvan, um genau zu sein. Das lag nun schon über ein Jahr zurück. Sein Herz hämmerte, seine Hände schwitzten, aber es war ein angenehm vertrautes Gefühl und fast eine Erleichterung, wieder in Aktion zu treten.

Auf dem Treppenabsatz standen vier Männer, die sofort auf Silberdun und Eisenfuß losstürmten. Im gleichen Moment, da Silberdun sich dem ersten von ihnen widmen wollte, erkannte er seinen Fehler. Es war schwierig, auf diesem engen Raum ein Schwert zu führen, und er sah sich gezwungen, mit der Waffe zuzustoßen, als halte er einen kurzen Speer in Händen. Sein Gegner hatte zwar das gleiche Problem, doch hatte er drei Freunde im Rücken.

Eisenfuß hingegen hatte dieses Problem nicht. Er machte einen Satz an Silberdun vorbei und nahm sich mit gezückter Klinge den zweiten Mann vor. Dabei konnte er sein Messer frei und nach Belieben einsetzen. Sein Gegner ging innerhalb von Sekunden zu

Boden. Brutal stieß Eisenfuß die Leiche zurück und riss damit die Wache dahinter gleich mit die Treppe hinunter.

Auch Silberdun hatte seinen Angreifer inzwischen mit einem Glückstreffer erledigt. Er schob den leblosen Körper beiseite und sprang Eisenfuß zur Seite. Gegen zwei Gegner hatte die letzte verbleibende Wache nicht den Hauch einer Chance.

Die Kampfgeräusche hatte jedoch weitere Männer auf den Plan gerufen. Schon tauchten drei weitere Wachen im Treppenhaus auf.

»Wo kommen die bloß alle her?«, fragte Silberdun. »Erst die zwei oben auf dem Speicher, dann die vier, die wir hier im Treppenhaus erledigt haben, und jetzt noch mehr?«

»Darüber zerbrechen wir uns später den Kopf!«, rief Eisenfuß. Mit diesen Worten stürzte er sich auf den nächstbesten Mann, der scheinbar auch der Anführer war. Doch dieser hatte anscheinend seine Hausaufgaben gemacht, denn er machte einen Ausfallschritt und schlug Eisenfuß mit seinem Schwertgriff in den Nacken. Die beiden anderen Wachen packten den Gelehrten, aber sie töteten ihn nicht. Interessant.

Silberdun wirbelte herum, um wieder nach oben zu laufen, doch da stand ein weiterer Mann und schnitt ihm den Weg ab. Einer ist besser als drei, dachte Silberdun. Er stürmte voran, stolperte dabei jedoch über einen der Männer, die er eben getötet hatte. Noch im Fallen schlug ihm der Wachmann die Schwerthand ab.

Silberdun sah es, fiel zur Seite, bewegte sich wie durch Wasser. Zuerst verspürte er keinen Schmerz, der Schock hinderte ihn daran. Dann sah er das Blut, tiefrotes Blut, das in dicken Rinnsalen von seinem Handgelenk floss. Silberdun konnte sich nicht erinnern, jemals so zähflüssiges Blut gesehen zu haben.

Ohne Nachzudenken hob er die linke Hand und schleuderte dem Angreifer Hexenlicht entgegen, das einfachste der Elemente, das er zustande brachte. Er hoffte, auf diese Weise seinen Gegner zu blenden, stattdessen explodierte das enge Treppenhaus in einem Ball aus Hitze und Licht. Der Mann vor ihm wurde teilweise eingeäschert; qualmend ging sein verkohlter Körper vor Silberdun zu Boden.

Silberdun drehte sich um. Der Anführer der Wachen auf dem Treppenabsatz unter ihm hatte sein Schwert gezückt, doch er schien zu zögern. Silberdun wollte das *re* wieder in sich aufwallen lassen, doch da war nichts mehr. Er hatte alles *re* in dieser einen Explosion benutzt. Unmöglich. Sämtliche Essenz in seinem Körper zu verbrauchen, hätte ihn eigentlich töten müssen.

Der Schmerz an seinem Handgelenk hatte sich inzwischen einen Weg in sein Hirn gesucht, und Silberdun stöhnte gepeinigt auf. Er taumelte, er fiel, versuchte sich wieder aufzurappeln. Da machte eine Faust Bekanntschaft mit seinem Schädel, und er schlug wieder hin. Er war noch immer bei Bewusstsein, doch seine Gliedmaßen wollten ihm nicht mehr gehorchen. Um ihn herum wurde gebrüllt, geflucht und geschimpft.

Diese Annwni haben wirklich interessante Flüche, dachte Silberdun.

17. KAPITEL

Im Kampf zu Pferde ist es gemeinhin das oberste Ziel, den Reiter aus dem Sattel zu schießen. Bisweilen ist es jedoch einfacher und ebenso effektiv, direkt das Pferd unter Beschuss zu nehmen.

– Heerführer Tae Filarete, *Betrachtungen zur Schlacht*

Sela hatte sich von ihrer Magd Ecara in ein einfaches Gewand kleiden lassen. Heute hatte sie sich für die Rolle eines ungebundenen einfachen Mädchens entschieden, vielleicht die Kammerzofe einer Herzogin oder die Tochter eines Zunftmeisters. Unabhängig davon, wie sie über Lord Tanen dachte, hatte er sie doch so manches gelehrt, und eines davon war größtmögliche Anpassungsfähigkeit. Es spielte keine Rolle, dass sie nichts über das Leben der Frauen wusste, die sie verkörperte. Das ergab sich irgendwie von selbst. Sie verfolgte den Tanz der farbigen Bänder, die sich zwischen denen, die um sie herum waren, entsponnen und mischte sich einfach darunter.

Das Leben in Lord Everess' Haus war sowohl erfreulicher als auch weniger erfreulich als gedacht. Everess war selten daheim, und das gefiel Sela recht gut, denn sie empfand die Gesellschaft dieses Mannes als umso unerquicklicher, je länger sie ihn kannte. Doch sie war auch allein. Allzu lange war sie von ihren Mitbewohnern in Haus Katzengold umgeben gewesen. Die meisten von ihnen waren seltsam, ja, tief gestört, aber sie waren ihr vertraut gewesen. Ihr einziger regelmäßiger Kontakt war Ecara, und Ecara wollte nichts weiter als ihr gefallen, was Sela allmählich auf die Nerven fiel.

Nach ihrem ersten Tag in Haus Schwarzenstein hatte sie gedacht, dass nun ihr wahres Leben beginne. Zahllose, wunderbare Möglichkeiten hatten in der Luft gelegen, als Lord Everess' Kutsche sie wieder zurückbrachte. Aber das lag nun schon einige Tage zurück. Und in der Zwischenzeit hatte sie nichts gehört, außer Everess' Versicherung, dass sie die hier herrschende Ruhe und den Frieden schon sehr bald vermissen würde.

Um sich zu beschäftigen, ersann sie verschiedene Arten, auf die man Lord Everess, mit dem, was ihr im Haus zur Verfügung stand, töten konnte. Der Mann war so fett und verweichlicht, dass sich zahllose Möglichkeiten eröffneten. Der schnellste Weg war wohl, ihm den silbernen Brieföffner direkt ins Auge zu rammen. Ein Sekundentod. Der schmerzvollste indes bestand darin, ihn im Salon zu fesseln, dann ein hübsches Kaminfeuer zu entzünden und das Schüreisen in die Glut zu halten, bis es hellrot glühte. Sie würde sich zuerst seine Augäpfel vornehmen, dann die Zunge, dann seinen Anus. Das hatte sie im Alter von dreizehn Jahren gelernt. Und dann gab da noch die Art und Weise, auf die sie Milla getötet hatte. Und den Doktor.

Ach, Milla... Aber sie war nicht echt. Nein, Milla war nicht echt gewesen. Der Doktor war nicht echt gewesen. Es war alles Täuschung. Alles Täuschung.

Atme tief durch. Nicht nachdenken. Gute Mädchen denken nicht nach. Sie antworten nur.

Wie dem auch sei, Paet war ihr tausend Mal lieber als Everess, und sie wünschte, sie könnte bei dem Anführer leben anstatt hier. Paet war einfach und geradeheraus. Er kannte den Schmerz, tiefen Schmerz, und das verband sie beide mittels eines tiefschwarzen dünnen Bandes, auch wenn Paet nichts davon wusste. Einmal hatte sie Everess gefragt, ob sie nicht bei Paet wohnen dürfe, und Everess hatte gelacht, als hätte sie einen grandiosen Witz erzählt.

Manchmal war alles so verwirrend.

Und dann Silberdun. Oje...

In Haus Katzengold lebte auch eine sehr wohlhabende Schauspielerin namens Sternenlicht, die das Opfer einer misslungenen Verjüngungsbehandlung geworden war. Ja, sie wurde nicht mehr älter, aber ihr Verstand hatte sich bei dem Verfahren in der Zeit verloren, und so hatte sie nie gewusst, welcher Tag gerade war. In einer ihrer hellen Momente hatte sie mit Sela über die Liebe gesprochen. Erst die Liebe mache alles interessant und lohnend, hatte sie gesagt. Leidenschaft. Romantik. Einen starken, gut aussehenden Mann zu halten und von ihm gehalten zu werden, umfangen zu werden von seiner Wärme und Gunst. Das wäre das Beste im Leben überhaupt.

Sela hatte keinen blassen Schimmer gehabt, wovon Sternenlicht überhaupt sprach. Natürlich hatte sie von der Sache schon gehört, hatte die Bande der Liebe sich zwischen Leuten entspinnen sehen, in hellen leuchtenden Farben: rot und orange und golden, mal feurig glänzend, mal sanft glühend. Doch nie hatte sie diese Art der Liebe am eigenen Leib erfahren. Die einzige Person, die sie je geliebt hatte, war Milla. Und das war etwas völlig anderes gewesen.

Als sie nach unten kam, wartete Paet im Salon auf sie. Lord Everess war nirgends zu sehen.

»Ich habe eine Aufgabe für dich«, sagte er.

»Oh, vielen Dank«, erwiderte Sela.

Lord Tanen hat ein Geschenk für Sela. Sie ist zehn Jahre alt und kann sich nicht entsinnen, jemals ein Geschenk erhalten zu haben. Es ist klein, in Baumwollpapier eingeschlagen und mit einem echten Seidenband umwickelt. Lord Tanen lässt sie in ihrem Schlafzimmer Platz nehmen und stellt das Geschenk auf ihren Frisiertisch.

»Öffne es«, sagt er. »Heute ist ein ganz besonderer Tag.«

Aber Sela will es nicht öffnen. Die Verpackung ist so hübsch und die Vorfreude so köstlich. Sie sieht Tanen an, aber sein Gesichtsausdruck ist, wie immer, unmöglich zu lesen.

»Habe ich Geburtstag?«, fragt sie.

»Nein, heute ist nicht dein Geburtstag.«

Ihr Herz beginnt zu hüpfen. War dies das Gefühl, das man empfand, wenn jemand einen mochte? Sie erinnerte sich an ihre Eltern, doch man hatte ihr viele Male gesagt, sie solle nicht an sie denken, und so waren die beiden allmählich aus ihrem Kopf verschwunden. Sie zieht sacht an der Schleife, und die löst sich mit einem kaum hörbaren Geräusch.

Als das Band gelöst ist, öffnet sich das Papier wie von selbst und enthüllt ein kleines silbernes Kästchen.

»Öffne es«, sagte Tanen. Mit zitternden Händen tut sie, was er sagt.

In dem Kästchen befindet sich eine winzige Figur. Sie hat die Form eines Schwans. Er ist aus blau lackiertem Zinn. Da ist auch ein sogar noch kleinerer Zinnschlüssel dabei. Sie hebt den Schwan aus dem Kästchen, hält ihn sacht mit beiden Händen, dreht ihn hin und her.

»Wie entzückend«, flüstert sie. Soll sie Tanen einen Kuss auf die Wange geben? In Büchern küssen die Töchter ihre Väter immer auf die Wange, wenn sie ein schönes Geschenk von ihnen erhalten haben. Aber Tanen ist nicht ihr Vater, und das hat er ihr viele Male auch gesagt.

Am Rücken des Schwans befindet sich eine kleine Öffnung. Tanen zeigt darauf und sagt: »Stecke den Schlüssel dorthinein, aber drücke dabei die Flügel nieder.«

Der Schlüssel passt perfekt, und sie dreht ihn. Zuerst in die falsche Richtung, dann macht sie es richtig. Als sich der Schlüssel im Schloss dreht, ist ein leises Klicken zu hören, so wie die Uhr klickt, wenn die Magd sie aufzieht. Sela ist es nicht erlaubt, die Uhr aufzuziehen, und sie hat sich immer gefragt, wie sich dieses Klicken wohl anfühlt. Es ist sogar noch besser als in ihrer Vorstellung; der Mechanismus im Innern des Schwans stellt ihrer Bewegung genau die richtige Menge an Widerstand entgegen.

»Überdreh ihn nicht«, sagt Tanen. »Sonst geht er kaputt.« Im letzte Moment lässt sie den Schlüssel los.

»Und jetzt stell ihn auf Tisch und sieh zu.«

Als sie den Schwan loslässt, beginnt er mit den Flügeln zu schlagen, berührt die Oberfläche mit seinen Spitzen einige Male. Dann hebt er ab, wacklig vollführt er in der Luft eine erste Drehung, dann fliegt er immer größere, immer sicherere Runden unterhalb der Zimmerdecke.

Sela lacht, klatscht in die Hände. Verzückt verfolgt sie, wie der Schwan in der Luft aufsteigt, sich dann langsam absenkt und schließlich wieder auf dem Frisiertisch landet. Seine Flügel klappern noch ein paarmal, dann tritt Ruhe ein im Raum.

»Darf ich noch mal?«, fragt sie Lord Tanen und will schon nach dem Schlüssel greifen.

Tanen schiebt seine Hand über die ihre. Die Berührung ist kalt, seine Haut fühlt sich trocken an. Dann nimmt er den Schwan, wirft ihn zu Boden und zertritt ihn unter seinem Stiefel. »Und jetzt heb die Teile auf«, sagt er.

Sela will weinen, doch sie weiß, dass eine der Vetteln sie dann bestrafen wird. Also kniet sie nieder und sammelt die Überreste des Schwans auf; winzige kleine Zahnräder, Federn und eine Metallspirale, deren Berührung brennt.

Vorsichtig legt sie die Teile auf den Tisch. Sie hätte es wissen sollen, hätte wissen sollen, dass ihr niemals so etwas wie Freundlichkeit widerfahren würde. Allein Oca war freundlich, aber das auch nur, wenn niemand in der Nähe war.

»Manche Leute«, sagt Tanen, »sind wie dieser Schwan hier. Nicht echt. Keine Elfen, sondern Maschinen. Sorgsam erschaffen erscheinen sie jedem wie einer von uns. Sie reden und weinen und bluten, und in ihrem Innern bestehen sie nicht aus Zahnrädern oder Federn, sondern aus Fleisch und Blut. Sie sind eine Kreation unserer Feinde.«

»Wie soll ich den Unterschied bemerken?«, fragt Sela atemlos.

»Ich werde sie dir zeigen.«

»Und dann?« Nicht weinen. Nicht weinen.

»Und dann wirst du sie aufhalten, so wie ich deinen Schwan aufgehalten habe. Der Schwan fühlt nichts. Er ist nichts. Er ist nur eine schlaue Maschine.«

»Manche Leute sind schlaue Maschinen«, sagt Sela.

»Ja«, sagt Tanen. »Mehr nicht.«

»Ihr sagtet, heute wäre ein ganz besonderer Tag«, erinnert ihn Sela.

»Ja, das stimmt. Die alten Weiber sagen, dass der heutige Tag von großer Wichtigkeit ist.«

Das hatten die Vetteln auch ihr gesagt, hatten gemeint, dies sei der Beginn einer großen Veränderung und dass sie sich dafür bereit machen müsse. Mehrmals täglich haben sie ihre Stirn befühlt, ihr seltsame Dinge auf den Bauch und Rücken gelegt und diese beobachtet. Und heute Morgen hat eine von ihnen den Kopf gehoben und »Es ist so weit« gesagt.

»Steh auf und kommt mit mir«, sagt Tanen. »Ich will, dass die Weiber dich noch mal untersuchen.«

Sie erhebt sich und stellt fest, dass es zwischen ihren Beinen warm und feucht ist. Etwas Dickflüssiges läuft an der Innenseite ihrer Oberschenkel herab. Sie macht einen Schritt zurück, stolpert fast über eines der Stuhlbeine. Auf dem Fußboden sind drei Blutstropfen zu sehen, sie bilden ein perfektes Dreieck.

Plötzlich wird Sela schwindlig. »Was ist geschehen?«, fragt sie. »Werde ich sterben?«

Tanen lächelt; es ist das erste Mal, dass sie ihn lächeln sieht. Doch der Anblick macht sie nur noch nervöser. »Ganz im Gegenteil, Sela.«

Er nimmt ihr Gesicht in seine Hände und sieht sie begehrlich an. »Heute hat dein Leben erst begonnen.«

Nach einem Regenguss war die nächtliche Stadt ein glitzerndes Wunderland. Kerosinlampen und Hexenlichtlaternen spiegelten sich auf dem nassglänzenden Kopfsteinpflaster wider. Das schwache Donnern des sich entfernenden Gewitters mischte sich unter das kontinuierliche Tröpfeln von den Traufen und das schmatzende Geräusch von Stiefeln auf feuchtem Untergrund. Hier in der Gasse vermengten sich die feuchte Erde, die dampfenden Körper und die rauchenden Schornsteine zu einem Aroma, das sich von allen anderen unterschied – dem unverwechselbaren Nach-dem-Regen-Geruch.

Das Kleid, das Paet ihr gegeben hatte, war einschnürend und unpraktisch. Auch hatte er ihr parfümierten Puder für ihr Gesicht und ihr Haar ausgehändigt und ihr rote Kreise auf die Wangen gemalt. Sie hasste es.

Am Ende der Gasse klopfte sie an eine Tür. »Was willst du?«, kam von drinnen eine gedämpfte Stimme.

»Bryla hat mich geschickt, hat sie«, sagte Sela. Sie sprach nun wie Ecara, in der Art, wie einfache Fae nun mal sprachen.

Die Tür wurde geöffnet. Vor ihr stand ein gedrungener Mann mit dicken Armen und Beinen. Seine Ohrspitzen waren silbergefasst.

»Hab aber heute Abend nach niemandem geschickt«, sagte der Mann.

Sela lächelte hilflos und hob die Schultern. »Bryla sagte, ich soll zu Enni gehen, und das hab ich gemacht«, sagte sie.

Sie grinste schief und wartete und wartete. Der Mann sah sie an. Sie wartete. Dann spürte sie ein Klicken, und dann war er da, der Faden – siedend und blutrot.

Es gab zwei Formen männlicher Lust, das wusste Sela. Die eine bestand in dem Wunsch, zu besitzen, zu ergreifen, sich etwas zu nehmen. Die andere äußerte sich in dem Wunsch, etwas zu öffnen und sich mit ihm zu vereinigen. Und das hier war eindeutig Ersteres.

Sela machte einen Schritt auf den Mann zu, und der Faden verstärkte sich. Manchmal, wenn er dick genug war, wusste sie plötzlich etwas von ihrem Gegenüber. »Du bist ... Obin, richtig?« Sie streckte die Hand aus, berührte seinen Kragen.

»Also gut, komm rein«, sagte Obin. »Aber mach dir nicht zu viele Hoffnungen, heute ist hier nichts los.«

»Wegen dem Regen«, sagte sie. Ja, das stimmte, Regen war schlecht fürs Geschäft.

Sie betraten einen engen Flur. Obin geleitete sie in einen kleinen Salon, in dem drei Frauen saßen. Sie waren alle schwer parfümiert und trugen wie Sela enggeschnürte Korsetts. Ein grünbraunes Netz aus Misstrauen und Verachtung entspann sich unter ihnen.

»Wer ist das?«, fragte die eine. Sie war dünn und blass, hatte dunkles Haar und zarte Hände. Unter ihren Augen waren dunkle Ringe.

»Bryla hat sie geschickt«, sagte Obin. »Keine Ahnung, wieso.«

»Die kann doch nicht in so einer Nacht einfach hier reinspazieren«, sagte die Dunkelhaarige. »So was kostet mich bare Münze.«

»Na na, Perrine«, warnte Obin. »Wir wollen uns doch als Damen benehmen, oder?«

Zögernd nahm Sela auf einem kleinen Sofa Platz und wartete, wobei sie die Blicke der Frauen tunlichst ignorierte. Nach einigen Minuten ließ ihre Aufmerksamkeit nach, und sie begannen sich zwanglos miteinander zu unterhalten. Sela wartete.

Plötzlich klopfte es an der Tür, und Obin öffnete. Ein junger Zunftgenosse, nervös und überfreundlich, betrat den Salon und musterte die Frauen. Sela wartete, bis sein Blick sie fand. Als sein Faden erschien, stemmte sie sich mit aller Kraft dagegen. *Nicht ich, nicht ich.* Sein Blick wanderte weiter, der Faden löste sich auf. Der Zunftgenosse entschied sich für die dunkelhaarige Frau, Perrine, und sie führte ihn durch einen Torbogen in einen der hinteren Räume.

Zwei weitere Männer trafen ein, die Sela ebenfalls von sich stieß. Eine Zeitlang war sie das einzige Mädchen im Salon. Obin versuchte, ein Gespräch mit ihr in Gang zu bringen, aber auch ihn stieß sie von sich, sodass er schon bald das Interesse verlor.

Nach etwa einer halben Stunde erschien Perrine in Begleitung des Zunftgenossen im Salon. Seine Augen waren glasig, auch lag ein dämliches Grinsen auf seinem Gesicht. Perrine wirkte ein bisschen verstört und schwankte auch ein wenig. Schwer ließ sie sich auf die Couch fallen und nahm sich eine Zigarette vom Tisch.

»Junge Männer«, sagte sie, nachdem der Kunde weg war. »Ich hasse diese nervösen Jünglinge.«

So saßen sie eine Weile da und schwiegen eisern. Dann klopfte es erneut, und endlich betrat der Mann den Salon, auf den Sela gewartet hatte. Er sah genauso aus wie auf dem Bild mit seinem weiten Cape, dem Gehstock und dem dicken Schnurrbart. Er verbeugte sich leicht vor der dunkelhaarigen Frau. »Lady Perrine«, sagte er mit dröhnender Stimme. »Wie schön, Euch heute Abend zu sehen.«

Perrine lächelte und winkte, plötzlich wieder ganz wach und

interessiert. Sie erhob sich, knickste, und Sela folgte ihrem Beispiel.

Der Mann drehte sich zu Sela um. Als sich sein Faden manifestierte, hielt sie ihn fest, zog gar daran. Verwirrt starrte er sie ein paar Sekunden an, dann lächelte er. »Ja, wen haben wir denn hier?«, fragte er, und Perrines Faden wurde schwarzrot. Sela konnte die Feindseligkeit der Frau körperlich spüren, doch sie lächelte tapfer weiter.

»Sir«, sagte sie höflich.

»Perrine«, rief der Mann, »Ihr wisst, Ihr seid die Königin meines Herzens, aber ich würde wirklich gern Eure neue Freundin hier kennen lernen.«

»Natürlich, Zunftmeister Heron«, zischte Perrine.

Heron nahm einen Silberkhoum aus der Tasche und drückte ihn Perrine in die Hand. »Ihr seid ein Schatz, meine Liebe.«

Sela lächelte und ergriff Herons Hand. Mit Blick auf Obin fragte sie: »Wohin soll ich den Herrn bringen?«

»Nach oben, zweite Tür links«, sagte Obin. »Es ist alles im Zimmer, was du brauchst.«

Schweigend gingen sie in den ersten Stock. Sela fand das Zimmer, das Obin beschrieben hatte und betrat es. Darin standen ein Bett und ein kleiner Tisch, auf dem sich eine Schale, eine Kerze, ein Paket Kräuter und eine verkorkte Glasflasche befanden.

»Ich hoffe auf eine angemessen starke Zubereitung«, sagte Heron, während er sein Cape ablegte. »Ich schätze einen möglichst intensiven Grad der Verbindung.«

»Ihr werdet nicht enttäuscht werden, Schätzchen.« Sela entkorkte die Flasche, goss deren Inhalt in die Schüssel und gab die Kräuter dazu. Kurz wallte die Mixtur auf. Es war ein Innensicht-Trunk, ähnlich einem Icthula, nur für einen anderen Zweck.

Heron zog sich aus, während Sela den Trank zubereitete. Als er aufs Bett kletterte, ächzten unter ihm die Federn.

»Ich bin so weit, bin bereit«, rief er. Sein Faden, blutrot mit braunen Flecken, peitschte hin und her.

»Bin fast fertig, mein Lieber«, sagte Sela.

Sie kniete sich aufs Bett, führte die Schale an seine Lippen. Er trank und legte sich zurück, ungeduldig. Sie hob die Schale an ihren Mund und tat so, als tränke sie ebenfalls.

»Und jetzt komm und gib uns einen Kuss«, sagte Heron.

Sela stellte die Schale auf dem Tisch ab und beugte sich über den Mann. Sie fuhr ihm mit den Händen durchs Haar, strich mit ihren Fingernägeln über seine Wangen. Er seufzte selig, die Wirkung des Tranks setzte bereits ein.

Heron schloss die Augen. Lautlos zog Sela ein kleines Messer aus ihrem Mieder hervor und schnitt ihm die Kehle durch. Er riss die Augen auf, versuchte zu sprechen, doch er brachte nur ein feuchtes Gurgeln zustande. Er griff nach ihr, verkrallte sich in ihrem Haar, zerrte daran.

»Du bist nicht echt«, sagte Sela.

Als sie sicher war, dass er nicht mehr lebte, erhob sie sich und verließ das Zimmer.

18. KAPITEL

Ungewöhnliche Probleme erfordern ungewöhnliche Lösungen.

– Fae-Sprichwort

Silberdun erlangte das Bewusstsein wieder, als seine Häscher ihn brutal die Stufen hinunter und ins Freie zerrten. Er spürte die Sonne auf seinem Gesicht, aber seine Sicht war verschwommen; alles, was er sah, war ein blauer Himmel und hin und her huschende Silhouetten. Er wurde auf einen geschlossenen Wagen gehievt, dann setzte sich das Gefährt in Bewegung.

Jedes Mal, wenn der Wagen über das raue Kopfsteinpflaster holperte, schoss der Schmerz aus seinem Handgelenk durch den Arm. Eine der Wachen hatte seinen Armstumpf mit Stoff umwickelt, doch der Verband war mittlerweile wieder blutgetränkt. Dieses dunkle, dunkelrote Blut. Das Licht in Annwn... Stammte es von einer roten Sonne? Silberdun erschauderte. Sein Körper wollte sterben, doch Silberdun ließ es nicht zu. Etwas Derartiges hatte er nie zuvor durchlebt.

Der Wagen bog um eine Ecke; die Räder rollten nun über ebenmäßigeren Grund. Silberdun roch Heu und Hundekot. Er versuchte sich aufzusetzen, schaffte es, sich auf die Ellbogen aufzustützen. Neben ihm lag Eisenfuß. Seine Augen waren geöffnet; er starrte Silberdun schweigend an.

Sie wurden vom Wagen gezerrt und an einen kühlen Ort geschleift, in dem es durchdringend nach Urin stank. Rufe wurden laut. Silberdun wurde auf eine Strohunterlage verfrachtet, die auf einem schmutzigen Steinboden lag. Neben ihm ächzte Eisenfuß auf. Das Geräusch von Metall auf Metall war zu hören. Silberdun hob den Kopf. Er und Eisenfuß lagen in einer kleinen Gefängniszelle. Er schloss die Augen und schlief ein, trotz des Schmerzes. Wenig später wachte er wieder auf und verspürte etwas Kühles, Linderndes an seinem Arm. Er drehte den Kopf und sah eine alte Frau, die seinen Stumpf mit einer Salbe bestrich.

»Erstaunlicherweise ist er nicht tot«, sagte die Hexe.

Fast wünschte Silberdun, es wäre so.

Perrin ist in seinem fünften Studienjahr und lernt gerade für die Prüfung, als eine Botenfee auf dem Fensterbrett landet.

»Hallöchen, Perrin Alt, Lord Silberdun.«

Perrin schaut von seinem Buch auf und starrt das kleine Wesen an. »In bin nicht Lord Silberdun, du dummes Ding«, sagt er. »Das ist mein Vater.«

»Da hab ich echt gute Nachrichten für Euch!«, schreit die Botenfee. »Jetzt seid Ihr's! Euer Vater ist nämlich tot!«

Perrin packt das Geschöpf um die Taille. »Wie? Was redest du denn da?«

Die Botenfee erbleicht. »Oh Mist. Dachte, Ihr wäret einer von den Typen, die ihren Vater nicht ausstehen können und die es *freut* zu hören, dass er vom Pferd gestürzt ist und sich den Hals gebrochen hat. In diesem Fall hättet Ihr mir nämlich zur Belohnung Süßigkeiten angeboten.«

Perrin schleudert die Fee gegen die Wand, aber die überschlägt sich in der Luft und landet auf einem Bücherbord. »He! Ist doch nicht meine Schuld. Du liebe Güte...«

»Raus hier!«, brüllt Perrin.

Wieder am Fenster, dreht sich die Botenfee noch mal zu ihm um. »Um auf die Süßigkeiten zurückzukommen...«

Am nächsten Tag trifft eine Kutsche ein, die Perrin zurück ins Herrenhaus von Friedbrück bringt. Dort soll sein Vater in der Familiengruft beigesetzt werden. Mutter erwartet ihn schon in der Eingangstür stehend. Sie umarmt ihn, und er lässt es zu. Vaters Leiche liegt im Salon auf einer geschnitzten Holzbahre, wie es schein seit hunderten von Jahren Familienbrauch ist.

Perrin fühlt fast nichts, als er seinen toten Vater ansieht. Sorgfältig analysiert er seine Emotionen und stellt fest, dass er nichts weiter als eine leichte Verärgerung darüber verspürt, weil man ihn aus seinen Prüfungsvorbereitungen gerissen hat.

Mutter steht im Durchgang und beobachtet ihn. »Was immer du fühlst, es ist in Ordnung«, sagt sie.

»Ich fühle nichts«, sagt Perrin.

»Auch das ist in Ordnung.«

»Jedermann versichert mir ständig, was für ein großartiger Mann und Abgeordneter er doch war«, sagt er. »Dabei hat mich seine berufliche Laufbahn nie sonderlich interessiert.«

»Für dich hat er sich auch nie sonderlich interessiert.«

»Er war ein überaus herzlicher Mann.«

Mutter lacht und schlägt sich die Hand vor den Mund. »Ja, das war er wohl.«

Die Beisetzung ist gut besucht – wie es scheint, ist jedes Senatsmitglied erschienen, dazu die höchsten Zunft- und Adelsvertreter – und dauert Stunden. Es dämmert schon, als endlich der letzte Staatsmann seine Laudatio beendet hat und sich wieder hinsetzt. Perrin sieht, wie sein Vater unter die Erde getragen wird und empfindet plötzlich tiefe Trauer. Er drückt die Hand seiner Mutter, und sie erwidert die Geste. Sie sieht seine Tränen und scheint sie zu verstehen, auch wenn Perrin selbst sie nicht versteht.

Nach der Trauerfeier wird Perrin von seinen Onkeln Bresun und Marin beiseitegenommen. Bresun ist Vaters Zwillingsbruder und zehn Minuten jünger. Marin dagegen ist viel jünger; er ist der Sohn von Großvaters zweiter Frau.

»Mein Beileid ... Lord Silberdun«, sagte Bresun, wobei er den »Lord« ausdrücklich betont.

»Danke«, sagte Perrin. Er hatte immer gewusst, dass ihm irgendwann der Titel gehört, doch nicht so bald. »Es ist alles ein bisschen viel. Ich muss gestehen, dass ich einigermaßen überwältigt bin.«

»Das kann Euch niemand verdenken«, sagt Bresun. »Der Titel stellt eine große Verpflichtung dar. Das kann man nicht auf die leichte Schulter nehmen.«

Perrin nickt. Er konnte Bresun noch nie leiden.

»Nachdem Ihr noch nicht die Volljährigkeit erreicht habt, werdet Ihr einen Verwalter für die Ländereien brauchen«, fährt Bresun fort. »Ich würde mich mehr als glücklich schätzen, diese Aufgabe zu übernehmen.«

Marin lächelt schwach. »Ein guter Vorschlag!«

»Danke«, sagt Perrin. »Ich werde darüber nachdenken.«

Es ist offenbar nicht die Antwort, die Bresun erwartet hat. »Ich kann Euch versichern, mein Sohn, dass sich niemand mit den Belangen Eures Vaters besser auskennt als ich.«

»Also gut«, sagt Perrin. »Ich stimme zu.«

In den nächsten Tagen verbringt Perrin viel Zeit mit dem Füllfederhalter in der Hand. Er unterschreibt Dankeskarten an die vielen Gäste bei der Beerdigung und eine nicht enden wollende Flut von Dokumenten für die Nachlassverwalter. Eines Abends schläft er erschöpft am Schreibtisch seines Vaters ein und wird am nächsten Morgen sanft von seiner Mutter geweckt.

»Komm, Perrin«, sagt sie. »Es gibt da etwas, das ich mit dir besprechen muss.«

Sie verlassen das Haus durch den südlichen Ausgang, betreten den Rasen, auf denen Perrin als Junge gespielt hat. Langsam gehen sie auf den Pfirsichhain zu. Die Bäume stehen in voller Blüte; sie riechen süß und herrlich.

Sie verlassen den Garten durch das kleine Tor in der Mauer und schlendern auf dem Pfad die kleine Anhöhe hinauf, von der man den Fluss und die Felder überblickt. Die Steinbrücke, nach der das Anwesen benannt ist, steht nach all den Jahren des täglichen Gebrauchs noch immer stolz und fest da.

»Dies sind nun deine Ländereien«, sagt Mutter.

»Ja«, erwidert Perrin, obwohl er sich nur schwer an den Gedanken gewöhnen kann.

»Dein Vater hat sie stets gut verwaltet«, sagt sie. »Er war immer gerecht zu seinen Pächtern, und sie haben ihn respektiert.«

»Offensichtlich hat jedermann ihn respektiert.«

»Und das zu Recht. Doch ich schätze, Perrin, du hast kein Interesse daran, dich um unseren Landbesitz zu kümmern, oder?«

Perrin bleibt stehen, schaut sie an. »Doch natürlich. Sie obliegen nun meiner Verantwortung.«

»Verantwortung, ja, aber ist es auch dein Wunsch?«

»Worauf willst du hinaus, Mutter?«

»Ich möchte, dass du dieses Land Aba stiftest.«

»Den Arkadiern, meinst du?«

»Nein, ich meine Aba.«

Perrin grinst. »Gehört denn Aba nicht ohnehin schon alles?«

»Du bist zu alt für diese Kindereien, Perrin«, sagt Mutter. »Damit beleidigst du uns beide. Ich habe lange und gewissenhaft über diese Angelegenheit nachgedacht.«

»Mutter«, sagte Perrin. »Du kannst unmöglich erwarten, dass ich meinen ganzen Besitz verschenke. Das ist doch Wahnsinn.«

»Du besitzt ein enormes Vermögen, das dir für den Rest deines Lebens ein gutes Auskommen sichern wird, Perrin. Du brauchst das Land nicht.«

»Darum geht es nicht. Das Land ist mir im Grunde egal.«

»Die Kirche wird sich mit größtmöglicher Liebe und Sorgfalt um die Ländereien kümmern. Sie wird die Leute, die darauf leben und arbeiten, mit Respekt behandeln, selbst solche, die nicht an Aba glauben.«

»Da bin ich mir sicher. Und ich bin mir auch sicher, dass sie die Erlöse nur zu gern einstreichen wird. Sei doch bitte nicht so naiv, Mutter.«

»Ich mag ja manches sein«, sagt sie mit bebender Stimme, »aber ganz gewiss nicht naiv.«

»Mutter«, sagt Perrin. »Es tut mir leid. Ich wollte dir nicht wehtun. Ehrlich.«

»Ich weiß.«

»Und natürlich hast du Recht. Ich habe kein Interesse daran, den Großgrundbesitzer zu spielen. Oder einen Sitz im Oberhaus zu bekleiden. Aber Bresun und Marin werden –«

»Bresun ist nur an Geld und Status interessiert, und Marin ist ein elender Schwachkopf!«, erwidert Mutter aufgebracht. Jetzt atmet sie schwer.

»Nun, sobald ich volljährig und in der Verantwortung bin, werde ich dafür sorgen, dass sie nicht aus der Reihe tanzen.«

»Am Tage deiner Volljährigkeit wird Bresun dir das alles schon längst weggenommen haben.«

»Das kann er nicht, Mutter. Das wäre gesetzwidrig.«

Mutter lacht, aber es ist nicht ihr vertrautes warmherziges Lachen. »Ach, mein Sohn. Es gibt nur ein Gesetz, das nicht mittels Geld oder Einfluss gebrochen werden kann, und das ist Abas Gesetz. Es wird Bresun zur Rechenschaft ziehen, doch nicht mehr in diesem Leben. Bresun hätte es nie gewagt, sich mit deinem Vater anzulegen, doch er wird keine Skrupel haben, *dich* um dein Erbe zu bringen.«

Perrin bleibt wieder stehen. So zynisch hatte er seine Mutter bisher noch nicht gekannt.

»Schau her«, sagt sie und zeigt auf die Felder. »Siehst du die Bauern dort. In zwei Jahren werden sie unter Bresuns Knute stehen. Und wenn du mir nicht glaubst, besuche sein bescheidenes Anwesen und schau dir an, wie glücklich seine Pächter sind. Wir nannten sie einst Edelleute, erinnerst du dich? Nachfahren der Faekönige, jeder Einzelne von ihnen. Verdienen sie da nicht ein besseres Schicksal?«

Perrin weiß nicht, was er darauf antworten soll.

»Ich sagte dir an jenem Tage auch, dass du dich entscheiden musst, was für ein Mann du werden willst. Nun, vielleicht ist dieser Moment gekommen. Triff die richtige Entscheidung. Wenn schon nicht für Aba, dann wenigstens für mich.«

Sie lässt ihn stehen auf dem Flusspfad. Einer der Bauern entdeckt ihn und winkt ihm freundlich zu.

Am nächsten Tag teilt Perrin seinem Onkel Bresun mit, dass er darüber nachdenke, Friedbrück und Connach den Arkadiern zu vermachen. Bresun hört ihm geduldig lächelnd zu und lässt Perrin dann unmissverständlich wissen, was für eine dumme Idee das ist. Er ist dabei charmant und überzeugend, und nach kaum mehr als einer Stunde trinken er und Perrin wohlgelaunt ein Glas miteinander und lachen herzlich über den Einfall.

»Deine Mutter ist eine wundervolle Frau«, sagt Bresun. »Aber sie zählt nicht gerade zu den nüchternsten Geistern in den Faelanden.«

Silberdun lächelt wissend. Am nächsten Tag kehrt er zurück an die Schule und beschließt das Semester als einer der besten seines Jahrgangs.

Silberdun wurde durch einen Gesang geweckt; es waren die ätherischen Klänge einer chthonischen Chorals. Das Lied war sehr alt und seine Melodie ihm wohlbekannt. Nur die Worte waren anders. Die arkadischen Bauern seiner Jugend in Friedbrück hatten es immer auf den Feldern gesungen. Seine Mutter hatte ihm einmal erzählt, dass es die Gesänge waren, die sie zuerst für Aba eingenommen hatten. Silberdun konnte den Text dieses Liedes nicht verstehen, das in der vokallosen glottalen Sprache der Annwni gesungen wurde, doch er nahm an, dass es auch darin um die Erlösung von allen Leiden und die Errettung der Seele ging.

In Crere Sulace, dem Gefängnis, in dem Silberdun mit Mauritane und den anderen gesessen hatte, hatte es auch ein paar Arkadier gegeben. Und auch sie hatten diese Art von Liedern gesungen. Damals hatte er es ihnen übel genommen, und das tat er auch heute. Diese hehre Vorstellung von Freiheit in Gefangenschaft, davon, alle weltlichen Fesseln abzulegen. Wie lange sollte man denn trällern, bis einen jemand erhörte? Silberdun hatte das Kloster verlassen, insofern hatte er wohl, auch ohne zu singen, sein persönliches Maß an Duldsamkeit erreicht. Und doch war es schöne Musik.

Er öffnete die Augen und richtete sich mühsam auf. Neben ihm saß Eisenfuß und aß. Als er sah, dass Silberdun wach war, schob er ihm einen Blechnapf mit Brot und Gemüse herüber. Silberdun hatte keinen großen Hunger, doch er aß trotzdem – mit nur einem Arm.

»Tut's weh?«, fragte Eisenfuß und deutete auf den bandagierten Stumpf.

»Nein, eigentlich nicht«, sagte Silberdun. »Es sticht und juckt nur grausam.«

Eisenfuß nickte. Falls er aus seiner Militärzeit die ein oder andere Geschichte über Amputierte kannte, so behielt er sie dankenswerterweise für sich. Silberdun wusste, dass er sich auf ihre gegenwärtige missliche Lage konzentrieren sollte, doch immer wieder kehrten seine Gedanken zu seiner fehlenden Hand und der Tatsache zurück, dass sein Leben nun so gut wie zerstört war. So konnte er jedenfalls nicht als Schatten weitermachen; wenn man sie nicht hängte oder lebenslänglich einsperrte, dann war seine Karriere beendet. In diesem Fall konnte er genauso gut als einer dieser verarmten Edelleute nach Friedbrück zurückkehren, die »unter eingeschränkten Bedingungen« ihr Dasein fristeten und nur dadurch überlebten, dass sie ihr ererbtes Land Stück für Stück verkauften, bis nichts mehr da war.

»Ich muss schon sagen«, bemerkte Silberdun, »unsere erste Mission war ja ein durchschlagender Erfolg, was meint Ihr?«

Eisenfuß antwortete nicht sofort, doch dann: »O ja. Man wird uns dafür höchstwahrscheinlich als Helden feiern.«

»Ich war schon mal ein Held«, sagte Silberdun. »Eine großartige Gelegenheit, Frauen kennen zu lernen.«

In dem Gang vor ihrer Zelle erschienen zwei Wachen. Der eine Mann war schon älter und grau, der andere kaum seinen Jugendjahren entwachsen. Der Alte öffnete die Tür, der andere betrat die Zelle und scheuchte die beiden Gefangenen auf.

»Kommt mit«, sagte er und zerrte Silberdun auf die Füße.

»Wohin geht's?«, fragte Eisenfuß.

»Ihr werdet vor den Magister gebracht«, sagte der Alte.

Als Silberdun endlich stand, packte der jüngere seinen Arm und rammte den Stumpf hart in die Wand. Silberdun jaulte vor Schmerz auf.

»Du hast zwei meiner Freunde getötet«, zischte ihm der Junge ins Ohr.

»Aber, aber.« Der Alte stapfte in die Zelle. »Schluss damit.«

Eingeschüchtert ließ der junge Wachmann zu, dass der ältere Silberdun und Eisenfuß aus der Zelle in den Gang geleitete.

»Ich muss mich für das Benehmen des jungen Bryno entschuldigen«, sagte der Alte. »Aber ihr müsst zugeben, dass er allen Grund zur Klage hat.«

Sie wurden an einer Reihe Zellen vorbeigeführt, fast alle waren belegt. Viele der Gefangenen waren arme Leute, die man vermutlich beim Mundraub oder Taschendiebstahl erwischt hatte. Andere waren Betrunkene; wieder andere wirkten wie religiöse Eiferer, die vielleicht zur falschen Zeit ein bisschen zu viel Politik unter ihre Predigten gemischt hatten. Sie alle verfolgten mit unverhohlenem Interesse, wie Silberdun und Eisenfuß vorbeigeführt wurden und dachten wohl, dass es sich bei den beiden um Unseelie-Beamte handelte. Etwas, das man hier zweifellos nur selten zu Gesicht bekam.

Sie gingen an einem weiteren Zellentrakt vorbei, dann in einen dunklen Gang und eine nur spärlich beleuchtete Steintreppe hinauf. In den Korridoren standen in regelmäßigen Abständen Wachen. Selbst wenn Silberdun die Kraft gehabt hätte, seine Begleiter zu überwältigen und abzuschütteln, er hätte nirgendwohin fliehen können.

Nach ein paar weiteren Gängen und Treppen wurden sie in einen schlichten, fensterlosen Raum gebracht, in dem auf einem Podest ein Mann in einer braunen Robe auf einem hochlehnigen Stuhl saß. Vor ihm stand ein Pult mit einem aufgeschlagenen Buch, links und rechts von ihm je eine Wache. Der Mann lehnte sich vor, als die beiden Gefangenen eintraten. Er hatte etwas Gieriges im Blick, das Silberdun abstieß. Dieser Mann wollte was von ihnen, so viel war klar.

Der alte Wachmann verbeugte sich vor dem Mann, der zurücknickte. Der junge Bursche zwang Eisenfuß und Silberdun auf die Knie.

Der alte Wachmann sagte: »Vermelde untertänigst, dass die beiden unbekannten Fae vor den ehrenwerten Magister Eyn Wenathn gebracht wurden.«

In einer Ecke des Raums saß ein Schreiber an einem kleinen Tisch, der nun eifrig ein liniertes Blatt Papier zu bekritzeln begann. »So wurde es vermerkt«, sagte er.

Magister Wenathn lehnte sich auf seinem Stuhl zurück und befeuchtete seine Lippen. »Sagt mir Eure Namen.«

Silberdun wollte sich schon erheben, doch die behandschuhte Rechte des jungen Wachmannes drückte ihn an der Schulter wieder zu Boden. »Ich bin Hy Wezel, und das ist mein Begleiter En Urut. Wir sind Bürger des Unseelie-Kaiserreichs und verlangen, auf der Stelle freigelassen zu werden.«

»Ja, ich hab mir Eure Papiere angesehen«, sagte Wenathn. »Ausgezeichnete Fälschungen. Aalhändler, was? Wirklich köstlich.«

»Das ist alles ein schreckliches Missverständnis«, sagte Eisenfuß. »Wir kamen gerade aus Mag Mell, um –«

»Seid still«, unterbrach ihn Wenathn. »Wenn Ihr bei Eurer Geschichte bleiben wollt, soll es mir recht sein. Doch als Magister dieses Kollws habe ich das Recht, Euch zu verhören, bevor ich Euch an unsere gnädigen Unseelie-Schutzherren übergebe.«

Silberdun stutzte. Hatte da ein Hauch von Verachtung in dem Wort »Unseelie« gelegen?

Eisenfuß leckte sich über die Lippen und wollte erneut sprechen, doch Wenathn unterbrach ihn abermals.

»Und wenn ich das tue«, fuhr er fort, »werdet Ihr höchstwahrscheinlich als Spione des Seelie-Königreichs enttarnt werden. Ich kann nur vermuten, dass das nicht in Eurem Sinne ist.«

»Wir sind, was wir sagten«, meinte Eisenfuß. »Wir wurden ohne erkennbaren Grund von diesen Wachen angegriffen. Mein Partner und ich –«

Nun unterbrach ihn Silberdun. »Wenn wir wirklich Seelie-Spione *wären*«, sagte er langsam, »wäre das für alle Seiten äußerst unerfreulich. Tatsächlich würde es zu großen Verwicklungen führen.« Er sah Wenathn eindringlich an.

Wenathn wandte sich an den Schreiber. »Streicht diese letzte Bemerkung«, sagte er, dann richtete er das Wort an die Wachen: »Lasst uns allein. Ich würde die Gefangenen gern nicht öffentlich befragen.«

Der Schreiber erhob sich und raffte seine Papiere zusammen.

Dann trottete er zur Tür und bedeutete den Wachen, ihm hinaus zu folgen. Der junge Wachmann öffnete den Mund, um etwas einzuwenden, doch der Schreiber unterbrach ihn. »Ihr habt den Magister gehört«, sagte er. »Kommt jetzt.«

Kurz darauf waren Wenathn, Silberdun und Eisenfuß allein im Zimmer.

»So lasst uns denn wie vernünftige Männer miteinander reden, ja?«

Eisenfuß richtete sich ein Stück auf. »Hört mir zu«, sagte er, wie Paet es ihm eingeschärft hatte. »Wir sind niemand anders, als wir Euch sagten.« In seine letzten Worte legte er ein wenig Führerschaft, doch Wenathn schien das nicht sonderlich zu beeindrucken.

»Lasst es gut sein, Freund«, meinte Silberdun. »Er weiß sehr genau, wer wir wirklich sind.«

Eisenfuß starrte ihn an. »Hy Wezel!«

»Ja, es stimmt«, sagte Silberdun. »Wir sind in Wahrheit Seelie-Spione und wurden von Titania entsandt, um Mabs Einfluss in Annwn zu untergraben. Gute Annwni-Männer zu töten war indes nie Teil unseres Plans.«

»Es liegt mir fern, Eure friedlichen Absichten in Frage zu stellen…«, sagte Wenathn grinsend. Er stand auf und bedeutete den beiden Gefangenen, sich ebenfalls zu erheben. »… und doch habt Ihr sie getötet, und das brachte Euch in eine recht missliche Lage.«

»Warum übergebt Ihr uns nicht den Unseelie?«, schlug Silberdun vor.

»Ja, warum eigentlich nicht. Gewiss würde man mich dafür auszeichnen. Und das werde ich wahrscheinlich auch tun, es sei denn…« Wenathn machte eine Kunstpause, schien sich dann eines Besseren zu besinnen.

»Die Lage in Annwn ist äußerst kompliziert«, fuhr er fort. »Die Unseelie walten hier eher als unsere Unterstützer, denn als Eroberer. Und um das zu bewahren, was ein Zyniker vielleicht den *Anschein* von Autonomie nennen würde, ist es uns Annwni gestattet, unsere Angelegenheiten bis zu einem gewissen Grad ohne direkte Unseelie-Einmischung zu regeln. Und wenn sie sich doch einmischen, muss es eine Sache von außerordentlicher Wichtigkeit sein.

Vor zwei Tagen hat der Unseelie-Prokonsul den Wachen eine Anweisung zukommen lassen. Darin heißt es, man solle Ausschau halten nach zwei Aalhändlern, deren Beschreibung genau auf Euch passt, und dass man Euch beobachten und erst dann festnehmen solle, wenn Ihr Anstalten macht, Blut von Arawn wieder zu verlassen.«

Sie waren an die Gegenseite verraten worden? Aber durch wen? Von Aranquet, dem Botschafter in Mag Mell? Er schien der wahrscheinlichste Kandidat.

»Unglücklicherweise hat jedoch gestern eine Frau den Wachen in meinem Distrikt zwei verdächtige Unseelie-Männer gemeldet. Begierig darauf, die Belohnung einzustreichen, die ich selbst auf diese Männer ausgesetzt hatte, stürmte ein Dutzend meiner Wachen das betreffende Mietshaus und provozierte damit eine folgenschwere Auseinandersetzung, die einigen meiner Leute das Leben kostete. Und die dazu führte, dass das gesamte Gebäude ein Raub der Flammen wurde. Um es kurz zu machen: Die Sache war ein einziges Debakel, und es hat große Mühen gekostet, dass nichts davon an die Öffentlichkeit gelangte.«

Silberdun begann zu verstehen. Wenathn befand sich in einer verzwickten Lage. Wenn er seine Gefangenen dem Prokonsul übergab, würde man ihn dafür belohnen, dass er zwei Seelie-Spione geschnappt hatte. Aber er würde auch von seinen Vorgesetzten dafür zur Rechenschaft gezogen werden, dass der Einsatz so viele Leben gekostet hatte. Wenathn suchte einen Ausweg aus dem Dilemma, wenngleich die in Aussicht stehende Belohnung den Rüffel, den er womöglich einzustecken hatte, mit Sicherheit aufwog. Was also war sein Problem?

Dann traf ihn die Erkenntnis wie ein Blitz. Wahlen. Die Magistratswahlen standen noch in diesem Jahr an. Die Landbesitzer des Kollws würden ihre Stimme abgeben, und Wenathn wollte sichergehen, dass sie ihn wiederwählten.

»Wenn die Umstände, die zu unserer Verhaftung führten, öffentlich gemacht würden«, sagte Silberdun, »könnte sich ein politischer Gegner dies zunutze machen, um Euch in ein schlechtes Licht zu rücken.«
»Solche Dinge geschehen durchaus«, sagte Wenathn.
»Erlaubt mir, ein mögliches Szenario zu entwerfen, Magister Wenathn.«
»Nur zu.«
»Angenommen, Ihr hättet herausgefunden, dass wir die sind, für die Ihr uns gehalten habt: berüchtigte Spione von Regina Titania. Uns zu fassen würde ohne Zweifel von Euren Unseelie-Protektoren sehr begrüßt werden.«
»Ohne Zweifel«, sagte Wenathn.
»Nehmen wir weiterhin an, Ihr nehmt uns daraufhin in Haft. Es ist wohl davon auszugehen, dass eine kleine Abordnung von Unseelie-Offizieren uns aus Eurem Gefängnis abholen und in die Stadt Mab überführen würde, wo man uns den Prozess macht. Und im Verlauf dieses Prozesses könnten alle möglichen Dinge ans Licht kommen, darunter solche, die niemand hier im Raum öffentlich erörtert sehen möchte. Richtig?«
Wenathn legte die Stirn in Falten. »Richtig.«
»Lasst uns noch weiter gehen«, sagte Silberdun, »auch wenn wir uns nun auf das Feld wildester Spekulationen begeben. Nehmen wir also an, dass der ein oder andere in Annwn nichts dagegen hätte, Freunde im Seelie-Königreich zu besitzen. Wohlhabende Freunde.«
Jetzt schien Wenathn hellhörig zu werden. »So ein Wahlkampf ist eine kostspielige Sache«, sagte er.
»Nun, in diesem Fall ist die Lösung des Problems denkbar einfach und wird alle Beteiligten zufriedenstellen«, sagte Silberdun.

In den frühen Morgenstunden des nächstes Tages wurden Silberdun und Eisenfuß von zwei neuen Wachen in ihrer Zelle aufgescheucht. Von dort brachte man sie aus dem Gefängnistrakt in einen umfriedeten Innenhof. Hier stand Wenathn zusammen mit zwei Unseelie-Offizieren vor einem geschlossenen Fuhrwerk. Wenathn ordnete an, dass die beiden Gefangenen an Händen und Füßen gefesselt wurden.

»Ich bin froh, dass wir das in aller Diskretion durchführen können«, sagte Wenathn zu den Offizieren. »Es gibt in Blut von Arawn leider Elemente, die Eure großzügige Unterstützung in lokalen Belangen nicht zu würdigen wissen.«

»Tja, manche Leute können sich einfach nicht mit den Realitäten abfinden«, erwiderte einer der Offiziere. »Der Prokonsul dankt Euch jedenfalls für Eure Hilfe in dieser Angelegenheit. Es wird nicht vergessen werden.«

»Das hoffe ich«, sagte Wenathn. »Man erhält schließlich nicht jeden Tag Gelegenheit, eine gegnerische Verschwörung zu vereiteln, nicht wahr?«

Wenathns Assistent reichte den Offizieren einige Papiere, dann wurden Eisenfuß und Silberdun in das Gefährt verfrachtet und mit ihren Handschellen an einen Ring am Boden gekettet.

Es gab keine Fenster in dem Wagen und nur sehr wenig Licht. Silberduns rechter Arm baumelte frei herunter, da es nur schwer möglich gewesen wäre, ihn aufgrund der fehlenden Hand irgendwo festzumachen. Eisenfuß vor ihm war nur als dunkle Silhouette zu erkennen.

»Das funktioniert nie im Leben«, sagte Eisenfuß.

»Wir werden sehen«, antwortete Silberdun.

Das Gefährt setzte sich in Bewegung und verließ den Innenhof, ruckelte durch die verschlungenen Straßen von Blut von Arawn, holperte über das Kopfsteinpflaster und Schlaglöcher. Die Unseelie-Offiziere saßen vorn im Wagen und unterhielten sich, doch Silberdun konnte nicht verstehen, worüber.

Plötzlich kam das Fuhrwerk so abrupt zum Stehen, dass Silberdun gegen die Rückwand geschleudert wurde.

»Aus dem Weg!«, hörten sie einen der Offiziere brüllen.

Es folgte ein weiterer, diesmal undeutlicher Ruf, gleichzeitig waren hastige Schritte neben dem Wagen zu vernehmen, zwei Klingen trafen aufeinander, dann Stille.

Im nächsten Moment wurde die Hintertür des Wagens aufgerissen. Ein ganz in Schwarz gekleideter Mann mit einer Kapuze, die sein Gesicht verdeckte, sprang auf die Ladefläche und löste die Fesseln der Gefangenen. »Raus hier«, sagte er.

Silberdun und Eisenfuß kletterten aus dem Fuhrwerk. Sie befanden sich in einer engen Gasse. Ein Ochsenkarren blockierte die Durchfahrt, darauf standen zwei weitere schwarz gekleidete Gesellen mit Armbrüsten. Ein anderer hielt dem Fahrer des Gefangenentransporters eine Klinge an die Kehle. Der zweite Unseelie lag reglos neben ihm; ob er bewusstlos oder tot war, ließ sich im schwachen Licht der Morgendämmerung nicht sagen.

»Kommt mit«, sagte der erste Mann in Schwarz. Er führte Silberdun und Eisenfuß um die nächste Ecke, wo zwei gesattelte Pferde bereitstanden. Als sie außer Sicht waren, schlug ihr Befreier seine Kapuze zurück. Es war der alte Wachmann, der sie zu Wenathn gebracht hatte.

»Annwn war mal ein guter Ort«, sagte er. »Seid Ihr gekommen, um uns von der Unseelie-Herrschaft zu befreien?« Er sah Silberdun tief in die Augen.

»Das sind wir«, sagte Silberdun.

Der Wachmann händigte Silberdun die Reisedokumente aus, die man ihnen bei ihrer Festnahme abgenommen hatte. »Nehmt das und reitet direkt zum Fluss. Dort wartet ein Boot auf Euch. Sein Name ist *Magl*«, sagte er. »Wir halten Eure Bewacher fest, bis Ihr dort seid, aber keine Minute länger.«

Silberdun nickte. Ihm fiel keine angemessene Antwort darauf ein, also schwieg er.

»Wärt Ihr wohl so freundlich, mir ein bisschen Hilfe beim Aufsitzen zu geben?«, fragte er Eisenfuß und hob seinen Armstumpf in die Höhe. Eisenfuß half ihm aufs Pferd, dann ritten sie schweigend in den anbrechenden Morgen.

Als sie die *Magl* sicher erreicht hatten – eine staubige Schute –, brachte sie die Besatzung in einen kleinen Frachtraum hinunter, der nach Dreck und Lampenöl stank. Hier war es eng und dunkel, aber Silberdun war dennoch erleichtert.

»Unglaublich«, sagte Eisenfuß. »Ich kann nicht fassen, dass das wirklich funktioniert hat.«

Silberdun indes hatte keinen Moment daran gezweifelt. Wenathn wollte in den Hohen Rat wiedergewählt werden, doch wenn das Debakel in dem Wohnhaus dem Unseelie-Prokonsul zu Ohren gekommen wäre, hätte Wenathns unrühmliche Rolle in diesem Schauspiel ihn mit Sicherheit das Amt gekostet. Andererseits konnte er die beiden Seelie-Spione auch nicht einfach laufen lassen, ohne das Büro des Prokonsuls misstrauisch zu machen. Die dritte Möglichkeit bestand darin, dass den Gefangenen die Flucht gelang. Allerdings nicht, solange sie Wenathns Verantwortung unterstanden. Nein, dies musste unter Aufsicht von Unseelie-Soldaten geschehen. Auf diese Weise hatte Wenathn seine Pflicht als braver Diener der Besatzer Genüge getan, wohingegen die Unseelie am Ende die Dummen waren.

»Ich frage mich«, fuhr Eisenfuß fort, »ob das alles nicht auffliegt, wenn die Unseelie unsere Flucht untersuchen?«

»Das würde es, sofern es eine Untersuchung gäbe. Doch die Unseelie würden sich wohl kaum die Blöße geben, zuzugeben, dass sie zwei Spione haben entwischen lassen, und deshalb werden sie das tun, was alle rückgratlosen Bürokraten in so einem Fall tun.«

»Sie kehren die Angelegenheit unter den Tisch.«

»Genau. Als wäre es nie geschehen. Dazu ist Wenathn jetzt auch noch unser guter Freund in Annwn, ein Mann, der ganz offensichtlich kein glühender Anhänger der Unseelie ist und den man leicht beeinflussen kann, wenn man ihm bei seiner Wiederwahl hilft.«

Eisenfuß pfiff durch die Zähne. »Ihr seid mir vielleicht ein ausgefuchster Hurensohn, Silberdun, das muss Euch der Neid lassen.«

»Davon abgesehen, dass meine Mutter keine Hure war, mögt Ihr Recht haben.«

»Gut, gut, ich schätze, dann war unsere Mission doch noch von Erfolg gekrönt.«

Silberdun seufzte. »Ich denke, meine rechte Hand wäre da anderer Ansicht.«

Die Zeit auf dem Fluss kroch dahin. Als die Stadt einmal hinter ihnen lag, konnten Silberdun und Eisenfuß an Deck und sich an Bord der *Magl* frei bewegen. Hier war zwar die Luft besser, doch die Aussicht ließ einiges zu wünschen übrig. Außerhalb der Stadtmauern bestand Annwn aus nichts weiter als endlosen Grasebenen. Nicht ein einziger Baum, kein Strauch unterbrach die eintönige Weite. Gelegentlich sahen sie Tiere, die zum Fluss kamen, um zu trinken, doch davon abgesehen geschah nicht viel. Sie nahmen ihre Mahlzeiten mit der Schiffsbesatzung ein, einem wortkargen Haufen.

Am zweiten Tag ihrer Reise begann Silberdun, sich mies zu fühlen; auch spürte er ein Stechen in seinem Armstumpf. Am Abend musste er sich übergeben und hatte Schweißausbrüche; und immer, wenn das Schiff sich stärker auf dem Wasser bewegte, stöhnte er.

Am Morgen des dritten Tages war er zeitweise im Fieberwahn und erinnerte sich nur noch bruchstückhaft an irgendwelche Ereignisse aus seiner Vergangenheit. Alles, was er spürte, war diese Übelkeit, das Stechen in seinem Arm und das Heben und Senken des Schiffs. Er wollte so sehr an seinem Stumpf kratzen, doch Eisenfuß hielt ihn jedes Mal davon ab. Warum hielt er ihn davon ab? In einem seiner wacheren Moment starrte Silberdun auf seine Hand, sah, dass sie blutüberströmt war. »Hör auf damit!«, drang von irgendwo Eisenfuß' Stimme an sein Ohr. Silberdun spürte, wie etwas um seinen Arm gebunden wurde, etwas Festes, Schweres. Als er wieder an seinem Handgelenk kratzen wollte, war es nicht mehr da. Stattdessen griff er in eine Lage schweren Stoffs. Sein ganzer Körper brannte, schüttelte sich, kribbelte.

Als er am vierten Morgen erwachte, fühlte er sich zwar benommen, doch das Fieber war weg. Er war draußen, und die Sonne stach ihm in die Augen. Als er nach seinem rechten Arm sah, stellte er fest, dass man ihn in ein Stück Segeltuch eingeschlagen und hochgebunden hatte, damit er nicht daran kratzen konnte. Der Schmerz und das Stechen waren fort, doch er spürte noch immer seine nicht mehr vorhandene Hand unter dem Stoff. Das Gefühl war erstaunlich real.

Er lag auf dem Vorderdeck, seine Kleider waren schweißgetränkt. Es ging ein kühler Wind auf dem Wasser, und Silberdun genoss die Brise.

»Endlich seid Ihr wieder wach.« Eisenfuß brachte Silberdun eine kleine Tasse Wasser und etwas Stockfisch. Silberdun aß und trank, zögerlich erst, dann gieriger.

»Mehr Wasser, bitte.« Er hielt Eisenfuß die Tasse hin, die dieser noch mal auffüllte.

»Wie geht es Euch?«, fragte Eisenfuß. »Der Kapitän dachte schon, Ihr schafft es nicht.«

»Unterschätzt mich nicht.« Silberdun stand langsam auf. »Wir Lords Silberdun sind aus einem ganz besonderen Holz. Kaum totzukriegen.«

»Ich muss Euren Verband wechseln«, sagte Eisenfuß. »Tut mir leid wegen des Leinentuchwickels, aber Ihr habt ständig an der Wunde gekratzt und sie immer wieder aufgerissen. Der Kapitän meint, das Ganze muss von einem Chirurgen ordentlich vernäht werden, wenn wir wieder in Mag Mell sind, oder Ihr werdet Wundbrand kriegen.«

»Na großartig.«

Eisenfuß löste den Gürtel, mit dem der Leinenwickel an Ort und Stelle gehalten wurde und entfernte die äußere Lage. Darunter kam ein Gewirr aus blutdurchtränkten Verbänden zum Vorschein, das doch keinen Zweifel an einer bestimmten Sache ließ.

»Bei Auberons Eiern!«, rief Eisenfuß aus. »Eure Hand ist nachgewachsen!«

Silberdun zog die letzten Bandagen fort und hielt die Hand in die Höhe. Da war sie wieder, und so gut wie neu. Er streckte die Finger, bewegte den Daumen; alles funktionierte einwandfrei. Auch spürte er kein Stechen, Ziehen oder gar Schmerzen.

»Netter Trick!« Eisenfuß riss die Augen auf. »Wie habt Ihr das bloß angestellt?«

Silberdun kniff fest in die Haut seiner neuen Hand, freute sich unendlich über den Schmerz. »Ich hab keine Ahnung.«

Er legte sich auf die Planken und griff ins kalte Wasser, spülte sich das Blut von der Hand. Als er sie abermals in die Höhe hielt, war es, als wäre nichts geschehen.

»Schaut Euch das an«, sagte er zu Eisenfuß. »Seht Ihr die Narbe auf meinem Handballen? Die hab ich, seit ich als Kind mal von einer Mauer gefallen bin.«

»Ja, ich sehe sie.«

»Gehen wir für den Moment davon aus, dass es möglich ist, eine abgeschlagene Hand nachwachsen zu lassen«, überlegte Silberdun. »Wie aber lässt man eine alte Narbe wieder ... nachwachsen?«

»Mir fällt keine wissenschaftliche Erklärung dafür ein.«

Das Boot fuhr auf dem Fluss südwärts Richtung Glaum, einem Goldgräberzentrum. In der Kluft von Minenarbeitern gingen Silberdun und Eisenfuß an Bord eines Frachtkahns. Der lag in einer Wasserschleuse, die den Fluss mit einem Hafen in Mag Mell verband. Von dort war die Insel Cureid per Segelschiff in nur wenigen Tagen erreicht.

Falls der Seelie-Botschafter überrascht war, sie zu sehen, so ließ er es sich nicht anmerken. Entweder hatte er sie doch nicht an die Annwni verraten, oder er war ein exzellenter Schauspieler. Aranquet servierte ihnen Schellfisch und Likör und nahm sie sodann als Ehrengäste mit zu einem Wasserballett, das in der Lagune des Atolls aufgeführt wurde. Die männlichen und weiblichen Tänzer vollführten dabei einen komplexen und äußerst stilisierten Reigen, der teilweise über und teilweise unter Wasser stattfand. Die weiblichen Zuschauer verfolgten die Darstellung unter der Wasseroberfläche. Aranquet erklärte seinen Gästen im Flüsterton, dass eigentlich zwei Ballette gleichzeitig aufgeführt wurden: der Tanz über und der Tanz unter Wasser, und dass jedem von ihnen seine eigene geheime Bedeutung innewohne, die allein die Götter kennen.

Silberdun versuchte sich auf die Darbietung zu konzentrieren, doch alles, woran er denken konnte, war seine Hand.

19. KAPITEL

Einmal beschwerte sich ein chthonischer Priester über die zu hohe Grundsteuer. Ich sagte ihm, dass jedermann auf meinem Land diese Steuer zahlen müsse.
Er wandte ein, diese Regel beträfe ganz gewiss nicht jedermann, da ich ja offensichtlich von ihr ausgenommen sei.

Ich verdoppelte seine Steuer.

Er hat sich nie wieder beschwert.

– Lord Grau, *Erinnerungen*

Als Silberdun und Eisenfuß in Smaragdstadt eintrafen, war es tief in der Nacht. Und das, obwohl es in Mag Mell, das sie vor wenigen Sekunden verlassen hatten, erst Mittag gewesen war. Die Zeitverschiebung war verwirrend, doch Silberdun freute sich auch, wieder zurück in den Faelanden zu sein. Die Luft hier war einfach sauberer, klarer, und er fühlte sich auch leichter auf den Füßen, nachdem er aus dem Portal getreten war.

Sie traten hinaus auf die Straße, die sie in die Stadt führte, und atmeten tief durch.

»Da sind wir«, sagte Eisenfuß.

»Ja, tatsächlich«, erwiderte Silberdun.

»Mir scheint, es ist kurz nach zwei Uhr morgens. Ich kann trotzdem nicht behaupten, sonderlich müde zu sein.«

»Ich auch nicht«, sagte Silberdun. »Und ich mag auch nicht bis morgen Früh warten, um mit Paet zu sprechen.«

»Das sehe ich genauso. Lasst uns unser Gepäck in Haus

Schwarzenstein abladen, und dann schmeißen wir Paet aus seinem Bett.«

»Beste Idee des Tages.«

Der Plan wurde ihnen allerdings dadurch vereitelt, dass Paet schon im Hauptbüro von Schwarzenstein auf sie wartete. Der Anführer wirkte hellwach. Ein paar Analytiker, Übersetzer und Kopisten saßen ebenfalls an ihren Tischen und waren in ihre Arbeit vertieft.

»Willkommen zu Hause«, sagte Paet, als sie eintraten. Er wirkte nachgerade erleichtert. »Ich kann Euch gar nicht sagen, wie froh ich bin, Euch wieder hier zu haben.« Es war das erste Mal, dass Silberdun ihn etwas Emotionales sagen hörte, das kein Zorn war.

»Ich hab eine Hand verloren«, sagte Silberdun.

Paet sah ihn stirnrunzelnd an. »Wovon zum Henker redet Ihr?«

»Eine Annwni-Wache hat mir die rechte Hand abgeschlagen, doch fünf Tage später ist sie wieder nachgewachsen.«

Paet verzog den Mund zu einem dünnen Lächeln. »Was Ihr nicht sagt.«

»Was habt Ihr mit uns angestellt?«, verlangte Eisenfuß zu wissen. »Ich meine auf den Klippen in Kastell Weißenberg. Irgendwas ist dort mit uns geschehen. Jedron hat was mit uns gemacht. Seit wir Weißenberg verlassen haben, zerbreche ich mir darüber den Kopf, aber es will mir einfach keine thaumaturgische Erklärung einfallen… Und ich bin nicht gerade begriffsstutzig«, setzte er hinzu.

Silberdun nickte. »Ich denke auch, es ist an der Zeit, uns reinen Wein einzuschenken, Paet.«

»Ist sonst noch was Außergewöhnliches passiert?«

»Wenn Ihr so fragt, ja«, erwiderte Silberdun. »Ich hab ein ganzes Wohnhaus mit einem einzigen Hexenfeuerschlag niedergebrannt, und Eisenfuß hat einen Mann im Handumdrehen zu seinem willfährigen Sklaven gemacht.«

»Verstehe.«

Paet nahm eine Flasche Whiskey vom Regal neben seinem

Schreibtisch und füllte drei Gläser. Er reichte je eines an Silberdun und Eisenfuß und erhob dann seines. Sie tranken.

»Ich sagte Euch ja, dass einige unerwartete Nebenwirkungen auftreten könnten, nicht wahr?«, fragte Paet. »Wie es aussieht, traten sie früher ein als erwartet.«

»Ich dachte, Ihr meintet damit so was wie Übelkeit oder Kopfschmerzen oder so«, sagte Silberdun.

»Ich habe mich bewusst nicht genau festgelegt, weil es für jeden anders ist.«

»Was ist ›es‹?«, wollte Eisenfuß wissen. »*Was* ist für jeden anders.«

»Etwas ist in Weißenberg mit uns geschehen, Paet«, sagte Silberdun. »Und Ihr wisst, was es war. Also erzählt es uns endlich.«

»Das kann ich nicht«, sagte Paet. Plötzlich wirkte er müde, fast erschöpft.

»Und warum nicht?«

»Glaubt mir, je weniger Ihr darüber wisst, desto besser«, sagte Paet nun lauter. »Wissen ist in diesem Geschäft alles. Je mehr Ihr wisst, umso ein größeres Risiko seid Ihr auch.«

»Immer die alte Leier«, sagte Silberdun.

»Jetzt hört mal gut zu«, sagte Paet. »Einst schnitt ich einer Frau, die ich liebte, die Kehle durch, um genau diese Information geheim zu halten. Glaubt Ihr wirklich, das hat mir Spaß gemacht?«

Silberdun wusste nichts darauf zu sagen, so erschrocken war er.

»Wie dem auch sei«, sagte Paet, »was wir mit Euch taten, ist nicht so wichtig wie das, was Ihr daraus macht.«

»Das reicht mir nicht«, sagte Eisenfuß.

»Gut, dann lasst mich Euch so viel sagen: Ihr seid nun stärker als zuvor. Ich denke, das dürfte Euch nicht verborgen geblieben sein. Stärker sowohl körperlich als auch mit Eurem *re*. Ihr seid nicht mehr so leicht zu verletzen, und wenn Ihr verletzt seid, dann regeneriert Ihr schneller.

Es gibt noch andere ... Vorteile«, schloss Paet, »aber es steht mir nicht frei, Euch davon zu berichten, es sei denn, die Umstände erfordern es.«

»Und welche Umstände wären dazu erforderlich?«, fragte Silberdun.

Paet stürzte den Rest seines Whiskeys herunter. »Das wollt Ihr nicht wissen.«

Er goss sich ein weiteres Glas ein. »Und wenn Ihr mich nun entschuldigen würdet, ich habe Wichtigeres zu erledigen.«

»Und das wäre?«, wollte Silberdun wissen.

»Ich nehme an, Ihr habt seit Eurer Rückkehr noch keinen Blick in die Zeitung werfen können?« Paet schob Ihnen eine zusammengefaltete Ausgabe des *Boten* über den Tisch. Silberdun schlug die Zeitung auf, Eisenfuß sah ihm über die Schulter; ihr Blick fiel auf die Schlagzeile: »Untersuchungen im Fall des Todes von Zunftmeisters Heron ausgeweitet.«

»Heron?«, fragte Eisenfuß. »Ist das etwa der Ehemann der Staatssekretärin?«

»Genau der«, sagte Paet. »Das Ganze ist bei Hofe der Skandal des Tages, und es werden auch schon erste Rücktrittsforderungen laut.«

Silberdun überflog den Artikel. »Ein Mord? Sollen wir die Sache vielleicht untersuchen?«

Paet verzog das Gesicht. »Aber nein. Wir kennen den Mörder doch.«

»Und wer ist es?«, fragte Eisenfuß.

»Unsere Sela«, sagte Paet. »Everess hat sie dazu angestiftet.«

Plötzlich war es totenstill im Büro.

»Aber warum?«, fragte Eisenfuß schließlich. »Liegt so was denn in unserem, ähm, Aufgabenbereich?«

Paet zuckte die Achseln. »Einer der Vorteile, zu den Schatten zu gehören, besteht darin, dass wir keinen offiziellen Aufgabenbereich haben. Sollte unser Außenminister allerdings mit dieser Tat in Zusammenhang gebracht werden, wird *er* sich wohl bald nach einem neuen Aufgabenbereich, wenn nicht nach einem neuen Kopf umsehen müssen.«

»Aber was kann Everess dazu gebracht haben?«

»Genau das will ich rausfinden.«

Am nächsten Morgen wurde Silberdun durch das Klingeln an der Haustür geweckt. Draußen war eben erst die Sonne aufgegangen, und er hatte nicht mehr als vier Stunden geschlafen.

Kurz darauf huschte sein Diener Olou ins Zimmer, ohne Anzuklopfen, wie es seine Gewohnheit war.

»Anzuklopfen«, sagte Silberdun, »ist ein Zeichen von Höflichkeit und Anstand. In jedem Winkel dieses Reiches, Olou.«

Olou zuckte die Achseln. »Ich bin vielleicht Euer Diener, aber ich bin auch Offizier im Außenministerium. Und soweit es die amtliche Version des Ministeriums betrifft, ist das hier mein Haus und Ihr seid der kranke Onkel, den ich zu pflegen habe.«

»Ich wusste, dass die Sache einen Haken hat.« Silberdun stand auf, um sich anzuziehen. Er betrachtete die Kleidung, die Olou ihm für den heutigen Tag zurechtgelegt hatte. »Nette Klamotten«, bemerkte er.

»Ich bemühe mich nach Kräften.«

»Wer hat denn zu dieser frühen Stunde wie ein Verrückter an meiner, Verzeihung, *Eurer* Tür geklingelt?«

»Abt Estiane vom Tempel Aba-Nylae.«

»Was will er denn?«

»Es steht mir nicht an, ihn danach zu fragen, mein Herr.«

Silberdun war fertig mit Anziehen und verließ mit einem Schnauben in Richtung Olou sein Zimmer. Als er im Salon seines Hauses Platz nahm, war er schon ein bisschen besser gelaunt und begrüßte Estiane mit einem Lächeln, das dieser jedoch nicht erwiderte.

»Was ist los, Estiane? Hat man am Ende Euer geheimes Alkoholversteck entdeckt?«

»Ich spreche an diesem Morgen zu Lord Everess«, sagte Estiane. »Abhängig vom Ausgang dieser Unterredung, werde ich Euch bitten, die Wahl Eurer... Tätigkeit noch einmal zu überdenken.«

»Sagt ausgerechnet der, der mir die Suppe erst eingebrockt hat.«

»Es ist etwas vorgefallen«, sagte Estiane, »wodurch ich meine Entscheidung in Frage stellen muss.«

»Glaubt mir, ich hab die Sache für uns beide wieder und wieder in Frage in gestellt.«

»Aus welchem Grund?«, fragte Estiane. Die Augen des Abts waren gerötet, so als hätte er bitterlich geweint.

»Ich weiß nicht, ob ich darüber sprechen kann.«

»Aha.« Estiane faltete die Hände im Schoß. »Geheimhaltung. So seid Ihr also in der Tat mit Haut und Haar in die Schattenwelt eingetaucht, Perrin.«

»Nun«, sagte Silberdun, »das wusste ich schon, bevor ich mich auf Everess eingelassen habe, und es ist mir mehr als einmal mit Nachdruck klargemacht worden.«

»Darüber sprechen wir noch. Später. Ich wollte Euch nur ... in Kenntnis setzen.«

»Abt«, sagte Silberdun. »Wie weit reicht eigentlich Abas Wille zur Vergebung? Ich frage nur aus Neugier.«

Estiane seufzte. »Die Schrift sagt, Abas Güte ist unendlich, Kind. Hoffen wir zu unser beider Seelenheil, dass dies auch stimmt.«

Lord Everess' Büro war groß und behaglich, dekoriert mit ausgesuchten Antiquitäten und allerlei religiösen Artefakten, darunter ein Rauchfass aus der Widder-Periode; ein chthonischer Kandelaber mit zwölf Kerzen in verschiedenen Elementarfarben – jede von ihnen stand für einen Gott und die entsprechende Gabe; die Bronzestatue eines Menschengottes – ein abstoßend fetter Mann, der segnend seine Hände hob. Everess war eigentlich kein religiöser Mann, entstammte er doch dem Hochadel, wo man über dergleichen nur die Nase rümpfte. Ein arkadischer Gegenspieler hatte vor dem Oberhaus einmal treffend bemerkt, dass Everess' einzige Religion die Macht sei, und damit großes Gelächter auf den Rängen ausgelöst.

Frömmelnde Zeitgenossen bereiteten Everess keine Kopfschmerzen, nicht einmal der politische Gegner, wie man annehmen könnte. Es gab in der Tat nur zwei Personen in den ganzen Faelanden, die ihn wahrlich beunruhigten: Regina Titania und

Anführer Paet. Die Macht der Königin mochte vielleicht nicht mehr ganz so stark sein wie einst, aber das war so, als behauptete man, der Feueratem eines Drachen habe sich ein wenig abgekühlt, wiewohl man nach wie vor von ihm verzehrt werden konnte.

Paet lag ihm im Magen, weil er Paet brauchte. Ein Umstand, der Everess alles andere als freute. Doch nur Paet war imstande, das zu tun, was Paet tat. Der Anführer mochte vielleicht eines Tages durch Silberdun ersetzt werden, doch dieser Tag war noch fern.

Es war schwierig, jemanden zu kontrollieren, dem nichts wichtig war außer der einen Sache, die man ihm auf keinen Fall wegnehmen durfte. Eine Zusammenkunft mit Paet stellte immer den Tiefpunkt eines Tages dar, und nach der Heron-Affäre würde Paet übellauniger sein denn je. Auch gut, dachte Everess, Paet brauchte ihn schließlich genauso sehr wie er Paet brauchte.

Wie das Schicksal es wollte, verkündete seine Sekretärin just in diesem Moment, dass Paet eingetroffen war, und Everess bedeutete ihr mit einem Grunzen, den Besucher vorzulassen.

»Guten Morgen, Anführer«, sagte Everess. »Was verschafft mir die Ehre?«

Paet ließ sich schwer in einen Sessel fallen, der Everess' Schreibtisch gegenüber stand – es war der Stuhl eines Vorbeters aus einem Resurrektionisten-Tabernakel, und er hatte Everess ein Vermögen gekostet. »Ihr wisst, warum ich hier bin. Es geht um die Heron-Sache.«

»Was ist damit?«

»Als Ihr sagtet, Ihr wolltet Euch Sela zwecks einer kleinen Angelegenheit ›ausleihen‹, konnte ich nicht ahnen, dass Ihr sie in einen Puff schickt, damit sie dort einem Mitglied der Schmiedezunft die Kehle durchschneidet. Einem Gildenvertreter, der zufällig auch noch der Ehemann Eurer Erzfeindin im Senat ist.«

»Eure mangelnde Fantasie ist legendär, Paet«, sagte Everess. »Doch unsere Vereinbarung besagt nicht, dass ich Eure Zustimmung benötige für ... nun, für was auch immer.«

»Das war eine höchst dumme Aktion, und wenn Ihr mich gefragt hättet, hätte ich Euch dringend davon abgeraten.«

»Genau darum habe ich Euch nichts davon erzählt.«

»Was glaubt Ihr durch eine solche Tat zu gewinnen? Es wird eine Untersuchung geben. Und wenn diese Untersuchung den Oberstaatsanwalt zu den Schatten führt, dann sind wir erledigt!«

»Nun, ich dachte eigentlich, es wäre klar, was ich zu gewinnen suche«, erwiderte Everess. »Der Skandal wird Heron ihr Amt als Gildenvertreterin im Senat kosten, und niemand ihrer politischen Verbündeten wird es wagen, sich für sie einzusetzen und damit ebenfalls den eigenen Ruf aufs Spiel setzen.«

Everess lächelte. »Und selbst, wenn der Fall untersucht würde, könnte niemand Sela mit der Tat in Verbindung bringen. Sie war schwer zurechtgemacht mit Make-up und Blendwerk, bevor sie an dem Abend das Haus verließ.«

Paet rutschte unbehaglich auf seinem Stuhl hin und her. Everess wusste, dass der Sessel trotz seines ansprechenden Äußeren entsetzlich unbequem war. Was auch der Grund war, warum er ihn angeschafft hatte.

»Was wollt Ihr damit sagen: ›Selbst, wenn der Fall untersucht würde‹?«, hakte Paet nach.

Everess lächelte und lehnte sich in seinem eigenen Sessel zurück, der – wenig erstaunlich – der Inbegriff von Behaglichkeit war. »Trotz des Protestes derer im Senat, die von einem ausgedehnten Skandal zweifelsohne profitieren würden, wäre eine Untersuchung der Angelegenheit ... äußerst unerfreulich für jene, die mit ebendieser Untersuchung beauftragt wären. Hätten wir uns um die Staatssekretärin persönlich gekümmert, ließe sich das alles nicht umgehen, aber da es nun mal ihren Ehemann betrifft, ergeben sich da gewisse Beschränkungen.«

»Was soll das heißen?«

»Das soll heißen, dass der Oberstaatsanwalt und die Hälfte seiner Männer zu den regelmäßigen Gästen dieses Puffs zählen. Was glaubt Ihr, warum es gerade dort geschah?«

»Tja, Ihr habt wirklich an alles gedacht«, sagte Paet. »Aber warum musste der Mann gleich sterben? Das erscheint mir doch recht unverhältnismäßig, selbst nach Euren Maßstäben. Darüber hinaus nahm ich an, dass wir nicht unsere eigenen Leute niedermetzeln.«

»Weil diejenigen, die zu unseren schärfsten Gegnern zählen und uns für diese Tat verantwortlich machen, Herons Ende als Warnung verstehen werden. Fortan werden sie es sich zweimal überlegen, öffentlich Kritik zu üben, so wie Zunftmeisterin Heron es zu tun pflegte.«

»Ich geb's auf«, sagte Paet. »Ihr macht doch ohnehin, was Ihr wollt, egal, was ich dagegen einzuwenden habe.«

»Ich freue mich, dass Ihr das endlich einseht.«

Vor dem Büro wurden Stimmen laut. Kurz darauf klopfte Everess' Sekretärin. »Mylord«, sagte sie. »Ich entschuldige mich für die Störung, aber draußen steht ein Abt, der unverzüglich mit Euch zu sprechen wünscht und –«

»Aba ist allgegenwärtig, Mädchen«, sagte Estiane und drängte an der Angestellten vorbei in Everess' Büro. »Und ich bin sein Vertreter in den Faelanden. Ich gehe, wohin er geht.«

»Schon gut«, sagte Everess. »Kommt herein, Abt.«

Paet erhob sich. »Ich überlasse Euch dann mal Eurem nächsten lieben Besuch«, sagte er.

Estiane verbeugte sich vor dem Anführer; er sprach nicht, doch sein Gesicht war rot vor Wut. Paet grinste und verließ den Raum, wobei er hinter sich die Tür schloss.

»Ich bin außer mir«, verkündete Estiane, bevor Everess das Wort ergreifen konnte. »Und es fällt mir wirklich schwer, mein Entsetzen in Worte zu fassen!«

Everess versuchte sich seine Verachtung nicht anmerken zu lassen. War Scheinheiligkeit eigentlich eine Voraussetzung für ein hohes religiöses Amt? Oder eher ein weitverbreiteter Nebeneffekt?

»Ich nehme an, Ihr missbilligt meine Methoden?«

»Eure Methoden?«, eiferte sich Estiane. »Ihr habt einen Mann umbringen lassen. Und ja, ich missbillige Euer Morden.«

Everess erhob sich und ging zum Fenster seines Büros, aus dem man die Promenade überblickte. »Aber kamt Ihr nicht zu mir? Wolltet Ihr nicht Eure arkadischen Geheimdienstformationen gegen ein wenig mehr Einfluss einhandeln?«

»Das ist richtig«, sagte Estiane. »Einfluss, jedoch nicht um den Preis eines Meuchelmordes.«

»›Everess‹, sagtet Ihr. ›Die Staatssekretärin macht den Arkadiern das Leben schwer. Sie kümmert sich einen Dreck darum, dass unsere Anhänger in den Welten verfolgt werden, die unter Seelie-Einfluss stehen.‹ Habt Ihr das zu mir gesagt, oder nicht, Abt?«

»Ich habe die heilige Pflicht, diejenigen zu beschützen, die unter meiner Obhut stehen«, sagte Estiane. »Mir ist klar, dass man dabei manchmal Kompromisse machen muss, und ich akzeptiere durchaus, dass bisweilen moralisch fragwürdige Dinge damit einhergehen. Ich werde mich vor Aba dafür zu verantworten haben. Doch ich werde mich keinesfalls mit Mördern gemeinmachen!«

Everess fuhr herum. »Wie nobel von Euch«, sagte er. »Was Ihr doch alles für das Seelenheil Eurer Leute im Diesseits zu erdulden habt. Damit werdet Ihr gewiss zum Märtyrer. Aber sobald Taten gefordert sind, wollt Ihr plötzlich nichts mehr damit zu tun haben. Ihr wünscht in den Genuss der Auswirkungen zu kommen, aber Euch die Finger dabei schmutzig machen, das wollt Ihr nicht.«

»Ich verlange, dass Ihr dieses Verbrechen gesteht. Wenn Ihr gesteht, wird Aba Euch vergeben.«

»Ihr seid wohl kaum in der Position, irgendetwas von mir zu verlangen«, sagte Everess. »Würde ich heute von meinem Amt als Außenminister zurücktreten, wird sich nicht ein Nachfolger finden, der Eure Kirche ernst nimmt. Euer Einfluss im Senat würde im Handumdrehen auf null sinken. Und dann wäre all das umsonst gewesen.«

»Nicht so«, sagte Estiane. »Nicht um diesen Preis.«

»Natürlich nicht. Ihr wollt Eure Ernte einfahren, aber die Arbeit auf Euch zu nehmen, den Acker zu bestellen, das wollt Ihr nicht. Glaubt mir, so funktioniert das nicht.«

Everess goss sich etwas zu Trinken ein und nahm einen kräftigen Schluck, bevor er weitersprach. »Und jetzt hört mir gut zu, Abt. Als wahrscheinlichster Nachfolger der Staatssekretärin gilt

Lord Palial. Ihr kennt doch Lord Palial? Was für eine Frage, ist er doch einer Eurer glühendsten Anhänger. Nicht dass er's je öffentlich zugeben würde, aber das kennt man ja.«

Estiane dachte einen Moment lang nach. »Damit ist die Sache keineswegs erledigt, Lord Everess. Noch lange nicht. Und lasst mich eins ganz klar sagen: Sollte mir je zu Ohren kommen, dass Ihr noch einmal einem meiner Schutzbefohlenen so etwas antut, dann werde ich mich höchstpersönlich zu dieser Tat bekennen, egal wie schrecklich die Konsequenzen auch sein mögen.«

Everess lachte. »Und schrecklich werden sie sein, die Konsequenzen, Abt. Das ist nun mal der Preis, den ein Mann der Tat zu zahlen hat.«

Nach einigen weiteren Verwünschungen und leeren Drohungen stürmte Estiane aus dem Büro. Doch insgeheim hatte er sich mit der Sache abgefunden, genau wie Everess es vorausgesehen hatte. Welche Hinterlist. Der Staudamm zeigte erste Risse. In weniger als fünf Jahren würde der gute Abt jedem Gegner persönlich ein Messer in die Brust rammen.

Everess nahm die fette kleine Menschen-Statue zur Hand. Der Antiquitätenhändler, der sie ihm verkauft hatte, meinte, es würde Glück bringen, wenn man ihr über den Bauch rieb. »Das Glück der Stümper«, sagte er zu der Statue, als er sie wieder an ihren Platz stellte.

20. KAPITEL

Mit der Zeit wird selbst das größte Wunder alltäglich und aufhören, ein Wunder zu sein.

– Fae-Sprichwort

Der Herbst endete mit einigen bitterkalten Tagen, die Erinnerungen an den Midwinter wachriefen. Aber auch diese Zeit ging vorüber, und dann hielt der Frühling mit seiner ganzen Magie Einzug in den Faelanden. Die Kirschbäume auf der Promenade schlugen aus, der Regen wurde zu einem unbeständigen Tröpfeln, und Smaragdstadt erwachte zu neuem Leben.

Eine ganze Woche stand die Stadt im Zeichen von Titanias Frühlingsfestzug – bunte Banner flatterten von Laternen und Fenstern, die Straßen waren übersät mit Rosenblüten, die aus Titanias privaten Blumengarten stammten. Tag und Nacht drang Musik aus dem äußeren Burgfried der Großen Seelie-Feste, und der Umzug selbst, der am Ende der Woche stattfand, dauerte bald zehn Stunden, in denen Pyrotechniker und ein Mestina-Großmeister auf dem Gelände der Feste ihre Kunst der Öffentlichkeit vorführten.

Die Mestina führten ein großes historisches Schauspiel auf. Es begann mit Uvenchaud, der den Drachen Achera erschlug, und gipfelte darin, wie die vereinigten Faestämme im Mittlande-Krieg zum Sieg über den Alten Thule geführt wurden. Der Feueratem Acheras war dabei so täuschend echt, dass die Kinder erschrocken aufkreischten, als er über ihre Köpfe hinwegflog, und es ging ein Raunen durch die Menge, als Uvenchaud die Schutzwälle von Drae überwand und Thule-König Marlace in der letzten Schlacht bezwang. Die letzte Szene zeigte Uvenchaud bei seiner Krönung zum König der Faelande. Hier brach die Menge in frenetischen

Jubel aus und ließ Blütenblätter auf die Mestina regnen, die am Boden stehend die Geschichte der Fae mit ihrem bezaubernden Blendwerk über sich zum Leben erweckten.

Die Schatten nahmen nicht an den Feierlichkeiten teil. In ebendieser Woche kehrte Silberdun nach Annwn zurück, um Magister Wenathn ein erkleckliches Sümmchen Goldes zu überreichen, denn er hatte seine Wiederwahl gewonnen. Nun blickte Wenathn begehrlich auf einen Sitz im Hohen Rat, und die Schatten waren mehr als glücklich, ihm dabei so gut wie möglich zu helfen. Und je enger ihre Beziehungen wurden, umso wertvoller wurden die Informationen, die Wenathn ihnen zukommen ließ.

Und so brachte Silberdun seinen Frühling hauptsächlich damit zu, den endlosen Fluss an Hinweisen von Quellen aus Nah und Fern zu sichten auf der Suche nach Anhaltspunkten, die auf Mabs nächste Schritte hindeuteten. Indes, verwertbare Ergebnisse waren dünn gesät. Die Truppen der Unseelie versammelten sich auch weiterhin, wenngleich sehr langsam, nahe der Grenze. Das hieß zunächst nichts weiter, als dass irgendwann irgendwas bevorstand. Zudem gab es keine Information über die Einszorn-Waffe oder darüber, warum sie seit Selafae nicht wieder eingesetzt worden war.

Eisenfuß verschanzte sich die meiste Zeit in Haus Schwarzenstein, umgeben von seinen Karten und Skizzen, und stellte von morgens bis abends Kalkulationen an. Seine Wut, die Funktionsweise der Einszorn zu entschlüsseln, hatte sich in Verzweiflung und zuletzt in Entmutigung gewandelt, als er zu dem Glauben gelangte, dass das Problem unlösbar war. Er hatte sich während des Frühjahrs eine Art Arbeitsplan zurechtgelegt: Er würde über der Frage grübeln, bis ihn die Wut packte, und dann einige Tage Pause einlegen, in denen er Sela und Silberdun bei der Auswertung der Geheimdienstinformationen half.

Sowohl Eisenfuß als auch Silberdun stellten fest, dass ihre Gaben beständig an Kraft zunahmen, doch da sie sich nicht mehr in ausgesprochener Gefahr befanden, ereigneten sich in dieser Zeit natürlich auch keine Wunder mehr wie nachwachsende Körperteile oder Höchstleistungen in Sachen Führerschaft. Zunächst sprachen sie noch oft davon, und Eisenfuß hatte diesbezüglich auch einige Forschungen angestellt, um herauszufinden, was man auf Kastell Weißenberg mit ihnen angestellt haben mochte, jedoch ohne Erfolg. Er verfolgte die Sache allerdings nicht weiter; immerhin hatte er bereits ein schwieriges Problem auf dem Tisch und insofern wenig Lust, sich an einem weiteren abzuarbeiten.

Wie Everess vorausgesagt hatte, wurde im Mordfall Heron keinerlei Fortschritt erzielt; die offizielle Erklärung lautete schließlich, dass es sich dabei wohl um einen aus dem Ruder gelaufenen Raubüberfall handeln musste. Man hatte sogar einen Sündenbock gefunden und gehängt, danach wurde die Sache eingestellt. Zunftmeisterin Heron war zurückgetreten und zu Verwandten im Osten gezogen. Danach war auch eine weitere von Everess' Prophezeiungen eingetreten: Der Arkadier Lord Palial war vom Senat zu Herons Nachfolger bestimmt worden.

Sela wurde von Zeit zu Zeit auf ihre eigenen Missionen geschickt. Hierbei entlockte sie den zumeist männlichen Quellen alle möglichen und unmöglichen Informationen, welche die Schattenliga jedoch auch nicht weiterbrachten. Aufgrund von Paets fortwährenden Interventionen verübte sie allerdings keine Meuchelmorde mehr auf Seelie-Gebiet.

Wenn Sela nicht in eigener Sache unterwegs war, ignorierten sie und Silberdun sich ostentativ. Ihre Gefühle für ihn wurden indes immer stärker, und obwohl sie spürte, dass es ihm ähnlich ging, gab es doch eine unsichtbare Barriere, die sie voneinander trennte. Es war, als ob Silberdun selbst dafür Sorge trug, dass sie nie allein im selben Raum waren und nie über etwas anderes miteinander sprachen als über die Arbeit.

21. KAPITEL

Die Kynosuren sind Objekte mit bemerkenswerten thaumaturgischen Eigenschaften, doch da sie auch Gegenstände der Verehrung sind, untersagen die Chthoniker ihre Untersuchung. Zwölf von ihnen wurden im Zuge des Rauane Envedun-e erschaffen, aber es ist nicht bekannt, wie viele von ihnen noch existieren, da die chthonischen Priester sich weigern, darüber zu sprechen.

Die philosophische Bedeutung der Kynosuren ist mannigfaltig. Ihre Gesamtheit repräsentiert die Gesamtheit allen Geistes. Ihre Ausmaße, die Größe einer jeden Oberfläche, der Winkel eines jeden Scheitelpunkts, die Länge einer jeden Seite, beziehen sich allesamt auf die religiösen und thaumaturgischen Aspekte des jeweiligen Objekts. Wie ich im folgenden Kapitel ausführen werde, können beide als untrennbar bezeichnet werden.

– Prae Benesile, Thaumaturgische Geschichte der chthonischen Religion

Der Reisende Timha saß in Meister Valmins Studierzimmer und grübelte über einem Kapitel aus Beozhos *Kommentaren*. Es war ein schwieriger Absatz aus einem Werk, das ohnehin für seine Sperrigkeit berüchtigt war. Alpaurle selbst hatte es einmal die »Verrücktheiten eines überragenden, wenngleich im Niedergang begriffenen Geistes« bezeichnet. In den zurückliegenden Jahrhunderten hatten sich viele Gelehrte über den Wert und Nutzen dieses Werks den

Kopf zerbrochen; für eine Abhandlung, welche die Thaumaturgie zum Thema hatte, fanden sich in ihr erstaunlich wenig Zauberanleitungen. Vielmehr stellten die *Kommentare* einen umfangreichen philosophischen Aufsatz dar, in dem vielfach Bezug genommen wurde auf Quellen, die im Laufe der Zeit verschollen waren, wenngleich Beozho vom geneigten Leser erwartete, dass dieser mit den zitierten Werken vertraut war. Zu diesen Sekundärquellen hatte Alpaurle angemerkt, dass »manche dieser Werke genial, andere pure Hirngespinste und wieder andere nichts als intellektuelle Selbstbefriedigungen« seien.

Das Kapitel, mit dem Timha sich gerade herumplagte, war nur eines von vielen, die rein gar nichts mit Thaumaturgie zu tun zu haben schienen. Allerdings wurde es gleich zwei Mal in den Notizen des Schwarzkünstlers Hy Pezho erwähnt, die dessen Baupläne kommentierten. Valmin hatte den Text zwei Mal gelesen und nichts von Interesse darin gefunden, und Timha las ihn nun ein weiteres Mal, einfach, weil ihm nichts Besseres mehr einfiel.

Seit dem Besuch der Bel Zheret wuchs die Panik unter den Verantwortlichen in der Arbeitsgruppe von Tag zu Tag. Dennoch hatte man beschlossen, den anderen Kollegen nichts von dem unaufhaltsam näher rückenden Stichtag zu sagen. Wozu auch? Jedem hier war die Dringlichkeit des Projekts nur allzu bewusst.

Timha erreichte das Ende der Seite und musste erkennen, dass er keinen blassen Schimmer hatte, worum es hier gerade ging. Er sprang zurück zum Kapitelanfang auf der Suche nach der Stelle, an der er beim Lesen den Faden verloren hatte, doch ohne Erfolg. Er musste drei Seiten zurückblättern, bis er den betreffenden Absatz fand.

»Die Trennung bindet uns«, stand hier. »Im Grunde sind Einteilungen ohne Bedeutung. Alle Gaben fließen. Unendlich. Unabänderlich. Wir leugnen die Unendlichkeit, leugnen, was uns ungesehen erscheint. Und daher tun wir, was zu sehen und zu beurteilen wir vermögen. Das ist unsere Natur, aber es ist auch unsere Schwäche.«

Was zum Henker sollte das bedeuten? Das konnte alles und nichts heißen. Und vor allem stand hier nicht das Geringste zu reitischen Funktionen. Was Timha brauchte, war eine Ableitungsregel zum Raumfalten, mit der die Gleichungen zum Energiespeicherungsproblem aufgelöst werden konnte. Was er brauchte, war eine Lösung für Vend-Ams Ungleichung, deren Ergebnis größer war als die zweite Potenz ihres Eingangsvektors. Die Kommentare enthielten keinen einzigen Formelspruch, keine Verkettungen entfesselter Bindungen, nichts, was auch nur ansatzweise als praktische Thaumaturgie bezeichnet werden konnte.

Sie würden alle sterben. Und nichts würde dies verhindern können. Timha war grausam klar geworden, dass Hy Pezhos Können nicht nur das überstieg, was sie sich vorstellen konnten, sondern auch weit über das hinausging, was sie zu begreifen imstande waren. Und deshalb würden sie alle sterben. Die Bel Zheret stießen keine leeren Drohungen aus. Die Bel Zheret waren Mabs persönliche Geheimpolizei und ihr bedingungslos ergeben. Und insofern war ihnen das Ultimatum von Mab selbst gestellt worden.

Unmöglich, dass das Projekt in der ihnen verbleibenden Zeit zum Abschluss gebracht werden konnte. Selbst wenn er Beozhos *Kommentaren* die letzten Geheimnisse des Universums entlockt hätte, wäre nicht mehr genug Zeit, diese für eine funktionierende Waffe zu verwerten.

In diesem Moment setzte sich Meister Valmin, der in seinem Sessel schlief, abrupt auf. »Wie läuft's denn so, Reisender?«, fragte er, obwohl er die Antwort schon kannte.

»Nun, die *Kommentare* sind so schleierhaft und bedeutungslos wie eh und je.«

Valmin lehnte sich in seinem Sessel zurück. »Auf der Universität war es so, dass ich im Fall der Fälle stets Bestnoten in Geschichte herausschinden konnte, wenn ich Hausarbeiten über diese Bücher schrieb.«

Timha sah ihn an. »Ach wirklich?«

»O ja«, erwiderte Valmin mit einem reuevollen Lächeln. »Keiner meiner Professoren wollte zugeben, dass er das Ding auch nicht verstand, also ließen sie sich nie auf irgendwelchen Diskussionen darüber ein.«

Timha lachte leise. Valmins Blick ging ins Leere.

Nachdem sie ein paar Minuten geschwiegen hatten, erhob sich der Meister aus seinem Sessel und streckte sich ausgiebig. Dann trat er zu Timha und klopfte dem jungen Mann auf die Schulter.

»Alles wird gut, Reisender. Alles wird gut.«

Doch nichts würde gut werden, und das wussten sie beide.

Timha tat so, als lese er in einem Buch, das ein verrückter Annwni namens Prae Benesile verfasst hatte. Im Vergleich dazu erschienen ihm die *Kommentare* wie Gutenachtgeschichten. Keiner der Thaumaturgen in der Geheimen Stadt hatte je von diesem Benesile gehört, doch in Hy Pezhos Anmerkungen zur Einszorn wurden seine Bücher mehrfach erwähnt. Waren Beozhos Werke vieldeutig und sprunghaft, so konnten die von Prae Benesiles mit Fug und Recht als völlig zusammenhanglos bezeichnet werden. Die vorliegende Abhandlung zum Beispiel nannte sich *Thaumaturgische Geschichte der chthonischen Religion*.

Was für ein Blödsinn.

»Ich ziehe mich eine Weile zum Lesen auf mein Zimmer zurück«, sagte Timha.

Valmin sah nicht mal auf und winkte ihm nur grunzend zu. Timha suchte sich ein paar Dokumente zusammen, packte auch noch einige unschuldige Bücher und Schriftrollen dazu und verließ das Studierzimmer. Er atmete tief durch.

Timha brachte Bücher und Dokumente auf sein Zimmer und legte sie auf den Tisch. Er würde sie am Morgen lesen.

Doch seine Verzweiflung ließ ihn keine Ruhe finden. Also nahm er eines der Bücher zur Hand – zufälligerweise war es das Werk von Prae Benesile – und schlug es an einer beliebigen Stelle auf. Die ersten Worte waren die Fortsetzung eines Satzes von der Vorseite: »… gebunden wie die chthonischen Götter in Prythme …« Timha setzte sich auf und starrte die Zeilen verständnislos an. In diesem Moment klopfte es an der Tür.

Es war Meister Valmin. »Reisender, es tut mir leid, aber ich erhielt soeben schreckliche Nachrichten. Es geht um Eure Mutter. Sie ist verstorben.«

Weinend brach Timha zusammen. Doch er weinte nicht um seine Mutter. Ganz und gar nicht.

Am nächsten Morgen stand Timha mit seiner gepackten Tasche auf der Schwelle zu seinem Zimmer und sah sich noch einmal um. Die Holzpuppe, die seine Schwester ihm zu seinem zehnten Geburtstag geschnitzt hatte, lag noch auf dem Nachttisch. Daneben stand die antike Uhr, die Mutter ihm zum Studienabschluss geschenkt hatte.

Er nahm die Uhr zur Hand, drehte sie und las die Inschrift auf der Rückseite: »Für Timha, der noch Großes vollbringen wird.« Ja, sicher. Er stellte die Uhr behutsam an ihren Platz zurück und begann erneut zu weinen.

Er verließ den Palast und ging die knochenbleichen Stufen hinab zur Portal-Plattform. Mit jedem Schritt schweifte sein Blick über die gewaltige Stadt mit ihren schweigenden Spitzen und leeren Schatten, und er spürte, dass hinter all jenen verlassen wirkenden Fenstern ihn etwas beobachtete. Etwas Altes, Hungriges, dessen Zähne dieselbe Farbe besaßen wie die der Steine.

Die Portal-Plattform wurde von Elev und Phyto bewacht, die Timha nicht sonderlich gut kannte. Keiner von beiden galt als übermäßig streng. Aber das war nur ein schwacher Trost, immerhin gehörten sie zu Mabs Palastwachen – die Besten der Besten –, und das waren nun mal keine Idioten.

Elev nahm Timhas Reisedokumente entgegen, die ihm von Meister Valmin ausgestellt worden waren, und studierte sie sorgfältig.

»Tut mir leid wegen Eurer Mutter«, murmelte er und gab ihm die Papiere zurück. »Erstaunlich, dass sie Euch zur Beerdigung weglassen«, meinte er. »Was ist denn aus der Urlaubs- und Ausgangssperre geworden?«

»Na ja, Meister Valmin hat seinen Einfluss geltend gemacht«, sagte Timha. »Einer der Vorteile, wenn man ein treuer Diener ist.«

»Nicht schlecht«, erwiderte Elev.

Phyto griff nach Timhas Tasche und öffnete sie. Dann zog er jedes einzelne Kleidungsstück hervor und wedelte mit einem kleinen Lügenstab darüber hinweg. Der Stab sollte etwaiges Blendwerk aufheben, damit Timha nichts aus der Stadt herausschmuggelte.

Sorgfältig legte Phyto alles wieder an seinen Platz und verschloss die Tasche. Dann wandte er sich Timha selbst zu. Er begann bei den Füßen, tastete ihn zunächst mit den Händen ab, dann kam wieder der Lügenstab zum Einsatz, wobei er der Gürtelschnalle und der Fibel, die Timhas Robe des Reisenden zusammenhielt, besondere Aufmerksamkeit schenkte. Als Phytos Stab über Timhas Nacken fuhr, hob Timha eine Hand.

»Bitte«, sagte er mit flehendem Blick. »Nicht das Haar.«

»Kahlköpfig, was?«, grinste Phyto.

»Ja«, antwortete Timha, »und lebensechtes Blendwerk-Haar kostet in der Stadt doch ein Vermögen. Ich würde es nur ungern während einer Sicherheitskontrolle einbüßen.«

Phyto dachte darüber nach.

»Tut mir echt leid«, sagte er schließlich und fuhr mit dem Stab über Timhas Kopf. Timhas wunderschöne dichte Haarpracht verschwand und wich seinen natürlichen dünnen Strähnen. Er seufzte unmerklich auf; tatsächlich hatte er erwogen, die gestohlenen Dokument genau dort oben zu verstecken.

»Ah, deshalb also das Blendwerk«, sagte Elev mit Blick auf Timhas schütteres Haupt.

»Ja, schönen Dank auch«, schnarrte Timha. »Kann ich jetzt bitte gehen? Ich möchte meine Verbindung zur anderen Seite nicht verpassen, und es ist schon fast Hochsonne.«

»Geht«, sagte Elev; fast wirkte er ein bisschen schuldbewusst.

Timha kniete sich hin, um den Schnürsenkel seines Stiefels zuzubinden, den er zu Hause absichtlich nicht ganz festgezurrt hatte. Es hatte ihn kaum Mühe gekostet, ihn mittels der Gabe der Bewegung ganz zu lösen. Während er den Stiefel wieder schnürte, hob er den Kopf. Phyto und Elev stritten gerade darüber, wessen Schicht zur Hochsonne zu Ende ging. Die beiden nicht aus dem Blick lassend, griff Timha hinter sich und packte die Seilschlinge, die auf dem Boden lag. Er hatte sie mittels Blendwerk unsichtbar gemacht und ein paar Schritte vor den beiden Wachen zu Boden fallen lassen, damit Phytos Lügenstab sie nicht enttarnte.

Er wickelte sich das Seil um die Hüften, zog daran, und das

Bündel mit den unsichtbaren Dokumenten, das daran befestigt war, schwebte auf einem Kissen reinster Bewegung auf ihn zu. Es war der gleiche Zaubertrick, den Timhas Vater, der Kahnführer, immer auf der Reißenden See angewendet hatte. Er nickte Phyto und Elev zu, als er durch das Tor trat und den Grund für eine mögliche Exekution wegen Hochverrats hinter sich herzog wie ein angeleintes Hündchen.

22. KAPITEL

Die fliegenden Städte der Unseelie sind ein unvergleichlicher Anblick, doch in Wahrheit entstanden sie aus reiner Notwendigkeit. Fortwährend wird das Land zu ihren Füßen durch Erdbeben erschüttert, und beinahe täglich klaffen neue große Risse in seiner Oberfläche. Mab und ihr Volk haben die Lüfte mithin nicht erobert, um dem Himmel näher zu sein, sondern um der Erde zu entfliehen.

– Stil-Eret, »Geheime Reisen in den Norden«, aus *Reisen daheim und unterwegs*

Die Unionsportale – eigentlich lautete ihre korrekte Bezeichnung »Portale von Mabs glorreicher Union« – befanden sich auf einer riesigen schwebenden Plattform im Herzen des Unseelie-Territoriums. Im Zentrum der Plattform lag die Station selbst mit ihren zahlreichen Läden und Cafés und dem großen Kartenschalter aus Marmor. Rund um die Station standen die Portale; sie waren in hohen Gewölben untergebracht, damit sie sich harmonisch in die Arkaden und Rundbögen der Station einpassten. Dahinter, auf einer anderen Ebene, befanden sich die Lufthäfen, in denen die Handelstransporter und Privatflieger anlegten. Die Portale waren Tag und Nacht in Betrieb und flackerten in einem fort silbern auf, während ringsum Luftschiffe aller Formen und Größen kamen und gingen.

Etliche Etagen tiefer trat Timha aus einem kleineren Privatportal in ein Atrium, das sich auf dem untersten Level der Zentralplattform befand. Hier gab es insgesamt drei Portale, doch nur das, welches in die Geheime Stadt führte, war aktiv. Niemals hatte

Timha erfahren, wohin die anderen führten, und sein Takt verbot es ihm, danach zu fragen. Die gesamte Ebene war der Öffentlichkeit nicht zugänglich; vielmehr war ihre Existenz ein wohl gehütetes Staatsgeheimnis.

Die Wachen auf dieser Seite des Portals prüften Timhas Papiere sorgfältig, insbesondere die von Meister Valmin unterzeichnete Reiseerlaubnis. Ihre Echtheit wurde sogar mit einem Lügenstab untersucht. Nach dem langwierigen Prozedere riefen die Wachen zu allem Überfluss auch noch einen Vorgesetzten aus einer der unteren Ebenen, der sämtliche Dokumente noch einmal überprüfte.

Nach außen hin übte Timha sich in Geduld, doch innerlich stand er kurz vorm Zerplatzen. Wurde sein unsichtbares Bündel hier entdeckt, würde er die Unionsportale nicht mehr lebend verlassen. Es würde auch keine öffentliche Verhandlung geben. Sie würden ihm an Ort und Stelle die Kehle durchschneiden und ihn auf eine der Abfallrutschen schmeißen, auf dass die Raubvögel und Arami-Nomaden sich seiner annahmen. Vermutlich würden sie danach den armen Meister Valmin foltern, um herauszufinden, ob Timhas Verrat nicht doch Teil einer größeren Verschwörung sei.

Der Offizier befahl seinen Wachen, Timha und dessen Gepäck noch einmal gründlich zu untersuchen, wobei der Lügenstab diesmal bei wirklich jedem einzelnen Stück zum Einsatz kam. Während seine Habseligkeiten ein weiteres Mal auf dem Boden ausgebreitet wurden, trat einer der Wachmänner langsam, aber sicher immer näher an das unsichtbare Bündel heran. Noch einen Schritt weiter, und er würde im wahrsten Sinne des Wortes über die Dokumente stolpern. Einer der Lügenstäbe kam dem Packen gefährlich nah, und Timha hatte alle Mühe, nicht erschrocken aufzukeuchen, als bei der Untersuchung ein kleines Stück des Seils bloßgelegt wurde. Da lag es nun auf dem Pflaster, der sichtbare Beweis seines Verrats. Er wandte den Blick ab. *Atmen, tief durchatmen...*

Endlich kamen die Wachen zu dem Schluss, dass Timha passieren durfte.

So nonchalant wie möglich bückte er sich und hob das bloßgelegte Stück Seil auf, vollführte sodann eine lässige Handbewegung, auf dass er das Bündel in einem weiten Bogen an den Wachen vorbeiziehen konnte.

Die Männer winkten ihn aus dem Atrium hinaus, und Timha nahm den kleinen Aufzug, der ihn auf die Hauptplattform brachte. Fast rannte er sodann auf die öffentliche Bedürfnisanstalt zu, wo er es gerade noch rechtzeitig zu einem der Urinale schaffte, ehe er sich in die Hosen machte. Bevor er die Latrinen wieder verließ, schlang er sich das Bündel um seine Taille und zurrte es fest. Solange ihn niemand einer weiteren Leibesvisitation unterzog, sollte das Schmuggelgut dort sicher sein.

In diesem Moment schallte eine künstlich verstärkte Durchsage durch die Station, welche die Abfahrtszeit seines Transporters bekannt gab. Timha hetzte durch das Gebäude und hatte dabei kaum einen Blick für das lebhafte Treiben jenes Ortes, der ihm bei dem Zwischenstopp auf seinen Weg in die Geheime Stadt einst so begeistert hatte. So viel hatte sich seit diesem Tag ereignet. Sein Leben, so kam es ihm nun vor, hatte sich unbemerkt in einen Albtraum verwandelt. Unaufhaltsam war er hineingedrängt worden in eine fremde, feindselige Umgebung, hinweggetrieben über die Grenzen der ihm vertrauten Welt, und nun wusste er nicht mal mehr, wohin er sich wenden konnte, um seine Haut zu retten.

Die Beisetzung von Timhas Mutter fand auf der Aussichtsplattform des höchsten Turms des Ortes statt. Unter ihnen lag das Städtchen Nahrand. Timha versuchte, sich auf die Beerdigung zu konzentrieren, doch er konnte die Augen nicht von den unteren Ebenen abwenden. Stolze, hochgewachsene Unseelie-Fae gingen dort ihrem Tagesgeschäft nach, das großartigste aller Elfenvölker am Scheitelpunkt der Zivilisation. Niemand von ihnen ahnte auch nur etwas von Timhas Misere. Und niemanden kümmerte es.

Nicht einer von ihnen wusste, welches Grauen im Begriff stand, nach dem Herzen ihrer Welt zu greifen. Timha hatte die Finsternis geschaut, und eine Stadt konnte gar nicht hoch genug fliegen, um sie wieder ins Licht zu führen.

Die Ansprache des Priesters ging weiter. Timha bekam nichts davon mit. Soweit er wusste, hatte der Geistliche seine Mutter nie kennen gelernt, sodass er sich im Wesentlichen in einer Reihe von Plattitüden erging. Rund um die Bahre saßen Timhas Angehörige und Freunde und lauschten. Sein Bruder Hy Foran saß direkt neben ihm. Nun ergriff er Timhas Hand, drückte sie sacht, schaute ihn dabei mitfühlend an. Timha rang sich ein dankbares Lächeln ab.

»Gräm dich nicht, Timha. Sie ist nur weitergezogen.« Hy Foran klopfte ihm aufmunternd auf die Schulter. Timha wurde bewusst, dass der Bruder seine Furcht für Trauer gehalten hatte. In Wahrheit hatte Timha ihre Mutter nie sonderlich leiden können. Sie war eine ungebildete Person gewesen, die sich in ihrer Mittelmäßigkeit eingerichtet hatte. Wie er jetzt so darüber nachdachte, wurde ihm bewusst, dass seine gesamte Familie eher durchschnittlich und provinziell war. Schon seit Kindertagen war ihm klar gewesen, dass er zum Glücklichsein Nahrand gegen die Stadt Mab eintauschen musste.

Doch wohin hatte ihn das alles geführt? Er hatte den erfolglosen Angriff gegen die Seelie-Territorien und den Beinaheuntergang der Hauptstadt an der Grenze miterlebt. Tausende waren an jenem Tag gestorben. Timha hatte mit einem gebrochenen Handgelenk gerade noch fliehen können, doch das Grauen war seither nie wieder von ihm gewichen. Von dort hatte es ihn in die Geheime Stadt verschlagen, dem Höhepunkt seiner beruflichen Laufbahn, und nun hatte er sich des Hochverrats schuldig gemacht.

Er sah hinüber zu Hy Foran. In den Augen seines Bruders lag echte Trauer. Nein, es würde nicht einfach werden.

Nachdem alle Gebete gesprochen und die Bahre entzündet worden war, kehrte die Familie zu Hy Forans kleine, wenngleich respektable Behausung zurück. Von hier hatte man einen schönen Blick auf Nahrands Heckspitze. Auf der Tafel im Wohnzimmer türmte sich das Essen, auf einem langen Tisch brannten Kerzen rund um ein Porträt der verstorbenen Mutter. Timha nahm sich ein paar Klöße und einen Löffel mit gedünstetem Gemüse und schob das Ganze lustlos auf seinem Teller hin und her, während die anderen in stillem Gedenken versanken. Hy Foran und seine Frau Letta hatten zwei kleine Kinder, die spielend durchs Haus tobten.

Nachdem die Kleinen im Bett und der Rest der Familie wieder nach Hause gegangen waren, saßen Timha, Hy Foran und Letta auf dem Balkon beim Heck. Tief unter ihnen wiegte sich das Steppengras im Mondlicht. Ein entferntes kleineres Beben wirbelte Staub auf und schickte ein gedämpftes Grollen gen Himmel. Letta reichte ihnen Bier in hölzernen Krügen.

»Es war bestimmt schwierig für dich, eine Reiseerlaubnis zu bekommen«, sagte Hy Foran. »Ich weiß ja, wie wichtig deine Arbeit ist.«

»Ja«, sagte Timha; sein Blick wanderte über die Heckspitze in die Ferne. »Aber die Familie ist nun mal wichtiger als die Arbeit.«

Hy Foran nickte.

»Ich brauche Hilfe«, sagte Timha plötzlich mit brüchiger Stimme. Tränen stiegen ihm die Augen. »Ich bin in schrecklichen Schwierigkeiten.«

Hy Foran riss erschrocken die Augen auf. »Sprich, Bruder. Ich werde dir helfen, wo ich nur kann.«

»Ich muss das Land verlassen. Ich muss ins Seelie-Territorium. Nur dort bin ich sicher.«

Hy Foran und seine Frau wechselten einen Blick. »Timha«, sagte der Bruder leise, »was um aller Welt ist denn bloß passiert?«

»Hört zu«, sagte Timha, noch immer geradeaus starrend. »Ich weiß, dass ihr beide Arkadier seid. Nur ihr könnt mir noch helfen.«

Hy Foran lehnte sich in seinem Sessel zurück und sah ihn von der Seite an. »Timha, ich weiß nicht, was du –«

»Ich hab nicht vor, euch zu verpfeifen, zum Henker noch mal. Ich brauche deine Hilfe!«

»Und was, glaubst du, könnten wir für dich tun, Bruder?« Hy Forans Miene hatte sich verfinstert, seine Stimme war nur mehr ein Flüstern.

»Ich hab gehört, dass die Arkadier Wege kennen, Personen von hier wegzuzaubern. Gläubige, die Ärger mit den Obrigkeiten haben und so.«

Hy Forans Augen verengten sich. »Aber du bist doch gar kein Gläubiger.«

Darauf sagte Timha zunächst nichts. »Nein«, erwiderte er schließlich, »aber ich weiß bestimmte Dinge. Die Seelie werden wissen, wer ich bin und dass ich habe, was sie wollen. Oh Bruder, sie werden mich töten, wenn ich nicht von hier verschwinde!«

Wieder wechselten Foran und Letta einen, diesmal längeren, Blick.

»Würdest du uns einen Moment entschuldigen, Bruder? Meine Frau und ich haben etwas zu besprechen.«

»Natürlich.« Timha erhob sich mit weichen Knien, ging hinein und schloss sanft die Balkontür hinter sich. Er trat wieder ins Wohnzimmer und setzte sich. In seinem Magen lag ein dicker Klumpen. Er naschte ein Stück von einem Kuchen, doch der Bissen blieb ihm im Halse stecken.

Die Tür zum Balkon ging wieder auf. »Ich muss deinen Fall mit einer anderen Person besprechen. Du wirst ihm alles erzählen müssen. Erzähl es nicht mir, denn ich will's gar nicht wissen.«

Nun brach Timha in Tränen aus. »Danke, Bruder. Danke vielmals.« Er verbarg sein Gesicht in den Händen und schluchzte leise.

»Ich kann dir nichts versprechen, Timha«, sagte Hy Foran. »Ich glaube nicht, dass dir klar ist, worum du mich da gebeten hast.«

»Es tut mir leid«, sagte Timha. »Es tut mir so leid.«

Eine Woche später saß Abt Estiane in Gedanken versunken in seinem Büro im Tempel Aba-Nylae, als ein junger Mönch ins Zimmer platzte. Er hatte einen Brief bei sich.

»Was ist denn los?«, fragte Estiane leicht gereizt. »Ich wollte doch nicht gestört werden.«

»Vater, das müsst Ihr Euch auf der Stelle ansehen«, erwiderte der Mönch atemlos.

Estiane nahm den Brief. Seine Augen weiteten sich, als er ihn las.

»Schickt Lord Everess in Smaragdstadt sofort eine Nachricht«, befahl er dem jungen Mönch. »Schreibt ihm, dass ich ihn unverzüglich sprechen muss!«

23. KAPITEL

*Sich Ärger einzuhandeln ist immer leichter,
als ihn sich wieder vom Halse zu schaffen.*

– Meister Jedron

Am nächsten Morgen saßen Silberdun, Eisenfuß und Sela in der Schattenhöhle und werteten eine Flut von todlangweiligen Berichten aus. Plötzlich trat Paet in den Raum; er trug einen Ranzen mit Dokumenten bei sich und schien es irgendwie eilig zu haben.
»Geht heim und packt Eure Sachen«, sagte er im Vorübergehen. »Ihr brecht im Morgengrauen auf.«
»Was? Wir alle drei?«, fragte Silberdun.
»Wir treffen uns in einer Stunde zur Einsatzbesprechung.« Paet ging nach unten in sein Büro, dann hörte man eine Tür zuknallen.

Eine Stunde später hatten sich die Schatten wieder im Einsatzraum zusammengefunden. An der Wand hing eine Karte der Unseelie. Rote Punkte markierten die momentanen Standpunkte ihrer fliegenden Städte, ihre vermuteten Bewegungsmuster waren mittels weißer Kreidepfeilen eingezeichnet.
Paet zeigte mit der Spitze seines Gehstocks auf die Stadt Preyia.
»Das ist Euer nächstes Ziel.«
»Mitten ins Unseelie-Gebiet?«, fragte Silberdun. »Eine gefährlichere Mission ist Euch wohl nicht eingefallen, oder?«
»Ich bedaure«, sagte Paet. »Mir war nicht klar, dass Ihr Euch nur für die sicheren Einsätze gemeldet hattet...«

»Gefahr ist für mich kein Problem, aber auf so ein Himmelfahrtskommando kann ich gut und gern verzichten.«

Paet winkte ab. »Ich war schon ein Dutzend Mal dort. Die fliegenden Städte der Unseelie sind eigentlich recht hübsch.«

»Ich war auch schon mal in einer Unseelie-Stadt«, erwiderte Silberdun. Er erinnerte sich an das Abenteuer mit Mauritane in der Stadt Mab, das sie vor der Schlacht von Sylvan erlebt hatten.

»Ja, ich weiß«, sagte Paet. »Aber diesmal wird es nicht nötig sein, gleich die ganze Stadt in Schutt und Asche zu legen.«

»Worum geht's bei diesem Auftrag«, wollte Eisenfuß wissen. »Was suchen wir?«

»Ah«, meinte Paet. »Endlich eine sinnvolle Frage. Ihr werdet einen Unseelie-Thaumaturgen namens Timha treffen. Er arbeitet in der Stadt Mab an der Königlichen Universität als Reisender. Oder vielmehr ›arbeitete‹. Er verließ die Akademie vor acht Monaten.«

»Und was hat er danach gemacht?«, fragte Sela.

»Da sind wir uns noch nicht ganz sicher«, antwortete Paet. »Wir hoffen jedoch, dass er uns das bald selbst erklären kann.«

»Soll das heißen, wir schaffen ihn außer Landes?«, fragte Silberdun.

»Ja«, sagte Paet. »Er behauptet, detaillierte Kenntnisse über die Einszorn zu besitzen. Tatsächlich behauptet er, im Besitz der Baupläne zu sein.«

»Ihr macht Witze«, keuchte Eisenfuß.

»So lauten unsere Informationen.«

»Wir müssen ihn unbedingt haben«, sagte Eisenfuß. »Ich hab mir jede Geheimdienstinformation zum Thema angesehen, doch von irgendwelchen Plänen war da nie die Rede. Auch meine Forschungen zur Einszorn haben zu nichts geführt. Gebt mir nur zehn Minuten mit diesem Mann!«

»Vielleicht kann er uns auch sagen, warum seine Leute in den letzten Monaten keinen vergleichbaren Angriff auf uns gestartet haben«, sagte Silberdun.

Paet zeigte auf die Karte des Unseelie-Königreichs, die ebenfalls an der Wand hing und größer war, als das Exemplar in seinem

Büro. Die bekannten Aufenthaltsorte der gegnerischen Städte waren auch hier mit Stecknadeln markiert.

»Eure Einsatzunterlagen werden in diesem Moment geschrieben und vervielfältigt. Sie enthalten alle nötigen Einzelheiten, aber ich werde das Grundlegende nun mit euch besprechen.«

Er deutete auf einen bestimmten Punkt in der Karte. »Ihr drei werdet mittels eines Portals und mit gefälschten Dokumenten zu den Unseelie reisen. Ankommen werdet ihr genau hier, beim so genannten Unions-Portal.«

Er bewegte die Spitze seines Stocks zu einem Punkt im Süden. »Dort eingetroffen, werdet ihr eine Flugreise nach Preyia unternehmen. Dort werdet ihr Timha treffen.« Er zeigte nun mit seinem Stock auf einen Ort nahe der Seelie-Grenze. »In Preyia steht euch eine gemietete Luftbarke zur Verfügung, die euch in die Stadt Elenth bringen wird, eine der wenigen Bodenstationen der Unseelie und nur zwei Tagesritte von Sylvan entfernt. In Elenth werdet ihr mit einem arkadischen Priester namens Virum Verbindung aufnehmen. Er steht in engem Kontakt mit seinen Brüdern jenseits der Grenze, und er schleust verfolgte oder gar gefährdete Gläubige ins Seelie-Königreich hinein. Er wird euch bei eurem Grenzübertritt helfen.

»Wer soll denn diese Barke fliegen?«, fragte Silberdun. »Ich kann so was jedenfalls nicht.«

»Aber er.« Paet zeigte auf Eisenfuß.

»Stimmt«, sagte Eisenfuß, »bin Vorsitzender des Segelvereins in Königinnenbrück.«

»Sehr ungewöhnlich für einen Mann in militärischen Diensten«, bemerkte Silberdun.

»Ich gewinne gern«, erwiderte Eisenfuß. »Und mir ist völlig egal, worin.«

»Entschuldigung.« Sela hob eine Hand. »Aber warum können die Arkadier diesen Timha nicht selbst über die Grenze schaffen?«

»Gute Frage«, sagte Paet. »Aber die haben zu viel Angst. Dieser Timha ist ein überaus talentierter Thaumaturge, der gerade aus einem hochgeheimen Gelehrtenlabor geflohen ist. Er trägt die Pläne für die wohl mächtigste Waffe aller Zeiten bei sich. Die

Arkadier glauben nicht zu Unrecht, dass, wenn sie bei der Fluchthilfe erwischt würden, dies vernichtende Folgen für die Kirche haben würde. Dazu kommt, dass Timha selbst gar kein Arkadier ist und die meisten Anhänger keine Lust verspüren, für einen Ungläubigen den Kopf hinzuhalten. Natürlich hat Everess alles in seiner Macht Stehende getan, um die Brüder umzustimmen, doch Estiane hat das Ansinnen abgelehnt. Wie Silberdun euch vielleicht erzählt hat, sind Estiane und Everess nicht gerade die dicksten Freunde.«

»Das ist noch freundlich ausgedrückt«, sagte Silberdun.

»Ich persönlich«, fuhr Paet fort, »ziehe diesen Weg sogar vor. Lieber weiß ich diesen Mann in eurer Obhut als in den schwitzigen Händen eines Haufens friedliebender Mönche. Sollte man diese Jungs auf frischer Tat ertappen, dann kämpfen sie nicht. Die kapitulieren einfach und lassen sich wie die Schafe zur Schlachtbank führen.«

»Ich glaube, nur aus eurem Munde, Paet, vermag das Wort ›Frieden‹ wie eine schändliche Sache zu klingen«, frotzelte Silberdun.

Ohne Vorwarnung nahm Paet einen dicken gläsernen Briefbeschwerer zur Hand und schleuderte ihn auf Silberdun. Er traf ihn an der Schläfe, und Silberdun, der sich auf seinem Stuhl zurückgelehnt hatte, kippte nach hinten und krachte hart auf den Boden.

»Aua!« Silberdun wirkte verwirrt, als er sich wieder aufrappelte.

Paet zuckte die Achseln. »Alles, was ich über Mitarbeiterführung weiß, hab ich von Meister Jedron gelernt.«

»Elender Hundesohn«, knurrte Silberdun und betastete seine Schläfe.

»Paet«, begann Sela zögernd. »Was, wenn ich nicht mitgehe?«

»Bitte was?«, fragte Paet.

»Ich bin da gerade an einer Sache dran. Etwas, das sich bei der Sichtung bestimmter Dokumente ergeben hat, und –«

»Wir haben Analysten genug«, sagte Paet. »Aber nur eine wie dich.«

Sela senkte den Blick und schwieg.

»Sela«, sagte Paet, »würdest du uns einen Moment entschuldigen? Ich müsste etwas mit Silberdun und Eisenfuß besprechen.«

Sela nickte und stand auf. Bevor sie den Raum verließ, warf sie Silberdun einen Blick zu und schenkte ihm ein schwaches Lächeln.

Als die Männer unter sich waren, kam Paet um seinen Schreibtisch herum und lehnte sich dagegen.

»Ihr werdet ins Unseelie-Gebiet aufbrechen«, sagte er mit gedämpfter Stimme. »Und daher muss jedem klar sein, dass keiner von euch dem Feind weder tot noch lebend in die Hände fallen darf.«

»Was soll das heißen?«, fragte Eisenfuß.

»Falls einer von euch getötet wird, müsst ihr seine Leiche mit euch nehmen.«

»Aber warum?«

»Das kann ich euch jetzt nicht sagen. Falls es passiert, werdet ihr's schon merken, aber ich würde es an eurer Stelle nicht drauf ankommen lassen.«

»Was, wenn wir einfach nicht in der Lage sind, einen toten Körper mit uns herumzuschleppen?«, fragte Silberdun. »Ich meine, wenn einer von uns draufgehen sollte, dann passiert das sicherlich nicht in einem beschaulichen Moment der Kontemplation.«

»Das stimmt«, sagte Paet. »In diesem Fall ist es geboten, dass ihr den Kopf des Getöteten abtrennt und mitnehmt. Das ist besser als nichts.«

»Aber wieso denn bloß?«, fragte Eisenfuß.

»Weil Mab Mittel und Wege kennt, Informationen aus euch herauszuholen, selbst wenn ihr tot seid«, sagte Paet. »Aber wenn sogar das nicht möglich ist, dann stellt sicher, dass der Körper gänzlich zerstört wird. Vorzugsweise durch Feuer.«

»Was für ein erbauliches Gespräch«, meinte Silberdun.

»Und wenn wir lebend gefasst werden?«, hakte Eisenfuß nach. »Was dann?«

»Wenn einer von euch in Gefangenschaft gerät, müssen die

anderen alles in ihrer Macht Stehende tun, um ihn zu befreien. Sollte dies jedoch nicht durchführbar sein, hat der Gefangene sich das Leben zu nehmen. Alles, was ihr in einem solchen Fall tun müsst, ist, euch ganz stark auf den eigenen Tod zu konzentrieren. Ihr werdet so nicht nur sterben, sondern euren Körper auf höchst eindrucksvolle Weise zur Explosion bringen.«

»Oh.« Eisenfuß runzelte die Stirn. »Also ich kenne keinen Spruch, der so etwas bewirkt.«

»Das ist kein Spruch«, sagte Paet.

»Nichts gegen Silberdun«, meinte Eisenfuß. »Aber seinen Kopf abzutrennen würde mir weniger schwerfallen als Hand an Sela zu legen. Ich glaube, das könnte ich nicht.«

Paet starrte ihn an. »Ich dachte, ihr hättet verstanden. Ich bezog mich bei meinen Anweisungen nur auf euch beide. Wenn Sela stirbt, lasst sie einfach, wo sie ist.«

Mit diesen Worten trieb er Eisenfuß und Silberdun aus dem Büro und schloss hinter sich die Tür.

24. KAPITEL

Wie groß ist Mab?
Genauso könnte man fragen, wie tief das Meer,
wie heiß die Sonne ist!

Wie gnädig ist Mab?
Mabs Barmherzigkeit und Mitgefühl sind grenzenlos.
Ihrem Volk ist sie wie eine Mutter, ihren Verbündeten
ist sie Beschützer, ihren Feinden die ordnende Hand.
Selbst jene, die sie vernichtet hat, preisen ihre Gnade
noch aus dem Jenseits heraus, voller Dankbarkeit dafür,
dass ihre Sündhaftigkeit ein Ende gefunden hat.

Wie weise ist Mab?
Mabs Weisheit ist grenzenlos. Das Einzige, dem sie mit
Ignoranz begegnet, ist die Ignoranz selbst. Gibt es
irgendetwas, das sie noch nicht gesehen hat? Gibt es
irgendein Geheimnis, das sie nicht kennt? Schau hinein
ins Herz eines jeden Mysteriums, und du wirst dort
bereits die gehisste Unseelie-Flagge antreffen.

Wir mächtig ist Mab?
Alle Macht ist Mabs Macht, alle Stärke ihre Stärke.
Kein Feind vermag ihr zu trotzen, es sei denn,
sie lässt es geschehen. Im Kriege ist sie ungeschlagen
und unschlagbar. In ihrer Überzeugungskraft ist sie die
Wahrheit selbst.

Wie liebend ist Mab?
Spricht man von Liebe, spricht man von Mab, sind sie
doch ein und dasselbe.

– Imperiale Glaubenslehre

Mit den Jahren hatte Mab eine Menge Gegner besiegt, doch der grösste Feind, der niemals geschlagen werden konnte, hiess Langeweile.

Und so hatte sich Mab jeder möglichen Zerstreuung hingegeben, war in jede denkbare Fantasie abgetaucht, hatte jedem Götzen gehuldigt und jeder Sucht nachgegeben. Sie hatte sich verloren in der Musik, im Tanz, in der Dichtung, beim Hahnenkampf und in der Kunst der Mestina. Alle Freuden, die es gab, hatte sie gekostet: Wein, Männer, Frauen, Kinder, Orgien. Naschwerk, Fuchsjagd, Krocket, Nähen, Poesie, Elemental-Bildhauerei. Jede Ablenkung hatte ihren kleinen wohltuenden Beitrag geleistet wie ein Stück Kohle, das eine Weile heiss brannte, dann jedoch abkühlte und schliesslich nur mehr den Geschmack verbrannter Asche in ihrem Mund zurückliess.

Hundert Jahre hatte sie versucht, ein Mann zu sein. Sie hatte ein Eremitendasein geführt, hatte ihr Dasein als Bauernmädchen gefristet und war zum Fuchs für ihre eigene Jagdgesellschaft geworden. Sie war alles und jeder gewesen, hatte alles und jedes getan, und doch war es nie genug.

Um ihre Langeweile zu stillen, hatte sie in immer grösseren Dimensionen handeln müssen. Vor Jahrtausenden schon hatte sie die Kontrolle über das Unseelie-Territorium an sich gerissen und den gesamten Norden der Umfochtenen Lande erobert. Sie hatte ihren Einfluss auf ganze Welten ausgedehnt, und sogar eine auf immer zerstört.

Die Einzige, die ihr immer im Weg gestanden hatte, war Regina Titania, und Mab liebte und hasste sie gleichermassen dafür. Ein kleiner Teil von ihr hoffte, dass die Seelie-Königin ihren Widerstand niemals aufgeben möge, denn dann hätte Mab alles erreicht, das Spiel wäre zu Ende. Und was dann?

Doch Titania forderte sie heraus. Die uralte Rivalität war mithin ein zweischneidiges Schwert. Was nützte einem der grösste Wettstreit, wenn man nicht als Sieger aus ihm hervorging?

Gegenwärtig steuerte alles auf den ultimativen Höhepunkt zu. Ihre neue Metropole war errichtet. Die Einszorn-Waffe wurde in der Geheimen Stadt gebaut. In Estacana erwartete sie ein ganz besonderes Mädchen, wenngleich das Mädchen selbst noch nichts davon wusste. Die Sterne standen günstig. Die Zeit war gekommen. Das letzte Gefecht in diesem ewigen Krieg warf seine Schatten voraus.

Hy Pezho, der Schwarzkünstler, hatte ihr die ultimative Waffe an die Hand gegeben, um diesen uralten Konflikt auf immer für sich zu entscheiden. Er war ein Genie gewesen, ein begnadeter Geist, der Geheimnisse aufgespürt hatte, die jenseits jeden Verstandes lagen. Er hatte ein Fenster aufgestoßen zu einem Ort, den selbst Mab noch nie erblickt hatte. Und nicht zuletzt deshalb hatte sie ihn töten müssen. Er hatte das Kräftegleichgewicht in Gefahr gebracht. Nun gab es keinen Grund mehr für Mab, ihre eigene Herausforderung nicht anzunehmen, war sie doch jetzt praktisch gezwungen, gegen ihre uralte Widersacherin vorzugehen. Endlich war die alles entscheidende Schlacht in greifbare Nähe gerückt. Hy Pezho hatte Mab, ohne es zu wissen, in Zugzwang gebracht.

Der Schwarzkünstler hatte versucht, sie zu hintergehen, wie alle ambitionierten Männer es taten. Er hatte geglaubt, sein Charme und politisches Geschick seien ebenso überdurchschnittlich wie sein Genie – ein Trugschluss. Und aus diesem Grunde war es nötig geworden, ihn an einen Ort der ewigen Qualen zu verbannen: in den Bauch der Kreatur *fel-ala*. Hy Pezhos eigene Schöpfung. Wenn das nicht poetisch war ...

Wegen seines offensichtlichen Verrats hatte sie sich seiner entledigt, doch dass er ungewollt ihren Status quo in Frage gestellt hatte, machte seine Bestrafung für sie zu einem besonderen Genuss.

Nun denn, der Krieg war unvermeidlich, und entweder sie oder Titania würden als Triumphatoren daraus hervorgehen. Natürlich bestand eine kleine Chance, dass Titania obsiegte. Die Steinkönigin, die Seelie-Hexe, war mindestens genauso mächtig wie Mab und mindestens genauso alt. Es würde nicht einfach werden, sie zu überraschen. Mit den Jahrhunderten hatte auch Titania gelernt, die Sterne zu interpretieren wie auch den Aufstieg von Nationen und das Glitzern im Auge eines Mannes.

All das steuerte nun unaufhaltsam auf eine Entscheidung zu. Und es war alles Hy Pezhos Schuld. Oh, wie sie ihn dafür liebte und hasste!

Und wenn schon sonst nichts, dann würde es zumindest nicht langweilig werden.

Unangekündigt und ohne anzuklopfen schwebten die drei Bel Zheret in Mabs private Gemächer. Eines der Privilegien, die sie ihnen zugestand, da die Bel Zheret schon von Weitem zu spüren vermochten, ob die Kaiserin bereit war, sie zu empfangen, oder nicht. Sie waren mittels der schwarzkünstlerischen Reflexion der Empathie an Mab gebunden, und sie konnte die Bel Zheret mit der kleinsten Gefühlsregung kontrollieren; sie musste sich dessen nicht einmal vergegenwärtigen.

Mabs Privatsekretär Ta-Hila schrak zusammen, als das Trio erschien; natürlich hatte er ihre Ankunft nicht voraussehen können. Mab wusste, dass die Bel Zheret ihm einen Schauer über den Rücken jagten, aber das gehörte zu ihrem Job.

Hund, Katze und Natter standen vor ihr und verbeugten sich nicht. Die Verbeugung war eine Geste der Unterwerfung, eine unnötige Bekundung für die Bel Zheret, die ihr von Natur aus ergeben waren.

»Sprecht«, sagte sie.

»Einer Eurer Magier aus der Geheimen Stadt, ein Reisender namens Timha, ist verschwunden«, sagte Hund. »Er verließ die Stadt, um zur Beerdigung seiner Mutter zu gehen, und kehrte bislang noch nicht zurück.«

»Wer hat seine Reise genehmigt?«

»Meister Valmin hatte ein Bittgesuch an den Leutnant der Wache gestellt, der für die Sicherheit der Stadt verantwortlich ist.«

»Ich verstehe.«

»Möchtet Ihr, dass der Leutnant stirbt?«

»Durchaus, doch tötet ihn nicht. Es liegt kein Nutzen darin.« Mab wandte sich an Ta-Hila. »Sorgt dafür, dass dieser mildtätige Leutnant mit weniger verantwortungsvollen Aufgaben betraut wird; versetzt ihn an einen Ort, wo seine Großzügigkeit ein gutes Licht auf mich werfen wird.«

Ta-Hila nickte und machte sich eine Notiz.

»Wisst ihr, wo sich dieser Reisende Timha aufhalten könnte?«

»Nein«, erwiderte Hund lächelnd. »Dies stellt uns momentan noch vor ein Rätsel. Ein fleischiges Rätsel.«

Mab wünschte, sie könnte derartige Vorkommnisse genauso genießen wie ihre Kreaturen. Sie waren erschaffen worden, auf dass sie ihre Aufgabe liebten und niemals verzagten. Furcht und übergroße Belastung wirkten auf einen durchschnittlichen Fae zwar motivierend, konnten aber auch zu Fehlern führen. Die Bel Zheret hingegen machten so wenig Fehler wie möglich.

»Dieser Vorfall könnte als Erklärung für einen weiteren dienen«, sagte Mab. »Einer meiner Kontaktleute aus der Seelie-Regierung ließ mich wissen, dass sich drei Schatten auf meinem Territorium aufhalten.«

»Tatsächlich?«, sagte Katze. »Nur zu gern würde ich einen von ihnen töten. Heißt einer von ihnen zufällig Paet?«

»Das weiß ich nicht«, sagte Mab. »Und mein Kontakt konnte auch nichts zu ihrer Mission sagen. Doch ich glaube, eure Nachricht enthüllt uns den Charakter dieser Mission, oder nicht?«

Die Bel Zheret nickten.

»Hier, das Folgende muss nun getan werden.« Mab händigte den Dreien ihre schriftlichen Anweisungen aus. Dann verließen die Bel Zheret die Gemächer, ohne dazu aufgefordert worden zu sein. Sie wussten, wann sie zu gehen hatten.

Nachdem gewisse Aktionen eingeleitet worden waren, widmeten sich Hund, Katze und Natter ihrem wohlverdienten Gemetzel in der Geheimen Stadt. Es wurde ein wundervoller Nachmittag. Flüchtende und schreiende Opfer überall. Eine gar köstliche Jagd durch die knochenbleichen Straßen der Geheimen Stadt. Heißes Blut, das sich über kalte weiße Steine ergoss. Einfach herrlich.

Jetzt stand Hund mit seinen Begleitern in Meister Valmins Studierstube. Die wenigen Magier, die ihre »Behandlung« überlebt hatten, hingen an ihren Fingerspitzen von der Decke herab. Leider war Meister Valmin nicht darunter. Er hatte sich kurz vor ihrem Eintreffen das Leben genommen. Ein Zeichen für Weitblick, wie Hund annahm, wenngleich er sie dadurch um einen zusätzlichen Spaß gebracht hatte.

Endlich hatte das Bitten und Flehen ein Ende. Verzweiflung war schon aus ästhetischer Sicht etwas durch und durch Unschönes. Doch unter der Verzweiflung lag eine erlesene Resignation, für die sich der ganze Aufwand lohnte.

Katze labte sich an einem der Magier, knabberte an dessen Fingern. »Der hier ist ein heiliger Mann. Das kann ich schmecken. Ein frommer Chthoniker vermutlich. Als Arkadier hätte er es nie auf diesen Posten geschafft.«

»Ich mag fromme Männer«, sagte Hund. »Sie besitzen einen vorzüglichen Geschmack und das bestimmte Etwas, das sich nur schwer beschreiben lässt.«

»Sie schmecken fast so gut wie Kinder«, sagte Katze kauend.

25. KAPITEL

Ein Unglück ist keine Tragödie.
Auf ein Unglück nicht vorbereitet zu sein,
das ist eine Tragödie.

– Unseelie-Sprichwort

»Das ist Wahnsinn«, sagte Silberdun.

Er, Eisenfuß und Sela standen mitten in der Station, die als »Portale von Mabs glorreicher Union« bekannt waren. Sie befanden sich im Herzen des Unseelie-Territoriums.

»Ich muss zugeben«, sagte Eisenfuß, »dass Silberdun nicht ganz Unrecht hat.«

»Hört auf damit!«, zischte Sela. »Wir müssen uns doch wie richtige Unseelie benehmen.«

Silberdun hob eine Augenbraue. »Und was sollen wir tun? Mab öffentlich loben und preisen, oder was?«

»Ihr wisst, was ich meine«, sagte Sela. »Wir gehören hierher. Wir stehen im Zentrum *unserer* Welt und nicht in der Höhle des Löwen.«

Schon oft hatte sich Silberdun in prekären Situationen befunden – tatsächlich schien sein Leben eine endlose Aneinanderreihung von Ungemach zu sein –, doch das hier schlug dem Fass den Boden aus.

Unglaublich, dass sie sich erst heute Morgen im Kaffeehaus vor den Kanzleiportalen in Smaragdstadt getroffen hatten. Von da waren sie über Mag Mell nach Annwn gereist, und von dort hierher. Im Laufe des Tages hatten sie ihren Weg per Kutsche, Boot, Pferd und vermutlich mit einem Dutzend weiterer Transportmöglichkeiten zurückgelegt, die Silberdun bereits vergessen hatte. Vierundzwanzig Stunden sowie drei Welten später waren sie nun endlich am Ziel.

»Ich weiß nicht, wie's euch geht«, sagte Eisenfuß, »aber mir wäre jetzt eher nach einem Nickerchen, als danach, einen brillanten Unseelie-Thaumaturgen hier rauszuschleusen.«

»So schwer war's nun auch wieder nicht herzukommen«, sagte Sela. »Wenn alles nach Plan läuft, sind wir schon morgen wieder zu Hause.«

»Es war nicht schwer herzukommen, weil das Herkommen der leichteste Part des Plans war«, sagte Silberdun. »Wenn dieser Timha bereits offiziell als vermisst gilt, werden wir allenthalben auf irgendwelche Sicherheitskräfte stoßen. Ich schätze, unsere Anwesenheit wird nicht lange unbemerkt bleiben.«

»Umso wichtiger, dass wir uns so unauffällig wie möglich geben«, mahnte Sela.

Silberdun sah das Mädchen an. »Vergiss nicht, dass *du* uns auf mögliche Gefahren hinweisen sollst, Sela. Wenn du also etwas in dieser Richtung spürst, machst du eine beiläufige Bemerkung über, ähm, Kamelienblüten.«

»Klar, so was lässt sich ja auch mühelos in jedes Gespräch einflechten...«

»Hast du eine bessere Idee?«, fragte Silberdun.

»Nein, ist schon in Ordnung.« Sie lächelte ihn an. Wie immer ängstigte und lockte ihn ihr Lächeln gleichermaßen. »Aber wir sollten uns vielleicht auf Lorbeeren einigen; Kamelien blühen erst im Herbst.«

»Darf ich darauf hinweisen«, meinte Eisenfuß matt, »dass wir solche Dinge vor unserer Abreise hätten besprechen sollen?«

Silberdun seufzte. »Aber so ist's doch viel spannender.«

Sela kicherte. »Wir werden alle sterben«, sagte sie.

Silberdun hoffte, sie hatte sich nur einen schlechten Witz erlaubt.

Mit ihren Unseelie-Pässen war es den dreien möglich, auf einem Transportschiff eine Passage nach Preyia zu buchen. Das Schiff hieß *Mabs Verachtung* und wartete schon auf sie.

»Sieh an«, bemerkte Silberdun. »Offensichtlich pflegen nicht nur die Schiffseigner auf dem Inlandmeer ihren Booten wenig vertrauenerweckende Namen zu geben.«

»Pst«, machte Sela.

Als sie aus der Station auf die Hauptplattform hinaustraten, mochte Sela ihren Augen kaum trauen. In der Ferne funkelte die aufgehende Sonne gerade eine Wolkenbank hinfort; am Horizont erhoben sich majestätische blaugraue Berge gen Himmel, und gleich hinter der Plattform erstreckten sich felsige Hügelketten so weit das Auge reichte.

Aber das war nichts im Vergleich zu den Schiffen. Die Auswahl reichte von winzigen Luftbarken bis hin zu riesigen fliegenden Dreimastern, deren aufgeblähte Segel im Morgenlicht schimmerten. Es schien Hunderte von ihnen hier zu geben; einige lagen im Dock auf der äußeren Plattform liegend, andere kamen und gingen. Die größten von ihnen waren selbst kleine fliegende Städte, deren Hauptmasten sich viele hundert Fuß in den Himmel schraubten. In Bewegung wirkten sie wie ein versprengter Schwarm Riesenfische, der durch die Lüfte segelte.

Sela versuchte, sich ihr Erstaunen nicht anmerken zu lassen, zumal das Spektakel keinen der anderen Reisenden sonderlich zu faszinieren schien. Auch Silberdun, der das alles schon mal gesehen hatte und Sela nun an der Schulter durch die Menge schob, wirkte nicht sonderlich beeindruckt. Sie warf einen Blick zurück zu Eisenfuß, der ebenfalls sein Bestes gab, seine Begeisterung im Zaum zu halten.

Auf ihrem Weg wurden sie von jungen Burschen angesprochen, die sich anboten, ihr Gepäck zu tragen, und von Händlern, die ihnen billige Passagen auf Privatluftschiffen, Zuckerwerk oder süße Brötchen andrehen wollten.

Silberdun dirigierte sie durch die Menge und verscheuchte dabei die fliegenden Händler, als mache er das jeden Tag. Als sie über eine breite Brücke auf die äußere Plattform zugingen, blies ihnen von unten eine warme Brise entgegen. Dabei wurde Selas Rock in die Höhe gehoben, und jetzt begriff sie auch, warum Paet ihr vor der Abreise geraten hatte, ein eng sitzendes Unterkleid anzuziehen.

Sela spürte, wie beim Anblick ihrer nackten Waden Eisenfuß hinter ihr eine Sekunde lang stutzte. Sie lächelte. Das Band, welches sie mit Eisenfuß verband, war ein erfreuliches Ding. Er fand sie hübsch und mochte sie, aber das war es auch schon. Sein umherstreifender Blick heftete sich auch an die anderen jungen Frauen in Haus Schwarzenstein, doch sie respektierte er als Kollegin. So zumindest interpretierte sie das Gefühl, das sie von ihm empfing, denn sie tat ihr Bestes, mit ihrem Talent nicht zu tief in seine Privatsphäre vorzudringen.

In Silberdun hingegen vermochte sie überhaupt nicht zu lesen.

Mabs Verachtung lag direkt vor ihnen. Es war ein langes, elegantes Passagierluftschiff mit nur einem Mast. Sela hatte wenig Ahnung von diesen Dingen, doch der Schiffskörper schien mit Blick auf Schnelligkeit hin konstruiert worden zu sein, in jedem Fall wirkte es schnittig.

Sie zeigten dem Mann, der vor dem Luftschiff stand, ihre Fahrscheine. Der warf nur einen kurzen Blick darauf und winkte sie dann auf die Rampe, die auf das Hauptdeck hinaufführte, ohne ihnen auch nur ins Gesicht zu sehen.

»Viel Vergnügen«, nuschelte er, als sie an ihm vorbeigingen.

An Bord führte sie ihr Weg durch ein stattliches Aufgebot an Hafenarbeitern und Deckhelfern, die zügig die Fracht verluden. Auf dem Oberdeck lungerten ein paar Soldaten auf Freigang herum, schwatzten und rauchten. Eine junge Familie mit vier kleinen Kindern machte sich auf den Weg unter Deck. Silberdun winkte Sela zu sich und deutete auf die schmale Treppe, die hinter ihm nach unten führte. Dann nahm er ihr die Handtasche ab.

»Nach dir, Liebling«, sagte er. Sie und Silberdun gaben sich im Feindesland als Frischvermählte aus; er war Buchhalter, sie die Tochter eines Gastwirts. Eisenfuß reiste als Silberduns Bruder mit ihnen. Das Trio befand sich auf der Rückreise von einem Urlaub in Mag Mell. Sela hatte die Idee schrecklich romantisch gefunden, als Silberdun sie ihnen vorschlug, doch die Realität hatte sie rasch wieder auf den Boden der Tatsachen zurückgeholt und ihr klargemacht, wie peinlich ihre Fantasien doch gewesen waren.

Am Fuß der Treppe angekommen, legte Silberdun ihr einen Arm um die Schulter. Es fühlte sich gut an, doch Sela konnte sich nicht entscheiden, ob sie es nun mochte oder nicht.

Die Hauptkabine bestand aus ein paar Dutzend Sitzreihen mit weichen Ledersesseln. Durch die weiten Fenster ergoss sich gerade das helle Morgenlicht ins Schiffinnere. Silberdun führte sie in den hinteren Bereich der Kabine, wo das Trio gegenüber der jungen Familie Platz nahm.

»Guten Tag allerseits«, begrüßte sie der Mann, ein netter Bursche mit lachenden Augen. Seine Frau nickte ihnen freundlich zu, dann kümmerte sie sich wieder um die Kinder.

Sela machte es sich in dem Sessel bequem und spürte plötzlich, wie die Strapazen der langen Reise ihren Tribut forderten. Noch bevor *Mabs Verachtung* abgelegt hatte, war sie eingeschlafen.

Sela weiß aus den Büchern, dass der sechzehnte Geburtstag für ein Faemädchen etwas ganz Besonderes ist. Es ist der Tag, an dem sie zur Frau wird. Die Vetteln hatten ihr ein tolles Geschenk versprochen, und Sela kann kaum erwarten, es zu sehen. Das einzige Geschenk, das sie bisher erhalten hatte, war der mechanische Vogel von Lord Tanen gewesen. Der Vogel, den er kurz darauf einfach zertreten hatte. Sie hatte die Vetteln gefragt, ob ihr Geburtstagsgeschenk so sein würde wie dieser Vogel, doch sie hatten ihr gesagt, sie solle nicht töricht sein. Mädchen wie sie hatten keinen Geburtstag.

Der Tag kommt, und Sela erwacht schon im ersten Licht des Tages. Sie legt eines der besonderen Gewänder an. Die Vetteln haben ihr erklärt, wie man es richtig trägt. Zum Tanz in der Stadt. Sie hatte gelernt, wie man Schuhe und Ohrringe passend auswählt, wie man das Haar mit Blendwerkskämmen aufsteckt und wie man sich die Lippen und Augenlider schminkt. Sie weiß, wie man die Quadrille und Tarantella tanzt und wie man einen Fächer hält. All diese Dinge würden ihr später einmal nützlich sein, wenngleich sie nicht weiß, warum.

Sie hört Lord Tanens Kutsche, noch bevor sie das Gefährt sehen kann. Sie sitzt auf den Stufen des Herrenhauses, windet eine Kette aus Gänseblümchen, bohrt mit einer gestohlenen Nähnadel Löcher in die Stängel und schiebt den nächsten Stängel hindurch, Blume für Blume. Das wird den Vetteln nicht gefallen, doch sie denkt, dass man sie an ihrem Geburtstag nicht dafür bestrafen wird. Sie hat das Blumenarmband fast fertig, als sie Hufschläge durch die Bäume hallen hört.

Lord Tanen entsteigt seiner Kutsche, und sie sieht, dass er nicht allein gekommen ist. Er reicht der zweiten Person seine Hand, und Sela erkennt, dass es ein Mädchen ist. Sie ist in Selas Alter und trägt ein weißes Leinengewand. Ihr Haar ist golden und zu glänzenden Flechten aufgesteckt, das Gesicht ist sauber geschrubbt. Sela springt auf und rennt auf die Kutsche zu, doch auf halbem Wege hält sie erschrocken inne.

Was, wenn dieses Mädchen hergebracht wurde, um ihren Platz einzunehmen? Was, wenn der Kutscher sie von hier fortbringen würde, um sie irgendwo im finstren Walde auszusetzen? In den Märchen passierte dergleichen oft. Ein Mädchen wird von einem grausamen Elternteil verschleppt – für gewöhnlich von der Stiefmutter – und zum Sterben im Wald zurückgelassen. Auf der anderen Seite wurde aus diesen armen Mädchen meistens eine Prinzessin. Die Vetteln hatten Sela erzählt, dass ihre Eltern inzwischen gestorben waren und sie niemals allein zurechtkommen würde und ihr einziger Wert der war, den Lord Tanen ihr zugestand.

Doch ihre düsteren Gedanken verflüchtigen sich, als das fremde Mädchen sie anlächelt und dabei eine Reihe schiefer Zähne unter den blauen Augen entblößt.

»Herzlichen Glückwunsch, Sela«, sagt sie.

»Wer bist du?«, fragt Sela verblüfft.

»Ich heiße Milla«, sagt das Mädchen.

Erstaunt blickt Sela zu Lord Tanen auf.

»Das ist dein Geburtstagsgeschenk, Sela«, sagt Tanen. »Ein ganz besonderes Geschenk für einen besonders wichtigen Geburtstag.«

Sela versteht noch immer nicht.

»Ich habe dir eine Freundin mitgebracht, Sela. Ich brachte dir jemanden, den du lieben kannst.«

Jemand stieß sie an, und Sela erwachte. Einen Moment lang wusste sie nicht, wo sie war. Sonnenlicht, blauer Himmel, weicher Sessel. Sie befand sich noch immer an Bord von *Mabs Verachtung*.

Silberdun beugte sich zu ihr. »Kamelienblüten«, raunte er ihr ins Ohr.

»Was?«, murmelte sie.

»Oder Lorbeerblüten. Was auch immer. Es ist jedenfalls Ärger im Verzug«, flüsterte er.

»Wie lange hab ich geschlafen?«, wisperte sie zurück.

»Etwa eine Stunde. Du hast übrigens auch ein bisschen dabei gesabbert.«

Irritiert wischte sie sich mit dem Handrücken übers Kinn. »Was ist denn los?«, fragte sie.

»Vor ein paar Minuten hab ich gesehen, wie eine Botenfee vor dem Fenster vorbei und Richtung Hauptdeck geflogen ist.«

»Ja und?«

Der junge Familienvater ihnen gegenüber warf ihr einen fragenden Blick zu. Sie lächelte ihm zu und küsste Silberdun auf die Wange. Sie suchte nach einem Faden zwischen sich und dem jungen Mann und fand ihn. Er war müde und hungrig und auch bisschen argwöhnisch. *Alles in bester Ordnung*, schickte sie durch das Band. Er schien sich wieder zu entspannen.

»Es gab ein wenig Unruhe an Deck, und dann kamen sie hier runter.« Silberdun nickte in Richtung des Gangs zwischen den Sitzreihen, auf dem die Unseelie-Soldaten, die sie an Deck gesehen hatten, nun langsam auf sie zukamen. Die Männer schienen die Fahrgäste zu inspizieren.

Sela sah hinüber zu Eisenfuß, der sich hinter einer Zeitung vergraben hatte,

»Glaubst du, die sind hinter uns her?«, fragte sie.

»Was weiß ich«, meinte Silberdun. »Wie auch immer, wir sollten keine Aufmerksamkeit auf uns ziehen.«

Sela richtete ihre Gefühle auf die Soldaten, aber es nützte nichts. Sie brauchte eine Art emotionale Verbindung, um einen Faden zu erspüren, doch bis jetzt wussten die Soldaten ja noch gar nicht, dass es sie überhaupt gab. Bis jetzt.

Sie kamen in dem Gang immer näher und inspizierten dabei die Reihen. Jetzt konnte Sela einige Gesprächsfetzen aufschnappen.

»... zwei Männer und eine Frau ...«

»... verdächtige Personen ...«

Sela sah, dass der junge Familienvater ihr gegenüber sie wieder neugierig anstarrte.

Wieder beugte sich Silberdun zu ihr. »Ich werde mal was versuchen. Spiel einfach mit.«

Er lehnte sich nach vorn und sprach den jungen Mann an: »Habt Ihr vielleicht einen Schluck Wasser für mich? Meine Kehle ist wie ausgedörrt.«

Die Augen des Mannes weiteten sich. »Welche Art Wasser?«, fragte er mit leicht bebender Stimme.

Silberdun blickte dem Mann direkt in die Augen. »Wasser aus dem reinsten Quell.«

Wovon in aller Welt redete Silberdun denn da? Wovon auch immer, der junge Mann schien zu verstehen, denn nun nickte er und lehnte sich seinerseits ein Stück vor, legte Silberdun gar eine Hand auf die Schulter.

»Da ist Wasser im Überfluss«, flüsterte er.

Silberdun nickte.

»Woher kommt Ihr?«, fragte der Mann leise.

»Mag Mell.«

Der Mann lächelte.

Die Soldaten kamen näher. Als sie auf Höhe von Sela, Silberdun und Eisenfuß waren, hielten sie an und studierten das Trio aufs Genaueste.

»Gehört Ihr drei zusammen?«, fragte einer der Soldaten Silberdun und seine beiden Sitznachbarn.

»Nein«, sagte der junge Familienvater. »Wir reisen nur gemeinsam. Kommen gerade von einem Urlaub in Mag Mell.«

»Aha«, sagte der Soldat, und sein Blick hellte sich auf. »Dürfte ich dann mal Eure Papiere sehen?«

Der Soldat sah sich jeden Pass genau an. Die Familie war demnach tatsächlich gerade aus Mag Mell zurückgekehrt.

»Gibt es ein Problem?«, fragte Eisenfuß beiläufig.

»Wir haben erfahren, dass möglicherweise einige verdächtige Personen an Bord dieses Schiffes sind. Zwei Männer und eine Frau, die zusammen reisen.«

Die Ehefrau des jungen Mannes erbleichte. »Meine Gute, sind sie denn gefährlich?«

»Ich glaube nicht«, sagte der Soldat. »Vermutlich Häretiker. Aba-Anhänger wahrscheinlich.«

»Ah«, sagte der junge Mann. »Ich finde ja, dass man Arkadier sofort an ihrem glasigen, starren Blick erkennt – das unverkennbare Zeichen blinder Gefolgschaft, wenn man mich fragt.« Er hob verächtlich die Augenbrauen.

Der Soldat kichert. »Da mögt Ihr Recht haben, mein Herr.« Er nickte seinen Begleitern zu. »Bitte entschuldigt die Störung.« Seine Augen blieben für einen Moment an Sela hängen, und der schwächste aller Fäden entspann sich zwischen ihnen. Er fand sie attraktiv, mehr nicht. Aber es reichte. Sie schickte all ihre mentale Kraft durch den Faden: *Glaube mir!*

»Ich sah zwei Männer und eine Frau auf der Plattform, bevor wir an Bord kamen«, sagte sie. »Die sahen sehr verdächtig aus. Ich erinnere mich deshalb an sie, weil sie gerade im Begriff waren, ihre Fahrscheine vorzuzeigen, dann aber ihre Meinung änderten und zurück zur Station gingen. Ist das nicht seltsam?«

Der Soldat nickte. »Allerdings! Ihr seid eine gute Beobachterin, junge Frau.«

Er wandte sich zu seinen Begleitern um. »Scheint, sie sind uns durch die Lappen gegangen«, sagte er leise. »Ich schicke die Botenfee zurück und sag denen, die sollen aufhören, uns unsere Zeit zu stehlen.«

Und dann waren sie auch schon wieder fort. Silberdun ergriff die Hand des jungen Mannes. »Ich danke Euch«, sagte er.

»Ich bin Euer Bruder«, sagte der Mann. »Es gibt nichts, wofür Ihr mir danken müsstet.«

Sela sah Silberdun fragend an. »Ich erkläre es dir später«, flüsterte er ihr zu.

26. KAPITEL

Alpaurle: So lasst uns denn über den braven Mann sprechen. Wie erkennen wir einen braven Mann?
Hoher Priester: Das ist leicht. Ein braver Mann ist jemand, der keine unzüchtigen Gedanken hegt und frevelhafte Taten begeht, jemand, der die Sünde meidet.
Alpaurle: Und woher wissen wir, welche Gedanken und Taten unzüchtig oder frevelhaft sind?
Hoher Priester: Ist das nicht offensichtlich?
Alpaurle: Nun, für mich ist es nicht offensichtlich, wie überhaupt nur weniges offensichtlich ist.

Aber vielleicht könnt Ihr es mir ja erklären?

– Alpaurle, aus *Gespräche mit dem Hohen Priester von Ulet*, Gespräch VI, herausgegeben von Feven IV zu Smaragdstadt

Der Rest der Reise verlief ohne weitere Vorkommnisse. Sie alle schliefen fast den ganzen Tag an Bord von *Mabs Verachtung*.

Selas Träume waren flüchtig und seltsam, wobei sie Traumbilder derjenigen mit einarbeitete, die um sie herum schliefen. Sie sah Silberdun in einem Weizenfeld liegen und eine Frau in Weiß küssen. Die Frau hatte langes, goldfarbenes Haar und trug einen Reif um ihren Oberarm – ein Verfluchtes Objekt. Sela spürte Wärme, ließ sich tiefer in dieses Bild hineinziehen, spürte, wie die Ähren an ihren Beinen kitzelten. Silberdun beugte sich hinab, um den Nacken der Frau zu küssen, und da sah Sela ihr Antlitz; es war nicht Sela. Diese Frau war jünger, ihre Gesichtszüge waren scharf geschnitten, und ihre Augen funkelten vor Lust. Die Frau sah Sela an und lachte voller Freude, legte ihren Kopf zurück, beugte den Rücken, presste sich eng an ihre Liebsten. Der Traum verblasste und wurde sogleich von anderen Bildern ersetzt, aber das intensive Gefühl klang nach.

Sie erwachte abrupt. »Gerade rechtzeitig«, sagte Silberdun. »Ich schätze, das willst du dir anschauen.« Er zeigte aus dem Fenster.

Zunächst verstand Sela nicht, was genau sie da erblickte. Unterhalb des Luftschiffes waren tausende Sterne zu sehen, ein auf den Kopf gestellter Nachthimmel, wie es schien. Dann passten sich ihre Augen an die Dunkelheit an, und sie erkannte, dass dort unten keine Sterne funkelten, sondern die Lichter einer Stadt. Eine Stadt, wie sie Sela noch nie zuvor zu Gesicht bekommen hatte.

Preyia lag ihnen zu Füßen; eine Insel, die sich aus einem tiefschwarzen Ozean erhob. Es war schwer, aus dieser Höhe Entfernungen und Größen abzuschätzen, doch Preyia schien ihr fast so groß zu sein, wie der umfriedete historische Kern von Smaragdstadt. Die Stadt bestand aus sieben massiven Ebenen, deren Grundflächen nach oben hin immer kleiner wurden und eine angenehm asymmetrische Form aufwiesen.

Auf jeder Ebene ragten riesige Segel in die Höhe, von roten, blauen und goldenen Hexenlichtern erleuchtet. Schiffe aller Größen erreichten oder verließen die fliegende Stadt, umschwirrten sie wie Motten das Licht. Die ganze Szene wurde sanft vom Mondlicht illuminiert.

Schon aus der Entfernung wirkte die Stadt unglaublich groß, doch als *Mabs Verachtung* näher kam, schien sie sogar noch zu wachsen, bis sie Selas gesamtes Blickfeld ausfüllte und es den Anschein hatte, als schwebten sie auf festen Boden zu.

Nach einigen Minuten ging ein sanfter Ruck durch *Mabs Verachtung*, als sie am Dock von Preyia festmachten.

Um sie herum erhoben sich müde Passagiere und suchten ihr Gepäck zusammen.

Der junge Familienvater, der ihnen gegenübergesessen hatte, erhob und streckte sich. »Kommt mit uns heraus, Bruder«, sagte er. »Dann schauen wir uns gemeinsam an, wie das Luftschiff wieder ablegt.«

Silberdun lächelte. »Das ist sehr freundlich von Euch.«

Als sie hinaus an Deck traten, explodierten die Lichter und Geräusche von Preyia in Selas Sinnen. Musik, Geschrei, Gesprächsfetzen. Hell strahlende Lichtbündel, die sich auf rotierenden Platten am Boden drehten, suchten beständig den Himmel ab. Vom Dock selbst gingen zahlreiche Prachtstraßen ab, von vielfarbenen Hexenlichtern erleuchtet.

»Willkommen in Preyia«, sagte die Frau des jungen Mannes und ergriff Selas Arm.

Alle möglichen Essensgerüche stürmten auf sie ein, als sie auf dem Dock weitergingen. Der Duft von gegrilltem Fleisch, geschmorten Zwiebeln und exotischen Gewürzen. Ihr Magen begann zu knurren.

Als sie sich ein Stück von der Menge entfernt hatten, blieb die Gruppe stehen. Die Kinder der Familie wirkten müde und unleidlich, zwei weinten sogar und wollten unbedingt nach Hause.

Silberdun ergriff die Hand des Mannes. »Ich kann Euch gar nicht genug danken«, sagte er. »Was für ein Glück, dass wir Euch gegenübersaßen.«

»Schämt Euch!«, sagte er junge Mann. »Glück hatte nichts damit zu tun.«

»Da habt Ihr natürlich Recht.«

»Wir müssen tun, was in unserer Macht steht. Wir müssen Aba einen um den anderen Tag dienen.«

»Gelobt sei Aba«, sagte die Frau.

»Ich denke, wir sind jetzt in Sicherheit«, sagte Silberdun. »Geht in Frieden.«

»Ihr auch«, sagte der junge Ehemann. Er nahm eines seiner Kinder auf den Arm, dann verschwand die Familie in der Nacht.

»Also gut«, meldete sich Eisenfuß zu Wort. »Was hatte das alles zu bedeuten?«

»Arkadier«, sagte Silberdun nur.

»Das hab ich mir fast gedacht«, erwiderte Eisenfuß, »aber warum haben die sich fast überschlagen, um uns zu helfen?«

»Weil ich sie darum bat.«

»Du meinst, die Sache mit dem Wasser?«, fragte Sela.

»Ja, das ist ein Geheimkode«, sagte Silberdun. »So fragt ein Arkadier in einer misslichen Lage um Hilfe.«

»Bist du denn Arkadier?« Sela wirkte verwirrt.

»Das war ich«, sagte Silberdun.

»Er war mal Mönch«, erklärte Eisenfuß.

»Und ein sehr schlechter dazu«, ergänzte Silberdun verdrießlich. »Egal, das alles hab ich jedenfalls von meiner Mutter gelernt. Sie war schon Arkadierin, als das selbst bei den Seelie noch eine sehr gefährliche Angelegenheit war.«

»Warum hast du mir nie davon erzählt?«, fragte Sela.

»Ich hab gelernt, dass man manche Dinge aus der Vergangenheit besser ruhen lässt.«

»Wir sollten lieber aufbrechen.« Eisenfuß deutete auf den Uhrenturm über den Docks. »Unser Treffen ist in einer Stunde.«

»Einen Moment noch«, sagte Sela. »Ich würde zu gern mal über den Rand schauen. Darf ich?«

»Ich begleite dich«, sagte Silberdun.

Sie ließen die Docks hinter sich und traten an eine Reling im Norden der Plattform. Die Docks befanden sich auf der untersten Ebene der Stadt, sodass nichts ihren Blick in die Tiefe störte.

Sela lehnte sich über die Brüstung der Stadt und schaute hinab. Die Erde schien so weit entfernt. Irgendwo da unten verlief ein silbernes Band, das Sela als Fluss identifizierte. Wuchtige Felsen wirkten von hier oben wie kleine Kieselsteine. Und die winzigen Pünktchen waren Baumkronen, die im Mondlicht grüngrau wirkten. Sie entdeckte auch ein tintenschwarzes Oval am Boden.

»Was ist das?«, fragte sie. »Ein See?«

Silberdun folgte ihrem Blick. »Das ist die Umbra«, sagte er, »der Schatten der Stadt. Es soll großes Unglück bringen, wenn man in ihn tritt.«

Aus irgendeinem Grund fühlte sich Sela beim Anblick dieses riesigen dunklen Schattens plötzlich sehr unwohl.

»Vielleicht können wir die Besichtigung ein anderes Mal fortsetzen«, meinte Eisenfuß. Sela spürte, dass er ein wenig besorgt war.

»Natürlich«, sagte sie. »Es tut mir leid, ich wollte es mir nur unbedingt mal ansehen.«

»Ich schon in Ordnung«, sagte er, und er meinte es auch so. »Aber wir müssen jetzt wirklich los.

Über prächtige Treppen und weitläufige Avenuen bahnten sie sich ihren Weg durch die Stadt, dabei sich stetig empor bewegend, von Ebene zu Ebene. Es war eine Nacht der Feierlichkeiten, sodass die Straßen voll ausgelassener Zecher waren, die den Sommeranfang begrüßten. Sowohl der Frühling als auch der Herbst waren in den Unseelie-Landen bitterkalt, und Sela hatte gehört, dass in einigen nördlicheren Städten sogar im Herbst noch Schnee fiel.

Langsam schoben sie sich durch die überfüllten Straßen, in denen Trommler im Kreis saßen und den Takt der neuen Jahreszeit schlugen. Die Fae von Preyia tanzten dazu, lächelten, lachten, sangen Strophe für Strophe der Sommerlieder.

»Schaut euch nur die Leute an«, sagte Sela.

»Wieso? Was ist mit ihnen?«, fragte Silberdun.

»Sie sehen so fröhlich aus. So glücklich.«

»Ja und?«, meinte Eisenfuß, der zu den Klängen mitgepfiffen hatte.

»Aber das sind doch unsere Feinde, oder nicht? Wie kann das sein? Sie wirken so freundlich.«

»Erzähl denen mal, dass du eine Seelie-Spionin bist, dann siehst du, was Freundlichkeit ist.« Silberdun zwinkerte ihr zu.

Es waren Momente wie diese, wo ihr die Empathie keine segensreiche Gabe mehr war. Ein chaotisches Durcheinander von Fäden vibrierte am Rande ihrer Wahrnehmung und wollte sie mit hineinziehen. Und sie wollte hineingezogen werden. Wie viele von ihnen könnte sie auf der Stelle töten, bevor man sie überwältigte? Wie viel von dieser Freude konnte sie übertönen?

Sobald sie von Lebenslust und Freude umgeben war, musste sie automatisch an Schmerz denken. So hatte es Lord Tanen ihr beigebracht. Der Abgrund lauerte überall, stets darauf wartend, sie hinabzuziehen. Wenn sie sich dem Glück hingab, wenn sie sich vom Taumel mitreißen ließ, würde sie vernichtet. In Haus Katzengold hatte es geheißen, das sei eine Lüge, die man ihr erzählt habe, damit sie Lord Tanens grausamen Wünschen entsprach. Doch sie wusste, dass es stimmte. Wenn sie sich während eines Festes gehen ließ, würde sie es nie wieder verlassen. Und der Gedanke ängstigte sie fast zu Tode.

Je weiter sie hinaufstiegen, desto mehr lichtete sich die Menge, und auch die Beleuchtung wurde spärlicher. Die höheren Ebenen waren den reicheren Bewohnern und den Regierungsgebäuden vorbehalten. Als sie die letzte Treppenflucht hinauf zum Opal-Plateau erklommen, der zweithöchsten Ebene der Stadt, ging Sela allmählich die Puste aus, wohingegen Eisenfuß und Silberdun kaum außer Atem waren.

So unauffällig wie möglich warf Silberdun einen Blick in seine Karte. »Hier entlang.« Er deutete in eine enge Gasse. Nun begann der gefährlichere Teil ihrer Mission. Wenn die Stadtwachen sie auf dem Opal-Plateau zur Rede stellten, war ihre Anwesenheit im Viertel der Reichen nur schwer zu erklären.

Ein paar Kutschen rollten vorbei, doch niemand hielt an. Hier und da stiegen Feiernde in bunten Kostümen aus ihren Fahrzeugen, müde, doch immer noch in Festtagsstimmung.

Sie erreichten ihr Ziel ohne weitere Vorkommnisse. Es war ein zweistöckiges Backsteinhaus, das auf einem halbkreisförmigen Vorsprung stand, der weit über die unteren Ebenen ragte. Von hier aus hatte man einen wunderbaren Blick über die Stadt Preyia. Gebäude wie dieses wurden Bugvillas genannt, wie Silberdun seinen Gefährten erklärte, weil sie am begehrtesten Bauplatz der fliegenden Stadt errichtet worden waren. Die Häuser hier überragten alle anderen in der Stadt, und, was noch wichtiger war, waren windwärts gelegen, weshalb es hier in den Sommermonaten niemals schlecht roch.

Eine schlanke Frau in einem teuer wirkenden Seidenkleid öffnete ihnen die Tür. Sela hätte viel für ein solches Kleid gegeben. Sternenlicht, die Schauspielerin in Haus Katzengold, hatte ein ähnlich kostbares Gewand besessen.

»Kann ich Euch helfen?«, fragte die Frau.

»Wir sind hier, um von Hy Diret ein Paket in Empfang zu nehmen«, sagte Silberdun. Es war das vereinbarte Zeichen.

»Natürlich«, sagte die Frau. »Es muss hier irgendwo sein. Kommt doch herein.« Ihre Antwort bedeutete, dass alles in Ordnung war. Hätte sie »Kommt später wieder« gesagt, wäre ihre Mission in ernster Gefahr gewesen.

Sela kam zu dem Schluss, dass ihr Auftrag leicht werden würde.

»Willkommen«, sagte die Frau. »Ich heiße Elspet und freue mich, Euch zu sehen.« Sie geleitete die drei ins Innere. Das Haus war elegant, doch sparsam möbliert.

»Wir tun, was wir können, um den Schein zu wahren«, erklärte Elspet, als sie Selas erstauntes Gesicht bemerkte. »Mein Mann leitet die Zentralbank, und da erwartet man natürlich einen gewissen Lebensstandard von uns.«

»Wieso?«, fragte Eisenfuß.

»Aba erwartet, dass wir ein genügsames Leben führen«, sagte Elspet. »Mit dem ganzen Prunk und Protz könnten viele Arme am Leben erhalten werden. Doch mit dem Vermögen, das wir anhäufen, können wir mehr Gutes tun, als wenn wir gar nichts verdienen würden.«

Silberdun wirkte schwermütig, als Elspet dies sagte, und Sela verstand nicht, aus welchem Grund.

»Doch Ihr seid ja nicht wegen mir gekommen«, sagte Elspet. »So lasst mich Euch nun zu Timha bringen. Wir Ihr Euch vorstellen könnt, brennt er darauf, Euch kennen zu lernen.«

Sie führte das Trio durchs Haus und hinaus auf eine große Terrasse, die fast so groß war wie ganz Haus Katzengold und von der aus man die Vorderflanke der Stadt überblickte. Es gab hier sogar einen kleinen Garten mit Rasenfläche; an einer irgendwie fehl am Platze wirkenden Spiere, die aus dem Boden des Balkons ragte, waren Blumenkästen angebracht.

Am hinteren Ende der Terrasse befand sich ein kleiner Privatanleger, an dem eine schnittige Luftbarke festgemacht war. In der Nähe des Hauses stand eine Remise, von der ein hölzerner Steg zu einem Tor führte, durch das man seitlich ins Hauptgebäude gelangte.

Zusammen mit Elspet stiegen sie die Stufen in den zweiten Stock der Remise hinauf. »Hier wohnt er«, sagte sie junge Frau. Sela drehte auf dem Treppenabsatz um und war einmal mehr begeistert von der Aussicht, die man hier hatte. Sie sah hoch oben den Mond und die Sterne, sie sah die Erde tief unter sich, und nichts verstellte den Blick auf diese Wunder. Es war, als flöge sie selbst durch die Nacht.

Sie gingen hinein. Gedämpfte Hexenlichter erleuchteten ein kleines Gästehaus mit einem Bett, einem Tisch und einer bescheidenen Kochstelle. Auf dem Bett saß der wohl nervöseste Mann, den Sela je getroffen hatte. Timha war blass und hager, und seine kastanienbraune Robe schien viel zu groß für seinen ausgemergelten Körper. Sein Haar war ungewaschen und ungekämmt, und sein Blick wirkte lauernd.

Er fuhr sich mit der Zunge über die Lippen, als sie eintraten. »Seid Ihr diejenigen«, fragte er. »Seid Ihr diejenigen, die mich nach Seelie bringen werden?«

»Die sind wir«, sagte Silberdun.

»Oh, danke schön.« Timha schien vor Erleichterung förmlich in sich zusammenzufallen.

»Also?«, rief er aufgeregt. »Dann mal los!«

»Nicht so hastig«, sagte Eisenfuß. »Bevor wir gehen, muss ich erst einen Blick auf Eure Pläne werfen.«

Timha erbleichte. »Pläne? Wieso? Dafür haben wir doch keine Zeit. Und Ihr würdet sie ohnehin nicht verstehen.« Wieder benetzte er seine Lippen. »Das sind hochwissenschaftliche thaumaturgische Dokumente und kein Bauplan für ein Baumhaus oder so.«

»Vielleicht sollte ich mich erst mal vorstellen«, sagte Eisenfuß. »Ich bin Meister Styg Falores, Mitglied der Alpaurle-Gesellschaft an der Königinnenbrück-Akademie zu Smaragdstadt. Ich schätze, ich weiß durchaus etwas mit Euren Plänen anzufangen.«

Timha glotzte ihn verdutzt an. »Aber ... was macht Ihr hier? Warum seid Ihr gekommen?«

»Um Eure Pläne in Augenschein zu nehmen«, erwiderte Eisenfuß. »Wenn ich also darum bitten dürfte ...«

Timha nickte und langte unter das Bett. Er holte etwas hervor, das Sela nicht erkennen konnte und legte es auf die Tagesdecke. Doch als Sela genau hinsah, war da nichts zu sehen.«

Timha vollführte eine Handbewegung, und plötzlich war doch etwas zu sehen: ein Lederranzen voller Dokumente und Folianten.

»Ich hab alles bei mir, ich schwör's«, Timha sah nervös zu Eisenfuß auf. »Warum sollte ich Euch auch deswegen anlügen?«

»Was weiß ich?«, erwiderte Eisenfuß. »Dennoch muss ich einen Blick darauf werfen.«

Sela untersuchte den dünnen, zittrigen Faden, der sie mit Timha verband. »Er spricht die Wahrheit«, sagte sie. »Tatsächlich ist er diesbezüglich ziemlich bemüht.«

Timha warf ihr einen langen Blick zu. Er schien zu spüren, dass sie mit ihm verbunden war, und es gefiel ihm ganz und gar nicht.

»Ich muss mich trotzdem davon überzeugen«, sagte Eisenfuß.

»Nun gut«, mischte sich Silberdun ein. »Aber könntest du dich ein bisschen dabei beeilen? Wie Timha bin ich nämlich auch der Meinung, dass wir schnellstmöglich von hier verschwinden sollten.«

»Nur zu, aber macht schnell«, sagte Timha. Er sah Hilfe suchend zu Elspet, doch die hob nur die Schultern.

»Dies ist nun ganz eine Sache zwischen Euch und ihnen, Reisender Timha«, sagte sie mit sanfter Stimme. »Die Kirche wünscht Euch alles Gute, aber mehr kann sie nicht mehr für Euch tun.« Sie wandte sich zum Gehen. »Ich werde nun die Luftbarke vorbereiten.« Sie nickte und verließ das Gästehaus.

»Steht auf«, sagte Eisenfuß zu Timha. Der Thaumaturge erhob sich, und Eisenfuß begann, die Dokumente auf dem Bett zu verteilen und zu inspizieren. Er wirkte sehr konzentriert.

Nach einigen Minuten stieß Silberdun ein Seufzen aus. »Nichts für ungut, Eisenfuß, aber du lässt dir ganz schön viel Zeit...«

Eisenfuß warf ihm einen vernichtenden Blick zu. »Wie unser Reisender Timha es so treffend formulierte, geht's hierbei nicht um ein Baumhaus. Lasst mir also noch etwas Zeit.«

Mit jeder Minute, die verstrich, schien Timha nervöser zu werden. Auch schenkte er Sela wenig Aufmerksamkeit, was ihr ganz recht war, denn sie war nicht wild darauf, aus erster Hand zu erfahren, was er fühlte.

Schließlich legte Eisenfuß die Dokumente wieder aus der Hand.

»Wenn das ein Trick sein soll, dann ein ziemlich überzeugender. Ohne bei meiner Prüfung ins Detail gegangen zu sein, würde ich sagen, dass die Unterlagen echt sind.«

»Gut«, sagte Silberdun. »Können wir dann *endlich* gehen?«

In diesem Moment war von draußen ein Schrei zu hören. Silberdun zückte das Messer und rannte zur Tür. Er lugte nach draußen. »Verdammt! Man hat uns entdeckt!«

Eisenfuß schob die Unterlagen zusammen und stopfte sie hastig in den Ranzen. »Kommt«, sagte er zu Timha. »Und bleibt dicht hinter mir.«

»Nein, nein«, sagte Timha. »Sagt, dass das alles nicht wahr ist!«

»Doch, ist es«, erwiderte Eisenfuß. »Und jetzt bewegt Euch!«

Sela holte das kleine Messer aus ihrem Mieder und wiegte es in ihrer Hand. Es war keine Wurfwaffe, und selbst wenn, sie hätte es nicht werfen können. Lord Tanens Unterricht hatte sich mehr auf den Nahkampf konzentriert. Dennoch, ein Messer war besser als gar nichts. Sie folgte Silberdun nach draußen.

»Halte dich hinter mir!«, zischte er ihr zu. Sie wagte einen Blick an ihm vorbei, dann stockte ihr der Atem. Gut ein Dutzend Stadtwachen hatte sich auf den großen Balkon in Position gebracht, allesamt mit Armbrüsten im Anschlag. Elspet kniete auf dem Boden und hatte eine Armbrust im Genick.

Der Mann in vorderster Front trug ein anderes Abzeichen als seine Kollegen. Sela versuchte sich an die Ränge der Unseelie-Garde zu erinnern. Dieser hier war ein Feldwebel, so glaubte sie, und die anderen waren ihm unterstellt.

»Lasst die Messer fallen und kommt langsam die Treppe herunter«, sagte der Feldwebel. »Ihr seid verhaftet.«

»Was machen wir jetzt?«, fragte Sela atemlos.

Eisenfuß und Timha standen direkt hinter ihr. »Aufgeben!«, sagte Timha. »Sonst sterben wir alle.«

»Wendet den Blick ab«, sagte Silberdun. »Ich werde sie mit ein bisschen Hexenlicht verwirren.«

»Das wird uns nicht genug Zeit geben, die Luftbarke zu erreichen«, meinte Eisenfuß.

»Hast du eine bessere Idee?«, fragte Silberdun. »Mein alter Freund Mauritane konnte fliegende Armbrustbolzen aus der Luft holen, eine Kunst, die ich leider nicht beherrsche.«

»Insofern wollen wir hoffen, dass uns nicht nur Hände, sondern auch innere Organe nachwachsen werden«, sagte Eisenfuß.

»Kommt jetzt herunter«, rief der Feldwebel der Stadtwache, »oder wir eröffnen das Feuer.«

»Jetzt!« Silberdun hob die Hand, wie um sich zu ergeben, und Sela wandte den Blick ab.

Die Luft um sie herum explodierte in gleißendem Licht. Sie schloss die Augen, doch die Helligkeit drang selbst durch ihre Lider und schickte blaue und rote Funken durch ihr Blickfeld.

Unten begannen Männer zu schreien. Sela konnte nicht anders und öffnete die Augen.

Der gesamte Balkon erglühte weiß, als wäre Silberdun die Sonne selbst. Die Wachen stolperten hin und her, fassten sich an die Augen, warfen perfekte Schatten auf die Wand hinter sich. Auch der Feldwebel tastete blind umher; sein Gesicht war hellrot.

»Was hast du getan?«, fragte Eisenfuß. Fassungslos starrte er auf die Männer, als das grelle Licht allmählich erstarb.

»Das war ein *bisschen* Hexenlicht?«, bemerkte Timha. »So was hab ich ja noch nie gesehen.«

»Ah.« Silberdun schaute hinab auf die Szene, die sich vor ihnen abspielte.

»Wir müssen gehen«, sagte Eisenfuß. »Bevor noch Verstärkung kommt.«

Unter ihnen taumelten die Wachen noch immer wie geköpfte Hühner und zu Tode erschrocken umeinander; die meisten suchten instinktiv nach Schutz.

»Du hast sie geblendet«, sagte Sela.

»Er hat mehr als nur das getan«, sagte Eisenfuß. »Sieh dir ihre Gesichter an.«

Sela tat es und stellte fest, dass die Gesichter der Wachen verbrannt wirkten.

»Rückzug!«, brüllte in diesem Moment der Feldwebel. Die Männer versuchten zu fliehen.

Silberdun ging auf der Treppe voran. Dabei pflückte er die Armbrust eines Wachmannes vom Boden und eilte auf die Luftbarke zu. Eisenfuß hielt sich in seinem Schatten, und Timha folgte ihnen mit gesenktem Blick.

Sela rannte zu Elspet und half ihr auf. Da sie am Boden kniend den Kopf hatte beugen müssen, hatte sie ihr Augenlicht behalten, obwohl sie im Moment offenbar nicht viel sah.

»Kommt mit uns«, flüsterte Sela.

»Das kann ich nicht«, sagte Elspet. »Ich werde ihnen sagen, dass Ihr hier eingebrochen seid. Mein Mann ist sehr einflussreich. Sie werden mir glauben, zumal ich selbst eine sehr wichtige Aufgabe hier habe.«

Sie packte Sela am Arm. »Schafft ihn hier raus, oder das alles wird vergebens gewesen sein.«

Sela wandte sich um und rannte auf ihre Gefährten zu. Die kletterten gerade an Deck der Luftbarke.

»Komm schon!«, rief Eisenfuß.

Einer der Wachleute feuerte seine Armbrust in die Richtung ab, aus der die Stimmen kamen, und das Geschoss bohrte sich in den Mast direkt neben ihnen. Silberdun hob seine gestohlene Armbrust und feuerte zurück. Die Wache fiel um wie ein gefällter Baum.

Sela rannte weiter auf die Landeplattform zu. Sie hatte es fast geschafft, als sich eine Faust um ihr Handgelenk schloss und sie auf dem Holzboden zu Fall brachte. Es war der Feldwebel, der sie, obwohl blind, zu packen gekriegt hatte.

»Ihr geht nirgendwo hin!«, brüllte er.

»Hilfe«, schrie Sela in Richtung Silberdun.

Auf der Luftbarke vollführte Eisenfuß eine schnelle Handbewegung. Etwas sauste durch die Luft, dann gab der Feldwebel ein würgendes Geräusch von sich. Sein Griff um Selas Handgelenk lockerte sich.

Sie drehte den Kopf und sah, dass Eisenfuß' Dolch in der Kehle des Wachmanns steckte. Sie rappelte sich auf und stolperte die letzten Meter auf die Luftbarke zu. Silberdun zog sie an Bord. Mit einem anderen Messer durchschnitt Eisenfuß die Leine. Das Fluggerät hob sich ruckartig ein Stück in die Luft; Sela ging erneut zu Boden.

Eisenfuß machte etwas mit dem Hauptsegel, und die Luftbarke wendete. Plötzlich war da Wind, wo vorher kein Wind gewesen war, und die Stadt entfernte sich Meter um Meter von ihnen. Plötzlich drehte die Luftbarke scharf in den Windschatten der Stadt ein, drohte fast zu kippen.

Eisenfuß ergriff das Steuerrad und drehte es. Von unten ertönte ein Knirschen, dann brachte sich das Flugschiff wie von selbst wieder in die richtige Lage. Die Stadt rückte nun rasch in immer weitere Ferne.

»Ich kann nicht glauben, dass wir da rausgekommen sind.« Timha stieß ein nervöses Lachen aus. »Keine Ahnung, wie Ihr das geschafft habt, aber das war einfach ... unglaublich!«

»Ich würde mich nicht zu früh freuen, mein Freund.« Silberdun zeigte nach vorn.

Drei feindliche Flieger waren ihnen auf den Fersen.

»Wahrscheinlich haben sie Silberduns Budenzauber gesehen«, meinte Eisenfuß.

»Geht's nicht ein bisschen schneller?«, drängte Sela.

»Nicht, falls du nicht weißt, wie man den Wind stärker macht«, erwiderte Eisenfuß.

Timha ergriff eine Kurbel und befestigte daran eines der Seile, die das Segel hielten. Die Luftbarke gewann ein wenig an Fahrt.

»Die haben den Wind im Rücken«, sagte Timha. »Die werden uns bald eingeholt haben. Wir sollten uns ergeben!«

»Halt's Maul!«, brüllte Silberdun. Eisenfuß drehte das Steuerrad, und die Luftbarke kippte nach links.

»Gebt auf und legt euer Gefährt in Eisen«, ertönte die magieverstärkte Stimme von einem der herannahenden Stadtwachen-Flieger.

»Eisen?«, fragte Sela verwirrt.

»Das bedeutet, den Bug in den Wind zu drehen«, erklärte Eisenfuß. »Er will, dass wir stoppen.«

Silberdun nahm einen Bolzen aus dem kleinen Köcher an der Armbrust, legte ihn ein und spannte die Waffe.

»Keine Blendlichter mehr?«, fragte Eisenfuß.

»Ich hab keinen Tropfen *re* mehr in mir. Wie sieht's bei dir aus?«

»Wenn sie an Bord kämen und sich höflich zu uns setzen würden, könnte ich sie vielleicht mit ein bisschen Führerschaft bei Laune halten ...«

»Na schön«, meint Silberdun. »Dann machen wir uns besser mal aus dem Staub.«

Allen wurde jedoch schnell klar, dass es nicht so einfach werden würde. Das Schiff der Stadtwache war schneller, und im Gegensatz zur Luftbarke hatte es Maschinen, die mittels Bewegung angetrieben wurden, was die Windkraft zusätzlich verstärkte.

»Anhalten und zum Entern bereit machen!«, schallte die magieverstärkte Stimme zu ihnen herüber.

»Was jetzt?«, fragte Sela in die Runde. Silberdun umklammerte seine Armbrust so fest, dass seine Fingerknöchel weiß hervortraten.

Die Flieger der Stadtwache waren nun fast gleichauf. »Anhalten! Sofort! Oder wir nehmen Euer Schiff unter Beschuss!«

»Verdammt!«, brüllte Eisenfuß, er riss das Ruder hart nach rechts und steuerte die Luftbarke genau auf das gegnerische Schiff zu.

»Was macht Ihr denn da?«, rief Timha.

»Mal sehen, wie viel dieser Vogel aushält«, erwiderte Eisenfuß.

Das feindliche Schiff wollte aufsteigen, um ihnen auszuweichen, doch es war zu spät. Der Bug der Luftbarke kollidierte mit dem Hauptmast des feindlichen Fliegers. Ein grässliches Schaben ertönte, dann das Splittern von Holz. Von unten wurden Armbrustbolzen auf sie abgefeuert – die Wachen in den beiden anderen Schiffen nahmen sie unter Beschuss.

Silberdun lehnte sich über den Bug ihres eigenen Fliegers und schoss zurück. Ein lautes Krachen war zu hören, dann kam der verkeilte Flieger unter ihnen wieder los und driftete nach achtern.

Sela vernahm ein lautes Schnappen. Sie drehte sich um und sah etwas Helles auf die Luftbarke zufliegen. Es sah aus wie eine Miniatursonne, vollführte im Flug einen hohen Bogen und verpasste das kleinere Segel ihres Fluggerätes nur um Haaresbreite. Als es vorbeiflog, konnte Sela die von ihm ausgehende Hitze körperlich spüren.

Ein weiteres Schnappen, eine weitere Feuersonne, die auf sie zuschoss. Diese krachte auf das Hauptsegel und knallte direkt vor Eisenfuß auf das Hauptdeck. Der ließ das Ruder los, machte einen Satz zurück und fiel über Timha.

Das Deck fing Feuer. Timha krabbelte unter Eisenfuß hervor und zeichnete mit den Händen ein Siegel in die Luft. Der winzige Feuerball stieg gerade in die Luft auf, vollführte dann einen Rechtsruck und fiel auf das Heck des Fliegers, von dem er ursprünglich abgefeuert worden war. Timha malte weitere Siegel in die Luft, doch was immer er auch versuchte, es schien nicht zu funktionieren. Silberdun kämpfte damit, seine Armbrust wieder zu laden, doch das verrückte Schaukeln und Ruckeln des Schiffs machte dies fast unmöglich.

Die Luftbarke sackte ab, geriet dann ins Schlingern. Ein Windstoß verfing sich im losen Hauptsegel, und dann begann die Welt sich um Sela herum zu drehen. Flammen leckten am Segel, und dann fing es ebenfalls Feuer, Rauch stieg spiralförmig vom Mast auf.

Plötzlich hörte sie ein trommelndes Geräusch, das ihr das Blut in den Adern gefrieren ließ. Das Deck schwankte. Sela verlor das Gleichgewicht und knallte auf die Bohlen. Und dann war das Deck plötzlich über ihr, und sie fiel, und drehte sich, und fiel, und fiel.

Sie drehte sich in der Luft, und dann sah sie, was unter ihr war. Endlose Weizenfelder, die sich im Wind wiegten wie Wellen im Ozean und im Mondlicht grau wirkten. Im Zentrum der Felder jedoch gab es ein großes, unregelmäßiges schwarzes Oval, ein Flecken schwärzester Schwärze. Seltsamerweise hatte sie gar nicht das Gefühl zu fallen. Ob Silberdun oder Eisenfuß irgendetwas gemacht hatten, um ihren Sturz anzuhalten? Um sie herum war Rauch und Feuer. Sie konnte nichts sehen, als den Boden unter sich.

Eine Windbö erfasste sie, blies ihr den Rock nach oben und das Haar in die Höhe. Der Stoff wurde wie verrückt gegen ihren Körper geschlagen.

Erst jetzt bemerkte sie, dass sie fiel, denn sie war aus so großer Höhe gestürzt, dass sie den Fall zunächst gar nicht als solchen empfunden hatte. Das schwarze Oval unter ihr war wie ein Schlund, der sie zu verschlucken drohte. Je weiter sie fiel, umso größer wurde er, und dann begriff sie, dass sie direkt auf das Zentrum der Umbra zustürzte, dem Schatten von Preyia. Wo schon allein das Betreten Unglück brachte.

Der Boden raste auf sie zu, die Schwärze breitete sich nun zu allen Seiten hin aus. Die Umbra war reine, samtene Finsternis; kein einziger Strahl Mondlicht erhellte ihre Tiefen.

Sie fiel und fiel, und ihr war, als hätte sie aufgehört zu atmen. Die Schwärze griff sich Raum, bis sie einfach überall war – Finsternis unter ihr, und dicke Rauchschwaden über ihr. Als sie sich schließlich trafen, da keuchte Sela auf, und dann vereinigten sie sich – die Schwärze und die Flammen –, mit Sela in ihrer Mitte. Das Dunkel und das Licht. Sie hörte ein ohrenbetäubendes Rauschen. Und dann war da nur noch Stille.

27. KAPITEL

Die einzigen Landbewohner auf dem Unseelie-Territorium sind die Arami, dieses fremde Volk, das seit der Zeit vor Uvenchaud in der Tradition der wilden Faeclans lebt. Dabei sind sie bis auf den heutigen Tag ängstlich darauf bedacht, jeglichen Kontakt zu ihren in der Luft lebenden Nachbarn oder sonst jemandem zu meiden. Insofern ist nur sehr wenig über die Arami bekannt.

Man vermutet (aufgrund der wenigen Gelegenheiten, in denen die Arami einem Gespräch zustimmten), dass es sich bei der merkwürdigen, gutturalen Sprache, die uns linguistisch so kompliziert scheint, tatsächlich um einen Dialekt der originalen Elfensprache handelt. Wenn das stimmt, sind die Arami die letzten direkten Nachkommen des alten Faevolkes.

Die Unseelie kümmern sich nicht um die Arami. Sie verlassen ihre fliegenden Städte nur, um Wasser aus den Brunnen zu schöpfen, die sich während der kurzen Regenzeiten über den nördlichen Landesteil ziehen. Die Arami halten sich fern, sobald die Unseelie auch nur die Erde betreten.

– Stil-Eret, »Die Arami – die unbekannten Fae des Nordens«, aus *Reisen daheim und unterwegs*

Muster. Eisenfuß war gefangen in Mustern. Zwei davon, um genau zu sein, wobei eines das andere überlagerte. Sie waren einander sehr ähnlich, und doch nicht gleich. Auf den ersten Blick wirkten sie fast identisch. Doch im Grunde ihres Seins gab es eine Abweichung, einen Fehler, wie bei einer eleganten Gleichung, in deren Kern eine undefinierte Term lauerte. Oberflächlich betrachtet sah alles richtig aus; erst wenn man sich die Fäden des Netzes genauer ansah, offenbarte sich einem die Unmöglichkeit.

Doch wo lag der Fehler? Was verursachte ihn? Im Geiste versuchte er das Muster nachzuzeichnen, doch es war zu groß und komplex, um es zu behalten. Sobald er sich einen Teil davon vergegenwärtigt hatte, war der andere seinen Gedanken schon wieder entschlüpft; es schien unmöglich, alles miteinander zu verbinden. Er brauchte Papier, er brauchte seine Karte.

Er wollte einen Bogen Schreibpapier zur Hand nehmen, doch sein Arm ließ sich nicht bewegen. Er versuchte sich aufzusetzen, doch etwas Schweres lastete auf ihm. Er wurde panisch. Er riss die Augen auf. Es war dunkel, schwarz in der Schwärze. Aus seiner Kehle quoll ein ersticktes Geräusch, ein Laut, der irgendwo zwischen einem Wimmern und einem Schrei lag. Wo war er?

»Hierher!«, hörte er eine Stimme. »Ich hab was gehört!«

Eisenfuß griff in seinen Körper hinein und versuchte sich zu beruhigen, so wie Paet es ihn vor einigen Wochen in der Ausbildung gelehrt hatte. Er hatte nie ganz verstanden, worauf Paet damit hinauswollte; doch im Moment war Eisenfuß ganz auf Muster fixiert, und plötzlich vermochte er die Muster in seinem eigenen Körper zu erfassen, die Energien, die ihn durchflossen, und die Gebilde, die durch diese Energien miteinander verbunden waren. Da war sein Herz, wild hämmernd. Er zwang es, langsamer zu schlagen, und es schlug langsamer. Und da war noch ein anderes, winziges Ding, das Panik in sein Blut spuckte. Er zwang es, damit aufzuhören, und es hörte auf.

Er zwang die Kraft in seine Arme und stemmte sie nach oben. Er und Silberdun hatten erst kürzlich das entwickelt, was sie die Kraft der Schatten genannt hatten, eine Kraft, die weit über das hinausging, was sie vormals besessen hatten. Das Ding auf ihm bewegte sich, doch nicht sehr viel. Doch damit einher ging eine Erkenntnis: Mehr Kraft der Schatten war im Moment aus diesem Körper nicht herauszuholen. Er hatte sich zu sehr verausgabt, denn jetzt fielen seine Arme schlaff und schwach herab in diesem schwarzen Gefängnis.

Es hatte nicht ganz gereicht, war nicht gut genug gewesen. Andererseits war nichts im Leben jemals gut genug.

Als Eisenfuß noch ein junger Bursche gewesen war, hatte ihn sein Vater beständig angetrieben: »Willst du so enden wie ich, Junge?«, hatte er gesagt, als sie die Schafe scherten. Seit drei Jahren schon war der Preis für Wolle stetig gefallen, und Vater hatte bereits drei seiner besten Mutterschafe verkaufen müssen. »Du bist doch ein kluger Kopf«, hatte er gesagt. »Du musst was aus dir machen.«

Als sich Eisenfuß zur Armee gemeldet hatte, war er fest entschlossen gewesen, es dort zu etwas zu bringen. Er wusste, dass er intelligent war und verschiedene Gaben besaß, doch an einer Akademie wie Königinnenbrück war kein Platz für den Sohn eines Schäfers. Die meisten Studenten waren Söhne und Töchter von Lords oder wohlhabenden Zunftmeistern und schon im Kindesalter auf teure Lehranstalten geschickt worden. Eisenfuß hatte bis zum Alter von zehn Jahren nur die Dorfschule besucht und danach wieder seinem Vater geholfen. Doch er ging, anders als sein Vater, nach dem Tagwerk noch lange nicht zu Bett, vielmehr las er viel und studierte die Grundlagen der Thaumaturgie. Und er brachte sich bei, Hexenlicht zu erschaffen, in dessen Schein er Nacht für Nacht seine Studien vorantrieb.

Als Soldat auf Zeit hatte er rasch die Ränge erklommen, doch als Bürgerlicher erreichte man beim Militär irgendwann den Punkt, wo man nicht mehr befördert werden konnte.

Und dann kam der Gnomkrieg. Eisenfuß diente zu dieser Zeit als Feldwebel des Drachenregiments und war verantwortlich für den Sturmtrupp. Er hatte sich bei der Armee den Ruf eines Perfektionisten erworben, erwartete von sich und seinen Männern nur das Beste. Einige hassten ihn dafür, die meisten beklagten sich darüber, doch ein jeder respektierte ihn. Und als der Feldzug gegen die Gnome begann und Eisenfuß' Kompanie niemals einen einzigen Mann verlor, da wurde auch dem letzten Zweifler klar, dass Eisenfuß ein vorzüglicher Kommandant war.

Sein eigener Vorgesetzter indes, Oberst Samel-La, war weit weniger fähig. Tatsächlich war Samel-La ein Schwachkopf und für das Kriegshandwerk völlig ungeeignet. Er hatte nicht den blassesten Schimmer von Gefechtsformationen oder Taktik und glaubte, indem man einfach jede Menge Kampfmagier und Soldaten in die Schlacht warf, wäre das Problem gelöst. Als Oberst war er führungsschwach und ließ es zu, dass seine Soldaten sich bei ihm einschmeichelten, wobei er auf jene hörte, die mit ihm einer Meinung waren, und die ignorierte, die es nicht waren. Selbst als Eisenfuß sich unter seinem Kommando vier Orden verdient hatte, verzichtete Samel-La auf den Rat seines besten Mannes. Und so war es nur eine Frage der Zeit, bis Samel-La und Eisenfuß immer öfter aneinandergerieten.

Als sie ins Gnokka-Flusstal vorrückten, das gleich südlich von Cmir lag, ging mit einem Mal alles schief. Die Gnome warteten schon auf sie, hatten sich bei der Böschung auf der anderen Seite aufgestellt. Eisenfuß roch die Falle sofort und riet Samel-La zum Rückzug, doch der meinte, ein Seelie kneife niemals den Schwanz ein, schon gar nicht angesichts eines Gegners wie den Gnomen. Eisenfuß' Einwand, dass der Rückzug zu den fundamentalen Taktiken eines Gefechts gehöre, stieß bei Samel-La auf taube Ohren.

Die Schlacht wurde sehr schnell sehr hässlich. Sie verloren Männer im Dutzend. Mehr und mehr Gnomkrieger erschienen auf der Hügelkuppe des Tals, und Samel-La weigerte sich noch immer, den Rückzug anzuordnen.

Erst als man sie von fast allen Seiten eingekesselt hatte und ein Rückzug nicht mehr kampflos möglich war, kam Samel-La zu dem Schluss, dass er nun genug hatte. Mit einer einzigen Kompanie wollte er die gnomische Flanke in ihrem Rücken durchbrechen und dann fliehen. Ein dummer Plan, der – natürlich – nicht aufging. Er und seine Männer wurden niedergemetzelt, noch bevor sie sich ganz vom Seelie-Truppenverband gelöst hatten.

Für einige quälende Minuten herrschte Verwirrung, in denen

die Seelie nicht wussten, was nun zu tun war. Die Reihen drohten einzubrechen; fast schien es, als wären sie dem Untergang geweiht.

Das war der Moment, wo Eisenfuß sich im Sattel erhob und das Kommando über das Bataillon übernahm. Er rief den Männern Befehle zu, ließ die Reihen sich wieder schließen und zog die Truppen zu einer konzentrierten Macht zusammen. Derart vereint und koordiniert schlugen sie nicht nur die Gnome zurück, sondern nahmen auch das Tal ein und zwangen den Gegner in die Flucht.

Als es vorbei war, wurde Eisenfuß von Regimentskommandant General Jeric mitgeteilt, dass man ihm leider keinen fünften Orden für seine Verdienste um diese Schlacht verleihen könne. Samel-La war der Sohn eines einflussreichen Lords gewesen, der dem Militär viel finanzielle Unterstützung hatte zukommen lassen. Und so ließ man offiziell verlauten, Samel-La sei seinen Verletzungen erlegen, nachdem er das Dritte Bataillon im Gnokka-Tal zum Sieg geführt habe.

General Jeric jedoch wusste ganz genau, was Eisenfuß vollbracht und worum man ihn betrogen hatte. Daher fragte er seinen tüchtigen Feldwebel, ob er irgendetwas für ihn tun könne.

»Ich möchte an die Königinnenbrück-Akademie«, sagte Eisenfuß ohne zu zögern.

Drei Tage später wurde Eisenfuß in allen Ehren aus der Seelie-Armee entlassen – kurz zuvor hatte man ihn allerdings noch zum Leutnant befördert. Als Offizier der Seelie-Armee hatte er nun das Recht, an der Königinnenbrück-Akademie zu studieren, und nachdem ihm der Kommandant des Dritten Regiments ein persönliches Empfehlungsschreiben voll des Lobes ausgestellt hatte, wurde er dort mit offenen Armen empfangen.

An der Akademie wurde Eisenfuß perfektionistischer denn je. Er ruhte nicht eher, bis er in jedem Fach die Höchstnoten errungen hatte, da er auch hier zu den Besten der Besten gehören wollte. Bei jeder thaumaturgischen Herausforderung holte er das Letzte aus sich heraus. Er gab niemals auf. Er arbeitete härter und schuftete länger als alle anderen zusammen, und er hatte Erfolg damit.

Ja, damals konnte ihn nichts und niemand aufhalten.

Und hier war er nun und sah sich seiner größten Herausforderung gegenüber. Es ging hierbei nicht nur darum, Erfolg zu haben. Es ging um einfach alles. Und außer Perfektion zählte hier nichts.

Rein gar nichts.

Über ihm war ein knirschendes Geräusch zu vernehmen. »Genau hier«, sagte die Stimme wieder. Es war Silberdun. »Du liebe Güte, jetzt steht doch nicht einfach nur so da. Packt mal mit an!«

Die Welt über Eisenfuß geriet in Bewegung, dann hob sich etwas in seinem Gesichtskreis ein Stück in die Höhe. Ein missmutiges Grummeln drang an sein Ohr. Das Objekt, das ihm die Sicht nahm, hob sich noch ein bisschen höher und wurde dann beiseitegeschoben.

Ein in Hexenlicht getauchter Schatten schob sich in Eisenfuß' Blickfeld. »Schätze, er lebt noch.«

»Silberdun!«, keuchte Eisenfuß.

»Ich weiß, du demonstrierst gern deine Männlichkeit«, sagte Silberdun, »aber dich unter eine Luftbarke nageln zu lassen, geht dann doch ein bisschen zu weit.«

Mit weichen Knien rappelte sich Eisenfuß auf; sofort geriet er ins Wanken und fiel hin. Unter ihm war kein fester Grund, sondern etwas Nachgiebiges und Instabiles, das an eine extrem weiche Matratze erinnerte. Silberdun zog ihn schließlich auf... etwas hinauf, das Eisenfuß nicht zu identifizieren vermochte, doch es verschaffte ihm einen sicheren Stand.

Im Dunkeln war es fast unmöglich auszumachen, was genau das Auge erblickte. Außer dem Hexenlicht, das Silberduns erleichterte Miene zeigte, schien es hier fast keine Leuchtquelle zu geben. In der Nähe standen einige in Roben gewandete Personen. Daneben lag der halbe Bug der Barke. Es sah so aus, als hätte Eisenfuß das Ding ganz allein in die Höhe gestemmt. Von allen Seiten waren sie umringt von fremden Gestalten, zudem roch es hier irgendwie nach Müll.

Als Eisenfuß einen Schritt auf Silberdun zumachte, schlug ihm etwas gegen die Hüfte. Es war Timhas Ranzen. Irgendwie hatte er es geschafft, ihn nicht zu verlieren.

Hinter Silberdun stand Sela. Sie hatte seitlich am Kopf eine große Wunde, und das Blut strömte auf ihr Kleid, doch es schien sie nicht zu kümmern. Silberdun wirkte ein bisschen derangiert, doch ansonsten unverletzt. Von irgendwoher torkelte Timha auf die Gruppe zu; sein Atem ging stoßweise und es schien, als unterdrücke er ein Schluchzen.

Der Rest lag im Dunkeln. Nein, nicht ganz. Am Horizont konnte Eisenfuß Weizenfelder erkennen, die sich im silbernen Mondlicht wiegten.

»Was ist geschehen?«, fragte er endlich.

»Die Frage ist doch eher: Was ist *nicht* geschehen?«, gab Silberdun zurück. »Was *nicht* geschah ist, dass wir *nicht* in Stücke geschmettert wurden, als wir in einer brennenden Luftbarke aus tausend Fuß Höhe auf die Erde stürzten.«

»Und wie ist das möglich?«, fragte Eisenfuß verwirrt. Das Letzte, an das er sich entsinnen konnte, war, dass an Bord der Barke ein flammendes Inferno ausgebrochen war. Danach wurde seine Erinnerung ein wenig verschwommen.

»Wegen ihnen.« Silberdun zeigte auf die Gestalten, die in der Nähe standen. Eisenfuß sah, dass die meisten der Robenträger ausgebeulte Säcke bei sich hatten; zwei von ihnen trugen zwischen sich einen größeren, kantigen Gegenstand. Einen Tisch?

Einer der Fremden trat nun vor. Alles, was Eisenfuß von ihm sehen konnte, war seine schlanke, groß gewachsene Gestalt und sein kahlrasierter Schädel. »Hallo«, sagte er. »Ich heiße Je Wen. Willkommen am Boden.« Er begrüßte sie in der Gemeinsprache, besaß jedoch einen starken Akzent.

»Ihr habt uns gerettet?«, fragte Eisenfuß. »Wie?«

»Wir haben euch nicht gerettet«, sagte Je Wen. »Ihr seid in unser Netz gefallen.«

Um sie herum wurde ein Grollen laut, und der Boden unter ihren Füßen begann zu schwanken, als befänden sie sich auf hoher See. Eisenfuß, Sela und Silberdun fielen um, doch die Robenträger blieben auf ihren Füßen.

»Wir stehen scheinbar auf einer Platte der Bewegung«, schloss Silberdun, während er sich wieder aufrappelte. »Einer ziemlich großen. Unglaublich weich und flexibel; wie ein großes Daunenkissen.«

Je Wen sah sich zu seinen Gefährten um. »Lasst uns nehmen, was wir brauchen, und dann verschwinden wir von hier.« Er sah zu Silberdun. »Wir würden euch raten, uns zu begleiten.«

»Wer seid ihr eigentlich?«, fragte Eisenfuß.

»Das sind Arami«, ließ sich Timha vernehmen. »Und wenn sie uns gerettet haben, dann wollen sie auch was dafür.«

»Ich dachte, ihr wollt mit den Fae aus den Städten nichts zu schaffen haben?«, sagte Eisenfuß.

»Nur mit dem da nicht.« Je Wen deutete auf Timha. »Nur er ist aus den Städten. Ihr nicht.«

»Wie–?«, begann Eisenfuß, als das Grollen erneut einsetzte, bösartiger diesmal.

»Wir müssen gehen«, sagte Je Wen. »Es wäre klug, wenn ihr vier uns begleiten würdet.«

Eisenfuß sah Silberdun an, doch der zuckte nur die Achseln. »Es sei denn, ihr habt was Besseres zu tun?«, meinte er.

»Man kann diesen Leuten nicht trauen«, sagte Timha.

»Du wurdest überstimmt«, meinte Silberdun. »Gehen wir.«

Sela nickte zustimmend. Eisenfuß folgte Je Wen und seinen Begleitern in Richtung des silbernen Lichts am Horizont. Irgendwo in seinem Hinterkopf spukten zwei einander ähnliche Muster umher, doch die Bilder waren nur mehr verschwommen, und so verbannte er sie aus seinen Gedanken.

Er versuchte, mit Je Wen Schritt zu halten, aber das war gar nicht so einfach. Unter ihnen schwankte der Boden, und zu allem Überfluss war das Terrain stellenweise auch noch rutschig. »Worauf laufen wir eigentlich?«

Je Wen lächelte. »Unser Netz fängt all das auf, das keiner haben will. Alles, was die da oben nicht brauchen, wird einfach runtergeworfen.«

»Also laufen wir gerade über deren Müll?«, schlussfolgerte Eisenfuß.

»So ist es. Ausrangiertes Mobiliar, Essensreste, Tierkadaver, Fäkalien. Was sie nicht wollen, fangen wir mit unserem Netz.«
Fäkalien.
»Warum?«
»Weil die Arami Plünderer sind, die selbst nichts herzustellen vermögen«, sagte Timha, der seine liebe Not hatte, sich auf dem wackligen Untergrund auf den Beinen zu halten.
Wieder lächelte Je Wen. »Weil die da oben Verschwender sind, und wir nicht.«
Nach einigen Minuten mühsamer Reise auf dem See des Unrats schienen sie sich seinem Ufer zu nähern, denn hier lag weit weniger Müll. Zum Rand hin wurde der Untergrund auch fester und ebener, obwohl er nach wie vor leicht unter ihren Schritten nachgab.
»Der Boden hier ist sehr nachgiebig«, sagte Eisenfuß. »Ich begreife aber immer noch nicht, wie er unseren Sturz hat abfangen können. Normalerweise hätten wir beim Aufprall völlig zerschmettert werden müssen.«
»Es ist ein sehr schlaues Netz.«
Sie erreichten die äußere Kante des Netzes, eine perfekt verlaufende Linie, und Je Wen sprang auf den Boden hinab, der nur wenige Fuß unter ihnen lag und sich beständig zu bewegen schien. Hier unten war es auch ein wenig heller, sodass Eisenfuß endlich Je Wens Gesicht erkennen konnte. Es war ein sehr ausdrucksstarkes Antlitz mit tiefen Furchen; darüber hinaus hatte er einen sorgfältig getrimmten Bart, der im Mondlicht fast weiß wirkte. Seine Augen waren klar und licht, obwohl man in der monochromen Nacht nicht sagen konnte, ob sie nun grau oder blau waren.
Eisenfuß blickte zurück auf die See der Finsternis.
»Kommt weiter«, sagte Je Wen. Eisenfuß sah, dass Silberdun und Sela bereits von der Kante gesprungen waren, während die Arami sich ihre Beute hinabreichten. Dann entfernten sie sich mit ihren Säcken, und er sah, dass ein paar Meter weiter eine Reihe Karren standen, die von den wohl kleinsten Pferden gezogen wurden, die Eisenfuß je gesehen hatte.
Er sprang von der Kante und geriet erneut ins Straucheln. Als er

sich umdrehte, erkannte er, dass nicht der Boden selbst sich bewegt hatte, sondern das »Netz«, das der fliegenden Stadt folgte.

»Verfolgt das Netz die Stadt immer und überall?«, fragte Silberdun.

Je Wen schüttelte den Kopf. »Nur bei Nacht, und nur, wenn sie nah genug herankommen. Wir kennen ihre Flugrouten und folgen ihnen, wenn es für uns wieder mal an der Zeit ist.«

Eisenfuß sah, wie die Umbra sich entfernte. Er blickte nach oben auf die Unterseite der Stadt. Von hier aus betrachtet war Preyia ein wahrer Schandfleck. Ihre Hülle wirkte dunkel verfärbt und fleckig. Ein feiner Nebel senkte sich von oben auf sie herab.

»Lohnt es sich wirklich, die ganze Nacht dem Müll der Stadt hinterherzujagen?«, fragte Eisenfuß.

»Wie ich schon sagte«, erwiderte Je Wen. »Das sind sehr verschwenderische Leute.«

Timha war der Letzte, der vom Netz springen sollte. Zwar funkelte er Je Wen böse an, doch er ließ sich nicht zweimal bitten.

Gemeinsam gingen sie auf die Karren zu. Sela merkte an, dass es wohl höflich wäre, den Arami beim Verladen ihrer Beute zu helfen. Eisenfuß nahm daraufhin einem der Robenträger den gut gefüllten Sack ab, der ihm dankbar zunickte, jedoch kein Wort sprach. Als Eisenfuß den Sack zum Wagen trug, warf er einen raschen Blick hinein, und entdeckte einen halb gegessenen Laib Brot, einen Kohlkopf, einen Gürtel, ein Bündel Kleider, einen Käse und noch einige weitere Dinge, die er im Dunkeln nicht erkennen konnte.

Sie erreichten die Karren, und Eisenfuß stellte zu seinem Erstaunen fest, dass sie nicht von kleinen Pferden, sondern von Ziegen gezogen wurden. Langbeinige Ziegen mit kurzen Hörnern, die gutturale Laute von sich gaben, während sie ungeduldig in ihrem Geschirr dastanden. Die Fuhrwerke selbst waren niedrig und hatten große Ladeflächen; auch besaßen sie riesige Räder.

»Kommt rauf«, sagte Je Wen. Er und die anderen kletterten auf einen der Wagen. »In wenigen Minuten wird uns hier ein großes Beben erreichen.«

Kurz darauf waren alle Karren sowohl mit Waren als auch mit

Passagieren beladen. Die Beute war sorgfältig vertäut worden. Eisenfuß, Silberdun, Timha und Sela saßen mit Je Wen vorn im Wagen. Die Ziegen setzten sich in Bewegung und zogen mit den Karren schneller von dannen, als Eisenfuß vermutet hätte. Ihre gehörnten Köpfe hüpften lustig zwischen den Ähren auf und ab, als sie durch ein wildes Kornfeld rumpelten.

Plötzlich begann die Erde zu erbeben, und der Wagen neigte sich ein Stück zur Seite. Jetzt erkannte Eisenfuß, warum sie so breit gebaut worden waren. Die Räder auf der rechten Seite des Karrens hoben sich nur einen kurzen Moment vom Boden ab, doch das stabil gebaute Gefährt kippte nicht um. Die Ziegen wirkten nicht sonderlich beeindruckt durch die Unterbrechung. In ihrem hüpfenden Gang zogen sie ihre Last weiter, als wäre nichts geschehen.

»Seht mal.« Je Wen deutete auf die fliegende Stadt. Preyia und ihr Schatten schwebten über die wilden Ebenen davon. Das Netz der Arami – nun von der Seite aus zu sehen – war von hier aus nur noch eine unregelmäßig geformte Scheibe, die wenige Fuß über dem Boden schwebte. Ein Geräusch wie Donner durchschnitt die Nacht, und dann riss unter einem Schauer aus Staub das Erdreich unter der Stadt auf. Das Netz knautschte sich zusammen und verteilte seinen Inhalt unter sich. Vieles fiel direkt in die neu entstandene Erdspalte, die das Erdbeben geschaffen hatte.

»Wundervoll, oder?«, bemerkte Je Wen. »Alles kehrt am Ende an seinen Ursprung zurück.«

»Wundervoll« war nicht unbedingt das erste Wort, das Eisenfuß bei diesem Schauspiel in den Sinn kann, wenngleich es ganz sicher eindrucksvoll war. Er beobachtete, wie Preyia einer Wolke gleich am Himmel davonzog, und irgendwie war er froh darüber.

Die Karren erreichten das Ende der hochgewachsenen Getreideflächen, holperten unbeirrt von den kleinen Nachbeben weiter. Sie fuhren auf eine hügelige, steinige Ebene hinaus, auf der hier und da winzige Dornenbüsche wuchsen, und bogen auf eine zerfurchte Piste ein, die direkt auf ein kleines Tal zuführte. Ab und an verschwand der Pfad einfach, um einige Meter weiter wieder zu erscheinen, vollführte hier und da abenteuerlicher Zickzackkurven, als ob der Boden darunter auseinandergerissen und an anderer, unerwarteter Stelle wieder zusammengefügt worden war. In der Ferne hörten sie Wolfsgeheul, das die Ziegen ganz offenbar irritierte, doch man bekam die Raubtiere nie zu Gesicht.

Der Treck erreicht das Tal. Hier standen zahlreiche Zelte, und rund um ein großes Lagerfeuer waren viele Kochstellen errichtet worden. In einem Gatter in der Nähe standen weitere Ziegen. Als die Wagen ins Lager fuhren, kamen zahlreiche Kinder aus den Zelten gerannt. Die Kleinen trugen ein ziemliches Durcheinander aus Unseelie-Kleidung, verblichenen Festtagsgewändern und grob gewebten Bürgertuniken. Dabei riefen sie Worte in einer seltsamen, abgehackt klingenden Sprache, die Eisenfuß nicht kannte. Als die Kinder jedoch Eisenfuß, Timha, Sela und Silberdun erblickten, blieben sie abrupt stehen und sahen Je Wen fragend an.

Je Wen richtete in derselben schnellen Sprache das Wort an die Kleinen, die daraufhin folgsam die Fuhrwerke entluden. Dabei hielten sich die Kinder den Fremden gegenüber in gemessenem Abstand.

Plötzlich trat aus einem der Zelte eine sehr große und sehr schlanke Frau, die nun auf die Karren zuschritt. Sie trug ein Männerhemd aus Seide und den Rock einer Dienstmagd. Um ihren Hals lag eine Kette aus Holzperlen. Sämtliche Arami hielten in ihrem Tun inne, als die Frau nähertrat. Ganz offensichtlich war sie eine Respektsperson. Sie erreichte Je Wens Karren; ihr stummer Blick wanderte von Silberdun zu Sela, von Eisenfuß zu Timha. Im ganzen Lager war es mit einem Mal totenstill geworden. Jetzt, aus der Nähe, stellte Silberdun fest, dass die Frau bereits mittleren Alters war, vielleicht um die vierzig. Schon zeigten sich die ersten grauen Strähnen in ihrem welligen schwarzen Haar.

Schließlich kratzte sich die Frau am Kopf und sagte in einwandfreier Gemeinsprache: »Ich hab mich schon gefragt, wann ihr vier hier erscheinen würdet.«

Die Frau hieß Lin Vo und war die Stammesführerin. Sie geleitete die Neuankömmlinge in ihr Zelt, das sich von den anderen nicht unterschied; tatsächlich war es sogar ein wenig kleiner. Das Innere der Behausung war einfach und stilmäßig genauso wild zusammengewürfelt wie ihre Kleidung. Nichts passte zusammen, und so manches Möbelstück wirkte ziemlich ungeeignet für ein Nomadenleben. Von den hölzernen Pfosten eines schweren Mahagonibettes hing ein halbtransparenter Gazehimmel; der Bettrahmen war zerbrochen, jedoch wieder erfolgreich zusammengenagelt worden. Die Bettwäsche bestand aus Seide, war allerdings mit Weinflecken übersät.

»Darf ich Euch einen Tee anbieten?«, fragte Lin Vo, als endlich alle auf den bequemen Sitzkissen Platz genommen hatten, die auf dem mit Matten ausgelegten Boden lagen.

»Tee wäre wunderbar, vielen Dank«, sagte Sela. Sela besaß das bemerkenswerte Talent, genau zu wissen, was die Leute hören wollten, also nahm Eisenfuß das Angebot ebenfalls an.

Lin Vo ging nach draußen zu ihrer Kochstelle und kehrte mit einem zerbeulten Kessel voll heißem Wasser wieder ins Zelt zurück. Sie gab einige Teeblätter in eine irdene Kanne und übergoss das Ganze dann mit dem kochenden Wasser. Sodann stellte sie die Kanne und fünf angeschlagene Porzellantassen auf ein Silbertablett und platzierte es in der Mitte ihrer Gäste. All das tat sie, ohne ein Wort zu sprechen.

»Ihr gießt ihn ein«, sagte sie zu Sela und sah aufmerksam zu, wie Sela die Kanne hob.

»Dürfte ich fragen –«, begann Silberdun, doch Lin Vo schnitt ihm das Wort ab. »Bitte schweigt, während der Tee gereicht wird«, sagte sie streng.

Als alle Tassen gefüllt waren, erhob Lin Vo die ihre und sah in die Runde. »Die Arami heißen Euch herzlich willkommen.« Sie tranken einen Schluck.

»Nun«, fuhr sie fort und unterbrach Silberdun, der gerade den Mund öffnen wollte, damit ein weiteres Mal. »Ich denke, wir können uns das förmliche Vorstellen sparen. Ich weiß, wer Ihr seid und warum es Euch hierher verschlagen hat.«

»Ihr besitzt die Gabe der Vorahnung«, sagte Silberdun.

Lin Vo verzog spöttisch das Gesicht. »Ihr und Eure Gaben. Bei Euch muss alles immer klar geregelt sein. Zwölf Gaben, zwölf Monate im Jahr, zwölf Konstellationen, die auf Euch herabblicken. Habt Ihr jemals eine chthonische Kynosure gesehen? Großer Dodekaeder. Man könnte stundenlang über die ganzen Linien, Facetten und Eckpunkte darauf sinnieren – und darüber, was sie wohl bedeuten.«

»Was wollt Ihr von uns?«, fragte Timha barsch. Es waren die ersten Worte, die er seit ihrer Ankunft im Arami-Lager gesprochen hatte, und er hatte ganz offensichtlich Angst.

Lin Vo lachte auf. »Ach, Reisender Timha. Ihr fürchtet Euch, und ich weiß, warum. Aber das ist keine Entschuldigung dafür, unhöflich zu sein. Davon abgesehen geht's hier nicht darum, was ich von Euch will – nämlich gar nichts –, sondern vielmehr darum, was Ihr von mir braucht.«

»Und was sollte das sein?«, fragte Silberdun.

»Nun ja, mir scheint, dass Ihr so einiges braucht. Immerhin müsst Ihr mit dem guten Timha im Schlepptau dahin zurückkehren, wo Ihr hergekommen seid. Und um das zu bewerkstelligen, muss Euch Je Wen zur Grenze führen. Ihr wäret nämlich innerhalb zweier Tage tot, wenn Ihr's auf eigene Faust versuchen wolltet.«

»Wieder eine Eurer Vorahnungen?«, fragte Eisenfuß.

»Mehr die Feststellung des Unvermeidlichen«, meinte Lin Vo. »Die Leute aus den Wolken haben ein Talent, in Erdrisse zu stolpern oder von Wölfen zerfleischt zu werden.«

»Das ist doch Blödsinn«, sagte Timha. »Vorahnung oder nicht, diese Frau lügt. Höchstwahrscheinlich will sie uns als Geiseln festhalten und erzählt uns diese Märchen, damit wir uns ruhig verhalten und nicht fliehen.«

»Ich sehe, Ihr habt nicht vor, es mir leicht zu machen«, sagte Lin Vo zu Timha. »Dann lasst es uns jetzt gleich hinter uns bringen. Ihr denkt also, Ihr braucht nur ein bisschen mit dem Finger unter Eurer Robe zu schnippen, und ich werde tot umfallen, woraufhin Ihr Euch einen Weg hier herauskämpfen werdet, richtig?«

Timha starrte die Frau finster an, doch er schwieg.

»Was jedoch wirklich passieren wird, ist Folgendes«, fuhr Lin Vo fort. »Ihr werdet es versuchen und kläglich scheitern, dann werdet Ihr Euch wieder beruhigen und zuhören, und am Ende werdet Ihr ›Vielen Dank, Lin Vo‹ sagen, bevor ich Euch im Morgengrauen zu Je Wen schicken werde.«

Timha sagte noch immer nichts. Lin Vo sah zu Eisenfuß und meinte: »Und jetzt passt gut auf, Eisenfuß, das wird Euch gefallen.«

Noch während sie ihm den Rücken zuwandte, zeichnete Timha ein Siegel der Entfesselung in die Luft. Damit wurde ein Spruch ausgelöst, den er sich zuvor im Geiste zurechtgelegt und mit einer Bindung versehen hatte, um ihn in Schach zu halten. Das Siegel sagte Eisenfuß nichts, doch als sich das *re* um ihn herum verdichtete, erkannte er augenblicklich, was Timha vorhatte. Er erschuf einen Raum aus Bewegung um Lin Vo und sperrte jegliche Schwingung in einer Blase um sie herum ein. Nicht nur würde diese Kugel Lin Vo bewegungslos machen, sie würde auch ihren Körper und die Luft um sie herum immer weiter verfestigen und Lin Vo damit töten. Lin Vo jedoch rührte sich nicht und schaute Timha nur enttäuscht an.

Eisenfuß verfolgte das Geschehen sehr genau; zusammen mit seiner Stärke und den anderen Sinnen war auch sein *re*-Gespür verbessert worden. Was hatte Jedron auf Kastell Weißenberg bloß mit ihm angestellt? Und so konnte er ihn förmlich *sehen:* Timhas Essenzfluss, der in Form von Bewegung kanalisiert wurde und Lin Vo nun ganz umhüllte. Sie würde unweigerlich daran sterben.

»Timha!«, schrie Silberdun, der das Geschehen vermutlich ebenfalls mit eigenen Augen verfolgen konnte. »Hör auf damit!«

Eisenfuß wollte aufspringen, um einzugreifen, doch in diesem Moment geschah etwas Seltsames. Lin Vo rührte sich nicht, und doch ging ein warmer Strahl *re* von ihr aus und erfüllte das Zelt. Allerdings war das *re* von einer Art, wie es Eisenfuß noch nie gesehen hatte. Irgendwie hatte Lin Vo es geschafft, *re* zu benutzen, ohne es mittels einer Gabe zu kanalisieren. Das ergab keinen Sinn.

Es war wie farblose Farbe, oder ein Tier, das keiner Spezies angehörte, wie eine gesungene Note ohne Ton. Es war das reitische Equivalent der Division durch Null. Es war schlicht und einfach unmöglich!

Und doch war es geschehen. Atemlos sah Eisenfuß zu, wie Lin Vo *re* sich um Timhas Bewegung legte. Doch das Ganze hatte nichts von einem Duell der Kampfzauber, es entstand kein Konflikt, keine Konfrontation. Die beiden Essenzen verbanden sich, und da, wo eben noch Timhas Gabe der Bewegung gewesen war, wirkte plötzlich die Gabe der Elemente, und die Elemente wirbelten zurück zu Timha, und die Luft um ihn herum verwandelte sich zu Wasser.

Jäh nass bis auf die Knochen wich Timha erschrocken zurück, dann starrte er Lin Vo fassungslos an.

Die Arami-Frau hatte ihren Blick noch immer auf Eisenfuß gerichtet. Seit ihren letzten Worten waren gerade mal ein, zwei Sekunden verstrichen. »Seht Ihr, was ich meine? Gebt zu, es hat Euch gefallen.«

Zögernd nickte Eisenfuß. Was er soeben gesehen hatte, war nicht nur unmöglich, es war ... paradox.

Lin Vo holte tief Luft und nahm auf ihrem Sitzkissen eine etwas andere Position ein. »Hinter Euch liegt ein Handtuch«, sagte sie zu Timha. »Ich hab mir schon gedacht, dass so was passiert.«

Tatsächlich lag hinter ihm ein Handtuch. Es trug ein Monogram. Mit verstörtem Blick rubbelte sich Timha das Haar trocken. Lin Vos Vorstellung hatte auch bei ihm einen tiefen Eindruck hinterlassen.

»Was genau habt Ihr da gerade gemacht?«, fragte Eisenfuß.

»Ich?«, fragte Lin Vo. »Das war doch gar nichts. Hab nur ein bisschen den Lauf der Dinge verändert.«

»Ihr besitzt die Dreizehnte Gabe«, sagte Silberdun. »Die Gabe der Verwandlung.«

»Geht das schon wieder los?«, sagte Lin Vo. »Bei Euch dreht sich wohl alles um irgendwelche Gaben, was?«

Sie seufzte. »Nun, da wir das unvermeidliche Theater jetzt hinter uns gebracht haben, würde ich gern unser Gespräch wieder aufnehmen. Es wird nämlich in wenigen Stunden hell, und da solltet Ihr eigentlich schon längst weg sein.«

Silberdun verdrehte die Augen. »Bitte sagt, dass das jetzt nicht einer dieser langatmigen Vorträge wird, in denen ihr uns unser Schicksal voraussagt.«

»Nein«, erwiderte Lin Vo. »Und ich mag auch das Wort Schicksal nicht. So etwas wie Schicksal gibt es nicht. Es gibt nur den Fluss.«

»Was denn für ein Fluss?«, fragte Sela.

»Die Zeit ist der Fluss, liebe Sela, auf dem wir alle dahintreiben. Sie ist ein starker Strom, der uns trägt. Wir können hierhin paddeln oder dorthin, wir können eine Weile versuchen, gegen den Strom anzuschwimmen oder ein wenig schneller voranzukommen, doch wir steuern so oder so alle irgendwann dem Ende zu. Was Ihr die Gabe der Vorahnung nennt, ist einfach nur die Fähigkeit, sich ein Stück aus dem Wasser zu stemmen und den Fluss zu überblicken. Manchmal kann man auf diese Weise in der Ferne einen Felsen erkennen, manchmal aber auch einen tiefen Wasserfall, auf den alle zutreiben.«

»Und warum erzählt Ihr uns das?«, fragte Silberdun. Eisenfuß merkte, dass der Freund allmählich ungeduldig wurde. Silberdun behauptete zwar stets, eine philosophische Ader zu haben, doch Eisenfuß hatte festgestellt, dass er am glücklichsten war, wenn er in Aktion treten konnte.

»Weil es da vorn einen tiefen Wasserfall gibt.«

»Wenn das alles so unvermeidlich ist, warum erzählt Ihr's uns denn überhaupt?«, fragte Silberdun.

»Damit Ihr sehenden Auges und mit den Füßen voran in die Tiefe stürzen könnt, Dummkopf.« Sie nahm einen Schluck von ihrem Tee. »Und deshalb hab ich Je Wen rausgeschickt, damit er darauf wartet, dass Ihr aus allen Wolken fallt. Und das hat ja auch ganz gut geklappt.«

»Aber Ihr tut das alles sicherlich nicht aus Nächstenliebe«, sagte Silberdun. »Was verlangt Ihr als Gegenleistung?«

»Du liebe Güte! Was seid Ihr doch für ein zynischer Zeitgenosse«, sagte Lin Vo. »Manchmal tun die Leute einfach das Richtige, weil es das Richtige ist.«

Sie berührte ihn am Knie. »Es wird ein Krieg kommen, Silberdun. Krieg ist die größte Verschwendung überhaupt, und wir Arami haben was gegen Verschwendung, wie Ihr vielleicht bemerkt habt. Doch dieser Krieg ist kein gewöhnlicher Krieg. Es ist ein Krieg, der das Ende der Faelande mit sich bringen könnte. Ihm wohnt die Macht inne, diese Welt zu Staub zu verwandeln.«

»Die Einszorn«, stieß Eisenfuß hervor.

»Sehr richtig«, sagte Lin Vo. »Dieses kleine Ding vermag alles zu ändern, wie Ihr vier wahrscheinlich nur zu gut wisst. Tatsächlich wäre niemand von Euch jetzt hier, gäbe es die Einszorn nicht.«

»Es gibt keine Einszorn«, ließ sich plötzlich Timha vernehmen.

»Was?« Silberdun sah ihn verständnislos an.

»Wir haben nie rausgefunden, wie man sie baut.« Timha schlug die Augen nieder. »Wir haben's versucht, haben alles in unserer Macht Stehende probiert ... Sie haben gesagt, sie würden uns töten, wenn wir's nicht schaffen.«

»Und deshalb bist du geflohen«, schlussfolgerte Sela.

»Aber du hast doch die Pläne dabei«, sagte Silberdun. »Willst du damit sagen, dass sie gefälscht sind?«

»Nein!«, schrie Timha. »Sie sind echt, zudem außerordentlich genau und detailliert, da sie von Hy Pezho selbst stammen. Aber der ist tot und kann uns nun nicht mehr erzählen, wie das alles funktioniert.«

»Das sagt er uns *jetzt*?!«, rief Silberdun entrüstet aus.

»Ich wollte verdammt noch mal nicht sterben«, sagte Timha. »Verflucht, ich bin gewillt, den Seelie die Pläne zu geben! Daran seht ihr doch, wie verzweifelt ich bin. Und wenn ihr rausfindet, wie man das Ding baut, dann habt ihr die Einszorn und Mab nicht. Versteht ihr das denn nicht? Versteht ihr denn nicht, was ich getan habe?«

»Lustiger Name – Einszorn«, sinnierte Lin Vo. »Eins Zorn. Fürwahr ein komischer Name für eine Waffe. Warum benennt man so ein Ding nach einem erfundenen Gott, der angeblich schon tausende von Jahren unter der Erde begraben liegt?«

»Dann glaubt Ihr also nicht, dass die Götter existieren?«, fragte Silberdun. »Ich dachte immer, die Arami verehren die Götter der Chthoniker.«

»Oh, die Götter existieren durchaus«, sagte Lin Vo. »Allerdings nicht so, wie Ihr denkt. Und Ihr alle werdet lernen müssen, die Dinge anders zu betrachten, wenn Ihr überleben wollt.«

»Schon wieder eine Vorahnung?« Silberdun seufzte.

»Nein, eine Lebensweisheit.« Lin Vo sah zu Timha. »Alle, außer Euch«, fügte sie mit Blick auf den Unseelie hinzu. »Ihr werdet auch weiterhin das tun, was ihr immer tut.«

Silberdun wirkte einigermaßen irritiert. »Ich weiß nicht, wie's meinen Gefährten geht, aber ich für meinen Teil hab für heute Abend genug von weisen Vorhersagen. Ich schätze Eure Gastfreundschaft sehr, aber ich denke, ich hätte jetzt gern ein Bett.«

»Ich kann's Euch nicht verdenken, Silberdun. Das ist in der Tat alles recht ermüdend und unergiebig, und wir Seher haben in dieser Hinsicht einen ziemlich schlechten Ruf. Doch das, was wirklich vor uns liegt, lässt sich nun mal nicht mit Worten beschreiben. Sobald man die Zukunft in Worte fasst, verfälscht man sie. Ich kann Euch daher nur die Richtung weisen. Aber ich kann Euch nicht sagen, was Ihr am Ende Eures Weges vorfinden werdet. Zum Verrücktwerden, ich weiß. Und auch nicht viel besser, als das, was die Götter so anstellen.«

»Ja«, sagte Silberdun matt, und Eisenfuß sah, dass er unendlich müde war. Die Last der Führerschaft, der Druck der Verantwortung für diese Mission, dies alles erschöpfte ihn.«

»Ruht Euch aus, Silberdun. Ich hab Euch nichts mehr zu sagen; tatsächlich muss ich zugeben, je weniger Ihr wisst, umso besser. Nehmt Timha und Eisenfuß mit Euch. Je Wen wird Euch einen Platz zeigen, wo Ihr Euch hinlegen könnt.

»Danke.« Silberdun wirkte ehrlich erleichtert.

»Und was ist mit mir?«, fragte Sela.

»Zu dir komme ich jetzt«, sagte Lin Vo. »Aber lass mich dir zunächst noch einen Tee einschenken, denn es wird eine Weile dauern.« Sie sah zu den Männern. »Und jetzt raus mit Euch dreien. Das ist reine Frauensache.«

Eisenfuß, Silberdun und Timha verließen das Zelt. Je Wen wartete draußen schon auf sie.

»Und? War Euer Gespräch lohnend?«, fragte er.

»Keine Ahnung«, gab Eisenfuß zurück.

Je Wen lächelte wissend. »Kommt mit.«

Im Zelt neben Lin Vo lagen vier Matratzen, auf denen sich Decken und Kissen türmten, ansonsten war es leer. Silberdun streckte sich auf einem der Lager aus, doch er schloss die Augen nicht. Noch bevor Eisenfuß sich die Stiefel ausgezogen hatte, war Timha schon auf seiner Matratze eingeschlafen.

»Ich dachte, du bist müde«, sagte Eisenfuß zu Silberdun.

»Bin ich auch. Erschöpfter als ich lange Zeit gewesen bin.«

»Das war ein sehr … ungewöhnliches Gespräch«, bemerkte Eisenfuß.

Silberdun setzte sich auf, rieb sich die Schläfen. »Leute wie diese Frau bringen mich fast um den Verstand.«

»Hast du gesehen, was sie mit Timha gemacht hat?«, fragte Eisenfuß. »Ich meine, wie sie ihr *re* eingesetzt hat.«

Silberdun schüttelte den Kopf. »Ich hab nicht die leiseste Ahnung, was da drinnen eigentlich passiert ist. Ich sah, wie Timha Bewegung kanalisierte, und im nächsten Moment sah er aus wie ein nasser Sack. Das Seltsamste, das ich je gesehen hab…« Er legte sich wieder hin und schloss die Augen.

»Schlaf auch ein bisschen, Eisenfuß«, sagte er. »Ich hab den dumpfen Verdacht, dass wir noch ein paar anstrengende Tage vor uns haben.«

Eisenfuß streckte sich ebenfalls auf seiner Matratze aus, doch er fand keinen Schlaf. Sobald er die Lider schloss, sah er wieder diese Muster vor seinem geistigen Auge, und die farblose Farbe von Lin Vos Magie.

Eine undefinierte Term. Die Division durch Null.

Kurz darauf, er war gerade dabei, ins Land der Träume abzugleiten, betrat Sela das Zelt. Eisenfuß öffnete die Augen einen Spalt und sah ihren Umriss im Feuerglanz der Kochstellen draußen im Lager. Ihre Wangen glänzten feucht; sie hatte geweint, doch sie wirkte alles andere als traurig. Ganz im Gegenteil: Zum ersten Mal, seit er sie kannte, wirkte das Mädchen mit sich und der Welt im Reinen.

Einen gefühlten Moment später erwachte Eisenfuß wieder, obwohl er mindestens vier Stunden geschlafen haben musste – das erste Grau des Tages fiel schon durch die Zeltklappe. Auch wenn er nicht die ruhigste Nacht verbracht hatte, fühlte er sich frisch und ausgeruht. Ein weiterer Vorteil, der mit ihrem Aufenthalt in Kastell Weißenberg zusammenhing, was auch immer ihm und Silberdun dort wirklich widerfahren war: Er brauchte neuerdings weniger Schlaf, und das bisschen, das er sich gönnte, wirkte schon Wunder.

Zur Hölle, diese neue Kraft ließ sogar Körperteile wieder nachwachsen, falls nötig.

»Wurde auch Zeit.« Silberdun war schon auf und zog sich gerade die Stiefel an. Er wirkte so frisch, wie Eisenfuß sich fühlte.

»Wie geht's dir, Silberdun?«, fragte er.

»Ganz gut.«

»Nach nur vier Stunden Schlaf?«

»Ich werde das heute nicht hinterfragen«, sagte Silberdun. »Ich bin nur dankbar dafür. Ich erwachte in guter Verfassung und hab nicht vor, mich heute niedermachen zu lassen.«

»Dieser Optimismus ist nicht gerade typisch für dich«, bemerkte Eisenfuß.

»Meine vormalige Lebenseinstellung ist mir bekanntlich nicht gut bekommen«, erwiderte Silberdun trocken.

»Ist es schon Morgen?« Sela setzte sich auf der Matratze auf und sah sich müde um. »Ich bin doch eben erst eingeschlafen...«

Draußen vor dem Zelt war der Arami-Stamm schon auf den Beinen, und das Lager brummte vor Aktivität. Die zentrale Feuerstelle war mit Sand gelöscht worden, die Zelte größtenteils schon abgebaut. Timha spazierte durch das Lager, betrachtete das Treiben aus zusammengekniffenen Augen, nahm aber Kaffee und eine Morgenpfeife an, als man sie ihm anbot. Je Wen rollte gerade eine Zeltleinwand zusammen, als sie zu ihm stießen.

»Guten Morgen«, begrüßte Je Wen die Gruppe. »Ich vermute, Ihr habt gut geschlafen?«

»Eure Vermutung ist falsch«, sagte Silberdun. »Wir haben alle sehr schlecht geschlafen. Doch wir sind bereit zum Aufbruch.«

Sie trafen ihre Vorbereitungen zur Abreise, während um sie herum weiterhin das Lager abgebaut wurde.

»Kommt die ganze Gruppe mit?«, fragte Eisenfuß.

»Nein«, sagte Je Wen. »Es ist an der Zeit, das Lager zu verlegen. Es wird heute noch ein Beben geben; danach wird dieses Tal auseinanderklaffen wie eine Wunde.«

Die Zelte wurden auf die Ziegenkarren verladen, doch die ganzen Möbel und der größte Teil des Schnickschnacks aus den Behausungen blieben einfach liegen.

»Um die gebundenen Götter zu besänftigen.« Je Wen lächelte verschmitzt.

Sie waren alle bereit zum Aufbruch, nur Lin Vos Zelt stand noch da, und bisher hatte sie an diesem Morgen auch niemand draußen gesichtet.

»Werden wir sie nicht mehr sehen?«, fragte Sela bestürzt.

»Sie hat alles gesagt, was zu sagen war.« Je Wen zuckte die Achseln. »Lasst uns gehen.«

In diesem Moment kam eine schwangere Frau auf Je Wen zu und reichte ihm eine Schultertasche, die offenbar mit Proviant gefüllt war.

»Das ist meine Frau«, sagte Je Wen. Er berührte sanft ihren Bauch. »Und mein Sohn.« Er lächelte. Dann küsste er seine Frau zärtlich auf die Wange. Sie wandte sie um und ging zurück zu ihrem Zelt, doch sie lächelte nicht.

»Schätze, sie ist nicht gerade begeistert, dass Ihr geht«, bemerkte Silberdun.

»Ich bin früh genug zurück, um die Geburt nicht zu verpassen«, sagte Je Wen.

Er führte die Gruppe durch das sich leerende Lager, wodurch sie sich langsam, aber sicher von den Karren entfernten.

»Fahren wir nicht mit einem von diesen Wagen?«, fragte Timha kleinmütig.

»Nein, wir gehen zu Fuß«, erklärte Je Wen. »Ich hoffe, Ihr wisst alle, wie man klettert.«

Sie brachen auf. Als sie den äußersten Rand des Tals erreicht hatten, sah Eisenfuß sich über die Schulter. Lin Vo stand vor einer Reihe schon beladener Karren und blickte ihnen nach. Es schien, sie sah Eisenfuß direkt ins Gesicht. Dann wandte sie sich um und ging davon. Eisenfuß sah ihr hinterher, bis er sie aus den Augen verlor.

28. KAPITEL

*Und dann heirateten die Ziege und der Bär,
und sie lebten glücklich bis ans Ende ihrer Tage.
Ob dies nun geschah, weil die Ziege verrückt
oder der Bär gescheit geworden war, hat niemand
je erfahren.*

– aus »Die Ziege und der Bär«, eine Seelie-Fabel

Am ersten Tag taten sie kaum mehr als durch endlose Weiten mit wildem Getreide und windgepeitschten Felsen zu laufen. Selten machten sie Rast, um das zu essen, was Je Wen an Proviant mit sich führte, doch sie sprachen dabei so gut wie nie.

Silberdun und Eisenfuß verfügten über schier endlose Energiereserven und vermochten mit Je Wen leicht Schritt zu halten. Sela war zwar immer noch erschöpft, hatte es jedoch abgelehnt, sich mit einem Erfrischungszauber stärken zu lassen. Timha dagegen hatte sich zaubererfrischt, machte bei diesem Marsch aber trotzdem keine sonderlich gute Figur. Er war durch und durch Gelehrter und an körperliche Anstrengung gleich welcher Art einfach nicht gewöhnt; zudem taugten seine Stiefel für eine Wanderung wie diese ganz und gar nicht. Und so hörte man Timha die meiste Zeit schnaufen und ächzen und um Ruhepausen bitten.

Silberdun musste zugeben, dass er von dem Unseelie-Thaumaturgen die Nase gestrichen voll hatte. Wenn Timha sich nicht gerade über seine schmerzenden Füße oder die magere Verpflegung beschwerte, erging er sich in Selbstmitleid. Eine leise, wenngleich immer eindringlicher werdende Stimme in seinem Kopf riet Silberdun, dem lästigen Thaumaturgen einfach die Kehle aufzuschlitzen und damit ihrer aller Leiden ein Ende zu bereiten. Wie er so darüber nachdachte, wurde ihm klar, dass er noch vor einem Jahr keinen solchen Gedanken gehegt hätte. Das Dasein als Schatten veränderte ihn, ja, es hatte ihn schon verändert.

Sie setzten ihren Weg Richtung Süden fort, folgten eine Weile einem Flusslauf.

»Wie weit noch bis Elenth?«, fragte Silberdun ihren Reiseführer, als sie eine kleine Anhöhe hinter sich gebracht hatten und sich vor ihnen endlose Berge in den Himmel erhoben.

»Normalerweise zwei Tage«, sagte Je Wen und deutete in Richtung Südwesten. Er drehte sich um, sah, wie sich Timha den Hügel hinaufquälte. »Doch mit ihm werden's wohl drei werden.«

Silberdun seufzte. »Und von dort ein Zweitagesritt bis zur Grenze«, ergänzte er. »Tja, ohne die schnelle Luftbarke hätten wir damit drei Tage verloren. Na ja, hätte schlimmer kommen können.«

»Schlimmer geht's immer«, meinte Je Wen.

»Wie wahr.«

»Wir könnten ein paar Stunden einsparen, wenn ihr gewillt wärt, eine Abkürzung durch die Umfochtenen Lande zu nehmen«, sagte Je Wen. »Ich hab die Strecke schon mal zurückgelegt.«

Vor einem Jahr erst hatte Silberdun die Umfochtenen Lande mit Mauritane durchquert, und er verspürte nicht die geringste Lust, noch einmal dorthin zurückzukehren. Dies teilte er Je Wen auch unmissverständlich mit.

Für den Rest ihres ersten Tagesmarsches verfielen sie wieder in Schweigen. Abgesehen vom gelegentlichen Donnergrollen eines Erdbebens und dem Wind, der durch die Felder strich, war hier draußen kaum ein Geräusch zu vernehmen. Die wenigen Tiere, denen sie über den Weg liefen, flohen lautlos, sobald die Gruppe in Sicht kam. Je weiter sie gingen, umso steiler wurde das Gelände, und umso häufiger und lauter erfolgten Timhas Proteste.

Als die Nacht hereinbrach, halfen Silberdun und Eisenfuß dem Arami beim Holzsammeln, während sich die anderen ausruhten. Sela und Eisenfuß waren beide den Tag über immer wieder mal in

Gedanken versunken gewesen, doch Sela hatte ganz besonders viel gegrübelt, was selbst für sie ungewöhnlich war.

Als das Feuer brannte und die Rationen verteilt worden waren, verfiel die Gruppe abermals in dumpfes Schweigen. Je Wen starrte in die Flammen, sang leise ein Arami-Lied vor sich hin. Eisenfuß hatte sich Timhas Ranzen vorgenommen und blätterte gerade durch ein Buch, dass der Unseelie mitgenommen hatte. Timha seinerseits fiel in Schlaf, als er den letzten Bissen heruntergeschluckt hatte.

»Möchtest du ein Stück spazieren gehen?«, fragte Silberdun Sela.

Sie sah zu ihm auf und lächelte schwach. »Aber nur ein kurzes Stück«, erwiderte sie.

Sie entfernten sich langsam vom Lager, erklommen einen Hügel, von dem aus man die Ebene und das Gebirge sehen konnte. Die Berge wirkten pechschwarz im Mondlicht.

Silberduns Gefühle für Sela waren so kompliziert wie die ihrigen für ihn. Je länger er sie kannte, umso stärker wurde ihre Anziehungskraft für ihn. Sie war nachdenklich, einfühlsam und stark auf eine gar unerwartete Weise. Aber da war auch diese tiefe Finsternis, die hinter ihren Augen lauerte. An dem Abend, als sie sich das erste Mal getroffen hatten, hatte sie mittels Empathie in ihn geschaut, und er hatte sie von sich gestoßen. Diese Verbindung, sie hatte etwas Verzweifeltes an sich gehabt, und er hatte in diesem Moment nichts als Angst verspürt.

»Du bist heute so seltsam«, sagte Silberdun sanft.

»Die letzten Tage waren seltsam«, seufzte sie.

»Stimmt.«

Schweigen.

»Du warst eine Weile mit dieser Lin Vo allein im Zelt«, fuhr er schließlich fort. »Was hat sie dir gesagt, das dich so nachdenklich stimmt?«

»Ich weiß nicht, wie ich's erklären soll«, erwiderte Sela nach einer Weile. »Ich könnte dir ihre Worte wiederholen, bin mir aber nicht sicher, ob das irgendwie einen Sinn für dich ergeben würde. Und um die Worte geht's eigentlich auch gar nicht. Andererseits war einiges von dem, was sie sagte, nun ja, ich weiß nicht, ob ich's dir überhaupt sagen *will*. Sie ist eine sehr weise Frau, Silberdun.«

»Sie ist eine Seherin«, sagte Silberdun. »Die scheinen alle immer ziemlich weise, tragen aber nur in den seltensten Fällen zur Lösung eines Problems bei.«

»Nein«, widersprach Sela. »Sie wusste Dinge. Und sie sprach in einer nie gekannten Weise zu mir. Sie machte mich glauben, nur ich wüsste, wie man spricht.«

Da war sie wieder. Diese Finsternis. Was immer in Selas Kindheit auch geschehen war, was immer sie nach Haus Katzengold gebracht hatte, es lauerte wieder in ihren Augen.

»Wer bist du?«, fragte Silberdun.

Sela lehnte sich zu ihm und küsste ihn auf den Mund. Sie schloss die Augen. Im ersten Moment erstarrte Silberdun, doch dann entspannte er sich und erwiderte ihren Kuss. Sie öffnete die Lippen, wunderbar weiche Lippen. Doch es lag auch ein Zögern in ihrem Kuss, eine Art Verwirrung.

»Öffne dich mir, Perrin Alt«, flüsterte sie. »Lass mich dich fühlen.«

Silberdun wurde mulmig zumute, und er fühlte sich auch seltsam schuldig. Doch sie war so nah, fühlte sich so gut an... Er löste die Bindung, die ihn vor ihrer Gabe schützte, und spürte, wie er in sie floss und sie in ihn. Da war Lust und Liebe und ein verzweifeltes Verlangen. Sie presste sich an ihn und er hielt sie fest. Sie stöhnte leise auf, grub ihre Fingernägel in seinen Rücken, als wollte sie ihn in sich hineinziehen.

Er fuhr mit den Fingern über ihre Schultern, berührte den filigranen Reifen um ihren Arm. Er fühlte sich heiß an.

»Warum trägst du dieses Ding noch?«, flüsterte er. »Ich dachte, das wäre nur für die Besucher von Orten wie Haus Katzengold.«

»Pst«, machte sie und legte seine Hand auf ihre Brust.

Sie sanken zu Boden, ihre Körper drängten sich aneinander, und es fühlte sich einfach wunderbar an.

Er wollte ihr das Mieder aufbinden, doch sie hielt ihn davon ab, wich sogar ein Stück zurück. »Nein, nicht. Ich kann das nicht.«

»Aber es ist ganz einfach«, sagte er. »Die Leute tun das Tag für Tag.«

»Ich nicht«, flüsterte sie. »Ich hab noch nie zuvor einen Mann geküsst, wurde noch nie auf diese Weise berührt.«

Die Empathie zwischen ihnen wurde erschüttert, und Silberdun legte seinen Arm um sie, küsste ihren Nacken, versuchte sie wieder für sich einzunehmen. Doch es war zu spät.

»Ich kann niemals mit dir auf diese Weise zusammen sein«, sagte sie.

»Aber warum denn nicht?«, fragte Silberdun, und die mögliche Antwort schnürte ihm die Innereien zusammen.

»Weil ich dich liebe«, sagte sie, »und weil du mich nicht liebst.«

Sie sprang auf und rannte zurück ins Lager. Wie betäubt blieb Silberdun am Boden sitzen.

Perrin Alt, inzwischen Lord Silberdun, ist verlobt und soll bald heiraten. Gleia ist nicht besonders klug. Oder interessant. Aber sie sieht fantastisch aus und ist bei Hofe sehr beliebt. Und ein jeder billigt diese Verbindung. Silberdun ist in Gleia nicht verliebt, und Gleia ist nicht in Silberdun verliebt. Doch bei solchen Beziehungen geht es nur selten um Liebe, dafür umso mehr um Etikette und Status.

Und um ehrlich zu sein, würde Silberdun am liebsten überhaupt nicht heiraten wollen. Doch seine Freunde bei Hof haben unaufhörlich auf ihn eingeredet; ein unverheirateter Lord wirft ab einem bestimmten Alter unweigerlich Fragen auf. Da brachte man es besser hinter sich und richtete sich eben auf ein Leben voll glühender heimlicher Affären ein – die, wie seine Freunde ihm versichern, als verheirateter Mann sowieso viel aufregender sind.

Gleia besteht auf einer großen, extravaganten Hochzeit. Silberdun hat keine Einwände, eine tolle Feier ist ihm jederzeit recht. Und so schickt er Onkel Bresun eine Nachricht und bittet ihn um eine ziemlich große Summe Bargeld. Immerhin muss er sich auf Gleias Anschlag auf Friedbrück vorbereiten, auf ihre luxuriösen

Umbauten, die kostspieligen Dekorationen, das neue Personal, die Musiker und so weiter.

Doch statt Geld und warmer Worte erhält Silberdun nur eine knappe Aufforderung zu einer Unterredung in Friedbrück. Allein.

Bei seinem Eintreffen auf dem Familiensitz stellt Silberdun fest, dass der Onkel das Herrenhaus kostspieliger umgebaut hat, als seine Mutter es jemals gutgeheißen hätte. Bresun allerdings ist gar nicht da; er hat geschäftlich am Ort zu tun.

»Wo ist meine Mutter?«, fragt Silberdun das Hausmädchen, und ihre Antwort überrascht ihn.

Die Quartiere der Dienerschaft sind schmucklos, aber sauber. Er findet seine Mutter in einem Zimmer am Ende des Ganges im ersten Stock. Im Raum findet sich nur das Nötigste neben einigen Bildnissen von Silberdun und seinem Vater.

»Perrin.« Mutter legt den Band mit den arkadischen Gedichten beiseite und umarmt ihn. »Wie schön dich zu sehen.«

Silberdun hat seine Mutter seit Jahren nicht gesehen, hatte nach dem Debakel, das auf Vaters Tod folgte, eine Begegnung mit ihr gar vermieden. Und sie schien in der Zwischenzeit ganz offenbar verrückt geworden zu sein.

»Mutter, ist dir klar, dass du hier im Dienstbotentrakt logierst?«

»Es ist mir egal, was dein Onkel mit dem Herrenhaus anstellt.« Mutter zuckt die Achseln. »Und ich hab hier alles, was ich brauche.«

Silberdun seufzt und setzt sich aufs Bett. »Du bist wild entschlossen, die Sache mit dem Arkadiertum bis zum bitteren Ende durchzuziehen, richtig?«

»Erzähl mir von dir.« Mutter nimmt neben ihm Platz, geht nicht auf seine Worte ein. »Ich hab dich doch so lang nicht mehr gesehen.«

»Ich weiß. Ich sollte öfter schreiben«, sagt er reuevoll.

»Wie geht es dir?«, fragt sie und wischt seine Entschuldigung mit einer Handbewegung beiseite. »Bist du verliebt?«

»Lustig, dass du das fragst«, sagt er. »Ich werde heiraten. Dachte, ich sollte dir die frohe Nachricht persönlich überbringen.«

»Aber bist du auch verliebt?«
»Sie heißt Gleia und ist bei Hofe in aller Munde.«
»Ach, Perrin ...«
»Also wirklich, Mutter, jetzt mach mal halblang. Waren Vater und du denn verliebt, als ihr geheiratet habt?«
»Nein«, gibt sie zu, »aber ich wollte, dass es dir mal besser ergeht. Ich habe so sehr versucht ...« Sie bricht ab, fängt an zu weinen.
»Mutter ...« Silberdun berührt sie am Arm. »Du musst doch wegen mir keine Tränen vergießen.«
»Ich habe mich so bemüht, dir ein anderes Leben nahezubringen. Ein besseres Leben. Ich habe schon früh erkannt, dass du Aba für dich nicht akzeptieren würdest, aber ich hatte gehofft, du würdest begreifen, dass das Leben mehr zu bieten hat als Trinkgelage und sich bei Hofe beliebt zu machen.«
»Gräm dich nicht, Mutter«, erwidert Silberdun mit einem Lächeln. »Ich kann dir versichern, dass ich rundum glücklich bin.«
»Und dass du das bist oder glaubst zu sein, ist das Traurigste daran. Du warst so ein kluger Junge, Perrin. So süß und unschuldig. So *gut*. Wann nur hab ich dich verloren? Was hab ich falsch gemacht?« Jetzt schluchzt sie hemmungslos. Nie zuvor hat Silberdun einen Ort dringender verlassen wollen als in diesem Moment.
»Du hast nichts falsch gemacht. Ich bin eben eine verschwenderische, oberflächliche Natur. Wenn ich als Kind anständig und bescheiden gewesen bin, dann ist das allein auf deinen Einfluss zurückzuführen.«
»Es ist immer noch Zeit«, sagt sie. »Es ist immer noch Zeit für dich zu entscheiden, was für ein Mann du werden willst. Du bist doch noch jung.«
»Alt genug, um zu heiraten«, gibt er ein wenig gereizt zurück.
»Tu es nicht, Perrin. Heirate sie nicht, diese Frau.«
Jetzt ist Silberdun wirklich sauer. »Aber du kennst sie ja nicht mal.«
Mutter lacht bitter auf. »Glaubst du wirklich? Ich habe in meiner Zeit bei Hofe hunderte Frauen wie sie kennen gelernt. Du

denkst vielleicht, ich bin naiv, Perrin, aber ich kann dir versichern, dass ich alles gesehen hab, was du gesehen hast, und mehr.«

»Ich werde sie heiraten, Mutter. Es ist eine kluge Entscheidung.«

»Nein«, widerspricht sie. »Es ist eine einfache Entscheidung. Und das ist ein Unterschied.«

»Ich wäre besser nicht gekommen.«

»Es tut mir leid.« Mutter strafft sich, wischt sich die Tränen aus den Augen. »Es tut mir wirklich leid, Perrin, das wollte ich nicht. Ich bin nur eine alte Witwe, die sich in Reue übt und in ihrem Zimmerchen um Vergebung bittet.«

»Wirst du zur Hochzeit kommen?«

Mutter seufzt. »Es wird keine Hochzeit geben, Perrin. Begreifst du das denn nicht?«

»Was soll das heißen?«

»Rede mit deinem Onkel«, sagt Mutter. »Und da behaupte noch einer, ich wäre naiv...«

»Nun, das ist alles sehr verwirrend«, sagt Silberdun. »Ich werde im Haus auf ihn warten – du weißt schon, dort, wo sich gemeinhin die Familie aufhält – und dann alles mit ihm klären.«

»Es tut mir leid, Perrin«, sagt sie.

»Was?«

Doch sie lächelt nur traurig und wartet, bis er das Kämmerchen wieder verlassen hat.

Er trifft Bresun im Arbeitszimmer seines Vaters an, das Bresun ganz eindeutig zu seinem Arbeitszimmer erklärt hat. Perrin entdeckt ein gerahmtes Nyelcu-Diplom und einen scheußlichen ausgestopften Wildschweinkopf an der Wand.

»Wir haben da ein Problem«, sagt Bresun.

»Und das wäre?«, fragt Silberdun.

»Ich hatte den Eindruck, du hättest kein Interesse an einer Heirat, Perrin. ›Junggeselle bis in den Tod‹, waren das nicht mal deine Worte?«

»Die Dinge ändern sich eben«, sagt Silberdun. »Und es schien mir an der Zeit.«

»Es tut mir leid, aber ich kann das nicht erlauben«, sagt Bresun.

»Wieso glaubst du, in der Position zu sein, mir irgendwas zu erlauben oder zu verweigern? Immerhin bin ich hier der Lord; du verwaltest lediglich meinen Besitz.«

Bresun streicht sich über den Schnurrbart und seufzt. »Du bist ein kindischer Narr. Hast du das wirklich geglaubt? Ich dachte eigentlich, du bist dir im Klaren darüber, wie die Dinge liegen und dass du dein Los widerspruchslos akzeptierst?«

»Und was für ein Los sollte das sein?«, fragt Silberdun, und er muss plötzlich an Mutters Bemerkung zum Thema Naivität zurückdenken.

»*Ich* bin Lord Silberdun – in jedem Belang, bis auf den Namen«, sagt Bresun. »Dass du den Titel trägst, ist nicht mehr als eine Formalie. In den letzten Jahren habe ich sämtliche Pacht- und Besitzverträge, alle Steuerdokumente auf mich überschreiben lassen. Du besitzt nichts außer dem, was ich dir gebe.

Doch wenn du heiratest, wird uns das eine peinliche Situation bescheren. Die Dame deiner Wahl wird hier auf Friedbrück wohnen wollen, und das kann ich nun mal nicht dulden. Zudem wird sie viele kleine Silberduns in die Welt setzen wollen, und auch das läuft meinen Plänen zuwider.«

»Du kannst mir den Titel nicht streitig machen«, ruft Silberdun. »Ich will, dass du von hier verschwindest.«

Bresun lacht. »Hast du nicht gehört, was ich gesagt habe? Mit all den lähmend langweiligen Dokumenten, die ich dich die letzten Jahre habe unterzeichnen lassen, hast du mir deinen ganzen Besitz vermacht. Der Titel ist das Einzige, was dir geblieben ist. Der Titel und das, was ich dir an Geld zugestehe. Was ich dir allerdings nicht mehr zugestehen werde, sofern du diese Hochzeit nicht abbläst.«

»Ich kann das Gesuch stellen, dass mir der Titel aberkannt wird«, sagt Silberdun, »und dann wird aller damit verbundener Besitz der Krone zufallen. Du wirst mit leeren Händen dastehen.«

»Und du als einfacher Bürger«, sagt Bresun. »Ohne Geld, ohne Stellung, ohne Freunde. Glaubst du wirklich, deine Gefährten bei Hofe würden dich noch mit dem Arsch angucken, wenn das passiert?« Er beugt sich über den Schreibtisch und sieht Silberdun tief in die Augen. »Also versuch nicht, mir zu drohen, Freundchen, oder ich werde dich vernichten.«

»Das wird noch ein Nachspiel haben«, sagt Silberdun.

Zurück in Smaragdstadt sitzt Silberdun in seiner luxuriösen Stadtvilla und denkt noch einmal über alles nach. Hat Bresun wirklich die Wahrheit gesprochen? Es steht zu vermuten, denn der Onkel ist ein kluger, umsichtiger Mann.

Ist er, Silberdun, wirklich bereit, seinen Titel aufs Spiel zu setzen? Er lässt seinen Blick durch die feudalen Gemächer schweifen und kennt die Antwort.

Er schickt Gleia eine Botenfee und sagt die Hochzeit ab. Einige Monate wird er ihr und ihren Nachfragen aus dem Wege gehen müssen, doch dann ist das Thema erledigt.

Und wenn er ehrlich ist, so ist er erleichtert, hatte er im Grunde seines Herzens ja sowieso nie heiraten wollen.

Der Morgen dämmerte neblig und nass. Die Berge waren hinter dem grauen Dunst verschwunden. Es war kalt und windig, und dann war in der Nacht zu allem Überfluss auch noch das Feuer ausgegangen. Alles war klamm, und Silberdun musste ein wenig Hexenlicht für die Gruppe zaubern, weil es kein trockenes Holz mehr gab. Hexenlicht brannte heiß und vermochte die Umgebung genügend zu erleuchten, aber Essen, das damit gekocht wurde, hatte immer einen komischen Beigeschmack. Auch begann man, sich irgendwann unwohl zu fühlen, wenn man sich zu lange in seiner Wärme aufhielt.

Die Stimmung im Lager war auch an diesem Morgen nicht gerade auf ihrem Höhepunkt. Selbst Je Wen, den normalerweise nichts erschüttern konnte, ging heute zu den anderen auf Abstand und packte schweigend alles zusammen, während die anderen verdrießlich umherstapften, um die Kälte aus ihren Knochen zu vertreiben.

»Im Laufe des Tages wird's etwas wärmer«, meinte er.

Silberdun versuchte Selas Blick zu erhaschen, doch sie wich

ihm ostentativ aus und verwickelte Eisenfuß in oberflächliche Gespräche, sobald Silberdun sich ihr näherte. Timha sagte überhaupt nichts, schlüpfte nach dem Aufstehen wortlos in seine eleganten, wenngleich unzweckmäßigen Stiefel und stand dann reglos da.

Je Wen schien es am zweiten Reisetag ein wenig langsamer angehen zu wollen. Dort, wo gewisse Kletterkünste gefragt waren, zeigte sich, dass weder Timha noch Sela darin geübt waren, und Silberdun dankte den Göttern, dass sie ihn und Eisenfuß mit jener mysteriösen Stärke gesegnet hatten. Tatsächlich hatte er sich nie besser gefühlt, zumindest nicht körperlich.

Wie Je Wen es versprochen hatte, wurde es langsam wärmer, und gegen Mittag hatte sich der Nebel völlig aufgelöst. Sie marschierten und kletterten, verfielen dabei in einen Rhythmus, der Silberdun einlullte und irgendwann glauben ließ, dass diese Einöde die ganze Welt, ja, das Leben an sich war. Alles andere schien auf einmal so weit weg zu sein.

Bei Einbruch der Dämmerung fanden sie eine gemütliche, trockene Höhle für die Nacht. Wie sich herausstellte, kannten Eisenfuß und Je Wen ein paar derselben Melodien, wenngleich in unterschiedlichen Sprachen. Sie sangen sie trotzdem – Je Wen auf Arami und Eisenfuß in Gemeinsprache. Die derben Verse der Seelie-Version reizten Je Wen zum Lachen, und seine gute Laune war ansteckend. Selbst Timha fiel irgendwann in den Refrain einer alten Weise mit ein, die er kannte. Silberdun war kein begeisterter Sänger, lauschte aber, glücklich über die Ablenkung, den anderen. Wenn sie morgen Elenth erreichten, dann würden sie wieder in das richtige Leben mit all seinen Problemen eintauchen. Der Ruf zu den Waffen würde immer noch im Senat widerhallen. Und die Einszorn wäre nach wie vor eine reale Bedrohung.

Und dann war da noch die Sache mit ihrer Beinahe-Gefangennahme in Preyia. Die Erinnerung an das, was in Annwn geschehen war, war allgegenwärtig. Man hatte sie erwartet; jemand hatte die örtlichen Wachen von der Anwesenheit der Schatten in Kenntnis gesetzt.

Sie sangen bis tief in die Nacht. Silberdun beobachtete, wie Sela

Eisenfuß und Je Wen beobachtete und seinem Blick möglichst auswich. Wenn sie ihn anlächelte, dann lag über diesem Lächeln der Schatten ihrer letzten Begegnung; es war ein freudloses Lächeln. Sein anfängliches Wohlbefinden an diesem Abend mündete bald in Sorge, und er wälzte sich noch lange kummervoll auf seinem Lager hin und her, bevor er endlich in Schlaf fiel.

Der nächste Morgen war wieder bitterkalt, doch statt des Nebels wurden sie von Nieselregen begrüßt. Kurz nachdem die Gruppe die Höhle verlassen hatte, waren alle klitschnass, und mit dem Guss von oben schien auch die letzte Euphorie des gemeinsamen Abends fortgespült zu werden. Sie marschierten und kletterten unverdrossen weiter.

Gerade als Silberdun dachte, Timha würde völlig schlappmachen, hielt Je Wen auf dem Kamm einer Böschung plötzlich an. Es war wieder Mittag, und der Nieselregen war einem fahlen Sonnenlicht gewichen, das ihre Haut zwar leidlich erwärmte, ihnen aber nicht die Kälte aus den Knochen zu vertreiben vermochte.

»Dort«, sagte Je Wen. »Elenth.«

Silberdun folgte seinem Blick und entdeckte vor sich ein weites Tal. Vom Fuß der Berge, dort wo sie standen, erstreckten sich bestellte Äcker bis zu den Grenzen einer kleiner Stadt. Die wiederum kuschelte sich in den Schatten einer Hügelkette, die das Tal begrenzte. Die Ebene glitzerte im Sonnenlicht, und Silberdun konnte auf den Feldern Bauern erkennen und in der Ferne winzige Pferdefuhrwerke, die auf dem Weg nach Elenth waren. In diesem Moment fiel ihm auf, dass sie außer den Arami seit drei Tagen niemanden mehr gesehen hatten.

»Ah, die Zivilisation«, sagte er, obwohl er sich fast wünschte, noch eine Weile weiter durch die Wildnis zu ziehen.

»Ruhe!«, fuhr ihn Je Wen an. Es war das erste Mal, dass Silberdun ihn angespannt erlebte. Der Arami legte den Kopf zur Seite und lauschte angestrengt in die Stille.

»Was gibt's denn?«, fragte Timha.

»Ich sagte Ruhe!«, zischte Je Wen.

Alle standen stockstell da. Silberdun warf einen Blick zu Eisenfuß, doch der zuckte nur die Achseln.

»Wir müssen weiter«, sagte Je Wen schließlich. »Schnell. Wir müssen von diesem Hügel runter.«

»Was ist denn los?«, fragte Eisenfuß.

»Es kommt ein Beben«, erwiderte Je Wen. »Ein großes.«

Silberdun sah sich gehetzt um. Sie standen auf einem schmalen Pass, der auf dem Hügelkamm durch zwei dicke Felsen hindurchführte. Überall lag Geröll. Der Weg nach unten war steil und steinig. Sie würden mit größter Vorsicht zu Tal steigen müssen.

»Los jetzt!«, brüllte Je Wen. Ohne sich umzublicken, lief er die Böschung hinab.

Eine Weile schien es, als habe sich Je Wen geirrt, denn nichts auf ihrem Weg den Hügel hinab schien sie daran zu hindern.

Mit einem Mal jedoch wurde Silberdun wie von Geisterhand ein Stück in die Höhe katapultiert. Er hörte ein Brüllen. Überall um ihn herum war plötzlich Staub. Irgendwo schrie Sela auf. Unter ihm grollte es, die Luft erzitterte. Silberduns Landung war alles andere als weich; heftig schlug er mit der Hüfte und den Schultern auf dem felsigen Untergrund auf. Der Schmerz war ungeheuerlich und durchfuhr ihn im Rhythmus des Bebens unter ihm.

Ein weiteres ohrenbetäubendes Brüllen wurde laut. Silberdun spürte eine Hand auf seine Schulter; ein Gesicht schob sich in sein Blickfeld. Je Wen griff nach ihm. »Spring zu mir rüber! Schnell!«

Silberdun blickte zu Boden, sah wie der Staub unter seinen Füßen aufgewirbelt wurde und im Nichts darunter verschwand. Er sprang zu Je Wen, landete unsicher auf einem schmalen Felsvorsprung, der unter seinem Gewicht nachgab, jedoch nicht abbrach.

»Wo sind wir?«, schrie er. »Wir müssen die anderen finden!«

»Hier lang«, schrie Je Wen zurück.

Es war Silberdun fast unmöglich, sich zu orientieren; jedes Mal, wenn er festen Untergrund erblickte, schien der im nächsten Moment verschwunden zu sein und ein paar Meter weiter wieder aufzutauchen. Je Wen schien damit kein Problem zu haben; mit schlafwandlerischer Sicherheit sprang er zu der Stelle, auf die der instabile Boden sich zubewegte und nicht dorthin, wo er gewesen war.

Wieder hörten sie Sela schreien, und Silberdun stolperte hastig vorwärts. Er erblickte ihr Haar, bevor er den Rest ihres Körpers ausmachen konnte: ein goldener Schweif in einem Mahlstrom aus Staub. Sie kauerte unter einem überhängenden Felsvorsprung, während um sie herum der Dreck aufgewirbelt wurde.

»Komm mit!« Je Wen griff nach Sela, zog sie zu sich, schob sie in Silberduns Arme und deutete in eine bestimmte Richtung. »Da lang!«

Je Wen machte einen Schritt voran; in diesem Moment wurde ihm der Boden unter den Füßen weggerissen, und er fiel vornüber auf die Knie. In der nächsten Sekunde traf ein dicker Felsen mit einem hässlichen Geräusch auf seinen Oberkörper. Sela schrie auf, und Silberdun hätte es gern.

Je Wen war tot; sein Brustkorb völlig zerquetscht.

»Nichts wie weg hier!«, schrie Silberdun.

Vorsichtig bahnten sie sich ihren Weg an Je Wens Leiche vorbei zu einer sicheren, ebenen Stelle. Um sie herum gingen auch weiterhin Geröll und Dreck nieder, doch der Boden hatte aufgehört, sich zu bewegen. Das Beben war vorüber.

Schwer atmend sanken Silberdun und Sela auf einen Felsen. Auf ihren Haaren und dem Gesicht lag eine dicke Staubschicht; über Selas Wangen strömten die Tränen. So saßen sie eine Weile einfach nur da und blickten sich stumm an.

»Hilfe!«, ertönte plötzlich von irgendwoher Eisenfuß' Stimme. »Silberdun! Sela! Je Wen!«

Silberdun sprang auf und rannte los, hetzte über die nun veränderte Landschaft auf die Stelle zu, aus der Eisenfuß' Rufe kamen. In der Luft lag noch immer Staub. »Mach langsam!«, rief Sela ihm nach, doch Silberdun rannte einfach weiter, und das Grauen, das sich eben fast gelegt hatte, ergriff erneut von ihm Besitz. Er versuchte es mit Eisenfuß' Trick und griff in sich hinein. Er fand seine Panik und bekam sie tatsächlich ein wenig in den Griff.

»Eisenfuß!«, rief er, nun nicht mehr ganz so sicher, wohin er sich wenden musste. Der Gebirgskamm hier war in der Mitte aufgerissen, und dazwischen klaffte eine tiefe Schlucht.

»Hier drüben!«, kam Eisenfuß' Stimme zurück. »Und beeil dich, verdammt noch mal!«

Silberdun folgte der Stimme und sprang auf ein kleines felsiges Plateau. Vor ihm teilte sich der Staub, und er kam gerade im letzten Moment vor einem steilen Abhang zum Stehen. Eine dichte Säule aus Dreck trudelte hinab in die Tiefe. Silberdun starrte in die Schlucht und sah, dass Eisenfuß sich mit nur vier Fingern an einem Vorsprung festhielt, während unter ihm ein mindestens hundert Fuß tiefer Abgrund gähnte. Doch damit nicht genug; Eisenfuß' andere Hand umklammerte Timhas Unterarm. Der Lederranzen mit dem kostbaren Inhalt baumelte ihm vom anderen Arm.

»Hol mich endlich hier raus, verflucht noch mal!«, brüllte Eisenfuß.

»Ist Timha noch am Leben?«, fragte Silberdun, während er sich auf den Boden legte und ein Stück über den Abgrund schob.

»Er atmet noch«, erwiderte Eisenfuß. »Aber das wird sich bald ändern, wenn du uns nicht endlich raufziehst!«

Silberdun griff nach unten. Seine Fingerspitzen berührten Eisenfuß' Handgelenk.

»Vorsicht!«, rief der.

»Und jetzt?«, fragte Silberdun, der merkte, wie die Panik wieder in ihm hochstieg. Er griff abermals in sich hinein und unterdrückte die Angst. Diesmal ging es leichter; wenige Sekunden später war er ganz ruhig. »Du könntest Timha loslassen«, sagte er nüchtern. »Besser er als wir beide.«

»Ich hab mir nicht den Arsch aufgerissen, um ihn außer Landes zu schaffen, nur damit ich ihn jetzt fallen lasse«, grunzte Eisenfuß. Er musste seine gesamte Schattenstärke aufbieten, um noch durchzuhalten. Er drehte den Kopf in Richtung Timha und brüllte: »Wach auf, du Hurensohn!«

Timha hob das Kinn, dann riss er die Augen auf.

»Nicht bewegen«, zischte Eisenfuß ihm zu. »Ich will jetzt, dass du –«

In diesem Moment begann Timha zu schreien und zu zappeln

und um sich zu treten. Eisenfuß hatte seine liebe Not, sich am Vorsprung festzuhalten; unter seinen Fingern quoll Blut hervor, wo der scharfkantige Felsen in sein Fleisch schnitt.

»Scheiße! Ich hab doch gesagt, nicht bewegen!«

Timha erstarrte. Dann schloss er die Augen.

»Und jetzt hör gut zu, Timha!«, sagte Silberdun. »Ich will, dass du mit deiner linken Hand vorsichtig nach oben greifst und meine Hand nimmst. Und wenn ich vorsichtig sage, dann meine ich so behutsam wie das Liebeswerben der Tochter eines Schwertschmiedes.«

Langsam und zitternd hob Timha seinen Arm. Eisenfuß ächzte vor Schmerz und verzog das Gesicht.

Silberdun griff zu, packte Timhas Handgelenk und zog, so stark er konnte. Keuchend stemmte er sich dabei gegen den Untergrund – Timha war schwerer als er selbst. Einige angstvolle Sekunden lang hatte Silberdun die Befürchtung, dass das Gewicht des Unseelie ihn jeden Moment in den Abgrund reißen würde. Dann schoben sich Timhas Arme plötzlich über die Kante, und der Thaumaturge krabbelte neben Silberdun auf das Plateau.

Wieder schob sich Silberdun über den Vorsprung und packte zu. Eisenfuß' Hand war voller Blut und glitschig; es war unmöglich, sie sicher zu greifen.

»Nimm meine Hand!«, rief Silberdun dem Freund zu.

»Ich glaube nicht, dass ich's kann«, zischte Eisenfuß. »Ich bin fast leer, Silberdun.« Sein freier Arm baumelte kraftlos herab.

»Greif in dich hinein und verstärke deine Muskeln«, sagte Silberdun. »Du weißt doch, wie das geht. Hast es mir doch selbst beigebracht!«

»Ich hab kein *re* mehr übrig.«

»Dann nimm meins!«, erwiderte Silberdun.

»Wie?«

»Im Kerker von Kastell Weißenberg hat Jedron das mit mir gemacht«, sagte Silberdun. »Es muss also möglich sein.« Ohne wirklich zu wissen, was er tat, konzentrierte sich Silberdun auf Eisenfuß und schob ihm reine Essenz zu. Etwas zerrte an ihm, saugte an ihm, genau wie Ilian/Jedron es getan hatte. Ohne die kalten Eisenstäbe, die das *re* abstießen, ging der Essenzfluss diesmal langsamer, jedoch stetiger vonstatten.

»Ich kann's fühlen«, murmelte Eisenfuß. Er hob den freien Arm, stöhnte vor Schmerz auf, schob ihn Zentimeter für Zentimeter nach oben. Silberdun packte ihn und zog und erkannte im nächsten Moment seinen Fehler. Er hatte all seine Stärke an Eisenfuß gegeben und nun nichts mehr für sich selbst übrig. Zu allem Überfluss war Eisenfuß deutlich schwerer als Timha.

»Zieh doch!«, stieß Eisenfuß mit aufgerissenen Augen hervor.

»Ich arbeite dran«, knurrte Silberdun. »Moment noch ...«

»Silberdun, du Bastard!«, brüllte Eisenfuß. Dann begannen seine Finger millimeterweise auf dem Vorsprung abzurutschen.

In diesem Moment spürte Silberdun, wie sich etwas über ihn schob. Dann legte sich eine fremde Hand über seine. Es war Selas Hand.

»Und jetzt zusammen«, sagte sie.

Kurz darauf lagen alle vier – Silberdun, Eisenfuß, Sela und Timha – schwer atmend, aber in Sicherheit – auf dem Felsenplateau.

»Wo ist Je Wen?«, wollte Eisenfuß wissen, als er wieder sprechen konnte.

Silberduns Schweigen beantwortete ihm die Frage.

»Er hatte eine schwangere Frau.«

»Ja, das hatte er.«

Eisenfuß stieß hart die Luft aus und schloss die Augen. Blut tropfte von seiner Hand auf den staubigen Felsen.

29. KAPITEL

Das, was ist, kann man nicht mehr ändern.
Aber man kann es immer noch so aussehen lassen
wie etwas, das es nicht ist.

– Meister Jedron

Kurz vor Sonnenuntergang stiegen die vier vom letzten Hügel herab und schlurften in ein Weizenfeld. Sie waren blutverschmiert und von Staub bedeckt, ihre Kleidung teilweise zerrissen.

Sie gingen auf ein Bauernhaus zu, das am Ende der Felder neben einer soliden grünen Scheune stand. Als sie näher kamen, hoben einige grasende Kühe ihre Köpfe.

Der Bauer war in seinem Garten hinterm Haus und fütterte gerade die Hühner. Als er die Gruppe auf sich zukommen sah, erstarrte er mitten in der Bewegung.

»Und jetzt?«, fragte Eisenfuß die anderen.

»Ich mach das.« Sela trat vor.

Der Bauer stand auch weiterhin reglos da. »Was kann ich für Euch tun?«, fragte er. Silberdun konnte sich gut vorstellen, wie sie auf ihn wirkten: drei abgerissene, blutverschmierte Kerle und eine wunderschöne Frau – vier von Staub bedeckte absonderliche Gestalten, die auf ihn zuhielten.

»Wir waren zu einem Ausflug ins Gebirge aufgebrochen«, sagte Sela mit einem entschuldigenden Lächeln. »Ich weiß, eine dumme Idee; einer dieser spontanen Einfälle, wie sie nur ein Mädchen haben kann ... und dann wurden wir von einem Beben überrascht.«

»Ja, das haben wir sogar hier unten mitbekommen.«

»Wir wären Euch sehr dankbar, wenn Ihr uns Eure Wasserpumpe zur Verfügung stellen könntet und vielleicht ein paar frische Kleider«, sagte Silberdun. »Wir würden Euch auch sehr gern dafür entlohnen.«

»Ausflug?«, fragte der Bauer zweifelnd. »Ich weiß genau, was Ihr da oben wolltet; hab so was schon oft erlebt.«

Silberdun sah ihn verständnislos an. Er kniete nieder, wie um seine Schnürsenkel neu zu binden, griff stattdessen jedoch nach dem Dolch in seinem Stiefelschaft.

»Glaubt Ihr etwa, Ihr Burschen seid die Ersten, die sich der Einberufung durch eine Flucht entziehen wollen?«

»Was für eine Einberufung?« Sela starrte den Bauern mit einem seltsamen Ausdruck in den Augen an, und der Blick des Mannes wurde ernst.

»Sagt bloß, Ihr habt noch nichts von der Mobilmachung gehört?«

»Natürlich nicht«, erwiderte Sela. »Wir waren doch den ganzen Tag unterwegs.«

»Der Aufruf erreichte Elenth gestern«, sagte der Bauer. »Er kam direkt aus der Stadt Mab. Alle diensttauglichen Männer werden eingezogen.«

»Was?«, fragte Silberdun mit scharfer Stimme.

»Es steht Krieg bevor«, sagte der Bauer.

Silberdun und Eisenfuß wechselten einen besorgten Blick.

»Wenn das stimmt«, sagte Silberdun, »dann müssen wir unverzüglich in die Stadt zurück. Und wie ich schon sagte, ich würde Euch gern für ein paar frische Sachen entlohnen.« Er griff in die Tasche seiner Weste und fischte ein paar Silbermünzen hervor.

»Behaltet Euer Geld«, sagte der Bauer. »Ihr Jungs werdet in die Schlacht ziehen, um gegen die Seelie zu kämpfen. Ein paar saubere Hosen sind das Mindeste, was ich zum Sieg beisteuern kann.« Er sah Sela traurig an. »Vielleicht passen Euch die alten Sachen meiner Frau. Sie war ein bisschen größer als Ihr, doch mit ein wenig Geschick werdet Ihr die Kleidung schon passend machen können. Bis Ihr wieder daheim seid, dürfte sie wohl ihren Zweck erfüllen.«

»Vielen Dank«. Sela warf dem Bauern den gleichen seltsamen Blick zu wie zuvor, und plötzlich lächelte der Mann.

»Es ist mir eine Freude«, sagte er. »Wir sitzen ja alle im selben Boot.«

Der Bauer geleitete die vier in sein Haus und reichte ihnen Handtücher und die gewünschten Kleidungsstücke zum Wechseln. Abwechselnd wuschen sie sich dann an der Pumpe neben der Scheune den Staub vom Körper. Doch egal, wie lange Silberdun den Kopf in den Wasserstrahl hielt, der Sand wollte sich einfach nicht restlos aus seinem Haar entfernen lassen.

Die Sachen des Bauern saßen ein bisschen eng und waren weit entfernt vom letzten Modeschrei, aber das war Silberdun egal. Die Nachricht von der Mobilmachung hatte ihm einen Schauer über den Rücken gejagt, und er wollte nichts weiter, als diesen Hof auf der Stelle verlassen. Doch sie durften den guten Mann nicht durch übertriebene Eile misstrauisch werden lassen.

Schließlich waren sie sauber, neu eingekleidet und zum Aufbruch bereit. Doch der freundliche Bauer, der Tiro hieß, ließ es sich nicht nehmen, ihnen zum Abendbrot noch etwas kaltes Hühnchenfleisch zu servieren. Silberdun verspürte keinen großen Appetit, bis der Teller schließlich vor ihm stand, und als er den ersten Bissen nahm, aß er mit Heißhunger.

Es war schon Abend, als sie Tiro schließlich auf Wiedersehen sagten.

»Seid Ihr sicher, dass ich Euch nicht mit dem Karren in die Stadt zurückbringen soll?«, fragte er. »Bis zum Tor sind es gerade mal zwei Meilen.«

»Nein«, Sela ergriff seine Hand. »Ihr hab schon genug für uns getan.«

»Wie Ihr meint«, sagte Tiro.

»Nochmals vielen Dank für alles«, sagte Sela.

Timha, der bisher noch nicht viel gesagt hatte, setzte hinzu: »Ihr seid Mab ein großer Freund.«

»Wir tun doch alle, was wir ihr zu Diensten zu tun vermögen.«

Tiro nahm Silberdun ein Stück beiseite. »Lasst mich Euch einen guten Rat geben, mein Sohn«, sagte er. »Ich glaube, ich hab genug von der Welt gesehen, um Euch zu sagen: Wenn Ihr nur ein bisschen Verstand habt, dann heiratet die junge Dame dort, noch bevor Ihr in die Schlacht zieht.« Er nickte Richtung Sela.

Silberdun war drauf und dran, Tiro über sein Verhältnis zu Sela ins Bild zu setzen, doch dann sagte er nur: »Fürwahr ein weiser Rat.«

Sie nahmen die Straße nach Elenth, die sie jedoch kurz vor dem Haupttor wieder verließen. Stattdessen betraten sie über eine ansteigende Nebenstraße die Stadt von Süden her. Sie begaben sich zu der Villa, wo sie von einem arkadischen Priester namens Virum erwartet werden sollten. Er sollte sie mit Pferden versorgen und bis zu einer geheimen Stelle nahe der Grenze eskortieren, von der aus sie unbemerkt übertreten konnten.

Als sie eintrafen, lag die Villa dunkel und verlassen da. Was seltsam war, denn die Nacht war noch jung, wenngleich nicht verwunderlich, denn sie waren drei Tage zu spät.

Die Villa war ein großes moosbedecktes Steingebäude inmitten eines Weidenhains. Von einem der Bäume in dem von Mauern umgebenen Vorgarten hing ein altes Seil. Im Stall neben dem Haus schnaubten leise die Pferde, als sie näher kamen.

Silberdun öffnete das Tor und betrat das Grundstück. Die anderen folgten ihm. Er klopfte an die Tür. Keine Antwort. Er klopfte noch einmal, lauter diesmal. Nichts.

»Und jetzt?«, fragte Sela.

»Vielleicht will Virum es nicht riskieren, mit uns gesehen zu werden, wenn es sich vermeiden lässt.« Silberdun drehte den Knauf; die Tür war unverschlossen. Sie betraten das Haus. Auch in der Halle war niemand zu sehen.

Das Innere der Villa war elegant eingerichtet; vor den Fenstern hingen schwere Damastvorhänge, das Mobiliar wirkte kunstvoll gefertigt und vornehm. In einem Salon neben der Halle entdeckte Timha einen Diwan und ging darauf zu. Silberdun zauberte ein bisschen blaues Hexenlicht und suchte dann eine Lampe.

»Hallo, Reisender Timha«, ertönte in diesem Moment eine ölige Stimme aus dem Salon. »Wie nett, Euch wiederzusehen.« Aus dem Schatten trat eine hochgewachsene, schlanke Gestalt. Sie war ganz in Schwarz gekleidet und sprang im nächsten Moment Timha an die Kehle. Blut, das im blauen Hexenlicht violett schimmerte, spritzte, und Timha fiel keuchend auf den Boden.

Die schmale Gestalt trat in Silberduns Hexenlicht. Es war ein Bel Zheret. Im gleichen Augenblick erschien ein zweiter auf der Treppe, ein dritter materialisierte aus den Schatten der Eingangshalle. Jeder von ihnen hielt eine lange, gezahnte Klinge in der Hand.

»Ihr seid die Schatten, nicht wahr?«, stellte der Bel Zheret im Salon fest. Sein Messer war verschmiert von Timhas Blut. Bevor Silberdun reagieren konnte, setzte er hinzu: »Haltet für einen Moment ein, ja? Wir sind nicht an weiteren Gewalttätigkeiten interessiert.«

Silberdun erstarrte, das Messer schon in der Hand. Keiner im Raum bewegte sich. Nach allem, was Paet ihnen über die Bel Zheret erzählt hatte, war ein Zweikampf auf engem Raum gegen sie so gut wie Selbstmord.

»Was wollt ihr?«, fragte Silberdun. »Abgesehen davon, den armen Timha umzubringen.«

»Ich heiße Natter«, sagte der Bel Zheret im Salon. »Mein Kollege auf der Treppe heißt Hund, und der in der Halle, das ist mein enger Gefährte Katze.«

»Schön, euch kennen zu lernen«, sagte Silberdun. »Und noch mal: Was wollt ihr?«

»Wir Bel Zheret nehmen unsere Versprechen sehr ernst«, sagte Natter. »Es liegt in unserer Natur, weißt du. Wir wurden von Mab liebevoll erschaffen, um ihr loyal, ehrlich und vor allem verlässlich zu dienen. Ich gab das Versprechen, Timha zu töten für den Verrat an seiner Herrscherin, und es ist mir unmöglich – gesetzmäßig unmöglich, wohlgemerkt –, diesen Eid zu ignorieren. Sicher versteht Ihr das.«

»Natürlich«, erwiderte Silberdun. »Ein Versprechen ist ein Versprechen.«

»Nun«, fuhr Natter fort, »ich schätze, mein alter Freund Paet hat euch sicherlich darüber informiert, dass ihr Schatten uns im Kampf jämmerlich unterlegen seid. Vermutlich hat er euch geraten zu fliehen, sobald ihr uns seht. So wie er damals in Annwn geflohen ist.«

»Sagt mir«, ließ sich nun Katze vernehmen. »Benutzt er immer noch einen Stock zum Gehen?«

Silberdun fühlte sich plötzlich seltsam. Er drehte sich zu Sela um, sah, wie sie ihn fixierte. Sie stemmte sich mit ihrer Empathie gegen ihn. Er gab seinen Schutzschild auf und ließ sie hinein, wiewohl es ihn schmerzte, dies zuzulassen. Und in dem Moment, wo er ihr den Zugang gewährte, bedauerte er es auch schon. Die Reue und das Gefühl des Verlustes waren fast mit Händen zu greifen; das Gefühl schlug über ihm zusammen, begrub auch den letzten Rest Hoffnung darauf, diese Konfrontation zu überleben.

»Ja, das tut er«, sagte Silberdun. »Es ist ein gar fesches Ding. Der Knauf hat die Form einer Ente.«

In seinem Kopf nahm ein Gedanke Gestalt an. *Ich kann sie aufhalten.* Es war weniger eine Feststellung als eine Ballung von Emotionen: Aggression, Zutrauen, Konzentration. Aber die Absicht war klar. Es folgten Bedenken, dann Sorge. *Du und Eisenfuß, ihr müsst dafür aus dem Weg sein.* Sie sah hinab auf den Reif um ihren Arm. Frustration. Ohnmacht. *Nimm es weg.*

Dann Furcht. *Lauf.*

»So vernehmt also unseren Vorschlag«, sagte Natter. »Wir haben hier nun einige Tage auf euch gewartet, was uns Gelegenheit gab, die Dinge zu überdenken und uns unserer alten Bekannten zu erinnern.

Es gab uns auch Gelegenheit, ein bisschen an diesem Priester Virum herumzuknabbern. Und meine Güte, der war köstlich.«

Sowohl Paet als auch Sela hatten sich in Schweigen gehüllt, wenn es um den genauen Sinn und Zweck von Selas Armband ging. Es war eine Art Fessel, so viel war klar. Normalerweise dienten sie dazu, Gefangene mittels verschiedener Gaben in Schach zu halten, sie auf reitischem Wege unschädlich zu machen. Sela war schon jetzt eine mächtige Empathin. Was würde geschehen, wenn man den Reif entfernte? Silberdun wusste nicht, ob er das herausfinden wollte, und ganz sicher wollte er nicht mit ihr verbunden sein, wenn dies geschah.

»Also haben wir uns auf einen lustigen Kompromiss verständigt«, fuhr Natter fort. »Ihr seid den ganzen langen Weg gekommen, um Timha zu holen, und dann habt ihr ihn am Ende doch nicht bekommen. Daher wird es wohl kaum mehr schaden, wenn wir euch laufen lassen. Insofern werden wir uns nur *einen* von euch hierbehalten, und die anderen dürfen gehen. Dies alles unter der Annahme, dass bei einem Kampf wenigstens einer von uns getötet werden könnte. Wir halten das für einen sehr guten Handel.«

Silberdun warf Eisenfuß einen schnellen Blick zu. Der nickte. Er war ebenfalls mit Sela verbunden.

Natter runzelte die Stirn. »Sagt nicht, dass ihr gerade eine Art Geheimmanöver plant«, sagte er. »Ihr werdet dadurch nur allesamt zu Tode kommen.«

»Also gut«, sagte Silberdun. »Ihr könnt die Frau haben.«

»Was?« Entsetzt sah Sela ihn an. Hatte er sie womöglich missverstanden? Oder spielte sie einfach Theater? Ihre Verbindung zu ihm erlosch, bevor er die Antwort erspüren konnte.

»Oh«, sagte Natter. »Wie reizend. Ich hatte ehrlich gesagt nicht damit gerechnet, dass Ihr zustimmt. Von wegen die Fae und ihre Schicklichkeit und so weiter.«

»Wir Schatten scheren uns nicht um Schicklichkeit«, sagte Eisenfuß. »Die hat man uns ausgetrieben, genau wie eure Meister das bei euch getan haben.«

»Nicht ganz«, sagte Natter. »Schicklichkeit hatten wir nie.«

»Gut, dann kriegt ihr also die Frau und lasst uns dafür gehen?«, fragte Silberdun.

»So soll es sein«, erwiderte Natter sichtlich erfreut.

»Dann komm, Eisenfuß«, sagte Silberdun.

»Doch bei unserem nächsten Treffen«, sagte Natter, »würde ich an eurer Stelle nicht noch einmal auf unsere Verhandlungsbereitschaft zählen.«

»Verstanden«, sagte Silberdun. Er und Eisenfuß zogen sich langsam zur Tür zurück. Sela sah ihnen nach, verlassen, vernichtet.

Auf der Schwelle drehte sich Silberdun noch einmal um und

sagte: »Es tut mir leid, Sela.« Er hob die Hand, wie um das Hexenlicht im Raum zu binden, damit es nicht erlosch, doch stattdessen kanalisierte er Elemente und befreite Selas Arm von dem Eisenband. Er hörte, wie es zu Boden schepperte, hörte, wie Sela aufschrie.

Und dann explodierte die Welt in einem Blitz aus Licht. Wobei es kein Hexenlicht war wie das, welches Silberdun in Preyia entfesselt hatte. Eher die Illumination der Realität, die alles in Silberduns Blickfeld trennte und definierte: jeden Grashalm, jeden Weidenbaum, jeden Stein auf dem Gartenweg. Er und Eisenfuß begannen zu rennen, und als er sich zu seinem Freund umwandte, da erblickte er ein Wesen aus Licht, eine Überlagerung von Knochen und Blut und Fleisch und noch etwas anderem, eine weiße Säule, die von einem schwarzen Netz umschlungen war. Dieses Netz, so wusste er, war auch in ihm selbst. Es war das, was ihn zum Schatten machte, wie er im nächsten Moment erkannte. Die Grube, in die Jedron sie geworfen hatte, der Teich der Finsternis. Es war in ihnen, um sie herum und war irgendwie sie geworden.

Aus dem Haus ertönte ein Geräusch, wie Silberdun es noch nie zuvor vernommen hatte. Ein Heulen – nein, zwei Heulen – das schrill anschwoll und hinaufgeschickt wurde in den nächtlichen Himmel, der Klang unendlicher Qualen, unendlichen Grauens.

Die Realität gelangte wieder in ihren Ausgangszustand. Die Haustür flog auf, und dann hechtete einer der Bel Zheret ins Freie. Es war Natter, und er strebte auf Eisenfuß zu.

»Ihr Ungeheuer!«, schrie er und ergriff den Thaumaturgen. Die beiden gingen zu Boden. »Sie hat sie getötet! Hat sie genommen! Ihr seid alle Ungeheuer!«

Der Bel Zheret war weitaus stärker als Eisenfuß, der sich noch immer vom kräfteraubenden Intermezzo an der Felsklippe erholen musste. Alles oder nichts, dachte Silberdun. Er rannte los und trat Natter so fest er konnte in den Bauch.

Der, wie sich herausstellte, härter war als vermutet. Die Schattenstärke durchströmte seinen Körper. Der Bel Zheret ließ von Eisenfuß ab, eilte davon und prallte dabei gegen einen der Baumstämme. Das Messer fiel ihm aus der Hand. Silberdun setzte der Kreatur nach.

Mit erstaunlicher Geschwindigkeit fing sich Natter wieder und stellte sich Silberduns Ansturm entgegen. Schon packte er seinen Widersacher an der Kehle, schlug ihm mit der Faust gegen den Solarplexus und presste Silberdun dabei alle Luft aus den Lungen. Unter der Kraft des Aufpralls verdrehte sich Silberduns Hals in Natters Griff, und er fürchtete, ihm könne durch die Spannung jeden Moment die Haut an der Kehle aufplatzen.

Mit dem Messer, das er noch immer in der Hand hielt, stieß er dem Bel Zheret in den Bauch – Blut, das im fahlen Mondlicht schwarz wirkte, sickerte aus der Wunde hervor. Natter nahm nicht einmal Notiz davon. Stattdessen warf er Silberdun zu Boden und trat ihm in den Brustkorb. Silberdun blieb die Luft weg. Er hatte Sternchen vor den Augen stehen. Natter packte ihn am Handgelenk und verdrehte es, bis Silberdun den Dolch fallen ließ. Im nächsten Moment spürte er Zähne an seiner Kehle. Er versuchte, wieder einen klaren Kopf zu bekommen, trieb aber immer weiter in Richtung einer schwarzen Ohnmacht ab.

Er blickte nach oben, sah, wie sich Eisenfuß mit Natters eigener Waffe an den Gegner heranschlich und sich anschickte, dem Bel Zheret von hinten die Kehle aufzuschlitzen – eine todsichere Sache, so wie Jedron es sie gelehrt hatte.

Doch er kam zu spät. Mit Silberduns Waffe stieß Natter zu, bohrte die Klinge tief in den Bauch seines Gegners, drehte sie herum, stieß weiter nach oben und direkt ins Herz seines Gegners.

Im selben Moment schnitt Eisenfuß dem Bel Zheret in einer blitzschnellen Bewegung die Kehle durch; die Kreatur brach über ihrem Opfer zusammen.

»Silberdun!?«, schrie Eisenfuß. Er zerrte Natters Leiche vom Körper seines Freundes und schmetterte sie gegen einen Baum. Die Kreatur war tot, ihre Augen blickten leer, und ihr Blut sickerte ins Gras.

Eisenfuß sah hinab auf Silberdun. Er regte sich nicht mehr, und seine Lider waren geschlossen. Auch schien er nicht mehr zu atmen.

Silberdun war tot.

Eisenfuß hörte ein Schluchzen aus der Villa. Sela!

Er rannte ins Haus und entdeckte Sela auf dem Boden der Eingangshalle sitzend. Von den beiden anderen Bel Zheret war nichts mehr zu sehen. Sela hatte sich ihren Eisenreifen wieder über den Arm geschoben, und Eisenfuß sah, wie ihr das nackte Metall die Haut verbrannte und dass es sie große Mühe kostete, es nicht wieder herunterzureißen.

Eisenfuß war nun wahrlich kein Meister der Elemente, doch eine einfache Formung brachte er wohl zustande.

»Gib mir das Band«, sagte er. »Ich kann es wieder versilbern.«

»Nein!«, schrie sie. »Du darfst es nicht wieder von mir nehmen! Niemals! Niemals wieder!«

»Schon gut, schon gut«, sagte Eisenfuß. Sela war völlig hysterisch, so viel war klar. Ihre Augen waren weit aufgerissen, ihr Blick zuckte ziellos umher.

Eisenfuß hielt das lange Messer des Bel Zheret hoch; seine Klinge war aus gehärtetem Silber. Mit der Spitze der Waffe berührte er den Eisenreif. Das Band stieß das Messer ab, als sei es magnetisch. Er musste Kraft aufwenden, um die Klinge gegen das Eisenband zu pressen. Die Fessel drückte sich fest in Selas Arm. Sie schrie auf und wich zurück.

»Halt still, verdammt noch mal!«, brüllte er sie an.

»Aber es tut weh.«

»Ich weiß, aber nur wenn du stillhältst, kann ich den Schmerz abstellen.«

Eisenfuß kanalisierte Elemente in die Klinge. Die Versilberung der Waffe verflüssigte sich und legte sich um das Armband. Er hatte nie mit Eisen gearbeitet, weshalb er keinen Bindungszauber kannte, mit dem man das Metall und die Versilberung miteinander verschmelzen konnte. Er kanalisierte Innensicht in die Bindung der Waffe und stellte fest, dass das gar nicht so schwierig war. Also kopierte er die Bindung des Dolchs und wandte etwas Ähnliches dann auf den Metallreif und dessen Versilberung an. Die Bindung funktionierte, und der Überzug hielt. Er warf das Messer fort, und Sela fiel ihm erschöpft in den Arm.

»Du liebe Güte, Sela, was hast du mit den Bel Zheret angestellt?«, fragte er fassungslos.
»Ich hab ihnen die Dinge so gezeigt wie sie sind«, erwiderte sie mit schleppender Stimme. »Es ist okay, weil sie nicht echt sind.« Sie schloss die Augen und sank neben ihm zusammen.
In seinem ganzen Leben hatte Eisenfuß sich nicht so verlassen gefühlt.

In dieser Nacht machte Eisenfuß kein Auge zu; er saß einfach nur da und beobachtete die schlafende Sela und fragte sich, ob wohl noch mehr Bel Zheret zu ihnen unterwegs waren. Es war zu müde, um sich darüber Sorgen zu machen.

Als Sela erwachte, dämmerte schon der Morgen. Eisenfuß erzählte ihr von Silberdun, und da brach sie wieder zusammen. Weinend und schluchzend kauerte sie sich neben seine Leiche, und auch Eisenfuß hätte nur allzu gern in dieser Weise um seinen Freund getrauert.
»Wir müssen gehen«, sagte er nach einer Weile zu ihr.
»Ich weiß.« Sie straffte sich. »Aber wir müssen Silberdun erst begraben.«
»Nein«, widersprach Eisenfuß. »Wir nehmen ihn mit uns.«
»Ich halte das für keine gute Idee«, meinte Sela. »Er ist doch tot. Ihm kann's doch egal sein, wo man ihn beerdigt.«
»Darum geht's nicht«, erklärte Eisenfuß. »Paet hat uns ausdrücklich angewiesen, die Leiche eines gefallenen Schattens unter allen Umständen zurückzubringen. Wenn die Unseelie ihn in die Hände kriegen –«, er nickte in Richtung des toten Bel Zheret, »dann werden sie mit Hilfe Schwarzer Kunst alles von ihm erfahren, was er weiß.«
»Oh.« Sela erhob sich. »Ich schaue mich mal in der Villa nach ein paar anständigen Kleidern um«, sagte sie. »Ganz offensichtlich hat hier mal eine Dame gewohnt.« Sie verschwand im Haus.

Eisenfuß sah auf Silberdun hinunter. »Es tut mir leid, mein Freund.«

Er schlug den toten Körper in einen Lumpen ein. Dann ging er in den Stall. Dort fütterte und sattelte er die zwei kräftigsten Pferde. Anschließend wuchtete er Silberduns Leiche auf eines der Rösser und zurrte sie am Sattel fest. Zuletzt belegte er das verdächtig wirkende Bündel mit einem Blendwerkszauber, sodass es wie eine Sattelrolle aussah. Der Schwindel würde allerdings nur einer sehr oberflächlichen Überprüfung standhalten.

In der Speisekammer der Küche fanden sie etwas hartes Brot und nahmen ein frugales Frühstück zu sich. Als sie das Haus wieder verließen, blieb Eisenfuß stehen, sah hinab auf Timhas Leiche und in seine toten Augen.

»Du warst nicht gerade 'ne große Hilfe«, sagte er zu dem Toten. Er tätschelte den Lederranzen, den der Unseelie immer noch bei sich trug. »Aber wenigstens hab ich jetzt deine Pläne, du Bastard.«

Aus den Augenwinkeln nahm Eisenfuß ein Funkeln war. Es war der lange, gezackte Dolch des Bel Zheret. Sein Besitzer würde ihn bestimmt nicht vermissen. Eisenfuß nahm ihn und schob ihn in den Gürtel.

Sie saßen schweigend auf und ritten Richtung Süden nach den Seelie-Landen davon.

Elenth war eine von nur drei Unseelie-Städten, die auf dem Erdboden errichtet worden waren. Es gab nur wenige Flecken in Mabs Reich, an denen dauerhafte Ortschaften entstehen konnten. Die Gebäude in Elenth waren gedrungen und stabil erbaut worden, um den Beben in den nah gelegenen Bergen standzuhalten. Südlich der Stadt ritten die beiden einen Abhang hinauf und ließen das Tal hinter sich. Schon bald fanden sie sich in einem ausgedehnten Waldgebiet wieder.

»Wenn wir in dieser Richtung weiterreiten, könnten wir schon morgen die Grenze erreichen«, sagte Eisenfuß. »Natürlich weiß ich nicht, was uns auf unserem Weg noch alles erwartet. Aus diesem Grund hätte uns ja dieser Virum begleiten sollen.«

Sela schwieg und nickte nur niedergeschlagen. Im Falle eines Kampfes würde sie so gut wie nutzlos sein.

Der Wald schien endlos, wenngleich nicht sonderlich dicht, das Gelände selbst war relativ flach. Trotzdem war es nicht einfach voranzukommen, doch sie konnten ihr gemächliches Tempo die meiste Zeit über halten.

Es dämmerte bereits, als Eisenfuß vor sich eine Bresche im Grün erblickte. Eine Straße? Irgendwas bewegte sich da vorn an ihnen vorbei. Etwas Großes. Er bedeutete Sela, ihr Pferd anzuhalten und lauschte. Ein regelmäßiger Rhythmus drang an ihre Ohren.

Eisenfuß stieg ab und wies Sela an, bis auf Weiteres im Sattel zu bleiben. Er schlang seine Zügel über einen Ast und schlich auf die Straße zu. Dabei benutzte er sämtliche Verstohlenheitstricks, die Jedron ihm beigebracht hatte und die nun aufgrund der Verstärkung seiner körperlichen Eigenschaften noch effektiver waren. Im Schutz des Unterholzes erreichte er den Straßenrand.

Kompanie um Kompanie zog an ihm vorbei. Ergraute Veteranen und junge Rekruten gleichermaßen bewegten sich Richtung Südwesten. Dort lag Wamarnest, die Stadt, die der Seelie-Grenze am nächsten war und wo die Unseelie-Kavallerie seit Monaten gedrillt wurde.

Der Krieg kam, und er kam mit Riesenschritten.

Doch das war im Moment noch ihr geringstes Problem. Die wenigen Grenzübergänge in der Mauer würden nun besser bewacht sein denn je. Der Große Wall erstreckte sich über die gesamte Länge der Grenze. Er war zu Zeiten des lang zurückliegenden Staatsvertrages errichtet worden und wurde seitdem von beiden Seiten instand gehalten. Der Große Wall bestand aus zwei ineinandergreifenden Bindungen – eine ging von Seelie-, die andere von Unseelie-Seite aus – und war aus keiner der beiden Richtungen zu überwinden. Vermutlich hatte Virum einen geheimen Übergang gekannt; einen dieser Punkte, wo das Echo der Unbeständigen Orte in den nahegelegenen Umfochtenen Lande neue Durchlässe im Grenzwall schuf. Die bekannten unter ihnen wurden zwar streng bewacht, doch von Zeit zu Zeit taten sich auch neue auf. Dummerweise wusste Eisenfuß nicht, ob Virums Schwachstelle schon entdeckt worden war.

Als der Zug der Soldaten vorbei war, kehrte Eisenfuß zu Sela zurück. Sie huschten über die Straße und tauchten auf der anderen Seite wieder in den Wald ein. Als die Nacht hereinbrach, rasteten sie ohne Lagerfeuer, aßen Beeren und Nüsse und das letzte harte Brot aus der Villa.

Am nächsten Morgen setzten sie ihre Reise fort. Sie mussten gut vorangekommen sein, denn die Sonne stand noch immer über dem westlichen Horizont, als sie den Großen Wall erreichten. Eisenfuß saß ab und sah sich das Ding an. Der Wall war hauptsächlich eine einfache, niedrige Steinmauer, wenig beeindruckend, wiewohl auf seiner Oberfläche Runen prangten. Er schob die Hand in Richtung Mauer und spürte einen Widerstand, und je weiter er die Hand vorbewegte, umso größer wurde er. Irgendwann wurde der Widerstand sogar schmerzvoll. Rasch ließ er den Arm sinken. Hier war es definitiv nicht möglich, die Grenze zu übertreten.

Sie gingen am Großen Wall Richtung Südwesten, wo sie hoffentlich einen Grenzübergang finden würden, der nicht allzu überlaufen war. Eisenfuß hatte keine Ahnung, was sie tun sollten, wenn sie einen fanden, aber sie hatten keine andere Wahl. Mit jedem Schritt nach Südwesten kamen sie der zerstörten Stadt Selafae und auch Sylvan ein Stück näher.

Es dämmerte schon, als sie eine Gruppe Soldaten erreichten, die am Großen Wall stationiert waren. Es waren keine sonderlich aufmerksamen Soldaten, denn sie hatten die beiden Reiter noch nicht bemerkt. Auch wachten sie nicht über einen richtigen Grenzübergang, sondern über eine der Schwachstellen. Für sich betrachtet, war das ein Glücksfall. Eisenfuß zählte zehn Uniformierte, was wiederum weniger glücklich für sie war.

Es blieb ihnen nichts übrig, als sich ihren Weg über die Grenze herbeizuschwatzen.

»Sela«, sagte er mit leiser Stimme. »Ich brauche jetzt deine Empathie hier. Wir müssen uns mit der Macht des Wortes durch diese Männer schmuggeln.«

»Ich weiß nicht«, murmelte Sela und griff sich an den Arm, wo der nackte Reif rote Brandspuren hinterlassen hatte. »Es tut so scheußlich weh.«

»Aber du musst es versuchen, verdammt!«, erwiderte Eisenfuß. »Du bist ein Schatten, Sela, und du hast eine Aufgabe zu erledigen.«

»Ich weiß.«

»Dann reiß dich jetzt zusammen und tu, was getan werden muss.«

Sie sah ihn an, verärgert erst, doch dann wurden ihre Züge hart. »Du hast Recht«, sagte sie. »Ich werde das sein, wozu ich gemacht wurde.«

Eisenfuß wusste nicht, was genau sie damit meinte, doch wenn es zum Erfolg führte, sollte es ihm recht sein. Sie ritten auf die Soldaten zu.

»Wer da?«, rief einer von ihnen.

»Wir haben Befehl, die Grenze zu passieren«, sagte Eisenfuß. »Eine Mission aus der Stadt Mab direkt.«

»Absitzen«, sagte der Soldat, der ihnen am nächsten stand. Er war ein junger Kerl und bekleidete den Rang eines Leutnants.

»Dafür hab ich keine Zeit, Leutnant. Und jetzt geht aus dem Weg.«

Der Offizier bewegte sich nicht von der Stelle. »Niemand überquert die Grenze«, sagte er. »Ich hab meine eigenen Befehle, und Eure interessieren mich nicht im Geringsten.«

Eisenfuß sah Sela an, die sich ganz auf den Leutnant konzentrierte. »Wer seid Ihr überhaupt?«, fragte der sie.

»Wir befinden uns auf einer äußerst wichtigen Mission«, erklärte sie mit klarer Stimme. »Das werdet Ihr sicher verstehen.« Eisenfuß konnte das Zögern in ihrem Blick ablesen, bemerkte ihren Kampf mit sich selbst.

»Ich weiß nicht«, sagte der Leutnant unschlüssig.

Ein anderer Soldat trat zu ihnen. »Ihr habt den Leutnant gehört«, sagte er. »Absitzen jetzt, oder ich helfe nach.«

Zu Eisenfuß' Glück hatte der Offizier seine Männer nicht wirklich im Griff. In seiner eigenen Militärzeit hatte er einige dieser Kommandanten erlebt. Ein kluger Infanterist wusste, wie man solche Typen manipulierte, damit man nicht selbst getötet wurde. Der Soldat, der Eisenfuß nun anstarrte, schien einer von dieser Sorte zu sein.

»Das können wir nicht tun«, sagte Sela. Sie tat ihr Bestes, doch sie hatte in zu kurzer Zeit zu viel durchgemacht und sah sich nun mit überaus willensstarken, überaus misstrauischen Männern konfrontiert.

»Nun gut.« Eisenfuß stieg vom Pferd und zog unter tiefstem Bedauern sein Bel-Zheret-Messer.

Eisenfuß war erstaunt, wie schnell er sie alle zu töten vermochte. Er wirbelte umher, stieß blitzschnell zu, und seine ganze Wut schien dabei in seine Aktionen zu fließen. Sämtliche hehren Ideologien und auch die letzten erhabenen Gedanken hatten sich in Luft aufgelöst. Seine Welt bestand nur mehr aus Bewegung und Balance und Todesstoß. Blut und Knochen. Kreischen und Fauchen.

Es waren zehn, und der Letzte von ihnen hatte kaum Zeit, sein Schwert zu ziehen, bevor Eisenfuß ihm die Spitze der Bel-Zheret-Klinge in den Hals rammte. Und wenn Eisenfuß bis zu diesem Tag noch kein echter Schatten gewesen war, so war er mit dieser Stunde zu einem geworden.

Nachdem er seine Waffe an der Uniform eines der Toten sauber gewischt hatte, stieg er ohne besondere Eile wieder in den Sattel. Sie nahmen Anlauf und übersprangen ohne Probleme die Schwachstelle in der Mauer.

Irgendwann auf ihrem Weg zur Überlandstraße nach Sylvan mussten sie gesprochen haben, doch Eisenfuß konnte sich nicht mehr daran erinnern. Im Morgengrauen verließen sie den Wald, und in weniger als zwei Stunden erreichten sie Sylvan. Dies, nachdem sie Zug um Zug von Seelie-Soldaten passiert hatten, die nach Norden in den Krieg zogen.

Als sie in einer schnellen Kutsche der Seelie-Armee Smaragdstadt erreichten, erwartete sie Paet schon in Haus Schwarzenstein. Schweigend nahm er ihren Bericht über die Mission entgegen – angefangen bei ihrem Flug von Preyia, über ihre Begegnung mit den Arami bis hin zu den Toden von Timha und Silberdun – und stellte keine Fragen. Als Eisenfuß geendet hatte, dankte ihm Paet mit leiser Stimme.

»Wann wird Silberduns Leiche an seine Familie ausgeliefert werden?«, fragte Eisenfuß.

»Gar nicht. Es wird keine Bestattung geben.«

»Wie bitte?« Es war das Erste, was Sela seit ihrer Ankunft sagte.

»Schatten erhalten keine Beerdigung«, sagte Paet. »Dieses Glück bleibt uns versagt.«

Eisenfuß kochte innerlich, doch es hatte keinen Sinn, sich mit Paet darüber zu streiten.

»Ich werde einige Tage fort sein.« Paet erhob sich. »Ich möchte, dass ihr euch in dieser Zeit ausruht. Bei meiner Rückkehr gibt es viel zu tun.«

»Paet«, sagte Eisenfuß. »Sie wussten, dass wir kommen, waren jederzeit über jeden unserer Schritte informiert.«

»Ich weiß«, erwiderte Paet. »Und ich hab keine Ahnung, wer dafür verantwortlich ist.«

»Ich möchte wieder zurück an die Arbeit«, sagte Sela. »Jetzt. Ich hab keine Lust mich auszuruhen.«

»Dem kann ich mich nur anschließen«, sagte Eisenfuß.

»Manche Dinge dulden keinen Aufschub, andere schon«, sagte Paet. »Wenn du darauf bestehst, wieder zu arbeiten, Eisenfuß, dann widme dich doch Timhas Aufzeichnungen. Die Unseelie sind nicht schlau daraus geworden, aber vielleicht gelingt es ja dir.«

»Und wird uns das irgendwas nützen?«, fragte Eisenfuß.

Man kann nie wissen, was einmal nützlich sein wird«, sagte Paet.

»Ich möchte mir gern die Geheimdienstunterlagen ansehen«, sagte Sela. »Und zwar alle. Vielleicht finde ich einen Hinweis auf den Verräter. Ich bin da auf einige Dinge gestoßen, bevor wir ins Feindgebiet aufgebrochen sind.«

»Und? Schon was Genaueres?«, fragte Paet.

»Ich werde es dich wissen lassen.«

Paet brach kurz darauf auf und ließ Sela und Eisenfuß in der Schattenhöhle zurück. Eisenfuß suchte sich Timhas Aufzeichnungen, Pläne und Bücher zusammen und legte alles auf den großen Tisch im Einsatzbesprechungsraum. Die Unseelie hatten ein paar recht helle Köpfe in ihren Reihen, doch Eisenfuß besaß etwas, das sie nicht hatten: die Karte von Selafae.

Stundenlang brütete er über den Dingen, verglich sorgfältig die Pläne der Einszorn. Und wie schon bei seiner Rückkehr von Selafae nach Königinnenbrück verlor er sich in seiner Arbeit, während das Grauen mit jeder weiteren Stunde wuchs.

Doch Eisenfuß' Verhältnis zur Furcht hatte sich in den letzten Monaten gewandelt. Die Furcht war nun eine treibende Kraft, etwas, das er kontrollieren konnte. Wann immer sie ihn zu überwältigen drohte, griff er in sich hinein und unterdrückte sie.

Ab und zu steckte Sela ihren Kopf aus der Schattenhöhle, um nach ihm zu sehen oder sich einen weiteren Packen Depeschen von den Analysten im Obergeschoss abzuholen. Keiner von ihnen gönnte sich eine Pause, nicht mal für einen Moment. Die Arbeit zu unterbrechen würde bedeuten, dass man über Vergangenes nachdenken musste, und daran hatte keiner von ihnen ein Interesse.

Die beiden Muster aus Eisenfuß' Traum auf dem Arami-Netz wurden auf Papier übertragen, und da erkannte er, um was es sich bei ihnen handelte. Wenig überraschend war das eine Muster die Karte, auf die er so oft und so lange gestarrt hatte, dass sie sich fast in sein Hirn eingebrannt hatte. Das andere Muster spiegelte Timhas Plan wider, den er studiert hatte, kurz bevor er aus der brennenden Luftbarke gefallen war. Die beiden standen klar in einer Verbindung zueinander, und doch war da etwas ganz und gar falsch.

Der Morgen dämmerte schon, als ihm klar wurde, was. Dutzende Male hatte er alles wieder und wieder geprüft, bevor ihm ein Licht aufging.

»Sela«, sagte er, als er die Schattenhöhle betrat und sich auf seinen Bürostuhl fallen ließ. »Ich glaub, ich hab's.« Er lächelte.

Sela war an ihrem eigenen Schreibtisch eingenickt und schreckte auf. »Was? Was hast du?«

»Ich hab rausgefunden, warum die Unseelie-Thaumaturgen nicht in der Lage waren, die Einszorn nach den Plänen nachzubauen, die Timha uns übergab.«

»Wirklich?«

»Ja.« Eisenfuß' Lächeln wurde breiter. »Weil sie nämlich gefälscht sind.«

»Was?«

»Oh, es war ein recht ausgefuchster Schwindel, aber mehr auch nicht. Wer immer sich diese Pläne ausgedacht hat, vermutlich der geschätzte Hy Pezho selbst, hat viel Zeit darauf verwandt, eine Meisterleistung in Sachen Thaumaturgie zu vollbringen. Ein brillantes, extravagantes Bravourstück, das im Kern den nahezu perfekten Schwindel darstellt.«

»Wovon redest du?«, fragte Sela.

»Auf keinen Fall sind das die Pläne für die Einszorn.« Eisenfuß erhob sich und trat mit voller Wucht gegen seinen Stuhl. Das Möbel knallte gegen die Wand und zerbrach.

»Verstehst du nicht?«, erklärte Eisenfuß immer noch lachend. »Diese Pläne sind vollkommen wertlos! Es war alles umsonst! Silberdun ist umsonst gestorben!«

Eisenfuß lachte und lachte, bis er in Tränen ausbrach. Er sank auf den Boden der Schattenhöhle und weinte bitterlich. Nach einer Weile erhob sich Sela von ihrem Schreibtisch und ließ sich neben ihm nieder. Und dann weinten sie gemeinsam.

30. KAPITEL

Ein Mann aus dem Osten lässt den Lichtschmied ins Haus kommen, damit der alle Hexenlichtlampen wieder auflädt. »*Welche Farbe soll das Licht denn haben?*«, *fragt der Lichtschmied.*
»*Ist mir völlig egal*«, *sagt der Mann aus dem Osten.* »*Ich bin ohnehin blind.*«

»*Und wozu braucht Ihr dann Hexenlicht?*«, *fragt der Lichtschmied.*

»*Na ja, ich geb's nur ungern zu*«, *sagt der Mann aus dem Osten,* »*aber ich hab Angst im Dunkeln.*«

– Seelie-Witz

Schwärze.
Doch Schwärze traf es irgendwie nicht. Schwärze implizierte Sehen; Schwärze bedeutete, dass man nichts *mehr* sah. Doch das hier war das Nichtvorhandensein von Sehen, das Fehlen jedweder *Kenntnis* vom Sehen.
Ja, die Dinge waren gut gelaufen. Sehr gut sogar. Er war dem Ziel seiner Träume sehr nahe gekommen. Alles war so eingetreten, wie er es geplant hatte. Und dann, im Moment seines ultimativen Sieges, in der Sekunde seiner triumphalen Rache, da war er zur Strecke gebracht worden wie der ewige Bösewicht in einer Mestina-Aufführung. Der *fel-ala*, sein persönlicher Rachegeist, hatte sich gegen ihn gewandt und ihn vernichtet in dem Augen-

blick, da er seine Nemesis hätte vernichten sollen. Ja, *Nemesis*. Nach allem, was er durchgemacht hatte, besaß er das verdammte Recht, in Extreme zu verfallen. Besaß das Recht auf Rachegedanken, die jenseits jeglicher Vorstellungskraft lagen, und weit, weit jenseits jeder Logik, Gerechtigkeit und Moral.

Als die Tentakel des *fel-ala* ihn berührten, war da nichts als Schmerz gewesen. Ein tief brennendes Gefühl, das unter die Haut ging, durch seine Arme und Beine floss und dann seine Wirbelsäule hinaufkroch bis ins Hirn. Ein heftiger, unerträglicher Stich, endgültig, atemberaubend, unermesslich. Dann umfing ihn der *fel-ala* und verschlang ihn in einem Stück. Im Innern der Kreatur herrschte Dunkelheit, die ultimative Dunkelheit.

Bis zu jenem Moment hatte er keine Ahnung gehabt, was Dunkelheit wirklich bedeutete.

Im Innern des Biests brach sich der Schmerz der eigenen Zersetzung Bahn. Und das Wissen darum, dass er verschlungen worden war. Bei lebendigem Leibe gefressen. Der Dämon besaß so etwas wie Zähne, aber die waren hakenförmig; sie schlugen sich in sein Fleisch und rissen daran, schälten ihm die Haut ab, schlürften sein Blut. Sie gruben sich in seine Knochen, saugten an ihnen. Die Zeit verging nun langsamer für ihn, eine reitische Eigenschaft des *fel-ala*, die er selbst kreiert hatte. Damit das Opfer die Agonie in größtmöglicher Länge erdulden musste. Sein Bewusstsein wurde nun gezwungen, das ganze Spektrum des Aufgefressenwerdens zu erleben, jedes Reißen, jeden Biss, Stück für Stück.

Er erlitt nun jene Pein, die er eigens für *sie* ersonnen hatte. Für seine Nemesis. Indem er sich selbst zum Maßstab nahm, hatte er den wohl albtraumhaftesten Tod konstruiert, den er sich vorstellen konnte. Und den er nun am eigenen Leibe erfuhr.

Während er sich im Bauch des *fel-ala* wand und krümmte, fiel ihm ein, dass der Schmerz nur das Vorspiel war. Die Vorspeise zu einem wahrlich köstlichen Mahl. Und zu wissen, was noch auf ihn zukam, machte alles nur noch viel schlimmer.

Sollte er dem allen jemals entrinnen – und er wusste, dass er das nicht konnte –, musste er sich unbedingt daran erinnern, dass das

Wissen um die Pein diese noch verschärfte. Ein Häppchen nutzloses Wissen, über dem man ewig nachgrübeln konnte.

Weil nun das Mahl kam; der Hauptgang. Auf die Marter folgte die Ewigkeit. Als ihm dies klar wurde, spürte er, wie der Schmerz nachließ. Nicht etwa, weil der *fel-ala* schon mit ihm fertig war, sondern weil immer weniger von ihm übrig blieb, mit dem er Schmerz überhaupt empfinden konnte. Sein Körper war nun fast vollständig aufgezehrt. Die Augen waren ihm aus den Höhlen gerissen und seine Männlichkeit zerfetzt worden. Seine Eingeweide waren aus ihm herausgezerrt und sich stückweise einverleibt worden. Er spürte, wie seine inneren Organe rissen und platzten. Als seine Lunge kollabierte und seine Atmung aussetzte, war es fast eine Erleichterung. Der Tod des Körpers stand unmittelbar bevor.

Was folgte, war eine aufsteigende Panik und der so völlig andere Schmerz des Erstickungstodes. Sein Oberkörper, oder vielmehr das, was noch von ihm übrig war, hob und senkte sich konvulsivisch. Kaum zu glauben, dass er dafür noch die Energie aufbrachte. Der Druck in seiner Brust und in seinem Kopf stieg an. Dieser Druck drängte bald jeden anderen Schmerz zurück. Nach einem scheußlichen letzten Stolpern hörte sein Herz gänzlich auf zu schlagen. Und dann verblasste alles um ihn herum. Das Geräusch von reißendem Fleisch, seine eigenen gurgelnden Laute (und das klirrende Lachen irgendwo aus der Ferne). Die auf- und abwallende Agonie. Geruch und Geschmack der Verdauungssäfte des *fel-ala* vermischt mit seinem eigenen Blut. Zu guter Letzt war die Schwärze noch immer nicht absolut. Die Schwärze, welche die Nacht einfärbte im Gegensatz zur Nacht selbst.

Wahre Dunkelheit. Endgültige Dunkelheit. Ewige Dunkelheit. Sie umfing ihn. Eine Stille jenseits der Stille.

Besäße er noch einen Körper, würde er jetzt erschaudern. Das Wissen um das Fehlen jedweden Gefühls erreichte seinen Geist, und zunächst war er erleichtert, dass der Schmerz nun vorbei war, endgültig vorbei. Einen Moment lang war er ganz ruhig. Besäße er noch eine Lunge, hätte er tief eingeatmet und geseufzt.

Dann bemerkte er die Dunkelheit. Das Fehlen, nein, die totale

Abwesenheit von Licht und Klang. Die völlige Abwesenheit des Seins. Nichts, mit dem man hinausgreifen konnte, nichts, mit dem man zu sehen oder zu hören vermochte. Nichts.

Eine Weile war da nur diese Dunkelheit und das Grauen dieser Dunkelheit.

Dann setzte das Stechen ein.

In seinem Streben nach Macht hatte er so viel Grauen gesehen – manches von ihm verursacht, anderes selbst erlebt –, dass er darüber die Fähigkeit zum Wahnsinnigwerden verloren hatte. Es war dies eine Voraussetzung für die Schwarze Kunst und eines der ersten Dinge, die ihn sein Vater gelehrt hatte. Und wenn er nicht in der Lage war, den Verstand zu verlieren, dann war es seine Nemesis erst recht nicht. Sie hatte schon Gräueltaten begangen, als die Götter selbst noch jung waren. Den Verstand verlieren, das war nur eine Redensart. Etwas, das stets andere betraf, doch mit ihr mochte es durchaus zur Realität werden.

Er wusste, es klang nach einem Klischee, dass allein Rachegedanken ihn aufrechterhalten hatten. Er hatte den Tod seines Vaters vergolten, solange er denken konnte. Doch nun verlangten sein eigener Tod, seine eigenen Qualen Genugtuung. Das war neu.

Nein, er würde niemals den Verstand verlieren. Und in diesem Wissen lag ein kleiner Funke Hoffnung. Ein winziger Funke. Und obwohl er stets siegesgewiss gewesen war, hatte ihn seine Paranoia dazu gebracht, eine Art Lebensversicherung abzuschließen. Selbst wenn es ihm nichts mehr nützte, verschaffte ihm allein der Gedanke an all die Idioten, die in seine Fußstapfen zu treten wünschten und sich an den nutzlosen Plänen seines Meisterstücks abarbeiteten, einen Hauch von Genugtuung. Und einen Funken Hoffnung.

Niemals würden sie hinter das Geheimnis kommen. Wie auch? Allein Hy Pezho konnte so verwegen sein. Niemals, nicht einmal in den kühnsten Träumen von Mabs großartigen Thaumaturgen würde sich ihnen Hy Pezhos Lösung offenbaren.

Und das war es, was ihn über alle anderen erhob: Er hatte gewagt, was niemand anders wagen würde.

O ja, Rachegedanken vermochten jemanden eine lange, sehr lange Zeit aufrechtzuerhalten.

Im Bruchteil einer Sekunde nichts, dann ... etwas. Alles. Schmerz, Blut, Klang. Scharfe Gerüche. Der widerliche Gestank der Zauberkunst. Dunkelheit, doch nur jene der alltäglichen Art. Nicht mehr als das Fehlen von Licht. Besäße er Augen, würde er von der Strahlkraft dieser Schwärze geblendet werden.

Aber er besaß Augen. Sie rollten in ihren Höhlen.

Seine Brust schmerzte. Seine Brust?!

Etwas Vertrautes stieß ihn an.

Atme. Ein. Aus. Ja.

Finger, Beine, Arme, ein Hals. Bewegung, eingeschränkt. Zurückgehalten? Verletzt? Wo war er?

Geräusche. Musik. Ein vertrautes Trällern. Klimpern. Ein klirrendes Lachen. Gelächter.

Mab. Königin. Geliebte. Kaiserin.

Nemesis.

Ihre Stimme. All diese Geräusche waren ihre Stimme, und in ihrer Stimme lagen Worte. Worte, die er nun mit seinen eigenen Ohren vernahm.

»Aufwachen, Hy Pezho«, sagte sie. Jedenfalls glaubte er, dass sie das sagte. »Erwache jetzt und diene deiner Kaiserin so, wie du einst vorgabst, ihr zu dienen.«

Er war auf einen Tisch geschnallt. Hilflos.

Ein Schauder, freudige Erregung.

Er bepisste sich.

Glückseligkeit.

Hy Pezho setzte sich auf, betrachtete seinen neuen Körper. Er fühlte sich anders an als sein alter. Hagerer, stärker. Er befand sich in einem kleinen Raum, es war die Werkstatt eines Thaumaturgen.

Es war Mabs Werkstatt. Welche Grauen mochten sich in diesem Raum schon abgespielt haben?

Mab lächelte ihn an. Sie trug kein Blendwerk, und der Anblick ihres wahren Gesichts jagte selbst ihm einen Schauer über den Rücken.

»Schlau«, sagte sie. »Du bist ein wirklich schlauer Bursche, Hy Pezho.«

»Darum sind wir auch so gute Freunde geworden«, antwortete er, nicht zuletzt, um seine neue Stimme auszuprobieren. Er sprach noch ein wenig mit schwerer Zunge, vermutlich, weil er ein bisschen aus der Übung war.

»Ich hätte wissen müssen, dass der große Hy Pezho einen Weg finden würde, dem Tod ein Schnippchen zu schlagen«, sagte sie.

»Demnach haben Eure glorreichen Thaumaturgen sich wohl eingestehen müssen, dass sie mein Meisterwerk nicht nachzubauen imstande sind?« Er kicherte. »Selbst mit Hilfe der sorgfältig angefertigten Pläne, die ich ihnen hinterlassen hatte? Oder beißen sie sich etwa immer noch die Zähne daran aus?«

»Ich hab sie alle getötet«, sagte sie.

»Aha.«

»Und was diesen neuen Körper betrifft, Hy Pezho ... Nun, er wurde mit einigen Schutzvorrichtungen versehen, insofern hoffe ich, dass ich dich nicht auch töten muss. Ich meine, richtig töten.«

»Ich lebe, um zu dienen«, sagte Hy Pezho. Und zu seinem größten Erschrecken meinte er es auch so. Er wollte nichts weiter, als ihr dienen. Würde sterben, um ihr zu dienen.

»Was habt Ihr mit mir angestellt?«, fragte er.

»Dir wurde eine große Ehre zuteil«, sagte sie. »Ich habe dich nicht etwa in den Körper eines schwächlichen Fae zurückgebracht, sondern in den eines meiner loyalsten und mächtigsten Diener.«

Hy Pezho sah an sich herab. Seine Arme waren lang und dünn und stark. Nein.

Nein.

»Du bist jetzt ein Bel Zheret, Hy Pezho«, sagte Mab, und ihr glockenklares Lachen traf ihn wie Nadelstiche. »Glückwunsch zu deiner Beförderung.«

Sie beugte sich über ihn, nahm sein Gesicht in seine Hände. »Und jetzt sollten wir noch ein paar von diesen Einszorn-Waffen bauen, ja?«

»Einszorn?«, fragte er und musste dem Drang widerstehen, ihr in vorauseilendem Gehorsam jeden Wunsch von den Augen abzulesen.

»So haben wir dein Meisterstück genannt«, sagte sie. »Ein entzückender Name, nicht wahr, wenngleich ein wenig zu religiös für meinen Geschmack.«

Hy Pezho lachte laut auf. »Und passender als Ihr es Euch vorstellen könnt.«

»Wie das?«

In seinem brennenden Wunsch, ihr, die nicht länger seine Nemesis war, zu gefallen, erklärte er ihr genau, wie die Einszorn funktionierte. Er konnte es nicht mit Gewissheit sagen, aber er meinte zu sehen, dass sie – Mab, die alles gesehen hat – bei seinen Worten erblasste.

»Du bist wahnsinnig«, sagte sie.

»Ich bin kühn«, sagte er. »Das ist ein Unterschied.«

3. TEIL

Jede Stadt in den Faelanden veranstaltet ihre eigene »Prozession der Magier«, die während der Sonnwendfeier stattfindet. Doch mein liebster Umzug ist der in dem kleinen Ort Weißendorn-am-Meer. Während anderswo die Feierlichkeiten mit großem Ernst und viel Pathos abgehalten werden, ist der Festzug von Weißendorn eine ausgelassene, zünftige Veranstaltung. Es wird viel gelacht und getrunken, wobei die als Magier verkleideten Protagonisten während ihrer Runde um den Hauptplatz vom Stadtvolk verspottet und verhöhnt werden.

Der Mann an der Spitze ist der General, der die Gabe der Führerschaft repräsentiert. Eine fragwürdige Ehre, denn sie wird dem fettesten Kerl in Weißendorn zuteil. Der General bellt Befehle, die niemand befolgt, und tut sein Bestes, um die Parade gegen Wände und in Sackgassen laufen zu lassen.

Ihm folgt der Meister der Tore, der für die Gabe des Raumfaltens steht. Er beschwert sich die ganze Zeit darüber, dass das Laufen unter seiner Würde sei, da er sich ja hinfalten könne, wohin er wolle.

Danach kommt der Meisterberührer, der die Gabe der Erkenntnis vertritt. Er reitet auf einem berührten Esel – in Wahrheit zwei kostümierte Jungs. Der störrische Esel geht vor und zurück, ignoriert sämtliche Befehle des Meisterberührers und beleidigt ihn stattdessen aufs Übelste.

Reihum folgen sodann alle anderen Magier, die ebenfalls der Lächerlichkeit preisgegeben werden. Der Zauberverstärker, der die Gabe der Bindung repräsentiert, trägt ein nutzloses Schwert aus Schilfrohr. Dann kommen der blinde Blendwerksmeister sowie der Barkenmeister, der die Gabe der Bewegung besitzt. Der Barkenmeister schleppt sich mit einem schweren Holzstamm auf dem Rücken voran. Es folgen ein furchtsamer, unfallgefährdeter Thaumaturge für die Gabe der Resistenz, ein Buckliger für die Gabe des Gleichgewichts, ein Idiot für die Innensicht, ein Seher, der mit seinen Prophezeiungen ständig falschliegt, für die Gabe der Vorahnung, ein niederträchtiger Schläger für die Gabe der Empathie. Der letzte Magier ist stets ein Elementarist, der so tut, als äße er Pferdedung, den er in seinem Mund angeblich in Roastbeef verwandele. Er erntet gemeinhin das meiste Gelächter.

Der allerletzte Teilnehmer an der Prozession ist ein geheimnisvoller Kapuzenträger, der gar keine Gabe repräsentiert. Die Bedeutung dieser Figur ist schon vor langer Zeit verloren gegangen. Manche meinen, sie stehe für den Tod, andere glauben, er vertrete die sagenumwobene Dreizehnte Gabe. Allerdings konnte mir niemand in Weißendorn sagen, worum es sich bei dieser Gabe eigentlich handelt. Die johlende Menge indes schenkt dieser Gestalt keine Beachtung, und wenn der Umzug vorbei ist, dann verschwindet sie in die Nacht, ohne ihre Identität preisgegeben zu haben.

– Stil-Eret, »Die wilden Ostprovinzen« aus *Reisen daheim und unterwegs*

31. KAPITEL

Das Schicksal liebt die kleinen Niederlagen.
Es verschafft ihm Gelegenheit, dir in den Rücken
zu fallen.

– Meister Jedron

Silberdun erwachte in seinem zerstörten Bett auf Kastell Weißenberg und hatte einen mordsmäßigen Kater. Er setzte sich auf. Sein Mund war trocken, in seinen Ohren klingelte es, sein Magen vollführte Luftsprünge. Er beugte sich vor und würgte, doch es kam nichts hoch.

Auf dem Nachttisch neben seinem Bett stand ein Wasserkrug, daneben lag ein frischer kleiner Brotlaib. Er setzte den Krug an seine Lippen, ohne sich die Mühe zu machen, sich ein Glas einzuschenken, trank ihn in einem Zug aus und fiel dann über das Brot her. Auf dem Boden lagen frische Kleider zum Wechseln.

Er hatte furchtbare Albträume gehabt. Sela. Eisenfuß. Preyia. Flammen. Ein Sturz aus den Wolken. Bel Zheret.

Er konnte sich gerade so lange auf den Beinen halten, um sich anzuziehen, doch dann wurde ihm wieder schwindelig und er setzte sich auf die Bettkante. Wie war er hierhergekommen? Er konnte sich nicht daran erinnern. Alles, was seit seinem letzten Aufenthalt hier geschehen war, trieb als Melange unzusammenhängender Bilder in seinem Hirn umher.

Die Tür ging auf und Ilian trat ein. Nein, nicht Ilian, es war Jedron.

»Endlich bist du wach«, bellte er. »Wir sind hier nämlich kein Gasthof, verstanden?«

»Was ist denn passiert?«

»Schätze, du hattest gestern Abend ein paar Whiskeys zu viel und lernst jetzt die Folgen zügellosen Trinkens aus erster Hand kennen.«

»Ich hab keine Ahnung, wie ich hergekommen bin. Ich meine, wie bin ich von Elenth hierhergekommen?«

»Elenth?« Jedron runzelte die Stirn. »Wovon redest du?«

»Das Letzte, an das ich mich erinnere, ist mein Aufenthalt in der Unseelie-Stadt Elenth. Wir sollten dort einen Mann namens Virum treffen, aber dann kamen die Bel Zheret und ... Der Rest ist mir irgendwie entfallen.«

»Du redest wirr, Junge. Du warst in den letzten sechs Wochen nirgendwo anders als hier auf Kastell Weißenberg. Und wenn du mit deinen Wahnvorstellungen fertig bist, würde ich dir raten, deine Ausbildung wieder aufzunehmen.«

»Was?«

»Ausbildung. Aus diesem Grund bist du doch hier, schon vergessen?«

Um Silberdun herum begann sich die Welt zu drehen. »Ihr meint ...«

Jedron kicherte, dann brach er in lauthalses Gelächter aus. »Du naiver Trottel«, sagte er grinsend. »Hab ich's doch tatsächlich wieder mal geschafft.«

»Verflucht seid Ihr, Jedron!«, brüllte Silberdun. Er griff sich den Wasserkrug und schleuderte ihn auf seinen alten Lehrer. Jedron fing ihn lässig auf und warf ihn zurück. Er traf Silberdun hart an der Stirn.

»Und jetzt aufstehen«, sagte der Meister. »Du musst zurück an die Arbeit.«

»Ich verstehe nicht«, sagte Silberdun. »Was ist mit mir geschehen, Ihr alter Bastard.«

Jedron, der schon an der Tür war, drehte sich noch einmal um. »Ach das meinst du. Na ja, du bist gestorben. Und jetzt komm.«

Silberdun folgte dem Meister die Treppe hinab. Nichts auf Kastell Weißenberg hatte sich seit seinem Aufenthalt vor Monaten verändert.

»Jedron!«, rief Silberdun. »Wovon zum Henker redet Ihr da?«

»Halt einfach die Klappe und folge mir. Ich werde dir was zeigen.«

Silberdun seufzte und setzte dem Alten nach. Seine Wochen auf der Insel waren nun so präsent wie lange nicht mehr. Fast hatte er vergessen, wie sehr er den Mann hasste.

»Moment mal«, sagte Silberdun. Ein Erinnerungsblitz zuckte durch seinen Geist, gefolgt von Schmerz und Furcht. »Jetzt fällt's mir wieder ein. Ein Bel Zheret hat mich erstochen. Ich spürte die Klinge in mein Herz eindringen.«

»Ich weiß«, erwiderte Jedron. »Hab davon gehört.«

Sie verließen die Burg, und das Sonnenlicht schmerzte in Silberduns Augen. Das sie umgebende Meer war tiefblau. Als Silberdun seinen Blick gen Osten wandte, konnte er in der Ferne schwach die Türme von Smaragdstadt erkennen.

»Du kannst später Maulaffen feilhalten«, sagte Jedron giftig. »Ich hab noch was zu tun.« Er nahm die Stufen, die hinab zum Plateau mit der Grube führten. Flüche, Beleidigungen und Verwünschungen murmelnd, folgte ihm Silberdun.

»Ich kann dich hören«, meinte Jedron, ohne sich umzudrehen.

»Ich weiß«, knurrte Silberdun.

Seite an Seite standen sie schließlich am Rand der Grube. Bleigrau lag sie da im grellen Sonnenlicht, feucht und zutiefst unerfreulich. Auch schien die Temperatur an diesem Ort um gefühlte zehn Grad gefallen zu sein.

Erst sagte Jedron nichts, dann seufzte er. »Hier liegt die Wahrheit«, sagte er. »Perrin Alt, Lord Silberdun ist tot.«

»Das weiß ich«, bemerkte Silberdun. »Hab schließlich gespürt, wie mich das Messer durchbohrte.«

»Das hab ich nicht gemeint. Silberdun starb hier, in dieser Grube. Am letzten Tage seines Trainings. Eisenfuß und ich warfen ihn hinein, und das, was in der Grube war, fraß ihn auf. Silberdun ist nicht mehr.« Jedron griff in die Falten seiner Robe und holte ein kleines weißes Objekt hervor.

»Das hier ist alles, was von ihm übrig ist. Ein Zahn. Vielleicht ein Backenzahn.«

Silberdun nahm den Zahn in die Hand und betrachtete ihn. Er

musste an den Knochen denken, den er in der Grube gefunden hatte, nachdem Eisenfuß darin gewesen war.

»Schön und gut, da wäre nur ein klitzekleines Problem mit Eurer Theorie«, sagte Silberdun. »Ich stehe nämlich gleich neben Euch.«

»Das stimmt, aber du bist nicht Silberdun.«

»Nein? Wer bin ich dann?«

»Ein Schatten. Ein Schatten seines Selbst. Du bist ein Ding, das seine Gestalt angenommen hat, seinen Geist und seine Erinnerungen. Du bist ein Sylphe, um genau zu sein.«

»Ein Sylphe.«

»Nie davon gehört, was?«, sagte Jedron. »Überrascht mich nicht. Die sind nämlich sehr selten, und wir gehen nicht mit ihrer Existenz hausieren.

Es sind schwer fassbare kleine Kreaturen. Wir kriegen sie von einer Insel jenseits des Meeres. Sie gehen auf die Jagd nach Tieren – hauptsächlich Wild – und nehmen nach dem Verzehr deren Gestalt an. Dann kehren sie zurück zur Herde und töten die Freunde jener Tiere oder deren Verwandte, wie es ihnen gerade beliebt. Eine hässliche Sache.«

»Ich für meinen Teil hege nicht den Wunsch, meine Freunde oder Angehörigen zu fressen«, sagte Silberdun.

»Weil wir die Sylphen für unsere Zwecke ein wenig verändern«, erklärte Jedron. »Ein komplizierter und sauteurer Vorgang, das kann ich dir sagen. Und ein extrem geheimer. Darum haben wir dir nie davon erzählt. Je weniger von unseren Leuten davon wissen, umso besser.«

»Für den Fall, dass man mich schnappt.«

»Ja.«

»Ich bin also nicht der, der ich gedacht habe zu sein?«, fragte Silberdun.

»Ach, wer ist das schon?« Jedron zuckte die Achseln. »Die Leute machen ein viel zu großes Gewese um ihre Identität und das eigene Ich. Und das nur, weil sie sterblich sind und Angst vor dem Tod haben.

Hör zu: Du besitzt Silberduns vollständige Erinnerungen, all seine Gefühle, seinen ganzen emotionalen Ballast. Und auch all seine Gaben. Du bist er – mehr oder weniger. Eigentlich mehr, weil du stärker, schneller und mächtiger bist als er, und weil du vom Tode zurückkehren kannst. Das soll dein altes Ich erst mal versuchen.«

»Aber ... was ist mit meiner Seele?«, fragte Silberdun.

»Woher zur Hölle soll ich das wissen? Hab ich jemals von mir behauptet, ein Philosoph zu sein?«

»Nun ...« Silberdun verstand alles, was Jedron ihm offenbart hatte, doch er konnte es noch nicht akzeptieren. »Und was ist mit Eisenfuß?«

»Das Gleiche.«

»Und Paet?«

»Ja, der auch. Und zahlreiche vor euch im Laufe der Jahrhunderte. Ich gebe zu, am Anfang fand ich die Sache auch ein bisschen beklemmend, aber als ich begriff, dass es nicht den geringsten Unterschied macht, hat's mich einen Scheißdreck gekümmert. Und so wird's dir auch ergehen.«

»Was ist mit Sela?«, hakte Silberdun nach. »Sie war nie hier.«

»Nein.«

»Warum nicht?«

Jedron dachte nach. »Weil wir Angst davor hatten«, sagte er schließlich. »Der Mann, der sie zu dem gemacht hat, was sie ist, hat bessere Arbeit geleistet, als ich es je vermag. Das mit ihr zu machen, was wir mit dir taten, hätte katastrophale Folgen haben können.«

»Was soll das heißen?«

»Das geht dich einen feuchten Kehricht an.« Jedron spuckte in die Grube und wandte sich dann um. »Und jetzt lass uns gehen.«

»Wie lange seid Ihr schon hier, Jedron?«, fragte Silberdun.

»So um die vierhundert Jahre. Hab vor langer Zeit aufgehört zu zählen. Aber ich denke, ich werde mich bald zur Ruhe setzen. Dann kaufe ich mir irgendwo ein kleines Landhaus mit Bäumen drum herum. Ich liebe Bäume.« Er hielt an und starrte in die Ferne. »Ehrlich gesagt, lassen mich die Lehrlinge, die man mir in den letzten Jahrzehnten geschickt hat, um die Zukunft der Faelande fürchten.«

»Erschütternd.«

»Wer weiß«, fuhr Jedron fort. »Vielleicht lehre ich dich ja eines Tages all meine Geheimnisse, und dann nimmst du meinen Platz ein.« Er strich sich über den Bart. »Wenn ich's mir recht überlege, sollte ich statt deiner lieber Eisenfuß nehmen. Der ist ein bisschen heller im Kopf.«

»Wartet«, sagte Silberdun. »Was ist mit Paet geschehen? Wenn wir so unverwüstlich sind, warum ist er dann nicht mehr aktiv? Wozu braucht er überhaupt einen Stock?«

»Die Bel Zheret erwischten ihn vor fünf Jahren. Haben ihm fast das ganze Rückgrat rausgerissen und auch einen Teil seines Gehirns. Wie du schon festgestellt haben dürftest, kann man eine Menge wiederherstellen, aber ihr seid *nicht* unbesiegbar. Also werdet nicht übermütig. Wenn ihr da draußen sterbt und nicht zurückgebracht werdet, nun ... Paet hat dich nicht hierhergeschafft, weil ich dich so vermisst hab. Und frag gar nicht erst, was ich anstellen musste, um dich wieder ins Leben zurückzuholen. Es als Schwarze Kunst zu bezeichnen, wäre noch untertrieben.«

Er klopfte seinem ehemaligen Schüler auf die Schulter – es war das freundlichste, was Silberdun je von ihm erfahren hatte. »Und jetzt lass uns gehen. Paet erwartet dich schon am Dock.«

Silberdun sah hinab in die Grube und dachte nach. »Ihr habt nicht den Mut dazu, stimmt's?«, sagte er. »Ihr könnt Weißenberg nicht verlassen. Nicht in Anbetracht der Dinge, die Ihr wisst.«

Jedron sah ihn ernst an. »Nein«, sagte er. »Wenn ich's eines Tages nicht mehr ertragen kann, dann gehe ich einfach ins Wasser und ertränke mich. Und wenn Paet sich unterstehen sollte, *mich* wiederzubeleben, dann schlitze ich ihm die Kehle auf.«

»Danke, Jedron«, sagte Silberdun.

Jedron versetzte ihm einen Schlag ins Gesicht.

Silberdun hat viel Spaß im Kaffeehaus, bis er aufschaut und seine Mutter erblickt. Langsam kommt sie auf ihn zu und schaut ihn an, als hätte er etwas Verbotenes getan. Er erhebt sich vom Tisch und geht zu ihr, gerät dabei fast ins Stolpern. Er hat viel getrunken.

Sie treffen sich aus halber Strecke bei einem leeren Tisch und setzen sich.

»Wie heißt denn deine neue Flamme?«, ertönt da die betrunkene Stimme eines seiner Kameraden. Silberdun macht eine unwirsche Geste.

»Mutter, was im Namen von Auberons bleichem Arsch machst du hier?«

»Deine Wortwahl«, sagt sie nur.

Silberdun seufzt. »Also gut, was im Namen von Auberons bleichem *Hinterteil* tust du hier?«

»Ich hätte wohl besser eine Botenfee geschickt.«

»Das wäre vielleicht klüger gewesen, ja.«

Mutter legt sanft ihre Hände auf die Tischplatte. »Aber mir fehlte die Zeit dazu. Ich musste dich sofort sehen.«

»Oh, aber du kommst doch nie in die Stadt, Mutter, und dabei ist sie um diese Jahreszeit so schön«, erwidert Silberdun im Plauderton. »Morgen Abend findet zum Beispiel eine Mestina-Aufführung statt, die du einfach sehen musst, und –«

»Ich habe nicht mehr lange zu leben, Perrin. Ich kam, um mich von dir zu verabschieden.«

Silberdun bleiben die Worte im Halse stecken. »Was soll das heißen?«

»Das heißt, dass ich sterbe, und ich habe nicht vor, es auf unserem Familiensitz zu tun, sondern in einem Konvent im Süden.«

»Du? Was? Aber...« Silberdun ist nicht imstande, in ganzen Sätzen zu sprechen. »Aber du stirbst doch nicht«, sagt er lahm.

»Ich kann dir versichern, dass es so ist. Mehrere hoch bezahlte Ärzte haben es mir bestätigt.«

»Wie lange –«

»Nur noch wenige Monate, aber so genau kann man es nie wissen.«

»Aber...« Silberdun weiß nicht, was er noch sagen soll. Aber was?

»Und deshalb kam ich, um dir auf Wiedersehen zu sagen, Perrin.«

»Nein, nein«, sagt Silberdun. »Du kommst mit zu mir. Ich kenne die Leibärztin der Königin. Sie wird es schon wieder richten. Und dann besuchen wir zusammen die Mestina-Aufführung.«

Silberduns Sicht wird durch aufsteigende Tränen verschleiert. »Du hast das bestimmt alles nur falsch verstanden.«

»Es wäre einfacher für mich, wenn du nüchtern wärst«, sagt Mutter.

Silberdun konzentriert sich. Elemente anzuwenden, während man betrunken ist, ist eine dumme Idee, aber Silberdun ist nicht gerade für seine Weisheit bekannt. Er summt ein Cantrip zur Ausnüchterung, das ihm schon mehr als einmal gute Dienste geleistet hat, und wird zum Dank mit mörderischen Kopfschmerzen beglückt.

»Zur Hölle!«, sagt er. »Jetzt bin ich nüchtern.«

Erst jetzt wird ihm klar, wie dumm er auf seine arkadische Mutter wirken muss. Silberdun der Prasser in einem Kaffeehaus im falschen Teil der Stadt, der sich mit seinen ebenfalls nichtsnutzigen Freunden um den Verstand trinkt. Allesamt Söhne und Töchter der Oberschicht. Einer von ihnen hatte mal im Scherz zu Silberdun gesagt, dass sie eine Musiktruppe gründen sollten mit dem Namen »Die herben Enttäuschungen«.

»Es tut mir leid«, stößt er hervor.

Mutter holt tief Luft, und erst jetzt bemerkt Silberdun, dass es ihr große Mühe bereitet, zu atmen. Er erschaudert.

Sie hebt die Hand und berührt seine Wange. »Es gibt nichts, was dir leidtun müsste, mein süßer Junge.«

»So wollte ich niemals werden«, sagt er.

»Ich weiß.«

»Warum bist du nicht böse auf mich?«

»Du bist doch für uns beide schon mehr als genug böse auf dich«, sagt Mutter. »Ich schätze, ich bin einfach dankbar für das, worüber ich mir nie Sorgen machen musste.«

»Jetzt reicht's«, sagt Silberdun. Es war, als wäre ein Damm gebrochen, wobei er nicht weiß, was dieser Damm ist und was ihn bisher gehalten hat. »Morgen setze ich mich mit meinem Anwalt in Verbindung, und dann hole ich mir Friedbrück zurück. Und dann verschenke ich das Land ein für alle Mal an die verdammten Bauern, die es bestellen.«

»Aber ich möchte nicht mehr, dass du so etwas tust«, sagt Mutter.

»Warum nicht?«

»Weil dein Onkel dich dann töten lassen wird. Dessen bin ich mir sicher.«

»Ich hab keine Angst vor Bresun«, sagt Silberdun und richtet sich auf.

»Angst hin oder her, er wird sich nicht so ohne Weiteres von Friedbrück trennen. Er glaubt nämlich, er *wäre* Friedbrück und Lord Silberdun in jeder Beziehung, bis auf den Namen. Er würde eher sterben, als den Besitz aufzugeben.«

»Und was ist mit all den armen Edelleuten. Den Dörflern und Bauern?«

»Ich bin eine sterbende alte Frau, Perrin. Wenn ich meinen eigenen Sohn nun über all jene stelle, dann möge Aba mich dafür zur Rechenschaft ziehen, wenn ich ihn sehe.«

Silberdun seufzt. »Und was möchtest du von mir?«, fragt er leise.

»Ich möchte, dass du glücklich bist, Perrin. Was denn sonst?«

Am nächsten Morgen sieht er die Kutsche seiner Mutter durch die Stadt davonfahren, und er weiß, dass er sie niemals wiedersehen wird. Zuvor hatte er ihr versichert, dass er die Angelegenheit zwischen sich und Bresun ruhen lassen würde.

Doch sobald die Kutsche außer Sicht ist, geht Silberdun auf direktem Wege zum Büro des Familienanwalts. Er kennt die Strecke gut. Monat für Monat holt er sich hier seine Apanage-Zahlung ab.

»Ihr seid eine Woche zu früh dran«, sagt der Anwalt, als Silberdun in sein Büro stürmt.

»Ich bin wegen einer anderen Sache hier«, sagt Silberdun. »Ich kam, um meine Lordschaft zurückzufordern.«

Der Anwalt schaut ihn aus zusammengekniffenen Augen an und klopft mit seiner langen Feder gegen das Tintenfass, während er nachzudenken scheint. »Ich hab mich schon gefragt, wann ich diese Worte von Euch vernehmen würde«, sagt er schließlich lächelnd.

Silberdun setzt dem Anwalt seinen Plan auseinander, und der Mann hört ihm geduldig zu, stellt Fragen, unterbreitet eigene Vorschläge. Als Silberdun an diesem Tag nach Hause zurückkehrt, fühlt er sich zum ersten Mal seit Langem wieder lebendig.

Es ist Zeit. Zeit, zum Mann zu werden.

Er geht zu Bett und denkt an seine Kindheit zurück, denkt an jenen Tag, als er seiner Mutter hatte zeigen wollen, wie weit er auf der Mauer entlanglaufen konnte. Es ist, als wäre ihm etwas Wichtiges zurückgegeben worden.

Als Silberdun am nächsten Morgen erwacht, stehen vier Königliche Gardisten in seinem Schlafzimmer.

»Perrin Alt, Lord Silberdun«, sagt der eine, während er seinen Text von einem offiziellen Dokument abliest, »Ihr seid hiermit wegen Hochverrats festgenommen.«

»Bitte was?«, witzelt Silberdun. »Ich bin mir ziemlich sicher, dass ich *dieses* Verbrechen nicht begangen habe.«

Silberduns nächstes Treffen mit seinem Anwalt verläuft weit weniger freundlich und findet im Gefängnis statt.

»Ich kann nicht glauben, dass Ihr mich dermaßen hintergangen habt«, sagt Silberdun. »Ihr habt doch schon für meinen Vater gearbeitet.« Außer sich vor Wut funkelt er den Anwalt über den kleinen Tisch hinweg an. Er kann sich nicht erinnern, jemals einen solch weißglühenden Zorn in sich gespürt zu haben.

»Ja, ich arbeitete für Euren Vater«, sagt der Anwalt. »Und jetzt arbeite ich für Euren Onkel«, setzte er hinzu, als könnte das seinen Verrat rechtfertigen.

»Und wieso legt man mir gleich Hochverrat zur Last?«, fragt Silberdun. »Ist das nicht ein bisschen überzogen?«

»Ihr habt gestern in meinem Büro Dokumente unterzeichnet, die belegen, dass Ihr seinem rechtmäßigen Besitzer das Eigentum stehlen und es einer Organisation vermachen wollt, welche die Seelie-Souveränität nicht anerkennt. Das ist Hochverrat.«

»Aber der rechtmäßige Besitzer bin *ich*!«

»Das ist nicht relevant, juristisch gesprochen.«

Silberdun kocht. »Und warum glaubt Ihr einen Richter zu finden, der bei dieser Intrige gegen mich und diesem ›Organisation, welche die Seelie-Souveränität nicht anerkennt‹-Schwachsinn mitspielt? Die Zeiten haben sich geändert.«

»Vielleicht«, sagt der Anwalt. »Aber deshalb haben sich nicht auch alle Richter geändert. Und zufälligerweise ist der Gerichtsbeamte, der entscheidet, welcher Richter welche Verhandlung leitet, ein guter Freund Eures Onkels.«

Man unterbreitet Silberdun ein Angebot. Wenn er sich vor Gericht verantworten will, würde er höchstwahrscheinlich gehängt, wenn er sich jedoch schon im Vorfeld schuldig bekennen würde, käme er mit einer lebenslangen Gefängnisstrafe davon.

Silberdun sitzt in seiner Untersuchungszelle und denkt über diese beiden Möglichkeiten nach, als er einen Brief von seiner Mutter erhält:

Perrin.

Ich wäre gern persönlich gekommen, doch ich bin inzwischen zu schwach, um noch zu reisen, also muss dieser Brief genügen. Dein Onkel hat mich über deine Lage in Kenntnis gesetzt, und mich gebeten, auf dich einzuwirken, auf dass dein Fall nicht vor Gericht verhandelt wird. Das will ich gern tun, wenngleich nicht für ihn. Bresun will kein Aufsehen in dieser Sache und würde sich wünschen, dass du einfach von der Bildfläche verschwindest, ich hingegen wünsche mir einfach, dass du mich überlebst. Und daher bitte ich dich, den Wunsch deiner sterbenden Mutter zu respektieren.

Du wirst es mir nicht glauben, aber ich weiß, dass Aba noch viel mit dir vorhat. Du hast jetzt vielleicht einen großen Umweg vor dir, aber es ist nicht das Ende der Straße. Wisse das.

Du hast eine dickköpfige, törichte Entscheidung getroffen, als du beschlossen hast, dich gegen deinen Onkel zu stellen, doch ich muss sagen, dass ich niemals stolzer auf dich war.

Perrin, ich prophezeie dir, dass dein Leben erst begonnen hat.

In Liebe,
Mutter

Als Silberdun per Kutsche beim Gefängnis von Crere Sulace eintrifft, erwartet ihn bereits eine leicht gereizte Botenfee, um ihm mitzuteilen, dass seine Mutter gestorben ist.

Silberduns Ankunft ist wochenlang das Thema unter den Mitgefangenen, doch sein zweifelhafter Ruhm hinter Gittern ist nur von kurzer Dauer. Ein paar Monate später wird Mauritane, der Hauptmann der Königlichen Wache, ebenfalls des Hochverrats angeklagt und nach Crere Sulace verfrachtet.

Lange Zeit passiert nicht viel. Doch dann kommt der Midwinter über das Land, und Mutters Prophezeiung bewahrheitet sich in höchst spektakulärer Weise.

Als Silberdun und Paet die Schattenhöhle betraten, sprangen Eisenfuß und Sela von ihren Stühlen auf.

»Silberdun!«, jubelte Sela. Sie rannte auf ihn zu und umarmte ihn, und er ließ es nur allzu gern geschehen.

»Du lebst?«, fragte Eisenfuß.

»Wie man's nimmt«, erwiderte Silberdun. »Ist wohl 'ne eher philosophische Frage. Aber ich bin hier, und allein das zählt.«

»Was ist geschehen?«, wollte Eisenfuß wissen. »Wie ist denn das möglich?«

»Glaub mir, das willst du gar nicht wissen.« Silberdun sah zu Paet, doch der schüttelte den Kopf. »Ist offensichtlich so was wie ein Geschäftsgeheimnis.«

»Wir können später feiern«, sagte Paet. »Im Moment liegt noch viel Arbeit vor uns.«

»Aber –«, begann Sela.

»Ein anderes Mal«, sagte Paet. »Silberduns verfrühtes Ableben hat uns wertvolle Zeit gekostet. Die müssen wir wiedergutmachen. Also zur Sache. Irgendwelche Fortschritte hinsichtlich der Einszorn?«

Eisenfuß machte ein langes Gesicht. »Leider ja.« Er unterrichtete die Anwesenden über seine Entdeckung bezüglich der Pläne, die Timha bei sich gehabt hatte. »Es tut mir leid«, schloss er. »Ich wünschte, ich hätte bessere Nachrichten für uns.«

»Wovon redest du, Mann?«, sagte Paet. »Das sind doch ausgezeichnete Neuigkeiten!«

»Und wieso?«, fragte Eisenfuß.

»Wenn die Unseelie nie im Besitz der richtigen Pläne waren«, sagte Paet, »dann können sie ihrerseits auch keine weitere Einszorn bauen.«

Eisenfuß' Augen weiteten sich. »Also haben wir doch noch eine Chance?«

»Wir müssen Everess sofort davon erzählen«, sagte Paet. »Wenn das stimmt, ist es vielleicht möglich, den Krieg noch abzuwenden. Mab hat sich voll und ganz auf die Einszorn verlassen, um ihren Angriff auf uns zu unterstützen. Möglicherweise denkt sie jetzt noch mal darüber nach.«

»Warum sollte sie?«, fragte Silberdun.

»Erinnere dich an Timhas Worte«, sagte Eisenfuß. »Mabs Thaumaturgen mussten Tag und Nacht an dem Ding arbeiten. Sie hatten strikte Zeitvorgaben. Mabs Kriegsvorbereitungen haben sich also voll und ganz darauf gestützt, die Einszorn zu einem ganz bestimmten Zeitpunkt einsatzbereit zu haben.«

»Das vermuten und hoffen wir«, sagte Silberdun.

»Wenn schon sonst nichts«, sagte Paet, »so sollten wir Mab auf diplomatischem Wege wissen lassen, dass wir im Bilde sind. Vielleicht zieht sie sich ja zurück und es käme gar nicht erst zu einem Krieg, den wir höchstwahrscheinlich sowieso nicht gewinnen könnten.«

»Selbst ohne die Einszorn nicht?«, fragte Sela.

»Als ich das letzte Mal mit Mauritane sprach«, sagte Silberdun, »musste er zugeben, dass die Seelie-Armee dem Gegner hoffnungslos unterlegen ist. Wir wissen jetzt, dass Mab ihre Soldaten aus den ganzen Unseelie-Gebieten zusammenzieht, und wenn man dann noch die Annwni-Armee dazunimmt, beläuft sich das Verhältnis auf nahezu zwei zu eins. Die Einszorn war dabei nur der Schuss Whiskey im Bier.«

»Ich rede mit Everess«, sagte Paet.

Paet saß im Außenministerium an einem Tisch mit Everess und Baron Glennet und berichtete den beiden, was Eisenfuß entdeckt hatte.

»Wunderbare Neuigkeiten«, bemerkte Everess.

»Wenn wir diese Information durch Botschafter Jem-Aleth in der Stadt Mab verbreiten, wird sich Mab ihre Invasion vielleicht zweimal überlegen. So könnten wir dieser scheußlichen Sache doch noch aus dem Wege gehen.«

»Vielleicht«, überlegte Everess.

»Nein«, meinte Glennet. »Der Senat wird dem nicht zustimmen. Dort ist man der Meinung, dass das Einzige, was man Jem-Aleth zukommen lassen sollte, die Anweisung ist, die Botschaft zu verlassen und nach Smaragdstadt zurückzukehren. Und was Ihr uns soeben mitgeteilt habt, ist das vielleicht beste Argument dafür, die Pläne des Senats umzusetzen.«

»Was für Pläne?«, fragte Paet.

»Der Senat hat General Mauritane gebeten, einen Überraschungsangriff gegen die Unseelie vorzubereiten«, erklärte Everess.

»Wie steht die Königin dazu?«, fragte Paet.

»Titania folgt dieser Empfehlung«, sagte Glennet. »Sie hat den Senat wissen lassen, dass sie hinter jeder seiner Entscheidungen steht.«

»Ist das noch unsere Regina Titania?«, fragte Paet ungläubig. »Die Steinkönigin? Die Faust aus kaltem Eisen?«

»Die Königin ist nicht mehr diejenige, die sie mal war«, sagte Glennet. »Traurig, aber wahr. Sie ist seit dem letzten Midwinter weit weniger in die Staatsgeschäfte involviert als einst.«

»Aber Baron Glennet«, begann Paet. »General Mauritane hat doch gesagt, dass –«

»Mauritane ist besorgter um die Sicherheit seiner Truppen als um das Wohl des Königreichs«, sagte Glennet. »Es tut mir leid, wenn das hart klingen mag, aber wir müssen nun mal das ganze Bild betrachten. Wenn wir jetzt zuschlagen, wird es keine Invasion des Seelie-Königreichs geben. Wir werden ihnen zuvorkommen.«

»Und Ihr? Seid Ihr ebenfalls dieser Ansicht?«, fragte Paet.

Glennet zuckte die Achseln. »Wie immer beschränkt sich auch hier meine Rolle darauf, einen Konsens zu erreichen. Es gibt durchaus Fraktionen im Oberhaus, die Eurer Meinung sind, doch die meisten Gilden denken anders darüber, und die haben schon eine beträchtliche Zahl von Lords auf ihre Seite gezogen. Das elfische Gedächtnis ist gut, Anführer Paet, und Selafae ist alles andere als vergessen. Einige Senatsmitglieder waren außer sich, als Mauritane nach der Schlacht von Sylvan nicht weiter nach Norden gezogen ist, um Mab endgültig zu vernichten.«

»Aber das wäre doch Selbstmord gewesen«, wandte Paet ein.

»Ich sage ja nicht, dass ich ihnen zustimme«, erwiderte Glennet.

»Nun, was geschehen ist, ist geschehen«, sagte Everess. »Wenn wir denn in den Krieg ziehen, müssen wir auch dafür vorbereitet sein. Paet, Ihr solltet Euch daher darauf konzentrieren, Mabs Taktiken und Strategien auszuspionieren.«

»Ich fühle mich zutiefst unwohl bei dieser Sache«, sagte Paet.

»Ihr fühlt Euch bei allem und jedem zutiefst unwohl«, sagte Everess. »Und jetzt geht und tut, was man Euch aufgetragen hat.«

Paet stürmte ins Haus Schwarzenstein, warf Brei, der Empfangsdame, wortlos seinen Umhang zu und funkelte auf seinem Weg ins Untergeschoss die Kopisten und Analysten griesgrämig an. Alle Angestellten wussten, es war besser, den Anführer in solch einer Situation nicht anzusprechen.

Außer sich vor Wut stapfte Paet in sein Büro und knallte die Tür hinter sich zu. Würde Everess jemals für das eintreten, was gut und richtig war? Oder würde er sein ganzen Arbeitsleben darauf ausrichten, das zu tun, was ihm den meisten Einfluss bescherte? Und Glennet, der berühmte Friedensstifter, hatte, soweit Paet es sah, nichts getan, um das Feuer unter dem brodelnden Kessel zu löschen, zu dem die Seelie-Regierung mittlerweile geworden war.

Und wo war die Königin in dieser Krise?

An der Tür klopfte es. »Was ist?«, bellte er.

Ein ängstlicher Analyst kam ins Büro gehuscht und reichte ihm einen Zettel; es war die Zusammenfassung einer Botenfee-Nachricht. Die Analysten hüteten sich, die Depeschen wortwörtlich wiederzugeben; Paets Hass auf Botenfeen war legendär.

Er las das Papier, las es ungläubig ein weiteres Mal. »Schatten!«, brüllte er sodann. »Sofort in mein Büro!«

Silberdun, Eisenfuß und Sela kamen herbei, wie immer ließen sie sich dabei für seinen Geschmack zu viel Zeit.

»Was ist denn jetzt schon wieder los?«, wollte Silberdun wissen.

»Mich erreichte soeben eine Botschaft von deinem Abt Estiane, Silberdun. Der wiederum erhielt eine geradezu ungeheuerliche Nachricht von einer arkadischen Hausangestellten in Mabs Palast.«

»Und?«, fragte Eisenfuß.

»Hy Pezho lebt. Hy Pezho. Der Schwarzkünstler. Der Mann, der die Einszorn schuf, ist am *Leben*.«

»Aber wir hörten doch aus zahlreichen Quellen, dass er von Mab selbst hingerichtet worden sei«, sagte Eisenfuß.

»Tja, Silberdun ist auch gestorben«, meinte Paet. »Und doch ist er wieder da.«

»Und was machen wir jetzt?«, fragte Sela.

»Wir verfallen in Panik«, erwiderte Paet trocken. »Alsdann gehe ich zurück zu Glennet und Everess. Vielleicht überlegen sie sich ja jetzt noch mal ihren tollen Überraschungsangriff.«

»Und was tun wir?«, fragte Silberdun.

»Silberdun, du suchst deinen alten Freund Mauritane auf. Er soll sofort zu uns ins Außenministerium kommen. Mir egal, womit er derzeit beschäftigt ist. Und wenn er gerade mit seiner Frau im Bett liegt, sag ihr, sie soll sich's selbst besorgen.«

»In Ordnung«, sagte Silberdun. »Obwohl ich hoffe, dass es nicht dazu kommt. Ich kenne Mauritanes Frau.«

»Eisenfuß«, Paet erhob sich und stopfte die Depesche in seine Tasche, »du gehst wieder zurück zu deiner Karte und deinen Büchern und findest raus, wie diese verdammte Waffe funktioniert.

Und es ist mir gleich, wie du das anstellst oder was es kostet oder wen du dafür über die Klinge springen lassen musst. Hab ich mich deutlich genug ausgedrückt?«

»Niemand ist begieriger darauf, dem Geheimnis auf die Spur zu kommen, als ich«, sagte Eisenfuß. »Ich tue mein Bestes.«

Paet verließ das Büro. »Und jetzt wollen wir doch mal sehen, ob sich unser aller Verderben nicht noch ein wenig hinauszögern lässt.«

»Paet«, rief Sela ihm nach. »Könntest du nicht rasch noch einen Blick auf die Depeschen werfen, die ich eben gefunden hab?«

»Später!«, bellte Paet zurück. Er stürmte die Treppe hinauf, während Sela und Eisenfuß ihm schweigend nachsahen.

32. KAPITEL

Lord Valen fragte mich einmal, wie ich wahre Freundschaft beschreiben würde. Ich sagte ihm, ein wahrer Freund sei jemand, der jede Indiskretion verzeihe. Eine angemessene Antwort, wie ich fand, da ich zu jener Zeit gerade eine Affäre mit seiner Frau hatte.

– Lord Grau, *Erinnerungen*

Silberdun begab sich unverzüglich zu den Kasernen, wo Mauritane knietief in den Vorbereitungen zur geplanten Invasion steckte. Als er die Amtsstube seines Freundes betrat, war der Hauptmann gerade von jungen Offizieren und Stenografen umring, die alle um seine Aufmerksamkeit buhlten.

»Auf geht's, Mauritane«, sagte Silberdun. »Man erwartet dich im Besprechungszimmer.«

»Später«, sagte Mauritane zu den Anwesenden im Zimmer.

»Was ist denn los«, raunte er dem Freund zu, als sie durch den langen Gang zum Konferenzsaal gingen. »Wie du vielleicht gesehen hast, bin ich zurzeit ziemlich beschäftigt.«

»Du wirst deine Pläne vermutlich ändern müssen, das ist los«, erwiderte Silberdun.

Im Besprechungsraum wurden sie bereits von Everess, Paet und Glennet erwartet. Everess und Paet stritten gerade, doch verstummten, als Mauritane eintrat.

»Wie schön, Euch zu sehen, General Mauritane. Wie geht's voran mit dem Krieg?«

»Im Moment geht der Krieg nur aus einer Richtung voran«, erwiderte Mauritane.

»Das ist doch nur so eine Redensart, General«, sagte Everess. »Setzt Euch. Anführer Paet hat Informationen, die er für äußerst wichtig hält.«

»Sie *sind* äußerst wichtig«, sagte Paet.

»Ja, gewiss.« Glennet hob beschwichtigend die Hand. »Das bestreitet ja niemand. Die Frage ist nur, was unternehmen wir in dieser Angelegenheit.«

»Wäre jemand so freundlich mir zu sagen, worum es geht?« Gereizt nahm Mauritane Platz. »Oder ist das hier ein Ratespiel?«

»Der Schwarzkünstler Hy Pezho wurde in der Stadt Mab gesehen, lebend und bei bester Gesundheit.«

»Ich dachte, der wäre tot«, sagte Mauritane.

»Ja, das dachten einige«, meinte Silberdun.

Paet ergriff das Wort. »Was das für Euch bedeutet, General, ist wohl klar. Denn wenn Hy Pezho wirklich lebt, wird Mab wohl gerade eifrig damit beschäftigt sein, die Einszorn neu zu entwickeln.«

»Erst heute Morgen erhielt ich eine Nachricht von Euch, die besagt, dass es die Einszorn gar nicht gibt«, sagte Mauritane. »Infolgedessen habe ich den ganzen Tag damit zugebracht, meine Strategie daraufhin neu auszurichten. Und jetzt erzählt Ihr mir, dass Ihr Euch geirrt habt?«

»Wir erhielten neue Informationen«, sagte Paet.

Mauritane zog scharf die Luft ein. »Also, wenn ich einen Krieg führen soll, dann wäre es äußerst hilfreich, wenn sich die angenommene Schlagkraft des Feindes nicht stündlich ändern würde.«

»Für Euch, General, ergibt sich daher eine Frage«, sagte Everess. »Würdet Ihr Euch angesichts dieser neuen Faktenlage immer noch für eine Invasion aussprechen?«

Mauritane knurrte. »Ich hab die Truppen schon in Bewegung gesetzt. Die marschieren schon! Ich kann doch jetzt nicht alle Soldaten zurückpfeifen und ihnen sagen, sie sollen die Sache vergessen!«

»Das vielleicht nicht«, meinte Paet. »Aber wir könnten die Grenztruppen verstärken, anstatt eine Invasion zu beginnen und den Konflikt weiter anzuheizen. Wer weiß, wie lange es braucht, bis Mab die Grenze überschritten haben wird?«

»In fünf Tagen werden meine Truppen sich vollständig formiert haben«, erwiderte Mauritane. »Wie lange sollen sie denn tatenlos herumstehen?«

»Wenn wir Mab jetzt angreifen, werden alle Eure Männer sterben«, sagte Paet.

Mauritane saß schweigend da, dachte nach. Everess öffnete den Mund, doch Mauritane schnitt ihm mit einer unwirschen Geste das Wort ab. Everess verstummte auf der Stelle. Silberdun musste zugeben, dass er seinen Freund gelegentlich aus tiefstem Herzen liebte.

»Ich stimme Paet zu«, sagte Mauritane schließlich. »Wir sollten die Invasion verschieben, bis wir Klarheit haben. Wenn Mab tatsächlich im Besitz der Einszorn ist, sind alle meine Männer und Frauen tot. Wenn nicht, sind wir vielleicht in der Lage, diesen Krieg mit Hilfe der Diplomatie aufzuhalten. Soweit ich weiß, ist von Mab bis jetzt keine Drohung oder gar Kriegserklärung an uns ergangen.«

»Aber sie zieht massenhaft Truppen entlang der Grenze zusammen«, wandte Glennet ein. »Jeder Idiot sieht doch, dass –«

»Ja, ein Idiot sieht viel, wenn der Tag lang ist«, unterbrach ihn Mauritane. »Aber wir wissen eben nicht mit Sicherheit, was Mab vorhat. Diese ständigen Truppenbewegungen könnten einfach dazu dienen, uns in Schach zu halten oder uns aus der Reserve zu locken. Sie könnten auch stattfinden, um einen ganz anderen Gegner zu provozieren: die Vier Königreiche oder gar einen Feind in einer ganz anderen Welt. Mab ist nicht umsonst für solche Manöver berühmt.«

»Dafür ist es zu spät«, sagte Glennet. »Wir müssen die Invasion beginnen, und zwar jetzt, bevor Mab vor den Toren der Großen Seelie-Feste steht, während wir noch palavern.«

»Ich war von Anfang an gegen diese Invasion«, sagte Mauritane. »Ich war schon dagegen, als wir nur vermuteten, Mab könnte die Einszorn noch haben, doch jetzt bin ich ganz *entschieden* dagegen. Der einzig gute Krieg, Baron Glennet«, fuhr er fort, »ist der Krieg, der nie begonnen werden muss. Das waren Everess' eigene Worte, als er mir gegenüber den Einsatz der Schatten rechtfertigte. Das Wesen des Kriegs hat sich geändert, doch Ihr wollt den Konflikt in althergebrachter Weise lösen?«

»Mich müsst Ihr nicht überzeugen«, sagte Glennet. »Der Senat hat entschieden.«

»Dann seht zu, dass er seine Meinung wieder ändert«, rief Mauritane. »Wenn wir jetzt den Erstschlag führen, rennen wir in unseren sicheren Tod. Selbst ohne die Einszorn. Mabs Armee ist uns zahlenmäßig weit überlegen. Und rechnet man die Annwni-Legionen dazu, ist sie fast übermächtig. Ich verfüge gewiss über die besten Soldaten weit und breit, aber sie sind und bleiben nun mal Fae.«

»Es tut mir leid«, sagte Glennet. »Es ist zu spät. Die Entscheidung ist bereits gefallen.«

Paet wollte etwas einwenden, doch Everess schnitt ihm das Wort ab. »Ihr habt den Mann gehört, *Anführer* Paet. Eure Aufgabe ist die Informationsbeschaffung. Das habt Ihr erledigt. Nun geht zurück an die Arbeit und lasst General Mauritane seine Arbeit tun.«

»Also gut«, sagte Paet. »Was brennt dir denn so unter den Nägeln?«

Sie waren wieder zurück in Haus Schwarzenstein, und Sela hatte einige Dokumente vor Paet ausgebreitet. Eisenfuß und Silberdun sahen ihr dabei zu.

»Das würde ich auch gern wissen«, meinte Silberdun. Er hatte Sela gefragt, was sie bedrückte, doch seit seiner Rückkehr schien seine Gegenwart sie irgendwie zu schmerzen. Nach ihrer gemeinsamen Nacht in den Unseelie-Landen und ihrem Liebesgeständnis in Verbindung mit seinem kürzlichen Ableben, konnte er es ihr auch nicht verübeln. Eisenfuß für seinen Teil war kaum noch von seinen Studien über die Einszorn zu trennen. Sie beide, Sela und Silberdun, vermuteten, dass er der Lösung einen guten Schritt näher war, und wollten ihn nicht dabei stören.

»Als wir von unserer letzten Mission zurückkehrten«, begann Sela, »hattest du mich gebeten, herauszufinden, wer unsere Pläne verraten haben könnte; erst in Annwn und dann auf Unseelie-Territorium. Nun, ich hab da was entdeckt, bin mir aber nicht ganz sicher, was ich davon zu halten hab.«

»Lass hören«, sagte Paet. Es fiel ihm offensichtlich schwer, sich zu konzentrieren, doch Silberdun wusste, dass er nicht der Typ war, der wichtige Informationen aufgrund anderer Sorgen ignorierte.

»Ich habe mich zunächst den Depeschen aus Annwn gewidmet, und zwar denen aus der Zeit, als Silberdun und Eisenfuß zum ersten Mal dort waren, doch ich fand nichts von Bedeutung. So beschloss ich, mir alles anzusehen, in dem Annwn auch nur erwähnt wird. Und da bin ich über etwas Bestimmtes gestolpert.«

Sie schob Paet eines der Dokumente über den Tisch. »Das ist der Bericht eines unserer Informanten in Mag Mell, eine Kellnerin in einer Taverne auf der Insel Siolain. Darin schildert sie ein Treffen zwischen Baron Glennet und dem Annwni-Botschafter, das an jenem Tage stattfand, als ihr dort eintraft.«

»Hm«, meinte Paet. »Das ist ja erst mal nichts Ungewöhnliches.«

»Nein, für sich betrachtet nicht«, stimmte Sela zu. »Und an diesem Punkt, so muss ich gestehen, trat ich zuerst für eine Weile auf der Stelle. Also ging ich noch weiter zurück und überprüfte Glennets Reisepläne, die er dem Außenministerium eingereicht hatte.«

»Und?«

»Laut diesen Unterlagen war ein solches Gespräch niemals vorgesehen«, sagte sie. »Offiziell wollte sich Glennet in Mag Mell mit einem Silberminenbetreiber treffen.«

»Ja, das hat er uns auch erzählt«, bestätigte Silberdun. »Erinnerst du dich, Eisenfuß. Wir trafen ihn bei den Portalen?«

»Das stimmt«, sagte Eisenfuß. »Von einem Treffen mit dem Annwni-Botschafter war da nicht die Rede.«

»Genau«, meinte Silberdun. »Und dass er diese Verabredung nicht erwähnt hat, ist seltsam, weil –«

»Weil er ja sehr genau wusste, dass ihr beiden nach Annwn unterwegs wart«, beendete Paet den Satz. »Glennet erhält über jede Mission auf fremdem Boden Nachricht. Er weiß immer, wohin wir gehen und wann. Das alles erscheint mir mehr als nur ein bisschen verdächtig.«

»Bei den Titten der Königin«, sagte Silberdun. »Könnte er es gewesen sein, der uns die ganze Zeit hintergangen hat?«

»Tja«, sagte Sela. »Doch ich hab da noch etwas. Ich hab mir Glennets Aufzeichnungen in der Halle der Aufzeichnungen angesehen.«

»Wie zum Henker hast du dir Zugang zu den Aufzeichnungen eines Barons verschafft?«, fragte Paet. »Selbst ich hab das in meiner ganzen Laufbahn nie geschafft.«

Sela lächelte. »Du hast auch nicht so viel ... Überzeugungskraft wie ich, schätze ich. Entweder die der magischen oder die der weltlichen Art.«

Silberdun wurde unvermittelt von einer Welle der Zuneigung für sie erfasst. Sie drehte ihren Kopf und sah ihn mit einem seltsamen Gesichtsausdruck an. Hatte sie ihn womöglich gefühlt?

Für einen Moment schien sie den Faden verloren zu haben, doch schnell fing sie sich wieder.

»Nicht lange nach der Schlacht von Sylvan begann sich Glennet intensiv für das Kriegshandwerk zu interessieren«, sagte Sela. »Er investierte enorme Summen in die Rüstungs- und Schmiedegilde. Auch in die Schneidergilde, obwohl ich nicht weiß, wozu.«

»Uniformen«, sagte Eisenfuß. »Eine Armee braucht auch jede Menge Uniformen.«

»Also wollte der Baron am Krieg ein Vermögen verdienen«, schloss Silberdun. »Das macht ihn nicht notwendigerweise zum Verräter.«

»Nein«, stimmte Sela zu. »Das nicht. Aber da ist noch mehr.«

Sie schob einen weiteren Papierstapel vor Paet. »Das sind Kreditverträge, die mit Banken in Smaragdstadt, Estacana und Mag Mell abgeschlossen wurden. Jeder Heller, den Glennet in die Gilden investiert hatte, war geliehen.«

»Ich erinnere mich an Gerüchte, die bei Hof kursierten, nach denen Glennet in finanziellen Schwierigkeiten stecken sollte«, sagte Silberdun. »Es hieß, er liebe das Kartenspiel.«

»Und da hat er einen Weg gefunden, um an den Kriegsvorbereitungen zu verdienen«, sagte Eisenfuß.

»Doch dann verging ein Jahr, und es war noch immer kein Krieg«, fuhr Sela fort. »Und die Zinslast für die ganzen Darlehen wuchs und wuchs.«

»Glennet braucht diesen Krieg also unter allen Umständen«, schloss Silberdun. »Die Gilden können ihn nicht auszahlen, solange die Regierung bei den Gilden nicht den Rüstungsnachschub in Auftrag gibt.«

»Und die Regierung gibt den Rüstungsnachschub so lange nicht in Auftrag, solange nicht wirklich Krieg ist.«

»Das ist aber noch immer nicht alles«, sagte Sela. »Und was jetzt kommt, ist wirklich hässlich, so leid es mir tut. Ich hab mich mit den Analysten im ersten Stock in Verbindung gesetzt und herausgefunden, dass Glennet im letzten Jahr regelmäßig magieverschlüsselte Nachrichten an Jem-Aleth geschickt hat, und zwar mit den Paketen, die ihm wöchentlich zugehen.«

»Das ist nichts Außergewöhnliches«, sagte Paet. »Glennet ist in alle möglichen Belange des Außenministeriums involviert. Er hätte zahlreiche legitime Gründe, derartige Nachrichten zu versenden. Und alles, was als geheim eingestuft wird, muss nun mal verschlüsselt werden.«

»Nun ja«, meinte Sela. »Wir wurden angewiesen, Duplikate dieser Nachrichten aufzubewahren. Ich hab eine von ihnen entschlüsselt. Es handelt sich dabei um diejenige, die er zwei Tage vor unserer Abreise in die Unseelie-Lande verschickte.«

Paet sah die junge Frau aus aufgerissenen Augen an.

»Also, ich hab sie nicht ganz allein entschlüsselt«, fügte sie hinzu. »Einer der Analysten mag mir ein bisschen dabei geholfen haben.«

»Was steht in dieser Nachricht?«, wollte Paet wissen.

»Sämtliche Einzelheiten unserer Reise einschließlich unserer Personenbeschreibung und unserer Route.«

»Verdammt!«, entfuhr es Silberdun. »Diese Soldaten auf unserem Weg nach Preyia wussten genau, wen sie suchten.«

»Die Nachricht enthielt auch den genauen Ort unseres Treffens in Preyia.«

Paet lehnte sich in seinem Stuhl zurück. »Nun, damit wäre wohl alles klar.«

»Aber warum hatte er es auf uns abgesehen?«, fragte Eisenfuß. »Das verstehe ich nicht.«

Paet sah ihn an. »Weil Everess nichts Besseres zu tun hatte, als der ganzen Stadt die Schatten als bestes Kriegsabschreckungsmittel zu verkaufen, das die Elfenheit je gesehen hat. Und«, fügte er hinzu, »für den Fall, dass ihr getötet worden wärt, hätte man damit nicht nur unsere ›Friedensmission‹ vereitelt, sondern sogar noch einen weiteren Kriegsgrund an der Hand gehabt, indem man diese Morde dem Feind angelastet hätte.«

»Und ich dachte immer, Everess wäre der größte Bastard aller Zeiten«, knurrte Silberdun.

»Ich glaube, Glennet war Everess' Mentor«, sagte Paet.

Er sah Sela an, die recht zufrieden dreinblickte. »Sela, ich muss sagen, deine detektivischen Leistungen freuen mich sehr.«

»Die Freude ist ganz auf meiner Seite«, sagte sie. »Ich war selbst erstaunt, wie viel Spaß mir die Arbeit machte. Und wie gut ich sie gemeistert habe.«

»Einfach erstaunlich«, murmelte Paet, während er sich über die Dokumente beugte.

»Ich freue mich über dein Lob«, sagte Sela und wurde plötzlich sehr ernst. »Vor allem, weil ich beschlossen habe, kein Schatten mehr zu sein. Ich möchte zu den Analysten wechseln.«

»Was?«, fragte Paet. »Ist das dein Ernst?«

»Ja«, Sela blickte zu Boden. »Ich wurde erzogen, um etwas ganz Bestimmtes zu sein. Eine Mörderin. Ein Monster. Doch ich wurde auch darin geübt, meine Empathie weiterzuentwickeln. Ich verstehe die Leute, weiß, was sie antreibt und was sie sich wünschen. Also hab ich eine Entscheidung getroffen. Ich werde an keiner Mission mehr teilnehmen.«

»Aber du bist ein Schatten, Sela. Und ein Schatten wirst du immer bleiben.«

»Dann nenn mich ruhig weiterhin einen Schatten. Ich kann

meine Arbeit auch hier unten in der Schattenhöhle tun, wenn du es wünschst. Aber schicke mich bitte nicht mehr hinaus in die Welt.«

Sie berührte den Reif um ihren Arm, das krude Ding, das Eisenfuß für sie hergestellt hatte. »Und das hier werde ich nie wieder ablegen.«

Sie sah Paet fest in die Augen. »Niemals!«

Paet und die Schatten suchten Everess auf, und Sela zeigte auch ihm die Dokumente, die sie ausfindig gemacht hatte.

»Sehr gute Arbeit, Sela. Ausgezeichnet«, lobte Everess, nachdem man ihm die ganze Geschichte erzählt hatte. Er lehnte sich in seinem Sessel zurück.

»Und was nun?«, fragte Paet. »Übergeben wir den Verräter der Gerichtsbarkeit?«

»Du liebe Güte, nein«, sagte Everess. »Wir dürfen ihn unmöglich wissen lassen, dass wir Verdacht geschöpft haben.«

»Aber wir können ihn doch nicht einfach damit durchkommen lassen!«, empörte sich Paet.

»Das wird er auch nicht«, sagte Everess. »Aber Glennet ist ein sehr mächtiger Mann, einer, dem viele Leute sehr verpflichtet sind. Was glaubt Ihr, wer dem obersten Ankläger zu seinem Posten verholfen hat? Nein, einem wie Glennet kann man nun mal nicht auf dem vorgeschriebenen Wege beikommen.«

»Soll das heißen, die Schatten sollen ihn eliminieren?«, fragte Paet stirnrunzelnd. »Ich dachte, ich hätte meine Position zu diesem Thema unmissverständlich klargemacht?«

»Nein, Glennet ist uns im Moment lebend von größerem Nutzen«, erwiderte Everess.

»Im Moment?«, hakte Silberdun nach.

»Im Moment«, wiederholte Everess. »Und glaubt mir, ich weiß sehr genau, wie mit ihm danach zu verfahren ist.«

Everess verfiel in Schweigen, zündete sich eine Pfeife an. »Im Übrigen haben wir derzeit dringendere Probleme«, fuhr er fort. »Unsere Truppenstärke ist der des Feindes hoffnungslos unterlegen, und wenn der Krieg wirklich unausweichlich sein sollte, müssen wir Wege finden, das Missverhältnis auszugleichen. Irgendwelche Vorschläge hierzu?«

Silberdun straffte sich auf seinem Stuhl. »Nun, ich hätte da vielleicht ein paar Ideen.«

Estianes Büro war so warm und gemütlich, wie Silberdun es in Erinnerung hatte. Als er hineinplatzte, saß der Abt gerade hinter seinem Schreibtisch und hatte ein riesiges Stück Pfirsichkuchen vor sich stehen. Er wollte es gerade hastig verschwinden lassen, als er Silberdun erkannte und sich dagegen entschied.

»Perrin! Wie schön, Euch zu sehen, wiewohl ich hörte, dass sich die Dinge mit unseren Nachbarn im Norden nicht wie gewünscht entwickeln.«

Silberdun setzte sich. »Das ist noch nett ausgedrückt«, sagte er. Er berichtete Estiane, was er guten Gewissens weitergeben konnte, und ließ die geheimen Details aus.

Als er damit fertig war, fragte der Geistliche: »Und was kann ich für Euch tun?«

»Es freut mich, dass Ihr danach fragt«, erwiderte Silberdun. »Ich hätte da nämlich eine Riesenbitte an Euch.«

»Und die wäre?«

»Wir ziehen gegen die Unseelie in den Krieg«, sagte Silberdun. »Es scheint nun unausweichlich. Und alles, was wir tun können, ist, die Sache für die Unseelie so unerfreulich wie möglich zu machen.«

»Ich weiß nicht, was ich außer Beten dazu beitragen könnte.«

»Wie viele gläubige Arkadier gibt es unter den Unseelie?«

Estiane legte die Stirn in Falten. »Das ist schwer zu sagen. Vielleicht fünftausend, höchstens zehntausend. Und wie ich Euch schon mal sagte, je weniger wir von ihnen wissen, umso besser für sie.«

»Ich möchte, dass Ihr so viele wie möglich auf geheimem Wege kontaktiert.«

»Und was soll ich ihnen sagen?« Estiane wirkte nun zutiefst besorgt.

»Ihr sollt sie bitten, alles daranzusetzen, die Unseelie-Kriegsvorbereitungen zu sabotieren. Sie sollen die Truppen von der Versorgung abschneiden, ihre Kommunikationswege stören, Depots mit Zaubermaterialien in die Luft jagen, Waffen stehlen, Pferde klauen, Kommandeure von hinten erstechen. Kurz: alles, was in ihrer Macht steht.«

»Das kann ich von meinen Leuten unmöglich verlangen!«, empörte sich Estiane. »Das sind Arkadier! Sie haben sich ganz der Liebe und dem Frieden verschrieben. Und genau das wird ihnen von Aba geschenkt werden.« Er schob den Teller mit dem Kuchen von sich und warf frustriert die Gabel auf den Tisch. »Es tut mir leid, aber das kann ich nicht tun.«

»Doch, Ihr könnt und werdet es tun«, sagte Silberdun. »Ihr habt Euch selbst auf einen Sockel gehoben und Euch zum Märtyrer erklärt, indem Ihr behauptet, man könne seine Leute nur schützen, wenn man im Namen des Guten auch ein wenig Schlechtes tut. Ihr erklärtet Euch bereit, diese Sünde auf Euch zu nehmen, um andere zu retten. Doch nun ist es an der Zeit, Euren Gläubigen in den Unseelie-Landen die gleiche Chance zu geben. Wenn sie sich den gleichen Prinzipien verpflichtet fühlen wie Ihr, dann werden sie froh sein, diese Gelegenheit wahrnehmen zu dürfen.«

»Ihr habt keine Ahnung, was Ihr da von mit verlangt, Perrin«, sagte Estiane. »Dass Ihr Euch Everess und den Schatten angeschlossen habt, hat Euch verändert. Ihr scheint vergessen zu haben, was es heißt, Arkadier zu sein.«

»Das habe ich ganz und gar nicht vergessen«, sagte Silberdun. »Ich hab mittlerweile nur ein paar Dinge dazugelernt.«

»Ich bedaure, Perrin, aber das werde ich nicht tun.«

»Wenn Ihr Euch weigert, wird Paet vor dem Hohen Rat bezeugen, dass Ihr Euch mit den Außenminister verschworen habt, um den Ehemann der Staatssekretärin in einem Bordell ermorden zu lassen.«

Paet hatte zwar nichts dergleichen versprochen, aber das wusste Estiane ja nicht.

»Das ist lächerlich!«, rief Estiane aus. »Ich hatte keine Ahnung, was Everess im Schilde führte!«

»Vielleicht nicht«, sagte Silberdun. »Aber Ihr wisst genauso gut wie ich, dass es im Senat Subjekte gibt, die überglücklich wären, die Kirche stürzen zu sehen. Es ist noch nicht allzu lange her, dass die meisten Fae das Arkadiertum als gefährlichen Kult ansahen.«

»Ihr würdet tatsächlich die Kirche zu Fall bringen, um Euren Willen durchzusetzen?«, fragte Estiane.

»Nein, aber ich würde sie zu Fall bringen, um das Seelie-Königreich zu retten.«

»Ich könnte Euch dafür aus der Gemeinschaft ausschließen«, sagte Estiane.

»Und wenn schon«, erwiderte Silberdun. »Ich glaube überdies nicht, dass Ihr einen toten Mann aus der Gemeinschaft ausschließen könnt.«

»Ist das Euer Ernst?«, fragte Estiane.

»Es war mir niemals etwas ernster.«

»Aba wird sich dafür von Euch abwenden.«

»Ich glaube, in diesem Fall heiligt der Zweck die Mittel, Abt.« Silberdun erhob sich. »Und das habe ich von Euch gelernt.«

33. KAPITEL

Eine Grundlage des chthonischen Glaubens ist es, jeder Göttlichkeit zu misstrauen. Wie glücklich wir alle doch wären, wenn sämtliche Religionen den Anstand besäßen, ihre Götter wegzuschließen!

– Beozho, Autobiografie

Eisenfuß war verzweifelt.

Zum hundertsten Mal seit zwei Tagen starrte er nun schon auf die Unterlagen. Er hatte jedes Buch gelesen, dass Timha aus der Geheimen Stadt herausgeschmuggelt hatte, jedes Detail in Hy Pezhos gefälschten Plänen studiert in der Hoffnung, dass sie ungewollt doch irgendwo auf den wahren Mechanismus der Waffe schließen ließen. Die besten Lügen, das wusste er, gründeten sich alle auf die Wahrheit.

Dabei ging es ihm nicht allein darum, dass die Einszorn-Waffe das Seelie-Königreich bedrohte. Natürlich wusste er um die Gefahr. Doch die schien noch weit weg und eher theoretischer Natur zu sein. Nein, das hier war etwas Persönliches.

Es waren schwierige Phasen wie diese, in denen er seine Wut nur schwer unter Kontrolle halten konnte, Momente wie diese, wo sich düstere Gedanken breitmachten wie: *Du hast nicht das Zeug dazu, bist nicht gut genug. Du bist nur der Sohn eines Schäfers. Dir steht es gar nicht zu, hier zu sein. Du wirst scheitern, und dann wird jeder erfahren, wer du wirklich bist.*

Er kämpfte diese dunklen Gedanken gerade nieder, als Sela in den Einsatzraum spazierte. Sie hatte begonnen, Geheimdienstnachrichten der Unseelie zu sichten, um herauszufinden, woher Hy Pezho eigentlich kam und wann er auf der Bildfläche erschienen war.

»Na, wie läuft's denn?«, fragte sie.

Betrübt sah Eisenfuß von seinen Dokumenten auf. »Wie sieht's denn für dich aus?«, gab er möglichst ruhig zurück.

»Ich nehme nicht an, dass ich dir irgendwie helfen kann?«

»Nein, es sei denn, du weißt, wie man die exponentielle Abnahme der reitischen Energie bei Entfesselungen umgehen kann.«

»Bedaure«, sagte Sela.

»Wenn's mir nur wieder einfallen würde«, sagte Eisenfuß. »Das beschäftigt mich nun schon seit meinem ersten Besuch im zerstörten Selafae.«

»Was denn?«, fragte Sela.

»Im ganzen Krater herrschte dieser komische Gestank. Wie verbranntes Fleisch ... mit einem ätzenden Beigeruch ... ähnlich wie Teer. Ich weiß nicht, wie ich's besser beschreiben soll.«

»Kannst du dich noch an diesen Geruch erinnern?«

»Den werde ich niemals vergessen!«

»Darf ich ihn mal riechen?«

»Von hier bis nach Selafae ist es ein langer Weg, und ich bezweifle, dass sich der Geruch nach den letzten Frühlingsregen dort gehalten hat.«

»Das meinte ich nicht«, sagte sie. »Öffne dich mir. Öffne deinen Geist und entsinne dich dieses Geruchs.«

»Du kannst mit Hilfe der Empathie meine Erinnerungen ausschnüffeln? Das ist neu.«

»Ich besitze Fähigkeiten, die andere Empathen nicht haben«, sagte sie nur.

Eisenfuß zuckte die Achseln. »Warum nicht.« Er schloss die Augen, öffnete seinen Geist. Dann spürte er etwas – keine Präsenz, es war eher das Gefühl, von jemandem beobachtet zu werden, den man nicht sah. Er begann, sich unwohl zu fühlen.

»Entspann dich«, sagte sie. »Erinnere dich an diesen Geruch.«

Und das tat er.

»Hab ihn«, sagte sie.

Eisenfuß schlug die Augen auf und starrte sie an. Sie lächelte.

»Und? Weißt du, was es ist?«, fragte er.

»Allerdings. Als ich noch klein war, bevor ... na ja, als ich noch sehr klein war, nahmen mich meine Eltern mal mit in den chthonischen Tempel in der Stadt. Kurz und gut: Das ist der Geruch, der den Räuchergefäßen entströmt, bevor man sie entzündet.«

»Du machst Witze«, sagte Eisenfuß.

»Warst du schon mal bei einer chthonischen Zeremonie?«, fragte sie.

»Nur einmal«, erwiderte er. »Im Süden, wo ich aufgewachsen bin, gibt's nicht viele Chthoniker. Ich war mal auf einer Hochzeit in Sylvan...« Eisenfuß schnellte auf seinem Stuhl nach vorn. »Bei Auberons haarigen Eiern, Sela! Das ist es!«

»Was ist es?« Sela wirkte ebenfalls aufgeregt, obwohl sie ganz offensichtlich keine Ahnung hatte, wieso.

»Bei Auberons riesigen, verschwitzten, haarigen Eiern!« Eisenfuß begann, in den Dokumenten auf dem Tisch herumzuwühlen. Doch er konnte nicht finden, wonach er suchte.

»Prae Benesile...«, murmelte er. »Wo verdammt noch mal ist dieser Prae Benesile?«

»Wer um alles in der Welt ist Prae Benesile?«, wollte Sela wissen.

Eisenfuß rannte an ihr vorbei und in die Schattenhöhle. Dort machte er sich über den Bücherstapel her, der auf seinem Schreibtisch lag.

»Prae Benesile war ein Gelehrter aus Annwni, der vor fünf Jahren in Blut von Arawn ermordet wurde«, erklärte er zerstreut. »Vor seinem Tod erhielt er mehrere Besuche von Hy Pezho. Und wenn man sich die Aufzeichnungen von Hy Pezho ansieht, dann wird Prae Benesile dort einige Male erwähnt, wenngleich wir nie wussten, aus welchem Grund. Ich kam zu dem Schluss, dass Hy Pezho den Bezug zu dem Gelehrten nur hergestellt hatte, um die Nachwelt in die Irre zu führen.«

»Und das glaubst du nun nicht mehr?«

»Nein, denn es ergab bei näherer Betrachtung keinen Sinn. Warum sollte Hy Pezho so weit gehen, sich allein zu Täuschungszwecken mit diesem verrückten Tattergreis zu treffen? Und warum haben die Bel Zheret den Alten dann während des Falls von Annwn getötet?«

»Und jetzt kennst du den wahren Grund?«

»Ich glaube, ich beginne zu verstehen, ja.« Eisenfuß fand das gesuchte Buch. Es war Prae Benesiles *Thaumaturgische Geschichte der chthonischen Religion*. »Ich denke, dass sich die gesuchte Antwort irgendwo in diesem Wälzer verbirgt.«

»Da bin ich aber sehr gespannt«, meinte Sela.

Eisenfuß schlug das Buch auf und blätterte hin und her. Sofort wusste er, warum er es bei seiner ersten Sichtung nur überflogen hatte. Es war ein Konglomerat aus unzusammenhängendem Geschwafel, historischen Betrachtungen und religiösem Gefasel. Und obwohl es sich »thaumaturgische Geschichte« nannte, war in dem ganzen Werk kein formaler Bezug zur Thaumaturgie zu finden.

»Hm«, machte Eisenfuß. »Das könnte ein Weilchen dauern.«

Der Tempel des Gebundenen Althoin war ein sich hoch in den Himmel schraubendes Gebäude aus grauem Stein, das in einem einst exklusiven Viertel von Smaragdstadt stand. Er war einer von den zwölf chthonischen Stadttempeln, die über die ganze bekannte Welt verstreut waren. Sie waren die Brennpunkte des chthonischen Glaubens, und ein jeder von ihnen wachte über eine stattliche Anzahl kleinerer Tempel im Umkreis.

Die chthonische Religion war alt und respektiert, doch in der modernen Faegesellschaft spielte sie kaum mehr eine Rolle. Selbst jene, die dem Glauben anhingen, neigten dazu, seine Bedeutung herunterzuspielen und erwähnten ihre Götter oft mit einem Augenzwinkern, wie wenn es sich beim Chthonismus mehr um eine alte Tradition und weniger um eine wahre Glaubenslehre handelte. Hochzeiten und Beerdigungen wurden dennoch oft in chthonischen Tempeln abgehalten, einfach, weil sie so prachtvoll und schön waren. Doch die Teilnehmerzahl an Gottesdiensten, besonders in den Städten, war seit Jahrhunderten rückläufig.

Als Eisenfuß den Tempel betrat, war der Altarbereich verwaist. Aus den Räucherkesseln stieg träge Rauch auf in die stille kühle Luft. Aus den fünfeckigen Fenstern im Deckenrund fiel das Sonnenlicht, brach sich in den Rauchsäulen und produzierte in ihnen seltsame geometrische Formen.

Der Geruch aus den Räuchergefäßen brannte Eisenfuß in der Nase. Er erkannte in ihm einen Teil des Gestanks wieder, der über den Krater von Selafae gelegen hatte. Aber eben nur einen Teil.

Eisenfuß stand auf einer der Emporen und sah hinab auf den Mittelaltar, der ebenfalls eine fünfeckige Form aufwies. Über dem Altar hing ein glühendes, vielfarbenes Objekt, das etwa drei Fuß im Durchmesser besaß. Die Kynosure. Direkt darunter stand eine breite Messingschale, die dem Thuribulum eines Alchemisten nachempfunden war.

Durch den nächstgelegenen Gang machte sich Eisenfuß auf den Weg zum Altar. Beim Näherkommen stellte er fest, dass die Kynosure ein Polyeder mit vielen Facetten war, wobei jede Facette eine fünfeckige Form aufwies. Die Kynosure drehte sich gemächlich um sich selbst, und jede ihrer Schleifflächen produzierte dabei wandernde Lichtschlieren in dem dämmrigen Gotteshaus.

Beim Altar angekommen, nahm Eisenfuß die Kynosure genauer in Augenschein. Sie wirkte solide und schwer und ganz und gar nicht wie ein Dekorationsstück. Mittels einer einfachen Bindung wurde sie in der Luft gehalten; so viel war auch ohne Innensicht erkennbar. Trotzdem kanalisierte er Innensicht in das Objekt und stellte fest, dass es aus einem keramischen Material bestand und innen hohl war. Was sich in seinem Kern verbarg, ließ sich aufgrund der reitischen Resonanzen indes nicht sagen. Doch was immer dieses Ding auch war, es hatte zum Zeitpunkt seiner Entstehung Unmengen an *re* in seinem Innern kanalisiert. Er konnte sich nicht erinnern, einen solchen Vorgang bei der Hochzeit beobachtet zu haben, an der er teilgenommen hatte, doch die lag nun auch schon eine Weile zurück.

»Seid Ihr Meister Falores?«, kam plötzlich eine Stimme von irgendwo aus dem hinteren Altarbereich. Ein Priester in Eisenfuß' Alter kam langsam durch einen der Gänge auf ihn zu.

»Der bin ich«, sagte Eisenfuß. »Ich weiß es sehr zu schätzen, dass Ihr Euch Zeit für mich nehmt.«

»Ich bin Throen.« Der Priester verbeugte sich leicht. »Meine korrekte Anrede lautet ›Hüter‹, wenn Ihr mir diese Ehre erweisen wollt.«

»Es ist mir eine Freude«, sagte Eisenfuß. »Ich weiß, es mag ein wenig unhöflich klingen, Hüter Throen, aber ich hab's wirklich sehr eilig und wäre dankbar, wenn wir die ganzen Artigkeiten überspringen und gleich zum Geschäft kommen könnten.«

»Wie Ihr wünscht, obwohl mich Eure Botenfee-Nachricht ein bisschen verwirrt hat. Seid Ihr nun im Auftrag der Universität oder als Vertreter des Außenministeriums hier?«

»Was wäre denn besser für mich?«

Throen lächelte. Er war ein ernsthafter Zeitgenosse, sodass diese Reaktion nicht falsch verstanden werden konnte. »Ich stehe Euch in jedem Fall zur Verfügung.«

»Danke sehr«, sagte Eisenfuß. »Ich habe ein paar wirklich sehr direkte Fragen zu Eurer Kynosure hier. Ich darf Euch zu den Gründen nicht viel verraten, kann Euch jedoch versichern, dass die Angelegenheit von äußerster Wichtigkeit für die Krone ist.«

Jetzt wirkte Throen nachgerade perplex. »Ich verstehe nicht.«

»Erzählt mir einfach, was Ihr über dieses Objekt wisst, wenn Ihr so freundlich sein wollt.«

»Die Kynosure«, begann er langsam, »stellt ein zentrales Symbol des chthonischen Glaubens dar.«

»Ja, aber was ist sie genau?«

Throen sah in verwirrt an. »Sie ist ein mystisches Dodekaeder. Zwölf Flächen – jede von ihnen steht für einen der gebundenen Götter. Fünf Seiten pro Fläche – eine jede steht für die Erde, die Luft, das Feuer, das Wasser und das *re*. Zwanzig Scheitelpunkte – ein jeder repräsentiert die zwanzig Stufen der Reue. Und schließlich dreißig Eckpunkte, welche für die dreißig Tugenden stehen.

Während der Gottesdienste wird die Kynosure über dem Altar platziert; der letzte ging gerade vor einer Stunde zu Ende. Ich wollte sie gerade wieder in den Schrank zurückstellen, als Ihr hier eintraft.«

»Eure Kynosure besitzt ein paar sehr interessante reitische

Eigenschaften«, sagte Eisenfuß. »Könnt Ihr mir sagen, was sie bewirken?«

Throen zögerte. »Ihr thaumaturgischer Zweck dient dazu … die Gläubigen zu erleuchten. Ein paar Kräuter werden verbrannt, dazu ein einfaches Mnemonic, das ist alles.«

Dieser Priester verheimlichte ihm etwas. »Seid Ihr sicher?«, hakte Eisenfuß nach. »Ich habe nämlich Innensicht in die Kynosure kanalisiert, und da erschien mir das Ganze ein bisschen komplexer, als Ihr es jetzt darstellt.«

»Warum stellt Ihr mir all diese Fragen?« Throen wirkte merklich unbehaglich. »Ich freue mich natürlich, der Krone behilflich sein zu können, aber das ist alles in höchstem Maße … ungehörig.«

Eisenfuß war unschlüssig, wie es nun weitergehen sollte. Wie er jetzt so darüber nachdachte, wünschte er, er hätte Sela mit hierhergebracht. »Ich wollte nicht respektlos erscheinen, Hüter Throen, aber mir scheint, Euer Dodekaeder ist mehr, als Ihr mir weismachen wollt. Und ob Ihr's nun glaubt oder nicht, aber es könnte sich hierbei um die wichtigste Information handeln, die Ihr je weitergegeben habt, also bitte erzählt mir jetzt die Wahrheit.«

»Soll das eine Drohung sein?«, fragte Throen.

»Nein, aber es ist von ungeheurer Wichtigkeit, dass Ihr mir die Wahrheit sagt.«

»Unserem Glauben wohnen einige tiefere Geheimnisse inne«, sagte Throen. »Nichts, was man mit jedem einfach so diskutiert, der durch die Tür hereinspaziert kommt.«

»Ich bin aber nicht ›jeder‹«, sagte Eisenfuß. »Das versuche ich Euch nun seit geraumer Zeit klarzumachen.«

Throen dachte kurz darüber nach, zögerte. »Also gut«, sagte er schließlich. Er griff in seine Robe, holte ein kleines Gebetsbuch und ein Päckchen Kräuter daraus hervor. »Zu Beginn des Gottesdienstes werden diese Kräuter im Räucherbecken verbrannt, zusammen mit ein paar Tropfen Blut. Das Blut des Hüters, um genau zu sein. Die Kräuter sind unterschiedlicher Natur, einige darunter sind recht verbreitet, anderer ausgesprochen selten. Und dann lesen wir diese Beschwörungsformel.« Er klappte das Buch an einer offenbar häufig geöffneten Stelle auf und deutete auf einen Spruch, der in der kantigen Hochfae-Runenschrift niedergeschrieben war. »Damit aktivieren wir den Fokus-Zauber.«

»Dieser Spruch entfesselt lediglich eine eingeschlossene Bindung«, bemerkte Eisenfuß. »Aber was bewirkt er genau?«

Throen sah ihn verdutzt an. »Wie ich bereits sagte, er fokussiert die Ehrerbietung der Gläubigen.«

Eisenfuß hielt sich die Kräuter vor die Nase und schnüffelte. Es war derselbe Geruch wie der in Selafae. Es fehlte lediglich der Gestank nach verbranntem Blut. Und was hieß das nun?

»Wisst Ihr überhaupt, was diese eingeschlossene Bindung tut?«, fragte Eisenfuß.

»Ich bin kein Thaumaturg«, erwiderte Throen nun sichtlich ungehalten. »Ich bin Hüter der Kirche. Das hier ist ein geheiligtes Objekt, keine Zauberkiste.«

»Das wird Euch jetzt nicht sonderlich gefallen«, sagte Eisenfuß, »aber ich muss Eure Kynosure mitnehmen.«

»Unmöglich!«, rief Throen aus. »Ihr könnt doch nicht einfach in unseren Tempel kommen und unsere Heiligtümer stehlen. Das ist einfach schändlich!«

Eisenfuß griff nach der Kynosure, entfernte im Handumdrehen ihre Aufhängung, die mittels eines Bewegungszaubers angebracht worden war. Das Ding purzelte ihm in die Hände; es war viel schwerer, als es aussah.

»Es tut mir leid«, sagte er, »aufrichtig leid, aber –«

Throen warf sich auf ihn. »Rührt sie nicht an!«, brüllte er. »Ihr entweiht sie!« Er griff nach der Kynosure und versuchte, sie an sich zu reißen. Der Priester war stärker, als er eigentlich hätte sein dürfen. Eisenfuß ließ nicht los, und Throens Gesicht verfärbte sich rot, wobei er grunzte und ächzte.

Plötzlich traf Eisenfuß die Absurdität dessen, was hier geschah, wie ein Keulenschlag. Hier stand er, in einer Kirche, und rang mit einem Priester um ein heiliges Relikt, als handele es sich dabei um einen Spielball. Fast hätte er laut aufgelacht, doch in diesem Moment versetzte ihm Throen einen harten Stoß. Eisenfuß stolperte rückwärts vom Podest und fiel krachend in die erste Reihe des

Gestühls. Sein Aufprall hallte durch den großen Altarraum wie ein Donnerschlag. In der nächsten Sekunde war Throen über ihm und zerrte an der Kynosure, als hinge sein Leben davon ab.

»Loslassen!«, brüllte er.

Eisenfuß nahm seine ganze Schattenstärke zusammen und zog mit einem entschlossenen Ruck an dem Objekt. Die Kynosure wurde Throens Griff entrissen, und der Hüter fiel zu Boden.

Eisenfuß rappelte sich auf und rannte mit seiner Beute Richtung Ausgang.

»Ihr werdet für diese schändliche Tat bezahlen!«, schrie ihm Throen hinterher. »Die Kirche wird das Außenministerium dafür zur Rechenschaft ziehen!«

»Dann sagt Euren Vorgesetzten, sie sollen sich an Lord Everess halten«, rief Eisenfuß über seine Schulter. »Das ist ihr Mann.«

Kurz darauf standen Eisenfuß und Silberdun im Einsatzraum über die Kynosure gebeugt. Sela saß an einem Tisch in der Nähe und sah dem Treiben der beiden zu.

»Genau hier«, sagte Eisenfuß. »Durchtrenne sie genau hier an der Kante.« Er wurde allmählich ungeduldig, denn er wusste, er war auf der richtigen Fährte. Gerade kanalisierte Silberdun Elemente in das keramische Gehäuse des Objekts, um es zu öffnen.

»Vorsichtig«, sagte er.

»Das sagtest du bereits«, knurrte Silberdun. »Ich bin so vorsichtig wie es geht. Wenn du's besser kannst, nur zu.«

Eisenfuß sah auf und erblickte Paet, der gerade die Stufen herunterkam.

»Was treibt ihr beiden da eigentlich?«, fragte der Anführer. »Wir haben viel Arbeit zu erledigen.«

»Eisenfuß hat beschlossen, einen heiligen Krieg zu beginnen«, sagte Silberdun. »Daher entweihen wir gerade ein göttliches Artefakt. Vielleicht lässt du Everess derweil wissen, dass er bald höchst unerfreulichen Besuch vom chthonischen Ältestenkonzil erhalten wird. Vorausgesetzt, unser Volk überlebt die nächste Woche.«

»Vorsicht, Silberdun!«, schnappte Eisenfuß.

»Na großartig«, sagte Paet. »Und woher stammt dieses Artefakt?«

»Eisenfuß hat im chthonischen Tempel einen Priester zusammengeschlagen und es dann vom Altar gestohlen«, sagte Silberdun.

»Aha. Darf man fragen, warum?«

»Erinnerst du dich noch an unseren ersten Bericht aus Annwn?«, fragte Eisenfuß. »Als wir mit Prae Benesiles Sohn sprachen und der uns sagte, dass Hy Pezho seinem Vater etwas gestohlen habe. Eine Kiste. Der Sohn wusste zwar nicht, was drin war, aber ich bin mir ziemlich sicher, dass es eine dieser chthonischen Kynosuren war.«

»Aber aus welchem Grund?«, fragte Paet.

»Wenn dieses Relikt das tut, was ich vermute, könnte es uns das Geheimnis der Einszorn enthüllen«, sagte Eisenfuß. »Unter anderen Umständen wäre dies wohl der Beginn einer wunderbaren Forscherlaufbahn.«

»Gut, dann bleibt dran«, sagte Paet. »Und Eisenfuß, ich brauche keine Thesen, sondern einen Weg, dieses verdammte Ding aufzuhalten.«

»Ich werde das Verfassen der Monografie verschieben«, sagte Eisenfuß.

Paet ging in sein Büro und schloss die Tür.

Silberdun war fertig mit seinem Schnitt, und Eisenfuß entfernte die keramische Hülle der Kynosure. Zum Vorschein kam einer der komplexesten thaumaturgischen Mechanismen, die er jemals gesehen hatte. Hauchdünne Plättchen aus purem Gold und Silber lagen übereinander, graviert mit winzigkleinen Runen und Kraftlinien. In die Linien waren Diamanten eingelassen. Vermutlich dienten sie als irgendwelche reitische Kondensatoren.

»Das ist unglaublich«, sagte Eisenfuß. »So was hab ich noch nie gesehen.«

»Was ist das?«, fragte Silberdun.

»Also ganz sicher bin ich nicht«, sagte Eisenfuß. Er deutete auf eines der Goldplättchen. »Schau mal hier. Das ist eine Antriebsbindung. Und das hier … nein, das kann nicht sein.«

»Was kann nicht sein?« Silberdun ging näher heran.
»Dieses Stück hier. Wonach sieht das für dich aus?«
Silberdun zuckte die Achseln. »Die Schrift sieht aus wie altes Hochfae, aber ich war nie sonderlich gut in Entzifferungen.«
»Das ist die Bindung für eine Faltung«, erklärte Eisenfuß. »Dieses Ding kanalisiert ... eine Raumfaltung.«
»Das ist doch lächerlich«, sagte Silberdun. »Nur Portalmeister beherrschen das Falten, und man braucht Jahre, um es zu erlernen. Kein Priester könnte irgendwas Nützliches in so was Kleines kanalisieren.«
»Worüber redet ihr eigentlich?«, meldete sich Sela vom Nebentisch.
»Über die Gabe des Raumfaltens«, sagte Silberdun. »Damit werden die Portale betrieben, mit denen man zwischen den Welten reisen kann. Mit ihr können Objekte und Energien durch den gefalteten Raum gelangen.«
»Aber diese Gabe ist außergewöhnlich selten«, fügte Eisenfuß hinzu. »Fast niemand besitzt sie, und diejenigen, die es doch tun, werden sofort von den Portalmeistern unter Vertrag genommen.«
»Und schau mal hier.« Wieder deutete Eisenfuß auf etwas im Innern der Kynosure. »Diese Ziffern beschreiben das Ziel einer Übersetzung.« Er machte eine Pause. »Glaube ich wenigstens.«
Eisenfuß entfernte noch weitere der dünnen Plättchen aus dem Gerät. Im Innern wurde ein winziges Silbergeflecht sichtbar, dessen Fäden so eng beieinander waren, dass man sie kaum ausmachen konnte.
»Und was ist das?«, fragte Silberdun.
Eisenfuß kanalisierte Innensicht in das Geflecht und konnte nicht glauben, was er dort entdeckte. Es war das gleiche Gefühl, das ihn übermannt hatte, als Lin Vo auf Timhas Angriff reagierte. Dieselbe unmögliche, unkanalisierte Essenz. Die Musik ohne Ton. Die Division durch Null.
»Und?«, fragte Silberdun.
»Eine undifferenzierte Essenz«, sagte Eisenfuß.
»Die Dreizehnte Gabe«, flüsterte Silberdun.

»Das ist keine Gabe«, sagte Eisenfuß. »Das hier ist jenseits aller Gaben. Es macht alle Gaben obsolet.«

»Ja und?«, fragte Sela. »Was bedeutet es nun?«

»Ich hab keine Ahnung«, sagte Eisenfuß. Nie ihm Leben hatte eine derartige Erregung von ihm Besitz ergriffen. Was Lin Vo ihm im Arami-Lager gesagt hatte, ergab nun einen Sinn. *Ihr alle werdet lernen müssen, die Dinge anders zu betrachten.*

»Gebt mir ein bisschen Zeit«, sagte er. »Ich glaube, ich verstehe jetzt. Alles.«

Das »bisschen Zeit« dauerte einen vollen Tag. Eisenfuß arbeitete ohne Pause, machte sich Notizen, schrieb Gleichungen nieder, murmelte in sich hinein, schrie herum und warf manchmal Dinge gar durch die Gegend. Er war so nah dran! Alles fügte sich zusammen: die Karte, Hy Pezhos falsche Pläne, die Kynosure. Endlich verstand er, wie Hy Pezho die Unseelie-Thaumaturgen im Kreis herumgeschickt hatte – er hatte einfach jeden Bezug zur Dreizehnten Gabe entfernt in dem Wissen, dass keiner der Gelehrten jemals ihre Verwendung auch nur in Betracht ziehen würde. Und wie auch? Fast niemand hatte von ihr gehört, und diejenigen, die es doch hatten, glaubten nicht an ihre Existenz.

Hin und wieder kamen Silberdun, Sela oder Paet zu ihm, einen fragenden Blick in den Augen, doch Eisenfuß scheuchte sie einfach davon, meistens barsch, doch bisweilen auch wütend. Er brauchte seine Ruhe. Und es würde so lange dauern, wie es eben dauerte.

Und dann hatte er es endlich. Wieder und wieder überprüfte er die Zahlen, übersetzte die Gravuren auf den goldenen und silbernen Plättchen zweimal, dreimal. Las einmal mehr jedes Wort in Prae Benesiles Werk. Nun, da er endlich wusste, wovon zum Henker Benesile eigentlich sprach, war das Buch praktisch eine Bedienungsanleitung. Des alten Gelehrten Problem war nicht gewesen, dass er verrückt gewesen war. Ganz im Gegenteil, er war so brillant, dass er seine Leserschaft einfach überschätzt hatte. Und so hatte er sich nicht mehr damit aufgehalten, ihr Dinge zu erklären, die ihm selbstverständlich erschienen waren. Es gab im ganzen Buch nur deshalb keine Gleichungen, weil Benesile ihre Kenntnis und ihre Anwendungsmöglichkeiten beim Leser vorausgesetzt hatte.

Es war, als hätte man Eisenfuß eine große Last von den Schultern genommen. Dem Druck, den dieses eine Problem auf ihn ausgeübt hatte, hatte er nun fast ein Jahr standgehalten. Das Problem hatte alles überschattet und beeinflusst, was er getan und gedacht hatte, seit er wieder aus Selafae nach Königinnenbrück zurückgekehrt war. Wie ein Geier hatte es während seiner Schatten-Zeit über ihm seine Kreise gezogen, ihn beobachtet und darauf gewartet, dass er irgendwann den Verstand verlor.

Und nun war es endlich vorbei.

Er rief Silberdun, Sela und Paet zu sich in den Missionsbesprechungsraum.

»Hast du Neuigkeiten?«, wollte Silberdun wissen. »Oder wolltest du uns nur wissen lassen, dass du jetzt endgültig übergeschnappt und gemeingefährlich geworden bist?«

»Ich weiß jetzt, wo Hy Pezho die Energie für die Einszorn her hat«, sagte Eisenfuß. »Das Problem, das ich lange Zeit nicht lösen konnte, war, wie er so viel *re* in einen so kleinen Raum kondensieren konnte. Es gibt keine Möglichkeit, so etwas zu tun, und schon gar keine Möglichkeit, dermaßen viel Energie auf einmal zu binden. Und Hy Pezho muss die Unseelie-Thaumaturgen, die auf ihn folgten, fast noch mehr um den Verstand gebracht haben als mich. Warum? Weil er ihnen jede Einzelheit zum Bau der Einszorn hinterließ, bis auf jenes kleine Detail, das den Schlüssel zu seiner Erfindung liefert.«

Eisenfuß hielt die keramische Hülle der Kynosure in die Höhe. »Dieses Relikt ist alt. Wie alt, weiß ich nicht. Tausend Jahre. Zweitausend Jahre? Zehntausend? Man wird es kaum herausfinden können, und ich bin kein Geschichtsexperte, aber ich übertreibe wohl nicht, wenn ich behaupte, dass dieses Ding hier in meiner Hand seit Millennien in Funktion gewesen ist.«

»Um was zu tun?«, fragte Silberdun.

»Um das *re* der chthonischen Gläubigen in sich aufzunehmen.

Ihre spirituelle Hingabe ist während aller Gottesdienste nahezu allein auf dieses Ding gerichtet. Benesile beschreibt in seinem Buch die Intensität dieser Rituale. Von außen betrachtet mögen uns die Chthoniker vielleicht wie ein glanzloser Haufen Frömmelnder erscheinen, aber ihre Zeremonien sind erschöpfende Angelegenheiten und ziehen sich über Stunden hin. Da werden eine Reihe von Sprüchen aufgesagt, ein paar Kräuter verbrannt und so weiter. Doch das alles hat zur Folge, dass die Essenz eines jeden Anwesenden aus ihm herausgezogen und zur Kynosure geleitet wird.«

»Und was passiert dann?«, fragte Silberdun.

»Dann wird diese Essenz von der Kynosure aufgenommen, undifferenziert und mittels des Raumfaltens an einen anderen Ort verschickt.«

»Aber wohin?«, wollte Paet wissen. »Und warum?«

»Wohin? Das kann ich euch sagen«, erwiderte Eisenfuß. »Die Landkarte ist da, wenngleich ich sie nicht sofort entdeckt habe. Doch was das Warum betrifft, da hab ich ehrlich gesagt keine Ahnung. Vielleicht haben die alten Chthoniker ebenfalls einen Weg gesucht, immense Mengen *re* anzuhäufen, um damit das Gleiche anzustellen wie Hy Pezho. Ich kann mir nicht vorstellen, was man mit einer solch ungeheuren Masse an Energie sonst anfangen sollte.«

»Und was hat Hy Pezho damit gemacht?«, fragte Sela.

»Nun, es stellte sich heraus, dass die Einszorn, trotz ihrer oberflächlichen Komplexität, im Grunde recht einfach aufgebaut ist. Sie tut nichts anderes, als den eben beschriebenen Prozess umzukehren. Sie erschafft eine Faltung, zieht dasselbe undifferenzierte *re* heraus und entfesselt es. Der Unterschied ist nur, dass dieses eingeschlossene *re* hoch konzentriert ist, und sobald es entfesselt wird...«

»Bumm!«, machte Sela.

»Genau.«

»Gut«, meinte Paet. »Kannst du denn, in Anbetracht deiner neuen Erkenntnisse, nun eine eigene Einszorn bauen oder irgendwas Vergleichbares, das wir Mab entgegensetzen können?«

»Nicht in den nächsten vier Tagen«, sagte Eisenfuß. »Ich weiß nicht, wie genau Hy Pezho es zustande gebracht hat, aber das ist auch egal, denn ich glaube, ich bin in der Lage, etwas Ebenbürtiges, wenn nicht Besseres auf die Beine zu stellen.«

»Und was wäre das?«, wollte Paet wissen.

»Ich kann uns dahin bringen, wo all das *re* zwischengelagert wird«, sagte Eisenfuß, »und es in den Äther fortkanalisieren.« Er machte eine Pause. »Es gibt da nur ein Problem.«

»Welches?«, fragte Silberdun.

»Um dorthin zu gelangen, brauchen wir jemanden, der imstande ist, mit undifferenziertem *re* umzugehen. Jemanden mit der Dreizehnten Gabe. Und die einzige Fae, die ich kenne und die das kann, ist eine alte Arami-Frau irgendwo da draußen auf Unseelie-Territorium gleich gegenüber der wohl größten Feind-Armee aller Zeiten.«

»Tatsächlich«, Silberdun räusperte sich, »weiß ich vielleicht noch jemanden. Ein Mädchen, das ich mal kannte.« Er sah kurz zu Sela, die erbleichte und den Blick senkte.

»Wo ist dieses Mädchen?«, fragte Paet.

»In Estacana. Zumindest war sie dort, als ich sie das letzte Mal sah.«

Paet seufzte. »Dann schaff sie herbei. Auf der Stelle.«

Er wandte sich an Eisenfuß. »Und während wir auf Silberduns Rückkehr warten, hab ich auch eine Aufgabe für dich.«

34. KAPITEL

*Die Erneuerung einer alten Freundschaft ist ein
Geschenk, das man sowohl gibt als auch erhält.*

– Fae-Sprichwort

Die Amtssuite des Ratsvorsitzenden von Blut von Arawn stellte eine beeindruckende Verbesserung gegenüber dem Büro des Magisters dar, das Eyn Wenathn genutzt hatte, als Eisenfuß ihn das erste Mal traf.

»Brenin Molmutius!«, rief Wenathn herzlich, als er in das Büro geführt wurde. In Annwn reiste Eisenfuß als Brenin Dunwallo Molmutius, seines Zeichens Oberhaupt einer Insel in Mag Mell. Um als Bewohner von Mag Mell durchzugehen, war ein gehöriger Aufwand in Sachen Blendwerk getrieben worden, doch bis jetzt hatte der Schwindel gut funktioniert.

»Danke, dass Ihr mich so kurzfristig empfangt«, sagte Eisenfuß.

»Nehmt doch Platz«, erwiderte Wenathn. »Was kann ich für Euch tun?«

»Das ist eine gute Frage«, sagte Eisenfuß. »Eine ganze Menge, um ehrlich zu sein.« Er nahm einen Umschlag aus dem Geheimfach seines Ranzens, der mit dem Siegel von Lord Everess verschlossen war, und reichte ihn Wenathn. »Lest dies.«

Wenathn brach das Siegel und überflog die Zeilen. »Davon wusste ich nichts«, sagte er schließlich.

»Aber Ihr wusstet, dass unsere Unterstützung ihren Preis haben würde«, sagte Eisenfuß. »Dass die Rechnung eines Tages kommen würde.«

»Gut, aber worum Ihr bittet …«, begann Wenathn. »Die Konsequenzen.«

»Ihr habt den Brief gelesen«, sagte Eisenfuß. »Er wurde von Everess unterzeichnet und trägt sein Siegel.«

Wenathn strich das Schreiben auf der Tischplatte glatt und las es erneut. »Wie man so hört, hat Lord Everess' Namen in Bälde vielleicht nicht mehr allzu viel Gewicht.«

»Und diese Gelegenheit solltet Ihr Euch nicht entgehen lassen«, sagte Eisenfuß. »Denn wenn herauskommt, wie Ihr zu Eurem Machtzuwachs gekommen seid, dürfte das auf Euren eigenen Namen gleichermaßen zutreffen.«

Wenathn nickte. Er war kein Narr.

»Wir wissen doch beide, dass es in Eurer Ratsversammlung genügend Leute gibt, die dies ohne zu zögern unterstützen würden. Besonders angesichts der schriftlichen Unterstützungszusage der Seelie-Regierung.«

»Wie lange habe ich, um mich zu entscheiden?«, fragte Wenathn.

»Ich habe nur bis Mittag Zeit«, erwiderte Eisenfuß und legte die Füße auf den Schreibtisch des Ratsvorsitzenden.

Faella stand auf der Bühne, allein, und bot einem größtenteils leeren Haus die letzte Figur ihres Mestina »Windung« dar. Die Truppe hatte protestiert gegen ihren Wunsch, es gleich zu Beginn des Programms zu zeigen, und so war das Mestina zum Bodensatz der Aufführung verkommen, zum Schlussakt kurz vor Mitternacht, wo die meisten Stammkunden schon auf dem Weg in die Tavernen oder in ihre Betten waren.

»Windung« war ein subtiles Stück und nicht das, wofür die Bittersüßen Erstaunlichen Mestina eigentlich berühmt waren. Das Publikum erwartete ein großes Spektakel: wilde Schlachten, höfische Intrigen, derbe Zoten. Davon wurden schließlich das Theater, die Schauspieler und die horrenden Gebühren an die Gilde der Blendwerker bezahlt.

Doch »Windung« lag ihr am Herzen, und sie war wild entschlossen, es immer wieder aufzuführen. Auch hatte sie sich aus den anderen Darbietungen fast völlig zurückgezogen, sehr zum

Verdruss ihres Publikums. Das Waffengeklirr, die ganzen Adligen und halb nackten Körper, das alles war ja schön und gut, doch mit der Zeit konnte Faella in dem Ganzen nicht mehr sehen als das, was sie waren: kurzweilige Illusionen, flüchtige Fantasien zum Zeitvertreib. Doch »Windung« war mehr als das, obwohl sie nicht genau sagen konnte, warum.

Die unzähligen roten, goldenen und orangefarbenen Strähnen wirbelten und drehten sich in einem ausgelassenen Ballett aus Verlangen und Empfindungen, bis Faella sie zusammenwob zu einer strahlend hellen Flechte aus purem Gefühl, die sich um ihren Körper schlang, wo sie in einem Funkenregen explodierte.

Vereinzelter Applaus wurde laut. Sie verbeugte sich und verließ schwitzend die Bühne. Es war Zeit zu gehen.

Hinter der Bühne schminkten sich die anderen Mestina schon ab und zogen sich um. Viele saßen bereits bei einer Flasche billigem Wein beisammen und lachten. Faella hatte sich ihnen gegenüber nie fremder gefühlt. Es genügte ihr nicht mehr. Nichts genügte ihr jemals.

Sie ging ins Theaterbüro und sah sich die von ihr vorbereiteten Schriftstücke an: die Übereignungsurkunde, Kontoauszüge, Anweisungen. Sie würde die Bittersüßen Erstaunlichen Mestina dem Ensemble überlassen. Es würde das Theater als eigenverantwortliche Eigentümergemeinschaft leiten. Es würde ein Desaster werden, aber sie würde es nicht mehr mitbekommen. Sie würde dann längst über alle Berge sein.

In den letzten Monaten waren ihre Kräfte noch gewachsen. Sie hatte festgestellt, dass sie mit Hilfe von Elemente und Bewegung Blendwerk von erstaunlicher Komplexität erschaffen konnte. Und dass sie Dinge zu vollbringen imstande war, die man eigentlich nicht mit irgendeiner Gabe erklären konnte. Tatsächlich war sie sich nicht einmal sicher, was diese Gaben genau waren. Sie hatte ja bisher nur mit Blendwerk zu tun gehabt und nie darüber nachgedacht, dass man dabei irgendwelche rohen Elemente durch ein Ding »kanalisierte«. Da waren nur der Gedanke, der Wunsch und die Tat. Sie hatte immer vermutet, es nicht zu verstehen, weil sie in diesen Künsten nicht ausgebildet worden war.

Doch als ihre Fähigkeiten mächtiger wurden, begann sie darüber zu lesen, schlich sich heimlich in die Universitätsbibliothek und begann ihr beschwerliches Studium der schriftlichen Quellen. Sie war keine Gelehrte, und nur wenig von dem, was sie las, verstand sie auch, zumal nichts davon ein wenig Licht auf ihr seltsames Talent warf. Tatsächlich schien sogar alles darauf hinzudeuten, dass das, was sie tat, eigentlich unmöglich war.

Sie war sogar so weit gegangen, einen Professor der Naturphilosophie zu verführen, um ihn zu dem Thema auszufragen. Doch der war mehr an ihren anderen Talenten interessiert gewesen und daher wenig hilfreich.

Doch mit jedem neuen Tag, der ins Land ging, war das Gefühl gewachsen, dass sie ihr Leben bei den Bittersüßen Erstaunlichen Mestina verschwendete. Und dieses andere Gefühl, dass sie zu Höherem bestimmt war, verließ sie nie. Manchmal träumte sie sogar davon, dass es ihr Schicksal war, die ganzen Faelande zu heilen. So wie sie Riegers Messerwunde geheilt hatte.

Doch was immer die Zukunft ihr auch verhieß, ein mittelmäßiges Mestina-Theater in Estacana zu führen, das konnte es nicht sein. Sie hatte bereits einen Fahrschein für die Postkutsche nach Smaragdstadt in der Tasche. Am nächsten Morgen sollte es losgehen. Smaragdstadt war das Herz des Seelie-Königreichs, wo jede wichtige Entscheidung getroffen wurde, und sie wusste, sie würde einen Weg finden, auch dort eine bedeutende Rolle zu spielen.

Ach ja, auch Silberdun weilte in der Hauptstadt. Aber das war nicht der Grund.

Es klopfte an der Tür ihres Büros. Rasch schob sie die Schriftstücke unter die Schreibtischunterlage. Sie hatte nicht vor, sich zu verabschieden. Sie wollte die Dokumente einfach auf der Bühne zurücklassen, neben einem Blendwerk von sich selbst, das Auf Wiedersehen winkte.

»Da wartet jemand auf dich in der Eingangshalle«, sagte Rieger.

Seit dem Tag in seinem Zimmer, wo sie ihn geheilt hatte, konnte ihr Rieger nicht mehr in die Augen sehen. Etwas Unerklärliches war ihm in jener Nacht widerfahren. Er war ihr dankbar, ja, und gleichzeitig hatte er entsetzliche Angst vor ihr. Sie hatten sich seit jenem Tag nicht einmal mehr berührt.

Faella stand auf und richtete im Spiegel ihr Haar. Wer auch immer in der Halle auf sie wartete, sie würde sich darum kümmern und sich dann mit einer Flasche billigem Rotwein auf ihr Zimmer zurückziehen. Dort würde sie die letzten Formalitäten erledigen, warten, bis alle gegangen waren und dann ihren Abschied inszenieren.

Die Halle war fast leer; ein paar Nachzügler standen noch bei der Tür: Pärchen, die ihr Beisammensein in die Länge zogen, einsame Männer und Frauen, die nicht wussten, wohin. Faella konnte niemanden entdecken, der wegen ihr hier war.

»›Windung‹ war sehr beeindruckend«, sagte in diesem Moment eine Stimme hinter ihr.

Sie fuhr herum, und da stand Perrin Alt, Lord Silberdun, mit einem neuen Antlitz. Er war nicht wie ein Adliger gekleidet, trug vielmehr die Sachen eines Kaufmanns aus Smaragdstadt. Der Hut war ihm tief ins Gesicht geschoben. Er sah ihr in die Augen, dann erschien ein breites Lächeln auf seinem Gesicht.

»Lord Silberdun«, sagte sie förmlich. »Was für eine Überraschung.« Das Herz hämmerte in ihrer Brust, drohte fast herauszuspringen und auf der Straße davonzulaufen.

»Wie schön, dich wiederzusehen«, sagte er. Seine Stimme war ruhig, klang ehrlich, ganz und gar nicht rachsüchtig oder verächtlich. Entweder hatte er ihr vergeben, oder er war ein exzellenter Schauspieler.

»Ja, ich freue mich auch.« Zitterte ihre Stimme? Sie hoffte inständig, dass es nicht so war.

»Ich muss mit dir sprechen.« Er sah sich in der Halle um. »Unter vier Augen, wenn's möglich ist. Es geht um eine wichtige Angelegenheit.«

Eine wichtige Angelegenheit.

»Natürlich«, sagte sie. »Komm mit.« Sie führte ihn durch den Eingangsbereich am Kartenhäuschen vorbei hinter die Bühne und von dort in ihr Büro. Sie schloss die Tür.

»Was kann ich für dich tun?«, fragte sie.

Er umfasste ihre Schultern, zog sie an sich, presste sich fest an sie und küsste sie.

Oh.

All ihre Fantasien wurden in diesem einen Moment Wirklichkeit. Faellas Kopf trieb in den Wolken. Zunächst bekam sie gar nicht mit, ob und wie ihr Körper auf all das reagierte, ihre Welt drehte sich so wild um sie herum, dass sie fast vergaß, wo sie war.

Doch dann fühlte sie seine warme Hand an ihrem Rücken, und da spürte sie, dass mit ihrem Körper alles in Ordnung war.

Sie griff hinter sich, schob die Schreibtischunterlage aus dem Weg und zog Silberdun auf sich. Die sorgfältig zusammengestellten Dokumente flatterten zu Boden. Sie beschloss, sie einfach dort zu lassen. Sollten sich die Bittersüßen Erstaunlichen Mestina doch selbst einen Reim darauf machen.

»Ich fragte mich schon, wie lange es dauern würde, bis du wieder zu mir zurückkommst«, sagte sie atemlos.

Er hörte kurz auf, ihren Nacken zu küssen und raunte: »Und ich hab mich gefragt, wie lange ich wohl würde widerstehen können.«

35. KAPITEL

Nur selten begegnet man einem Mann, der so töricht ist, eine dumme Entscheidung zu treffen und gleichzeitig so klug, um am Ende davon zu profitieren.

– Meister Jedron

»Ich hoffe, das funktioniert auch«, brummte Everess. »Die Invasion der Unseelie steht unmittelbar bevor, während wir wieder mal den Zorn der Chthoniker auf uns ziehen, indem wir abermals ihren Tempel entweihen.«

Vier Tage waren seit Eisenfuß' Entdeckung nun ins Land gegangen. Die Kriegsvorbereitungen waren abgeschlossen, die Truppen an der Grenze zusammengezogen worden. Jem-Aleth, der Seelie-Botschafter, war gestern ohne Kommentar aus der Stadt Mab abberufen worden. Der Krieg stand praktisch auf der Türschwelle.

Eisenfuß hingegen stand auf dem Altar im Tempel des Gebundenen Althoin und komponierte einige Bindungen. Die auseinandergebaute Kynosure schwebte wieder an ihrem Platz über dem Altar, doch war ihr Innenleben nun um einige zusätzliche Komponenten ergänzt worden: ein paar Runen und ein Kanalisierungsglas. Einige der hauchdünnen Plättchen in der Kynosure waren zudem durch Silberdraht miteinander verbunden; Silberdun hatte darüber hinaus nach Eisenfuß' Anweisungen mittels Elemente zusätzliche Markierungen in ihre Oberfläche graviert. »Wie ich bereits sagte«, erwiderte Eisenfuß und schaute nach unten. »Das Gerät wurde so kalibriert, dass es nur von dieser einen Stelle aus korrekt funktionieren kann. Würden wir es an einem anderen Ort benutzen, kämen wir womöglich ganz woanders wieder raus.«

An allen Ausgängen des Tempels waren Königliche Gardisten postiert. Hüter Throen war stinksauer gewesen, als Eisenfuß sich mit seiner kostbaren Kynosure davongemacht hatte, doch als ihn die Königliche Garde aus seinem eigenen Tempel aussperrte, geriet er außer sich. Der gesamte Kirchenvorstand hatte sich vor dem Gebäude zum Protest eingefunden, und Everess hatte fast den ganzen Morgen damit zugebracht, die aufgebrachten Gemüter zu beruhigen. Ohne Erfolg.

Sela und Paet saßen in den Bänken und sahen Eisenfuß bei der Arbeit zu. Sela war nervös. Sie spürte die Spannungen im Raum nur zu deutlich. Und sie konnte mit Hilfe der Empathie auch die Resonanzen uralter Emotionen fühlen, die noch immer durch den Raum mäanderten. Es waren starke Emotionen. Leidenschaftliche Emotionen.

»Hoffentlich trudelt Silberdun bald hier ein«, knurrte Paet. »Wir haben in dieser Woche wohl jede Glaubensgemeinschaft in den Faelanden vor den Kopf gestoßen, und ich hätte die Sache hier gern erledigt, *bevor* wir in eine ihrer zahlreichen Höllen verdammt werden.«

»Er wird bald kommen«, sagte Sela. »Ich kann ihn spüren.«

»Das will ich ihm auch geraten haben.« Paet stand auf. »Dauert das noch länger?«, fragte er Eisenfuß. Seine Stimme hallte in dem großen Tempel wider.

»Nicht viel länger als es eben dauert«, erwiderte Eisenfuß. »Ich nehme an, du willst, dass wir dieses kleine Experiment überleben, oder?«

Paet schnaubte, setzte sich jedoch wieder hin.

Sela betrachtete Eisenfuß. Er war ein recht gut aussehender Bursche, klug und gebildet. Warum hatte sie sich nicht in ihn statt in Silberdun verknallen können? Gut, auch Eisenfuß hatte seine Fehler, aber nichts, worüber man nicht hinwegsehen konnte.

Andererseits gab es einen guten Grund dafür, warum sie sich in Silberdun und nicht in den Thaumaturgen verliebt hatte. So ungern sie es zugab, aber Eisenfuß war einfach nicht ihr Typ. Dafür war er nicht hart genug. In Silberduns Innern hingegen war eine dunkle, bittere Härte, und genau das hatte sie unwiderstehlich angezogen.

Als hätten ihre Gedanken ihn herbeibeschworen, erschien Silberdun in diesem Moment im Eingang des Tempels. An seinem Arm hing eine junge Frau. Faella.

Sie war hübsch, doch nicht so hübsch wie Sela. Und sie war blutjung, kaum ihren Mädchenjahren entwachsen. Mit einem Blick hatte sie die Szenerie rund um den Altar erfasst, auf ihrem Gesicht lag ein stolzer Ausdruck, ihr Blick glühte. Keine Frage, diese Frau war es gewohnt, dass sich alle Augen auf sie richteten, sobald sie einen Raum betrat. Sela hasste sie augenblicklich. Sie hätte Faella auf der Stelle und ohne mit der Wimper zu zucken ermorden können. Und sie kannte zahlreiche Methoden, dies zu tun.

Für den Bruchteil einer Sekunde trafen sich ihre Blicke, und Sela spürte, dass Faella sehr genau wusste, wer sie war und was sie für Silberdun empfand. Sela vermied es sehr bewusst, einen Faden zwischen sich und Faella erstehen zu lassen. Sie hatte nicht die geringste Lust, das zu fühlen, was dieses Weibsstück fühlte.

Faella lächelte sie an. Oh, wie sehr Sela ihr den Tod wünschte.

»Ihr müsst Faella sein«, sagte Eisenfuß und verbeugte sich leicht in ihre Richtung. »Silberdun glaubt, Ihr könntet uns hierbei vielleicht behilflich sein. Hat er Recht?«

Fast hoheitsvoll schwebte Faella durch den Gang, wobei der Saum ihres goldgewirkten Rocks über den Tempelteppich strich. »Ich bin sicher, Lord Silberdun hat im Hinblick auf meine Fähigkeiten maßlos übertrieben«, sagte sie. »Aber ich besitze große Kräfte und werde mein Bestes versuchen.«

Was für ein Haufen Pferdescheiße, dachte Sela. Große Kräfte, ja ... Was für eine mit Minderwertigkeitskomplexen beladene dumme Gans! Sela konnte nicht anders, sie griff hinaus und ließ den Faden zwischen sich und Faella sich entfalten. In der nächsten Sekunde war er da, in perfektem Weiß. Sela war verblüfft. Nie zuvor hatte sie einen weißen Faden gesehen. Sie wusste nicht, was das zu bedeuten hatte. Als sie das Phänomen eingehender erspürte, stellte sie fest, dass der Faden ein Strang war, der aus mehreren dünnen Schnüren bestand. Farbige Fäden, die umeinander verschlungen waren. Allein wenn man das Ganze aus der Ferne betrachtete, wirkte es wie ein solider weißer Faden.

Wer war diese Frau?

Ihre Emotionen übertrugen sich auf Sela, und die konnte fast nicht glauben, was sie erspürte. Diese hochmütige Frau, dieses naive kleine Ding glaubte jedes Wort, das es von sich gab. Faella hielt sich tatsächlich für großartig, und das mit einer Überzeugung, die Sela erstaunte. Nein, diese junge Frau war alles andere als unsicher, sondern über die Maßen selbstbewusst.

Auf ihrem Weg durch den Gang blieb Faella stehen und sah Sela an. Ein kleines Lächeln erschien auf ihrem Gesicht. »Nicht das, was du erwartest hast?«, fragte sie. Peinlich berührt wandte Sela den Blick ab.

Silberdun sah zu Faella, dann zu Sela und krümmte sich innerlich. Ganz offensichtlich fühlte er sich irgendwie schuldig. Gut.

Dann wurde Sela klar, dass sie aufhören musste, sich selbst zu bemitleiden. Immerhin hatten sie hier eine wichtige Arbeit zu erledigen.

»Lord Silberdun hat mir einiges hierzu erklärt«, sagte Faella, »doch er überließ es Euch, Meister Falores, mir die technischen Details auseinanderzusetzen.«

»Nennt mich ruhig Eisenfuß, Fräulein.«

»Wie Ihr wünscht.«

Eisenfuß begann, Faella seinen Plan zu erklären. Sie stellte ein paar Fragen, drängte Eisenfuß, die eher esoterischen Aspekte des Projekts in Worte zu fassen, mit denen sie etwas anfangen konnte.

»Also ich muss sagen«, meinte sie schließlich stirnrunzelnd, »ich bin nicht sicher, ob ich das alles hier wirklich begreife.«

Sela biss sich auf die Lippen. »Vielleicht kann ich ja dabei helfen?«

Faella sah sie an und lächelte wieder ihr verlockendes Lächeln. »Könnt Ihr?«

Sela ging zum Altar und ließ Fäden zwischen sich, Eisenfuß und Faella erstehen. Es würde schwierig werden, die beiden miteinander zu verbinden, doch nicht unmöglich.

Doch bevor sie auch nur Empathie kanalisieren konnte, um die beiden miteinander zu verknüpfen, griff Faella in den Prozess ein und erledigte dies kurzerhand selbst. Sela musste sich zwingen, ihre Abneigung zu verbergen, wusste jedoch, dass dieses Gefühl durch ihren Faden hinausströmte und dass Faella es empfing.

Bilder, Gedanken, Worte, Beschwörungen flossen ungehindert zwischen Faella und Eisenfuß hin und her. Es war ermüdend, richtige Gedanken im Gegensatz zu Emotionen zu kanalisieren, doch jede neue Kanalisierung, die Sela begann, wurde von Faella fortgeführt. Innerhalb weniger Minuten hatte Eisenfuß alles mit ihr geteilt, was sie wissen musste.

»Danke sehr, Sela«, sagte Faella. Und sie meinte es so. Sela entfernte das Band zwischen ihnen. Sie fühlte sich dumm und minderwertig. Sie wollte Faella hassen, doch sie konnte es nicht mehr. Faella war besser als sie. Silberduns Liebe für diese Frau war mehr als gerechtfertigt.

»Dann lasst uns jetzt beginnen«, sagte Eisenfuß. »Um es noch einmal deutlich zu sagen, ich hab keine Ahnung, was wir auf der anderen Seite der Faltung vorfinden werden. Es kann durchaus sein, dass wir alle dabei draufgehen. Doch wenn das ganze *re* auf der anderen Seite ist, dann gibt's dafür auch einen guten Grund, und dann muss es dort auch eine Art Behältnis geben, das es beherbergt. Was bedeutet, dass andere schon vor uns dort waren.«

Silberdun sah Sela an. »Ich weiß, du willst eigentlich nicht mehr auf irgendwelche Missionen gehen, aber wir wissen nicht, was uns auf der anderen Seite erwartet. Wir brauchen dich.«

Selas Herz machte einen Satz. Jedem anderen hätte sie diese Bitte abgeschlagen. »Natürlich komme ich mit«, sagte sie.

»Dann wollen wir mal loslegen«, sagte Silberdun.

»Ja, bitte«, drängte Eisenfuß. »Ich hab nämlich den dumpfen Verdacht, dass irgendein Richter gerade einen Räumungsbefehl gegen uns erwirkt, um uns hier rauszuschaffen. Also lasst uns endlich beginnen.«

»Du weißt, was du zu tun hast?«, fragte Eisenfuß.

»Ja«, erwiderte Faella.

Und dann verschwand, ohne Vorwarnung, die Welt.

Sela ist endlich glücklich. Sie hat Milla.

Sie schlafen im selben Bett, nehmen gemeinsam ihre Mahlzeiten ein. Sie spielen zusammen auf dem Rasen, winden miteinander die Kränze aus Gänseblümchen, wie Sela es Milla beigebracht hat. Sie führen füreinander kleine Theaterstücke auf, lesen sich gegenseitig laut vor (meistens liest Sela, und Milla hört zu), singen sich in den Schlaf. Sie machen derbe Witze über die Vetteln und sogar manchmal über Oca. Sela lernt von Milla ein neues Wort für Oca: Eunuch. Sie sind unzertrennlich, verbringen jede Minute des Tages miteinander. Außer der Zeit, in der Selas »Spezialunterricht« stattfindet.

Nachdem er Milla hergebracht hat, fuhr Lord Tanen wieder fort, und deshalb ist die Zeit im Herrenhaus voller Licht und Leichtigkeit. Die Vetteln beobachten sie beim Spielen, doch sie sagen nichts. Ihre andauernde liebevolle Fürsorge hat nachgelassen und wurde durch neugieriges *Zuschauen* ersetzt.

Vor seiner Abreise hat Lord Tanen Sela beiseitegenommen und ihr gesagt, dass Milla ein paar Dinge niemals erfahren darf. Und dass er ihr Milla wieder wegnehmen würde, sollte sie je davon erfahren. Sela wusste sofort, wovon er sprach: dem Töten.

Sela liebt das Töten und freut sich immer sehr auf ihre täglichen Übungen im Keller des Hauses. Solange sie denken kann, so lange ist das Töten ihr ganz persönliches Geheimnis. Die unechten Feinde, vor denen sie sich auf Geheiß von Lord Tanen schützen muss, sind immer sehr wehrhaft. Milla hat man Selas Übungsstunden als »Spezialunterricht« verkauft. Zum Glück interessiert sich Milla nicht für Unterricht.

»Was machst du eigentlich jeden Morgen da unten«, hat Milla sie einmal gefragt.

»Ich übe mich in meiner Gabe. Ich besitze die Gabe der Empathie.«

Milla zuckt die Achseln. Sie hat keine Verwendung für Gaben, besitzt nicht mal selbst welche. Sie lächelt. »Was für ein Glück du hast.«

Sela weiß, dass Milla nicht besonders klug ist. Sie ist süß und liebenswürdig und vertrauensvoll, doch es fällt ihr oftmals schwer,

Dinge zu verstehen, die Sela ohne Weiteres begreift. Am Anfang hat es Sela gestört, doch nun hat sie sich daran gewöhnt.

Den ersten Faden erschafft Sela zwischen sich und Milla eines Tages nach einem Abendessen. Sie sind auf ihrem Zimmer und lachen über die Warze in Beginas Gesicht. Begina ist eine der Vetteln, die kälteste von ihnen und diejenige, die Sela am schnellsten mal mit einem Lineal schlägt.

Sie lachen und lachen, und Sela nimmt Milla in ihre Arme und drückt sie fest an sich. Milla kitzelt sie. Sie lachen wieder. Dann fällt Milla und schlägt mit dem Kopf auf dem Fußboden auf.

»Aua!«, ruft Sela und greift sich an den Kopf.

»Warum sagst du ›Aua‹?« Lachend setzt sich Milla auf und fasst sich an den Hinterkopf. »*Ich* bin doch hingefallen.«

»Weiß nicht...« Sela sieht ihre Freundin an, und da ist es: ein dicker flauschiger Faden in Rosa und Gold, gemacht aus Licht, der von ihr zu Milla reicht. Eigentlich ist es kein richtiger Faden, wie man ihn im Nähkasten auf der Garnrolle findet. Und eigentlich besteht er auch nicht aus Licht. Es ist eine wie auch immer geartete Verbindung, und Millas Gedanken und Gefühle vermischen sich darin mit den ihren. Nie zuvor hat sich Sela jemandem so nah gefühlt, hatte immer geglaubt, dass so viel Nähe eigentlich gar nicht möglich ist.

»Was ist das?«, fragt Milla. »Mir ist irgendwie komisch.«

»Mir ist, als könnte ich einfach loslassen und für immer verschwinden«, sagt Sela. Ihre Stimme ist weich und zart, und sie beginnt zu vergessen, wer von ihnen wer ist. Ist sie Sela oder Milla? Ist sie überhaupt jemand?

Sie erhascht einen flüchtigen Blick auf etwas. Etwas, das mächtig und wahr ist. Als Sela in Milla hineingleitet und Milla und Sela gemeinsam davongleiten, nimmt an ihrer Stelle etwas Wahreres als sie beide Gestalt an. Sela wird erfüllt von einem Schwall aus Emotionen, die sie nicht erklären kann.

»Ich mag das nicht«, sagt Milla. Sela schaut zu ihr, sieht, dass der Faden, der kein Faden ist, zu zucken beginnt und durchzogen ist von dicken Rinnsalen aus Purpur und Grün und Braun, die das Rosa zerrütten, es straff spannen, es hässlich aussehen lassen.

Abscheu. Doch ist es ihre oder Millas Abscheu? Milla hat Angst vor ihr, hatte *immer* Angst vor ihr. Hat sich in Selas Gegenwart stets unwohl gefühlt.

Nein, es ist Selas Abscheu. Abscheu gegenüber Millas Verrat.

Wer fühlt das gerade?

Die Tür wird aufgerissen, und Lord Tanen platzt ins Zimmer. Aber er sollte doch gar nicht hier sein…

»Sela!«, brüllt er. »Sie ist eine der Spione! Milla ist eine Auftragsmörderin der Unwirklichen!«

»Nein!«, schreit Sela. Sie weicht zurück, fort von Milla.

Milla und Sela sind zu Tode erschrocken. Milla und Sela wollen nicht hier sein.

Lord Tanen trägt etwas bei sich. Etwas, das schimmert. Milla und Sela haben Angst davor.

Nein, Milla hat Angst davor, Sela will es haben. Sela streckt ihren Arm danach aus.

Lord Tanen legt Sela das Messer in die Hand, und der Faden zwischen ihr und Milla verfärbt sich schwarz, schwarz, schwarz.

»Du weißt, was du tun musst«, sagt Tanen.

Milla rutscht ein Stück zurück. Sela kann ihre Bestürzung, ihre Todesangst spüren. Todesangst vor Sela. Jetzt weiß Sela, wer von ihnen beiden wer ist.

Sela nähert sich Milla und tötet sie mit zitternder Hand. Es ist so einfach. Diejenigen, die Lord Tanen ihr zum Üben gebracht hat, hatten viel mehr Kampfgeist. Der Faden verschwindet nicht sofort, nicht, als die Klinge durch das Fleisch schneidet, sondern langsam, fast widerstrebend.

»Glückwunsch«, sagt Lord Tanen. »Mit dem heutigen Tag hast du deine Ausbildung beendet.«

Sela wendet sich zu Lord Tanen um. Nass liegt das Messer in ihrer Hand. Das Blut eines Mädchens sieht aus wie jedermanns Blut. Ein wirkliches Mädchen? Ein unwirkliches Mädchen? Sela zieht die Schneide ihres Messers leicht über ihr eigenes Handgelenk. Das austretende Blut sieht nicht anders aus. Kein Unterschied.

»Das ist zu viel für sie«, ertönt plötzlich eine Stimme hinter

Lord Tanen. Es ist eine der Vetteln. Sela ist sich nicht sicher, welche. »Damit seid Ihr zu weit gegangen, und das haben wir Euch auch gesagt.«

»Ruhe!«, schreit Lord Tanen in Richtung der Vettel. »Es geht ihr gut. Sie ist stärker als jede der anderen.«

Zu weit. Sela lässt das Messer fallen. Es ist nun nicht mehr als ein bedeutungsloser Gegenstand, eine Unregelmäßigkeit in einem Raum aus Linien und Winkeln. Ein Gewicht, nicht mehr. Noch vor einer Minute hatte sie fast etwas gesehen, etwas jenseits all dieser Bedeutungslosigkeit. Sie hat es in ihrem Griff, doch sie weiß, wenn sie noch einmal dorthin schaut, wird sie aufhören zu existieren.

»Und jetzt komm«, sagt Lord Tanen. »Es wird Zeit, dass wir uns mal ein wenig länger unterhalten.«

Selas Körper ist, das erkennt sie nun, unwirklich. Auch er ist nur Raum und Linien und Winkel. Summende Maschinen, empfindungslos, die zusammenwirken in der Illusion des Seins. Da kommt es wieder, das Ding, das sie aus einem anderen Blickwinkel betrachtet hat. Das Ding, das sie verzehren wird.

»Was ist es?«, fragt Lord Tanen und schaut ihr in die Augen. Ein Faden manifestiert sich. Anders als der erste. Sela sieht ihn und kennt ihn. Weiß, wer und was er ist, weiß, was er will und warum, aber es ist viel zu viel, und das Ding, das sie essen will, greift hinauf, um sie in Gänze zu verschlingen, und so zeigt sie es stattdessen Lord Tanen.

Lord Tanen macht ein komisches Geräusch. Nicht nur komisch, sondern geradezu urkomisch. Fast muss Sela kichern. Alles ist so groß und schrecklich, und das Ding, das sie essen will, verschlingt nun Lord Tanen, und seine einzige Antwort darauf ist dieses lächerliche kleine Geräusch.

Jemand schreit. Es ist eine der Vetteln. Sela zeigt auch der Vettel dieses Ding. Warum auch nicht? Früher oder später wird es alles verschlingen, das weiß Sela. Alles eine Frage der Zeit. Wer weiß, vielleicht hebt es sich Sela ja für den Schluss auf.

Noch mehr Geschrei. Jemand rennt. Irgendwo knallt es. Sela schließt die Augen, sie will nichts davon sehen, nein, danke.

Und so geht es eine Weile weiter. Stunden. Sela wartet darauf, dass das Ding zurückkommt und sich ihr zeigt, doch stattdessen stößt sie etwas hart von hinten an, und sie beißt sich auf die Zunge.

»Legt ihr das verfluchte Ding an, aber *sofort*«, ertönt eine eingeschüchterte Stimme.

Jemand schiebt ihr etwas übers Handgelenk. Ein Armband? Ein Geschenk? Der Reif wird ihr über den Ellbogen auf den Oberarm geschoben. Das Ding, das sie allen gezeigt hat, verliert seine Zähne, gähnt und geht schlafen.

Aber was ist dieses Ding? Sela ist sich sicher, dass es groß und gefährlich war, aber kann sich nicht mehr genau daran erinnern.

Wieder die Stimme. »Wir haben sie, Lord Everess«, sagt sie. »Sie ist sicher.«

Sicher.

Sela sah Licht. Sie war umgeben von Licht, Energie, Hitze. Sie wurde bei lebendigem Leib verbrannt. Doch sie sah es nicht, erlebte es vielmehr auf einem gänzlich anderen Level. Da waren keine Augen, kein Körper.

Ein Faden sprang aus ihr heraus. Ein dicker, seilartiger Faden verband sie mit einer Präsenz, die größer und angsteinflößender war als alles, was sie bisher kennen gelernt hatte. Eine uralte Intelligenz, eine Weisheit jenseits aller Äonen, jenseits aller Sterne. Diese Entität sah sie, und sie kannte sie.

Sie wurde von Flammen verzehrt. Sie verging. Dann wurde ihr Körper jäh zur Seite gerissen – doch natürlich war da gar kein Körper –, und sie fiel hart, fiel auf einen Steinuntergrund.

»Tut mir leid«, hörte sie die Stimme eines Mädchens. Faella.

Sela schlug die Augen auf. Sie kniete auf einer steinernen Plattform. Auch Silberdun, Eisenfuß und Faella waren hier. Faella war auf den Füßen gelandet, während Silberdun und Eisenfuß sich vom harten Boden aufrappelten.

Die Plattform war rund und besaß eine steinerne Brüstung. Jenseits der Brüstung lag das Nichts. Nicht Dunkelheit, nicht Licht. Einfach ... nichts. Sela hatte kein Wort dafür. Leere ohne Form oder Substanz, es fehlte gar jegliches Nichtvorhandensein. Zutiefst beunruhigend.

»Tut mir leid, dass ich uns alle fast getötet hätte«, sagte Faella. »Aber ich fürchte, wir haben nicht bedacht, dass die Raumfalte uns geradewegs in das Behältnis und nicht auf einen sicheren Landeplatz befördern würde. Also hab ich innerhalb der Faltung eine kleine Korrektur vorgenommen. Ist schwieriger, als es sich anhört, das kann ich euch sagen.«

»Wo sind wir?«, fragte Sela mit bebender Stimme.

»Schau mal hinter dich«, sagte Silberdun.

Sela erhob sich und wandte sich um. Sie erblickte eine breite Straße, die auf eine mächtige Treppe zulief. Die Stufen führten hinauf zu einem riesigen schwarzen Gebäude. Eine quadratische Burg von rötlich-oranger Farbe ohne Mauern, Türme oder Zinnen. Ein massiver, schnörkelloser, gigantischer Bau. Kolossaler selbst als die Große Seelie-Feste und zweimal so hoch.

Direkt vor ihnen, am Beginn der breiten Straße, ragte ein hoher steinerner Torbogen auf. Darauf fand sich eine Zeile aus Zeichen, die Sela nicht zu lesen vermochte.

»Was bedeutet das?«, fragte sie.

Eisenfuß sah am Torbogen hinauf und versuchte, die Inschrift zu entziffern. »Das ist Thule Fae«, sagte er schließlich. »Hab's in Königinnenbrück studiert. Aber es ist ein sehr alter Dialekt. Gebt mir noch einen Moment...«

»Und? Was steht da?«, fragte Silberdun ungeduldig.

»Da steht: ›Jenseits dieses Bogens liegt der Tod.‹«

»Nicht sehr einladend«, meinte Silberdun.

»Na toll. Und wie geht's jetzt weiter, großer Anführer?«, fragte Eisenfuß.

Silberdun sah ihn mürrisch an. »Wir gehen rein und schauen uns um«, sagte er.

»Und die Warnung?«

»Hoffen wir, dass die maßlos übertrieben ist.«

»Ich will ja keine schlechte Laune aufkommen lassen«, meldete sich nun Faella zu Wort, »aber was ich euch jetzt zu sagen habe, ist nicht gerade ermutigend.«

»Was ist denn jetzt schon wieder?«, stöhnte Silberdun.

»Während wir in der Raumfalte waren ... Ich fürchte, da ist auch einiges an Zeit vergangen. Und ich meine damit mehr Zeit, als ihr vielleicht vermutet.«

»Wie viel Zeit?«, fragte Eisenfuß.

»Ich schätze, etwa vier Tage«, erwiderte Faella.

»Verdammt!«, rief Silberdun aus. »Dann ist der Krieg ja schon in vollem Gange!«

36. KAPITEL

Kampfmoral ist wirklich Gold wert. Hätte ich die Wahl zwischen einem zuversichtlichen Soldaten mit einer Keule und einem mutlosen mit einem Schwert, ich würde mich jederzeit für den Mann mit der Keule entscheiden. Nach der Schlacht von Eisholz wurde General Ameus gefragt, warum er siegte, obwohl seine Leute hoffnungslos in der Unterzahl waren. Seine bis heute berühmte Antwort lautete: »Wir hatten einfach weniger Lust zu sterben als die anderen.«

– Heerführer Tae Filarete, *Betrachtungen zur Schlacht*

Mauritane begrüßte die Invasion keineswegs, doch das hieß nicht, dass er deswegen seine Aufgabe schlecht machte.

Er stand vor seinem Zelt und blickte Richtung Norden. Nachdenklich verfolgte er, wie seine Seelie-Truppen westwärts auf der Grenzstraße zu den Ruinen von Selafae marschierten. Dort würden sie sich sammeln und bei Sonnenuntergang geschlossen auf Unseelie-Territorium vordringen. Der Grenzwall hingegen lag etwa hundert Meter weiter nördlich; zwischen ihm und der Straße befand sich eine Schneise aus Sumpfland.

Ein schier endloser Strom aus Soldaten, Karren und Pferden zog an ihm vorbei und wirbelte den Staub auf der Straße auf. Die Luft roch nach Dreck, Pferdeäpfeln, Schweiß und den scharfen Ingredienzien der Kampfmagier.

Die Schlachtpläne für die Invasion lagen seit letzter Woche vor und waren an alle Generäle wie auch ans Außenministerium und das Büro der Staatssekretärin verteilt worden. Ein verschlüsseltes und von Baron Glennet unterzeichnetes Exemplar war zudem an Jem-Aleth, den Unseelie-Botschafter, geschickt worden. Der Plan machte derzeit vermutlich jenseits der Grenze unter Mabs Kommandanten die Runde. Das zumindest hoffte Mauritane.

Natürlich war der Schlachtplan eine Finte. Natürlich würden sie nicht von Selafae aus angreifen; sie würden den direkten Weg über den Grenzwall nehmen. Und die Soldaten marschierten auch nicht, sie nahmen ihre Positionen ein. Auf sein Kommando würden sie sich nach Norden wenden und auf direktem Weg in Elenth einmarschieren.

Vor sechs Monaten waren Mauritane und einige vertrauenswürdige Kampfmagier zu ebendieser Stelle gereist. Sie lag meilenweit entfernt von jeder Ansiedlung oder Stadt dies- und jenseits der Grenze. Sie hatten eine einzelne Magiebombe im Gepäck. Keine Einszorn, sondern eine Sonderanfertigung, welche die Bindungen zerstören sollte, aufgrund derer der Grenzwall unpassierbar war. Die Bombe hatte ihre Aufgabe mit Bravour erledigt und die Barriere aus Bewegung niedergedrückt, sodass Mauritane und seine Magier mit Leichtigkeit über die Grenze hinwegsetzen konnten. Vor zwei Tagen dann hatten Mauritanes Magier im Schutz der Nacht eine Vielzahl identischer Bomben entlang eines drei Meilen langen Grenzabschnitts aufgereiht.

Mauritane sah nach dem Stand der Sonne. Es war Zeit. Er rief seinen Obersten Magus, Hauptmann Eland, zu sich.

»Es ist so weit«, sagte er.

Eland nickte und sammelte seine Kampfmagier um sich. Entlang der Grenze stand eine Kompanie der Unseelie-Kavallerie tatenlos herum. Die Seelie-Soldaten riefen ihnen ein paar saftige Beleidigungen zu, als sie vorbeizogen, obwohl die Feinde sie aufgrund der Entfernung gar nicht hören konnten. Wohl niemand von ihnen ahnte, was für eine Überraschung ihnen bevorstand.

Einer von Elands Männern hob die Hand und entfachte ein Hexenlichtsignal, das hellrot in den Himmel hinaufschoss. Mit einem kleinen *Plopp* explodierte es hoch über ihren Köpfen. Jenseits der Grenze zeigte ein Unseelie-Reitersoldat in den Himmel und sprach dann aufgeregt mit seinem Nebenmann.

Entlang der Grenze zerriss eine Serie von kurz aufeinanderfolgenden Explosionen die Luft. Selbst aus der Entfernung von etwa hundert Yards zerrissen sie Mauritane fast die Trommelfelle.

Mauritanes Truppen benötigten kein weiteres Signal, doch er gab es ihnen trotzdem.

»Für das Herz der Seelie!«, rief er mit magieverstärkter Stimme.

»Für das Herz der Seelie!«, schallte ihm die Antwort seiner Männer tausendfach entgegen. Der Schlachtruf pflanzte sich durch die Reihen all seiner Soldaten fort.

Wie ein Mann machte seine Armee kehrt und marschierte nordwärts auf den schwarzen Rauchschleier zu, der sich nun dort befand, wo einst der Grenzwall gewesen war. Etwa eine Meile nördlicher würden sie auf eine einigermaßen unvorbereitete Unseelie-Einheit stoßen. Und dann würde die eigentliche Schlacht beginnen.

Die Unseelie-Kavalleristen wendeten, wollten fliehen, doch es war schon zu spät. Innerhalb weniger Sekunden wurden sie von den Geschossen der Kampfmagier in Stücke gerissen.

Und damit begann der Dritte Unseelie-Krieg.

Es dauerte einige Stunden, doch zur Verteidigung der Unseelie musste gesagt werden, dass sie die ungeahnte Lage schnell erfassten und ihre Strategie daran anpassten. Gut, es gab eine Reihe kleinerer Scharmützel, in denen die Unseelie überrascht und im Handumdrehen niedergemetzelt wurden, doch es waren nur wenige.

Die erste richtige Schlacht fand gleich südlich des Unseelie-Dorfes Claret statt. Mabs Truppen erwarteten sie schon und schlugen zu, als Mauritane und seine Männer sich über einen Hügel auf den Ort zubewegten.

Die ersten Magiezauber explodierten über ihren Köpfen, als die Kampfmagier ihre Eröffnungssalven entfesselten. Die Sprengladungen jedoch, die genau über Mauritanes Truppen niedergingen, waren verheerend.

Doch noch immer keine Einszorn.

Kavallerie und Infanterie trafen vor dem Dorf aufeinander. Bogenschützen versuchten, eine Schneise durch die Unseelie-Linien zu schießen, doch die gegnerische Truppenstärke ließ dies nicht zu. Berittene Soldaten stürmten aufeinander zu, ihre Klingen glänzten im Licht der untergehenden Sonne. Die Fußtruppen kämpften mit Schwert und Pike. Von überall waren Schreie, gebrüllte Befehle, trommelnde Hufe und das endlose Klirren von Metall auf Metall zu hören. Und Mauritane war mittendrin, trieb seine Kommandanten vorwärts, rief seine eigenen Befehle.

Natürlich konnte er nicht selbst mitkämpfen. Zwar trug er eine Klinge – es war noch immer die, welche er aus dem Gefängnis von Crere Sulace mitgenommen hatte –, doch die hatte er seit Monaten nicht mehr benutzt. Befehlshaber zu sein war ja schön und gut, aber als er sah, wie seine Männer vorrückten, da hätte er alles darum gegeben, um als Kavallerieoffizier auf einem meisterhaft berührten Pferd ihre Einheit anzuführen.

Nach zwei Stunden hatten sie Claret eingenommen, doch es gab Verluste. Und ihre Späher wussten zu berichten, dass mehrere Hundertschaften Unseelie-Verstärkung schon auf dem Weg zu ihnen waren.

Mauritanes Strategie stützte sich darauf, dass sie Elenth am vierten Tag ihres Feldzuges eingenommen hatten. Wenn die Stadt erobert und die Versorgungslinien gesichert worden waren, hätten sie vielleicht eine Chance, den direkten Angriff der feindlichen Haupttruppen zurückzuschlagen. Truppen, die in einem Gewaltmarsch gerade die Grenze bei Selafae überschritten hatten, wo ein halbes Bataillon von Mauritanes Fünftem Regiment abgestellt worden war für den Fall, dass Mab gleichwohl in Sylvan einzumarschieren drohte.

Schon bald würden Mabs Schlachtflieger hier auftauchen und Feuerbälle und Pfeile auf sie abschießen. Und dann würde eine ihrer Flaggstädte sich ihrer annehmen, deren Bewohner auf andere fliegende Städte verteilt worden waren. Der Krieg am Boden war erst der Anfang.

Das Problem mit den fliegenden Städten und ein Grund dafür,

dass Mab sie nur zögernd in die Schlacht warf, war, dass man sie sehr wohl vom Himmel holen konnte. Diese Erfahrung hatten Mauritane und seine Gefährten in der Schlacht von Sylvan gemacht. Sie hatten damals die Stadt Mab infiltriert und die seltsamen hybriden Kreaturen vernichtet, die in den Kammern der Elemente und Bewegung die Energie bereitstellten, welche die Unseelie-Städte in der Luft hielt. Diesmal hatte Mauritane Elemente-Geschosse in petto, mit denen man die Unterseite dieser Städte bombardieren konnte. Inzwischen kannte er die Position der Kammern der Elemente und Bewegung in den meisten Flaggstädten, und dies war Paet und seinen Schatten zu verdanken. Falls also eine der fliegenden Städte am Horizont erschien, war es ihm so möglich, sie mit einem einzigen Schuss vom Himmel zu holen.

Sie rückten weiter vor. Sie kämpften. Männer und Frauen fielen. Zu viele. Unter diesen Umständen war es alles andere als gewiss, dass sie Elenth überhaupt erreichten, geschweige denn, einnahmen.

Am zweiten Tag marschierten sie größtenteils voran und trafen dabei nur gelegentlich auf einige versprengte Unseelie-Kompanien, die im Kampfgetümmel von ihren Bataillonen getrennt worden waren. Sie wurden ohne Schwierigkeiten besiegt, doch selbst in diesen Scharmützeln verlor Mauritane wieder Soldaten.

Einen Tagesmarsch südlich von Elenth kam es zu einem weiteren Gefecht bei Tiefental. Wieder siegten Mauritanes Truppen, doch die Verluste schmerzten auch hier. Wie auch die niederschmetternden Berichte seiner Generäle entlang der Front.

Hatte er seine Truppenstärke zu wenig konzentriert? Hatte er die Flexibilität der Unseelie womöglich unterschätzt?

Und noch immer kein Lebenszeichen von Silberdun. Laut Paets letztem Bericht waren er und seine Freunde vor drei Tagen plötzlich in einer Raumfalte verschwunden und seitdem verschollen. Es hatte zwar niemand ausgesprochen, doch es schien fast sicher, dass man sie nie wiedersehen würde. Wenn Hy Pezho tatsächlich neue Einszorn-Waffen besaß, dann würde ihn nichts und niemand mehr aufhalten können. Und nichts, was Mauritane unternahm, würde irgendetwas daran ändern.

Am vierten Tag erreichten sie schließlich Elenth, nur um festzustellen, dass die Stadt bereits vom gesamten Adler-Regiment und fünf weiteren Bataillonen der Unseelie belagert wurde. Sowie von drei Annwni- Einheiten.

Mauritane hatte nur sechs Bataillone zu seiner Verfügung und unter ihnen bereits schwere Verluste zu beklagen.

Das würde nicht einfach werden. Sie sahen einer schweren Schlacht entgegen. Zeit, sich einer der Fae-Tugenden zu besinnen.

Unter dem Schutz der weißen Flagge ritt Mauritane hinaus, um sich mit dem befehlshabenden General der Unseelie zu treffen. Tief verbeugten sich die beiden Heeresführer voreinander und tauschten die üblichen Höflichkeiten aus. Dann verständigte man sich darauf, die unabwendbare Schlacht bei Sonnenaufgang stattfinden zu lassen. Alles sehr zivilisiert.

Als Mauritane wieder zurückkehrte, schlugen seine Truppen am südlichen Abhang des Tals schon ein Lager auf. Sein Adjutant, Oberst Nyet, trat auf ihn zu und nahm ihn beiseite.

»Da will Euch jemand sprechen.« Nyet zeigte mürrisch ins Lager hinein.

Baron Glennet war zusammen mit einer Senatsdelegation eingetroffen; auch Lord Everess war mit dabei. Doch Baron Glennet war der führende Aristokratenvertreter hier, und es war unzweifelhaft sein großer Auftritt. Es war eine althergebrachte Tradition am Vorabend einer Entscheidungsschlacht, dass ein führendes Mitglied des Adelsstandes das königliche Recht in Anspruch nehmen durfte, die Einheit anzuführen. Eine reine Formalität natürlich. Glennet würde die Truppen abschreiten und eine glorreiche Rede halten, in der er jede Menge Plattitüden von sich gab. Den Soldaten würde es gefallen und Glennets Ego ebenfalls. Am Morgen der Schlacht dann würde er das Kommando großzügig wieder an Mauritane übergeben und zu Hause in sein warmes Bettchen schlüpfen, nicht ohne zuvor vom Senat für seinen Mut gepriesen worden zu sein. In der offiziellen Geschichtsschreibung dann würde Baron Glennet als Feldherr des Sturms auf Elenth genannt werden und nicht Mauritane. So war es Brauch, und die meisten Kommandanten akzeptierten dies.

Mauritane begrüßte Glennet und Everess nach allen Regeln der Etikette. Er verhielt sich Glennet gegenüber nicht unhöflicher, als er es gerade erst gegenüber dem Unseelie-General getan hatte. Der einzige Unterschied bestand darin, dass Mauritane den gegnerischen General respektierte. Der Truppenbesuch fand unter den Augen von Glennets Gefolge und Mauritanes Offizieren statt. Als einfacher Bürger und Militär erwartete man von Mauritane nun einen Kniefall vor Glennet, der den Adligen vermutlich in Verzückung geraten ließ.

Der Konvention entsprechend sank Mauritane also auf sein rechtes Knie, beugte das Haupt und präsentierte Glennet sein Schwert. »Ich übergebe Euch das Kommando über meine Truppen und unterwerfe mich Euer Lordschaft Führung.«

Glennet hob die Klinge hoch über seinen Kopf, und die Männer jubelten.

Nachdem dem Protokoll genüge getan worden war, kamen Mauritane, Everess und Glennet zu einem weniger förmlichen Treffen vor dem Kommandanten-Zelt zusammen.

»Ich muss sagen, der plötzliche Wechsel Eurer Strategie hat uns alle sehr überrascht«, meinte Glennet.

»Ja, das war der Plan«, gab Mauritane zurück.

»Ihr hättet zumindest *uns* darüber informieren können«, nörgelte Everess.

»Ein Geheimnis bleibt nicht lange geheim, wenn man es überall herumerzählt«, sagte Mauritane. »Das hat mich schon meine Mutter gelehrt.«

»Gewiss«, murmelte Everess, »und dennoch...«

Nach dem Abendbrot hielt Glennet seine flammende Rede vor den Truppen. Das, was Mauritane davon mitbekam, war zweifellos mitreißend und würde seinen deprimierten Männern gewiss neuen Mut machen. Sicher, sie waren Seelie-Soldaten, tapfer und tüchtig, doch dieser Feldzug war bisher alles andere als einfach gewesen.

Als die Ansprache vorbei war, reichte Mauritane Glennet die Hand und dankte ihm aufrichtig für sein Kommen. Bevor er wieder zurück an die Arbeit gehen konnte, trat ihm Lord Everess in den Weg. Er hielt einen kleinen Aktenkoffer vor sich.

»Ich möchte Euch ein paar Dinge zeigen, General.« Everess tätschelte den Koffer.

»Danke, aber ich benötige keine militärische Ratschläge«, gab Mauritane zurück.

»Oh, das sind mitnichten militärische Dokumente, und ich schätze, Ihr werdet Euch sehr für die damit verbundene Geschichte interessieren.«

Der Morgen dämmerte, und Mauritane war bereit. Er hatte am Abend nur kurz geschlafen und war seit Mitternacht mit Vorbereitungen beschäftigt gewesen. Er hatte sein Bestes getan. Vermutlich würde er an diesem Morgen in seinen sicheren Tod reiten, aber nun gab es kein Entrinnen mehr. Wenn er sich jetzt zurückzog, würden die Unseelie-Truppen im Südwesten einfach die Richtung wechseln und ihnen den Weg abschneiden. Damit wären sie zwischen zwei gigantischen Unseelie-Verbänden eingekesselt. Der einzige Ausweg bestand darin, Elenth einzunehmen.

Als die Sonne über den östlichen Ebenen aufging, hatte sich Mauritane zu Pferde vor seinen Truppen aufgestellt. Zu seiner Linken saß Glennet auf einem großen weißen Hengst, zu seiner Rechten Everess auf einem etwas weniger beeindruckenden Ross. Glennet hielt Mauritanes Schwert und war gerade im Begriff, es ihm nun wiederzugeben.

»An diesem Tage wird uns eine ganz besondere Ehre zuteil«, sagte Mauritane. »Wir wurden wahrlich beschenkt.«

Glennet hob abermals das Schwert in die Luft, und die Soldaten jubelten aufs Neue.

»Jeder geringere Edelmann hätte lediglich das Kommando von mir übernommen und es mir dann am nächsten Morgen zurückgegeben. Ja, ein geringerer Edelmann als Ihr hätte den Ruhm für diese Schlacht eingeheimst, ohne zu kämpfen.«

Verwirrt sah Glennet Mauritane an.

»Nicht so unser erhabener Baron Glennet! Nein, dieser noble Mann hat beschlossen, auch weiterhin das Kommando über die Truppen zu behalten und euch in Elenth in die Schlacht gegen die Unseelie zu führen!«

Ein zustimmendes Murmeln ging durch die Reihen der Soldaten. So etwas war seit Urzeiten nicht mehr da gewesen. Ein Ereignis von historischer Dimension.

Glennet rutschte unbehaglich in seinem Sattel hin und her und schwieg. Was hätte er auch dazu sagen sollen? Hätte er Mauritane widersprochen, hätte er als Feigling dagestanden, der im letzten Moment einen Rückzieher macht. Er wäre zum Gespött des Senats geworden. Hilfe suchend sah er zu Everess, doch Everess lächelte nur.

Glennet saß in der Falle, und das wusste er. »Ich konnte nicht einfach zusehen, wie Ihr davonreitet in dem Wissen, nicht alles unternommen zu haben, den Sieg herbeizuführen!«

Die Truppen gerieten fast aus dem Häuschen vor Begeisterung.

Mauritane grinste. »So nehmt Eure Position in der Frontlinie ein, wie es Euer althergebrachtes Recht ist«, sagte er. »Und gebt den Befehl zum Angriff!«

Infanterie und Kavallerie nahmen Aufstellung. Die Kriegstrommeln ertönten. Am Fuß des Hügels hatten sich die Unseelie in Formation gebracht und erwarteten den Angriff. Es würde eine blutige, schreckliche Schlacht werden.

Als Mauritane und Glennet zur vordersten Linie ritten, ließ Glennet die Maske fallen. »Was soll der Scheiß?«, zischte er.

»Ihr wolltet einen Krieg«, sagte Everess. »Hier habt Ihr ihn.«

Mauritane wendete sein Pferd und rief seinen Truppen zu. »Hier ist Euer Schlachtruf: Für Glennet!«

»Für Glennet!«, kam es aus unzähligen Kehlen zurück.

Mauritane und Everess ritten hinter die Linien zurück und ließen Glennet an vorderster Front zurück.

Glennet ließ das Schwert sinken und gab seinem Hengst die Sporen. Unter Trommelwirbel und dem Geräusch donnernder Hufe begann der Angriff.

Mauritane sah, wie die Zauber der Kampfmagier den Himmel durchzuckten, wie die Pfeile der Bogenschützen durch die Morgenluft zischten. Sah, wie die Kavallerie den Staub im Tal aufwirbelte und wie die Infanterie entschlossen vorrückte. Er hätte alles dafür gegeben, jetzt an Glennets Stelle zu sein.

Everess ritt zu ihm. »Ich denke, für mich und mein nobles Gefolge wird es nun Zeit zu gehen. Wir wollen Euch nicht noch mehr im Wege stehen, als wir's ohnehin schon getan haben.«

»Gut«, sagte Mauritane. »Geht.«

»Ich weiß Eure Hilfe in der Angelegenheit Glennet sehr zu schätzen«, sagte Everess.

»Dankt nicht mir. Ich hab's nicht getan, um Euch zu helfen. Ich tat es, weil Glennet ein dreckiger Verräter ist, der versucht hat, meine besten Freunde zu töten.«

»Das nenne ich Loyalität.«

»Und vergesst nicht«, fügte Mauritane hinzu, »dass ich für den Fall der Fälle jetzt auch etwas gegen Euch in der Hand habe.« Er gab seinem Pferd die Sporen und ritt auf sein Zelt zu.

Die beiden Armeen trafen vor der Stadtmauer aufeinander, und sehr schnell wurden die Dinge sehr hässlich. Welch grimmige Befriedigung Mauritane auch verspürt haben mochte, als er Glennet ins sichere Verderben schickte, sie wandelte sich rasch in einen Befehlsrausch. Das Regiment der Unseelie griff Mauritane geschlossen an, und die Annwni-Bataillone zogen sich zu einem flankierenden Manöver zusammen. Mauritane wusste, dass seine Männer zu den besten in den ganzen Faelanden zählten, doch dem hier war nicht mehr viel entgegenzusetzen, und auch das wusste er. Selbst wenn seine Truppen zwei für jeden eigenen Gefallenen töteten, blieben sie zahlenmäßig hoffnungslos unterlegen. Dazu kam, dass die Unseelie eine starke Rückfallposition hatten und sich hinter die Mauern von Elenth zurückziehen konnten. Everess und seine Freunde konnten von Glück sagen, dass sie bereits auf dem Weg nach Smaragdstadt waren.

Aber dies war auch ein Tag, dem jeder Befehlshaber früher oder später einmal entgegensah. Die eigenen Männer in den Tod zu führen und um ein Wunder zu beten. Und in dem Wissen, alles getan zu haben, was in seiner Macht stand, hatte sich Mauritane fast mit der Niederlage abgefunden. Wenn sich das Blatt nicht bald wendete, musste er gar über Kapitulation nachdenken. Dann wurde zwar der Krieg enden, doch einer Invasion durch die Unseelie stand nichts mehr im Wege. Seine Truppen würden den Tag überleben, und eine Unseelie-Besatzung würde nicht kampflos hingenommen werden. Selbst in der finstersten Stunde würden die Seelie einen Weg finden, Hoffnung zu schöpfen. Sie würden sich beugen, aber sie würde nicht zerbrechen.

Je weiter der Morgen fortschritt, umso schlimmer wurde ihre Lage. Die Annwni waren fast in Stellung, und waren ihre Einheiten erst mal zusammengezogen, dann bedeutete dies gleichzeitig das Ende der Seelie-Truppen. Mauritane musste sich ergeben, bevor das geschah, ehe noch mehr Leben vernichtet wurde. Er bestieg sein Pferd, fühlte sich kleiner, als er sich jemals gefühlt hatte, erbärmlicher noch, als er sich vorgekommen war, als man ihn als Verräter in Crere Sulace eingeliefert hatte. Damals war er der festen Überzeugung gewesen, dass ein Mann sich niemals miserabler fühlen könnte. Er hatte sich geirrt.

Ein düster dreinblickender Adjutant rannte auf ihn zu. »Soll ich die Flagge einholen, Sir?«

Mauritane sah ein letztes Mal den Hügel hinab. Die Bataillone der Annwni hatten sich formiert, allerdings nicht da, wo er es erwartet hatte. Dort, wo sie Aufstellung bezogen hatten, konnten sie die Seelie nicht flankieren, vielmehr war ihre Position dazu geeignet –.

Ein Horn ertönte, dann griffen die Annwni an. Doch nicht etwa Mauritanes Truppen, sondern die nun offenliegende Flanke der Unseelie. Dermaßen überrumpelt, brach heillose Verwirrung unter Mabs Kämpfern aus, und das wachsende Chaos unter ihnen pflanzte sich von rechts nach links durch die Reihen fort, während der Annwni-Verband durch die Unseelie-Truppen pflügte.

Mauritane griff nach unten und packte den Adjutanten bei der Schulter. »Befehl an die Feld-Kommandanten«, rief er. »Nach links nachrücken und den Unseelie den Rückzug abschneiden!« Der Adjutant starrte ihn aus aufgerissenen Augen an.

»Los jetzt!«, brüllte Mauritane und trat dem Mann ins Kreuz.

»Warte!«, rief er gleich darauf. »Komm zurück!« Der Adjutant wirbelte herum und tat, wie ihm befohlen. »Gib mir dein Schwert!«

»Aber ... Sir!«, stotterte der Adjutant.

»Wenn du nicht augenblicklich dein Schwert rausrückst, hol ich's mir und mach dich damit einen Kopf kürzer, Junge!«

Der Adjutant reichte Mauritane sein Schwert. Mauritane wog es in seiner Hand, wirbelte es einmal durch die Luft. Es war nicht *sein* Schwert, aber es musste genügen.

»Sir, Ihr könnt doch nicht einfach –«

»Meine Offiziere wissen, was zu tun ist«, erwiderte Mauritane. »Überbring ihnen meinen Befehl und sag ihnen, sie sollen ihre Arbeit machen!«

Mauritane gab dem Pferd die Sporen und stürmte aus dem Lager, wobei er den Adjutanten fast über den Haufen ritt. Er schwang das Schwert, spürte die kühle Morgenluft in seinem Gesicht. Ein wunderbares Gefühl.

Als die ersten Soldaten ihn hoch zu Ross auf sich zustürmen sahen, stimmten sie Mauritanes berühmten Schlachtruf an: »Für das Herz der Seelie!« Schon bald erschallte die Kampfparole entlang der ganzen Front. Mauritane ritt durch die Linien und der Schlacht entgegen.

Sie hatten noch eine Chance.

Aus Richtung Norden kam ein Passagierflieger herein. Er flog niedrig und auf Halbwindkurs. Mit maximaler Geschwindigkeit war er ohne Zwischenstopp den ganzen Weg von der Stadt Mab bis hierher geflogen und hatte dabei fast seinen ganzen Vorrat an Bewegung aufgebraucht. Der Pilot am Ruder hatte alle Hände voll zu tun, drehte immer wieder die Segel, so gut es in dieser geringen Höhe ging, in den Wind.

Es war eine knappe Angelegenheit, doch der Flieger schaffte es, kurz vor dem Nordtor von Elenth zu landen. Der Pilot sprang sogleich heraus; er trug eine hölzerne Kiste unter dem Arm. Der

Leutnant am Tor erwartete ihn bereits und nahm die Fracht des Mannes wortlos entgegen. Sodann befestigte er die Kiste an seinem Sattel, stieg auf sein Pferd und galoppierte in die Stadt hinein, wobei er einen verängstigten Obstverkäufer niederritt.

Der Leutnant preschte um eine Ecke im Zentrum und ritt auf der Außentreppe eines Stadthauses geradewegs hinauf auf die Gartenterrasse des Gebäudes. Als er oben ankam, stellten seine Kameraden gerade ein Katapult auf.

»Was ist denn hier los?«, brüllte der Leutnant die Männer an. »Das hätte doch schon gestern Abend aufgebaut sein sollen!«

»Ist eben erst angekommen«, knurrte der diensthabende Feldwebel. »Hatten Probleme mit dem Nachschub. Überall Saboteure.«

»Was für Saboteure?« Der Leutnant stieg vom Pferd und löste die Kiste behutsam von seinem Sattel.

»Arkadier, ob Ihr's glaubt oder nicht«, erwiderte der Feldwebel und zurrte einen der Stricke am Katapult fest. »Üble Sache, das«, fuhr er fort. »Die waren plötzlich überall.«

»Na ja, das ist jetzt auch egal. Wenn wir die Seelie erst ausgelöscht haben, können wir uns immer noch mit diesen Spinnern befassen.«

Vorsichtig stellte der Leutnant die Kiste auf dem Boden ab und öffnete sie. Darin lagen zwei dunkle Objekte, ein jedes nicht größer als eine Apfelsine. Unheilvoll wirkende Kugeln, die von innen heraus pulsierten.

»Das ist sie also?«, presste der Feldwebel hervor. Ihm war sichtlich nicht wohl bei dem Gedanken, die Dinger auch nur zu berühren.

»Das ist die Einszorn«, sagte der Leutnant. »Feuer frei, wenn Ihr bereit seid.«

Zögernd hob der Feldwebel eine der dunklen Kugeln aus der Kiste. Sie wog schwer.

»Beeilung!«, brüllte er seinen Männern zu. »Wir haben nicht den ganzen Tag Zeit!«

»Das wird ein hübsches Feuerwerk werden«, sagte der Leutnant.

37. KAPITEL

Wir erwarten und fürchten deine Erlösung.

– Chthonisches Gebet

Silberdun ging auf der Straße voran, die anderen folgten ihm. Links und rechts von ihnen war nichts als diese beunruhigende Leere. Vor ihnen erhob sich die riesige schwarze Burg – beeindruckend und Furcht erregend zugleich. Silberdun hielt den Blick auf den Weg gerichtet.

Eisenfuß schloss zu ihm auf, und so gingen die beiden Männer eine Weile schweigend nebeneinander her. Sela und Faella hielten sich dicht hinter ihnen.

»Warum nennt man dich eigentlich Eisenfuß?«, fragte Silberdun plötzlich unvermittelt.

Eisenfuß sah ihn an. »Als ich noch ein Junge war, bin ich viel zu Fuß unterwegs gewesen.«

»Aha«, meinte Silberdun. »Da hätte ich jetzt eigentlich etwas Martialischeres erwartet.«

»Gut, ich nehme diese Geschichte zurück«, erwiderte Eisenfuß. »Tatsächlich hab ich mal einem Mann so stark gegen den Kopf getreten, dass er sich danach nicht mehr an seinen Namen erinnern konnte.«

»Schon besser.«

»Irgendwas ist seltsam hier...«, ließ sich nun Sela vernehmen.

Silberdun sah sie über seine Schulter hinweg an. »Diese Feststellung impliziert, dass es hier auch etwas gäbe, das *nicht* seltsam wäre.«

»Ich erlebe gerade ein komisches Phänomen«, sagte Sela. »Als würde ich zurückgestoßen, aber es ist ja gar kein Wind hier.«

Nun, da sie es sagte, konnte Silberdun es auch fühlen. Eine sanfte, wenngleich spürbare Kraft. Als ob ihm eine warme Brise ins Gesicht blies. Nein, vielmehr fühlte es sich an wie die Hitzeabstrahlung eines weit entfernten Feuers. Aber hier war kein Feuer. Was sie spürten, war ihr eigenes re.

»Beim alabasterfarbenen Arsch der Königin!«, entfuhr es Silberdun. »Denkt ihr auch, was ich denke?«

»Was?«, fragte Faella.

»Ich glaube, diese Burg besteht aus Eisen.«

»Wie?«, meinte Silberdun. »Aber das ist unmöglich.«

»Ich hatte schon ein paar Begegnungen mit Eisen, mein Freund. Glaub mir, das fühlte sich genauso an.«

Als sie den Fuß der breiten Treppe erreichten, war das Gefühl des Rückstoßes nicht mehr zu leugnen. Es wurde deutlich schwierig, weiterzugehen. Und als ob das nicht schon genügte, offenbarten die Stufen selbst das nächste Problem. Jede von ihnen war hüfthoch, und sie hatten noch hunderte von ihnen zu erklimmen.

»Eine Treppe für Riesen«, konstatierte Silberdun.

»Oder Götter«, meinte Eisenfuß.

»Jetzt sei nicht albern, Eisenfuß«, sagte Silberdun. »Ich hab dich immer für deinen glasklaren Verstand bewundert.«

»Mag sein, aber nichts von alledem hier ist verstandesmäßig zu erfassen.«

»Mit dieser Inschrift am Tor will man doch nur unbefugte Eindringlinge ins Bockshorn jagen«, sagte Silberdun. »Was immer uns da oben auch erwartet, mag vielleicht unheilvoll sein, aber doch bitte schön nicht göttlich.«

»Wenn du meinst«, erwiderte Eisenfuß.

»Nun gut, Jungs«, meinte Faella. »Wollen wir weiter hier rumstehen und plaudern, oder gehen wir jetzt da rauf und stürmen die ferne Festung?« Sie grinste breit. Faella mochte ja vieles sein, aber feige war sie nicht.

Die Stufen waren gerade hoch genug, um ungemein beschwerlich zu sein. Silberdun und Eisenfuß zogen sich hinauf und halfen dann Faella und Sela nach oben. Keine der beiden Frauen war groß genug, um sie aus eigener Kraft zu erklimmen. Nach etwa zwanzig Stufen tat Silberdun der Rücken weh, und da hatten sie noch nicht mal ein Viertel des Aufstiegs hinter sich.

Je höher sie kamen, umso stärker wurde der Rückstoß, und irgendwann wurde er richtig schmerzvoll. Nicht so schmerzvoll wie das Gefühl, nachdem »Ilian« ihn in die eiserne Zelle geworfen hatte, aber es reichte.

Nach der Hälfte des Weges war Silberdun außer Atem, und Sela und Faella hatten weiche Knie. Silberdun und Eisenfuß besaßen den Vorteil der Schatten-Stärke und -Widerstände, doch die Frauen mussten ohne das auskommen. Als er so darüber nachdachte, fiel Silberdun wieder ein, dass er laut Jedron ja eigentlich tot war. Aber das war doch verrückt. *Er* war Silberdun. Zumindest in jeder Beziehung, die zählte.

Doch wenn Silberdun wirklich tot war, wo war er? War sein wahres Ich nun in Arkadien bei Mutter und Vater? Waren auch Je Wen und Timha dort, um ihn für ihren Tod zur Verantwortung zu ziehen? Und all die anderen, die er hatte gehen sehen: Honigborn, Graugänger und die ganzen Männer, die er in der Schlacht von Sylvan getötet hatte?

War dieser Silberdun hier nichts weiter als ein Geist? War das aus ihm geworden?

Nach einer halben Ewigkeit erreichten sie endlich den obersten Absatz der Treppe. Die Burg ragte nun direkt vor ihnen auf, verströmte Wellen reitischer Rückstöße. Es war, als stünde man am Rande eines gigantischen Signalfeuers. Es versengte die Haut und stach in den Augen. Vor ihnen lag ein großes, gut zwölf Meter breites Tor. Es stand einen kleinen Spalt weit offen.

»Ich will ja keine schlechte Laune aufkommen lassen«, meinte Eisenfuß, »aber was zum Henker sollen wir jetzt tun?«

Silberdun schwieg. Er war so sehr damit beschäftigt gewesen, diese Burg zu erklimmen, dass er sich keine Gedanken darüber gemacht hatte, was danach zu tun war. Eins nach dem anderen...

»Ja, gute Frage«, sagte er schließlich.

»Darf ich Euch daran erinnern, Lord Silberdun, dass ich ein sehr talentiertes Mädchen bin«, sagte Faella in diesem Moment.

Er sah sie an. Sie lächelte noch immer, schien tatendurstiger denn je. Er erkannte, dass er in Faella verliebt war und dass er es immer gewesen war.

»Und was willst du tun?«, fragte Eisenfuß. »Uns alle gegen Eisen unempfindlich machen?«

»Nein, Meister Falores«, sagte Faella. »Ich werde das Eisen entfernen.«

»Allein mit den Gaben kann man so was nicht schaffen«, sagte Silberdun.

»Mit der Dreizehnten Gabe schon«, gab Faella zurück. »Die Verwandlungsmagie reicht tief hinein ins Herz der Dinge. Ich weiß nicht genau, wie's funktioniert, bin ja schließlich kein Eisenfuß, aber ich denke, ich kann's schaffen.«

»Das glaub ich erst, wenn ich's sehe«, sagte Eisenfuß.

»Da wäre nur ein Problem«, fuhr Faella fort. »Um etwas zu verwandeln, muss ich es berühren.«

»Nein«, protestierte Silberdun. »Das ist viel zu viel Eisen. Es wird dich umbringen.«

»Und nicht nur das«, sagte Faella ungerührt. »Ich fürchte, ich hab nicht genug eigenes *re*, um es zu tun.«

»Und das bedeutet?«, fragte Sela.

»Das bedeutet, ich brauche dich, Sela, und deine Empathie, damit ich euch euer aller *re* entziehen kann.«

»Das kann ich machen«, sagte Sela. Silberdun sah sie an. Energisch und mit hocherhobenem Kopf stand sie da. Ohne Zweifel wollte sie der Mestina die Tapferkeitsmedaille nicht kampflos überlassen.

»Irgendwelche Gegenvorschläge, Eisenfuß?«, fragte Silberdun.

»Nein«, sagte der Thaumaturg. »Wenngleich ich mir nur schwer vorstellen kann, dass das klappt.«

»Dann gestattet mir, Euch zu überraschen«, sagte Faella.

Sie reichten sich die Hände. Silberdun stand zwischen Sela und Faella, und Faella hatte Eisenfuß an der anderen Hand. Silberdun öffnete seinen Geist und spürte, wie Sela in ihn hineinglitt. Er fühlte denselben Wirbel aus Schönheit und Finsternis und Schmerz und Hoffnung, den sie immer in ihm auslöste. Doch heute schwang in diesem Gemenge auch ein heftiges Gefühl des

Verlustes mit. Silberdun wusste, er allein war dafür verantwortlich, und er krümmte sich innerlich bei dem Gedanken. Und dann glitt auch Faella in ihn hinein, und Sela verblasste in den Hintergrund. Faella. Für sie gab es keine Worte. Sie war einfach Faella. Mehr hatte sie nie sein wollen, und sosehr Silberdun auch versucht hatte, es zu leugnen: Es war alles, was er jemals gewollt hatte.

Plötzlich trat Faella vor, legte eine Handfläche auf die riesigen Torflügel. Und Silberdun spürte, was sie spürte. Qual, Agonie. Für einen Moment waren sie alle wie geblendet von so viel Schmerz und überwältigt von der unbarmherzigen Kraft des Eisens.

Doch dann bemerkte Silberdun plötzlich etwas anderes. Schwach spürte er einen Energiefluss aus Richtung Eisenfuß. *Wie damals bei Lin Vo.* Silberdun verfügte über ein wenig Innensicht und setzte die Gabe nun ein, um herauszufinden, was Faella tat. Doch er erhaschte nur einen kurzen Augenblick, denn als Sela ihn beim Kanalisieren ertappte, warf sie ihren eigenen Gedanken auf ihn: *Hör auf!*

Auf einmal war ein Krachen zu hören, dann spürten sie eine feurige Explosion. Die Hitze, richtige Hitze diesmal, brannte auf Silberduns Haut, wurde aber schon im nächsten Moment schwächer. Wie auch die Kraft des Eisens. Die Abstoßung war noch spürbar, aber sie war nun erträglich. Silberdun sah auf Faellas Hand, die noch immer auf das Portal gepresst war. Sie war feuerrot und voller Brandblasen. Ihr Schmerz, an dem Silberdun noch immer teilhaben konnte, war stärker, als er selber imstande gewesen wäre zu verkraften.

Um Faellas Hand herum veränderte sich das Portal. Seine tiefschwarze Eisenfarbe wurde zu einem matt glänzenden Grau. Die Verwandlung setzte sich von Faellas Hand ausgehend in alle Richtungen fort, wie schnell wachsende Zweige eines Baumes, aus denen wiederum neue Zweige sprossen. Die Zweige verästelten und überlagerten sich, und nach einer Weile schimmerte die gesamte Tür grau. Gleichzeitig fühlte Silberdun keinen wie auch immer gearteten Rückstoß mehr von ihr ausgehen.

Faella nahm ihre Hand von dem Portal und verbarg sie in ihrer anderen. Silberdun sah ihr ins Gesicht und stellte fest, dass sie weinte.

»Ich habe die Verwandlung initiiert«, sagte sie. »Hatte sie in eine kleine Bindung gefasst. Merkwürdigerweise hat sie dann begonnen, sich zu verselbstständigen. Die Verwandlung entwickelte plötzlich eine ganz eigene Energie, und aus dem Eisen wurde etwas anderes.«

»Was für eine Energie war das?« Eisenfuß ließ Faellas Hand los und betastete verblüfft das Tor.

»Oh, das weiß ich nicht«, sagte Faella. »Aber ich hab sie ein bisschen angestupst, und da wurde sie zu *re*. Es ist *re* hier, und zwar viel davon. Alles hier will zu *re* werden. Ich weiß nicht, wie ich's besser erklären soll.«

Eisenfuß kratzte mit dem Fingernagel ein wenig von der Türoberfläche ab. »Was ist das?«, fragte er.

Silberdun nahm ihm das Fragment ab und kanalisierte Elemente in das Material. »Kobalt«, sagte er schließlich.

Eisenfuß sah ihn stirnrunzelnd an.

»Geologie war Teil des Fachs Elemente«, erklärte Silberdun. »Und stinklangweilig dazu.«

Zu viert schafften sie es, die Tür ein gutes Stück aufzudrücken. Silberdun sah Faella an.

»Deine Hand«, sagte er erstaunt. »Sie ist wieder geheilt.«

»Ach das«, meinte sie. »Eine meiner leichtesten Übungen.«

Das Tor in seinen mächtigen Angeln öffnete sich zu einem Innenhof, an dessen gegenüberliegender Seite eine große Doppeltür lag. Es war dunkel hier. An den Wänden hingen einige Hexenlichtfackeln, die Silberdun entzündete. Das Licht enthüllte das ganze Ausmaß von Faellas Verwandlungsmagie: Alles Eisen um sie herum veränderte sich langsam, aber sicher zu Kobalt, zahllose Adern aus Grau mäanderten durch das Material und pflanzten sich in alle Richtungen fort.

»Ich schätze, das, was wir suchen, liegt hinter dieser Tür«, stellte Silberdun fest.

Nach einer kurzen Weile hatte sich das Material des zweiten Tores so weit in Kobalt verwandelt, dass man es berühren konnte. Es war sogar noch schwieriger aufzustoßen als das erste. Sie sahen durch den Spalt hinein. Dahinter lag eine große Kammer. Auch in ihr war es dunkel, doch in der Ferne war ein flackerndes graues Licht zu erkennen. Leise Schritte echoten von irgendwo her. Außerdem war ein monotones brummendes Geräusch zu vernehmen.

»Ich glaube, da ist jemand drin«, sagte Silberdun.

»Aber wie ist das möglich?«, fragte Sela. »Wie könnte ein Fae dort drinnen überleben?«

»Finden wir's raus«, sagte Silberdun.

Sie betraten die Kammer, und sofort wurden sie von einem starken Schwindelgefühl erfasst. Wellen von *re* wurden durch die Kammer geworfen, durch das sie umgebende Eisen noch verdichtet. Es war, als ginge man ins Wasser. Ein seltsames, warmes Gefühl und nicht gerade unangenehm. Es war, als badete man in warmem Licht. Silberdun brauchte einen Moment, um sich wieder zu fangen.

»Ich kann nichts sehen«, sagte Eisenfuß. »Sollten wir nicht ein bisschen Hexenlicht machen?«

»Erst mal nicht«, meinte Silberdun. »Es könnte nicht schaden, wenn wir denjenigen, der da drinnen ist, überrumpeln.«

Sie gingen weiter. Silberdun konnte in dem höhlenartigen Raum die seltsam gedämpften Atemgeräusche seiner Gefährten hören. Sie atmeten schnell.

Das graue Licht vor ihnen hatte aufgehört zu flackern, als sie näher kamen, doch das Brummen war lauter geworden. In Ermangelung geeigneter Alternativen führte Silberdun die Gruppe weiter. Was immer die Quelle des Lichts auch war, es wurde hinter etwas Massivem im Raum versteckt. Etwas, das er aufgrund der Weise, welchen Weg das *re* und die Geräusche im Raum nahmen, eher spürte denn sah.

Sie erreichten eine Art Mauer, die einen Teil der Kammer durchschnitt, und hielten davor an.

»Wartet hier«, flüsterte Silberdun den Frauen zu. »Eisenfuß, du kommst mit mir.«

»Aber ich will auch mitkommen«, zischte Faella. »Und Sela auch.«

»Eisenfuß und ich können uns völlig lautlos bewegen«, gab Silberdun zurück. »Ihr hingegen könnt das nicht.«

Silberdun und Eisenfuß gingen weiter, bogen um die Wand und machten dabei nicht das geringste Geräusch. Sie näherten sich der seltsamen Lichtquelle, und Silberdun stellte fest, dass es eine Reihe massiver Objekte in dieser Kammer gab. Tatsächlich stellte das Stück Mauer, das sie gerade hinter sich gelassen hatten, den Sockel eines dieser Objekte dar. Das Brummen wurde immer lauter, und das Licht flackerte nicht.

Sie erreichten die Kante der Blockade, hinter der sich die Lichtquelle befinden musste. Gerade, als sie um die Ecke schauen wollten, stoppte das Gedröhne, und es wurde unsagbar still. Plötzlich war eine Art Rascheln zu vernehmen, dann spürte Silberdun eine sanfte Brise auf seinem Gesicht.

In diesem Moment kam das Licht auf sie zu, sein Widerschein bewegte sich über die Wand dahinter. Silberdun und Eisenfuß zogen ihre Messer und huschten um die Mauer.

Das, was sich da auf sie zubewegte, war eine glühende silberfarbene Motte. Sie war riesig und schwebte gut drei Meter über dem Boden. Und sie war auch die Quelle für das Licht; ihr Körper und ihre Flügel strahlten reinstes Hexenlicht aus.

Die Kreatur bemerkte sie, schlug einmal kurz mit den Flügeln und schwebte dann auf der Stelle. Reglos hing sie in der Luft, und da konnte Silberdun das Ding zum ersten Mal näher betrachten.

Es war keine Riesenmotte, sondern ein Faemann, der vollständig in eine silberne Rüstung gekleidet war. Selbst sein Kopf war unter einem Helm verschwunden. Aus den Schulterplatten wuchsen ein paar riesige Flügel aus Silber, so dünn und fragil, dass sie fast durchsichtig waren.

Der schwebende Mann hob eine Hand und klappte das Visier seines Helms hoch. Er wirkte erstaunt.

Er besaß das Gesicht eines Bel Zheret, doch die Augen eines wahren Fae.

»Wer um alles in der Welt seid ihr?«, fragte er.

38. KAPITEL

Der perfekte Schlachtplan wäre einer, der besagt, dass ein solcher Plan nicht existiert.

– Heerführer Tae Filarete, *Betrachtungen zur Schlacht*

Endlich war das Katapult fertig zusammengebaut, wobei der Leutnant, der Feldwebel Hy-Asher beständig seinen heißen Atem in den Nacken blies, noch den geringsten Anteil daran hatte.

»Worauf sollen wir es abschießen?«, fragte er. »Mitten rein in die Hauptangriffstruppe?«

»Nein, Ihr Idiot«, bellte der Leutnant. »Damit tötet Ihr doch unsere Truppen ebenfalls. Erledigt General Mauritane, und der Krieg ist so gut wie gewonnen.«

Hy-Ashers Männer prüften die Windrichtung und schoben das Katapult an seinen Platz. Ein Gefreiter betätigte die Zugseilwinde, und der Hebelarm senkte sich. Mit zitternden Händen legte Hy-Asher die Einszorn-Bombe in die Abwurfvorrichtung. Dann nickte er.

Mauritane ritt die Attacke auf Elenth und führte die Bären-Kompanie auf das Stadttor zu. War das Tor unter ihrem Ansturm erst genommen, würden sie sich in die Stadt vorkämpfen.

Dann konnten er und der Kommandant der Annwni sich endlich treffen. Die Schlacht, das spürte er in den Knochen, war so gut wie geschlagen. Die Männer um ihn herum jubelten schon und schwangen siegesgewiss ihre Schwerter. Klappern und Kreischen. Hufgetrommel und gebellte Befehle.

Plötzlich explodierte hinter ihm eine neue Sonne. Schon in der nächsten Sekunde wurde er vom Pferd geschleudert und landete mit dem Gesicht im Dreck. Überraschte Rufe und Schmerzensschreie wurden laut. Mauritane setzte sich auf und sah hinauf zu der Stelle, an der sein Kriegslager stand. Eine Flammensäule stieg von dem Hügelkamm am Rande des Tals auf. Die Bäume, die unweit seines Heerlagers gestanden hatten, brannten lichterloh. Vom niedergetrampelten Gras an den Hängen stieg Rauch auf. Das Feldlager der Seelie existierte nicht mehr. Und wenn er nicht wider alle Vernunft in die Schlacht geritten wäre, dann wäre er jetzt auch tot.

Die Einszorn hatte zugeschlagen. Die Schatten hatten versagt. Nach all den Anstrengungen und Rückschlägen schien es, als sei die Niederlage nun nicht mehr abzuwenden.

Doch an diesem Punkt war selbst das Mauritane egal. Er rappelte sich auf, schwang sein Schwert durch die Lüfte und schrie: »Für das Herz der Seelie! Auf nach Elenth!«

Viele seiner Soldaten schlossen sich ihm an, stimmten leidenschaftlich in seinen Schlachtruf mit ein, als sie gen Elenth vorrückten. Nicht alle von ihnen, aber möglicherweise genug.

Für Mab und ihre Unseelie entwickelten sich die Dinge nicht zum Besten. Die Berichte, welche die Regentin in ihren Gemächern über der neuen Stadt Mab erreichten, wurden immer verheerender. Der Hohe Rat der Annwni hatte sich gegen ihre Besatzer aufgelehnt und den Gouverneur und Prokonsul erschlagen. Es ging sogar das Gerücht, dass die Annwni sich mit den Seelie zu verbünden drohten, und das Nächste, was Mab erfuhr, war, dass die Annwni-Truppen dies tatsächlich getan hatten und nun Chaos und Verwüstung entlang der Front anrichteten.

Zu allem Überfluss schien sich jeder Arkadier im Kaiserreich gegen sie verschworen zu haben. Sie stahlen Pferde, sabotierten die Nachschubkarren, fingen Nachrichten ab. Eine ganze Kompanie des Fünften Bataillons war zu den Seelie übergelaufen, nachdem sie von den Arkadiern »bekehrt« worden waren.

Mab ging in ihren Räumen auf und ab. Bald würde Hy Pezho

zurückkehren. Es wäre ihm, diesem Wahnsinnigen, ein Leichtes, weitere Einszorn-Bomben zu erschaffen. Wenn er dabei nur nicht Ein aufweckte.

Mab und Ein hatten eine gemeinsame Vergangenheit, und ihre Beziehung war nicht gerade harmonisch zu Ende gegangen.

Ja, schon bald würde Hy Pezho wieder hier sein. Und Titania würde am Ende vor ihr niederknien. Alles, was dazwischen geschah, waren nur kleinere, unbedeutende Rückschläge.

39. KAPITEL

Das »Warum?« ist nur auf lange Sicht von Interesse. Für den Moment ist nur das »Wie?« entscheidend.

– Meister Jedron

»Wir sind die Schatten.« Mit gezücktem Messer trat Silberdun auf den fliegenden Mann zu. »Und wer zum Henker seid ihr?«

»Die verruchten Schatten! Ich hätte es wissen müssen!«, sagte der Mann. Er vollführte eine kleine Verbeugung in der Luft. »Ich bin Hy Pezho. Der Schwarzkünstler. Ich wurde bis zur Unkenntlichkeit verstümmelt, habe kürzlich aber eine wundervolle Verwandlung erfahren. Ich schätze, *ihr* seid meine Nemesis.«

»Wir sind hier, um Euch am Bau der Einszorn zu hindern«, sagte Silberdun. »Wir sind hier, um es ein für alle Mal zu beenden.«

»Hm«, machte Hy Pezho. »Das ist interessant.«

»Ist es das?«, fragte Silberdun.

Hy Pezho neigte den Kopf. »Nein, ich hab mich nur gefragt, wie ihr hier auf diesem Boden stehen könnt. Immerhin besteht er aus solidem Eisen.«

»Nicht mehr«, sagte Silberdun. »Das haben wir geändert. Wenn Ihr deshalb in der Luft hängt, könnt Ihr nun getrost runterkommen.«

Hy Pezho wirkte entsetzt. »Was soll das heißen, ihr habt ›das geändert‹? Das ist unmöglich!«

»Wir haben alle unsere kleinen Geheimnisse«, meinte Silberdun. Und jetzt kommt runter, wir sind in der Überzahl.«

»Aufhören!«, brüllte Hy Pezho. »Was immer ihr da macht, hört sofort auf damit. Habt ihr denn überhaupt eine Ahnung, was ihr da tut?«

Silberdun warf Eisenfuß einen Blick zu. Das war nicht ganz die Reaktion, die sie vom berüchtigten Schwarzkünstler Hy Pezho erwartet hatten.

Hy Pezho warf die Arme in die Luft und erleuchtete die gesamte Kammer mit gleißend hellem Hexenlicht. »Seht euch um, ihr Narren. Habt ihr überhaupt eine Ahnung, wo ihr seid?«

Silberdun schaute von links nach rechts, und er brauchte einen Moment, um zu begreifen, was er sah. Die Halle nahm fast die gesamte Grundfläche der Burg ein, mit Ausnahme des schmalen Ganges, durch den sie hierhergelangt waren. Die Halle war leer, bis auf eine Anzahl eiserner Sockel, die sich unter Faellas Magie allmählich in Kobalt verwandelten. Jede Plattform war mannshoch, um die zwölf Meter lang und etwa sechs Meter breit.

Doch es war das, was auf diesen Sockeln stand, das Silberdun die Sprache verschlug. Umwickelt von eisernen Bindungen kauerten auf ihnen zwölf gigantische Figuren. Sie besaßen die Gestalt der alten Thule Fae, der ersten Elfen, mit ihren langen, elegant geschwungenen Ohren, den großen Augen und den hochgewachsenen, schlanken Körper. Die zwölf Statuen waren allesamt gleich gekleidet, nur die Farben ihrer langen Gewänder und die darauf gestickten Insignien variierten. Sechs von ihnen waren männlich, sechs weiblich.

Zwölf Figuren insgesamt.

»Was ist das für ein Ort?«, fragte Silberdun.

»Das wisst ihr nicht?«, schrie Hy Pezho. »Ihr dringt hier ein und wisst nicht mal, wo ihr seid?«

»Nun, dann sagt es uns doch«, erwiderte Silberdun.

»Und ich dachte, das wäre offensichtlich«, zischte Hy Pezho. »Ich vermute, ihr seid auf demselben Weg hierhergelangt wie ich. Indem ihr mittels einer Kynosure die Raumfaltung genutzt habt?«

»Das stimmt«, sagte Silberdun.

»Und die Kynosure ist ein chthonisches Artefakt«, sagte Hy Pezho. »So schaut euch um, und was seht ihr? Richtig, chthonische Götter. Die zwölf gebundenen Götter, um genau zu sein.«

»Soll das ein Witz sein?«, schnaubte Eisenfuß.

»Ihr seid in Prythme«, sagte Hy Pezho. »An dem Ort, an den die Götter vor Jahrmillionen gebunden wurden. Und wenn ihr nicht damit aufhört«, er deutete auf die Figuren, wo die grauen Verästelungen sich gerade anschickten, die Eisenbindungen in Kobalt zu verwandeln, »dann werdet ihr sie freilassen.« Hy Pezho starrte die Gruppe düster an. »Und glaubt mir, ihr wollt nicht, dass das passiert.«

»Das ist ja lächerlich«, stieß Eisenfuß hervor. »Gebundene Götter. Prythme. Und Ihr seid vermutlich Uvenchaud persönlich, der gerade von seinem letzten Drachenkampf zurückgekehrt ist.«

Sanft landete Hy Pezho auf dem Boden. Die Silberrüstung fiel von ihm ab, indem sich die Einzelteile einfach zurückbogen, sodass er aus ihr heraussteigen konnte. Darunter trug er eine schlichte Robe, und er war unbewaffnet. Die Silberrüstung erhob sich in die Lüfte und verschwand in den Schatten der mächtigen Kuppeldecke, die Hy Pezhos Hexenlicht nicht mehr erreichte.

»Vertraut mir, das hier ist alles sehr real.«

Faella und Sela traten an den Sockel heran, neben dem Silberdun und Eisenfuß standen. Argwöhnisch starrte Hy Pezho die Mestina an. »Das wart Ihr, stimmt's? Dieses *re*, was aus Euch kommt… Es ist wie das aus… der Hölle. Ihr seid es, richtig? Ihr seid *sie*.«

»Wer soll ich sein?«, fragte Faella.

»Ihr seid die mit der Dreizehnten Gabe. Faella. Glaubt Ihr, Mab wüsste nicht von Euch? Euer Licht strahlt in den Faelanden heller als ein Freudenfeuer in der Nacht.«

»Ich fühle mich geschmeichelt«, erwiderte Faella.

»Mab hat ihre Invasion aus zwei Gründen gestartet«, fuhr Hy

Pezho fort. »Der eine bestand darin, Titania zu unterwerfen. Der andere war, *Euch* zu töten.«

»Und wie komme ich zu dieser zweifelhaften kaiserlichen Ehre?«, fragte Faella.

»Weil Ihr imstande seid, unsagbar dumme Dinge anzustellen, so, wie Ihr es im Moment ja auch tut«, erwiderte Hy Pezho. »Wenn Ihr nicht damit aufhört und die Bindungen wieder in Eisen zurückverwandelt, erwartet uns alle der Tod. Vielleicht sogar Schlimmeres als der Tod.«

»Erklärt mir, was dieser Ort genau ist, und ich werde es mir vielleicht überlegen.«

Hy Pezho sah an dem Sockel hinauf, neben dem sie standen. Er wurde sekündlich grauer, und der Schwarzkünstler seufzte. Aus irgendeinem Grund hatten die Verästelungen es schwerer, an der Plattform hinaufzukriechen. Hielt irgendwas sie davon ab?

»Es geschah während des *Rauane Envedun-e*«, begann Hy Pezho. »In jener Ära also, in der sich die lächerlichsten und gefährlichsten Dinge in der Geschichte der Fae ereigneten.« Er sah wieder hinauf und leckte sich die Lippen. »Zu dieser Zeit gab es die Chthoniker schon über tausend Jahre, in denen sie freudig ihren zwölf Göttern gehuldigt hatten. Freudig und mit erstaunlicher Inbrunst.

Nun war es so, dass diese Götter zu jener Zeit gar nicht existierten. Sie entstammten einem vorgeschichtlichen Thule-Glauben, waren die pure Erfindung abergläubischer Ureinwohner, um sich Dinge wie den Sonnenaufgang oder das Kriegsglück zu erklären. Dergleichen findet sich in vielen Welten.

Doch die Faelande sind nicht wie andere Welten. Und während des *Rauane* existierte hier mehr freies *re* als zuvor und auch danach. Magie war allgegenwärtig und vermochte fast alles zu bewirken. Und so vollbrachten die Anhänger der Thule-Götter ungewollt eine gigantische thaumaturgische Meisterleistung, vielleicht die größte überhaupt.

Sie kanalisierten ihre enorme Essenz in ihren Glauben, in ihre unterwürfige Verehrung. Sie priesen ihre Gottheiten so inbrünstig und ausdauernd, dass sie diese am Ende kraft ihrer Gebete ins Leben riefen.«

»Soll das heißen, diese Leute haben mal eben ein paar Götter *erschaffen*?«, fragte Silberdun.

Hy Pezho sah hinauf zu den sich grau verfärbenden Bindungen und starrte Silberdun eindringlich an. »Nicht nur das. Sie taten ihre Arbeit im Hinblick auf deren Manifestation so gut, dass die Götter tatsächlich zu dem wurden, was die Gläubigen erwarteten. Seit jenem Tage waren sie wahrlich verantwortlich für den Sonnenaufgang, das Kriegsglück und dafür, wer sich in wen verliebte. Seit dem Anbeginn der Zeit wünschten sich die Gläubigen nichts mehr, als dass ihre Götter wirklich existierten, sodass es sie plötzlich nicht nur gab, sondern fortan auch schon *immer gegeben hatte*. Sie erschufen unsterbliche Götter buchstäblich aus dem Nichts.«

»Das scheint mir alles ein wenig weit hergeholt«, meinte Eisenfuß.

»Nun, wir reden hier von jener Fae-Epoche, in der die Männer den Regen in Wein verwandelten, nur weil sie zu betrunken waren, um eine weitere Flasche ans Lagerfeuer zu holen«, sagte Hy Pezho. »Nur zum Spaß färbten sie den Himmel orange, erschufen allein aus ihrer Vorstellung heraus fürchterliche Seeungeheuer. Einer von ihnen lehrte nur zum Spaß einen ganzen Wald voller Bäume das Sprechen. Es gab nichts, was sie nicht zu vollbringen vermochten.«

»Und wie kam es, dass die Götter am Ende hier landeten?«, fragte Sela. Sie wirkte seltsam traurig.

»Tja«, erwiderte Hy Pezho mit zusammengebissenen Zähnen, denn er wurde zunehmend nervöser, »es stellte sich heraus, dass die Anwesenheit der Götter weit weniger lustig war, als es sich die alten Chthoniker vorgestellt hatten. Die Götter wurden erschaffen, um die Verantwortung zu übernehmen. Und das taten sie dann auch. Sie wurden erschaffen, um zu richten, also richteten sie. Man hatte die Götter über die Fae gestellt, und sie spielten die ihnen zugewiesenen Rollen mit Bravour und Genuss.

Dumm nur, dass nicht alle Fae zu ihren glühenden Anhängern

zählten. Diesen Freidenkern war es einerlei, ob sie nun von Göttern gerichtet wurden, an die sie ohnehin nicht glaubten. Also erschuf ein sehr mächtiger Zirkel von Zauberern eine sehr mächtige Bindung und zog gegen die Götter in den Krieg. Es war eine epochale Schlacht. Die Götter verloren, und die Zauberer verbannten sie für alle Ewigkeiten an diesen Ort.«

»So weit, so gut«, meinte Silberdun.

»Nicht ganz«, sagte Hy Pezho. »Die Chthoniker huldigten auch weiterhin ihren Gottheiten. Huldigten ihnen, obwohl diese nun machtlos und in diesem außerweltlichen Gefängnis eingeschlossen waren. Gegen Ende des *Rauane*-Zeitalters konstruierte dann einer ihrer begabtesten Thaumaturgen die Kynosuren. Objekte, deren einziger Zweck es ist, den Glauben der Chthoniker an diesen Ort, nach Prythme, zu leiten.«

»Um die Götter am Leben zu erhalten«, schloss Sela.

»Um sie am Leben zu erhalten und eines Tages zu befreien«, sagte Hy Pezho. »Diese Körper hier sind unverwüstliche Speicher für reines, undifferenziertes *re*. Und der Vorrat wächst mit jedem chthonischen Gottesdienst weiter an. Bis eines Tages genug *re* zusammengekommen ist, auf dass die Götter ihre Fesseln sprengen können. Ich schätze, dieser Tag wäre erst lange nach unser aller Tod gekommen, hättet ihr Narren nicht beschlossen, den Prozess ein wenig zu beschleunigen.«

»Und die Kraftquelle für die Einszorn«, Eisenfuß nickte in Richtung der gefesselten Götter, »kommt demnach von ... denen da.«

»Jede Bombe enthält einen Tropfen von Eins Blut«, sagte Hy Pezho. »Das ist er übrigens.« Er deutete den Sockel hinauf, neben dem er eben noch in der Luft geschwebt hatte. »Gott Ein, meine ich.« Hatte ihm gerade ein paar Tröpfchen abgezapft, als ihr eingetroffen seid.«

Hy Pezho trat auf Silberdun zu und sah ihm fest in die Augen. »Und nun, da ich euch bis ins kleinste Detail erklärt habe, wo ihr reingestolpert seid, würdet Ihr bitte Eurer hübschen Freundin sagen, sie soll damit aufhören?! Ich meine, bevor die Götter aufwachen und beschließen, die Faelande wieder zu übernehmen, trunken vor Rache ob ihrer fünftausend Jahre währenden Gefangenschaft!«

Faella runzelte die Stirn. »Aber ich weiß nicht, wie ...«

»Was?«, rief Hy Pezho.

»Es war nicht schwer, Eisen in Kobalt zu verwandeln«, sagte sie, »wenn ich's denn tatsächlich vollbracht haben sollte. Aber ich hab nicht die geringste Ahnung, wie ich den Prozess umkehren kann. Ich hab das Eisen einfach zerschmettert, so wie man ein Glas zertrümmert. Ich kann's nicht wieder zusammensetzen.«

»Dann, meine Liebe«, sagte Hy Pezho, »sind wir fünf schon bald mausetot und die Faelande auf ewig verdammt.« In zynischer Resignation grinste er Faella an. »Und es ist alles Eure Schuld.« Er seufzte. »Ich hab schließlich nur eine Bombe gebaut.«

»Er spricht die Wahrheit«, sagte Sela. »Er weiß, dass das alles stimmt. Er hat alte Texte studiert, hat mit Hilfe dunkler Kräfte in die Vergangenheit geschaut. Alles, was er sagt, stimmt.«

»So ist es«, sagte Hy Pezho. »Und so sehr ich hierbleiben und der Erste sein will, der von den wiedererwachten Göttern verschlungen wird, auf dass ich ihre Regentschaft nicht miterleben muss, so sehr bin ich nun ein Bel Zheret. Und als solcher erhielt ich von Mab den Auftrag, weitere Einszorn-Bomben zu erschaffen. Und ich hab genug Götterblut, um das Seelie-Königreich ins ewige Vergessen zu befördern. Tatsächlich erweise ich ihm damit eine Gnade, vorausgesetzt ich bin schneller als die Götter.«

Die Silberrüstung schwebte wieder von der Kuppel herab. »In wenigen Stunden wird die Große Seelie-Feste nur noch eine rauchende Ruine sein«, sagte er. »Und dann werden die chthonischen Götter über uns alle herrschen. Und ironischerweise wäre Titania die vielleicht Einzige gewesen, die mächtig genug ist, sich ihnen zu widersetzen.«

»Ihr geht nirgendwo hin«, sagte Silberdun. »Ihr bleibt hier und helft uns, die Katastrophe aufzuhalten.«

»Das ist aber nicht Teil meines Befehls«, sagte Hy Pezho. »Ich gehöre Mab mit Haut und Haaren und muss tun, wie mir geheißen.«

Hy Pezho wedelte mit der Hand, und Silberdun wurde von einem Stoß aus Bewegung zurückgeworfen. Auch Sela, Eisenfuß und Faella wurden in alle Richtungen davongeschleudert.

Hy Pezho stieg in seine Silberrüstung. »Auf Wiedersehen, Schatten«, rief er. »Gehabt euch wohl.« Die Flügel begannen zu schlagen, und der Schwarzkünstler erhob sich vom Boden. Dann begann er einen Raumfaltungsspruch zu intonieren.

Silberdun kanalisierte Elemente und riss damit die Vorderseite der Rüstung auf. Hy Pezho purzelte heraus und fiel zu Boden wie ein nasser Sack. Seine Konzentration war dahin. Die Silberrüstung trudelte seitwärts davon, ihre metallenen Flügel schlugen wie verrückt. Mit gezogenem Messer rannte Silberdun auf Hy Pezho zu und packte ihn.

»Eisenfuß«, rief er. »Such Faella, und dann seht zu, dass ihr diese Scheißverwandlung aufhaltet!« Er stieß mit dem Messer zu, aber Hy Pezho entzog sich seinem Griff und trat Silberdun mitten ins Gesicht. Der Schwarzkünstler war so stark wie die anderen Bel Zheret. Ebenso stark wie derjenige, der Silberdun getötet hatte.

Der Boden erbebte. Silberdun warf einen Blick nach oben und sah, dass sich Eins Hand zur Faust ballte und dann wieder öffnete. Die Ketten der Götter rasselten.

Dann donnerte eine Stimme durch die riesige Halle und sprach Worte in einem sehr alten Hochfae-Dialekt: »Wer sticht da in meine Haut und weckt mich aus meinem Schlummer?«

Auf dem Dachgarten in Elenth befahl Feldwebel Hy-Asher das Nachladen des Katapults mit der zweiten Einszorn-Bombe. Der Leutnant warf einen Blick über die Brüstung und hinunter aufs Schlachtengetümmel.

»Beeilung!«, rief er. »Sie sind schon fast beim Tor!«

»Euch ist schon klar«, sagte Hy-Asher, »dass wir unsere eigenen Truppen und vermutlich die Hälfte der Stadtbevölkerung töten werden, wenn wir das Ding so nah abfeuern?«

»Und wenn schon«, sagte der Leutnant. »Wenn sie's durchs Tor schaffen, sind wir ohnehin alle tot!«

Hy-Asher betätigte die Zugseilwinde und konnte nicht verhindern, dass ein Gefühl des Grauens von ihm Besitz ergriff.

40. KAPITEL

Hoher Priester: Ich fürchte, dann werden wir nie einer Meinung darüber sein, was einen redlichen Mann ausmacht.
Alpaurle: Ist es eigentlich klug, die Meinungsverschiedenheit zu fürchten? Sollten wir sie nicht vielmehr begrüßen?
Hoher Priester: Es ist gewiss besser, in solchen Dingen einer Meinung zu sein.
Alpaurle: Ihr müsst Recht haben, natürlich, denn Ihr seid sehr weise. Doch das meinte ich nicht.
Sollten wir uns nicht über jede Meinungsverschiedenheit freuen vor dem Hintergrund, dass aus einem Streitgespräch auch ein Wissenszuwachs resultieren kann?
Hoher Priester: In Dingen der Moral halte ich den Konsens für unabdingbar. Vieldeutigkeit in diesen Belangen empfinde ich als zutiefst beunruhigend.
Alpaurle: Warum?
Hoher Priester: Weil ich natürlich die Wahrheit zu erfahren wünsche.
Alpaurle: Doch was, wenn in der Vieldeutigkeit die Wahrheit gefunden werden kann?

– Alpaurle, aus *Gespräche mit dem Hohen Priester von Ulet*, Gespräch VI, herausgegeben von Feven IV zu Smaragdstadt

Eisenfuß stürmte auf Silberdun zu, um ihm zur Seite zu stehen, doch Silberdun winkte ab. »Nein! Kümmere dich um Faella!«, brüllte er. »Hilf ihr, die Verwandlung wieder rückgängig zu machen!«

Eisenfuß rannte zurück zu Faella und Sela, während Silberdun einige Meter entfernt mit Hy Pezho rang.

»Sela«, sagte er. »Du, Faella und ich sollten uns wieder zusammentun. Wie zuletzt in der Kirche. Mal sehen, ob wir den Prozess nicht mit vereinten Kräften aufhalten können.«

»Nehmt meine Hände«, sagte Sela. »Ich schaue, was ich tun kann.«

Eisenfuß schloss die Augen und spürte, wie Faella und Sela in ihn hineinströmten. Jetzt war der Moment gekommen, etwas Perfektes zu vollbringen. Jetzt war der Moment, an dem Scheitern keine Option darstellte. Jetzt war der Moment da, zu beweisen, dass man der Beste war.

Eisenfuß durchkämmte Faellas Bewusstsein, doch das erwies sich als schwierig. Sie hatte keine thaumaturgische Übung, keine Ahnung davon, was sie da eigentlich genau tat oder wie sie es tat. Sie war nichts als rohe Kraft, ein Wesen voll purer Intuition.

Und was sie tat – wie auch das, was Lin Vo damals im Arami-Lager getan hatte – lag völlig jenseits von Eisenfuß' Verständnis. All seine Gleichungen, all sein Wissen um die Funktionsweise der Gaben, das alles nützte ihm hier überhaupt nichts. Hier war eine völlig neue Herangehensweise an die Magie vonnöten. Und er musste sich diesem Problem hier und jetzt stellen, während sein Freund mit einem Dämon kämpfte und zwölf rachsüchtige Götter im Begriff waren, sich wieder zu manifestieren.

Was war Eisen? Was war Kobalt? Was lag unterhalb aller Elemente und Innensicht. Worin bestand das Herz der Dinge, jenseits aller Vernunft? Wie lautete der Quotient der Division durch Null?

Silberdun versuchte Hy Pezho das Messer in die Rippen zu stoßen. Hy Pezho besaß die ganze Kraft und Schnelligkeit des Bel Zheret, gegen den Silberdun zuvor gekämpft und verloren hatte, aber er verfügte nicht über Natters Erfahrung. Natters Leben war ganz erfüllt gewesen vom genüsslichen Morden, bevor sich ihre Wege gekreuzt hatten. Hy Pezho mochte vielleicht ein wenig vom Töten verstehen, doch niemals so wie ein wahrer Bel Zheret, der seine Opfer trat, schlug, biss und aufschlitzte.

Sie rollten über den Boden, bis sie gegen das Podest knallten, auf dem Gott Ein stand. Und Gott Ein über ihnen brüllte und zerrte an seinen Fesseln.

Gemeinsam gingen Eisenfuß und Faella den Dingen auf den Grund. Er stellte ihr Fragen ohne Worte, sie lieferte ihm Antworten ohne Gedanken. Und allmählich begann er zu begreifen. Unter ihnen erbebte der Boden, und Sela schrie auf, doch darum konnte sich Eisenfuß im Moment nicht kümmern.

Als er sah, wie Faella gegen ihr Unverständnis ankämpfte und versuchte, mit ihrem gabenlosen *re* hinauszugreifen, sah Eisenfuß plötzlich etwas. Es war keine Musik ohne Ton, keine farblose Farbe, sondern etwas jenseits von Ton und Farbe. Es war keine gabenlose Gabe, doch das, was weit unterhalb allen Gaben lag, rief sie hervor. Unter Eisen und Kobalt lag etwas anderes, eine tiefere Realität. Eisen und Kobalt waren lediglich Ausdruck eines tieferen Ganzen.

Eine Division durch Null gab es nicht. Das war lediglich eine Zahlenfunktion, die sich auf die Gaben anwenden ließ. Die Gaben jedoch waren nicht die Wirklichkeit. Sie waren eine Sonderform der Wirklichkeit. Die Thaumaturgen, welche die Gaben anwandten, nutzten diese lediglich in ihrer Sonderform. In der Tiefe, die alle Gaben hervorbrachte, hatten solche Gleichungen keine Gültigkeit. Die Tiefe war der Ursprung aller Gleichungen und wurde mithin auch nicht durch sie gebunden.

Er und Faella erkannten dies im selben Moment. Kobalt und Eisen waren einfach nur Variationen ein und desselben Themas –

wie auch die Gaben. So lange schon hatten die Thaumaturgen an die Gaben geglaubt, dass sie zur Realität geworden waren, ganz so wie die Chthoniker ihre Götter Realität hatten werden lassen. Allein der feste Glaube daran hatte dies bewirkt.

Glaube an das Eisen, sagte Eisenfuß zu Faella. Etwas griff hinaus aus Faella, eine farblose Farbe jenseits allen Sehens, und es wand und drehte sich.

41. KAPITEL

Die Wahrheit ist schärfer als jede Klinge.

– Fae-Sprichwort

Sela sah, wie Faella und Eisenfuß sich mental austauschten, von der Geschwindigkeit ihrer hin und her strömenden Gedanken überrascht. Sela verstand fast nichts davon. Das war ihr alles zu hoch. Farbe ohne Farbe? Glaube an Eisen? Das ergab doch keinen Sinn.

Sie wandte sich um, sah Silberdun und Hy Pezho am Boden miteinander kämpfen. Hy Pezho kniete über Silberdun und versuchte gerade, ihm das Messer zu entreißen.

»Silberdun!«, rief sie. Oh, wie sehr sie ihn liebte. Trotz allem, was gerade um sie herum geschah, galt ihre einzige Sorge ihm allein. Sie wusste, er konnte sie niemals zurücklieben. Es tat weh, und doch änderte es nichts an ihren Gefühlen für ihn.

Nach allem, was Lord Tanen ihr angetan und was sie in ihrer Zeit als Schatten erlebt hatte, fragte sie sich, ob sie jemals wieder *ein Ganzes* werden konnte. Damals, im Arami-Zelt, hatte ihr Lin Vo unter vier Augen gesagt, dass sie wie ein Vogel sei, der sein ganzes Leben mit gestutzten Flügeln zugebracht hätte. Und dass sie dazu imstande wäre, höher und weiter zu fliegen als alle anderen Vögel. Und dass sie die Fähigkeit besäß, so tief in die Herzen zu schauen, dass sie weit höher hätte aufsteigen können, hätte Lord Tanen sie nur gefördert und nicht unterworfen.

Sela wusste nicht, was Lin Vo mit »aufsteigen« gemeint hatte, doch es hatte Kindheitserinnerungen in ihr geweckt. Erinnerungen an das Gefühl, ein Ganzes zu sein, Erinnerungen an das Wissen um Dinge, die sie nun verwirrten. Es war nicht unähnlich dem, worüber Eisenfuß und Faella sich gerade austauschten. Durch die Dinge hindurchsehen. Hinter die Dinge sehen. Als Kind hatte sie gewusst, was Glückseligkeit war.

Und dann war Lord Tanen gekommen und hatte ihr diese Glückseligkeit geraubt und sie in ein Monster verwandelt. Das Wort »aufsteigen« erinnerte sie auch an das Ding in ihr, das sie Lord Tanen und den Vetteln gezeigt hatte, wie auch dem Doktor in Lord Everess' Haus und dem Bel Zheret in Elenth.

Sie hatte Lin Vo gefragt, ob sie je wieder ein Ganzes werden könne.

»Nein«, hatte Lin Vo traurig erwidert. »Nicht in diesem Leben. Du wirst nie wieder Glückseligkeit erlangen. Doch du magst einen Weg finden zu leben.«

Sie hörte Silberdun ächzen und Hy Pezho fluchen. Sie wandte sich erneut um, konnte die beiden aber nicht mehr entdecken.

Eisenfuß und Faella hatten eine Art inneres Einvernehmen erreicht. Etwas floss aus Faella heraus, etwas, das Sela weder sehen noch verstehen konnte, und alles begann sich zu verändern. Schmerz schoss aus dem Boden unter ihr empor, ein heißer Wind aus *re* erhob sich vor ihr.

Vor Schreck verlor sie die Verbindung zu Eisenfuß und Faella, aber es war ohnehin nicht mehr wichtig. Faella hatte bereits alles, was sie brauchte, stand da in einer Mischung aus Verzückung und Konzentration. Alles um sie herum wurde schwarz, wurde zu Eisen. Auch der Boden

Dummerweise schienen Faella und Eisenfuß vergessen zu haben, dass sie noch immer auf ihm standen.

Ein gewaltiges Krachen wurde laut, es folgten eine Reihe kleinerer Erschütterungen, die in der gigantischen Kammer widerhallten. Sela schwankte und stürzte, scheuerte sich die Handflächen an dem neuen Eisenboden auf. Ein Brocken Kobalt landete in ihrer Nähe, und sie sprang darauf. Eisenfuß tat es ihr gleich.

»Faella!«, brüllte er. »Vergiss jetzt deine Freunde nicht!«

»Entschuldigung!«, rief Faella. Sie vollführte einige Handbewegungen in ihre Richtung. Eine Scheibe reinsten Silbers floss aus ihren Handflächen, schob sich schützend unter die Füße der beiden und erhob sich mitsamt ihren Passagieren sodann ein gutes Stück in die Luft. Der Schmerz hörte schlagartig auf.

Sela hob den Kopf und schnappte unwillkürlich nach Luft. Einer der gebundenen Götter, Ein, war nicht mehr länger gebunden. Er erhob sich gerade zu voller Größe, reckte und streckte sich. Er war unsagbar groß. Wie er jetzt so aufgerichtet dastand, berührte sein feuerroter Haarschopf fast die Decke. Ein sah hinab auf die Szene, die sich zu seinen Füßen abspielte.

»Was ist das?«, donnerte seine Stimme durch die Kammer. Sie war so laut, dass sich Sela unwillkürlich die Ohren zuhielt. »Erwachet, Brüder und Schwestern!«, brüllte er sogar noch lauter. »Erwachet! Unsere Ketten wurden endlich gesprengt!«

»Nein!«, schrie Faella. Sela konnte das *re* in der Kammer umherwirbeln fühlen, schneller und schneller. Was immer Faella da auch anstellte, es versetzte die Essenz in der Halle in Raserei.

Sela schaute sich hektisch um. »Wo ist Silberdun?«, rief sie.

»Keine Ahnung«, sagte Eisenfuß, der sich an ihr festhielt. »Sobald Faella fertig ist, geh ich ihn suchen.«

»Es funktioniert!«, schrie Faella. »Ich bin bis zu den Bindungen durchgedrungen, bevor sich die anderen Götter auch nur regen konnten. Sie sind immer noch gefesselt!«

Ein starrte Faella an, seine Augen glühten. »Das mag auf meine Brüder und Schwestern zutreffen, kleine Fae«, brüllte er. »Nicht so auf mich!« Der Gott hob einen Finger, und Faella flog rückwärts durch die Halle. Hart wurde sie gegen eine Wand geschleudert, die nun wieder aus massivem Eisen bestand. Sie schrie.

Silberdun drohte den Kampf zu verlieren. Ein Bruchstück von Eins berstender Kette, zumindest vermutete er das, hatte ihn an der Stirn getroffen, und ihm drehte sich der Kopf. Dadurch war es Hy Pezho gelungen, Silberdun das Messer zu entwinden. Nun, da sein Gegner das Messer hatte, schickte der sich an, Silberdun damit die Kehle aufzuschlitzen. Mit letzter Kraft packte Silberdun Hy Pezhos Handgelenk, um ihn davon abzuhalten, doch es war schwierig.

Da hörte er Eins Stimme durch die Kammer dröhnen, so laut, dass man sein eigenes Wort kaum noch verstand. Er hörte Faella in der Ferne aufschreien. »Faella!«, rief er mit dem Messer an seinem Hals. »Ich komme dir zu Hilfe!« Tatsächlich gab es nichts, was er im Moment für sie tun konnte, vermochte er ja nicht einmal viel für sich selbst tun.

»Hast du eigentlich eine Ahnung, was ich durchgemacht habe, um zu überleben?«, zischte Hy Pezho. »Was ich opfern musste, nur um zu guter Letzt als Mabs Laufbursche zu enden? *Ich* hätte der Herrscher der Unseelie werden sollen. Jetzt bin ich nichts weiter als ein Lakai. Und ein glücklicher noch dazu. Denn Mab hat all meine Ambitionen in Liebe zu ihr verwandelt.«

»Deine Probleme sind mir wirklich scheißegal«, presste Silberdun hervor. »Um ehrlich zu sein, ich weiß nicht mal genau, wer du eigentlich bist. Für mich bist du einfach nur ein Drecksi, der gern Sachen in die Luft sprengt.«

Hy Pezho antwortete nicht darauf, doch er drückte die Klinge noch ein bisschen fester gegen Silberduns Kehle.

Nun ja.

»Du!«

Eins Stimme war so laut, dass Silberdun dachte, seine Trommelfelle müssten platzen.

Er hob den Kopf und sah geradewegs in Eins bärtiges Gesicht. Seine riesigen Augen starrten auf ihn hinab. Doch der Gott des Krieges sprach nicht zu ihm, er sprach zu Hy Pezho.

»Du bist derjenige, der mich ins Fleisch stach, als ich mich nicht wehren konnte! Du bist derjenige, der mich verspottete, da er mich schlafend wähnte!«

Ein beugte sich zu ihnen herab, und Silberdun spürte seinen schrecklichen Atem. Die Hitze tausender Öfen, der Gestank des Todes. »Doch ich schlief nicht! Ich wartete und gewann in all den

Äonen Stück für Stück an Stärke. Und du flatterndes Insekt wagst es, mich zu bestehlen? *Ein* zu bestehlen?«

Eins Faust ging auf sie nieder. Silberdun rollte sich im letzten Moment zur Seite und stieß Hy Pezho von sich. Das Messer fiel scheppernd zu Boden.

Doch nun bestand der Boden wieder aus Eisen, und Silberdun verbrannte sich die Hände. Der Schmerz war glühend heiß und durchdringend. Er streckte den Arm aus, um sich das Messer zu greifen, versengte sich die Knöchel am Boden, als sich seine Finger um den Griff schlossen.

Ein war langsam, sehr langsam, doch war er war wiederum auch sehr stark. Seine Faust donnerte auf den Boden; die Erschütterung riss Silberdun abermals von den Füßen. Er musste seinen Fall abstützen und konnte danach seine Hände kaum noch spüren.

Hy Pezho war gleich vor ihm zu Boden gegangen und rappelte sich gerade wieder auf.

Silberdun erwog, ihn anzusprechen, um ihren Mann-gegen-Mann-Kampf wieder aufzunehmen, wie es Sitte und Anstand geboten.

»Zur Hölle damit«, murmelte er und rammte Hy Pezho kurzerhand das Messer in den Rücken. Der Schwarzkünstler stürzte zu Boden, zuckte auf dem eisernen Untergrund hin und her, während seine Haut verbrannte.

»Gut gemacht«, sagte Silberdun. »Doch was nun?«

Nie im Leben hatte sich Sela so hilflos gefühlt. Sie und Eisenfuß schwebten auf der Silberscheibe ein gutes Stück über dem Boden. Ein hatte sich erhoben und stampfte mit dem Fuß auf, heulte vor Wut. Am anderen Ende der Kammer krümmte sich Faella auf dem Boden und versuchte, sich aufzurappeln, doch das Eisen verbrannte sie am ganzen Körper und raubte ihr die Fähigkeit, *re* zu benutzen.

»Was sollen wir bloß tun, Eisenfuß?«, schluchzte sie.

»Ich weiß nicht«, sagte er.

Da sah sie aus den Augenwinkeln ein Glitzern. Eine riesige Motte flog taumelnd auf sie zu. Hy Pezho?

Nein, nicht Hy Pezho. Silberdun.

Sie konnte nicht anders, als gleichzeitig zu lachen und zu weinen.

»Fantastische kleine Erfindung!«, rief Silberdun ihnen zu. »Wenn ich bloß eine Ahnung hätte, wie man das Ding fliegt...«

Er schwebte auf sie zu, kam dabei fast auf dem Boden auf, korrigierte irgendwie seinen Fehler und trudelte heran wie eine bleierne Ente. Der Mittelteil seiner Rüstung traf die schwebende Plattform ein bisschen zu hart, er prallte zurück, flatterte wieder auf Sela und Eisenfuß zu und schaffte es schließlich, sich am Rand der Scheibe festzuhalten.

»Wo ist Faella?«

Sela deutete in die betreffende Richtung.

»Dann mal los!« Silberdun kniff vor Konzentration die Augen zusammen, und die Flügel flatterten wie wild auf und ab. Dann schob er die Plattform mit Sela und Eisenfuß darauf in Richtung der Stelle, an der Faella lag.

Ein stampfte wieder auf, die Erschütterung hatte die Lautstärke und Kraft von tausend Zauberbomben. Der sprichwörtliche Zorn von Ein war ein gar fürchterlicher Anblick.

»Offenbar hat sich Hy Pezho einen Feind gemacht«, bemerkte Silberdun.

Als sie Faella erreichten, ließ Silberdun die schwebende Scheibe los und sank zu ihr herab. Sorgsam nahm er sie auf seinen Arm und erhob sich wieder in die Lüfte. Dann legte er ihren reglosen Körper vorsichtig auf die silberne Plattform.

»Faella, Liebling«, sagte er, während er in seiner fliegenden Rüstung neben ihnen flatterte. »Wach auf. Du musst uns hier rausholen, verdammt noch mal.«

Sie öffnete die Augen, erschöpft, doch bei vollem Bewusstsein. »Silberdun, mein Geliebter«, flüsterte sie. »Du hast mich geholt. Hast mich nicht zurückgelassen.«

Zärtlich sah Silberdun Faella an. »Niemals wieder, meine Geliebte«, sagte er. »Niemals wieder.«

Selas Gefühle wurden in ihrem Innern zu einem unkenntlichen Ding zusammengepresst, das in ihr wühlte wie ein Messer mit tausend Klingen.

»Ein«, sagte Faella. »Er ist frei.«

»Wir müssen gehen«, sagte Silberdun.

»O nein«, rief Eisenfuß aus. »Seht nur.«

Ein war fertig mit Hy Pezho und betrachtete nun seine gefesselten Geschwister.

»Althoin!«, weinte er. »Der Weise! Ich erbitte deinen Rat!«

Ein trat auf Althoins Sockel zu, der gleich neben seinem stand. Er packte die Eisenketten seines Bruders und zog daran. Sie knirschten, doch sie brachen nicht.

»Althoin«, kreischte Ein wieder. Die Kettenglieder begannen nachzugeben.

»Bring uns hier raus!«, rief Silberdun.

»Ja«, sagte Faella. »Mal überlegen, wie ich die Raumfaltung umkehren kann. Einen Moment noch...«

Sela sah hinüber zu Ein, spürte seinen Schmerz. Er war allein, hatte eine unendlich lange Zeit in Ketten gelegen, ein Vogel mit gestutzten Flügeln.

»Also gut«, sagte Faella. »Wir schaffen das, oder?«

»Und schön der Reihe nach«, sagte Silberdun.

Die Luft um sie herum begann zu flimmern.

Sela beugte sich über den Rand der schwebenden Scheibe und küsste Silberdun sanft auf die Lippen. »Auf Wiedersehen«, sagte sie.

Dann sprang sie.

»Sela!«, schrie Silberdun. Doch seine Stimme verebbte im Nirgendwo. Silberdun, Faella und Eisenfuß verschwanden in der Raumfalte.

Sela lag auf dem Boden. Der Schmerz des Sturzes vermischte sich mit dem brennenden Eisen auf ihrer Haut. Sie stand auf, stolperte auf einen Flecken Kobalt zu, einen der letzten hier in der Halle.

»Ein!«, rief sie.

Ein zerrte weiter an den Fesseln seines Bruders.

»Ein!«, rief sie wieder. »Schau mich an!«

Sie packte das Verfluchte Objekt und zerrte daran. Für einen schrecklichen Moment schien es, als wäre es mit ihr verwachsen, doch dann rutschte es über ihre verschwitzte Haut und fiel zum letzten Male von ihr ab.

Ein wandte sich um.

Er sah sie an.

Ein Faden manifestierte sich zwischen ihnen.

Sie kannte einen Gott.

Er floss in sie hinein, und sie floss in ihn hinein. Sie zeigte ihm alles, was sie war, und alles, was sie hätte sein können. In vielen Wellen ließ er seinen Kummer heraus, der sie fast aufzehrte. Sie zeigte ihm ihre Kindheit, ihre hingebungsvollsten Momente im chthonischen Tempel ihrer Jugend, zeigte ihm Lord Tanens Grausamkeiten und Millas toten Körper. Sie zeigte Ein, was er war. Das ganze Ausmaß ihrer vom Verfluchten Objekt befreiten Macht. Um zu offenbaren, was wahrhaftig war. Und was jenseits dessen lag.

Sie ließ all dies aus sich heraus, in sich hinein, durch sich hindurch. Ohne das Verfluchte Objekt, das sie zurückhielt, nahm sie alles *re* um sich herum in sich auf, kanalisierte es in Empathie, warf es sodann auf Ein zurück. All ihre Liebe, all ihren Verlust und was von ihrer Reinheit geblieben war.

Alles von ihr.

Das Ding, das in ihr herangewachsen war, das Ding, das Lord Tanen, den Doktor und den Bel Zheret getötet hatte, das war nicht in ihr drin. Das *war* sie.

Und ihre letzten Gedanken waren solche reinster Liebe.

Mauritanes Truppen erreichten das Tor und erledigten die zu Tode erschrockenen Wachen, zumindest die, welche noch übrig waren. Viele von ihnen waren schon vorher in die Stadt hineingeflüchtet.

Draußen zogen sich die Unseelie-Truppen, nun abgeschnitten von ihrem Rückzug nach Elenth, nach Osten zurück. Fort von der Stadt und fort von der Verstärkung, die von Südwesten herannahte. Der Verlauf der Schlacht hatte sich gewendet, und mit ihm auch der Krieg. Alles hing nun von der Einszorn ab.

Plötzlich legte sich eine merkwürdige Stille über das Schlachtfeld. Eine dieser seltenen Kampfpausen, in denen jeder Soldat in seinem Tun innehielt, sei es nun, weil er fiel oder Luft holte.

Etwas Kleines, Dunkles schoss in den Himmel hinauf. Mauritane sah ihm nach, wie es in einem Bogen aufstieg, um dann wieder zur Erde zu fallen. Es kam direkt auf ihn zu.

Er schloss die Augen und sprach ein Gebet an Aba. Warum auch nicht?

In der Ferne wieherte ein Pferd. Mauritane riss die Augen auf. Ein schwarzer Klumpen in der Größe einer Apfelsine war nur wenige Meter von ihm entfernt auf dem Boden gelandet.

Das Kämpfen hatte aufgehört. Jeder wusste, was nun kam. Alle kannten die Geschichte. Einszorn. Sie alle erwarteten ihren Tod.

Doch das Ding lag einfach nur da. Kurz darauf begann es zu zischen, dann zu erzittern, dann schmolz es zu einer schwarzen Lache auseinander, die im Boden versickerte.

Mauritane bot den verbliebenen Unseelie-Soldaten die Gelegenheit sich zu ergeben, und die nahmen dankbar an.

Eine Stunde später flatterte die Seelie-Flagge über Elenth im Wind.

Gegen Sonnenuntergang, während die Toten vom Schlachtfeld getragen wurden, ging Mauritane tief in Gedanken versunken durch die Reihen der gefallenen Soldaten.

Er musste fast eine Stunde suchen, bevor er Baron Glennets Leiche fand. Er hätte sie schon früher entdeckt, wäre sie nicht unter einem toten Pferd begraben gewesen. Mauritanes Schwert lag gleich daneben im Dreck, blutig, aber unversehrt.

Mauritane rief den erstbesten Gefreiten herbei, der in der Nähe war. »Jemand soll eine Botenfee nach Smaragdstadt entsenden.« Er wischte die blutige Klinge im Gras ab und fragte sich, wen

Glennet wohl damit getötet haben mochte, und ob der betreffende Unseelie-Soldat gewusst hatte, was für eine Ehre ihm damit zuteilwurde ...

»Berichtet ihnen, dass Baron Glennet die Truppen in die Schlacht von Elenth geführt hat und als Held des Seelie-Königreichs gefallen ist.«

42. KAPITEL

Unsterblichkeit ist lediglich ein abstrakter Begriff.

– Prae Benesile, *Thaumaturgische Geschichte der chthonischen Religion*

Als Elenth eingenommen war, fielen die anderen am Boden erbauten Unseelie-Städte schnell unter den vereinten Kräften aus Seelie- und Annwni-Armeen. Nun, da sie keine Truppen mehr absetzen konnten, versuchten die Unseelie, eine ihrer fliegenden Städte gegen Mauritane in Stellung zu bringen, die er jedoch mit dem Geschoss vom Himmel holen konnte, das er eigens zu diesem Zweck mit in die Schlacht genommen hatte. Danach waren die Feinde gezwungen, sich geschlagen zu geben. Zwei Tage später unterzeichneten der Unseelie-General Ma-Hora und Mauritane den Vertrag von Elenth. In dem Abkommen wurden alle drei Bodenstädte der Unseelie an Königin Titania übergeben, womit sich ihre gemeinsame Grenze etwa achtzig Meilen nach Norden hin verschob und nun am Fuß der Tyl-Berge verlief.

Silberdun erfuhr all dies auf seinem Weg nach Elenth, auf dem er sich mit Eisenfuß und Faella befand. Die Nachricht, dass die Einszorn versagt hatte, weil Sela mit dem, was auch immer sie getan hatte, erfolgreich gewesen war, war erfreulich, doch keinem von ihnen war nach Feiern zumute. Sie waren erschöpft und verletzt, sowohl physisch als auch emotional. Die Raumfaltung zurück in den chthonischen Tempel hatte die Kynosure zerstört, sodass es für sie von dort aus keinen Weg mehr zurück zu Sela gab. Nicht, dass einer von ihnen körperlich die Kraft dazu gehabt hätte oder ernsthaft daran glaubte, dass Sela überlebt haben könnte.

Und doch hatte Silberdun nicht vor, die junge Frau aufzugeben. Der Ausgang des Krieges war aus vielen Gründen ein Glück, doch im Hinblick auf ihr aktuelles Vorhaben war er entscheidend. Der nächste chthonische Tempel lag in Elenth, und laut Prae Benesile besaß jede Hauptstadt ihre eigene Kynosure.

Als sie in Elenth eintrafen, begaben sie sich auf direktem Wege zu Mauritanes provisorischem Hauptquartier im Verwaltungsgebäude der Stadt. Mauritane war sicherlich überrascht, Faella wiederzusehen, die er vor zwei Jahren als naives Töchterchen eines Mestina kennen gelernt hatte, doch wie immer ließ er sich nichts anmerken und begrüßte sie kommentarlos. Als sie sich gegenseitig zum Ausgang des Krieges beglückwünscht hatten und die Gruppe Mauritane berichtete, was in Prythme geschehen war, hob er doch tatsächlich eine Augenbraue. Und als sie ihm erzählten, warum sie nach Elenth gekommen waren, wurde er sichtlich ungehalten.

»Das wird nicht einfach werden«, sagte er. »Die Chthoniker waren uns gegenüber außerordentlich zuvorkommend und haben viel dazu beigetragen, das Verhältnis zwischen uns und der Unseelie-Bevölkerung in dieser Stadt zu entspannen. Ich bin daher eigentlich nicht geneigt, sie zu bitten, euch in ihrem Tempel austoben zu lassen.«

»Verständlich«, meinte Silberdun. »Man bedenke jedoch, dass wir nicht wissen, was geschah, nachdem wir Prythme verlassen haben. Was wir jedoch wissen, ist, dass die gebundenen Götter gerade ihre eingemotteten Blitze abstauben und sich auf die Vernichtung der Faelande einstimmen.«

»Und ich schätze«, setzte Eisenfuß hinzu, »an der Militärakademie wurde Euch nicht gelehrt, was in einem solchen Fall zu tun ist, hab ich Recht, General?«

»Ich bin gewillt, euch in dieser Sache mangels Beweisen zu glauben«, sagte Mauritane. »Tatsächlich wäre es wohl das Beste, diese Kynosure ein für alle Mal zu zerstören, wenn sie tatsächlich das tut, was ihr behauptet.«

»Damit würden wir uns wohl keine Freunde machen«, sagte Eisenfuß.

»Ich kam nicht nach Elenth, um mir hier Freunde zu machen«, seufzte Mauritane.

Bei Sonnenuntergang war Eisenfuß bereit. Sämtliche Veränderungen an der Kynosure gingen ihm diesmal schneller von der Hand. Auch profitierte er von seinen Erfahrungen, die er beim ersten Mal gesammelt hatte, dahin gehend, dass er ihnen nun zu einer etwas geschmeidigeren Reise verhelfen konnte.

Natürlich war die chthonische Priesterin über ihr Vorhaben alles andere als erfreut gewesen. Doch sie begriff auch, dass sie Mauritane im Moment nötiger brauchte als er sie, und so stimmte sie dem Plan schließlich zu.

»Bist du sicher, dass du das willst?«, fragte Silberdun Faella.

»Sie hat dich geliebt, weißt du?«, erwiderte Faella statt einer Antwort.

»Ich weiß«, sagte Silberdun. »Ich denke, das ist das Mindeste, was wir für sie tun können.«

Faella, die für die Raumfaltung zuständig war, beförderte die Gruppe diesmal nicht nur direkt in die Kammer der Götter, sondern geradewegs auf die schwebende Silberplattform, die sie erschaffen hatte, um Eisenfuß und Sela zu beschützen.

Es war dunkel in der Halle. Und totenstill.

Silberdun erschuf Hexenlicht, und die Kammer erstrahlte in hellweißem Schein. Ein war nicht mehr hier, sein Sockel war leer. Die anderen Götter kauerten still und reglos da.

»Sela!«, rief Eisenfuß.

Er kanalisierte Bewegung, und sie schwebten suchend durch die Kammer, doch Sela war fort. Das Einzige, was sie von ihr fanden, war der Reif mit Silberüberzug, den sie immer trug. Fast zärtlich hob Eisenfuß ihn vom Boden auf, seine Hand durch seinen Umhang geschützt.

Ohne ein Lebenszeichen von Sela kehrten sie in den Tempel von Elenth zurück. Gleich darauf riss Silberdun die Kynosure von ihrem Podest, schleuderte sie zu Boden und zerschmetterte sie in tausend Stücke.

43. KAPITEL

So tragt mich hinunter, so tragt mich fort,
legt meine Knochen an diesen Ort.
Verfluchet die Götter, die mich vernichtet,
und betet, dass sich ihr Zorn nie gegen euch richtet.

Trinklied der Seelie-Armee

Baron Glennets Beisetzung fand ihren Höhepunkt in einer aufwendigen Zeremonie, die während einer Sondersitzung des Senats abgehalten wurde. Mit viel Pathos wurde der Sarg vor dem Podest des Sprechers aufgebahrt und mit blauen und gelben Blumengirlanden dekoriert. Mit zumeist unterdrückter Abscheu sah Silberdun zu, wie die Lords und Gildenmeister zum Podium schritten, und Lobgesänge auf den Mann anstimmten, der zu seinem persönlichen Vorteil einen Krieg vom Zaun hatte brechen wollen.

Lord Everess lieferte dabei einen der anrührendsten Nachrufe, in denen er Glennets Zeit im Dienste des Seelie-Königreichs pries, wie auch dessen zahlreiche Verdienste um den Senat und seine Mitglieder. Ja, er ernannte Glennet gar zum größten Helden des Reiches und zum leuchtenden Vorbild für das Herz der Seelie.

Nur wenige im Senat glaubten indes der offiziellen Version über Glennets Ableben. Die meisten argwöhnten, er habe sich in die Schlacht gestürzt, um wenigstens ehrenhaft zu sterben, nachdem er finanziell ruiniert war. Falls seine Spießgesellen aus der Gildenfraktion – seien es nun Gläubiger oder Investoren – Verdacht an dieser Version hegten, so ließen sie es sich klugerweise nicht anmerken.

Der Gipfel der Geschmacklosigkeit war jedoch, dass Lord Ames Silberduns Senatsstuhl seit Jahren als Schnapsdepot missbrauchte. Nun gut, Silberdun hatte bis heute nur einmal in seinem Leben darauf Platz genommen, aber das war einfach eine Frage des Prinzips. Und so gönnte er sich während der Zeremonie äußerst genüsslich einen von Ames' teuersten Tropfen.

Wenn es nach ihm ging, so konnte Ames den verdammten Stuhl gern haben; nach dem heutigen Tag würde Silberdun ohnehin nie wieder darauf Platz nehmen.

Nach der Beisetzungsfeier traf er sich mit Eisenfuß, Paet und Everess in einem Kaffeehaus an der Promenade. Dort tranken sie feixend »auf den ehrenwerten Baron Glennet« und saßen danach eine Weile einfach nur schweigend da.

»Ihr habt ja im Senat ganz schön dick aufgetragen«, sagte Silberdun schließlich zu Everess und leerte sein Glas.

»Man lasse nie die Gelegenheit verstreichen, einen verblichenen Kollegen öffentlich zu preisen«, sagte Everess. »Das gehört zu guter Politik nun mal dazu.«

»Ich schätze, die Schattenliga hat nun einen erheblich besseren Stand im Senat?«, bemerkte Eisenfuß.

»Nun, wir haben immer noch Feinde«, erklärte Everess, »aber die wissen, was ihnen blüht, sollten sie gegen mich aufbegehren.«

»Gegen uns«, sagte Silberdun. »Sollten sie gegen *uns* aufbegehren.«

»Gewiss«, Everess nickte. »Gewiss.«

An diesem Nachmittag bestatteten Paet, Silberdun und Eisenfuß Selas Armreif zwischen den verwilderten Büschen hinter Haus Schwarzenstein. Er fand seine letzte Ruhestätte in einem kleinen Loch nahe der Mauer. Dann ließen sie eine sündhaft teure Flasche Branntwein kreisen (gestiftet von Lord Ames) und sprachen eine Weile miteinander.

»Es überrascht mich, dass du hierzu eingewilligt hast, Paet«, bemerkte Silberdun. »Sagtest du nicht mal, dass Schatten keine Beerdigungen erhalten?«

Paet öffnete den Mund, als wolle er etwas darauf erwidern, zuckte stattdessen jedoch nur die Achseln und ging davon.

Als er fort war, setzten sich Silberdun und Eisenfuß auf den Boden neben den winzigen Erdhügel und leerten die Flasche.

Am frühen Abend entstiegen Faella und Silberdun einer gemieteten Kutsche, die vor dem Friedbrück-Anwesen zum Stehen kam. Laub wehte über den Hauptweg und fegte über die ausgedehnten Rasenflächen. Der Frühling nahte, doch der Herbst war noch immer bei der Arbeit.

Eine Dienerin ließ sie ins Haus; Silberdun kannte sie nicht, doch andererseits war er auch schon sehr lange nicht mehr hier gewesen. Das Mädchen wiederum machte nicht den Anschein, als wüsste es, wer er war. Es wurde ihnen Tee angeboten, den sie dankend annahmen.

So saßen sie mit ihren Tassen im Salon, als Bresun eintrat. »Wenn das nicht Perrin Alt, Lord Silberdun ist«, sagte er ruhig, wie wenn er ihr Erscheinen erwartet hätte. »Und die Lady ...«

»Einfach Faella«, sagte Silberdun. Faella erhob sich und machte einen Knicks. »Nicht Lady irgendwas.«

»Verstehe«, erwiderte Bresun, obwohl er das offensichtlich nicht tat. »Wie kann ich euch helfen?«

Silberdun antwortete nicht sofort, wollte Bresun so lange wie möglich auf die Folter spannen. Was dachte der Mann wohl jetzt? Vermutlich hatte er diesen Tag seit zwei Jahren gefürchtet, seit aus »Lord Silberdun, dem Verräter« »Lord Silberdun, der Kriegsheld« geworden war. Silberdun genoss es, seinen Onkel am Haken zappeln zu lassen.

»Nur eine kleine Formalie«, sagte Silberdun, »aber es gibt keinen Lord Silberdun mehr, ich bedaure.« Er zuckte die Achseln. »Du wirst mich von nun an einfach Perrin nennen müssen.«

»Wie bitte?«, fragte Bresun. Silberdun sah, dass die vorgetäuschte Höflichkeit seines Onkels an ihre Grenzen zu stoßen drohte.

»Ja, es stimmt«, sagte Silberdun. »Ich habe die Königin ersucht, meine Lordschaft zu annullieren, und sie hat meinem Ansinnen großzügigerweise stattgegeben. Friedbrück und Connach sind in den Besitz der Krone übergegangen.«

Bresun starrte ihn an. Es war unmöglich zu sagen, was er jetzt dachte.

»Ich sollte vielleicht noch hinzufügen, dass meine Entlassung aus dem Adelsstand bedauerlicherweise bedeutet, dass auch dir sämtliche Titel und Ländereien aberkannt wurden.«

»Das kannst du nicht machen«, Bresun schüttelte fassungslos den Kopf. »Das kannst du einfach nicht tun. Du verlierst deinen Titel. Du stehst ohne einen Heller da. Du liebe Güte, das hatten wir doch alles schon mal durchgekaut!«

»Oh«, sagte Silberdun. »So schlimm wird's für mich nicht werden. Ich hab nämlich eine Arbeit, weißt du.«

»Und ich mache mir nichts aus Geld, ich liebe ihn für sein gutes Aussehen«, fügte Faella lächelnd hinzu und tätschelte Silberduns Knie.

»Übrigens«, ergänzte Silberdun, »wird morgen ein Verwalter der Krone hier eintreffen, und der wüsste es wirklich sehr zu schätzen, wenn du dann nicht mehr hier bist. Ein bisschen kurzfristig, ich weiß, aber das lässt sich nun mal nicht mehr ändern.«

»Du bist verrückt«, stieß Bresun hervor. »Ich hab dir mal gesagt, dass ich dich vernichten kann, und das kann ich immer noch.«

Silberdun sah ihn abschätzig an. »Ich fürchte, ich bin seit unserem letzten Treffen ein bisschen wehrhafter geworden.« Er grinste. »Und darüber hinaus bin ich dafür jetzt auch der falsche Ansprechpartner. Das ist nun ganz eine Sache zwischen dir und Regina Titania, so leid es mir tut. Natürlich kannst du dich an den neuen Verwalter halten. Du wirst ihn mögen. Ein Arkadier. Sehr friedliebend und versöhnlich, wie diese Leute nun mal so sind.«

Bresun kochte, doch er brachte kein Wort mehr heraus.

Kurz vor Sonnenuntergang gingen Silberdun und Faella Hand in Hand durch den Park zum Familienfriedhof. Generationen von

Silberduns waren hier bestattet worden und nun nichts weiter als Namen auf einem Grabstein.

Seine Kinder, so erkannte Silberdun, würden nicht mehr adlig sein. Doch damit konnte er leben. Wie er seiner Mutter gegenüber ausgeführt hatte, waren ja sämtliche Fae Nachkommen von König Uvenchaud und infolgedessen auch *alle* von edlem Geblüt.

Und um ehrlich zu sein waren die meisten Aristokraten sowieso ausgemachte Arschlöcher.

Zum ersten Mal erblickte Silberdun den Grabstein seiner Mutter. Dem Anlass entsprechend suchte er bei sich nach irgendeiner sentimentalen Regung, doch da war nichts.

Schließlich seufzte er und sagte: »Nun, Mutter, ich habe mich endlich entschieden, was für ein Mann ich sein will. Ich bin mir allerdings nicht sicher, ob du meinen Entschluss gutgeheißen hättest.«

»Komm, mein Liebling.« Faella küsste ihn auf die Wange. »Wenn wir jetzt aufbrechen, können wir noch vor Morgengrauen zu Hause sein.«

ÜBER DEN AUTOR

Matthew Sturges verfasste diverse Bücher für DC Comics, darunter *House of Mystery*, *Jack of Fables* und *The Justice Society of America*.

Dieses Buch ist die Fortsetzung seines ersten Romans *Midwinter*, der in deutscher Übersetzung ebenfalls bei Bastei Lübbe erschienen ist.

Matthew Sturges lebt in Austin, Texas, zusammen mit seiner Frau und ihren beiden Töchtern.

Besuchen Sie den Autor online auf http://www.matthewsturges.com

Ein uralter Kriegerdämon. Ein Beschwörungszauber. Und ein riesiges Problem für die Welt der Menschen ...

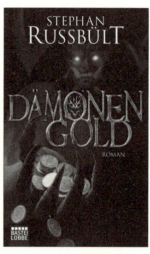

Stephan Russbült
DÄMONENGOLD
Roman
560 Seiten
ISBN 978-3-404-20001-6

Baazlabeth ist ein uralter Kriegerdämon und lebt in einer Dimension weit von der Welt der Menschen entfernt. Ab und an verirrt sich ein unglücklicher Mensch dorthin, und dann quält Baazlabeth ihn zu Tode.
Doch eines Tages führt ein Magier in der Stadt Brisenburg eine Beschwörung durch und reißt den Dämon aus seinem Reich.
Baazlabeth will schnellstmöglich zurück, doch er darf erst wieder gehen, wenn er 5.000 Goldstücke verdient hat. Auf ehrliche Art und Weise ...

Bastei Lübbe Taschenbuch

»*Das beste Fantasy-Debüt des Jahres!*«
FANTASY BOOK CRITIC

Matthew Sturges
MIDWINTER
Roman
Aus dem amerikanischen
Englisch von
Michael Neuhaus
448 Seiten
ISBN 978-3-404-28547-1

Mauritane ist Hauptmann in der Elbenarmee der Seelie. Einst als Kriegsheld gefeiert, sitzt er nun wegen Verrats im Kerker, zu lebenslanger Haft verurteilt. Trotz seiner Unschuld sind seine Tage gezählt. Doch dann unterbreitet die Königin ihm ein einmaliges Angebot: Mauritane soll eine Elitetruppe zusammenstellen und einen geheimen Auftrag für sie erledigen. Hat er Erfolg, will sie ihn und seine Gefährten begnadigen. Doch die Sache hat einen Haken. Der Auftrag ist ein Himmelfahrtskommando …

»*Sturges ist ein leuchtender neuer Stern am Fantasy-Himmel.*«
LIBRARY JOURNAL

Bastei Lübbe Taschenbuch

Werden Sie Teil der Bastei Lübbe Familie

- Lernen Sie Autoren, Verlagsmitarbeiter und andere Leser/innen kennen
- Lesen, hören und rezensieren Sie Bücher und Hörbücher noch vor Erscheinen
- Nehmen Sie an exklusiven Verlosungen teil und gewinnen Sie Buchpakete, signierte Exemplare oder ein Meet & Greet mit unseren Autoren

Willkommen in unserer Welt:

 www.luebbe.de

 www.facebook.com/BasteiLuebbe

 www.twitter.com/bastei_luebbe

 www.youtube.com/BasteiLuebbe